積善堂

郁志发◎著

郁慕明◎题

房

中国文史出版社

图书在版编目（CIP）数据

房 / 郁志发著 . -- 北京 : 中国文史出版社 , 2025.

6. -- ISBN 978-7-5205-5249-3

Ⅰ . I247.5

中国国家版本馆 CIP 数据核字第 2025BK0202 号

责任编辑：薛媛媛

出版发行：中国文史出版社

社　　　址：北京市海淀区西八里庄路 69 号院　　　邮编：100142

电　　　话：010-81136606　　　81136602　　　81136603（发行部）

传　　　真：010-81136655

印　　　装：凯德印刷（天津）有限公司

经　　　销：全国新华书店

开　　　本：710×1000　　　1/16

印　　　张：28.5　　　　　字数：450 千字

版　　　次：2025 年 6 月第 1 版

印　　　次：2025 年 6 月第 1 次印刷

定　　　价：98.00 元

谨将此书，献给我深爱的祖国，感恩身处的这个伟大时代！

谨以此书，回馈故乡，敬祭列祖，敬颂亲慈！

序一

走进《房》，看郁氏家族的风云变迁

在这瞬息万变的世界中，总有某些事物能够穿透岁月的重重阴霾，轻柔地触碰我们内心最柔软的角落，让我们在匆忙的脚步里稍作停顿，回首往昔，思索未来的方向。

耄耋之年的郁志发先生退休后，于十八年前萌生创作电视小说《房》的构想，搜集资料，在2016年1月8日周恩来总理逝世40周年忌日起笔创作，历经八年的艰苦耕耘，终于在2024年11月7日于《郁氏文化》微刊上呈现了精彩的大结局——四十二集，达到了郁氏家族"慎终追远"及"以文话郁"的目标。

《房》宛如一面清晰的镜子，不仅映照出郁氏家族的兴衰变迁，也折射出时代的风云跌宕。在《房》的第一部《从哪里来》中，作者借助"鲤鱼穴传说""黄金和黄酱的故事"，讲述始祖有若氏的一支后人在海门地界踏上"昌盛"迁徙之路，在海门木行桥郁家埭上繁衍十房十代的神话，并建立了积善堂及其牌匾："家之盛衰，关乎积善与积恶而已。是故，能爱子者，遗之以善；不爱子者，遗之以恶。"

"房"，这个看似简洁却意味深长的字眼，对于我们每个人来讲，不仅是遮风挡雨的物理空间，更是心灵的温馨港湾，是家族传承的有力象征。这部以海门郁姓人家为载体的佳作，把"房"这一主题诠释得淋漓尽致。

《房》不只是纯粹的文学创作，更是海门郁氏家族历史的生动重现。它仿佛一部神奇的时光穿梭机，引领我们穿越悠悠岁月，见证这个家族的不懈奋斗与拼搏，体悟他们的欢乐与泪水。在此过程中，我们所目睹的不仅仅是个体的命运起伏，更是家族的传承与延续。

《房》里的主人公郁海发，为让先父得以叶落归根、老母安享晚年，用微薄的薪金将面临坍塌危险的百年朝东屋"瓦6"建成为朝南屋"重建瓦6"。为遵循先父"祖宅不拆、不倒、不卖、不送人"的遗愿，在邻里的争吵声中，他用北京卖房的钱款，历经十年花费10万元对"重建瓦6"进行了十次加固修缮。

《房》的第三部《到了这里》中，"故乡留间房为了啥"，实现了"多彩的重建瓦6"，达到了"重建瓦6之新生"，继而使其成为海门郁氏文化研究院的活动场所，在季正、郁龙飞、郁兰秋、郁祖森的协助下，让木行桥郁氏文化活动走出了海门，走向了全国。

第三部《到了这里》亦将多年来海门郁氏人和全国郁氏人宗亲活动进行了精彩复盘，其高潮当数郁元吉编著的《中华郁氏通谱》付梓。2024年9月22日，全国《中华郁氏通谱》海门宏发会在南通市海门区光华国际大酒店隆重举行，场面盛大，来自全国的200位郁氏代表欢乐相聚，实现了全国郁氏人的大团结。

海门，那片充满生机、故事满满的土地，孕育了无数郁氏大家族。我们亲临海门，见证了宏发会的盛况，并与海门区委常委、组织部部长兼统战部部长杨江华和区台办主任薛治安进行了友好交流。我们今日有幸与郁氏家族来自各地的宗亲们欢聚一堂，乃是我们人生最为珍贵的财富。让我们携手奋进，共铸郁氏家族的辉煌！

我们尤为欣赏《房》四十二集中关于筹建"中华郁氏海门会馆有限责任股份公司"的构想，倘若能够梦想成真，那将是中华郁氏这个小姓氏之大幸！

虽说我们与郁志发先生一直有微信联系，却一直未曾谋面。此次全国《中华郁氏通谱》海门宏发会期间，他因身体不适未能参会，实在是令人深感遗憾。衷心祝愿郁志发先生健康长寿！

——*郁慕明* *胡圣花*

★郁慕明：中国台湾新党原主席、统派领袖之一；胡圣花：世界夫人台北赛区荣誉主席、上海创圣实业有限公司董事长。

序二

读《房》，房之缘

幸得电视小说《房》集全篇，捧卷细读，甚是喜欢。作者郁志发乃一耄耋老人，历时八载，终成巨著，洋洋大作全书四十二集，共计三十万字。

郁志发先生托我写一篇《房》的序文，思索数日，不知从何入手。人贵有自知之明，为鸿篇大作写序文，愧难承之。但既已受郁老高抬，只能勉为其难，粗浅谈谈读《房》的感受。

"房"是供人居住的地方，不管陋室，抑或宫殿，不管茅屋，抑或豪室，有人的地方就会有故事，有故事的地方就有风景。《房》剧主场景是海门木行桥郁家东宅及其百年老屋瓦6（后又将瓦6改建成重建瓦6）。它们一不是望族豪门，二没有巨星名人，三不为风景名胜，几经岁月风雨，经历翻新重建，朝代更迭，人物变换，演绎出许多看似平常却关乎百姓悲喜的感人故事。

作者出生于瓦6，多年居住在重建瓦6，见证过时代兴衰，也交往过亲朋至爱，悲欢离合，生生死死，争争斗斗，打打闹闹，看似平常的生活中亦有许多令人感慨之故事。"三次火宅两次成灾""三房之斗实是两房之争""房高一尺引发兄弟阋墙百年""木行桥郁家新新宅的悲哀""木行桥郁家东宅破产记"等篇章里写尽了人性无常，也展现了作品中人物有过的幸福时光。海门游子郁海发叹道："人生得意千百回，难比醉在乡愁里。"正是这些亲身经历，让作者萌生了写作《房》的宏愿。

郁海发，这位从农村步入城市的知识分子，其人生轨迹宛若一首跌宕起伏的动人乐章。在百年的社会变革浪潮中，他饱尝着"房"带来的种种情感跌宕。

欣喜时，"房"是温馨的归巢，是成功的见证；烦闷时，"房"成了沉重的包袱，是纠结的源头；困惑时，"房"犹如一个待解的谜团。而人祸的降临，更使"房"沦为风雨中飘摇的脆弱堡垒。

从公舍私寓到住宅工房，从两百年间的古宅故居到土地宅基，每一处"房"皆承载着独特的故事。这些故事中的矛盾冲突激烈而真实，虽无好莱坞大片般的惊险刺激，却有着生活本身的质朴与深沉。恰如我们各自的人生，少了许多惊天动地，然而每一个细微的抉择，每一回情感的波动，皆构成生命中不可或缺的篇章。

郁海发第一次碰到"房"是在第十集"七龄童与西良公的一生纠葛"中，与西良公之子玩"跳房子"游戏引来绝咒；走上工作岗位之后，第二次遇到实体房是"理工男错当造楼者收获爱情"，航空工程师之梦破灭；复员回到北京后，"刘十四圆了郁海发房之梦"，使他成为复员军人中住房优居者；当了单位领导后，正确处理了"民康科研楼对决民康住房楼"和"筷子商店和征地盖房的互补"，既拯救了两个破产的企业，又为职工盖起了福利房。

通读全篇，四十二集巨著，有的连贯，有的独立成章，每个看似平常的故事都能深深打动人心。因为分房得罪了昔日的学友、战友，"雷永刚暴富之谜"是今日的同事利用政策之变而成为千万富翁，创造了财富骤增的神话，引发了一起公房公案。同时使郁海发被迫辞职，似18岁的娃儿，加入打工者行列远走深圳，成为"大厦再次倾塌之因"。另外，"地震房里的敬上之举""临建房里的奇葩事""樱花园之恋"等也不缺房的故事，郁海发一生八次的乔迁之喜，更使《房》之画面感增强。

本人对海门郁氏颇有感情，2019年参加了第一次全国郁氏人代表聚会，后来又为《郁氏文化草根作者语丝集》一书作序，该书第十二分集刊登了《郁达夫作品赏读》，让我一阵感动。今日为《房》作序时脑海里忽然浮现郁志发大哥伏案写作的情景，感触颇深。

期待《房》剧早日搬上银幕，让《房》中的人物尽早展现在更多观众面前。希望《房》剧里的人物如小说大结局里描绘的那样，宏图大展，为国家强盛，为民族文化的传承和发展，贡献郁家人的绵薄之力！

——郁美兰

★作者系郁达夫之女、江苏省侨联原主席。

序三

郁氏家族的兴衰与创意文学的探索

文学的世界丰富多彩，先辈们将其广袤的领域大致划分为律文与散文两大范畴。散文，这一文学形式是在律文的严格框架——尤其是韵律束缚——之外蓬勃兴起的，因而拥有更为广阔的创作天地。确切而言，小说亦隶属于散文的广袤范畴。自徐迟的《哥德巴赫猜想》这一力作横空出世后，报告文学这一独特的文学体裁便逐渐走进了文学爱好者的视野，成为备受瞩目的新星。

郁志发先生的《房》剧兼有小说、散文、戏剧、报告文学体裁，作者以其独到的创意，将自己的作品定位为电视小说连续剧，这一新颖的定位无疑为文学创作开辟了新的道路，展现了无限的创意与可能。

该剧以人类生存不可或缺的"房"为核心线索，跨越三个世纪的时间长河，主要聚焦于郁氏家族的兴衰起伏。剧中情节大多紧密围绕着房产的变迁与纠葛展开，如同一部细腻铺陈的电视剧，一幕接一幕地缓缓呈现于读者眼前。随着剧情的深入发展，剧中人物的性格特征被刻画得入木三分，生动地展现了他们在不同境遇下的选择与成长。读者不仅能从中获得深刻的启示，更能深切体会到家风传承对于个人及家族命运的深远影响，感受到那份跨越时代的情感共鸣与价值观传递。

该剧以江苏海门农村郁氏大家族中的知识分子郁海发为主角，细腻描绘了他在百年社会变革的洪流中，因"房"而经历的喜悦、烦恼、困惑以及种种人祸。无论是他在公舍私寓、住宅工房的种种遭遇，还是他与两百年古宅故居、土地宅基之间发生的动人故事，都充满了矛盾碰撞与情节起伏，共同编织出一幕幕虽不华丽却扣人心弦的人生大戏。

该剧作为一部蕴含浓郁地方色彩的乡土文学作品，以海门郁姓人家为载体，有选择性地书写了海门郁氏人的生存状态、奋斗历程与发展轨迹。它不仅展现了海门郁氏人的精神风貌，还为郁氏文化的传承与发展做出了一定的贡献。

该剧不仅是作者个人经历的写照，更是海门郁氏家族历史的生动再现。同时，它也反映了近年来海门郁氏人以及全国郁氏宗亲活动的点点滴滴，为读者提供了一扇窥探这一家族历史与文化的独特窗口。

该剧已在微信公众号"郁氏文化"上圆满连载完结，作为编审者，我们倾尽全力，对每一集的文字内容都进行了极为严谨与细致的审核工作，深度沉浸于剧情的波澜起伏中，细致入微地感受并体会了剧中各个人物的情感微妙变化与举止细节。这些人物形象鲜活、立体，不仅极大地丰富了剧集的艺术表现力，更为广大观众带来了关于人生价值、人性深度的诸多启迪与深刻反思，是一份难能可贵的思想精神财富。

——范俊来　郁松

★范俊来，内蒙古人，《郁氏文化》微刊审稿组组长；郁松，海门人，海门郁氏文化研究院副院长。

自序

穿过三个世纪的时光隧道，见证时代的特征

2006年7月23日，在海门三星永富村郁家老宅举办先母"六七"的纪念酒会上，我向亲朋好友宣布："在这座祖屋里，我将写两部书，一本是《海门三星永富郁氏宗谱及百年史话》，一本是长篇小说《心态谁不正》。上午写写书，下午游游胡（南通长牌）。"

《心态谁不正》，何起此名？我所讲述的故事的主人公郁海发是一个怒发不冲冠、善于反向思维之人，由于经常不按常规出牌，被人称为心态不正之徒。

2013年3月15日，在北京的住宅里，我翻完《海门三星郁氏宗谱及百年史话》定稿本后，将其装入了翌日回乡的提包中。倏忽之间想起了七年前的承诺，那部长篇小说《心态谁不正》尚未启笔。我迅即打开笔记本电脑，在文档中键入"加长电视剧《祸福相依——有房是福也是祸》"一行大字。

何以改名？一是作品的题目应一目了然，显然"心态谁不正"这个题目不能达到此目的。二是我认为写电视剧比写小说容易下笔，也是我的"专项"。因为在一年半前，我曾试着写过七日短信剧《如意者，万事如意》和言情剧《拷贝愚人节玩笑，万勿当真》。

2014年8月6日，我突然想到，巴金有一部小说《家》，又联想到"房"字被选为中国2013年年度汉字一事，我突然来了灵感，何不把加长电视剧《祸福相依——有房是福也是祸》的题目换成《房》呢？

取"长篇"不用"加长"意义等同；用"小说"而弃"剧"可略去过多专业的拍摄镜头；留"电视"又可缩减"小说"的情景描述。长篇电视小说

的文体有点独出心裁，但照样不缺故事情节。题目《房》与题目《祸福相依——有房是福也是祸》相比，既不累赘却又切题，而且还把"福兮祸所伏，祸兮福所倚"的内涵和《心态谁不正》的意境渗入其中。

《房》所描绘的是，从江苏海门农村郁氏大家族走向城市的知识分子郁海发，在百年跌宕的社会变革中，"房"给他所带来的喜悦、烦恼、困惑以及人祸。不论是他在公舍私寓、住宅工房里的遭遇，还是他在两百年间古宅故居、土地宅基上、临建房地震棚里发生的故事，其矛盾的碰撞和情节的激烈均演绎了一出并不精彩的大戏。剧情虽然疏于宏大叙事，但小人物的细枝末节更能凸显人性的美丑及善恶，而这些故事既能令人产生怜悯之心，又能让人开怀大笑。

本书故事的时间跨度达两百年之久，穿过19世纪至21世纪的时光隧道。《房》剧复制历史的缩影，从中看到了社会变革。全书共分四十二集，每一集可看作短篇或中篇小说，都能独立成章而互有关联，所有人物姓氏始终不变。

全书剧情展开按时间分三部：第一部《从哪里来》从第一集"鲤鱼穴的传说"至第十一集"木行桥郁家东宅破产记"，讲述了郁海发列祖列宗的历史记忆；第二部《大厦倾塌之谜》从第十二集"理工男错当造楼者收获爱情"至第二十五集"樱花园之恋"，讲述了郁海发在蜗居、忧居到优居的时期中，与房结缘的福与祸、喜与悲；第三部《到了这里》从第二十六集"故乡留间房为了啥"至第四十二集"永固永存"，讲述了郁海发退休之后，因故乡留间房而走上姓氏活动，遭遇风沙水浪的冲击，它无不与"房"有关联。最后几集是郁海发几年来参加郁氏宗亲活动的复盘，始终与"房"字相结合。但是，此种分阶段并不是绝对的，故事的展开在时间上、情节上有重叠和交叉。

本书的体裁比较独特，说它是小说缺少小说的情景文字，说它是电视缺少电视的场景画面，或者情景文字和场景画面兼而有之，所以本书并不适合拍摄之用。若被有识之士选中，由编剧、导演分镜头组稿，以满足拍摄的要求，或可一集或若干集推上银幕，本人愿意用转让版权的方式予以配合。

本书写作时间跨过八年之久，加上参考资料来源不同，诸集的写作风格及手法迥异，也存在许多不足，敬希读者谅解。

——郁志发

目 录

第三部　到了这里

附录：《房》之补遗

第一部　从哪里来

第一部人物索引

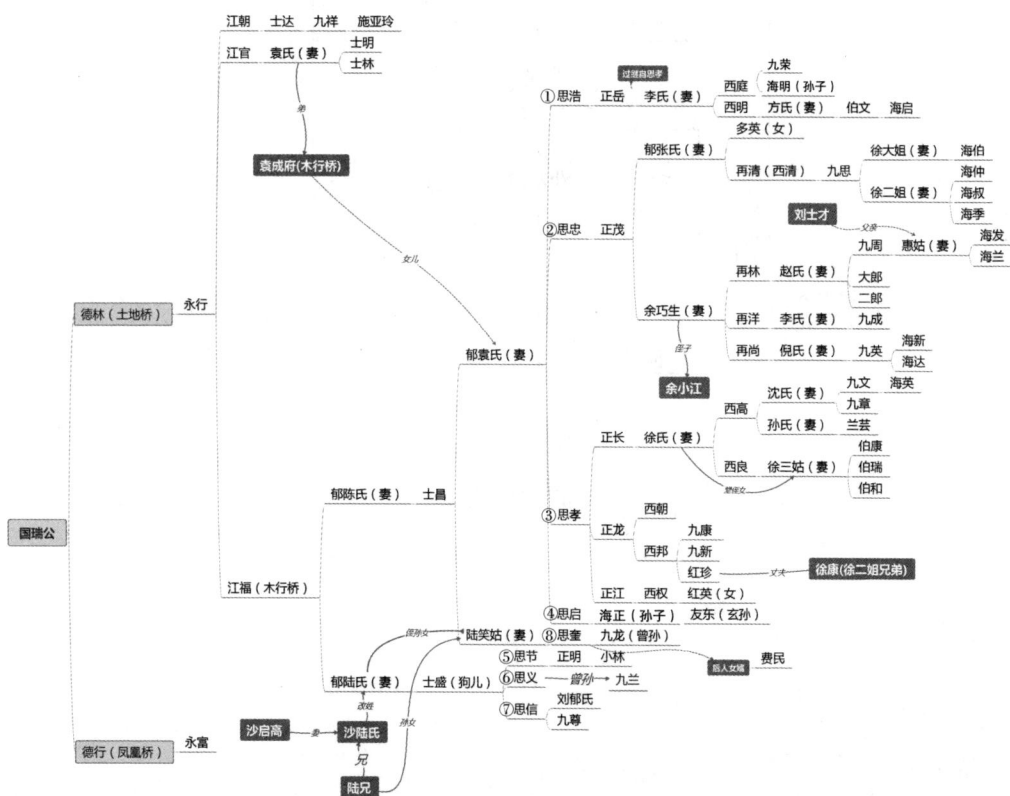

江朝　士达　九祥　施亚玲

江官　袁氏（妻）
士明
士林
妻
袁成府(木行桥)

德林（土地桥）　永行

女儿

郁裒氏（妻）

① 思浩　正岳　李氏（妻）
过继给思孝
九荣
西庭　海明（孙子）
西明　方氏（妻）　伯文　海启
多英（女）

郁张氏（妻）
再清（西清）　九思
徐大姐（妻）　海伯
徐二姐（妻）　海仲　海叔　海季

刘士才
父媒
九周　惠姑（妻）　海发　海兰

② 思忠　正茂

再林　赵氏（妻）　大郎　二郎
余巧生（妻）　再洋　李氏（妻）　九成
庄子　再尚　倪氏（妻）　九英　海新　海达
余小江

西高　沈氏（妻）　九文　海英
九章
孙氏（妻）　兰芸
正长　徐氏（妻）
西良　徐三姑（妻）　伯康
伯瑞
伯和

③ 思孝
正龙　西朝　九康
西邦　九新
红珍　徐康（徐二姐兄弟）
义夫

正江　西权　红英（女）
海正（孙子）　友东（玄孙）

④ 思启
⑧ 思奎　九龙（曾孙）

⑤ 思节　正明　小林　费氏
仆人女婿

⑥ 思义　曾孙　九兰
刘郁氏

⑦ 思信　九尊

郁陈氏（妻）　士昌

江福（木行桥）

国瑞公

郁陆氏（妻）　士盛（狗儿）
陆笑姑（妻）
侄孙女

德行（凤凰桥）　永富

沙启高　沙陆氏
波媳　拼女
兄
陆兄

郁家东宅示意图

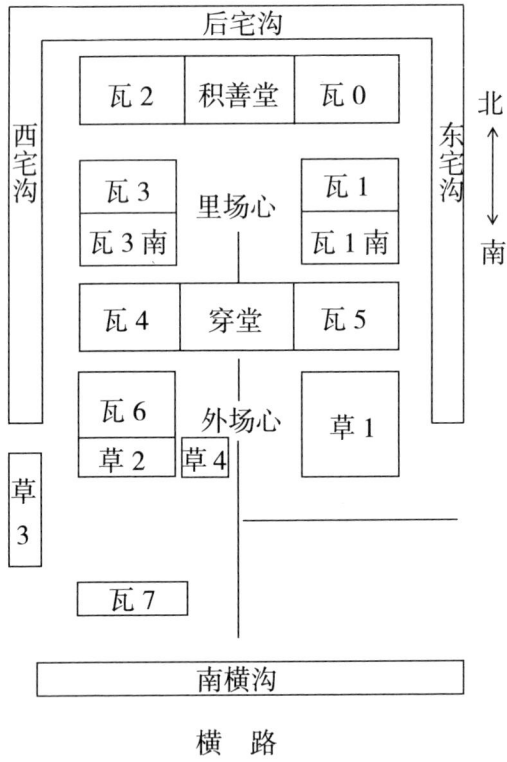

后宅沟

| 瓦 2 | 积善堂 | 瓦 0 |

西宅沟

东宅沟

北

南

| 瓦 3 | 里场心 | 瓦 1 |
| 瓦 3 南 | | 瓦 1 南 |

| 瓦 4 | 穿堂 | 瓦 5 |

| 瓦 6 | 外场心 | 草 1 |
| 草 2 | 草 4 | |

草 3

瓦 7

南横沟

横　路

第一集　鲤鱼穴的传说

美好而神奇的传说，是小人物对命运的期盼和祈祷。敬请世人勿嘲笑我的先祖们。

写在前面

参天大树必有其根，怀山之水必有其源。

溯源寻祖，孝道之人对祖上的出身之谜，总怀探究之心、之情。出于这种情感，地球上的华人争做不忘"六祖"之人：不忘祖国、祖根（故乡）、祖宗、祖训、祖宅、祖坟。

《房》是以海门郁姓人家为载体的、具有地方色彩的乡土文学作品，也是一个有选择地书写海门郁氏人的生存、奋斗和发展的系列剧，该剧书写了海门郁氏人的精气神，为郁氏文化做出微小贡献。

一、《房》故事的主要发生地在沙地海门地域，因而必须向读者阐述海门的历史沿革。

二、主人公郁海发为郁姓，故事情节围绕郁氏文化活动展开，因而必须向读者公布郁氏在海门的分布状态。

三、郁海发的祖根渊源于有氏，有子的思想"孝、礼、和"在《房》剧中时有体现。因而必须向读者交代有若其人其言、后裔的迁徙及其姓氏的嬗变。

故此，笔者不惜笔墨，在本集加了附录"有若后裔的姓氏嬗变"一节，以便读者阅读。

房

第 1 节　只有松林，不见坟头

2004 年清明节，童年时跟随新四军的老兵、父亲郁九周外出读书谋业的高级工程师郁海发，从北京回到木行桥郁家村，给祖父郁再林的坟上除草添土，磕头跪拜，焚烧冥币。

当晚。郁海发正在吃夜饭，堂弟郁海新推门而进，手里拿着三四片纸。

郁海新："海发哥，你给我看看呀。这是参照大杨村陈氏家谱搞的。"

郁海发接过纸瞄了一眼首页，题目是《海门木行桥郁氏家谱》，下面是郁家东宅老三房族人的脉系图，郁海发当即放下碗筷对惠姑说："姆妈，我不吃了，收起来吧。"

郁海发仔细看完脉系图后说："海新，写得不全呀。木行桥郁氏始祖传下八房呢，而且如果全写上不应叫家谱，应该称作族谱或者叫宗谱；就是郁家东宅老三房的名单也漏了不少。"又说："我们家族到此地有两百多年了吧？它虽非名门望族，但长足发展是不容置疑的。"郁海发意犹未尽，继续说："在历史长河中，两百年仅为一瞬，但对木行桥郁家村而言却是源远流长。它跨越了清朝六代皇权统治、民国战乱、十年土地革命、八年全面抗战、四年解放战争及至现代中华人民共和国三十年社会复兴的历史时段，改革开放走向繁荣昌盛辰光也有二十多年啦。它必是一座丰富的历史文化矿藏，应该有人去挖掘的。"

郁海新轻声地问："你去编，你牵头去挖掘。奈能？"

郁海发："恐怕难以胜任呀，我在北京住，又有糖尿病。还是你去弄吧。"

郁海新："海发哥，你不是不知道呀，我肚里那点墨水不够用的。"又说："你是我们家族里第一位大学生，若要做成此事，非你莫属。"

"好吧。我试试看。"郁海发点了点头。

2013 年阴历十月初六，木行桥郁家村郁氏宗谱公示仪式在郁家东宅举行。老八房家族代表、社会贤达、海门一报两台记者共 40 位出席了仪式。

郁家东宅位于郁家村最东头。为了迎接公示仪式的举行，郁海发修建了长 300 米、宽 2.5 米的水泥路，汽车可直接驶入他祖宅的场心里。在中厅六个移动式报架上，用彩色磁球贴了 150 页的郁氏宗谱文稿。9 点后，与会者从东首"公示告白"开始，然后绕圈浏览，最后看完"公示结语"进入西房会议室。

上午 10 点，主持人郁海达宣布："鸣炮！"郁海新迅即上前点燃。八支爆仗连发升天，象征郁氏老八房脉系兴旺发达；万支小鞭遍地开花，寓意阖族同庆郁氏宗谱顺利诞生。

代表们的发言均是称颂之词，不料会议结束前，70 岁的郁九龙说："这个家谱蛮好，但是美中不足啊，没有讲清始祖郁士福上辈的情况。抗战胜利前，父亲一辈的老人清明是去土地桥上坟的。建议你们去土地桥了解一下。"

郁海达说："九龙伯的建议有道理。把了解的情况补充在书中，能赶上明年春天正式印刷就行。"

郁海新："我知道那个土地桥郁家宅的。那里有个郁九祥，是我在海门印刷厂同事的父亲。我去过一次的。"

郁海发当即拍板："在我回京前抽空跑一趟土地桥。"倏忽之间，郁海发想起了幼时的一段往事。

1949 年初夏，木行桥郁家村建立新政权不久，八九岁的郁海发听祖父郁再林说，木行桥郁家的祖先来自东边土地桥，那里的祖坟出过一个鲫鱼穴，后来不知为何鲫鱼穴破了。郁再林以玩笑的口气说："要不然，郁家的后代当出大人物，像南面常乐镇张謇张状元一样，会出一个郁状元啦。"

想到这里，郁海发脱口而出："顺便去查查那个鲫鱼穴的传说。"

郁海发的话音一落，室内众人不知其所云，一片错愕。

三天后的下午。郁海发、郁九成、郁海新、郁海达雇了一辆面包车前往土地桥郁宅古宅探访。当年，老手里长辈们推着独轮车，车上坐着妇女或孩子们，走过弯弯曲曲的泥土路去土地桥上坟，五更里动身，日头爬上树梢头，才能赶到郁家古宅。时今村村是柏油马路，大河上是水泥桥，郁海发的汽车一个多钟点就到达土地桥头啦。

土地桥向东马路两旁都是农村式的别墅，几乎家家门前停着汽车，可证明海门农户的富有。郁海发的汽车向东开过十垎地皮，停在路北一座两层楼前，走进郁九祥的家。

郁九祥是一位 85 岁的老人，字辈当与木行桥郁氏第六代的"九"字同辈。

忙里忙外接待的是他的大儿媳施亚玲。

知道了郁海发的来意后，郁九祥讲了本支郁氏的来历：

“大概 250 年前，我们老祖宗兄弟俩从崇明西沙迁至海门。弟弟郁德行在东边二十里的凤凰桥定居，没有家谱，哥哥郁德林迁至本乡土地桥落户，土地桥郁家始祖传下三房，我们这支是大房，小房的人因土地桥发大水去了你们木行桥啦。”

郁九祥的回忆使郁海发有点失落，随即向郁九祥求证鲫鱼穴传说的真伪。

郁九祥说：“确有其事。不过不是鲫鱼穴，而是鲤鱼穴。不是在此地，而是在凤凰桥。”又补充道：“后来我们这支的老祖宗偷着将鲤鱼骨殖甏搬到这里下葬，风水破了。”

郁海发问：“真有这事？”

郁九祥：“真的，就安葬在宅沟后面的老坟地里，我小时候每年去上坟的。”

在施亚玲的带领下，郁海发一行人走进郁家古宅大场心。郁九成是旧地重游，他回忆，70 多年前随大人来这里上坟时，宅上有正埭屋朝南五间瓦房，东、西偏房是草房。现今已不存在。只看到大宅地上种满庄稼，东头两间破旧的瓦房。后宅沟也不是清水池塘，西宅沟长满杂草。宅外马路旁却是郁九祥父子的新楼高耸，两者相比，立见岁月的沧桑。

郁海发站在后宅沟沿远眺北方。施亚玲指着一里开外的一片松树林说：“那里就是先祖们的葬地所在。”

只有松林，不见坟头。清明时节，已有几十年无人去祭祀了。

斯人已逝，物是人非，但历史的记忆永不消失！

第 2 节　移葬老父兄弟反目

乾隆四年（1739），崇明贡生郁瑚上书朝廷，称其本孔门高足有子后裔，获准改姓，并在蟠龙镇有家桥建有子祠。本节故事的时代约在此事前后。

崇明西沙郁氏 61 世郁君盛之下 73 世郁德林和郁德行兄弟，安葬其父郁国瑞几年之后，哥儿俩双双迁至海门地界凤凰桥和土地桥。虽然两地相差二十里，两家关系相当热络，逢年过节互访，人情行里亦有来往。但是两家家境却有巨大的落差，凤凰桥的弟弟富，土地桥的哥哥穷。

大年初八，凤凰桥走来一位算命先生，郁德行请他到家算算今生的财运。算命先生知道郁德行是外来户，出了一个点子："若要发大财，必须有根，根基在哪里呢？你应该将崇明的祖坟迁来呀。"算命先生进一步乱侃："祖坟应该选好，龙穴山水与八卦方位相对应，与我们年生配合，不同命卦的人有不同的吉凶方位，震离巽坎年生的人最好在东西、南北这两个卦方位，乾兑艮坤年生的人，住在东南、西南、东北、西北这四个卦方位较好，方位前面管财，后面管丁，阴阳五行，八卦九星结合在一起，演变成宝地，藏风聚气，龙真穴地，不愁不生贤良之士。"郁德行对此深信不疑，琢磨着将其父郁国瑞的坟墓迁过来。

元宵节一早，郁德行携子郁永富赶往土地桥去见长兄郁德林。

郁德林大惊，劈头问："弟弟年初二刚来过，何以今日一大早赶过来，有何大事？"郁德行："进屋谈，进屋谈。"

进屋坐定之后，郁德行先开口："阿哥，我与永富思量，将他公公的坟从崇明有家桥迁过来。"

郁德林表示同意："好啊。"

郁德行："那我清明节去办啦，搬到凤凰桥。所有费用不用阿哥出。"

郁德林立马沉下脸，低头不语。

郁德林之子郁永行知道他父亲的心思，对郁德行说："叔叔，我看最好搬到土地桥，费用全由我们出。因为我是国瑞公公的长孙。"

郁德行反驳："我们凤凰桥的地势比这里高，风水要好，龙脉生气，象征兴旺，左龙砂，右虎砂，山环水绕，便是佳景。真是好风水，比土地桥的五谷河常发大水的地强多了。"停了一会儿又说："再说，此事呒得辈分大小之分，只有钱多钱少之差，要花很多白花花的银子呀。"意思是郁德林比自己穷。

郁德林一听，跳起来对弟弟大吼："你！勿要看不起穷人，我砸锅卖铁也要将老父搬到土地桥！"

话不投机半句多，郁德行拉着儿子往外边走边说："我俚走，不搬了呀。"

在回家路上郁永富问父亲："爹爹，真不想搬啦？"郁德行回答："骗骗他们呀，回家再商量。"

旧时，人死后安葬的方法有三种情况。第一，用棺材安葬，富人家用厚棺材板，中等人家用薄棺材板，也有穷人家用芦苇席子卷埋。棺材安葬又分埋入地下的土葬，棺材放在地上小瓦屋的坑葬。第二，死人坐在大缸里埋入地下的"寿缸葬"。第三，使用"骨殖甏"，在棺材埋入土中几年后，人的皮肤肌肉已腐烂，只剩下骨头，这时才开棺把骨头按顺序装入泥甏中，俗称"接骨头"。

清明前两天，郁德行、郁永富父子去了崇明有家桥。请阴阳先生在郁国瑞夫妇两个瓦坑前许愿后，父子俩焚烧纸币，磕头跪拜。然后两个帮手将瓦坑拆掉，开棺取出郁国瑞夫妇的遗骨，分别装于两个泥甏中。

翌日午时。在凤凰桥郁宅东两里的土坡上，两个骨殖甏埋入大坑中，上面做了一个坟头，然后郁永富赶往土地桥，向郁德林告知此事，望伯伯第二天去新祖坟上坟并备酒席相待。

清明当天。郁德行全家昂首西盼，始终未见郁德林的身影，辰光很迟了，郁德行对郁永富说："不用等了，他们不会来的。"于是独家去上了坟。

时近中午，郁德林、郁永行提了香烛、元宝赶到了凤凰桥，向路人打听新祖坟的地方，从南埭上转弯直接去了坟头。

郁德行全家正在吃酒，路人来告知郁德林去了新坟地，郁永富放下筷子赶向坟地，半路上迎接上完坟的郁德林父子。当走到郁德行的宅角头时，郁永富拉他俩进去喝酒。

郁永行对他父亲说："你往西先走一步。"随后进入郁德行的厨房屋里，掀翻方桌上的酒菜，扬长而去。屋子的人一个都不敢吭声。

郁德林回去以后不吃不喝，卧床不起。他对郁永行说："我去地下向你公公请罪。你一定要出这口气，将他的坟搬过来。"一个月后，郁德林抑郁而亡。

郁永行没有去给郁德行报丧。

在往后的年代里，郁永行每年清明提前几天去凤凰桥上坟。

第3节　郁永富发财之谜

乾隆三十三年（1768）建江苏海门直隶厅，设县治于茅家镇。本节故事发生的时代在此前后，郁德行已是花甲之年，郁永富则是不惑之年。

迁坟的第二年春天，郁德行将原有的三间草房翻建成五间向南瓦房，中间是公堂屋，俗称前头屋，东边两间老两口住。年末，在西边两间里替独子郁永富娶了新娘子。

郁永富进过私塾，念过四书五经，考过院试而未中秀才，但他做事精明能干，视事深远，善于决策规划，勤劳苦作。旧时人生的三件大事：置田地、盖房子、寻媳妇（娶儿媳）。郁永富也是这个路数，凭他个人能耐，没有几年置地一万步（40亩）；在郁永富三个儿子成家之时，他又盖了两幢东西偏房；并将后宅沟扩成四汀宅沟，南边筑坝筋作为进出通道。郁家宅是凤凰桥的典型农宅，郁永富一如其名成为富甲一方的绅士。

凤凰桥郁家宅缘何兴旺发达，乡人们说郁永富的名字爷娘起得好，也有这样的议论：

有的说，郁家宅东垴里横路南费宅，西垴里横路南樊宅，使郁家宅落北夹中，形似盛粮的簸箕，风水学称其为"畚箕宅"，寓意财富像流水似的流进斗内。

有的说，郁家宅正南方向的河南，唐家窑的火门南开，向北添柴烧火制砖，正对着郁家宅的前头屋。砖窑的火越烧越旺，郁家宅的财产愈加富有。

还有的说，在盖房时，郁德行请泥水匠在屋脊内藏着不知其数的小泥人，神像多变，栩栩如生。泥水匠遵照鲁班先师的规定，用"抓阄"的办法，将这些小泥人安放进去。据说它能使家族人丁兴旺。

第4节　神奇的鲤鱼穴破了

　　说来也怪，自从祭拜新祖坟、郁德林抑郁而亡之后，郁永行家境逐步好转，两年之后成了家，先后养育了郁江朝、郁江官、郁江福三个儿子。大儿子郁江朝是海门直隶厅的九品官员，相当于现时的科级干部，在他成家之时，郁永行将原有的三间草房翻建成五间瓦房，东边三间老两口和两个弟弟居住。当郁江官、郁江福成家之时，郁永行在东、西堍里新建两个宅子，各盖了三间普通瓦房。

　　家境好了，人丁旺了，郁永行想起父亲郁德林临终所嘱，思量着将葬在凤凰桥的先人骨殖鬓搬过来。

　　某年清明的当晚，郁永行带着大花轿鼓乐队停在凤凰桥西首，领着三个儿子绕道走到墓地，扒开泥土，挖出两个骨殖鬓，然后重新整好坟头。四个人用红布包好骨殖鬓，从原路返回凤凰桥西首，将骨殖鬓抬到大花轿中。一路锣鼓喧天向西走去，黎明前才回到土地桥。准备埋葬之时，郁永行打开骨殖鬓看了看，发现两条侧游的鲤鱼。郁永行没有作声，吩咐三个儿子快将骨殖鬓埋入地下。

　　说来也怪，异地再葬老祖遗骨之后，第二年夏天五谷河遭到百年不遇的洪水侵袭，满屋子都是水，种下的花地（庄稼）全死了，郁永行全家的生活极为艰难。尤其是郁江福夫妇俩带着独子不辞而别，去向不明。

　　大水过后两个月的一天晚上，郁永行和老大、老二坐在一起，自言自语问："老三一家到底是死是活呢？"

　　老二郁江官随口说："老爹不用操心，死不掉的。"

　　郁永行骂道："小兔崽子，有你这样说话的？平时兄弟关系挺好的。"

　　老大郁江朝说："爹爹，待我去海门找捕快打听一下。你老不必多想。"

　　郁永行："能不想吗，想想都是命呀。"叹了口气又道："想想当年，老爷子的坟迁到凤凰桥以后，我家与凤凰桥叔叔家一样富起来了。去年移葬了骨殖鬓，今年就倒大霉啦。大概凤凰桥老坟是鲤鱼穴地，骨殖鬓离开鲤鱼穴地，可能风水破坏了。"

坊间种种传说，仅为郁氏后人自诩自夸，茶余饭后的谈资而已，大可不必当真。

郁家宅兴旺发达的原因，除了郁德林、郁德行两位先祖在海地开基立业，还在于其后代守业创业的精神发扬光大。以后各代均出翘楚之儿，世代都有佼佼之子，唯有如此者，海门郁氏人家才得以兴旺发达。社会在衍变，时代在前行，社会的发展推动家族的兴旺，家族兴旺又是社会发展的一个缩影。

世间万物万事均有阴阳之道，矛盾无处不在。由于利益冲突、理念迥异，加上沟通方法欠妥，世人中常发争斗，同族之间亦然，姐妹龃龉屡见不鲜。本集中的海门郁氏两位老祖兄弟阋墙，恰好证实此论。这种争斗或许像战争、地震、瘟疫推动历史的进程一样，才有海门郁氏今日之兴、之盛、之旺。

本集中的"鲤鱼穴""唐家窑""畚箕宅""小泥人"，甚至爷娘取名"永富"等引人入胜的趣闻，似乎有点神奇神化。对此，我们无意把它割断，也不做任何褒贬。

附录　有若后裔的姓氏嬗变

据 2014 年第六次国家人口统计，郁姓全国人口约 46.6 万，占全国人口的 0.031%，数量排名居第 243 位。

虽然现时郁姓是罕见姓氏，但在历史上出过不少名人志士，其为推动中华历史进程、弘扬中华文明做出了较大贡献。

虽然现时郁姓人口不多，却在全国各省和全球多国均有分布。

郁姓是多民族、多源头、多地区的少数姓氏，据历史资料记载，其来源有十二种之多，其中之一为"有"氏说。

一、有若其人其言

有若，字子有，孔子七十二弟子之一，因为他长相很像孔子又喜欢钻研上古的制度礼仪，后世尊称有若为有子。有子曰：

"其为人也孝弟，而好犯上者，鲜矣；不好犯上而好作乱者，未之有也。君子务本，本立而道生。孝弟也者，其为仁之本与！"

"礼之用，和为贵。先王之道，斯为美，小大由之。有所不行，知和而和，不以礼节之，亦不可行也。"

"信近于义，言可复也。恭近于礼，远耻辱也。因不失其亲，亦可宗也。"

平和、和平、和睦、和谐、修身、齐家、治国、平天下，都离不开一个"和"字。子思《中庸》将"致中和"提到至高无上的位置，使"和"字成为代表中国文化的一个关键词。

二、"天下'少有'哩"

山东有姓为有若、冉求后裔。山东平阴有氏家谱明万历年间纂修，清乾隆年间重修，民国年间再修。

有氏谱书记载，有氏源于上古复姓有巢氏，属于以居邑名称为氏。有巢氏的后裔子孙，简改为单姓有氏，有子为得姓始祖。

据光绪十七年《肥城县志》载："有子故里在县西北八十里东故社有家庄，后裔聚族而居。"

有若第七十七代孙有令民说："姓有的原先居住在现今的邹县，有子成为孔子的弟子之后，全家迁居曲阜。为避荒乱，第 14 世的有家迁居到今济南平阴。"

有若第七十五代孙有祥玉说："有子属于'四贤十二哲'中'十二哲'之一。孔子的学生中唯有有若和孔子、孟子齐名。"还说："我们繁衍太慢了，两千多年了，才七十九代，全国才三千多人，天下'少有'哩。"

三、有若后裔的姓氏嬗变

民间传说公元 10 世纪前后，元朝建立之际至宋末金兵作乱，有若后裔中有一对弟兄，其哥西徙到山西太原，而弟弟南迁到杭州的郁郎地改姓郁。以后又有分支迁到句容、崇明。《鲁国郡郁氏谱》记载：有氏后裔 49 世郁麟，宋建炎二年十月金人犯鲁国邑，举家迁句容之绛岩山。61 世郁君盛和郁君玉，为避张士诚作乱，元至正十七年从句容迁崇明西沙。部分"郁"姓由"有"氏嬗变而来，民间传说和史料记载不谋而合。

崇明岛是长江入海处的大岛，古时传说，清朝乾隆皇帝六下江南，一次在常熟虞山顶上隔江遥望崇明岛，脱口高呼："常熟崇明，崇明常熟也。"

皇帝的金口玉言，使崇明岛成为风调雨顺的风光宝岛。此岛早有人居，地肥物茂。

《上海通志》记载：乾隆四年（1739），贡生郁瑚上书朝廷，称其本孔门高足有子后裔，获准改姓，并于蟠龙镇建有子祠，今地名有家桥。可反证崇明郁姓来自有氏。

四、海门郁姓的分布

海门是长江之门，素有"江海门户"之称。它东濒黄海，毗邻启东市，南倚长江及崇明岛，西靠南通市，北接通州区。讲述海门郁氏来源应从海门的历史沿革开始。

历史资料证实，公元前长江大量泥沙遇崇明岛而沉积江口，形成星罗棋布的沙洲。大约经过800个春秋，至唐末出现东洲、布洲及成群小沙洲，沙洲渐次连片。至五代后周显德五年（958）建县，县治设于东洲镇名海门县。

由于长江主泓道北移，至明朝境内大片土地坍没至吕四、余东、四甲、袁灶港一线，县治迁于徐涧（今通州市兴仁镇）并废县并入通州建静海乡。袁灶港古名"老坝"，意指大堤之上的港口。

明末清初（1600年以后），长江主泓道再次南倾，长江北岸开始涨积，沉积40多个新泥沙洲，绵亘百余里。乾隆三十三年（1768）建江苏海门直隶厅，设县治于茅家镇。

因涨沙而形成的海门、启东加上通州一部分被称为沙地，崇明的郁姓也加入垦荒大潮，迁到沙地后成为海门的大姓。

（一）其中一支崇明有氏后裔61世郁君玉的后人，落居到现今的海门镇占仁村12组。该村95岁高龄的郁重德先生著文说，自己的老祖宗不姓郁而姓"有"，曾有一部家谱为证，存放在海门德胜乡李彬村，但在"文革"中毁于一旦。占仁村的郁家故宅共有六房散居在海门各地：大房德胜乡—三星林西村；二房占仁村—万年乡；三房长兴镇—悦来三阳镇、天补广丰村、启东；四房占仁村12组；五房德胜乡—树勋镇、余西镇—三星永富村、国强乡定兴桥；六房德胜乡—瑞祥乡、凤凰桥。此支后人六个支脉，在顺序上可能有误，各地分支属哪房更不清楚。

（二）除占仁村之外，海门还发现有氏家族。海门天补广丰村的抗日烈士郁仁治将军的孙子郁磊军说："郁仁治的父辈仨兄弟姓有，名为有文才、有文汉、有文灶。"

（三）海门的郁氏也有从苏州、湖州、句容等地迁入的。如状元《诚恪》赠匾传人郁祖槃，他的祖先在浙江吴兴县郁家港。在郁家港的故地里，建有浣花草堂，虽年代久远，却堂祀额存。清同治年间，清军在江南与太平天国交战，战火蔓延，生灵涂炭，百姓四处逃难。同治五年（1866），郁祖槃祖上迁移北上，其曾祖郁梓卿在川港西南凉棚镇盖起了郁家宅，名"正心堂"。

（四）海门余东地区土地堂镇树勋乡郁姓，是从崇明、启东迁入，或是从西北安徽等地逃荒而来，有一支是洪武赶散时期从苏州东山避难至土地堂。乾隆三十年（1765），由郁家先祖郁成立出资兴建土地堂庙，故名郁家土地堂。在抗日战争、解放战争中，郁家土地堂郁姓中烈士不下10位。当今革命后代的代表人物有乡党委书记、海门慈善会主任郁兰春，海门市局干部郁国强、郁淼，副镇长郁兰英。

（五）散居在海门的郁君玉的后人很多，如三厂厂西村郁三龙是北京的一位高级干部，万年乡郁斌为海门政协副主席，三星林西村郁飞为智利侨商、江苏省政协委员。还有三星老镇西村郁家、袁灶港东南一里郁家、天补镇八字桥郁家、茅家镇郁家等。

（六）海门一支郁氏大族

崇明西沙61世郁君玉——

61世郁君盛——72世郁国瑞——73世郁德林和郁德行

73世郁德行迁居海门余东镇凤凰桥——76世郁朝纲

73世郁德林迁居海门连元镇北三里——76世郁广福

76世郁广福——77世郁鼎昌和郁鼎盛迁居三星镇永富村

欲知后事如何，请阅第二集黄金和黄酱的故事。

第二集　黄金和黄酱的故事

　　黄金和黄酱的互换，让海门郁氏人走上了迁徙创业的艰辛之路。郁江福由此忏悔而生发慈善之心，发达之后建立"积善堂"；郁江官助其弟渡过难关体现兄弟情谊，出资建造"土地堂"造福乡人彰显郁家人的善心，实现了土地堂和木行桥的链接。

第 1 节　黄金和黄酱的互换

　　本集故事发生的时代大概在公元 1800 年之前，清朝嘉庆年间，发生地在土地桥。

　　小儿子郁江福和郁陈氏结婚时，被安置在郁家宅西垧里居住，三间瓦房是其父郁永行所建。

　　一个月后。郁永行请了两位中人，将三个儿子叫过来，召开分家会议，他对儿子们说了三层意思："我家所有地皮一共 4000 步（16 亩），分成四份，你们每人 1000 步；家中有些存货，银子和金子，一分为三。"他指着旁边红布包的物件继续说："大氅里是银子，小罐里是金子。我们老俩就不留了。"他看了三个儿子一眼，补充说："我老两口百年之后，这间房子留给江朝，我的那份地皮也给他。"

　　郁江朝："我听从爹爹的。"

　　郁江官、郁江福低头不语，可能认为老爸偏心大哥，老大宅子又好还多得 1000 步地皮。

　　郁永行知道老二、老三的心里对他的这个决定不满意，因而进一步做了解释："老大这几年在海门做官，给家中挣了不少银子，理应房子多一点、好一点。再说，县府同知下来访察，没有像样的宅头，怎么行？这是我老郁家的脸面呀。"又补充说："将来有一天我与你娘有个三长两短，忙里（丧事）由你们三人共同尽孝。但是每年清明节上坟，由江朝出资摆酒席招待，1000步地皮就是'坟祭田'。"

听了父亲的一番话，郁江官、郁江福同时抬头："好咯，好咯。"

根据郁永行话的意思，两个中人起草了分家合约书，三兄弟签字画押，然后推杯换盏，合家欢乐。

郁江福结婚的第二年，添了白胖胖的男孩，取名士昌。

一天，妻子郁陈氏唠叨："老爹盖这座房子时，因同时盖了东宅江官的宅子，手头紧一些而质量较差，你看地基不深，四面单砖墙也没涂上石灰，四面透风。"

郁江福："有一个窝已经不错了。老爹盖两座宅子很不容易的。"

郁陈氏："我勿是埋怨你爹爹呀。我们用那鬏银子修修房子，像江官哥那样，屋子修得比江朝大哥的还要好。"

郁江福沉思一会儿说："我俚先不修房子，凑合住几年。我想用银子再置几百步地皮，田里的收成积存银子，3年之后再修。这叫钱生钱。"

郁陈氏没吭声。郁江福进一步解释："修了房子不过住得舒服点，但不会增加我家的财富。"

郁陈氏："好吧，你做主。"

其实，前几天西邻沙启高为卖地与郁江福接洽过。沙启高是贫穷户，其妻沙陆氏的父亲一年前病故，母亲长期病恹恹，一个月之前也走了。一年之内两个老人的葬礼，使沙陆氏的哥哥负了一身债，不得已拟将祖传之地出售，沙启高就找到了郁江福。

第二天，沙启高带着郁江福到了他的妻舅家，先看了那块500步田地，郁江福感到不称心的是，那块地地势较低，于是嘴角一噘，眉头一紧，犹豫不决之意在脸上立马显示出来了。

沙启高见妻舅站在那里尴尬地搓着双手，赶紧打圆场："地块不是太好，价钱可以商量的。"又补充："这样吧，可以写个活契，过几年赎回来。"再次对郁江福求救："孩子他舅欠了一屁股债，大哥你做做好事，帮帮忙吧。"

郁江福依然没有表态。沙启高又出点子："要不你先买下来，然后，将这 500 步地皮租给我种，每年交租佃，反正我家的田很少。"

郁江福接受了沙启高的意见，交易成功，500 步地皮易主为郁江福，然后沙启高成为郁江福的佃户。郁家和沙家毗邻而居，两家关系甚是亲密。

好景不长，沙启高交了两年田租后，第三年突发大水。土地桥的地势北高南低，五谷河的洪水向南岸土地桥一泻而来，加上南面长江水滚滚而来，又加上下了一夜倾盆大雨，昔日良田一夜之间成了芦荡浅滩。各家的财物几乎全被洪水卷走。

郁江福的房子被冲破一面墙，郁陈氏抱住那小罐黄金，与丈夫相对而泣。

第二天雨停后，郁江福踏着水去看望沙启高一家，只见东房头草屋顶上掀开一个大洞，沙陆氏抱着两岁多的儿子狗儿，在西间厨屋里哭泣，沙启高在搬着一个不大的泥甏。

郁江福问："这是哈么事？"

沙启高答："半甏黄酱，就剩这点点了。"

郁江福沉思片刻，对沙启高说："我用一罐黄金换你的那甏黄酱，如何？"

沙启高："当真？"

郁江福："绝不说假话。"

沙启高窃喜，乃换之。

郁江福拿回黄酱后，蘸着草根、树皮充饥，而使妻儿活了下来。虽然天公不作美，第三天又下了半天大雨，但靠那甏黄酱度过了洪水灾荒。

第三天大雨停后不久，西隔壁沙陆氏大呼："救命，救命呀！"郁江福夫妇连忙赶过去，只见沙陆氏拉着狗儿站在场心里，边哭边指着全塌下的东房头，对郁江福说："孩子他爹压在下面啦。"

郁江福看了看倒塌的房子，感到救人比较难，因为西间厨房屋朝东倾斜得很厉害，随时可能倒下去。他问沙陆氏："怎么压下去啦？"

沙陆氏："狗儿他爹饿了好几天，没有多少力气，今天他偏要修房头的房顶，叫他不要爬上去，他偏不听。"

救人要紧！郁江福叫来了他的二哥郁江官，两人一商量，又请了几个村人，大伙儿用钉耙扒弄倒下的茅草屋顶，不多辰光，快要见底了，一个毛头小伙子急急抽出一根木头，顷刻间西房也向东倒下去了。

所有人都向后退却几步，只见沙陆氏丢下狗儿，一个箭步冲向西屋，从倾斜的门框中钻了进去，片刻，抱着那小罐黄金出来了。

待塌房全部清理完毕，已是酉时辰光，只见沙启高合扑趴在那里，已经没有气息了。

沙陆氏哭天抹泪求大家："做做好事，将孩子他爹埋了吧。"趁着人多，连夜用房顶上的稻草捆住沙启高，埋在屋后的田地里。

黎明之时，郁陈氏领着沙陆氏和狗儿，走进郁江福的家里……

第2节　迁徙创业的昌盛之路

沙陆氏和狗儿被安顿在郁江福的西房里，郁陈氏用黄酱蘸着煮烂的杂草、麸糠等喂给他俩吃，再加上郁江福捉来的小鱼熬的鱼汤，休息两天后体力逐渐恢复。郁陈氏与沙陆氏姐妹似的相处，士昌和狗儿也玩得很开心。

十天之后。沙陆氏捧着那小罐黄金跪在郁江福夫妇前，声泪俱下地说："大哥大姐，小女子有两事相托。"

郁江福："大妹子，何以如此？站起来说。"

沙陆氏仍然跪着："感谢救命之恩，这罐黄金物归原主，还给大哥。"

郁江福："千万不可！说起来惭愧呀，灾荒之年，黄酱比黄金有用，值铜钿。我有私心，不该用黄金换启高弟的黄酱，害得你们无以为食。"

沙陆氏："话不能如此说。"

郁江福："我绝不会收下这罐黄金。"

沙陆氏："大哥大姐，容我再将第二件事禀告。"

郁江福："快说吧。"

沙陆氏："我明天离开这里，请你们收留狗儿做儿子，我一个人出去讨饭。三年之后，我回来做牛做马以身侍奉大哥。万望勿拒。"

郁江福听后搓着双手，无以作答，瞟了妻子一眼。

郁陈氏："大妹子，兹事体大，容我们商量后再议。"扶起沙陆氏："明天你先不要走。"

沙陆氏："明天可以不走，但我一定要离开这个伤心之地。"

郁江福和郁陈氏回到东房里,郁陈氏对丈夫说:"明日和二哥商量一下吧。"一夜无话。

第二天一早,他俩走进东宅郁江官的家,郁江官及妻子郁袁氏开门迎进去。郁江福向他二哥和盘托出沙氏出走之事的始末,请他出出点子。

郁江官是善于谋划之人,他审视三弟一眼,沉思片刻,对处理此事应从何着手已经心中有数,对郁陈氏说:"此事处理不难,看弟媳妇如何办了。"

郁陈氏听懂了郁江官的话中话,说:"人之初,性本善。救人一命胜造七级浮屠。"又说:"我和狗儿娘亲如姐妹,士昌和狗儿赛似兄弟。就当我家又多了一个儿子啦。"

郁江官:"那就好办了。"

郁江福:"也难办呀,陆氏要出去讨饭三年,活下去是很难的,万一有个三长两短,狗儿又失去亲娘,那我更对不起启高兄弟呀。"说着说着,七尺男儿眼中泪汪汪。

郁江官:"是呀,各乡各村灾情严重,出讨也很难维持生活。我有一个万全之策。"

郁江福、郁陈氏急问:"有何好计?"

郁江官:"离开土地桥,往西界寻找新的生存之地。"

郁江福:"人生地不熟,到哪里去找呢?"

郁江官:"我的一个阿舅袁成府,前年去了木行桥置业,那里地势比土地桥要好。我明天去找他。"(袁成府是郁江官之妻郁袁氏的小弟。)又说:"等我三天,一定带回消息的。"

翌日。郁江官向西步行几十里,傍晚才到达木行桥的袁家。隔天,在袁成府的帮助下,在木行桥南一里地定下两垗空地,两者相隔八垗距离。一垗宽度在40丈至60丈。第三天郁江官离开袁家返程时,又给袁成府一些银子,委托他在每垗地皮中间各盖两间草房和灶头。

郁江官回到土地桥后,向郁江福夫妇和沙陆氏讲述了木行桥之行的过程及向西迁移的计划,郁江福夫妇深表赞成,沙陆氏向郁江官作揖叩谢。郁江官叮嘱大家:"此事对老爹及所有人保密,以防节外生枝。"

迁移准备工作紧锣密鼓地进行着。

第二天一早,沙陆氏领着狗儿到东房里,向郁江福夫妇叩头,狗儿奶声奶气地喊："寄爷，寄娘。"郁江福说："好，狗儿长大后与士昌一起念书。"

第三天上午，沙陆氏回了她娘家，对她哥哥说："那块卖给郁江福的500步田退给你。"随手将活契交给她哥哥，并说："江福先生交代，不要你的赎金。"他哥哥大惊："何以如此？"沙陆氏对此没作回答，只对哥哥说："田里花地（庄稼）全死了，你再种下去。"

第五天晚上，郁江福把郁江官叫到家中，对他说："老爹分我1000步，加上这座房子全给你。在木行桥置荒地、盖草房所花的银子，不论多少，我也不算给阿哥了。"

郁江官回答："论价值，我要补你不少，待以后家境好转再还给你。"

郁江福："兄弟之情无法用金钱称斤两。这座房子将来送给士明、士林侄儿娶亲吧。"

郁江官："好吧。你们走时，送你一部独轮车，家中就留下这部车子了。"

半个月之后，郁江官带着郁江福去了一趟木行桥，认认路，见过袁成府，一切安排妥当了。

又过了五天的五更里，郁江福上路了，他推着独轮车，车上放着小家具小什物，两边坐着五岁亲儿士昌、三岁寄子狗儿。妻子郁陈氏、沙启高的遗孀沙陆氏跟在郁江福后边，两人手挽大、小竹篮子，里面是衣服细软，唯沙陆氏的大竹篮中装着那黄金小罐。这支五人之队，一路向西迁移，走上拓荒创业的昌盛之路。

走了一天之后，夕阳西下，他们到达木行桥。

郁江福一家住在东边两间草房之内，三年之后，此地建成木行桥"郁家东宅"。

沙陆氏和狗儿住进西边两间草房之内，并立了沙启高的牌位，守孝三年。之后，沙陆氏更名郁陆氏，正值狗儿启蒙之时，取名郁士盛，寄子成为儿子。三年之后，此地建成木行桥"郁家西宅"。

二十年后，郁士昌在郁家东宅上建成"积善堂"，几十年后，郁士昌的后人再建"新宅""新新宅"，加上"郁家东宅""郁家西宅"，终于完成了"木行桥郁家村"的雏形。此是后话，容后再表。

房

第3节　勿在土地菩萨头上动土

话分两头。本节叙说郁江朝、郁江官的故事。

土地桥位于五谷河畔，它的雏形是一片沙地，人烟稀少，土地瘠薄，非沙即洼，茅草丛生。从清乾隆初年开始，因逃难而来的郁姓及毛姓、戴姓、蔡姓人，在这里开始垦荒种地，其中崇明有氏后裔73世郁德林，可能是因鲤鱼穴地之故，传至郁永行这辈财富开始大增，成了当地不大不小的财主，在儿子成家之时，他分给郁江朝、郁江官、郁江福可观的房产田地及银子黄金。

当年水系不畅，加上土地桥北高南低的地势，种植的庄稼常常因发大水而被淹没，颗粒无收。土地桥的乡民就在五谷河南侧筑了一条泥坝，挡住北来的雨水，但遇到连续阴雨，坝北人家要偷偷掘坝放水，因此造成坝南人家大片农田淹没，坝南坝北常为放水之事闹纷争。

因洪水成灾而西迁的郁江福走后的第二天，郁江官去了海门直隶厅，找到他大哥郁江朝，闭口不谈三弟西迁之事，而对郁江朝说："大哥，事情有点蹊跷呀，这次大洪水，还是坝北人家挖了大坝，而且很宽很宽呃。"

郁江朝："原来如此。"又问："我们如何应对？还叫全乡人筑上它？"

郁江官："填满它是肯定的。愚弟之见，此非一劳永逸之计，再发大水，坝北人还会去挖开的。"

郁江朝："有何好法子？"

郁江官："前几天，我去找到算命的小林瞎子，请他出个主意。"

郁江朝："他有什么好点子？说来听听。"

郁江官："他指点，在坝北人家经常破坝放水的坝口上建一间小房子，供上土地菩萨，坝北人家就不敢在土地菩萨头上动土啦。"

郁江朝："依他之见，要花很多银子的，钱从何而来？"

郁江官："我想过了，老爹给我的银子金子正好用上。"

郁江朝："那也算我一份吧，郁家两兄弟合心做事，肯定会成功。"又补充了一句："不知老三在哪里呢？"郁江官没吭声。

填坝、盖房、供上土地菩萨，一切按照郁江官的计划，三个月竣工并取名土地堂，因为它是郁家独资兴建，乡人们叫它"郁家土地堂"，人们常用"进门一老仙，四季保平安"的诗句作为它的别称。说的是，有了土地菩萨把守，坝北人家再也不敢在土地菩萨头上动土了，从而解决了破坝放水之争，还给本地带来风调雨顺、丰收连连的好年景。"郁家土地堂"也由此而名噪乡里，四邻八乡的人们纷纷慕名前来敬香，祈求地神保佑，国泰民安，五谷丰登。

随着敬香的人越来越多，郁家又按照寺庙的风格，对土地堂进行了扩建，砌成了雕梁画栋、飞檐朱窗、造型典雅的三关厢房子。正厅三间，塑有土地、观音、岳飞、关公等像，东西各一栋厢房，供有许多佛像。光绪年间，还请了运程法师前来做住持。土地堂的外形、规模俨然一座小寺庙。堂（庙）门坐北朝南，门前有个小广场，是周边百姓的休闲娱乐场所。此是后话，表过不提。

第4节　土地堂和木行桥的链接

土地堂建成之后，成熟土地逐年增多，乡人除自种外，把一部分土地租给后来户，积累了一点资本，有的人开始转为经商，从外地购进一些糖果、糕点、针、线、布匹、农具等，还经营香沙芋艿、三星河蟹等农副产品，因而在土地堂庙东侧形成规模不小的集镇，并由郁姓、蔡姓等大户协商，定名土地堂镇。

郁江官边经商、边种地，经营有方，集腋成裘，又开始兼并一些人家的土地，不几年成了家底殷实的大户人家，又得了"郁大善人"的美号，在外名气超过了大哥郁江朝。

又过了两年，郁永行病重之际，再次念叨他的小儿子郁江福。

郁江官向郁江朝全盘托出当年三弟西迁始末。

郁江朝、郁江官跪在郁永行病床前，向老父痛哭，忏悔自己的不孝。郁永行大喜过望，病情好了大半，大声喊："快叫福儿回来见我！"

第二天，郁江朝、郁江官赶到木行桥，见到郁江福，将父亲之意告知他。

郁江福："应该见见老爹啦，我对不起生我养我的父亲啊。"略停片刻，又说："回土地桥的日期定在三个月之后。"

郁江朝、郁江官一齐问："为何？"

郁江福："沙陆氏守孝三年刚到辰光，我想下个月让她过门，一同去尽孝心。"

郁江朝、郁江官一齐答："那爹爹会更高兴的。"

若干年之后。郁江官的儿子郁士明、郁士林已成人，郁江朝的儿子郁士达已成家。郁永行弥留之际，再次念叨他的小儿子郁江福，木行桥的子孙们急急赶到他的床前。

木行桥郁江福的两位夫人及郁士昌、郁士盛，郁江官夫妇及郁士明、郁士林，郁江朝夫妇、郁士达夫妇及其儿子共 14 位亲属，披麻戴孝为郁永行送葬，墓地就在郁宅后边鲤鱼骨殖氅的葬地。兑现了分家时郁永行的嘱语："将来有一天我与你娘有个三长两短，忙里（丧事）由你们三人共同尽孝。"

在往后的年代里，每年清明节木行桥的郁氏后人都会赶往土地堂上坟，中午由大房郁江朝的后代设宴招待二房三房的子孙们，实现了分家时郁永行的嘱语："每年清明上坟，由江朝出资摆酒席招待，1000 步地皮就是'坟祭田'。"

如此，完成了土地堂和木行桥的链接。这个链接一直延续到 20 世纪 40 年代，因时局之乱而中断。到了 2013 年 11 月，郁海发为编制木行桥郁氏宗谱，和郁九成、郁海新、郁海达去土地桥探访郁家古宅而接续。

欲知后事如何，请看第三集《郁氏积善堂及其牌匾钩沉》。

第三集　郁氏积善堂及其牌匾钩沉

200 年之前，海门木行桥郁氏积善堂的一块牌匾，随着岁月逝去而毁坏殆尽。峥嵘的时光里，唯有匾文永恒，时光老去，文字不老。

第 1 节　木行桥郁家东宅西宅合成一家

本集故事发生年代在公元 1800 年之后，清朝嘉庆、道光年间。

沙陆氏虽不像郁陈氏念过《三字经》《百家姓》，而是大字不识当木马凳，却是决断能力极强的小脚女子。回顾她瞬间决策的几件事：她家厨房屋倒塌之时，第一时间冲进去抢出小罐黄金；当机立断，当夜求人就地埋葬突然死亡的丈夫沙启高；把独子狗儿送给郁家为子，自己外出乞讨；承诺三年之后以身侍奉郁江福。这些皆可证明，她不同于一般无主见的女子，而是能将命运掌握在自己的手中。

沙陆氏和狗儿住进西边两间草房之内，一切生活之类什物，均由袁成府准备齐全。第二天就立了沙启高的牌位，每天早、中辰光在座台上"抬饭"，为丈夫守孝了三年。

沙陆氏家田里的花地都是郁江福前来帮助种植、收割，每次郁江福离开时，沙陆氏都会作揖道别："大哥，万福！"狗儿几乎天天去东边宅上找郁士昌白相（嬉戏游玩），郁陈氏时常来西宅看看，两家亲如一家，但不是一家。一晃就是三年。

某天，郁陈氏来到西宅上和沙陆氏私语半天，两个女人将合搭一台戏。

第二天，沙陆氏请阴阳先生做了道场，扎了纸屋和剪了纸衣纸裤，焚烧了亡夫沙启高的牌位。

郁陈氏对丈夫说："狗儿他娘守孝三年了，沙启高的牌位已经化课（方言，将纸屋、衣箱等烧给死者的意思），应该把她娶过来了吧？"

郁江福："不知狗儿他娘的意思。"

郁陈氏："那正是陆氏的意思呀，三年前她就答应了的。"

郁江福："好的。全凭夫人做主。"

第二天正好郁江朝、郁江官来到木行桥认亲，郁江福告诉两个哥哥娶陆氏之事，并邀请他们参加婚礼。

郁江福用十天时间，在原东宅两间草房之西再并列建了两间草房。郁陈氏提出，东边房头作为郁江福的新房，她自己带着士昌、狗儿暂住西边新盖房里。可见郁陈氏是一位大度的女子，也证明陈氏、陆氏关系的融洽。

月初吉日吉刻，一场特殊的婚礼在木行桥郁家东宅里举行。

土地桥的郁江朝、郁江官全家及陆氏的哥嫂均前来祝福。

一顶绿呢大轿，抬着陆氏从西宅出发，向南走过两埭再向东两里，又向北走两埭后向西，绕圈进入郁家东宅。

暮色已临，陆氏捧着小罐黄金，在亲人们的簇拥下进入厨屋间里，向郁江福、郁陈氏作揖，捧上黄金小罐说："请大哥、大姐收下薄礼！"

郁江福接过黄金小罐，交给郁陈氏，扶着陆氏向东房头走去；郁陈氏将黄金小罐递给郁士昌，她也扶着陆氏，将他俩送进东房后退出……

婚礼之后，郁江福又用十天时间，在原西宅两间草房之西再并列建了两间草房，成为郁家西宅。一个月后，沙陆氏已经更名郁陆氏，和丈夫回到郁家西宅。往后，郁江福在东、西宅里轮流居住，郁家东宅和郁家西宅合成一家，一个主人两个家。

狗儿取名郁士盛，寄子成为儿子。在郁家西宅的西屋里，郁江福开设私塾，请了先生教授郁士昌、郁士盛，南乡北埭上的农家子弟也来接受启蒙读书，先读三（《三字经》）百（《百家姓》）千（《千字文》），继以《大学》《中庸》《论语》《孟子》。

房

第 2 节　郁江福在"房"上用足劲头

飞禽走兽都有一个窝，人类也离不开一间房，它是每一个人安身立命之所。历来房之大小、多少是一个人的身份、财富的象征。在历史发展的长河中，某些事件惊人的相似，郁江福的"致富路"是复制其堂叔凤凰桥的郁永富的"发财路"，两者惊人的一致，可证海门郁氏人家的发展有其共性，就是在住宅、房基地上用足了劲头。

郁江福是有氏后裔从崇明迁至海门地域的第三代，他的智商高于他的前辈，勤苦劳作不亚于父亲郁永行，自从娶了郁陆氏后，他的创业之路风生水起，乡人们议论说："郁江福两位夫人都是助夫之命。"其实不然，而是他遵循其堂叔郁永富的致富路数。首先凭借一氅黄金，购置不少土地，分别充实郁家东宅和郁家西宅上的耕地，自种、雇短工、佃租，昼夜劳作，积累家资，使他财源滚滚而入。然后，积累了一定财富的郁江福对郁家东西两宅做了全面规划，先后对两宅房子进行改建，以便为两个儿子成家寻媳妇。

在郁陆氏进门之后第二年，郁江福开始在两宅草房的北边 10 丈处开建后宅沟，每年挖一点，前后用了 5 年，形成了长 12 丈、宽 5 丈、深 1 丈的大宅沟。又过了 5 年郁士昌 18 岁时，对郁家东宅进行了扩建。

第 1 步，在距宅沟之前 1.5 丈之处，建成一间朝南瓦房，是宽 3 丈七路头房子，即七根横梁的高房子，作为公堂屋，俗称前头屋。前面大门 6 尺宽，大门两边是活动的排板，可以装卸而使前头屋全部敞开。在盖房时，郁江福请泥水匠袁成府，遵照鲁班先师的规定，用"抓阄"的办法，在屋脊内安放不知其数的小泥人，它们神像多变，栩栩如生。这也是复制了凤凰桥堂叔郁永富的做法。建造前头屋用了 3 个月时间。

第 2 步，在前头屋东西两旁各建两间瓦房，各宽 1 丈半，分别设有灶头及房头（卧室），东头称为瓦 0 房，西头叫作瓦 2 房，可以居住两户人家。建造东西 4 间房子又用了 3 个月时间。

第 3 步，郁江福和郁陈氏搬入东边瓦 0 新瓦房里，郁士昌独住在西边瓦

2 新瓦房里，撤除原先 4 间草房，形成长 24 丈、宽 12 丈的大场心。5 间大瓦房连成一片，清一色的白墙黑瓦，郁家东宅初具规模。

郁士昌 20 岁时，在西边瓦 2 房新瓦房里成婚，娶袁成府的女儿为妻。郁士昌继承了其父郁江福郁家东宅上的遗产，成为富甲一方的绅士。借公堂屋屋脊内的小泥人，郁家东宅人丁兴旺，郁袁氏先后生育了四个儿子，分别为老大房郁思浩、老二房郁思忠、老三房郁思孝、老四房郁思启。

两年之后，郁江福又对郁家西宅进行了扩建，几乎全部复制郁家东宅的做法。郁士盛也是 20 岁时成家，继承了其义父郁江福郁家西宅上的遗产，也成为富甲一方的绅士，借公堂屋屋脊内的小泥人，先后养育 3 个儿子，分别为老五房郁思节、老六房郁思义、老七房郁思信。

若干年之后，郁袁氏因病早亡，郁士昌续娶其后母郁陆氏娘家侄孙女、土地堂的陆笑姑为小夫人，陆笑姑年龄比郁士昌小两轮，在郁士昌 60 岁时，陆笑姑生了奶末头（最小的）儿子老八房郁思奎。

在往后的各集中，木行桥郁氏八房后人演绎了"房"剧的大戏，容后再表。

第 3 节 追恨之下做了交关善事

郁江福心中时时忏悔当年黄金黄酱互换的往事，在公堂屋内设立观音菩萨的神像，每天吃斋念佛，追恨之下做了交关善事。

某天，郁家东宅走进一位老妪，向郁陈氏伸手乞讨。当她走到横路边上时突然摔倒，惊得郁陈氏大叫："老头子，快来呀！"郁江福正在观音菩萨像前祷告，听到喊声，他立马赶出去，与郁陈氏一起，将老妪抱回家中，郁陈氏喂她米汤后，她慢慢醒过来了。原来这位老妪家住北荡里，因当地十堰河发大水，家中人全被洪水淹死，她单身乞讨而来。郁江福触景伤情，同情心油然而起，忙问："老度（大）姐，你不用到处去讨饭，就在我家住下吧，有我们吃的，也有你一碗。"郁陈氏亦上前劝说。老妪连忙叩头致谢。从此，连名字也不知、一直以"老度姐"相称的老妪，在为她专盖的朝东草房里住了十年，寿终之时由郁士昌为她办了丧事。

房

老度姐来的第二年，木行桥周边的年景不好，加上北边灾民涌来，饥饿的穷人不断增加，郁江福又在朝东草房之南增建 3 间草屋，由老度姐负责煮粥施舍给穷人以度过荒年。往后，每年春天开伙 3 个月，广施薄粥，被称为木行桥郁氏粥厂，直至老度姐离世才中止。

在郁士昌成家前的某天，郁江福从木行桥镇上收租回家，刚出西市梢头，见一个"路倒"，十多岁的样子，衣衫褴褛，满面灰尘，奄奄一息。郁江福急忙把这个孩子背到药铺，让先生把脉。先生告知是严重伤风外加饥饿，并给开了汤药。郁江福遂将孩子背回家中，先给孩子喂稀粥，又将汤药熬好让他喝了，之后又把士昌的衣服给他换上，让他和自己的儿子睡在一张床上。

那孩子经过七八天的调理身体就基本恢复了，经过仔细询问，得知他是海门茅家镇里古董商的儿子，因打碎了花瓶，怕受责罚跑了出来，带来的钱花光后，3 天没有吃饭，饿倒在路上。

十多天后，郁江福雇了一顶轿子，将他送往茅家镇。他支付了两位轿工的费用，又把碎银子缝在孩子身上，就把他送走了……

两年之后，郁士昌成婚不久，郁家东宅突然来了两顶官轿子，前面一顶轿子走下海门县同知，在随从们的搀扶下走向郁家大场心，后面一顶轿中走下一位翩翩少年，穿戴得体，显得非常精神。郁江福领了全家迎了上去，纳头便拜。县同知赶忙说："先生不可也。"便让后面少年向郁江福叩头跪拜："叩谢恩人！"原来少年是两年前路倒的孩子。他不是古董商的儿子，而是海门同知的儿子，当时不敢说出真相。

郁江福将县同知和他的儿子迎入前头屋，敬茶坐定之后，同知命随从抬上礼物，少年捧上银子："归还恩人。"中午斟酒摆宴，酒席之间，得知郁江福来自土地桥，他的大哥郁江朝是县府的官吏。此时正值吃点心（午饭）之时，郁氏粥厂开伙之际，穷人们蜂拥而来，同知闻见，对郁江福说："真是积善之家，必有余庆。"他看了看高大的前头屋，又说："此乃积善堂也。待老朽回去，制作一块牌匾，赠予你们郁家，挂于高堂之上。"随即命随从量好了尺寸。

第4节　郁氏积善堂非江湖堂号之义

10天之后，郁江朝代表县同知送来一块长6尺、高2.7尺的红木牌匾，上书"积善堂"三个字，是县同知的墨迹。袁成府正要将它挂在前头屋正门上方，郁士昌赶来阻之，说："岳父大人，且慢。"又对郁江朝说："伯父大人，此匾不宜，暂缓挂上去吧。"

郁江朝问："贤侄何出此言？有何不妥？"

郁士昌答："光'积善堂'三字易被世人及后人误解为江湖好汉的堂号。前头屋挂上了此牌匾，显示木行桥郁氏先祖及父亲郁江福所坚守的积善理念，正是我辈立身做人的原则，故应有其内质文字，作为浓墨重笔的标识。"

郁江朝："依你之见，不要挂此匾啦？"

郁士昌："不！这是县同知对我父亲大人的褒奖，一定要挂上去，但应加以补救。"

郁江朝："如何补救法？"

郁士昌："应在牌匾之上写上匾文。我去找一下文字，然后请同知大人添上去。题字之义应是相关善恶之论的内容。"

郁江朝："好呀，我去禀告同知大人。"

郁江福也点头赞同："如此最好。"

当晚，郁士昌翻遍了他历年来的习字本，找到中意的一段文字：

家之盛衰，关乎积善与积恶而已。

积善者，恤人之孤，周人之急，居家以孝悌，处事以仁恕，凡所以济人者是也。

积恶者，欺凌寡弱，隐毒良善，巧施奸佞，暗弄聪明，恃己之强，赶人之财，凡所以欺心者是也。

是故，能爱子者，遗之以善；不爱子者，遗之以恶。

古诗云：无念尔祖，聿修厥德。天理人欲，自宜修省。

房

当即，郁士昌拿起习字本，走进郁江福的屋里，征求他父亲的意见。

郁士昌说："爹爹，我找到了一段文字，非我所作。它摘自浙江兰溪经典家训'章氏祖训'。因其义理深刻，常被人仿效之而广为流传。我们不妨写在这个牌匾上。"

郁江福："念给我听听。"

郁士昌念道："家之盛衰,关乎积善与积恶而已。是故,能爱子者,遗之以善;不爱子者，遗之以恶。这是其中的两句。"

郁江福："我听懂了，蛮好，蛮好。冀望我们的后人传之、习之。"

郁士昌："还有呢。"又继续念道："积善者，恤人之孤，周人之急，居家以孝悌，处事以仁恕，凡所以济人者是也。积恶者，欺凌寡弱，隐毒良善，巧施奸佞，暗弄聪明，恃己之强，觊人之财，凡所以欺心者是也。"

郁江福："明白，不做恶人，要做善人。"

郁士昌："还有呢，最后一句，古诗云：无念尔祖，聿修厥德。天理人欲，自宜修省。"

郁江福："这句不太明白，听不懂了。"

郁士昌："我解释一下。此处'无''聿'是语助，无义。'厥'，代词'其'，即'他们的'意思。全句之意是：思念你们的先祖，继承发扬他们的优秀品德。明天理，抑人欲，各自应该刻苦修炼，自省检点。"

郁江福："知道了。这是我辈对后世子孙以德立身的期盼。"

郁士昌："写上这段文字后，匾名与匾文两者相互印证，相得益彰。"

郁江福、郁士昌父子就匾文达成了共识，第二天郁士昌又抄录一遍，当日赶到茅家镇送给伯父郁江朝，转送给海门县同知。

半个月后。木行桥郁氏积善堂挂匾仪式在郁家东宅上举行，县同知送牌匾到宅上，亲手点燃八支炮仗举发升天，显示木行桥郁氏老八房兴旺发达，好像代替当今领导的剪彩礼节。中午，在宽阔的场心里摆上50桌酒席，古时用的是每桌8人的方桌，400位四邻八乡的乡民举杯同庆同贺，可谓木行桥郁氏家族的盛事。

第 5 节　郁氏积善堂的正反思考

两百年之前郁江福、郁士昌所建前头屋后为积善堂，它的这块牌匾随着岁月的流逝而毁坏殆尽，在郁海发年幼之时，该匾因脱落早已被族人拆下，不知所终。峥嵘的时光里，唯有匾文永恒，时光老去，文字不老。积善堂及其匾文给世人更多的启迪。

木行桥郁氏非名门望族，未有显赫人物，未见惊世大事，但经过社会的多次变革，长足的发展是不争的事实。匾文刻于匾额之上，一则以释取名积善堂之义，二则以教子孙。匾名及匾文对族人是一种提示，也是一种训导，训导的主题要义是做人做事中的善恶观。

木行桥郁氏后人遵循匾文一路走来，花开八方，硕果累累。郁家东、西宅之间八垗地皮，垗垗里都是郁氏的农村别墅；传下八房八代两三千人，不乏留学生、博士生、专家、名师、名医，另有第一位抗日乡长、上海劳动模范、援外农民技师、现代商贾精英、草根艺术家。这些名不见经传的小人物中的佼佼者，都是沙地人文化的积淀、海门人的荣耀、郁氏家族的骄傲。

世间万物万事均有阴阳之道，矛盾无处不在。由于利益冲突、理念迥异，加上沟通方法欠妥，世人中常发争斗，同族之间亦然，姐妹龃龉屡见不鲜。郁江福、郁士昌始料不及的，木行桥郁氏后人中，为房产、宅基之争演绎了兄弟阋墙的太多故事。这种争斗或许像战争、地震、瘟疫等推动历史的进程一样，才有海门郁氏今日之兴、之盛、之旺。

海门木行桥郁氏积善堂并非后世人误作梁山好汉聚义的江湖堂号之义，而是具有官府褒奖积善堂主人性质的文化遗产。同样之理，海门凉棚镇挂有张謇状元赠匾的郁氏"正心堂"具有相同之解。容后再表。

欲知后事如何，请看第四集《三房之斗实是两房之争》。

第四集　三房之斗实是两房之争

宅基和房产之争，历来是农村家族矛盾的焦点。郁江福没有想到，在建立积善堂不到半个世纪后，他的三个孙子在郁家东宅里演绎了一场宅基之争，两房互斗催生了郁家"新新宅"，见证了木行桥郁家村历史的跌宕变迁。

第 1 节　郁江福临终更改遗嘱

本集故事发生的年代在 1850 年前后，太平天国与清朝政府作战时期。

郁士昌有四个儿子，郁思浩、郁思忠、郁思孝、郁思启。他在郁家东宅正垉屋前盖了 3 间朝西偏房瓦 2 号，3 间朝东偏房瓦 3 号，均为五路头瓦房，同时还挖掘了东、西宅沟。郁士昌拥有 28000 步地皮，全家合灶吃饭，老度姐死后，又请了男女长工，农忙时请请短工，女长工管理全家伙食。

郁士盛有 3 个儿子，郁思节、郁思义、郁思信。他在郁家西宅正垉屋前也盖了朝东偏房 6 间五路头瓦房，还挖掘了西宅沟。郁士盛也拥有 28000 步地皮，全家合灶吃饭，同郁士昌一样也请了男女长工，农忙时请请短工，女长工管理全家伙食。

几年之后郁陈氏病亡。郁陆氏搬到郁家东宅与郁江福同住，老两口在瓦 0 房内安度晚年。

又过了几年郁江福病重之时，郁陆氏对丈夫说："当初你定下士昌、士盛分别继承东宅、西宅上的财产，我认为不合理。"

郁江福："有何不妥？"

郁陆氏："东、西两宅田产各 28000 步。士昌四个儿子每人分得 7000 步，士盛只有三个儿子，每人分得9300多步。"

郁江福："以夫人之见，如何分配？"

郁陆氏："应该按七个孙子平均分配。"

郁江福："如此，士盛分得少了。"

郁陆氏："士昌虽非我亲生，都是我们的儿子啊。"

郁江福点头："夫人高见，就按你说的办吧。"

两天后，郁士昌的丈人袁成府、郁士盛土地桥的舅舅、郁士昌、郁士盛在积善堂内召开老娘舅分家会议。

郁江福病在床上，由郁陆氏代表丈夫宣布："郁家东宅的房产归士昌，郁家西宅的房产归士盛；东、西两宅地皮共56000步，分成八份，七个孙子每人7000步。"郁陆氏对士昌说："你的地皮仍为28000步。"对士盛说："你应拿出7000步。"

郁士盛："听从姆妈安排。"

郁陆氏继续对两个儿子说："这7000步归我耕种，我俩百年之后归士昌所有，作为家族的'坟祭田'；此间房子也归士昌所有。"又补充："我俩年老时忙里（丧事）由你们兄弟共同操办。"

郁士盛："明白，明白。"郁士昌向继母郁陆氏作揖："叩谢父母大人。"

在场亲属表示分配方案非常好，夸赞两兄弟是明白事理之人。

郁江福在更改遗嘱的第三天归天，所有子孙披麻戴孝为他举行葬礼，他的棺材、牌位放置在积善堂内，每天早、中辰光士昌之妻郁袁氏在座台上抬饭。3年之后，郁江福的棺材移置木行桥东两垗里瓦坑之中，与郁陈氏墓坑并立，头朝东方脚对西方，郁家后人称为"西北高坟"。

郁陆氏继续独居在积善堂东侧瓦0房中，她的7000步田地由郁士昌耕种，生活起居由郁袁氏负责照应。郁士盛每天早上到亲娘房里请安。逢年过节两家在积善堂内聚会，亲如一家，其乐融融。

第2节　郁士昌花甲年喜得幺儿

住在积善堂西侧瓦2房内的郁士昌和郁袁氏夫妇给大儿子郁思浩成了家，新房设在朝西偏房瓦1号房内。又过两年，郁士昌给二儿子郁思忠成了家，新房设在朝东偏房瓦3号房内。

一年之后士昌之妻郁袁氏因操劳过度而早亡，郁陆氏对士昌说："为母将是入土之人，什么也干不了啦。我想叫娘家侄孙女笑姑来帮帮我。"又说："况且一大家子事，家中无女人是不成的。"

郁士昌："听凭姆妈做主。"于是，郁士昌派人去土地桥陆家，转告郁陆氏之意。几天之后，待字闺中的陆笑姑来到木行桥郁家东宅，陪伴她的姑婆，操弄全家内务，转眼就是三年辰光，郁袁氏也入土安葬了。

某天晚上，两个女人说着悄悄话。

郁陆氏："你照顾我三年多，耽误了你的出阁，我心中不安之心渐生。"

陆笑姑："姑婆千万不要这样说，我孝敬您呢。"

郁陆氏："跟你商量一事，你已经熟悉我们郁家了，士昌也未娶，不如你嫁给他吧，如何？"

陆笑姑红着脸："姑婆，辈分不对呀，我叫他士昌伯伯的呢。"

郁陆氏："没有多大关系呀，你不知道吧，士昌非我亲生的。虽比亲生还要亲，但无血缘关系。"

陆笑姑："怕我配不上他啊。"

郁陆氏："我旁看，他对你也挺好的呀，要不我去探探他的口风？"

郁陆氏将郁士昌叫到身边，对他说："趁我这把老骨头还在，将笑姑弄到你身边，挑个吉辰办了啊。"并非征询的口气，郁士昌只有点头。

第二天，郁陆氏派媒人去土地桥找到娘家阿侄。他阿侄养育五朵金花，除笑姑外还有一位女儿尚未出嫁，笑姑嫁入郁家是求之不得的好事。

接下来，笑姑回到土地桥自己的家；郁陆氏搬到积善堂西侧瓦2房居住；郁士昌给土地桥陆家下了很重的聘礼；挑选吉日迎娶陆笑姑进门，婚房设在郁陆氏腾出的积善堂东侧瓦0房内。陆笑姑进门后，上上下下及邻里均称为"小夫人"。这位郁家东宅上的女主人，在木行桥郁氏的发展中举足轻重。

几年之后郁陆氏也作古，郁士昌将二儿子郁思忠搬至瓦2号房居住；在西边第三垗里买了金家的宅子，建成3间五路头瓦房，被称为"郁家新宅"；为老三郁思孝、老四郁思启攀亲（订婚）。

三年之后，郁陆氏的棺材安放在西北高坟郁陈氏瓦坑北边。

郁家积善堂内同一喜日迎来两位新娘子，老三郁思孝婚后进入瓦3房内，老四郁思启婚后进入郁家新宅内。如此，郁士昌四个儿子的住房全部确立，各家田产为7000步，郁士昌和小夫人耕种坟祭田7000步。

故事将进入得姓始祖郁江福的孙子时代。

第一，郁士昌的大儿子郁思浩无子嗣，二儿子郁思忠生独子郁正茂，三儿子郁思孝生四男郁正岳、郁正长、郁正龙、郁正江，他将郁正岳过继给长兄郁思浩为子是顺理成章之事，为此举行了过继仪式并立了契约。

第二，郁士昌60岁时，小夫人陆笑姑有喜了，顺利诞下一个男孩。花甲之年喜得幺子，在积善堂里摆上10桌满月酒，宴请近亲好友，并给幺子取名为郁思奎，是为木行桥郁氏老八房。

第3节　郁思孝的亲情算计

郁思奎三岁生日那天，郁士昌举行第二次分家会议，这次未请老娘舅，全是郁家东、西两宅的自家人。

会议由郁士盛主持，地点在瓦0房内。他先讲话："思奎阿侄已经三岁。他长大以后田产房产如何安排？"

大概提出此事比较突然，老七房的兄弟们你看我，我看他，无人吭声。

郁士盛："大家不说，我先提出一个方案。新事情，老办法，按你们江福公公当年的办法，56000步今天按九份分配，每份6200步，从各家原7000步凑出一份地皮。思奎的住房就在此屋里。"

仍然无人应答，有人可能不愿意，毕竟要拿出800步地皮，有人可能担心重分家产势必生发龃龉而造成争斗，抑或两者兼而有之。

分家会议形成僵局。不见有人表态，老二房郁思忠提出一策："我提出一法，取消坟祭田，父亲现有7000步留给八弟，这样可好？"

"坟祭田"又称"长孙田"，这7000步以后本应该归老大房郁思浩所有的，可郁思浩生性平和，立即表示同意。

老三房郁思孝马上大声责问郁思浩："你同意？回去问问正岳！"郁正岳是他的大儿子，嗣给郁思浩为子。

老五房郁思节说："二哥的意见很好，我同意。"

郁思孝："好个屁！"对郁思节大吼："你是郁家西宅的，东宅上的事轮不到你说话。"

老四房郁思启对郁思孝说："三哥，你不能这样说啊，七位兄弟，不，八位兄弟都是江福公公的孙子，不要伤了和气啊。"

郁士昌开骂郁思孝："你这猪奴！祖宗的话你忘掉了。真不该叫思孝，应改为不孝！"

老六房郁思义、老七房郁思信走到郁士昌身边说："大爹爹，消消气。我们俩同意二哥的提议。"

郁思孝低头不语。

郁士昌将郁士盛拉到房头里，关上房门，与小夫人一起商量。陆笑姑说："二房思忠的方案可行，大多兄弟也赞成取消长孙田。唯这间房子可按原定计划传给长房思浩，以后，我与思奎在西边再购一宅，所花费用由我自己出。"士昌、士盛认为此举是折中之法。

三个人一齐走出房头，郁士昌向大家宣布这条决定。老四房郁思启首先表示拥护："爹爹不必另购宅子，我住的新宅上空地不少，可以新盖房子，将来我和八弟同居一宅。"

郁士昌："如此甚好，难得四儿有孝心。"

其他人纷纷表态支持，郁思孝知道众意难违，又知瓦0房子会传给他的长子郁正岳，赶紧向郁士昌认错："父亲大人，恕儿不懂事。"

若干年之后，郁士昌病故，陆笑姑带着郁思奎搬到郁家新宅上。表过不提。

在郁氏老八房中，老三房郁思孝置田最广、积财最多，且有四个儿子，他也走上"置地、建房、寻媳妇"的路数，大儿子过继给大房了，可以不管，但必须为其他三个儿子建造新房。经过深思熟虑，郁思孝向老父提议，打造"目"字形三进三场心的郁家东宅。

郁思孝对郁士昌解释："父亲，我的设想是分四步走，第1步建成里场心，用第一穿堂进出。第2步建立中场心，用第二穿堂进出。第3步建立前场心，用第三穿堂进出。第4步挖掘四汀宅沟，前面横沟建坝筋作为进出通道。"

按这个方案，郁家东宅大场心的四周全部建房，是一个非常安全的深宅大院。以决策规划而论，郁思孝是一位视事深远、实力雄厚的强者智者。

郁士昌听后未作声，郁思孝看作父亲颔首默认了。急忙跨出屋门离开时，郁士昌突然说："我身体不如往年，东宅上的事，你与二房思忠一块儿商量吧，至于大房思岳，反正你们是一家。"

郁思孝并不把二哥郁思忠放在眼里，把父亲的话当作耳边风，在没有通告郁思忠的情况下，他就添砖买料，准备在瓦1房南边加盖瓦1南房，在瓦3房的南边加盖瓦3南房。

开工那天，郁思忠赶来质问郁思孝："宅上地皮都属老爹所有，你为何独自起房子？"郁思孝答："去问老爹呀，你管不着。"一言不合，兄弟俩推搡之间动了拳脚。盖房的泥水匠们见亲兄弟发生肢体冲突，将双方劝开了。一位年老者对郁思孝说："三先生，我们先回家了，你们兄弟商量妥了再说。"迫使建房停工。

郁思孝面对一堆堆建筑材料，沉思片刻后直奔天王镇官府提告。第二天，官员下乡察查，先到郁士昌房中了解情况。一小时后出来，通知郁思孝、郁思忠明日在天王署升堂判决。

翌晨，郁思孝准备去天王镇开庭，在跨出门槛的当口，北屋角的一捆芦头卷帘突然倒下。郁思孝大惊失色，心中掠过一丝凉意，顿觉是日宣判定为不利。他决定不去天王镇，等于原告撤诉，转而走进瓦0房内向其父郁士昌求助。

郁士昌对郁思孝说："我考虑一下，明天坐在一起商定吧。"

第4节　小夫人陆笑姑的计谋

第二天，在瓦0房外间召开会议，对郁家东宅宅基地再作分配。参加者有郁思浩、郁思忠、郁思孝三兄弟。郁士昌因年高有病没有出面，由小夫人代为宣布三点："思孝在建的房子复工，这瓦1南和瓦3南两块宅基归他所有；我与你们的父亲带思奎西迁，这里的房子留给大房思浩，外加东半宅朝南那块空地至横沟；第二排朝南屋穿堂合建并以此为界，东边瓦5地基归三房思孝，西边瓦4地基归二房思忠，之南到横沟地皮亦归思忠所有。"

郁思忠表态："如此很好，本宅房基地的分配三一三十一，合理的。"

郁思孝却说："二哥一个儿子，宅地基太多。"并提出："穿堂东、西两边均由我来建房，这样我的四小子将来有个落脚之地。"郁思忠当然死不肯应。

郁思孝思忖半天，对郁思忠说："我在西界购一宅，请二哥搬往那里去。一点也亏不了你。"他想用新购的宅子将郁思忠挤出郁家东宅。

郁思忠断然回绝："我的田地在本宅周边，西界太远，绝不能去。"又不客气地顶回去："大哥的嗣子是你大儿子，我若搬出去，整个宅上实是被你独占。三弟呀，你的算盘打得真好啊。"

要二房西迁遭拒，郁思孝霸道十足地提出："穿堂两厢的房子一月之内必须开工，若二哥不盖，我要动手去盖。"变着法儿想要瓦4这块房基地。

郁思忠面露难色。片刻，他憋足气顶了几句："你知道我一个月内无力盖房，这不是存心为难我吗。我家的地盘我做主，何时盖房由我来定。"

陆笑姑却笑着说："如此最好! 按思孝的办法去做。"对思忠说："你若一个月内在瓦4地基上不开工建房，便由思孝去盖房。"

郁思忠无奈地在立约文书上签字。一场宅基地纠纷，在小夫人的果断决策下落下帷幕。

面对郁思孝的霸道行径郁思忠不屈服，打算出售祖传地皮筹集盖房资金。郁思忠外号酒仙，常常喝得烂醉如泥。郁士昌闻讯他要卖7000步的一半之地，大骂思忠花天酒地不着调。

小夫人压住士昌的火气，轻声软语："思忠只想一月之内将穿堂西房盖成。若建不成，此地基归三房。"并胸有成竹地说："我想好了，支点银子给二房，定能开工建房的。"

郁士昌说："就怕思孝不高兴。"

陆笑姑："瞒着三房呀。我看思孝这人不地道，上次反对取消坟祭田，我就看他图谋独吞郁家东宅。反之，我和思奎还应该感谢思忠哪。"

郁士昌对小夫人言听计从，答应拿出积存银子支助二房。

得到小夫人暗中支助，郁思忠没有卖地却如期盖房。因此，再生发两个故事：

第一件，因资金紧张郁思忠盖的瓦4房质量很差，在他儿子郁正茂的四个孩子分家时引起波折，又一位"小夫人"出面解困，容后再表。

第二件，老三房郁思孝独吞郁家东宅的企图落空，打造"目"字形郁家东宅成为畅想曲。郁思孝只好往西另购宅基地安置儿子们，郁家"新新宅"在两房互斗中盖了起来。

欲知后事如何，请看第五集《木行桥郁家新新宅的悲哀》。

第五集　木行桥郁家新新宅的悲哀

"郁家新新宅"是相对郁家东宅、郁家西宅、郁家新宅而言的。本集讲述这座古宅也是一座凶宅的来龙去脉，它的负重前行的悲喜故事，见证"祸福相依——有房是福也是祸"的一段历史记忆。

本集故事发生在郁家东宅老三房郁思孝的后人之中，时间延续到中华人民共和国成立前后，跨度长达百年之久。

第1节　为何西字辈改为再字辈

老三房郁思孝霸道十足地提出："穿堂两厢的房子一月之内必须开工，若二哥不盖，我要动手去盖。"他提出这一要求的依据是，按祖父郁江福的孙子多少分配财产，他也以儿子多为由，分配郁家东宅上的房基地。

老二房郁思忠顶了几句："你知道我一个月内无力盖房，这不是存心为难我吗。我家的地盘我做主，何时盖房由我来定。"

此时小夫人却笑着说："如此最好！按思孝的办法去做。"对思忠说："你若一个月内不开工建房，便由思孝去盖房。"

原来这是陆笑姑的计谋，她早就打算好了，不声不响地拿出银子去资助思忠盖房，才会说出"如此最好"这句话。为何小夫人偏待二房？在其嫡子思奎分得长孙田一事上，大概对郁思孝不满、对郁思忠心生感激吧。

郁思忠得到小夫人的暗中资助，没有去卖祖传之地而如期开始建房。但由于资金不够宽绰，盖的瓦房质量很差：地基不深不结实；五根横梁较细；

屋顶瓦片铺得稀疏难防大雨；四墙均为单砖，东边那间还是用芦苇席子挡风。

两兄弟第二次互斗，发生在合盖穿堂一事上。动工之前郁思孝主动找到郁思忠说："二哥，你家境比较困难，我一人把穿堂盖了，不要你出资啦。"

郁思忠："怎么说？"

郁思孝："我盖东边房子时，随手把穿堂屋砌起来，你盖西边房子时，东墙可以省啦。"

郁思忠想，一堵墙要不少砖呢，反正自己资金不宽裕，也就答应了，对郁思孝说："好吧。难得三弟好心。"

10天后，穿堂上梁时，郁思忠过去用尺子一量，穿堂净宽一丈。他找到郁思孝说："立约文书上规定，穿堂宽度为6尺。怎么多了4尺？"

郁思孝："多了不好吗？走路宽畅些。"

郁思忠："如此一来，我的房子短了2尺，加上山墙头是双砖，其厚度又是1尺。你赶快改过来。"

郁思孝："傻话，砌好了不能拆。"

争吵之际，郁思忠的独子郁正茂过来说："老爹，让让他们，3尺之地发不了财。"将他父亲拉了回去。

郁思忠在盖西边之房时，没靠穿堂西山墙，独自砌了单砖的东山墙。

郁家东宅第二排朝南瓦房如期竣工，郁思忠占西厢3间瓦4房；郁思孝占东厢3间瓦5房，中间1丈宽的穿堂。双方无话，皆大欢喜。不料1个月后再起风浪。

郁思孝在穿堂中间做了一道木门，两边是2.5尺木板，中间是两扇2.5尺木门，门里边加上闸板。在郁思孝的西屋后部开了一门，可以进入穿堂。

穿堂之门是不错的设计，晚上一关穿堂门，十分安全。但是里宅的人不全是一家人，积善堂西隔壁瓦2房郁思忠一家进出不方便了。

郁思忠找到郁思孝论理，郁思孝说："晚上关闭穿堂门，对全宅人有好处，包括你二哥家。可以定下卯时开，酉时关。奈话？"郁思忠无奈地同意了。

古时乡人无钟表掌控时间，卯时开，时有推迟；酉时关，时有提前。但几个月下来相安无事。不料到寒里冰雪天出了大事，一天晚上，郁思忠在朋友家喝多了，醉醺醺地回家，穿堂门早已闸上了，他拍打大门无人应答。郁思孝的妻子说："外面有人敲门。"

郁思孝："西半宅的那个酒鬼回来了，先不管他，谁让他那么晚回来。"

郁思忠见无人开门，转身向瓦4房儿子郁正茂的房头走去，刚跨出穿堂一步，脚一滑跌倒在雪地里，体内的酒精发作，睡下去或昏过去了。

郁思忠的妻子见丈夫久久未回家，迈开小脚，手持蜡烛，走到穿堂里，打开闸门，跨过户槛，只见雪地里躺着一个人，用蜡烛一照，见是自己的丈夫，急忙向瓦4房房头走去，大喊："正茂，正茂！快来呀。"

郁正茂开门，将他父亲背起送到房里的柜床上，正茂之妻赶紧煮了红糖姜水，思忠之妻喂了他，片刻，郁思忠慢慢醒过来了。

郁思忠在儿子家躺了三天，不吃不喝不说话。请郎中看了看，郎中说："风寒侵入，脉细微似油丝，慢慢调养吧。"连药方子也没开，拂袖而去。

第四天一早，郁思忠竟能坐起来招呼儿子："正茂，把大家叫过来吧。"于是，思忠之妻、正茂夫妇及女儿多英、儿子西清来到床前。郁思忠断断续续说了不少，但最后一句非常清亮："凡我子孙绝不和东半宅的人来往！"再次躺下后说："我累了。"郁思忠口中的东半宅泛指郁思孝、郁思浩两房。

午时，郁正茂去喂他父亲米水，连叫三声未见郁思忠应答，一摸鼻息也没了，知道他父亲已归天，连忙叫来邻舍，将郁思忠抬入积善堂内并鸣炮报丧。

坊间议论二先生郁思忠是被三先生郁思孝气死的，想想父亲临走时的话，郁正茂对此坚信不疑。入殓当天请道士做道场，郁正茂把儿子郁西清叫到身前说："从今以后你更名为郁再清。"并让道士填写子世表时更名。又拉着郁再清向郁思忠叩头禀告："你的孙子不会同东半宅同一字辈啦。"

第2节　郁正岳坚守东宅老三份

老三房郁思孝图谋老二房郁思忠西迁遭拒，算来算去还缺少小儿子郁正江一份宅基地，他打算在瓦5房前那块地上盖3间朝西偏房。

根据小夫人分家合约书，那块地基归老大房所有，郁思孝找到郁思浩说："大哥，我在这地方给小四子盖房，如何？"

郁思浩生性随和，回答："好的，我们用不上那块地。"

郁思浩嗣子郁正岳坚决不肯，对郁思浩说："爹爹，你糊涂了呀，现在用不上，不等于将来不盖房子呀。"

郁思浩："那倒是，去你三爹爹那里再说说。"于是两人到了郁思孝家里。

郁正岳直奔主题，指着门外那块地对他亲爸说："三爹爹，我不同意在这前面砌房子。"

郁思孝："岳儿，为何？"

郁正岳："那是大房的地皮，不是你们三房的。"口气非常坚定。

郁思孝："岳儿，慢慢说，商量一下。"

郁正岳："还用商量吗？"

郁思孝："我用后宅沟北边的地皮调给你，可否？"

郁正岳："怎么换？"

郁思孝："这块宅基地大概500步，后面也划给你500步。奈话？"

郁正岳："可以呀。但是我要1750步。"

郁思孝："嗯？"

郁正岳："公公传下7000步，你四个儿子平分，不就是1750步？那我还少分到500步呢。"

郁思孝点点头："我与正长他们商量一下。"

郁思孝把郁正长、郁正龙、郁正江叫到他房头里，把郁正岳的意思一说，郁正江立马表示："可以的，换给正岳哥，我好快点成家呀。"

郁正长、郁正龙同时反对："500步换1700多步，太亏啦。"

郁思孝："那怎么办？"

郁正长："我的意见是，老爹拿出点钱，去西界再购一宅子，让四弟在新宅上成亲。从经济观点也是合算的。"

郁正江："这法子再好不过啦。我去。"

郁正龙："我与四弟一块儿迁去，这里房子留给老爹和二哥好了。"

郁思孝："就这么办。"

事有凑巧，郁家新宅西姚里段家出售宅子，一个月之后，郁家新新宅诞生了。

郁思孝谋划郁家东宅"两房"的局面，遭到他的亲子郁正岳的强烈反对，从而催生了木行桥郁家新新宅，郁家东宅老三份的地盘尘埃落定。

第3节　隔门枪声彰显正龙富有

郁家新新宅的正堎屋按郁家东宅复制，朝南屋5间，中间是前头屋。郁思孝的三子郁正龙迁在东首房内，年底他的四子郁正江在西首房内成婚。后来两家又盖起朝西、朝东偏房各6间，大场心比郁家东宅的场心还宽阔。无法理解的是挖了后宅沟却无东、西宅沟。

郁家新新宅坐落在横路之北较远的位置上，它的东邻是徐家宅，西邻是倪家宅，三宅形成大凹型的畚箕形，当财富流进这个大畚箕的时候，当然中间的新新宅更多，造就了它的两位主人都是远近闻名的大财主，但是结局都很不好，可谓先喜后悲，喜轻悲重，祸福相依。

郁家新新宅的第一位主人是郁正龙，在封建走向共和时期，由于熟悉农工商结合之策而成为乡间的最大粮户，在海门县城开有商店、中药铺，钞票交交关（同"交交关关"。方言，犹言许许多多）。郁正龙生有两个儿子和一位千金。

郁正龙的女儿嫁给木行镇的姚家，原是一位富足之户，称为姚半街。可他的女婿染上了吃白粉的瘾，破落了。20世纪20年代中期，他的女儿姚郁氏带着5岁的外孙女惠姑回到娘家，与母亲抱头痛哭。恰好北堎上财主刘士贤的续弦夫人无生养，拟领养一个丫头，正龙之妻做主将外孙女惠姑送给了刘家。15年之后，惠姑嫁给郁家东宅老二房郁正茂之孙郁九周，生养了郁海发。此为后话，容后再表。

郁正龙是个高调之人，曾夸口："上茅家镇去不走他人之地！"意思是说，去县城30里路两旁全是他的地皮。20世纪30年代，他的这种高调招来了入宅抢劫的强盗，正龙夫人闸住房门不让匪徒入内，外面的匪徒隔着门打乱枪，打死了正龙夫人。入殓那天，四乡八邻几百号人都来吃豆腐，为她送葬。

正龙夫人被强盗乱枪打死是郁家新新宅第一次凶讯，是震动海门地界的特大新闻。她的葬礼虽然风光，却令人深思：炫富者引来杀身之祸。

第4节 劣质草房里银圆解困后人

郁正龙的大儿子郁西朝早年外出谋生，其后代在沪、宁、京等地谋生而与故乡失联。二儿子郁西邦，出过天花脸上留下些麻点，人称老邦麻子，继承了新新宅郁正龙的产业。

郁西邦的发妻生有三个女儿，没有儿子。大女儿嫁给东宅上徐康为妻，并将茅家镇的药店作为嫁妆。其余两个女儿各给了3000步妆泥田。

郁正龙在他妻子被强盗打死后不久，突然在朝西屋之后盖了3间后落屋，一年之后增盖3间，外看是劣质草房，里面的横梁很粗，两扇门很结实，却从不住人，长工、佣人们都住在朝西瓦房之内。外人只知5间草房用于放放柴草、屯放粮食之类。

20世纪40年代初，郁西邦又娶了小老婆。他和小老婆住在前头屋东首瓦房之内，并育得两个儿子，郁九康和郁九新。

10年后土改时，郁西邦向工作组示好，主动把好的瓦房分给了穷人，大小老婆住在后边草房之内，婚姻法公布以后，主动提出与大老婆解除婚约。郁西邦是开明地主，这是乡人公认的，人缘极好，土改中未遭到肉体的打击。

又过了10年，在三年灾难时期，郁西邦临终之前，向大小老婆道出实情："在这两个房头床底下埋有大量银圆和一点金条，这是父亲留下的。要紧三慢（方言，指关键辰光，非常时期）可以换钱用。"不日后郁西邦归天。

郁西邦的小老婆和他的大儿子郁九康将部分银圆及金条，通过徐康的药铺去南通银行换成现钞，购买高价粮食，使全家度过了灾荒年月，直至"文革"启动才停止兑换。谁也没想到，正是草房中藏有的大量银圆，解困了小老婆所生的两个儿子，给世人诠释了祸福相依的道理。

第5节　西权的书函释放多重信息

房

老三房郁思孝的四儿子郁正江是郁家新新宅第二位主人，亦是富甲一方的粮户，在1946年五四土改中被清算，不久后病亡。国共内战开始后，他的独子郁西权当了还乡团副团长，将土改领头人宋彪家的房子拆除，宋一家外逃北荡里。此举得到还乡团团长黄振的赏识。黄振对郁西权说："我有两个宿仇，你带人把他两家的房子烧掉吧。"

郁西权二话没说，很快带人将土改领头人施亚万的房子化为灰烬。正打算对施亚千家动手时，郁西权收到新四军的警告信"如敢烧我家房子，小心你的狗命。——施亚千"。郁西权惊出一身冷汗。

施亚千是新四军排长。郁西权的二女儿郁红英是知识女性，思想倾向共产党，与施亚千的交情甚深。郁西权将警告信交与郁红英说："你说怎么办？"

郁红英："我与亚千有点交情，我去求求他。"

郁红英通过联络点找到施亚千，为其父亲开脱："我父亲出于无奈，由于黄振的命令不得不烧了施亚万的房子，你看怎么办呢？"

施亚千说："停止作恶，跑！否则必杀无疑。"

郁西权在得意之际急流勇退，带着细软之物，携全家到上海躲了起来，脱离两党斗争的旋涡。时值共产党人郁九周也到上海潜伏，因出天花困于余小江的家中，余小江是郁九周的祖母余巧生的娘家阿侄。郁正长的二儿子郁西良之子郁伯康在上海大约翰大学读书，他将此消息告知郁西权并说："叔叔，要不要向巡捕房报告呢？"郁西权半天没吭声。

郁伯康以为堂叔同意他的建议，又说："我班上的同学父亲是巡捕房的头头，我去联系一下。"

郁西权听后才开口："不要缠伊啦。毕竟是一个老祖宗传下来的，一笔写不成两个'郁'字。懂吗？"

郁伯康点点头，往外走。郁西权叫住他："等一下，我写一封信，让余小江带给郁九周。"此信全文如下：

九周：

见字如面。

多年不见，往日情谊时时萦绕心头。你我叔侄走上不同的道路，各为其主。但我们都是郁江福老祖宗传下来的，一笔写不成两个"郁"字，各自为好为祝为祷！

郁西权　1947 年 × 月 × 日

郁西权对郁伯康说："此信务必送达。郁九周如在上海出事，非我郁西权所为；另外，时势难料，应给我们自己留一条后路。"

郁伯康："明白。定不负重托。"

1949 年初，郁西权听到海门中央军全线失守后仰天长叹。5 月 20 日上海解放，郁西权一夜无眠，上吊而亡。郁西权自杀身亡，他的身上既有家族和谐的正能量，也有愚忠"党国"的反动性，这种双重性格令人扼腕叹息。

新政权成立后，还乡团团长黄振被镇压，郁西权在乡下的田地和房产被清算。他的儿女们均在上海，在新政权下生活得很好，足迹遍布国内外。再次说明福兮祸所伏，祸兮福所倚。

郁红英在上海敬老院养老，施亚千在南通离休，两位 93 岁老相识每天用手机"煲粥"，让人唏嘘不已，是为海门之一景也。

第 6 节　擦枪走火催生新生小学

1947 年冬，在新新宅上发生了一件凶案。新四军夜宿新新宅，施亚千摆弄新式快慢枪走火而误击队长顾新生。为此他关了禁闭，受到降职处分。1955 年，施亚千授少校军衔，遂认顾新生之母为干娘，并为她养老送终，此一义举被坊间传为佳话。

为了纪念顾新生烈士，在郁家新新宅办起了新生小学，在大场心里搭建了舞台，师生们演现代戏。

土改开始的时候，大场心里的那个舞台召开斗争地主大会。

郁家新新宅如今变成了一片耕地，新新宅上的所有住户，不论上辈贫贱富贵，都在周边另筑了高楼。老邦麻子的两个儿子郁九康、郁九新膝下儿孙成群，在大路旁也盖了高楼，延续了当年大粮户郁正龙一脉的香火。

第1节中郁思忠留下遗言："凡我子孙绝不和东半宅的人来往！"编者是不能认同的。

此条遗言与海门木行桥郁氏始祖有若的"和至上"理念相悖。

更改字辈是一种形式，不和东半宅来往是行不通的伪命题。在农村，近邻、同族相距那么近，很多事免不了有交集。

在利益一致时，下一代人也会走到一起的。不到20年，郁正岳的儿子郁西庭为争亲祖父郁思孝的遗产，与亲叔叔郁正长、郁正龙、郁正江将官司打到清朝皇帝那儿，郁正茂违背父亲郁思忠之言，出庭做证支持堂侄郁西庭。

欲知后事如何，请看第六集《郁西庭告御状明胜而实败》。

第六集　郁西庭告御状明胜而实败

清朝末年，惊动四乡及至海门、南京的木行桥郁氏家族的一件公案，也是一场家族内部争夺遗产的博弈。双方代表人物是郁思孝的大孙子郁西庭和他的三位亲叔叔。郁西庭较劲告御状，讼胜家败祸福倚，印证了"福兮祸所伏，祸兮福所倚"的至理名言。

本集故事发生在郁家东宅老三房郁思孝的后人中，与老二房郁思忠的后人也有纠葛，时间延续到中华人民共和国成立前后，跨度长达半个多世纪。

第1节　郁西庭的身世及其人其事

木行桥郁氏家族老三房郁思孝生有四个儿子，郁正岳、郁正长、郁正龙、郁正江。老大房郁思浩无子，郁思孝将长子郁正岳过继给郁思浩为嗣子，举行了过继仪式并立约为证。郁正岳有两个儿子，郁西庭和郁西明，他们是木行桥郁氏家族第五代，是郁思孝的亲孙子，郁正长、郁正龙、郁正江的嫡阿侄。

郁西庭生于1872年即清同治十一年，卒于1953年。郁西庭有许多过人之处，人极其聪明，记忆力特强，读了一年私塾，识了不少字，能看文章而不能写字。郁西庭在十里八乡中非常出名，但口碑不是很好，上至七十老翁下至三岁稚童都叫他"西庭白氓鬼（ji）"。

为何？郁西庭自幼很淘气，蛮劲十足，打伤了别的小孩，郁正岳不怪他，还夸他勇敢，对郁西庭说："有气的是人，无气的是尸，人活着就是为了一口气。"郁西庭长大以后，不事农作，成天游胡白相赌铜钿。经常到木行镇茶馆里吃"讲茶"，乡间大小争议由他评判，确实裁决了几件纠纷，他也得些外快，吃点酒食。一天，他领着一帮酒肉朋友，到木行镇吃霸王餐，酒足饭饱之后不付钱便扬长而去。酒店老板带着伙计们追了过来，因郁西庭断后，将他捉住扭回酒店关了起来。其父郁正岳向酒店老板道了歉，交足银两才把郁西庭领回了家。

尤其为乡人们所不齿的是，郁西庭对胞弟郁西明的无情无义。郁西明在其独子郁伯文三岁时殁了。为了独吞郁正岳的7000步地和瓦0房、瓦1房，郁西庭将郁西明的遗孀郁方氏的头发剪掉，逼着弟媳妇带着儿子伯文改嫁一位佃农。郁正岳的夫人不愿小孙子伯文去当拖油瓶，便把他带在身边，住在瓦0房内，时时防着她大儿子郁西庭的暗算。

第2节　一锅糯糊菜圆子引发告御状

郁正长生有两个儿子，郁西高和郁西良，郁西庭和亲叔叔郁正长家关系比较热络，经常在他家蹭饭吃，有时进门见一桌饭菜，不打招呼坐下就吃，此种吃白食的吃相引起郁正长夫妇的反感。

某天，正长的妻子下了一锅糯米菜圆子，郁西庭正好赶来了，正长的妻子把锅盖盖上，与郁西庭打招呼："大侄子来了。"也不叫郁西庭坐下，转身跑进房头里，对丈夫轻声说："那个吃白食的又来了，锅里圆子不要出锅，今朝不给他吃。"刚巧郁西庭听到了房头里的对话。当郁正长出来时，见郁西庭在饭桌的东首坐下了。郁正长只好陪他闲聊起来，也不开口请他吃圆子。

一会儿，郁西庭拿起灶头上的水烟壶，坐在灶口头的小凳上抽起水烟来，不用火柴点烟，而是用麦秸放入灶膛的余灰中引燃火苗。半个时辰，吃足水烟的郁西庭拍拍屁股走了。正长的妻子如释重负，掀开锅盖一看，一锅圆子全化成了糯糊菜粥。大儿子郁西高回来大骂："这个臭白氓鬼，死不要脸。"一家吃了一顿糯糊菜粥，吃剩的大半锅装了一脸盆。

饭后郁西高端了那盆糯糊圆子找到郁西庭，责问："你看看，你做的好事！将我家一锅圆子变成糯糊啦。"

郁西庭不承认："没有呀。"又赖皮："我勿晓得锅里烧着圆子。"

郁西高："你存心捣蛋，你赔我。"

郁西庭："赔？没门！"

郁西高："你这白氓鬼，天天到别人家吃白食。"

郁西庭："吃你家有何不可？你家财富有我一份。"

郁西高："你瞎说什么呀。"

郁西庭："瞎说？问问你爹，思孝公公的财产被你爹爹分了，应有我正岳爹爹一份呀。"

郁西高："你这死不要脸的，正岳伯已经嗣给大房了，三房的财产没你的份。"越说越生气，把一脸盆糯糊圆子倒在地上，甩上一句话："有本事，你去告状好嘞。"

郁西庭也不退让："好，你们等着吧。"

郁西庭还有一个特点，说过的话不忘记，要做的事必坚持。1900年前后，郁西庭30岁左右，以其父郁正岳名义请人写了状子上呈天王署，诉求郁思孝的财产四个儿子均分。被告方郁正长、郁正龙、郁正江三兄弟以"大哥已经嗣过去了，不能分我三房的家产"进行辩护，天王署判决郁西庭败诉。

郁西庭卖了500步地皮，上诉到海门县府，给官员送了银子。官员认为，郁正岳平分郁思孝的财产无法律依据，但是收了郁西庭的银子，只好在诉状中找到一条理由：郁思孝大葬时，郁正岳承担了部分殡葬费用，复判郁西庭胜诉，但只判给他瓦1南两间朝西瓦房。

郁西庭是何等聪明之人，对县府官员的花头精看得很清楚，此一判决纯粹是官员应敷之举，安慰一下郁西庭。加上郁西庭的诉求包括郁家新新宅上所有田产和房产，因此觉得判得太少，当即表示不服。

郁西庭从海门回到木行桥当天下午，提了礼物走进唐讼师家中，请他帮助打官司，谈定讼费后唐讼师应承了。郁西庭又出售1000步地皮，10天后付清讼费，留着大部分钱准备去南京。

唐讼师看了全部材料后，又要了当年小夫人主持的分家立约书，其上有一句话："……上述田地和房产归三房郁思孝和他四个儿子。"原来小夫人说的，这些田产和房产归思孝，写文书的人写成"归郁思孝和他四个儿子"。唐讼师将此信息告诉郁西庭后，他大喜，立刻请唐讼师重写状子再上告。

郁西庭和唐讼师直奔南京提告，免不了送很多银子贿赂官员。开庭时，被告方郁正长眼看公堂判决对己不利，提出："这'和他四个儿子'是后添之语，要求查证真伪。"

审判官员："此份立约书上面有郁思岳、郁思忠、郁思孝三房的签字，请原告方补全二房郁思忠的那份，以辨真伪。退堂，下次再审。"

唐讼师代答："好的。下次一定送达。"郁西庭却紧绷着脸不作声，快步走出审判厅。唐讼师问郁西庭："你为何不乐？应该高兴啊。"

郁西庭："有啥高兴的。这官司打不赢的。"

唐讼师问："却是为何？"

郁西庭："你不知道吧？老二房与我们互不来往的，拿不到那份立约书的。"

唐讼师："据我所知，郁正茂之父郁思忠是被郁思孝气死的。他们之间老死不来往，和你大房郁思浩无进出。你去求求郁正茂，定能拿到那份分家合约书。"

郁西庭："我们之间从不搭界，去求他有点……"

唐讼师打断郁西庭的话头："人要能屈、能伸、能弯腰低头，才可成大事也。"

郁西庭沉重地点点头。

20世纪初，郁家东宅上大致布局如下：1.郁正茂前妻张氏已故世，其子郁再清未成婚，和他姐姐多英住在瓦4房内。2.郁正茂在瓦2房内续娶余氏巧生，是木行桥郁氏家族的又一位小夫人，生有三子郁再林、郁再洋、郁再尚。3.郁正岳夫人李氏及小孙子郁伯文住在瓦0内，郁西庭一家住在朝西屋瓦1房内。

第二天晚上，郁西庭提了四瓶烧酒，在唐讼师的陪同下，走过积善堂门前，进入瓦2房郁正茂家中。郁西庭进门就叫："叔叔，小侄看你来了。"边叫边弯腰向郁正茂鞠躬。郁正茂惊讶得说不出话来，唐讼师连忙说："正茂先生，西庭有事相求。"郁正茂赶紧说："坐下说。"

唐讼师全盘托出事情的来龙去脉，向郁正茂说："希望先生帮助你的阿侄打好这场官司。"

郁正茂："如何帮法？"

唐讼师："将你家存放的分家立约书，送省府审判厅验证一下。"

郁正茂指着郁西庭说："他是阿侄？帮他？！先父曾教我，凡我子孙绝不和东半宅来往。"

郁西庭立刻站起，向郁正茂说："叔叔，我不太清楚老手（上辈）里的事，上辈人得罪之处，小侄在此赔礼。"

郁正茂沉默不语。房头里的余氏出来喊："正茂，到房里说话。"

郁正茂进入房头里，余氏说："夫君，此事应再细酌，我认为可办呀。"

郁正茂："怎讲？"

余巧生："我房的对头是三房，西庭白氓鬼是大房，以前他们是一家，现今自家人吵起来了。帮助西庭白氓鬼未必不是好事。你想，住在一个宅子里，低头不见抬头见。难道我子孙后代一直与东半宅老死不来往？我觉得这件事，是同他们和解的机会啦。"

郁正茂从房头里出来的时候，手中拿着分家立约书，并与唐讼师手里的那份对照，一模一样，都有"郁思孝和他四个儿子"之语。

唐讼师："谢谢先生，我可否带走此份去南京？"

郁正茂决定站在郁西庭一边，对他说："阿侄，我愿意亲往南京充当证人。"

郁西庭再次向郁正茂鞠躬，他抬起头来的时候眼中充满泪花。

南京审判厅。第二次开庭。原告来了三人，郁西庭、郁正茂、唐讼师。被告亦为三人，郁正长、郁正龙、郁正江。官员让原告递上两份分家立约书，一看正确无错。又见原告带了证人，如何判决比较棘手，面露难色。为何？原来被告三位叔叔均为大财主，停审期间向官员送了大量银票。在左右为难之际，旁立的师爷贴耳轻语，官员立即宣布休庭一个时辰，合议后再复庭。

在后庭合议时，师爷献策："本庭难以定此案，宜上报皇庭审定，其结果一定是遥遥无期，原告不会上京追诉的。"实际上是一推六二五的做派。

复庭后，官员当即宣判："本案报皇上定夺。"为此，郁西庭走上万里告御状之路。

第 3 节　卖蛇皮带进京告状

郁西庭从南京回来后，再次出售 2000 步地皮，筹集去京城打官司的资金。前后三次共出售 3500 步地，是郁士昌传给郁思浩——郁正岳 7000 步的一半，均是死契。正岳夫人郁李氏无力管教大儿子郁西庭，任其所为。

郁西庭从南通大运河起程，走上进京告状之路，为了节省路费，去京城有时徒步而行，有时乘车马和船运。为留足到皇城打点的银子，郁西庭一路贩卖蛇皮带赚点钱，大约走了 3 个月时间才到达京城。

案件呈报慈禧太后御前，慈禧宣："传郁西庭！"高大的郁西庭，风流倜傥，毫无怯色，上前三叩以后，高声跪秉："江苏草民郁西庭，万里而来，无钱吃饭，一路卖蛇皮带果腹才跪到皇上面前。老佛爷为小民做主啊。"尚未讲完已泪流满面，再次叩头。慈禧没看诉状也没发问，当即宣旨："如无冤屈，何以如此？着郁西庭胜。江苏府督办。"前后不足三分钟，郁西庭的官司打赢了！其实，慈禧当即宣旨是领进皇殿的大官所定，是郁西庭送银子的作用。

郁西庭上京在 1908 年之前。当时皇上圣旨"转嫁"到江苏有快、慢之分，快者花钱很多，西庭手头拮据选择了慢转。不料改朝换代，圣旨经过漫长时日到达南京的时候，已是中华民国的天下，因慈禧的圣旨无法执行而不了了之。

第 4 节　告御状的结局祸福两倚

郁西庭告御状的结局并不完美，虽胜而实败，没有得到郁思孝的遗产，反卖了祖传的一半之地，甚至没有捞到海门县判给他的瓦 1 南两间瓦房。郁西庭有四个儿子，一个儿子早亡绝后，大儿子住在瓦 5 房前面草房 1 之内，其他两个儿子分住在瓦 1 房内，郁西庭年老之时也就无住所，在积善堂内搁张小铺栖身，孙子郁海明每天给他送饭，腊月里吃着蒸糕噎住而亡，也算不是饿鬼之身。

由于时代不同、出身不同、环境不同、理念不同，对郁西庭告御状事件，乡人们众说纷纭。

有人告诫后人说："贪心不足，必有余恨。西庭白氓鬼落得一场空，就是一面镜子。"

有人评论说："郁西庭靠卖地行贿官员同三位叔叔争夺祖产以致富，与郁氏祖辈辛苦创业相悖。"

有人尖锐地指出："郁西庭的行为同木行桥郁氏积善堂的祖训悖逆，他忘掉了郁江福、郁士昌先祖祖训：'与人为善'是立身做事的原则。"

也有郁西庭的嫡传孙辈，口中直呼"西庭白氓鬼"时，却这样称赞一个唯贬无褒的先祖："一个游手好闲的浪荡子，以无比执着、无限勇气面对庞大的对手勇于取胜。"这算是对祖上的一点孝心。

但有一点世人未必看到，郁西庭的一生作为，"造福"于后人。

郁西庭的对手们财产毫发无损，因而在中华人民共和国成立之初，他们的后代有四家被划为地主，被斗争，被清算，其中一人当上还乡团副团长自杀于上海。

郁正岳一脉却反之，郁西庭和阿侄郁伯文平分剩下的3500步地，郁伯文被划为中农，延续了郁西明一脉的香火，其后代郁海启在瓦0房地基之上盖起了二层高楼，其子孙在上海创业，还成为夫妇双硕生的家庭。

郁西庭的儿子中，两户被划为下中农，一户是贫农。贫农之子郁海明，是第一位迁出郁家东宅盖楼房的共产党员；其母是木行桥郁氏第一位女共产党员、土改积极分子；其子是转业军人、共产党员。

郁西庭、郁西明的后人们均成为新政权的基本群众，同第五集《木行桥郁家新新宅的悲哀》中郁西权的后人们没有在乡下遭到清算，现今遍及海内外，有异曲同工之妙。

真是时世弄人，这是历史的红线，非本文所涉及的话题，我们只有用老子的"福兮祸所伏，祸兮福所倚"来诠释这一历史现象。

本篇讲述的主线，仅为农民土地中的宅基之争，代传财产中的房屋之吵，也是传统和现代观念碰撞之处。突出小人物的细枝末节，它比那些宏大叙事和"上等人"间的争斗，更能凸显人生哲理。

郁西庭告御状事件打破了郁家东宅的格局，老大房和老二房的后人们交往热络起来，和谐相处，后人的字辈与二房后人的字辈也统一了，只是和老三房仍然不对付。不料，老三房郁正长之子郁西高和郁西良发生内讧，使郁西高倒向老大房、老二房一边。

欲知后事如何，请阅第七集《房高一尺引发兄弟阋墙百年》。

房

第七集　房高一尺引发兄弟阋墙百年

木行桥郁家东宅上老三房郁正长之子郁西高、郁西良兄弟俩，弟弟家运顺风顺水、哥哥多灾多难，算命先生"房高一尺之故"一句话，使兄弟两家阋墙百年之久。在新政权之下，后人们均有良好发展，但双方互不来往，视同陌路。以此可证，家族的和谐任重而道远也。

第1节　手心手背并不都是肉

郁家东宅上老三房郁思孝的二儿子郁正长娶天王镇上商户徐姓之女为妻，先后养育两个儿子郁西高和郁西良，兄弟俩相差三岁。正长夫妇对两个儿子都很疼爱，视为老三房的骄傲。

郁西高 20 岁时成家，娶海界河北的中等农家沈姓之女为妻，新房设在瓦 3 房内。两年后，郁西良 19 岁时成家，娶正长之妻徐氏娘家堂侄女徐三姑为妻，新房设在瓦 3 南房内。

过了好多年，郁正长年老病危之时，将他的后人们招呼在瓦 1 南的床前，对郁徐氏说："我死后你搬到瓦 3，与西高的住房对调，瓦 5 朝南屋分给西高。"

郁徐氏问："我死了后是不是将瓦 3 给西良？"

郁正长："是呀。西高分在瓦 5 朝南屋带瓦 1 南朝西屋，西良分在瓦 3 和瓦 3 南朝东屋，房间数都是 6 间，大小差不多。"

郁正长的决定实际上是生前的口头遗嘱，根据"兄在东、弟在西"的惯例而定。他的后人们都听得清清楚楚。

在那年初夏时节郁正长病亡，灵堂设在积善堂内，郁西高和郁西良兄弟合力尽孝，葬礼办得风风光光，毫无龃龉。

郁正长"六七"后的一天晚上，郁西良把母亲徐郁氏请到自己家中。

徐三姑奶声奶气先开口："姑妈，你不能搬到瓦3房内，以后把瓦5朝南屋给我和西良住呀。"郁徐氏没吭声。

徐三姑含着眼泪进一步求情说："姑妈，我的亲娘啊，你先不搬动住房，我和西良搬过来，娘俩住在一起，你老了在床窝田里（病床上），我来伺候你呀。"

见郁徐氏依然没吭声，徐三姑进一步说："还是我俚娘俩贴心啊，你老了靠谁呢？靠那个大房沈氏？你没忘记，那天她娘家人来了，责怪你菜不好也烧得太少。"

郁徐氏"嗯"了一声，轻轻地点了点头。

徐三姑见她的话有点门道了，继续说："沈氏娘家有什么？不过2000步田地。我爹爹说过，过两年将天王镇一爿商店交给西良去经营呢。"

郁徐氏终于开口："好吧，你们不要声响，我想想办法。"

过了3个月后，夏末秋初辰光，郁西高找到郁徐氏说："姆妈，你什么时候搬到我那里去呢？对调一下。"郁徐氏说："近日我身子骨不太好，到寒里吧。"

又过了3个月，冬天来临了，郁西高再次找到他母亲。郁徐氏说："大冷天，搬什么呀，开春再说吧。"郁西高唯唯诺诺退出母亲的房头。

转眼郁正长逝世一年了，郁西高和郁西良兄弟合力办了"头周年"，扎了纸屋，剪了衣裤，亲朋好友都来祭祀，兄弟俩在费用上也没发生龃龉。

大概半个月之后，郁西高全家到海界河北沈家，参加沈氏祖父忌日的纪念请。吃完晚饭回宅已是酉时，郁沈氏问郁西高："南房里怎么没有灯火？"郁西高答："可能早就困了吧。"一夜无话。

翌日晨，郁西高还在梦乡里，郁西良来到瓦3前叫开门。郁西高开门问："弟弟这么早，有事吗？"郁西良将两把钥匙交给郁西高说："奉母亲之命，我住的朝东屋交给你。"郁西高没反应过来，问："那你住哪里去啦？"郁西良不吭声，扭头就走了。

郁沈氏从房里出来说："你还不明白呀，他搬到朝南屋里去了。"郁西高这才恍然大悟。

吃过早饭后，郁西高夫妇到瓦5房找郁徐氏，明知故问："姆妈，谁让西良搬到这里的？"

郁徐氏说："为娘所定。怎么啦？"

郁沈氏抢着问："阿公在世时说过，这朝南屋是分给大房的，怎么变了呢？"

郁徐氏说："谁说的，你听见了？拿出证据来！"又怒气冲冲地说："再说，我还没有死哪，家里的事由我做主。有本事去找你阿公！"

郁西高生性孱弱，面对怒气冲冲的亲娘，知道无法挽回局面，认了，他拉了郁沈氏往外走。跨出屋门后，郁沈氏回头对婆婆大吼："手心手背都是肉，何必欺人太甚！"

郁徐氏气得说不出话："嗯！你……"

郁徐氏气得困了一天，想了一夜。第二天请了郁家新新宅上的郁正龙二儿子郁西邦（老邦麻子）当中介人，出面分家。郁徐氏对老邦麻子说："阿侄呀，我手中掌有1万步地皮，分成3份：3000步、3000步、4000步。两个儿子各3000步，我自己留4000步养老。我跟西良过日子，4000步地由西良代耕。你传话给西高吧。"

这明明是偏向小儿子的决定，对此，郁西邦似觉欠妥，对郁徐氏说："伯母呀，这样安排明显不公平，族里、埭上人会出说话的。"郁徐氏问："以你的意见呢？"郁西邦说："可以分为4000步、4000步、2000步。你留小头。"

郁徐氏同意郁西邦的建议，但在地皮划分地点上又偏向郁西良，郁西高分得的土地在六里之外的大杨村。往后，郁西高将郁家东宅上的田产留给儿子郁九文和郁九章，他自己在大杨村另建一宅居住，土改时虽被划为地主成分，但因他对佃户比较宽松，加上家境比较空虚，地主郁西高是唯一分出田地而未被斗争者。此是后话。

第2节　积善堂内的奇葩葬礼

分家之后，两家井水不犯河水，只合日头不合灶头，郁徐氏一直和小儿子生活在一起。若干年后郁徐氏身体多病，徐三姑对她的照顾无微不至，兑现了当年的承诺。

没过多久传出郁徐氏病重的消息，郁西高夫妇硬着头皮，提了大蛋糕走进瓦5房内，对郁西良说："听说姆妈身体欠妥，我们来看看她呀。"

郁西良"嗯"了一声，走进里屋对徐三姑说："朝东屋的两口子来看姆妈了。"

徐三姑："你就告诉他们，老太太不愿见他们呀。"

郁西高只好尴尬地退了回去。等于郁西良夫妇"劫持"了郁徐氏。

没过多久传出郁徐氏病危的消息，作为长子的郁西高被"母亲丧事怎么办？"困扰了日日夜夜。思忖之后，郁西高找到郁家新新宅上的郁西邦，也就是分家时的中介人老邦麻子。他向郁西邦提出方案："西邦弟弟，我母亲入殓诸事委托你全权操办，所有费用由两家均摊，入土之后，为兄另付你一笔辛劳费。"

郁西邦一口允承，又说："我不能要你的辛劳费，否则见外啦。"

回头郁西邦找到郁西良，将郁西高的意见一说，郁西良立即表示："如此最好。"

徐三姑发表了不同意见："由西邦弟全权操办，很好。操办总管人选非你莫属。"话锋一转："所有费用不用郁西高出啦，全由我家支付吧。"

郁西良："啊，夫人呀，却是为何？"

徐三姑对丈夫解释："你想想看，郁西高出了一半丧葬费，过后他们会要娘的那个2000步地皮的一半。"

郁西邦思忖："何止1000步地皮的问题，老伯母身边有很多私房钱哪。"想到这里，郁西邦说："还是三姑嫂想得周到，如果西高承担一半丧葬费，今后的官司不会小的，我这个中介人也很难做人的。"

郁西良这才恍然大悟："是呀，就按夫人的意见答复西高吧。"

郁西邦向郁西高转达了丧葬费全由西良支付后，郁西高没有多想，爽快地同意了，只提出一个要求："葬礼时，我在前，向老娘第一个磕头跪拜。"又补充说："西邦，你再找一个帮手，代表我郁西高，两人合力全程操办，丧事一切费用让西良付，事后由我付你与帮手一百大洋，以尽西高的孝心，万勿推辞。"

郁西邦说："你这么一说，我就领了。再找一个帮手有现成的，就是新新宅西半宅的郁西权，他是老四郁正江的儿子。"

郁徐氏弥留之际组成了一个三人小组，相当于当今的治丧委员会。郁西邦为总负责人并充当司仪、统筹指挥等，郁西权负责采购，包括寿衣寿材、香烛纸箔、纸屋衣裤、白衣白帽、吃作等，老五房郁思节之子郁正明负责财务，包括收取人情账。

一切按预定计划举行郁徐氏的大葬，郁西良预支 1000 大洋交给郁正明。

郁徐氏的灵堂设在积善堂内，请了道士在里场心里做了道场。在郁西邦的指挥下，郁西高及其后人们披麻戴孝在郁徐氏灵前磕头跪拜，然后是郁西良及后人们，再后是亲戚们向郁徐氏的遗体告别。出殡时，在郁徐氏灵棺之后，也按此顺序送行，直至在郁西高位于后宅沟最北的地皮上下葬。在整个入殓过程中，郁西高和郁西良两家人无任何交集。

善后之事，郁正明与郁西良结账，任何人不清楚郁徐氏的奇葩葬礼用了多少钱。郁西高给了三人小组 100 大洋，这笔钱还是郁西高从老二房郁正茂二儿子郁再林处借来的。后来得知，郁西邦将自己那份辛劳费 40 大洋退还给郁西高了，兑现了事前不收辛劳费的诺言，郁西邦的行为举止可圈可点。

第 3 节　弟弟富有兄多难之谜

自从郁徐氏给两个儿子分定田产后，双方都抱定"你走你的阳关道，我过我的独木桥"的心态看待对方。因祖传产业非常丰厚，两家都是木行桥的富足之户，两兄弟都是写算精通的地方绅士，但是两家运势却是不一样的。

相对来说，郁西良比郁西高显得精明能干，又接受了丈人家馈送的商店，再有郁徐氏的私房金银首饰，所以生意做得风生水起。在郁家东宅里雇有长工倪大龙，打理所有没有出租的田地。更有甚者，徐三姑的肚皮非常争气，连生了 9 个男儿。前 4 个都读到高、中级学校，都在外地谋业。长子郁伯康于上海大约翰大学毕业，老五郁伯瑞在天王镇药店里当坐堂医生，老六郁伯和守住郁家东宅上的田产家业。

相对而言，郁西高比郁西良显得忠厚老实，没有郁西良那么多发家因素，家中财产增值并不显著。家中没有雇长工，大部分田地出租，自种的小部分田地，农忙时请请短工，平时由自己打理。郁沈氏生有大儿子郁九文、二儿子郁九章。郁沈氏长期患病，卧床不起，请了一个老妪当保姆，照顾她的生活，加上长年看郎中吃药花费不少，于郁九章五岁时郁沈氏病亡，郁西高的经济拮据可想而知，外面拥有不少田地，内部空虚捉襟见肘。

几个月之后的某天，郁西高闲来无事，到郁家西宅上白相，走进老五房后人郁正明家中。郁正明之子郁小林从事测字、算命之业，此小林非土地桥几十年之前算命的"小林瞎子"。郁西高坐下后，请郁小林算算自己今后的运势。郁小林对郁西高的情况了如指掌，听了郁西高的生辰八字后，将他的前半生侃了一通，郁西高不停地点头。侃完后郁小林又说："大哥你，后半生非富即贵，60岁时会有点小难。"

郁西高："此话怎么讲？"

郁小林："天机不可泄露。不过，有贵人相助，难关会过去的。60岁以后如何，就不用讲了。"后来的事实证明郁小林算准了，郁西高阳寿61岁，60岁时土地改革，被划为地主成分。由于郁西高人缘较好，加上独女郁美芸夫婿陈雨田是新四军老干部，因而郁西高未被斗争，只是分出了田地，并与老邦麻子郁西邦一样被誉为开明地主。此为后话。

停了一会儿，郁小林又说："大哥若要下半生顺风顺水，劝你一句，再续弦一家室，最好属相是兔或龙的女性。"又补充说："你有两个儿子了，大哥命中还有一个女儿的。"

郁西高正要起身回家，郁正明从外面回来了。郁正明之父是老五房郁思节，在取消7000步"坟祭田"的分家会议上，曾与老三房郁思孝发生过节。当时郁思节在会上发言："二哥的意见很好，我同意。"郁思孝站起来："好个屁！"又对郁思节吼："你是郁家西宅上的，东宅上的事轮不到你说话。"

这些历史过节，郁正明听他父亲郁思节唠叨过不知多少次，今见郁思孝大孙子郁西高来家了，对郁西高说："大阿伯呀，有一件事不知当讲不当讲。"

郁西高："叔叔，但说无妨。"

郁正明："你与西良过的日子不一样，西良顺风顺水，而你磨难多多。我知道是什么原因所致。"

郁西高："愿闻其详。"

郁正明："听我父亲说，郁家东宅上盖瓦 1 朝西屋房时，其高度与公堂屋高度一样，不知为何盖瓦 3 时，其高度低了 1 尺多。后来盖瓦 1 南、瓦 5 及穿堂、瓦 4 时均为同样高度，瓦 3 南也是低 1 尺多。你回去看看，郁家东宅的东半宅房高 1 尺。所以，你家的运气没有西良家好。"

郁西高没吭声，临走时问了一句："瓦 1、瓦 3 房是不是士昌老太太（曾祖父）盖的？"

郁正明："是的，士昌公公盖的。"

郁西高回到郁家东家后，站在穿堂的北口，向北仔细环视全宅的房子，才发现朝东屋比朝西屋是显得低了点。他把郁九文和郁九章叫到跟前，向两个儿子讲了两段话。

郁西高说："我小时候听你们的正长公公说过，老手（老一辈）里盖房时东半宅房高，西半宅房子低一点。我长大后把这话忘记了，可那个郁西良却记住了。在分家时，郁西良让他娘子徐三姑出面，鼓动你的祖母将朝南屋分给他家住啦。你们要记住郁西良这个人是人面兽心，恶毒得很。你们长大以后要争气，我们一定要超过他们家。"

郁西高又说："我将为你们找一位继母。按规定，应该在 3 年之后，但是你们还未成年呢，娶一个继房越快越好，请两儿理解为父之难。"

3 个月之后，郁西高新婚，娶天王镇的孙姓之女为妻，3 年之后，孙氏生育女儿郁美芸。算命的郁小林又算准啦。

第 4 节　李老虎现象和郁伯瑞现象之析

20 世纪初，在木行桥郁家东宅上，因"房"而发生的兄弟阋墙故事延续到 21 世纪初。在新政权之下，他们的后代，无论外出谋业者还是在乡事农者都发展得很好。但是两家的后人们互不来往，视同陌路，其间还伴有争吵或争斗。在有关分集中都有叙述，本节举三个例子以佐证。

1940 年新四军东进，两年之后建立抗日统一政权通海行署，在此几个月

房

之前，木行桥的保长郁西权升为副乡长，郁西高找到郁西权，替大儿子郁九文谋保长一职并付了一笔钱。郁九文当了10天保长突遭免职，退还了款子。为何？原来郁西良出面提出抗议，要求换人。迫于郁西良的压力，郁西权改让老二房郁再林之子郁九周继任保长，从此改变了郁九文和郁九周两人的人生走向。

郁九文卸了保长一职之后，到上海当了学徒，在一个私人通信工厂里做到技师之职。上海解放之初，为了工厂不迁至台湾，挺身而出和工友们护厂而立功。在国民党"六二五"轰炸上海事件中，郁九文为恢复上海对外通信再立大功，继而担任了车间主任，加入了中国共产党，参加了上海市首届劳模大会。海门老家人纷纷夸赞："郁九文获上海市劳动模范，受到陈毅市长亲自接见，这是对木行桥郁氏家族的最高奖赏。"在"文革"中，郁九文因做了10天保长被审查了10个月，停职、扫厕所……最后恢复党组织生活。

郁九周当了3个月保长之后，木行桥也成立了抗日联合政权，郁九周为国民党收捐也为共产党办事，从此结识了不少共产党人，与木行镇地区第一位抗日乡长郁九兰共事，他是郁家西宅上老六房郁思义之后人。在一次家庭变故之后，郁九周毅然投奔了新四军，跟着茅琛部队投入抗日烽火中了，1943年加入了中国共产党，当时郁九周的儿子郁海发只有4岁，女儿郁海兰2岁。郁九周参加过淮海战役、渡江战役，新中国成立后一直在南京工作。郁九周因做了3个月的保长，在"文革"中被赶到乡下劳动改造3年，直至1973年6月才恢复了党组织生活。

时光荏苒，斗转星移，转眼几十年过去了。2007年，郁海发、郁海新为编制《木行桥郁氏宗谱》的"族人明细表"，找到郁西良的小儿子郁伯和，他碍于面子提供了他自己家庭成员的概况，但拒绝提供上辈人和五个哥哥的任何信息。

第二天一早，郁海发、郁海新跑到天王镇人民医院，找到副院长郁伯瑞，现时他是海门地区有名的医生。当郁海发说明来意后，郁伯瑞不客气地说："我与宅上人不搭界，我们这一房不参与什么家谱。"又下了逐客令："我要去查房了。请便吧。"郁海发、郁海新沮丧地离开了医院。

几年之后，《木行桥郁氏宗谱》付梓之前，木行桥郁氏家族八房八代人马中，唯有老三房郁思孝后人郁西权、郁西良两脉系残缺不全。印刷厂李厂长对郁海发说：“郁西权后人全在外地，来不及去寻找，郁西良的五儿子郁伯瑞是我的好朋友，我去找他说说吧。”

郁海发：“如此最好。这本宗谱开印可推后几天。若劝说成功，将能补全这一脉几十口人的资料，李厂长功劳不少，我会另付2%印刷费。”

李厂长：“说好了，一言为定。”

郁海发：“绝不食言。”

两天后，李厂长带回来的不是好消息，而是如实转达了郁伯瑞一大堆话语，归总如下：

“郁海发的祖父郁再林历来站在郁西高一边，他们两家好得不得了，当年借给郁西高一百大洋哪。

“1946年我的小弟伯和与郁海发玩‘跳房子’游戏，两人骂起来了。我当时气愤地写了郁海发的牌位放在公堂屋内，那也不过是小孩子玩玩游戏。郁再林却追来追去要打我们俩，不得已逃到天王镇外婆家一年之久。后来郁再林在他草屋里摆了供品、香烛烧祭，发了利市，迫我父亲向祖宗磕头请罪，向七岁小倌郁海发道了歉才了事。

“我的祖上是粮户，宅上人好多是穷人，倾向共产党。不说郁九周是新四军，单说土改时郁再林支持我家长工倪大龙斗争我父亲。还有，20世纪60年代，拆除郁家东宅上的穿堂屋时，宅上一位贫雇农要将屋料、大木头拿走，我小弟郁伯和出面劝阻说，这穿堂屋是我思孝老太太的门份。郁再林出来大声说，这是何年何月的皇历呀？最终屋料全让宅上穷人拿走了。所以，我们老手里的人理念是不同的，今天我也不可能与他们坐在一起，与宅上人编排在同一本书里。”

郁海发对郁伯瑞反对入谱并不感到意外，而对他的话语却感慨不已，对李厂长也讲了一通话：“郁伯瑞叔叔并非坏人，在单位里可能是称职的领导、有成就的医生、先进工作者，和同事、领导的关系相当融洽，但是在脑海里对宗族里的恩恩怨怨却记得那么清晰。

“在我们国家政权创建中，有出身于剥削阶级的精英们的功劳，在历史的长河里也有无数人‘背叛’自己的出身。比如你李厂长，你的父亲也是地主，绰号是李老虎吧，你今天也是共产党员、国营企业的厂长呀。”

李厂长：“是咯，这你也知道呀？”

郁海发："怎么不知道？你父亲凶得很，李老虎很出名呀。更出名的是，李老虎的三个儿子中两个是共产党员，一个是省级劳动模范。"

李厂长"哈哈"地大笑起来。

郁海发意犹未尽，再次大发议论："'李老虎现象'不是个别的。在我们郁氏人家里也有不老少呢。你听说过吗，海门张謇状元赠匾的传人郁祖森，凉棚镇正心堂主人，竟是中国共产党党员。他是一位历尽磨难的教授，江苏省乃至全国教育界的精英，也是我的知音朋友。

"不过话又说回来，'郁伯瑞现象'也是少数，出现这些现象并不奇怪。台湾民进党的一位骨干分子，他的父亲是淮阴人，原国民党的高级将领哪。

"好了，不再侃啦。李厂长，开印吧。你也拿不到另外的2%印刷费啦。"

2009年9月某天，在郁家东宅上郁海发新建的祖屋里，由木行桥村领导主持举行老干部郁九周逝世10周年追思会。参加追思会的有近亲至族60人，郁九周在世战友、过世战友的子女、危难时期救过郁九周的恩人后代及乡领导、社会贤达、海门媒体界40人，共摆了10桌菜肴酒水。

郁九文之子、高级电子工程师郁海英特地从上海赶来参会，郁西高独女郁美芸也从海门回来参会。午饭后，郁海英做出一件惊人的举动，他和姑妈郁美芸提了礼物，走进了郁伯和在宅外新建的楼房里。郁伯和惊奇地看着两位不速之客。郁海英开口说："小叔叔，我们今天来看望你。我们两家都在'文革'中受害。老手里的事过去了，忘了它吧，今后多加联系。"这是两家人100年来第一次开口说话。

郁伯和不声响，也不叫他俩进门坐坐，用手指指横路方向，意思是："你们走吧。"

估计，没有征得哥哥们的同意，郁伯和不敢也不会做出两家和解的任何举动，只有选择不吭一声。

世间万物万事均有阴阳之道，矛盾无处不在。君不见，直至当今的文明社会里，在农村，由于利益冲突、理念迥异，加上沟通方法欠妥，世人中常发争斗，同姓同宗同族之间亦然。本集中郁氏两位兄弟两家阋墙百年之久，恰好证实此论。以此可证，家族的和谐任重而道远也。

本集故事对读者有哪些启发呢？由于徐三姑占有好房子的私心，挑唆郁徐氏做出了违背常理的事。首先，郁正长的遗嘱没有留下笔墨证据，兄弟分家"兄在东、弟在西"的惯例受到颠覆；其次，手心手背并不都是肉，郁徐氏对亲生儿子不能一视同仁。继而，老手里的人利益之争，使后人们阋墙百年之久，家族的和谐任重而道远。从本集可见，徐三姑不是一般的女性，在第十一集《木行桥郁家东宅破产记》中会与读者再次见面。

欲知后事如何，请看第八集《又一位小夫人》讲述郁家东宅老二房内的龃龉故事。

第八集　又一位小夫人

木行桥郁氏家族二代先祖郁士昌的继房小夫人陆笑姑，以智慧和胆略平息了非全是亲生儿子们的分房风波，几十年之后，郁家东宅上老二房四代曾祖郁正茂的继房余氏巧生，为非全是亲生儿子们巧分家，又一位小夫人留下的儿子们的和谐局面，却因两间草房而引发阵阵波浪。

第1节　活契卖地盖大房

在小夫人陆笑姑的暗中资助下，老二房郁思忠没有卖掉祖传之地7200步的一半，如期盖起了瓦4，郁思孝独吞郁家东宅的图谋破灭。可郁思忠的独子郁正茂却没有他的父亲那么幸运，他为四个儿子建房寻媳妇时，用活契卖掉了祖传的3400步地皮。

郁正茂，字达全，五岁时启蒙，先读三（《三字经》）百（《百家姓》）千（《千字文》），继以《大学》《中庸》《论语》《孟子》。在瓦4东间开设私塾授课，并代人作文参加院试均中了秀才，而他本人也考过两次院试却未中秀才。乡人们尊称他为达全先生，一位为人非常正派的农村知识分子，但其人生的历程却不尽如人意。为何有此说？

郁正茂娶张氏为妻，生男郁西清，因与老三房郁思孝们分道而行而另立字辈改为郁再清。张氏早亡，郁正茂娶继房余氏巧生，生郁再林、郁再洋、郁再尚三个男孩子。郁正茂不事农作，只管教授他的学生们，小夫人余巧生成为老二房的实际当家人，家中对内对外一切事务均由余巧生操持。

郁正茂不喝酒、不抽烟、不打南通长牌赌钱，在吸食鸦片被认为是时尚的年代里，他中年以后陷入烟毒迷雾之中。在木行桥镇中街有一个公开的鸦片馆，屋内放一张敞开的凉床，床上放矮脚的长方形小茶几，上面有一盏圆形玻璃罩的小灯及茶壶等，还有一根长尺余的烟枪，枪头上装有一个"小嘴"。吸烟的挑一些鸦片放在烟枪嘴上，然后在小灯上点着冒烟，并"哒哒"地吸着、响着。郁正茂时常去上镇，光顾这里的鸦片馆。

由于吸食鸦片而使郁正茂家库空虚，一天郁正茂问余氏："再清快要成家了，他的聘礼有没有着落呀？"

余巧生："夫君呀，何止是吭得再清的聘礼呢。"

郁正茂："还缺啥？"

余巧生叹了一口气说："再林、再洋、再尚三兄弟渐渐长大成人，也要聘礼和住房的。"

"是呀，那怎么办呢？"郁正茂一筹莫展。

"家中值钱的东西不多了，我娘家带来的嫁妆当了不少啦。"余巧生再叹了一口气，"天无绝人之路啊。"

"嘿，嘿，我知道夫人是有办法的。"郁正茂傻乐了起来。

余巧生的娘家虽是大杨村余家宅的大户，却是大字不识当木马凳的小脚女性，但决策规划不让须眉。不久前她让丈夫站在西庭白氓鬼这边，去南京充当证人，实现了同老大房的和解。今天她再次做出老二房发展的重大决策，对丈夫讲出了心中所思：

"卖地盖房！横死横（决心），一步到位，在瓦4前面盖瓦6朝东屋，在横沟之北盖瓦7朝南屋，那样四个儿子有4套房。当年盖瓦4时质量很差，这次趁机加修整固一下。

"盖两套房加上四个儿子的四份聘礼，卖多少地够用？我估摸一下，活契卖掉大概家中地皮的一半。

"但是绝不会用死契卖地。将活契票据分给四个儿子，将来他们发达之后可以分头赎回来的。"

郁正茂："夫人高见。"

经过中介人的穿针引线，北埭上的财主刘士才及西三姚的富户盛金龙活契购买了郁正茂的祖传之地3400步。

余巧生手中有了大批现洋后，停办了瓦4东间的私塾教室，瓦6、瓦7同时开工了，女儿郁多英为泥水匠们送水做饭。两个月后，郁家东宅上两座瓦房拔地而起。接着对瓦4进行修理整固，房顶上加密瓦片，东房前后苇芭换成单砖墙并抹上石灰浆。

新房盖成后，余巧生的第一件大事是为非亲生女儿郁多英备了一份丰厚的嫁妆，嫁给海门南警署公员陈凤生；第二件大事是操办了非亲生儿子郁再清的婚礼，婚房设在积善堂的西隔壁瓦2。

第2节　余氏巧生巧分家

在往后的几年之中，余巧生先后为郁再林娶赵氏居瓦4，为郁再洋娶李氏居瓦6，为郁再尚娶倪氏居瓦7。四个儿子的住房以长幼从北到南排列。郁正茂夫妇住在瓦4的东屋里。在小儿子成家后，余巧生进行第一次分家会议，请了余小江的父亲即老娘舅。把3800步地皮分成4份各自耕种，将3400步活契票据一分为四，各自保存。

第一次分家会议后不久，郁正茂寿终正寝，在他头周年之后，对第一次分家的不满意见逐渐发酵。

大房郁再清提出，他的田地比较远，还担心他的住房在里宅，里场心虽大却是全宅上公用而无扩展空间。

二房郁再林的瓦4虽然进行修理整固一次，但房子先天不足，地基不深不牢，横梁较细。余巧生听到二儿媳郁赵氏唠叨过不知多少次。

三房郁再洋之妻李氏埋怨："为哈我住朝东屋？"

余巧生把老三房后人郁西高找来，对他说："大房对分家意见最大，说是余家老娘舅分田时偏向我的亲生儿子。阿侄呀，你想一个办法，化解一下。"

郁西高："并不是我奉承姊姊，你比我的亲娘处事公平啦。当年我的亲娘将朝南屋分给西良，把大杨村的地分给我西高。"

余巧生："事情已经过去了，今天不说这档子事。不希望我死后，我的孩子们因我的失当而失和。"

郁西高："我有一法，让四家说不出话来。"

余巧生："快说来听听。"

郁西高："捏纸团，就是抓阄的办法。"

余巧生："好呀，委托你办好了。"

郁西高："好的。再找北宅上刘士才也当证人。"

第二次分家会议在余氏的住房里举行，四个儿子及其夫人均到场。余巧生在会上始终未说话。

郁西高讲了捏纸团的规则："第一步，签订分家合约书，四个儿子及两位中人按手印。第二步，在纸盒中有4个纸条，分别为1～4号。从小儿子开始到大儿子顺序，每个人摸一张。第三步，你们凭摸到的号码到士才先生处领取相应的房号和田地数。"

刘士才作了补充说明："我这里有4张纸，第一号为瓦7和原郁再尚的土地数。第二号为瓦6和原郁再洋的土地数。第三号为瓦4和原郁再林的土地数。第四号为瓦2和原郁再清的土地数。"

郁西高宣布："现在从郁再尚开始抓纸。"

摸纸的结果：郁再清一号，郁再林二号，郁再洋三号，郁再尚四号，也就是说四个儿子的住房以长幼从南到北排列，等于大房与四房对调，二房与三房对调。

郁西高再次宣布："明天开始互相搬家，秋天这熟花地收割完了，再换种新分到的地皮。"

四个哥们儿都无异议。

第3节　两座草房是祸源

大房郁再清夫妇先于继母余巧生离世，他们的独子郁九思13岁。余巧生就搬到瓦7居住，照顾郁九思及他两个妹妹的生活。在操办两个非亲生的孙女出嫁之后，余氏也寿终正寝，她的丧事由3个亲儿子尽孝，却也风光无限。余巧生仙逝后不几年，四房人均将活契卖掉的地皮赎回来了，但她留下的四房和谐局面，却因两间草房而在大房与二房之间引发阵阵波浪。

转眼之间已是七七事变之后，郁再林的独子郁九周也是成婚年纪，郁赵氏对丈夫说："九思比九周大5岁，已经24岁尚未成家。你应出面先操办他的婚事。"郁再林找到郁家新新宅东姚里的徐家，徐家愿将徐大姐嫁于郁九思。郁再林又挽出（找到）媒人作伐。所有聘礼、婚礼诸事由郁再林操办，也当了证婚人。婚后郁赵氏把徐大姐当成自己的儿媳妇，前后两家关系非常热络。徐大姐对人非常和善，对郁赵氏当亲婆婆来孝敬。

徐大姐进门后，郁再林开始筹划郁九周成家大计。亲事定的是北埭上刘士贤的养女惠姑，她原是木行桥镇姚半街的二小姐，由她外婆郁家新新宅郁正龙之妻做主送给刘家的。郁再林首先决定儿子婚房定在瓦6的北间，中间为灶头；在瓦6南边盖朝南草2作为灶头屋。在西宅沟梢南边盖朝东草3作为郁再林夫妇的房头，另加坑棚、羊棚、柴草屋等。瓦6的南间作为女儿大郎和二郎的闺房。

在草2、草3盖房期间，徐大姐始终帮助郁赵氏做事。末了时徐大姐对郁赵氏说："婶妈，我想在草2南边也盖一间草屋，我家用它放放柴草。"郁赵氏说："好呀，让师傅们顺手就盖了。"因此草4顺势而起。

俗话说好人不长寿，徐大姐在儿子郁海伯三岁时患病而亡。在徐大姐病重期间徐二姐过来伺候她姐姐，姐姐死后，徐二姐也就没有回去，过了一年生了女儿。郁再林为徐二姐补办了简单的婚礼，往后生育了三个男孩郁海仲、郁海叔、郁海季。那是后话，他们之间的故事暂且不表。

俗话说好景不长存，徐二姐当家后，大房和二房之间发生龃龉，起源于场心的合用。草2与瓦7之间仅30丈，二房的前场心即是大房的后场心，到底如何划分范围无定规。第一次争论发生在6月里收割元麦期间，郁再林在场心里堆了一个大麦垛，位置离瓦7房3尺之距，以留出草2门口地方来拽麦子。

徐二姐找到郁赵氏说："二婶姆，你家的麦垛堆到我家屋檐下了。"

郁赵氏："阿侄媳妇，临时堆一下，天好后拽了它。"

15岁的二郎是火暴性子，从草2中走出来对徐二姐大声说："为什么不能堆麦垛？你的场心在前面。"

徐二姐责怪："一个小倌头子懂哈么事，出来说大人话。"

二郎："我懂，我知道，前两年大伯母（徐大姐）在的时候也是这样堆的。"

徐二姐脸色一变："你去找大伯母讲吧。"扭头走回自己的家。

如果徐二姐与二郎几句争吵，双方不放在心上，拽好麦子也就过了。但是，郁九思听了徐二姐添油加醋的诉说，第二天割了田里的元麦，在草4屋檐外堆了一个麦垛，离草4不到3尺，麦垛南面离他家的羊棚也就3尺，这等于将郁再林家东出路变得非常狭小，推麦子的独轮车无法通过。郁再林打算找郁九思论理去，郁赵氏拉住他说："人家的地盘，你去管它，不又要吵世（架）啦。"

郁再林和二郎忍住了，但从此两家不说话了。郁海伯与郁海发相差一两岁，两小无猜，经常玩"跳房子"游戏，徐二姐马上赶来揪住郁海伯的耳朵喊："死小倌，还不滚回家！"仅此而已。但两家关系的尖锐对立却是政治理念的介入。

第4节　郁再林的牢狱之灾

抗战胜利之后国共谈判破裂，内战即将爆发。已是新四军七分区的后勤科科长的郁九周为采购军需品南来北往，时常回到郁家东宅上宿个夜。

徐二姐正在生第二个男孩郁海仲，徐康之妻郁红珍即徐二姐的大嫂来"送三五更（月子礼）"。郁红珍是郁西邦的大女儿，与郁海发之母惠姑是嫡亲表姐妹，她顺便问徐二姐："二妹，你与九周家和好没有？"

徐二姐没有正面回答，却自夸："我生了一个千金，今朝又添了海仲。那个二房吧，可要败了，九周夫妻不和，又当新四军去了，时局难料，将来尸骨无存，孙子还小呢，以后很难说呀……"见郁红珍面露不悦，徐二姐戛然而止。

郁红珍离开瓦7后，又拐到瓦6，见过表妹惠姑后，将徐二姐的话直言相告，大概出于对惠姑的提醒吧。

当夜，惠姑将徐二姐的话如实禀告婆母郁赵氏。当年，因家庭变故，郁九周与惠姑关系不和，郁海发在祖母郁赵氏身边生活，转天，郁九周夜半回到草3，郁赵氏向儿子转达惠姑的担心。郁九周沉默片刻后说："是要当心一些，情况来了（国民党下乡），先带海发跑，以防有人促狭。假如我有个三长两短，将来靠他报仇呢。"

有此一节，大房与二房关系更蒙上一层厚霜。

1946 年初冬，大杨村的蔡勇叛变了，投向天王镇国民党区党部书记、还乡团团长黄振的麾下，此时副团长郁西权脱离两党斗争旋涡，带着家人和细软之物去上海躲了起来，蔡勇代替他任副团长。

蔡勇没有叛变之前是郁家东宅上的常客，与郁再林家非常热络，也知道郁九周常因公回乡办事。为了立功他向黄振建议，劝说郁九周自首并放火烧毁郁再林的住宅。郁再林尚未听到烧房子的风声，却先惊动了郁九思的神经。

郁九思一早赶到海门徐康中药店求救，对阿舅徐康说："烧了草 2，我家的草 4 必毁。若是哪天刮北风，我家的瓦 7 必定殃及呀。"又向徐康提出："快去向黄振求求情吧。"

自从徐康经营丈人郁再邦家赠送的中药店之后，自学中药知识成为有名的中医师。黄振年轻时患有一种疑难症，徐康用中药医治调理后完全好了，两人成为结拜兄弟，亲密关系似同两条腿穿在一个裤脚里、铜钿放在一个抽屉里。

中午，在徐康的邀约下，黄振带着蔡勇来到徐康的家中，酒足饭饱之后话题引向正事。黄振听了郁九思的要求，一拍桌子说："房子不烧，把郁再林捉来，逼郁九周来自首。"

徐康："好计呀。不过，让老头子吃点苦头，千万不可杀头。"

黄振对蔡勇下了命令："你明天下乡，把郁再林捉来，关在天王镇。"

第二天傍晚时分，蔡勇带了七八个乡丁荷枪实弹地赶到郁家东宅，在草 2 问郁赵氏："大婶，大伯去哪里啦？"郁赵氏回说不知道。

蔡勇转身走到瓦 7 的前场心里，尚未开问，郁九思指指南河沿方向。蔡勇心领神会，带人直奔南河头。原来听说顽军下乡了，郁再林和大郎二郎躲到南河头假装翻地。蔡勇把这三人一起赶往天王镇，当走到木行桥镇时，二郎对蔡勇说："大哥哥，我脚上广拆（裂口）痛，走不动了。"蔡勇想，他的任务是捉一人，就将大郎二郎放回去了。

当晚郁赵氏娘仁一夜未睡。翌日早上，郁赵氏和大郎赶到天王镇北边陶村大郎未婚夫的家。在大郎未婚夫陶大千的堂伯陶保长的引领下，大郎和陶大千面见了黄振和蔡勇。

黄振很客气地对大郎说："请再林大伯到天王镇白相几天咯，只要你阿哥到我这里自首，我一定会重用他。"又指指蔡勇："像他一样。"

大郎回答："哥哥的事，我做不了主，我把你的口信带给他吧。"又对蔡勇说："你与我哥哥之间的事，不要为难老爷子。"

黄振："不会，不会的。"

两天之后深夜，郁九周和乡长郁九兰一同回到草3，大郎讲了黄振的口信，郁九周立马表态："爷老头子，要杀就杀，我九周绝不去自首的。凡是叛变的不会有好下场！"

郁九兰："好！但是伯伯一定要救出来的。"又说："大郎再去同黄振交涉，他们会提出要多少钱？我与乡财助施亚万商量，由他拿出这笔款子。"转向大郎："尽量压低价码。"

第二天上午，大郎与陶大千和陶保长第二次与黄振谈判，大郎对黄振说："我的阿哥没法见到，黄团长，我家出点钱，先把我的爷放出来。"

黄振："好吧。看在陶保长的面子上。"

大郎："那你开一个数。"

黄振："80挺机关枪，一个铜板不能少。"

大郎："这么多？我家全卖了也凑不齐。那就让我爷永远关在这里好了。"

陶保长："黄团长，是太多了。小家小户拿不出那么多钱的。"

黄振对陶保长："那你提一个数吧。"

陶保长："要我说。80担元麦，80件军装。"

黄振："什么？太少了，才千把大洋啊。800担元麦，800件军装还差不多，一个铜板也不能少！"

大郎："我家出400担元麦，400件军装。若不答应，我马上走。"说着站了起来。

黄振："算了，就这数，要现洋。"

郁再林的赎款第九天才凑齐，三分之二是由乡财助施亚万拿来的，三分之一是郁赵氏及大郎二郎日夜纺纱织布累积之金。

第十天上午，郁再林由陶大千用独轮车推回郁家东宅，当进入东南宅角时，有两个新四军战士放起鞭炮，原来是通海独立营周应祥营长派了施亚千排长带一个加强班来吃面贺喜了，郁家东宅的四个宅角头设了岗哨。

郁再林关了10天之后顺利出狱，此事总算画上了句号，而大房与二房的关系雪上加霜。

第 5 节　人心靠向共产党

1949 年 1 月 29 日阴历腊月二十九深夜，天王镇据点里的顽军逃跑了，不久国民党军队全线退出沙地，海门解放了。黄振和蔡勇也躲在上海嘉定，上海解放后被捉拿回乡，1950 年被人民政府镇压。

郁再林事件不久，郁赵氏的身体逐渐走入下坡路，一拖就是两年，中药吃了不少，三分之一赎金已使家库空虚的二房负债累累，但也无法挽救赵氏的生命。1949 年阴历六月，郁赵氏仙逝，阳寿不满 60 岁。

郁赵氏的灵堂设在积善堂内。大郎已经出嫁，郁九周刚渡长江，丧事全由二郎操持。入殓前一天是"烧床柴"送鬼神，惠姑问二郎："要不要我带海发去九思家报丧？"二姑答："不去。若是他来灵前磕头，我照样发他白衣白帽子。"

烧床柴的当晚深夜，瓦 7 房内也在商议。

徐二姐对丈夫说："北屋的烧床柴你没有去，明天你送不送人情呢？"

郁九思挑理说："海发应给长辈磕头，给我报丧。他们不来，我不去送人情。"

徐二姐对九思说："天变来变去，他们又得势了，听说九周打到江南去啦，今后不可太得罪北房里。"她这次的话非常适合时宜。

郁九思："他做将军和我有啥关系？"

徐二姐："不，关系大着呢。刚刚我看见区长郁九兰领了不少人来了。"

郁九思"嗯了"一声，似乎听懂了徐二姐的弦外之音。

入殓当天近午，放炮开斋吃丧饭之时，郁九思夫妇双双来到积善堂，惠姑递上两套白衣白帽子，郁九思、徐二姐穿上后向郁赵氏灵棺三磕头，郁海发本应还礼，但他站立不动，惠姑急忙拉他跪下："海发，给大伯伯还礼！"海发不情愿地跪了下去。

从此以后，两家开始有点来往了，尤其是惠姑，在二郎出嫁、海发回到她身边之后，带着海发上瓦 7 串串门。

在 1951 年全国进行镇压反革命运动中，时任海门公安局局长的施亚千把徐康关起来了，在讨论是否抓郁九思时，公安局政委郁九兰建议，应听听九周同志的想法。在南京工作的郁九周得知地方政府对郁九思动手的消息之后，急急地赶回海门。

徐康一案的案情分析会议，在海门公安局会议室举行，郁九周列席了会议。施亚千汇报了审讯徐康的情况，拿出徐康签字笔录，郁九兰做了补充发言，施亚千请郁九周发表意见。

与会者大多是一个战壕里的战友，郁九周毫无保留地做了长篇发言：

"我认为徐康的交代是真实可信的。碍于子妹婿九思的求情，被动参与抓我父亲的策划，他说这是'好计呀'不过是应付场面而已，后面'吃点苦头，千万不可杀头'之语才是他的真心。如果没有发现徐康跟黄振在政治上的勾结，建议放他一马。单凭郁再林入狱事件不足以定罪。

"郁九思向徐康求情，出于实情，我家草2与他家草4确实连在一起，他的求情为了自己也利于我家，草2未被火烧掉。九思当时给敌人指引我父亲在南河头翻地，虽是可恶行为，却可理解。所以不必再追究他的责任。

"郁再林入狱事件过去多年，罪魁祸首黄振蔡勇已经伏法，我们只是损失几千大洋而已，若是我爷老头子被杀，那可要缠缠他们。"

郁九兰第一个表态同意郁九周的分析，与会者均无异议，施亚千做出结论：释放徐康。

当施亚千宣布散会之时，郁九周要求再次发言，又讲了一段振聋发聩之语：

"新政权打击一切敌对分子，不放过一个坏人不冤枉一个好人。政权在我，人心向党，包容任何旧社会里有瑕疵之人，才能壮大革命的力量。

"对木行桥郁氏家族而言，妥善处理徐康和郁九思的意义在于，家族矛盾不能冤冤相报。若是今天抓了郁九思，我们的后代如何相处下去？！难道前后院内老死不相往来？！"

会议在一阵掌声中结束。

在往后的几十年中，郁九周为大房和二房的和好身体力行，当他重组家庭后，每次回木行桥他必宿郁九思家，当郁再林寿终正寝之时，首先与郁九思商量丧事操办，甚至在他晚年为祖宅翻建，两房再生新的矛盾之时，也能化干戈为玉帛。

欲知后事如何，请阅第九集《三次火宅两次成灾》。

第九集　三次火宅两次成灾

沙地人的俗语，"火宅"作"失火"之解。郁再林入狱使草2免受火宅之灾；10年之后，草2、草3、草4均化为灰烬；30年之后，重建的草2再次被大火吞噬，郁海发的继祖母葬身火海却留下了瓦6，也留下了郁九周"祖宅不倒、不拆、不卖、不送人家"之语。祖孙三代人在"房"上的故事引发世人的深思。

第1节　第一次火宅损失几千大洋

木行桥五代传人郁再林帮助孤儿郁九思娶了徐大姐，两家关系非常热络。徐大姐病亡后，郁再林又为郁九思、徐二姐补办了婚礼，后因草2和瓦7之间院子的使用两家生发龃龉，又由于政治理念的不同而使两家关系雪上加霜。

还乡团团长黄振用烧掉郁再林的草2迫使郁九周自首，郁九思出于自保草4，通过妻舅徐康向黄振求情，保住了草2、草4，使其完好无损。

根据黄振的命令，蔡勇将郁再林抓去关在天王镇据点里，10天后用400担元麦、400件军装（合几千大洋）将郁再林赎回。

新中国成立后黄振、蔡勇被新政权镇压。时任海门公安局局长施亚千、政委郁九兰追查郁再林入狱事件，抓了徐康。郁九周得知消息后，从南京赶回海门参加案情分析会。根据郁九周的意见，施亚千当场做出结论：释放徐康。郁九周又讲了一段振聋发聩之语："新政权打击一切敌对分子，不放过一个坏人不冤枉一个好人。政权在我，人心向党，包容任何旧社会里有瑕疵之人，才能壮大革命的力量。

"对木行桥郁氏家族而言，妥善处理徐康和郁九思的意义在于，家族矛盾不能冤冤相报。若是今天抓了郁九思，我们的后代如何相处下去？！难道前后院内老死不相往来？！"

在往后的几十年中，郁九周为大房和二房的和好躬行实践。当郁九周重组家庭后，几乎每年回木行桥看望亲戚、战友及危难时期救过他的恩人或其后代，除在二郎家住宿之外，他必宿郁九思家，两人时时回忆年轻时一起在启东汇龙镇商行里当学徒时的生活。20世纪70年代中期，郁再林寿终正寝，郁九周回乡奔丧时，首先与郁九思商量丧事如何操办，大胆地提出父亲不用棺材下葬，使郁再林成为木行桥郁氏家族第一位火化之人。郁九周与常人的思维不同，违背乡村的习俗，入殓当天吃斋饭一律不受人情（奠仪）。这些都得到郁九思的大力支持，也受到亲朋好友的点赞。

第2节　火宅烧光草房，祖奶奶葬身火海

郁海发、郁海兰随郁九周去南京上中学后，惠姑独自居住在瓦6两间朝东屋里，以尽郁家媳妇之责。郁再林续娶董氏为妻，住瓦6南间和草2、草3。

时值政权更迭之际，人心向共产党靠拢，郁九思亦不例外，九周亲母赵氏入殓那天时近中午，九思公走进灵堂磕了头。自此以后，惠姑、董氏开始与郁九思家有了交往。

1956年寒假，已是初中三年级的郁海发回乡过年，大年初一晚上，他与郁海伯、郁海英在瓦1郁海明家中玩扑克牌，丁、酉之时，听到郁家东宅外传来"救火呀"的呼救声，喊声震天响，郁海发奔向场心，只见西南宅角方向火光冲天，随又奔出穿堂一望，只见他祖父的草2快塌下，已经殃及郁九思家的草4了。郁再林、董氏和惠姑已转移到草1的前面。救火的人在瓦6房顶上排成一条人龙，从西宅沟里传水给上面的人，将水泼向瓦6与草2交界处，因而瓦6南山头略有损坏，而整个瓦6保存下来，草2、草3、草4却全部化为灰烬。

住在瓦5的郁西良虽然与郁再林、郁九思不来往，其妻徐三姑却和惠姑关系不错，一是住在同一场心里，惠姑待人又谦和，二是1951年土改时，惠

姑养父刘士贤与郁西良同被划为地主成分，同台被斗争。徐三姑将细软之物藏于惠姑房头里，风头过后逐步取回。大火当夜，郁西良的四儿子郁伯瑞急忙赶到惠姑房头里，将一缸黄豆扛出去，将腰都扭伤了。郁海发也看到，他的外婆、惠姑的养母扭动两只小脚，奔到惠姑的房头里拿出一只小甏，浸入后宅沟梢里，火势停熄后，她又将小甏放入灶膛里，郁海发问惠姑："姆妈，那里面是哈么事呀？"惠姑没告诉他，只说："海发，听话，勿告诉别人。"几年之后海发才知道小甏里是 500 块袁大头。

郁九文全家已经迁至上海，火宅发生的下午，郁再林借住在他的瓦 3 空房里。第三天，乡里干部安排郁再林搬往木行桥镇乡政府腾出的两间瓦房里，此房原是黄振的浮产。郁再林并不领情，说："金屋银屋，不如自己的狗窝。我还住在原宅地上。"几天后，郁九周从南京回来看望火灾后的老父，乡干部再次提出郁再林迁居之事，郁九周表态："谢谢你们的关心，还是祖地留间房为好，自力更生去重建。"一个月后，在草 2 灰地之上搭了一间草房权作厨房，以暇时日，称为重建草 2。

大火将所有草房吞没之后，坊间流言四起，有声有色：郁九思与郁再林一向不和，他在草 2 上点了一把火，有人看见房子从上面烧起来的，选择大年初一深夜作案，为的是黑夜无人救火，幸亏一群赌钱的村人散场之后，路过此地发现了火情。

郁九周知道了乡下的谣言，再次回到木行桥，进行走访调查，搞清这个"有人"是郁西良 13 岁的儿子郁伯和，说是半夜起身（小便）时望见的，其他事情一概不知。九周返回南京后，对郁海发说："谣言止于智者，此事到此为止。"又语重心长地叮嘱："孩子啊，请记住，人世间的一切仇恨或者争吵，除了黑心和见先（方言，指占别人的便宜）之外，都是挑唆而起。"停了停又解释："你看，郁西良和郁九思一向不和，如果我偏听偏信，后果是什么？对于本案，郁九思不可能点火烧草 2，他的草 4 和草 2 是连在一起的。若是我们妄断，将会怎么样呢？如果真有此事，也要把它吞入肚里，防止落入离间陷阱。"九周用仁厚之心悄悄地平息了谣言，没有使二房与大房的历史恩怨雪上加霜。

30 年之后郁再林已作古，某天深夜，重建草 2 再次大火，郁海发的继祖母董氏葬身火海。乡下又是谣传不断，说在火势上冲之际，郁九思将老祖奶奶推入火海而亡，谣言的始作俑者又是已经成年的郁伯和。当二郎听到这些传言后火冒三丈，想找郁九思去理论，惠姑当机立断站出来说，老祖奶奶命中有三把火，在前夫家发生过一次；30 年前草 2 大火是第二次；今次葬身重建草 2 火海是她在劫难逃，总算洗刷了泼向郁九思身上的脏水，也未使大房和二房关系再次恶化。

第 3 节　一封奇怪的告状信

在改革开放后的第六个年头，一天，南京的郁九周接到一封奇怪的信件：

尊敬的九周伯：

　　郁海伯花言巧语答应惠姑婶今后翻建她的朝东屋，他自己在您的老屋一米前盖了两间朝南屋，挡住了东方灿烂的阳光，暗无天日，惠姑婶和老祖奶奶天天以泪洗面。请伯伯快回乡看看吧。

侄郁海叔上　1984 年 × 月 × 日

从漂亮的墨迹和流利的文字看，此信由郁九思的二儿子、高中生郁海仲书写，具名却是郁九思的三儿子郁海叔，告的是郁九思的大儿子郁海伯。郁九周看信后大惊，第二天急急地赶到木行桥镇二郎家，弄清了事情的原委。

20 世纪 80 年代郁家东宅破产后，它外场心的布局如下：当时老祖奶奶还没被大火烧死，瓦 6 两间瓦屋由惠姑独自居住，老祖奶奶仍然住瓦 6 南间和重建草 2；它的场心范围南距九思的瓦 7 仅 2 丈之距，东至川堂之地的中心线。中心线的东首是郁西良小儿子郁伯和的三间朝南屋；郁九思在瓦 7 东首盖了三间朝南瓦房，由他的大儿子郁海伯居住，其北面正对郁伯和的房子。

郁海伯之妻芬嫂和惠姑一向交好，对独居的惠姑时有关照。一天芬嫂对惠姑交心：“我两个儿子快要成家，在你场心里朝南盖两间房，你的朝东屋也快塌下来了，我也帮你翻成朝南屋。你年老之时我来照顾你，海发哥是公家人，不作兴烧羹饭（祭祀先人方式），叫我海伯来烧纸、来磕头。”

惠姑认为此言合乎情理，便没有问过儿子郁海发、女儿郁海兰而欣然答应。

因而两间朝南瓦房在场心里砌起来了。

当时郁海叔尚未成家，为住房之间的羊棚归谁之有，与郁海伯发生过激烈的争吵。当郁海伯两间瓦房上梁之后，前面的郁海叔和九思有一番对话。郁海叔说："那个 × 样精在我屋后盖了房子，我不能听之任之。爹爹，你看怎么办？"

九思："他盖他的，又不在你的地盘之上。"

郁海叔："话是这么说，房子的场心离我只有 9 丈，将来有一天我发达了，盖大楼时，他这个 × 样精会从中作梗。"

九思公不吭声，郁海叔小声说："九周伯外头有房，海发哥在北京安家，将来这块地基会让海伯独吞。我不会让这个 × 样精黑心成功！"

九思沉思半晌才开口："海伯和海发关系很好呀。海发把他小子郁明弄进厂里工作，还借给他 200 元，去年年底海伯带给北京海发一只山羊腿。若是海发同意他盖，那你怎么办？"

"你看南边一间瓦房和重建草 2 是九周伯的继母所住，应属九周伯所有……"郁海叔附在父亲耳边轻轻地说，九思不断地点头。就这样一封告状信寄往南京。

第 4 节　海兰家中的一场争论

郁九周到了二郎家，两人即速奔往郁家东宅，现场固然如信中所述不假，新盖房和瓦 6 朝东屋之间有一个阴暗的 3 尺夹道。他俩回头直奔乡政府办公室向徐秘书陈述情状，徐秘书是郁海伯的二舅徐昌的大儿子，马上说："领导在开会，你的问题可直接找村里解决。"等他俩走后，徐秘书从后门骑自行车直奔木行桥，向村长陈标交代："郁九周来的话，你推到乡里去。"当步行的九周、二郎赶来时，陈标说："我小村长管不了，听说盖房是你儿女同意的。你有本事直接找郁海伯去说。"九周碰到软钉子，第二天一早和二郎赶到上海郁海兰家中。

九周进门劈头责问女儿："看你们做的好事！"郁海兰申辩："我勿清楚呀。"

九周又说："海发一定知道的。"当即让郁海兰向北京拍了电报，叫郁海发速来上海。

郁海发到达上海后，申明并不知道此事，九周气消了大半，四人心平气和地商量应对之策。郁海发心中琢磨："以决策规划而言，此方案具有可操作性。手头拮据的我是求之不得的好事。"郁海发也有私心，想让郁海伯将瓦6朝东屋翻成朝南屋，于是郁海发表态："我家的房子也快倒塌，让海伯兑现承诺，把它翻建也不失为一副好牌。"

二郎立即责问："前面大房为争场心，与你公公吵世几十年，今天你要把一半宅基地相送给大房？出嫁的姑娘（姑妈）也要话话。"

其实这段历史郁海发听过多少遍，今天再听二郎的复述，赶紧解释："勿是白送，以宅基地换房子。"

二郎一急出口有点伤人："大侄子真有本事，自己无能却出卖祖居地面。"对九周开炮："阿哥，你当兵几十年穷嗒嗒，也没有钱翻房！"又坚持："这次一定要他们拆房子。"二郎话中的"他们"是把九思父子们看成一个整体加以反击。

九周沉思片刻后说："不去追寻历史恩怨，如何处理这件事是当务之急。"停了停发话："老宅不倒、不拆、不卖、不送人家。我再过两年离休后一定回乡住住，朝东屋原地翻建成四间。"从包中取出一纸，纸上画着4间房的布局，对海发说："仍然朝东盖，南面两间由我出资，南山头做一个落地玻璃大窗。"见儿女们不声响，又补充："老房这几年不会倒，待你老祖母去世后再实施这一方案。"

郁海兰："我同意爸爸的意见。如何让海伯拆去两间房子呢？"

九周对海发说："我已老不中用，你回苏北去。无论如何一定要把房子拆掉。"郁海发只好点头："好吧。"

九周再交代："拆房损失我们给海伯补偿一点。"

二郎反对："世上哪有如此道理？！"

第 5 节　大舅徐康的关键一语

第二天下午九周、二郎、郁海发在青龙港上了岸，只有郁海发一人直奔郁家东宅，穿过新房夹道进屋见过母亲惠姑，放下行李直奔郁海伯家里，见到郁海伯在院子里扫地，急步上前与他握手，郁海伯发烟，相互寒暄一番，拆房一事只字不提。

第三天上午，郁海发去乡党委陶书记办公室，向他和盘托出事情原委。郁海发对陶书记说："为此事我直接找海伯必定吵世，那会伤了和气的，无奈之下，我求助政府出面主持公道。"陶书记知道郁海发是北京的电子工程师，正在为海门筹建无线电厂，也打算让郁海发为乡里做点事情，立马给派出所所长电话：去现场看一下，情况属实的话，告诉郁海伯两天拆去违建房子，如不拆派乡建筑队去拆除。

当天晚上，在二舅徐昌家中一个会议紧锣密鼓地开场，中心主题是郁海伯新盖房子要不要拆掉。九思首先发言："人家的地盘你盖房子不合情理。"郁海叔强硬地说："此举不符做人道德，也违反法律规定。一定要拆掉！"

郁海伯见父亲、三弟如此态度，生气地说："刀擱在脖子上也勿拆！"

二舅徐昌思忖儿子徐秘书在乡政府工作，手中小有实权，也站在大外甥郁海伯一边，表态说："盖成的房子不能拆，当我们徐家没有人？绝不能软弱！"众人齐向大舅徐康征询意见。

徐康详细地回顾新中国成立之初，被公安局关了 10 天的经过，断然说："由于九周的力挺，我被释放回家。他家的事情一定不能碰，奥（勿）缠伊。拆房子越早越好。"郁海伯一向视带他出去工作的徐康如父，便听从大舅之言，第二天把房子拆掉了。

整个盖房拆房前后不到两个月，双方没有吵世、没有红脸，郁海发不战而屈人之兵。在往后的时日里，惠姑和芬嫂相互待见，郁海发见到芬嫂，口中反而多了"嫂嫂，嫂嫂"，可见郁海发为人之老到。

第 6 节　郁九周的三句话

　　在二郎家的九周听到房子拆除的时候，对郁海发说了一段话："反对海伯盖房，九思和海叔比我们更为上心，真搞不懂这父子仨。我有三句话：一不埋怨你母亲，毕竟她答应了的；二不怪郁海伯，他急于寻找盖房地基，为儿子寻媳妇，也答应帮我们翻建老屋，这是阳谋；三，今后要时时防着海叔这个人。想一想，海叔为何积极反对海伯盖房呢？"

　　九周之言一点不假，20 年后《见先和黑心》（二十九集）的延续故事，更带给人们不尽的思索与启示，证实老子考虑问题比儿子更为前瞻，不禁记起民间俗语："姜，还是老的辣！"

　　欲知后事如何，请阅第十集《七龄童与西良公的一生纠葛》。

第十集　七龄童与西良公的一生纠葛

木行桥郁家东宅老三房后人郁西良和老二房后人郁再林是针尖对麦芒的劲世对头，因他们的后代玩跳房子游戏引发"灾祸"，使两房关系更为恶化。几十年之后，却因七龄童的怜悯之心，终于峰回路转，实现了郁海发和郁伯瑞两位耄耋老人的和解。在家族和谐任重而道远的当今，郁海发的行为举措有无借鉴意义？

第 1 节　怒发不会冲冠

郁再林的独子郁九周大婚了，新房设在瓦 6 的东间，新婚妻子是刘士贤的养女惠姑。刘士贤是一位有两个儿子的富足之户，他的继房刘姜氏领养木行桥镇姚半街的二小姐——六岁的惠姑，并将其视作亲生而成为刘家的掌上明珠。惠姑出嫁之时极为风光，郁宅在南、刘宅在北仅一埭之遥，绿呢大轿及壮观嫁妆队伍环乡两圈才进入郁家东宅，带来的 1000 步妆泥田（刘家的嫁妆田），成为十里八乡的特大新闻。

婚庆大典在阴历正月十六，就在当年腊月末郁海发出生了，生肖：兔。奶名：发财。

卜筮相术几乎与中国文化史同步而生，源自上古，显于殷商，于今为盛，中国的广大农村用算命预测人的一生尤为兴盛。在发财出生 10 个月时，惠姑请来郁家西宅老五房郁思节之孙郁小林，替自己的宝贝儿子算算命。郁小林精通周易八卦、测字问卜、抽星宿算命等，闻名四乡八邻。

郁小林看过发财的生辰八字后，装模作样地掰着手指说："阿侄媳妇，恕我直言，此儿生性孱弱，一生坎坷多难。尤其10岁之内要当心些。"

惠姑急问："他大伯，请直说，他有何难呀？"

郁小林："此儿在六七岁时会有大坎儿，能否过得去看他的造化啦。"

惠姑急问："他大伯，有何解法？教我。"

郁小林："唯有多做善事，求菩萨保佑。"倏忽之间，郁小林见发财头发稀疏，唯有头顶上有三根黑而又粗直竖的头发，问惠姑："你儿子叫啥？"

惠姑："没正式起过名，公公婆婆都喊他发财。"

郁小林："不好呀，此儿头上三根怒发，你再叫他发财，火上加油，一定毁了他。"沉思后又说："不叫发财，叫冲发为好。也许这就是解法呀。"

惠姑马上对怀中的儿子说："发财，不，冲发，谢谢小林公公起名。"冲发小手抱拳一伸，然后勾住惠姑脖子，咯咯地笑了起来。

此时，南房头的郁赵氏走过来，对郁小林说："兄弟呀，再让我的孙子抽星宿，看看他一生运势如何？"

郁小林左手托着放满纸片的小木盒，右手牵着一只无名小鸟，让冲发摸一下小鸟的尖嘴，小鸟飞快地叼起木盒中的一张纸片。郁小林放下木盒，端详纸片上的画景：一根木桩一根绳索牵住一只海门山羊，在地上转圈儿吃草；不远处大树上停着一只大鹰，欣赏着山羊在美餐。

郁小林诠讲画面之意："此儿长大后会远走高飞，要做大官，出入县衙无人敢于盘问，不过，凡做事都会返回原样，最后回到出生之宝地。"

见郁赵氏、惠姑开心地笑了起来，郁小林来了劲头再侃了一番："此儿若是躲过了10岁之前的大难，将来非富即贵啦。不过，他属兔，是兔子的尾巴，做啥事做不长，打一枪换一个地方。再看这只大鹰，盯着山羊呢，一生中磨难不断，还会有是非之争，怒发不要冲冠呀，要时时防着小人背后捅刀子……"

惠姑没把郁小林的胡侃放在心上，却在冲发三岁时，发生了第一次磨难，家庭发生巨大变故，跌入亲族争斗的旋涡之中。

一天，刘士贤叫他女婿郁九周去南通银行换点钱，郁九周在回家的路上碰到一位朋友，约他去木行桥镇打南通长牌"笃子胡"，此种朋友聚赌是常事，也是沙地人的一种风气吧。郁九周手气不错，半夜时分，两个朋友手中没钱了，不玩了。赌兴甚高的郁九周对朋友说："继续打，我借给你们钱。"朋友说："可以。但换一种打法。"于是四个人又玩南通长牌"八和头"。这

房

次郁九周运气大跌，三赢一输，黎明时分，郁九周一算，朋友借他的钱还清后，从南通换回的钱仅剩三分之二了，他把长牌一推说："不打了，算账吧。"

天刚亮郁九周回到家中，对惠姑说："我将冲发外公的钱输了三分之一。剩下的你送给他吧，过一段时间再还他。"倒头在床上躺下了。

中午时分，郁九周起床，见惠姑未把钱给刘家送去，大声责问惠姑："为何没有送去？"惠姑赶紧说："吃好点心（午饭）后就去。"

惠姑向她养父如实禀告事情原委，把刘士贤气得七窍生烟，大声说："这个不着调的浪荡子，今天我去教训教训他！"立马拉着惠姑赶到郁家东宅，见瓦6空无一人，又转到草2问二郎："你阿哥呢？"二郎回说没有来呀。刘士贤又大声问惠姑："人到哪里去啦？说！"惠姑低下头小声说："去西界田里了。"

刘士贤赶到西三挑妆泥田里，见郁九周正在锄地，厉声责问："那些钱弄到哪里去了？"郁九周尚未回话，刘士贤上前扇了他两个巴掌，命令："这是刘家的地，不许你种！"上前将郁九周手中的铁锄夺下。郁九周一气之下向西跑到郁家西宅郁九兰家中。

时值抗日联合政权之际，郁九兰是共产党的抗日乡长，郁九周接替郁九文担任保长，既替国民党收捐又替共产党办事。郁九周对郁九兰说："我要参加抗日武装小队。"

郁九兰问："你参军了，谁来接替你的保长一职？"

郁九周："东埭上的袁选明或袁朝栋，两人选一。"

郁九兰当即给木行桥地区抗日武装小队队长施亚千写了推荐信。郁九周没有回家直接去找施亚千，并让郁九兰转告他父母及惠姑。

郁再林、郁赵氏听到儿子突然出走，只是抹泪叹息，不知儿子何因不辞而别。郁九周和惠姑感情一向甚笃，大郎、二郎本应安慰父母劝解嫂嫂，但却出面迁怒于惠姑。大郎原是刘士贤的寄丫头，目睹全过程的二郎告诉她，刘家老头子打了阿哥，大郎也说她的干爹不是。二郎又告知她："是嫂嫂指给刘家老头子在田里的。"于是两姐妹找到惠姑进行责问："你为何出卖我的阿哥，吓得他跑到新四军里去啦。"

生性孱弱的惠姑听到丈夫跑了，大哭了起来。怀中抱着女儿海兰奔向娘家，向她养父告知，并诉说遭到两个姑娘的责骂。刘士贤感到事态的严重性，安慰惠姑："丫头，不哭，过天我让仲长查一查，让施亚千把九周还给你。"李仲长是他的亲外甥，时任通海行署主任，代表国民党与共产党时有交往。此时，惠姑的养母刘姜氏却叫来她的两个儿媳妇，说："你们的小姑让郁家大郎、二郎骂了，你俩去讨个说法吧。"

冲发的小舅妈刘郁氏是郁家西宅老七房郁思信的后代，和嫁入郁家的惠姑一向交好，立马兴师动众赶往郁家东宅声援，与大郎、二郎对骂了起来，并逼着惠姑回娘家。惠姑怀抱待哺的海兰，一手拉着冲发，当走到西南宅角时，刘郁氏突然高喊："只要丫头，不要儿子。"并将冲发从惠姑手中掰开推倒在灰堆头上。

郁赵氏听见孙子的哭声，迅速把冲发抱进草2，只见他嘴角鲜血直流。郁再林赶紧请来郁家西宅老七房郁思信的后代郎中郁九尊，他撬开冲发的小嘴，只见舌头尖一块肉快要掉下来了。郁赵氏说干脆把它割掉吧。九尊大夫说："千万不可！剪掉以后，这个小倌就会变成哑巴。还是让它黏合在一起，慢慢让肉长起来，但长大后也会说话不利落的。"

冲发无法进食，大郎每天用小勺将红枣米汤灌进他的喉咙以维持生命。40天之后恢复正常，却在舌头上留下长条印记和舌尖上的缺口。惠姑迫于刘家的压力没有回来看冲发，自那以后，冲发离开了母亲，在祖父身边由大郎、二郎照料他的生活。

抗战胜利前夕，四岁的海兰一身癞包有生命危险，刘士贤托请郁家新新宅郁西邦即惠姑的亲娘舅向郁再林求情，让惠姑娘俩回郁家为好。郁赵氏说："女儿也是郁家的，快回家来吧。"于是在李仲长的夫人和冲发的大舅妈陪同下，惠姑回到原来住的瓦6，带着女儿郁海兰生活。从此以后，惠姑与两个姑妈关系极为紧张，刘家与郁再林家互不来往。新四军苏中军分区后勤科科长郁九周有时夜间回乡，也不进惠姑的房头，唯郁赵氏常去看望惠姑母女俩，送去桃子、枇杷之类。

房

第2节　跳房子游戏引来绝咒

任何一个人和"房"如影随形，七龄童郁海发第一次碰到"房"的尴尬，与郁西良的五儿子郁伯和玩"跳房子"吵世引来绝咒，却消弭了算命先生预测他七岁大难而一生无恙，直至成为耄耋老人。

冲发启蒙读书是在郁西高二儿子郁九章的私塾里，并为他起学名郁海发。一天清晨，郁海发刚起床，走到穿堂口往里场心一望，看见郁海明同郁伯和正在跳房子，忍不住走进去观看。

跳房子也叫"来房"，"来"有"比赛的意思"，如来牌、来象棋、来麻将等。跳房子是儿童们常玩的游戏，不仅锻炼他们的体力、智力，更能考验他们的毅力。

郁海发站在一旁专心观战，只见在积善堂天井的泥地上，用瓦片画上五条横线和三条竖线组成了八个方格，头上加了个半圆，又分了两格，共十个格子。

两人划拳用"剪刀、石头、布"决定谁先跳。

郁海明先跳，他拿着瓦片准确地扔到半圆右侧的第一个格子里，然后单脚着地，把瓦片从第一格踢到第二格、第三格，依次向前踢，至第五格左踢进入第六格，再依次回踢，一直踢到左侧的半圆里，也就是第十格，从第十格猛地踢出，然后双脚落地，郁海明赢了第一局。郁海明又将瓦片扔进第二个格子，开始第二局……连胜了第五局时，郁伯和右脚猛踢一块小石头，从郁海明面前飞过，郁海明一个趔趄，双脚落地，这下轮着郁伯和跳了。

郁伯和肥厚的脚掌稳稳地踩在格子里，体力比弱小的郁海明要好，一来二回，海明同伯和的分数交替上升，最后以一格之差海明输给了伯和。按约定赢了的要弹输了的三个"咯噔"，伯和用食指和无名指摁住海明额头，中指猛地放开，用力连击海明眉心三下，疼得海明眼泪直流。海发气愤地说："都是宅上人，用得着那么大的劲儿吗？"

"不服是吧？换了你照挨。"郁伯和对海发说。

海发："耍赖赢的，逞什么能，有本事和我比。"

郁伯和："比就比，你爸是新四军我也不怕。"

划拳之后他俩开始了比赛，伯和哪里是海发的对手，跳得满头大汗、鼻涕"过河"，海发轻松胜出，海发对伯和说道："服吗？说声服了，免掉弹你三个'咯噔'。"

"我不服，也不让你弹。"伯和边说边撒丫子跑了。海发追上去把他扭过身来："叫你耍赖！"用力一推，使伯和跌了一个朝天跟斗，伯和爬起来大哭："我找四哥去打你。"然后跑回瓦5家中。

第二天上午日高树梢头，郁海明急急地跑到草2，拉着郁再林说："叔公，快去前头屋里看看吧。"郁再林过去一看，只见积善堂里的方桌上放着一个牌位，上书"设立亡故郁海发之位"。

郁再林问郁海明："这是谁放的？"

郁海明说："刚才我看见伯瑞、伯和从前头屋里走出来的。"

郁伯瑞比郁伯和大五岁，已是六年级的小学生，郁再林认定："哼，一定是那个伯瑞小子做的尿事。"扭头回家取了把锄头，走进瓦5郁西良的家，郁赵氏也尾随了进去。

郁西良看见几十年没有进过瓦5的郁再林气势汹汹地来家了，睁大眼睛，手足无措。徐三姑从里屋走出来，落落大方地说："他兄弟呀，有事？请坐下说吧。"郁再林吼道："坐个屁！你的宝贝儿子干的尿事，写我孙子的牌位放在前头屋里，他们人呢？"把铁锄在地上顿了两下。

徐三姑见势不妙，回说："不可能的，大兄弟消消气啊。"

郁再林："我不说瞎话，你们自己去看呀。"

徐三姑："好咯。"拉着郁西良往外走："老头子，快去看看呀。"

于是四人跑到前头屋里，果然如此，徐三姑见牌位字迹是她儿子伯瑞的。此时宅上来了不少看热闹的人，郁再林向众人又说又骂了起来。郁西良始终不吭声，徐三姑却偷偷赶回家，对伯瑞、伯和说："死小倌，闯大祸了，还不快跑。"于是伯瑞、伯和立即去了天王镇外婆家，躲风头去了。

当郁再林发觉徐三姑不见了，立马离开前头屋赶到瓦5，对徐三姑大吼："叫那两个臭小子出来！"徐三姑："他们不在家。"郁再林冲进房头里走了一圈也未见到伯瑞、伯和的人影。

房

积善堂之内赌咒郁海发的牌位事件，像长了翅膀的风传遍整个木行桥郁家埭，郁家西宅、郁家新宅、郁家新新宅的族亲们跑到郁家东宅上，或来助阵或看热闹，把瓦5围了个水泄不通。有的人踮起脚观看屋里的惠姑、大郎、二郎轮番诉说郁西良的不是。正在闹得不可开交之际，算命的郁小林拨开人群进屋把郁赵氏叫到穿堂里。

郁小林对郁赵氏说："大嫂呀，出了这不吉之事，宅上会不太平的，但伤了谁，说不准的。这样吵下去不是事儿。"

郁赵氏："兄弟，你出出主意吧。"

郁小林："海发命中有一大难，如果此事处理得法，他的大坎儿有可能就跨过去了。"

郁赵氏："兄弟，此话怎讲？"

郁小林："让西良发利市道歉，向祖宗祷告，请先人庇佑。"郁赵氏不停地点头："全凭小林兄弟做主。"

郁小林、郁赵氏分开人群，回到瓦5屋中。郁小林向郁西良讲了用发利市来消灾，一直不吭声的郁西良像鸡啄米似的点头："好咯，好咯，全仗小林兄弟做主呀。"郁再林对大郎、二郎说："丫头，走，回去吃点心。"众人一哄而散。

当天傍晚，在积善堂内举行一场别开生面的祭祀活动。前头屋的后门上挂着木行桥郁氏一代世祖郁江福、二代世祖郁士昌的大幅喜容，平时喜容是由老大房长孙郁九荣保存，大年三十至正月十五才挂在积善堂内，让族人们凭吊。喜容前的大方桌上放上整鸡、整鸭、整鱼、一刀大肉、一盘大虾和一碗豆腐，鸡鸭身上还裹着红布条。

郁赵氏领着郁海发站在右边，郁再林、郁西良站在左方，祭祀仪式由郁小林主持，他点上香烛后向喜容作揖三次，口中念念有词，无非是求祖宗保佑之词。然后郁西良向郁氏先祖三叩首跪拜，郁西良起身后点燃盆中大"元宝"，并将牌位放入盆中烧毁，当盆里火熄灭之后，郁西良拿起桌上碗中酒洒在盆的四周，表示祖宗们已经接受子孙的孝敬。

当祭祀仪式结束后，郁西良转身离开时，郁赵氏叫住了郁西良："他大兄弟，把桌上的供品拿回去吧。"郁西良回头说："不用了。给海发补补身子。"并向郁海发弯腰鞠躬。郁海发突然对郁西良叫了一声："叔公。"眼中泪汪汪。

第3节　绝咒引来六位非正常死亡者

海门农村迷信说法，宅上人悖理行事会不太平，例如，宅前宅后挖大坑或大树，要在立春之前的大寒里，否则不吉利之事不知伤害到哪家哪位。牌位风波之后，郁家东宅两年之内出现六位非正常死亡者，族人们归于牌位事件带来宅上的厄运。

第一位是老大房后人郁西庭的曾孙6岁儿童，喜吃碎砖末而夭折；

第二位是老三房后人郁西高孙子8岁呆傻儿夭亡；

第三位是老大房后人郁西庭14岁的孙子吃山奈（毒品）自杀；

第四位是老三房后人郁西良大儿子郁伯康的新娘子无名肿毒归天；

第五位是老大房郁西庭39岁的儿媳妇肺癌而亡；

第六位是郁海发57岁的祖母郁赵氏胃癌仙逝，她的病是受郁再林10天牢狱之灾的惊吓而起，但她的病亡还有一段怪事。牌位事件不久，一天日上树梢头，郁海发才起床，走出草3时，门前有一条大青蛇挡路，他惊叫："啊呀，大蛇！"郁再林从草2奔出来，拿起铁搭对准大蛇的七寸之处猛击，把死蛇扔在郁家东宅东南泯沟里。一个多月后，郁赵氏开始起病，每天日上树梢头开始呕吐，几个月里吃中药无数，病情反而加重。郁赵氏生于1893年，生肖蛇。郁再林对二郎追悔说："我不该将那条大蛇打死呀，那是你娘的化身。"于是二郎每天日上树梢头，在东南宅角泯沟头烧上一堆大元宝消灾，可郁赵氏还是一命归天。

郁赵氏生病之后，郁海发已经跟母亲惠姑睡在一床，吃作仍与祖父郁再林一起，二郎出嫁之后海发回到母亲身边，惠姑卖了鸡蛋出书钿、买纸笔等，一直让海发读到小学毕业。

郁九周从南京来信让海发去南京考中学，海发的外祖母刘董氏对惠姑说："小倌出去了，不会跟娘亲，你老了靠谁呢？"郁再林却坚持让海发跟他爹爹去，对惠姑讲了一通话："前天，我在他婆母坟坑头见到一只大白兔叼着它的小兔子跑出坑来，我想用锄头打死它，可一想，海发属兔子，我不能再做类似打死大青蛇的错事，使海发婆母 50 多岁归天。大兔子带着小兔子撞（向）东南跑了。这不是海发要享福去了？"听公公一说，惠姑想起郁小林给海发抽星宿时说："此儿长大以后会远走高飞。"对郁再林说："凡事命中注定的。他公公，容我细想再定。"

正在惠姑犹豫不决之际，迁至北荡里的郁再尚之妻郁倪氏突然朝南来，惠姑问："小婶妈，何事急来？"郁倪氏说："海发娘，九周来信了，让我转告你，他将海发和海兰带出去上中学，培养两个小倌长大成人，将来养你。"惠姑听后坚定了送海发去南京念书的决心。

与同时代从农村出来的念书人一样，郁海发人生的走向是中学、大学、成家立业、年老退休。唯郁海发大学毕业走上社会之后，一生到过八个工作单位，职务一上一下，换过 10 次住房，道路坎坷不平。唯牌位绝咒却使郁海发一生健康无恙，进入耄耋之列，朋友都说不像八十啦。公交车上售票小姐多次检查老年证，证明在她们眼里他不足 65 岁，郁海发揶揄道："我'死'过一次了，可能要活万岁。"又对朋友发信："活在当下，年老之时有追求，做自己喜欢的事情。宁愿在喜欢的事儿上失败，不愿在不喜欢的事儿上成功。"

第 4 节　郁海发的怜悯之心

其实郁海发长寿的秘诀是，他有一颗慈善之心，他脑中时时浮起，那个傍晚西良公虔诚地跪向祖宗请罪之态，弯下高高的身子向七岁童道歉，他对西良公的感激之意油然而生。

1951 年初，海门农村土地改革将临，一天深夜，熟睡中的郁海发被说话声吵醒。徐三姑："阿伫媳妇，这一箱家当（财富）放在你这里，这是我一家活命之金。"惠姑说："他婶妈，你放心好了，风头一过，你拿回去。"原来徐三姑把金银首饰之类藏于惠姑的房头里。

没过多久，在郁家新新宅上召开斗争地主大会，木行桥乡的地主们除郁西权自杀于上海外，其余 10 户被分批押上舞台，新生小学的同学们在台下与村人们一道助威。压台戏是刘士贤和郁西良被押上台，郁西良家长工倪大龙跳上台控诉后振臂高呼口号。郁海明问郁海发："你怎么不喊口号也不伸拳？"海发轻声回答："台上的一个是我的外公，一个是叔公呀。"

土改之后十多年里，西良公一家的日子相对平静，靠着原有的家底及儿女的孝顺，三年困难时期全家生活富足，西良公身体壮实，红光满面，一副富态。

1969年夏末，革命军人郁海发因郁九周的"伪保长"问题被脱下军装，在去北京报到的时候，带着妻子古玉到郁家东宅瓦6看望惠姑。当晚郁海发问惠姑："姆妈，西良公一家如何？"惠姑："他已经死了。"郁海发"啊"了一声。

从惠姑口中，郁海发知道了西良公的死情。

1966年春夏，报上刊登领袖们的大幅照片。断文识字的西良公问旁人："毛主席一副福态，林彪瘦了吧唧，听说一直在养病，哪能当接班人？"

俗话说，病从口入祸从口出。西良公的悖时之言遭到告密而引来一场横祸，村里红卫兵头头费民，他是老八房郁思奎后人的女婿，把西良公当作牛鬼蛇神，戴上高帽子犹似屋山头，一根绳牵着环村游行。费民还不过瘾，游斗结束后送回郁家东宅，将西良公剥去上下衣，精赤骨肋坐在西南宅角的坑棚（厕所）里，是泪水还是汗水抑或尿水，将仅剩的裤子头泡湿，惨不忍睹。

之后，费民将矛头指向走资派，村里的倪书记是当然猎物。倪书记很快低头认罪，并献出一策将功赎罪。倪说："我有路道把郁西良送进监牢去。"费民一听大喜，两人合谋，将西良公关进了大丰劳改农场，未经审判以"现行反革命罪"，判西良公8年徒刑。

一年之后，原本体格健壮的西良公却腿脚浮肿，不思进食，病危。农场领导赶紧通知家属：郁西良假释出狱。郁伯和雇人将他抬回海门老宅，不多天西良公与世长辞。他的五个儿子披麻戴孝为父亲举行盛大葬礼。

翌日早饭后，穿着军装的郁海发走进瓦5，看望自跳房子吵世以来没说过话的郁伯和，双方寒暄一番后，郁海发拿出5毛钱给伯和之子，相当于当今的红包。

21世纪初，国家生态环境发生惊天之变，此时朝东屋瓦6已经重建成朝南屋，称为重建瓦6，如今在木行桥东首建了木行桥陵园，成为木行桥故人灵魂栖息地，国内外的子孙们清明节纷纷回乡扫墓。退休后的郁海发清明节回乡给郁再林、郁赵氏上坟。西良公躺在陵园里，海发也给西良公烧点纸，常在墓前发些感慨：

"1971年后，理应给西良公入狱之事平反。现实状况是，就算他还活着，谁能理睬异类公民的申诉？

"现今与西良公毗邻而居的那位倪书记，世人会问道：他俩的结局有何不同？"

第5节　两位耄耋老人的和解之路

21世纪头10年，郁海发编制木行桥郁氏八房八代人马的宗谱，郁伯和爽快地提供现有成员信息，但拒绝提供该房其他人员的资料，郁海发找到任医院副院长的郁伯瑞，依然遭拒并出言不逊："绝不和宅上人编在同一本书里，绝不与他们同流合污！"郁海发在族人明细表里仍旧写上："郁西良，男，郁正长的二儿子。私塾，务农。精于治家，一生俭朴。养育五子二女。土改时被划为地主，被斗。60年代中期，他闲聊林彪这么瘦不能当毛泽东接班人而入狱，牢中病危，假释后亡于郁家东宅。属冤案。"

在宗谱编委会审稿时，郁海达对此提出质疑："对郁西良的评价太高，应修改。"郁海发说："编家谱忠于史实。对史实认定应像御史那样对后代人负责。不要因他是地主否定他的人生，以我们的标准对郁西良的评价是公正的。"

木行桥郁氏宗谱定稿后，由老四房郁思启的后人郁友东出资印刷400本，赠送郁伯和一本。

21世纪来临之际，郁伯和将穿堂之东重建的瓦5，再次搬到西挑里盖了三层楼房。木行桥郁氏宗谱发放的第二年清明那天近午，郁伯和来到重建瓦6请海发吃中饭。郁海发进入郁伯和的楼底大厅内，只见一屋子人，一位瘦高个儿老者连忙过来握手并说："我是郁伯康，从上海回到老宅。"郁海发年幼之时，远远看见过这位西良公的长子，才想起他是郁氏家族第一位大学生，在上海念书时为郁西权带信由余小江转交先父郁九周，赶忙叫："伯伯好！"

大圆桌上坐满了西良公的子孙们，午餐开始时，郁伯康拿着木行桥郁氏宗谱对海发说："谢谢阿侄，你在这本书里如实写了我的父亲，我代表全家族敬你一杯！先干为敬。"全桌人站了起来，海发端起杯中酒一口下肚，对大家说："这是我应做之事。我木行桥郁氏始祖有若氏有一句名言：和至上。海发认为，为人宽厚善良，是中国儒家所倡导的仁爱思想的核心内容之一，人世间保持亲善，仁爱礼让，社会才能和谐稳定、安居乐业。"忽见对面的郁伯瑞低下了头，又继续说："作为本家族郁氏小老百姓，为何不忘老手里的恩恩怨怨呢？一笔写不出两个郁字啊。"

郁伯康站起来说："海发讲得多好啊。在这本宗谱里，独缺我脉系的详细资料，遗憾之至，应归罪于四弟伯瑞处理不当呀。"

郁伯瑞站起来，像当年西良公向七龄童弯腰鞠躬一样，向郁海发深鞠了一躬："罪过，罪过。海发，书里能否加上我们一脉的资料？"

郁海发："书已经出版了，不可加也。期望木行桥郁氏家族里下几代人中，有人出面续谱啦。我相信一定会有的！"于是全桌人齐齐站起来再次干杯！

欲知后事如何，请阅第十一集《木行桥郁家东宅破产记》。

第十一集　木行桥郁家东宅破产记

本集是本书第一部的收官之集，讲述郁海发"从哪里来"的历史记忆。

木行桥郁家东宅的破产，从文化设施积善堂牌匾毁坏殆尽开始，继而老屋逐步拆改而伴随着先祖喜容的失传，幢幢住宅高楼拔地而起，彰显木行桥郁氏族人的富有。木行桥郁家东宅的跌宕变迁，是新时代海门地区繁荣昌盛的一个缩影。

第 1 节　积善堂牌匾毁坏殆尽

木行桥郁家东宅前头屋始建于 200 年之前的 19 世纪，积善堂及其牌匾也始立于近 200 年之前的 19 世纪。一代世祖郁江福救了海门县同知的公子，县同知特地来郁家东宅表示感谢，此时正值吃点心（午饭）之时，郁氏粥厂开伙之际，穷人们蜂拥而来，同知闻见，对郁江福说："真是积善之家，必有余庆。"他看了看高大的前头屋说："此乃积善堂也。待老朽回去，制作一块牌匾，挂于高堂之上。"

10 天之后，郁江福之兄郁江朝代表县同知送来一块红木牌匾，上书"积善堂"三字，是县同知的墨迹。可是江福之子郁士昌对其丈人袁成府说："此匾暂缓挂上去吧。"并继续申述理由："光'积善堂'三字易被世人及后人误解为江湖好汉的堂号。应在牌匾之上写上匾文，题字之义应是相关善恶之论的内容。显示木行桥郁氏先祖及父亲郁江福所坚守的积善理念。"

当晚，郁士昌翻遍了他历年来的习字本，找到中意的一段文字：

家之盛衰，关乎积善与积恶而已。

积善者，恤人之孤，周人之急，居家以孝悌，处事以仁恕，凡所以济人者是也。

积恶者，欺凌寡弱，隐毒良善，巧施奸佞，暗弄聪明，恃己之强，剋人之财，凡所以欺心者是也。

是故，能爱子者，遗之以善；不爱子者，遗之以恶。

古诗云：无念尔祖，聿修厥德。天理人欲，自宜修省。

此段文字摘自浙江《章氏祖训》，因其义理深刻，常被人仿效之而广为流传。第二天郁士昌又抄录一遍，请郁江朝送给海门同知重新书写。

半个月之后，木行桥郁氏积善堂挂匾仪式，在郁家东宅举行，同知亲手点燃八支炮仗举发升天，显示木行桥郁氏老八房兴旺发达。中午，在宽阔的场心里摆上50桌酒席，四邻八乡的乡民举杯同庆同贺，可谓木行桥郁氏家族的盛事。

21世纪初，郁海发在编制木行桥郁氏宗谱期间，从老二房后人郁九成那里得知原郁家东宅前头屋上还有一块匾额，郁九成回忆："见过此匾的后人已很少。牌匾大约毁于20世纪30年代中期，该匾因脱落早已被族人拆下，不知所终，真是我家族文化史上的一大憾事。那时我还不到10岁哪。"

为了查证真伪，郁海发又找到老三房后人郁西高的二儿子郁九章。郁海发问他："小伯伯，此事属实否？"

郁九章："确有其事，此匾上还有文字。"

郁海发："啊，你还记得？"

郁九章："不但记住了，还写下来了。小时候，我父亲经常要我们抄写这段文字。"

郁海发："还保存着吗？"

郁九章随即从橱柜里拿出一堆习字本，挑出几页给海发看。郁九章说："这一段话是刻在积善堂匾额上面的。"郁海发将这段文字写入郁氏宗谱之中，作为木行桥郁氏宗族的族训。

2014年，郁家新宅老四房郁思启的后人郁友东出资印刷郁氏宗谱400本，在它发放之际，郁思启另一后人郁海正发来短信："海发，你的重建瓦6做郁氏宗谱公示厅才是最合适的纪念。"并建议在这平房上复制积善堂牌匾。采纳海正之意，海发将郁氏宗谱陈列其内，并在正厅之上做了一块不锈钢新匾额，上书木行桥郁氏族训精华之处——"是故，能爱子者，遗之以善；不爱子者，遗之以恶。"峥嵘时光里，随着岁月逝去而牌匾已毁坏殆尽，唯有匾文永恒，时光老去，文字不老。让木行桥每一代郁氏传人都永远牢记，一代世祖郁江福、二代世祖郁士昌所坚守的善恶理念及立身做事的原则。

第2节　两个小脚婆彻夜斗法

1949年政权更迭之后，木行桥郁家东宅逐渐进入破产程序，领跑者是郁海发的叔祖郁再尚，在这两百年的大宅里摆开新旧势力角力的战场。

木行桥郁氏家族第二位小夫人余巧生，用捏纸团的方法重新分配了四个儿子的住房，小儿子郁再尚分在积善堂西隔壁瓦2。郁再尚是种荡田的成功者，1940年在北荡里如东县买了一挑地皮，带上家小七口人去拓荒创业。

6年之后，在郁家东宅瓦2的郁再尚的长子郁九英娶妻姜秀梅。又过了5年，寿命长达130多年之久的瓦2已是破败不堪，屋外大雨屋内小雨，翻修也不中用。如果拆了重建，地处老宅西北角落，南有郁西高的住房咫尺之距，无施工场地。郁九英琢磨，妥善之法，是去东姚里横路之北另建新屋。然而，巧妇难为无米之炊，长子五岁，长女三岁，而次女待哺之中，经济拮据，无力盖房。无奈之下，九英夫妇到北荡里求助父母。

1951年腊月里，如东县再尚公的家庭会议开至深夜，众人皆认为老家盖新屋应越快越好，时不我待。再尚公对九英说："旧的不去新的不来。老房拆出去，新添材料和泥水匠工钿我来出，吃作你自家来。"再尚的妻子郁倪氏对儿媳妇姜秀梅说："宅上人可能反对，你要喂小囡吃奶，我朝南去帮你们张罗吧！"

郁家东宅素有"老三份"之谓，老二房与老三房之间曾上演过争夺宅基的大戏。不出郁倪氏所料，郁九英另建新宅再次引发族中大战。

现时盖房须前后人家同意、规划部门批准，那时郁九英却秘而不宣，只在东姚里新地基上准备砖瓦等物。待到次年清明节过后，郁倪氏和姜秀梅将细软之物存放于郁海发母亲惠姑的房中，郁九英请了亲戚们将房中大件抬入前头屋内，拆旧屋、盖新房计划就此曝光。

首先站出来干预拆瓦 2 的是积善堂东隔壁的老大房后人郁伯文，他责问九英："拆了房子，前头屋西墙倒了怎么办？"此语确是有道理，生性纤弱的九英窘在那里不吭声，郁倪氏上前回答："倒了我弄好！"继续抬出大物件。

郁伯文之子郁海启见话不投机，拉了父亲去搬救兵，先跑到老三房郁西良家中。西良公授意 30 字诀："败坏老宅风水，愧对列祖列宗，阖宅之力阻之，我是地主之身，可请九思出面。"郁九思是郁再清之子、郁再尚的嫡阿侄，在血缘亲情和全宅利益交汇之点，马上到了现场出面调解。

中午时分，郁家东宅里场心里簇拥 30 多人，老大房长孙郁九荣等，族外近邻有一半之多，也是来助阵的。双方一番唇枪舌剑，反方以破坏全宅风水劝阻，正方用房漏无法居住应对，互不相让。眼看太阳西落，郁九思凑近郁倪氏和颜悦色地说："小婶妈，这样僵持下去不是事儿啊，暂时不要动了，再想想其他法子，或者旧房不拆，另筹资盖新房。可好？"郁倪氏沉思片刻："好吧。"众人散去，搬家停了下来。

当天晚上郁倪氏住在瓦 6 惠姑的房头里，惠姑对犯难的郁倪氏说："现在新政权了，何不求求公家人？"

郁倪氏："现在的乡干部是外地人，不认识呀。"

惠姑："可以去找一下海发的爹爹，他人头熟。"

第二天蒙蒙亮，郁九英去了南京，郁九周听了九英的述说，给他的战友郁九兰写了一封信："郁再尚拆房乃无奈之举，宅上各户应予体谅。私人财产有自由支配之权，任何人不得以迷信之说加以阻止。涉及前头屋西墙，如有损坏，郁九英保证修复。"

时任海门公安局政委的郁九兰连夜找到木行桥的乡长，第二天在郁家东宅召集全族人，宣读郁九周的来信。郁九思与郁九周关系已转好，抢先表态："九周发话了，我吭得意见。"郁海启说："原本担心前头屋倒塌，现在公家人出面，我也不反对。"郁九兰问郁西良："你呢？"西良公唯唯诺诺地回答："听政府的。"贫农郁九荣大声嚷道："哈人有钞票也拆出去！"一场争吵落下帷幕。

西良公反对拆房并非阶级不同或上代人不和之故，纯是出于一个传说。话说郁家东宅东垗里横路之南费宅，西垗里横路之南樊宅，郁宅落北夹中，形似盛粮的簸箕，称其为畚箕宅，寓意财富扫进来。现今再尚公拆屋，使畚箕底有了洞，西良公的住屋位置又在东南角，担忧受其害更重。思虑之下，让其妻徐三姑想法子化解。

农历三月的五更天一片漆黑，东垗里新屋上梁的爆竹刚响，徐三姑从瓦5走出来，两手提着马桶，快速穿过廊沿，打算将粪水倒向东宅沟里，方向正对着东垗里的新屋。徐三姑尚未穿过羊棚，倏忽之间，郁倪氏手拿木棍从旁走出，横刀立马挡住，两位小脚老太太对视。

郁倪氏大声地问："做哈么事？"

徐三姑答："倒个马桶。"

郁倪氏责问："为啥格早，你家坑棚在西南宅角，为啥向宅沟里倒？"

徐三姑答："你管得着吗？"

郁倪氏大声地说："退转去！看我打翻它！"倪氏抡起大棍，徐三姑只好提着马桶退回瓦5。

当晚，戌时。徐三姑提了一篮纸箔元宝，来到早上的地方准备焚烧。徐三姑此举是发利市向祖宗祷告，还是为新屋化课触其霉头，不得而知。刚要点火之时，郁倪氏提着大棍再次出现。两人都没说话。最后徐三姑只好收起纸箔退回去了。

惠姑对海发说："小叔婆从酉时开始候在那里，到半夜子时才回家困嘞。"

第3节　郁氏列祖喜容失传之憾

在照相技术还不普及的那个年代，在大年夜里，富裕家庭将先人们的大幅画像挂在家中醒目位置上，叫挂喜容，"喜容"是一幅裱好的长轴卷画。初一早晨，在画像前奉上供品，点上香烛，子孙们在喜容前面跪拜叩头，到了元宵节，喜容才被取下来。

在郁家东宅的前头屋及瓦0、瓦3南，每年春节期间挂上喜容。郁海发年幼之时，在大年初一早上，衣兜里装上长生果，一边剥吃，一边转圈儿看望老祖宗们。

首先，郁海发观看积善堂内的喜容，由老大房长孙郁九荣在北墙壁挂起：一代郁江福和郁陈氏、郁陆氏三人的画像。二代郁士昌和前妻郁袁氏的画像，然后是郁士昌和小夫人陆笑姑双人直立画像：画像中的男性50多岁，一双大眼睛，面带微笑，没有胡子，酷似文化人；陆笑姑极显年轻，相貌极其美丽，身穿紫黑色长旗袍，旗袍上一朵朵白印花十分醒目。

在积善堂的东墙壁，挂有老大房三代郁思浩夫妇及继子四代郁正岳和郁李氏夫妇的画像。他们都是郁九荣的先祖们。

在积善堂的西墙壁，郁九思挂起老二房三代郁思忠夫妇的画像及其独子郁正茂和前房郁张氏的画像、小夫人余巧生的大镜框，以及郁九思前妻徐大姐的画像。在积善堂喜容中，小夫人余巧生是唯一的大镜框。

积善堂东侧瓦0是老大房后人郁伯文的住屋，在西墙壁挂的是他的祖父母郁正岳和郁李氏夫妇的画像，郁李氏相貌长得非常彪悍，她有一双大脚，下身穿直筒裤。看官会问："怎么没挂伯文父母之像？"原来这里还有故事哪。在郁伯文三岁时其父郁西明殁了，西明之兄西庭为独吞其父郁正岳的地产，逼其弟之妻方氏剃长发后改嫁佃农，郁李氏坚决反对小孙子伯文随母去当"拖油瓶"（随母改嫁由聘子），在瓦0中养育伯文长大成家。

在瓦3南朝东屋的大厅里，郁西高挂的是老三房三代郁思孝夫妇及其次子郁正长夫妇和郁西高前妻沈氏的画像。

在往集中这些人物一帧画有一个故事，而且男性留长辫，女性裹小脚，身着服装服饰大多是清朝时期的。这批喜容是郁氏文化遗产的重要组成部分，属于家族的传世之宝，只可惜已经失传。

纵观世事，喜容文化失传的原因有四：一是家族的历史纠葛导致把祖宗给忘了，二是尊祖观念的淡化使得后人将它们视为无用之物而丢弃，三是后人保管不善致其损毁，四是因政治因素或经济变故而失传。

郁家东宅的喜容遭遇厄运的原因也是多方面的。

1949年阴历六月二十九日，郁海发祖母郁赵氏入殓的第二天，木行桥地区迎来百年未见的台风，暴雨淹没了埭上所有的房屋。大水退后，虽然保持了郁九荣的草1，但他的后落屋却倒塌了。第二天日头出来后，扒开后落屋，只见所有喜容泡成了纸浆。

新中国成立之前，郁西高迁大杨村时带走了喜容，50年代初，家庭成分是地主的他因土改的来临将喜容付之一炬。

家庭成分为中农的郁伯文搬出老宅时，虽然带走了其祖父母的喜容，但无人知道它们的下落。

最后一批喜容的烧毁发生在"文革"时期某位先人的忌日，家庭成分是上中农的郁九思将喜容化课而去，不知此举是出于对"反四旧"的恐惧，还是喜容霉潮损坏而无法保存？或许兼而有之。

第4节　难比醉在乡愁里

郁家东宅为共和国立过微功。它是郁海发出生之血地，它的兴旺、衰败、再生，见证了时代的一路前行。乡愁是对童年、故乡的留恋，是生活过的历史场景留下的深刻记忆。乡愁存在于祖宅的变幻之中，用笔守护那一份故乡情深。

郁九周参加新四军后，草2、草3成为地下交通站，上海来的革命者必打听郁家东宅，从此地辗转去盐城解放区。1946年冬，还乡团头子黄振要烧毁草2，郁九思去求救："烧了一家，全宅之危。"最终郁再林被抓去，出了巨款才放回。国共对垒之际，启海警卫团、通海独立营常驻扎于此，积善堂上空架起天线，场心里战士们玩击鼓传花的游戏。1947年初夏，张元圣连长阻击老坝来的顽军，在杨木桥头不幸身中敌弹，背到草2时不幸牺牲，郁赵氏拿出一条棉被包着烈士抬走了。流淌在地上的血迹如军帽上的点点红星，至今历历在目。

农工结合家庭率先迁出老宅。再尚公第一个吃了"螃蟹"之后，破产从此开始，郁家东宅往外拆迁之势锐不可当。

老三房后人郁九文卸去保长后去上海当学徒，上海解放之初，为邮电通信建立奇功，评为上海劳模受到陈毅市长接见，是家族里获最高奖赏之人。1955年，其妻将瓦3卖给郁九荣后全家迁居上海，郁家东宅西北角留下一个更大空当。卖掉祖屋也有不称心之处，20世纪70年代初，郁九文小女儿回乡插队租住他人之屋，清明回乡扫墓借住亲戚之家。

老二房后人郁九成拆瓦4更有故事。1946年的一天夜里，新四军埋伏在近邻范龙山的田里，他跑出来呼幺喝六大骂，施亚千将他捆起来要扎粽子。郁九周闻到他满身酒味说："他不是反动派，喝醉了，放了他！"范龙山捡了一命到上海儿子琪根处哭诉。范琪根说："海北只有郁九周来我要接待。"没想到1947年初夏郁九周真的出天花而困于上海。机械厂老板范琪根为了报恩，将郁九周安置在他厂里小房间里养病。小郁九周10岁的郁再洋之子郁九成，也在上海马路档里卖小人衣服，夜夜和郁九周住在一起，帮他到老火灶打水、倒马桶、买来饭菜喂他。出天花时奇痒无比，郁九成捆住他的手不被抓破以防脸上留下麻点。真是天助，一个多月结痂好了。

郁九周再次返回部队，临走时将身上余钱顷数留给郁九成，郁九成用这笔款子和两位同乡合伙摆了牛奶咖啡摊解决温饱。不几天范琪根找到他说："到我厂里做工吧，钞票会比这里多。"范琪根为何三人之中单单要他？只因他是郁九周的小弟。新中国成立以后郁九成入团、入党、提干，做到工艺科科长，成为模具设计技师，奉国家之命援建罗马尼亚电表厂。

1951年，郁再林向郁再洋索要九周留给九成的那笔款子，郁再洋推说不知此情。惠姑复向九成之妻讨要，她出言不逊："没有我家九成照顾九周，伊尸骨早就烂在上海了！"惠姑也不示弱，回答："没有九周的关系，九成能进厂，你能有这么好？"听见两个女人的争吵，睡在床上的郁再林跳出来大骂九成之妻，由此两家关系跌至冰点。

郁九周知道了后，从南京寄家书一封。信云："没有九成我可能已不在人世。人要知恩图报，何必为区区之金撕破亲情？"年底又赶回老家进行劝说："千金难买亲情友情，朝南屋和朝东屋两家应该和睦相处。"九成退休回乡之后，海发视九成叔既是长辈又当恩人，每次回乡时带上礼物看望他夫妇俩。

郁再洋夫妇去世后，郁九成将质量很差的瓦4拆掉，在横沟之南盖了6间平房，两个儿子各两间，使郁家东宅的西半宅的外场心直通后宅沟。20世纪最后10年中间，郁九成的两个儿子又将6间平房建成两座三层高楼，成为木行桥郁氏人家第一位建高楼之人。

穿堂之争富有戏剧情节。在瓦2拆除、瓦3卖掉、瓦4外迁之后，积善堂、穿堂西边成为空地。郁九荣以老大房长孙之名义，提出拆除前头屋和穿堂之房。

郁伯文首先响应："西边早拆了，前头屋也可以拆掉。"拆除时发现屋脊内藏着不知其数的小泥人，神像多变，栩栩如生。经族人公议，拆下所有建材按老三份后人均分。

九尺穿堂是公共通道，却是老三房郁思孝独盖。其后人郁西良之子郁伯和提出，穿堂之料应归于他们。贫农郁九荣及其阿侄郁海明持反对意见，相持不下之际，郁再林出面大声说："那是何年何月的皇历？"郁伯和见九周之父出面干预，就不再吭声，老三份后人均分穿堂之料。在 21 世纪初郁海发编制郁氏宗谱时，郁伯瑞反对入谱，理由之一便是穿堂之料被宅上穷人分掉了。

老大房后人均搬出郁家东宅。他们借助于前头屋和穿堂分到的旧木旧砖料，首先在横沟之南盖起了新的瓦平房。

第一位郁九荣拆去东半宅朝西屋草 1，使惠姑站在门口向东一望无际。20 世纪初，郁九荣的两个孙子分别在横沟南和西垗里盖了大楼。

第二位贫农之子郁海明是烧砖师傅，拆掉瓦 1，直接在横沟南盖了大楼，成为郁家东宅第二位建楼之人。

第三位是积善堂东隔壁老大房后人郁伯文，在横沟南盖了新瓦房，将瓦 0 留给长子郁海启。郁海启在上海谋业，年老之时回乡定居，21 世纪初在一代高祖郁江福创业的茅屋之地盖了三层楼房。

劲世对头的兄弟俩的后人新瓦房一前一后。

郁伯和拆去瓦 5 和瓦 1 南，在瓦 5 地基之上盖了一排新瓦房，10 年之后，郁伯和又在西垗里盖了三层楼房。

郁西高的二儿子郁九章拆去朝东屋瓦 3 南，在郁伯和、郁海启两家之间盖了一排新平房。在 21 世纪第二个 10 年中，为盖楼房两家后人之间又同郁海启、郁海发再次演绎新的故事，下表。

孤儿后代励志的故事甚为感人。郁九思是孤儿，前妻徐大姐去世后，留下儿子郁海伯，续徐二姐为妻，又生养三男，依靠祖传之地日子过得紧巴巴，大翻身还是靠了儿子们。郁海伯小学毕业后去大舅舅徐康的中药店当学徒，竟成为有名的药剂师。政策放宽之际自营药店，在横沟沿资助两个儿子各造一座大楼；三子郁海叔成家之后，每年的结余不存银行而用于购买砖瓦，累积 20 年之辛劳，与海伯同时起步盖大楼，节省建材涨价之费 5 万多元，还协助四弟郁海季也盖了连体楼房。倏忽之间，马路旁立起 4 座大楼引起路人惊异的眼光。

造楼者多属叠石桥效应的致富人群。国际家纺城造就成千商贾精英，富了苏中平原千万沙地人家庭。郁九英的三个儿子郁海新、郁海达、郁海宇均盖了楼房，虽不是同属一个行政村，但在婚丧喜事的人情行里，与郁家东宅保持紧密连接。老大房郁伯文后人郁小峰靠一台缝纫机聚集财富，最后盖楼，成为郁家东宅末座楼房的主人。

15：5：1"一"有情。仔细一算郁家东宅有 15 座大楼，原先宅基之上只占 5 座，还存在"一"排瓦 6 朝东屋是郁海发的祖居。15 之数显示郁氏族人的富有，东洲后人的昌盛，可作不破不立之解；"一"之存在，游子与血地的连接，桑梓之地是海发守护一生的乡愁，虽不值钱却有太多的故事。我们将在以后各集中讲述"一"的故事。

难比醉在乡愁里。歌唱家郁钧剑曾为《海门日报》读者题词：人生得意千百回，难比醉在乡音里。仿其作为本文结束之语：人生得意千百回，难比醉在乡愁里。

欲知后事如何，请阅第十二集《理工男错当造楼者收获爱情》，进入本书第二部《大厦倾塌之谜》中，讲述郁海发蜗居时代的历史记忆。

第二部　大厦倾塌之谜

第二部人物索引

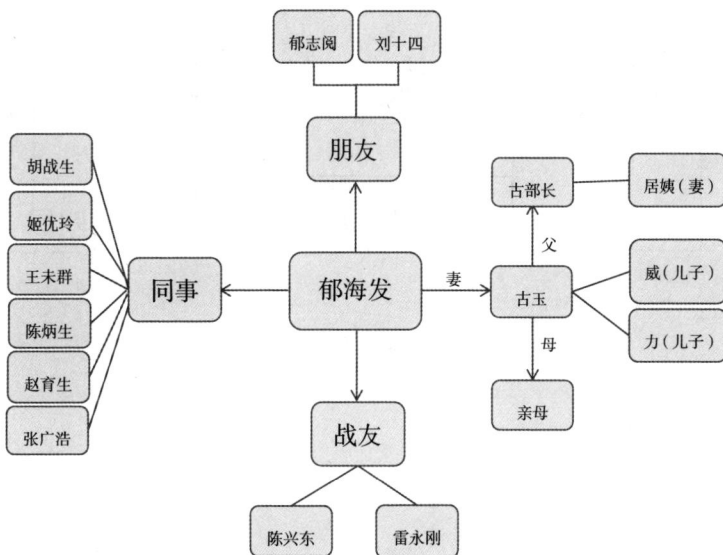

郁志阁　刘十四

朋友

胡战生
姬优玲
王未群
陈炳生
赵育生
张广浩

同事　←　郁海发　妻　古玉

古部长　居姨（妻）

父

威（儿子）
力（儿子）

母

亲母

战友

陈兴东　雷永刚

东风总厂示意图

东风公寓	二层 · 二层行政楼 · 后门 · 二层 · 大院 · 东风酒店 · 东风十层大楼 · 大门 · 四层 · 院

第十二集　理工男错当造楼者收获爱情

郁海发从北京航空学院毕业后参军入伍，在赵公山下螃蟹河畔参与0412工程的建设，错当造楼者致使航空工程师梦想破灭。耸立的750军工楼群像一本书，翻开绿色的扉页，记录着郁海发起步的历史一刻。在收获了爱情之后，由于其父的历史问题脱下绿色军装，开始了人生的另一走向。

第1节　一个意外一生走向

任何一个人和"房"如影随形，七龄童郁海发第一次碰到"房"的尴尬，与郁伯和玩"跳房子"吵世引来绝咒，却消弭了算命先生预测他七岁大难而一生无恙，直至成为耄耋老人。郁海发走上社会之后，第一次碰到实体"房"是参与750军工群楼的建设，从此与房结缘，演绎一系列悲喜交加的小小故事。

1964年9月初的一天清晨，在北京复兴路地藏庵的一座中等院里，跑步走出六七十位军人，穿过几条林荫小道，在一条空旷的大街上列队报数，第三位是郁海发。

全队人员都身着绿色军装，肩上扛着学员肩章，他们均是750部队从全国高等院校招来的大学生。750部队是国防科委绝密的研究所，不久后将迁往大西南新建的营房之内。

9月底，干部科科长刘少校正在办公室发愁呢，为啥？这批学员将开赴福建前线下连当兵锻炼，根据所长阳少将的要求，从中抽调八名学员，去参加新基地的建设，四名女学员榜上有名，另外矮瘦的孟学员、高瘦的耿学员、600度近视的王学员也确定了，还有一位不好定啊。干事吴利方中尉偶然翻看健康体检表，发现郁海发是天生性肝大，这本来不是一种病，刘科长却一锤定音："就是他了。"吴干事的一个意外发现，使郁海发在山沟里演绎了一场人生抉择的大戏。

古语说，蜀道难，难于上青天。10月5日晚，郁海发和七位学员随同阳少将，乘33次火车奔赴成都，全程用了33小时，同行的还有将军随从中尉吴利方。

八位学员在成都军区招待所住了两夜，10月10日乘车穿过川西平原的彭县、郫县到达灌县，走过青城大桥，到达坐落在赵公山下的0412工地。工地的中间有一条小河叫螃蟹河，它是由数条涓涓细流，汇集到山下形成大河。在一块簸箕形阶梯地上开始兴建的0412工程，由成都军区后勤部代管，山东某基建工程兵营建，研究所某室主任杨上校为工地甲方主任，下设土建技术、设备安装、材料运输、后勤保卫、财务等科室，共上百人。

0412工程分山坡上甲区工作区和山坡下乙区生活区。郁海发来的时候，工程建设已经进行了两年，工作区科研大楼和试验工厂已经竣工，郁海发分配在设备安装科，代表甲方做甲区工程的上下水系和电器照明的决算。根据设计图纸，郁海发统计所有材料数，不放过一个地漏、一个灯泡，最后决算比预算节省20%的费用，受到杨主任的赏识。

3个月之后，郁海发调到土建技术科，参与完善乙区生活区的建造，其建筑有大食堂、大礼堂、小卖部、小学校、门诊部、游泳池、军官楼等。

螃蟹河是泥石流冲出来的一条河，平时流水潺潺，清澈见底，湍流戏石，它像一位温婉的姑娘，给建筑区增添了一抹神秘的色彩。但它也有暴怒的时候，简直像逃出笼的雄狮、脱缰的野马，给建筑工程带来无法估量的灾难。在建造连接甲、乙区的一座水泥大桥时，晚上雨停了，洪水退了，桥墩下面回填土已全部冲走，在桥墩三面形成的一个半圆形深坑，如不及时回填，再来洪水会继续深陷，杨主任命令东北人JF、江苏人CK、四川人GW、郁海发等及当地民工，搬起石头滚到桥下，他们的衣服都被打湿了，但没有人叫苦叫累。

在参与造楼工程中郁海发表现非常出色，却也留下极大的遗憾，双耳听力逐步失灵。为啥？为了1分钱。

一天，郁海发到财务科报销材料运输费，因无零钱，欠财务科科长1分钱。科长客气地说了一句："不要了！"

1小时后，科长对郁海发说："你的1分钱不要了！"

又 1 小时后，科长又说："你的 1 分钱不要了！"

再 1 小时后，科长又说："你的 1 分钱不要了！"

郁海发立马放下手头工作，鼓着嘴角，任性地赶到 10 里之外灌县银行换了 1 分钱，还给了财务科科长。

可是，郁海发回工地路上遭遇倾盆大雨，因着凉感冒转为肺炎，军医给郁海发打了两周链霉素致使耳朵中毒，年老之时双耳严重失聪。

当年的 1 分钱相当于现今的 1 毛钱。

1965 年深秋，0412 工程竣工，研究所从北京迁来。杨主任转业去北京档案局任局长，提议郁海发一同去上任。郁海发自恃为革命的后代而有天生的革命性，从小立志参军做党员，于是断然谢绝，担心脱下军装入党会遥遥无期。

研究所郁鸣辉副所长是南通市人，1940 年参加新四军，大校军衔，主管所的业务兼任技术处处长。当年年底，郁副所长从 0412 工程处要了东北人 JF 和房大姐去技术处，当看到郁海发是同姓小同乡，又增加了一名，郁海发也就分配到研究所技术处任技术助理员。

人生的走向随机而定，若不是意外发现天生性肝大，郁海发下连一年后分到研究室，也不会在 0412 工地开始对"房"产生浓厚兴趣；要不是郁鸣辉副所长念及同姓小同乡，郁海发也不会去当管理干部，生命旅程或许是另一帧图腾。

第 2 节　一次作品一炮走红

向雷锋学习给 JF 老家寄衣寄物；揭发德文翻译 CJ 的悖时言论，得到了政治嗅觉强的赞语。郁海发这些行为不能说没有私心，但确实是年轻人纯洁而为。在突出政治讨论会上，郁海发作了长篇发言，检查只专不红的表现；父亲说文科右派多工科保险，将大学志愿复旦新闻系改为北航自动控制系；以"家有千金不如日进分文，良田万顷不如薄艺随身"，批判重业务、轻政治的倾向；反省大学里与班党小组长闹别扭；父亲反对他与资本家出身的同学相恋，始终犹豫不决；罗列出种种表现上纲上线，如茶叶苦了还要放点红糖之类。

吴利方在场听取了郁海发的发言，将他的手稿加了按语，以政治部名义印发各处室，这是郁海发人生的第一次作品。研究所各单位学习了郁海发的发言。当他走进食堂时，顿感人们目光异样，有人指指点点，有人叽叽喳喳，有人握手恭维，他一下成为全所名人而始料不及。

一个乌龙事件更使郁海发成为人人注目的宠儿。那是一天凌晨两点，一声枪响，将他从睡梦中惊醒，他连忙起床奔出寝室，在路灯的照耀下，发现山坳里伏着警卫崔排长，排长说有人爬铁丝网，并向外开了枪。郁海发和崔排长伏在地上向外观察良久。上班后崔排长反映到所里。郁鸣辉副所长在全处大会上表扬说，全楼几百人只有小郁敢于冲出，向他学习！郁海发暗笑，那是崔排长手痒痒而开的枪。

不久，吴利方调郁海发去整理成都军区学习毛著积极分子雷永刚的发言稿。看官请记住，在郁海发的人生路上，雷永刚是一个举足轻重的名字。

雷永刚，烈士子弟，其父生前是冀东地区共产党的领导人，是郁海发同校不同系的校友，一同分配在研究所，他赴福建当兵一年后，被分配到第三研究室。1966年5月在帮助都江堰玉堂公社夏收时，雷永刚不慎跌入深坑中，送往成都军区后勤医院救治后仍然留下后遗症，走路一拐一拐的，被评为最轻的十级伤残。就这一素材，凭郁海发笔杆生辉，撰写了一篇精彩发言，在四川部队中引起轰动，研究所也出了名，郁海发被誉为750部队一支笔。

第3节　都有两个后妈而结良缘

郁九周多次给郁海发写信，反对儿子与资本家的女儿相恋，在犹豫不定之时，恰逢郁海发第一份作品在研究所传开，婚姻之事引起多方注目。郁海发的直接领导李科长将其妻研究室的同事古玉介绍给他，视为组织的关心。

古玉作为研究所先行人员，1965年初夏来到工地。一天，在女宿舍里，大家围着生病的房大姐，她走过来柔声问大姐："党费交给谁呀？"在场唯郁海发是男同志，自作多情地揣摩，故意显示她是党员。郁海发不禁以惊奇的目光对她扫描：白脸，小辫，一副眼镜内藏着一双特大的眼睛，明亮的眸子向郁海发扑闪了一下。

李科长愿做月下老人，脑海里才显现古玉留给郁海发的那点记忆。答应李科长考虑一下。

郁海发不是考虑而是去求证高中女同学的家庭情况，找到入伍政审的刘少校。他说，那位女同学是她父亲大老婆的小女儿。战争年代部门人员婚姻要纯洁无瑕，女同志都不许找业外人士，全国胜利后放宽了，你如何选择自己慎重决定。郁海发将刘少校的谈话告知郁九周，父亲要儿子关注前一句队伍纯洁，后一句慎重决定，领导不会直说不同意，一旦风吹草动后悔不及。

在难以取舍之时，郁海发向吴利方和盘托出事情原委，他爽快地说："这还用考虑呀，那位女同学吹掉，研究室的很好，否则碰到运动审查没完，到时你要革命还是要老婆？"吴口中的"碰到运动"不正是他父亲信中的"风吹草动"吗？

郁海发走进李科长办公室，尚未启嘴，李科长先说他刚从上海回来，这次运动的残酷使人永生难忘，定息送上门资本家也不敢要了，所举例子让人汗毛直竖。本想将对婚姻的徘徊同他磋商，现直奔主题：同意和古玉建立联系。

郁海发同意，房大姐却告诉他古玉不愿考虑。郁海发顿时感到脸热发红，怔怔细想，古玉的条件比自己优越：论家庭都有后妈属门当户对，其父级别比郁父高；古玉的军龄比郁海发长 3 年；讲政治郁海发是白丁；看长相不比女同学差。所以她找更为优秀的是顺理成章之事。如此一想，心情豁然开朗。反复思忖后，他寄给古玉一封信："你回绝此事我能理解。小资产阶级爱面子，望为我保密，到此为止。"

并非到此为止，故事还将延续。几天后的中午，郁海发沿着下坡的大道走向乙区的食堂，古玉从后面匆匆追上，塞给郁海发一张字条后迅速穿过哨位。郁海发面对"信收到，同意考虑"七个小字，沉思几天不知如何作答。

周六中午，房大姐约郁海发晚上去她档案室，推门进去房大姐和古玉齐齐站起。郁海发尴尬又大胆地凝视古玉，再次近距离见她眼镜后面那双大眼，白皙的脸上写满少女的天真、稚嫩和矜持。房大姐打破沉默说，你俩出去走走吧。

他俩沿着山边小道走去，都不开口。当走到技术处小楼和科研楼交界处，她才问郁海发："上星期天下午，你走过这里，我从二楼喊你来着，你没听见？"当年郁海发的耳朵还未致聋，但确实没听见。郁海发说："你胆子够大的。"又问她："怎么又同意了呢？"她沉默片刻轻声一笑："对你有个后妈感兴趣。"如此，话匣子一旦打开，说话也就自然而无所顾忌。

和古玉的交往从那个夜晚正式启动，在见证研究所"文革"的过程中，情感的砝码渐向她倾斜，这边升火那边降温。郁海发去北京上访期间向那位女同学告别。君子交绝不出恶声，没有过多的言语，相恋多年平静分手。

1967 年是羊年，不知羊年不婚的传统说道，11 月中旬那个周末，去玉堂公社领结婚证，晚上在军官楼举行婚礼。新房挤满研究室里同观点的同志，骆同志领唱《东方红》开始，施同志指挥《大海航行靠舵手》结束。

仪式中发生一个小插曲，不知哪位打闹将灯罩碰掉一小角，幸而未伤及灯泡，郁海发没敢作声。人们散去之后糖块橘子全吃光了，只剩一只大梨。准备就寝之时，妻子说："切开，一人一半。"郁海发说："不能分着吃，合吃一个。"

岁月证明，选古玉的婚姻是正确的。虽生活中时有龃龉，那是灯罩碰掉一角之故，实属正常；但洞房之夜合梨（力）的作用，更不可小觑。一年后将长子取名威，4 年后将次子取名力。一个是外资企业高管，另一个全家定居国外。

第 4 节　脱下绿色军装板上钉钉

1969 年 6 月，研究所以纯洁队伍为名精简一部分军人和工人，去留条件首先是家庭有无历史问题，其次是在"文革"中的表现如何。离队的大学生不乏佼佼者，以沈昌祥、黄喜洋的故事见证。

沈昌祥，浙江奉化人，浙大数学系毕业生，以其堂叔当过蒋介石家厨师为由被迫复员，到北京小厂里当工人备受歧视。专业的需要又借其妻红军之女的光环，1970年在海军研究所再次入伍。80年代末因成就突出获全国科技奖。他用奖金买了一袋大米、一块挂钟送给郁海发，大米早成粪肥，挂钟仍挂在海门木行桥祖宅厅里。时光老去，那段岁月的见证永不消失。20世纪之末，沈昌祥当选全国人大代表，获中国工程院院士称号，似钱学森为上将文职特级终生资深院士。

黄喜洋苗正根红，加上劝说静坐人员归队，吴政委的力挺而留队，后又调往另一研究所，现今授大校衔文职四级少将待遇。

脱下军装之后的郁海发时时追悔，自愧弗是。

郁海发自己认为，"文革"中他的观点尽人皆知，加上父亲在停职受审中，退伍处理是板上钉钉之事。但脱下绿色军装的过程非常曲折。

在研究所党委会上审查去留人员时，干部科科长刘少校留队名单中列入郁海发、古玉。吴政委认为郁海发在"文革"中表现不佳，不能留下。郁鸣辉副所长认为郁海发年轻，业务能力强，技术处需要这样的人。

XI处长也说："古玉的父亲是总参干部部长，也是一个留下的理由呀。"

吴政委说："这样吧，查一查郁海发的父亲有何问题。若是不合适我部工作，那就脱下军装。"

不久，吴利方两位外调人员到了南京，调阅了郁九周的档案，掌权的造反派说："郁九周当过伪保长，现停职下乡劳动，停止党组织生活。"吴利方又到上海，找到在车间监督劳动的郁九文，他承认自己的保长一职由郁九周接替。又找到郁九成，他动情地说："九周哥确实出天花而困于上海，他脸上留下些许麻点，不是污点，是亮点。"吴利方又到海门木行桥，走访了接替郁九周当保长的袁选明，袁说："我这个保长为国共两边服务的，当时统一战线时期。"吴利方找到海门郁九兰，他如实写了证明："郁九周担任保长三个月后，我党在木行桥地区建立抗日政权，九周为我党办事，是我们的基本群众。在家庭发生变故后参加了新四军，第二年加入共产党，立场坚定，工作积极。1955年审干中做出结论：属一般历史问题。"

刘少校把外调情况如实向吴政委做了汇报，并说："郁海发家庭历史没有问题，可以列入留队名单之中。"

吴政委沉思片刻说："他的父亲还在审查呀，不留在部队里为妥。"

刘少校找到古玉，将所党委的决定通知了她。第二天，政治部通知郁海发参加在玉堂公社住宿的毛泽东思想学习班。

古玉向他父亲写信，告知不久将脱下军装，离开部队了。

古玉的父亲古部长找到出差北京的吴政委，表达了希望女儿女婿留在研究所的意愿，吴政委爽快地回答："待我回到四川后，与党委委员再研究一下。"

第 5 节　到哪里去？到了北京

吴政委回到研究所后，直接对刘少校下了命令："郁海发夫妇转到基建工程兵去，不脱军装！"

刘少校当即将此决定告知古玉："你与郁海发可以去济南工程兵部队，本部同去的还有 20 多人。"周末郁海发从学习班回来后，夫妇俩商量了半夜。

古玉表示不去工程兵部队："若去山东，只不过不脱军装，通过这段时间世态炎凉的日子，少女时代对军装的渴望趋于淡薄。再者，工程兵部队经常迁徙，我们带着吃奶的威儿，不太方便，到地方好好过平民的生活吧。"

郁海发也敞开心扉说："我一生追求穿军装、做党员，加入共产党的梦想尚未破灭，但对军装的留恋与你相同。"倏忽之间，郁海发想起，小林公公抽星秀算命之言："此儿远走高飞，但总会回到出生之血地。"郁海发急问："此次不是转业而是复员，从哪里来到哪里去。不会让我回海门吧？那太没有面子了呀。"

古玉："我也不太清楚呀，明天去问问刘科长吧。"一夜无话。

第二天是星期天，郁海发、古玉去了军官楼刘科长家中。刘少校做了解释："哪里来，是指参军之地，复员后回到原户籍地。"

郁海发："谢谢领导关心。我俩不去基建工程兵部队。"

古玉："刘科长呀，那我们愿脱下绿色军装，回北京。"

刘科长："可以。回北京的约 80 人，北京电子局已同意安置。"

1969 年 9 月上旬，郁海发领取了复员费 500 元及耳朵伤残费 500 元，整理了行李包裹发往北京，带着古玉和儿子，去了南京看望父亲郁九周，又回到海门木行桥看望母亲惠姑。9 月 14 日赶到北京牡丹无线电厂报到，可以领取 9 月全工资。古玉分配在北京电子局下属电子工程公司办公室，也是北京牡丹无线电厂的上级公司。雷永刚同期分配在电子工程公司下属北京东风无线电总厂。

欲知后事如何，请阅第十三集《刘十四圆了郁海发的房之梦》，讲述郁海发复员回京后蜗居的故事。

第十三集　刘十四圆了郁海发的房之梦

脱下绿色军装的郁海发来到了首都，跨入社会之后跌了一个不大不小的跟头，大学生定为二级工，在流水线上当了装配工，与古玉的父母、弟妹们挤住在一屋。由于房管员刘十四的照顾，一年之内经过1间平房——1间楼房——2间楼房的逐步改善，在同期复员战友中属住房奢侈者。

第1节　流水线上装配工

1969年9月10日，郁海发和古玉到北京电子局干部处报到，接待的宣处长开了两份调令，郁海发分配在北京牡丹无线电厂，古玉分到北京电子局下属电子工程公司，也是北京牡丹无线电厂的上级公司。宣处长特别叮嘱他，9月15日前报到，可领取当月全工资。

北京牡丹无线电厂位于西郊紫竹路上，1956年由几个私营小厂公私合营组建，生产牡丹牌晶体管收音机，已成为北京市电子行业的明星企业，职工达2000人。9月14日，郁海发到该厂报到，并分配在整机三车间，张主任口号式地下达命令："你，先挖几天防空洞，党中央一声号令，备战备荒为人民。"

翌日是全厂发放工资日，郁海发也有份，可一看工资条却傻了眼，工资竟是40元1大毛。郁海发拒绝领取工资，直奔厂劳资科责问："我是大学生，每月56元。在部队是中尉正排级，工资定错了吧？"赵科长是一位年长的女同志，不厌其烦地解释："小郁，一点不错啊，你是复员处理，按工龄长短定级，你5年军龄算5年工龄，定为二级工。"郁海发只好回到车间办公室，气鼓鼓地在工资条上签了字。

古玉的运气要比郁海发好得多，因她是中共党员，在电子工程公司办公室任秘书，可以参加公司党委常委会，担任会议记录工作。她的军龄已达8年，应定为三级工资47元，以工代干者改为49.5元。郁海发工资突降15.9元，一个大男子工资不如妻子，郁海发口中不言，心中的憋屈可想而知。

挖了半个月防空洞后，郁海发分到车间五班，在流水线上当了装配工，把五个电阻电容插入线路板上的小孔中，并用烙铁焊上锡后往下传。这是绣花小姐干的细活儿，郁海发手掌肥厚，手指短粗，手忙脚乱，跟不上40秒一块的流水速度，上道传下来的线路板堆积如山，下道的女孩紧催"快点"，让郁海发直冒大汗。他还常常装错元件孔，后道的女工退回来要返工，见郁海发工位上的线路板堆成小山，时常帮忙修正过来。

班长王大虎是傅作义部队起义战士。他看到这种情况，急忙派了北京统战部下放干部付正玉同志帮助插元件，郁海发只管焊接，线路板小山很快地消失。可是，下午快下班时，屏蔽笼的整机修理师傅找上门来，指出郁海发这一道工序错件太多。王班长当机立断地命令："小伙子，明天早上提前1小时上班，去第一道工序干活！"郁海发站起来："班长同志，是！"

第二天，郁海发提前1小时到达车间，王班长早就将车间电闸合上，把流水线头道工序的烙铁插上。王班长告诉郁海发："先将变压器插入线路板的元件小孔中，做满100个后再逐一焊牢。"两人一起做了10分钟。

午饭后，郁海发提前半小时上班，一天轻轻松松过去了。第二天，郁海发提前1小时到厂，可车间没人开门，半小时后才进入车间工作。以后，每天提前半小时到厂，操作熟练后无须中午加班。

半个月之后，张主任陪同厂里新来的党委副书记来到流水线。这位副书记竟是研究所二室副主任陈兴东同志，在750部队时与郁海发不太熟悉，却热情地与他握手说："我们是战友，现在成了工友啦。"

第2节　北蜂窝的煤球炉

郁海发回到地方后，最尴尬的事是住房问题。开始落脚在老丈人家。岳父古部长是 1937 年入伍的老兵，时任总参干部部长，住房只有两居室。海发夫妇俩与大儿子占了背阴的那间。幸好储藏室可放一张一米八的单人床，小舅子身高只有一米六，在那特制的小床上恰恰可以伸开腿脚。在阳台正房里搁了一张单人床，小姨子与父母同住一屋，当时大姨子正好参军离京了。

当年的住房里只有一个厕所，七口人挤在一屋，生活中的不便可想而知。尤其郁海发的儿子不到 1 岁，晚上尿尿惊天动地，早晨拉屎哭天喊地，严重地影响全屋人的休息。古部长倒没有说什么，还提醒古玉："孩子哭，是肚子饿了，快喂他奶。"古玉的后母居姨也赶过来哄她的外孙子，果不其然孩子安静了。夜夜如此，郁海发心中深感不安，不能影响"首长"的休息呀。

这样的生活 1 个月后纾困，得益于房管员刘十四的帮助。

郁海发到京的第二天上午，和古玉一起到海淀区武装部领取了复员证。下午去北京电子局报到。宣处长向他俩交底："古玉的单位在东城闹市区，去那里房管所要住房比较难找。郁海发的单位在西郊，那里的房源可能宽松一点。"

第三天一早，郁海发和古玉准备去西郊紫竹路房管所，古部长对古玉说："待一会儿，我去部里要一辆车，和你们一块儿去紫竹路。"

古部长的吉普车停在紫竹路房管所的小院外，三人走进小院里，直接进入办公室，向一位女同志说明来意，她从隔壁业务科叫来一位穿绿色军装的干部，那位军装上没有领章的同志见一男一女是和自己一样穿戴的退伍军人，便走到年长的古部长身前，立正，敬礼："首长好！"分别与他们握手。

古部长问："你是从部队转业的？贵姓？"

"免贵姓刘，名十四。"刘十四立正回答。

古部长说："坐下谈，坐下谈。"

刘十四非常健谈。在交谈中得知，他是印尼华商的儿子，排名十四，1963 年在国内大学化学系毕业后参军，在总参防化兵部服役，1968 年底因华侨身份，被转业到紫竹路房管所工作。

郁海发从旁插了一句："刘同志，我叫郁海发，刚从四川某部退伍回京。"指着古部长说："他是我的岳父，总参干部古部长。"

刘十四再次站起来说："那真是我的老首长呀。"又问古玉："你们夫妇一起回到北京的？"古玉尚未作答，他继续说："正好，有一间空房，我带你们去看看吧。"

刘十四坐上古部长的吉普车，穿过玉渊潭公园旁的大路，停在一个叫蔡家坟村的路边。刘十四对古部长说："首长，车不好开进去的。"于是几个人进入1米宽的泥路，路两边是庄稼地，走过500米路后进入村里，在这城中村的一排向南瓦房前停了下来。刘十四开了其中一间房门，进去一看是一间约6平方米的屋子，东边墙角砌有单行泥砖灶，西边另有一间约10平方米。刘十四问："怎么样？"

古玉高兴地说："挺好。和河北老家的房子差不多，我小时候住过。"

古部长说："进村路那么长，两边无人家，也没有路灯，今后下班晚了，不太安全。"问郁海发："你说呢？"

郁海发沉思片刻后说："怎么叫蔡家坟呢，不……不好听呀。"他把"不吉利"的话打住了。

古部长问刘十四："其他地方还有房子吗？"

刘十四说："有一个单间，房比这间要大一点。现住的房主嫌煤球炉没有地方放，想换到这里来，我尚未答应，你们来了。"

郁海发说："能不能去看一下？"

刘十四说："当然可以呀。不过，换房过程较长，拖个十天半个月。"

古部长说："只要房子合适，拖1个月也没有关系。"

于是，他们一行去了北蜂窝侨建32号院，看过房子，当场拍板定案。

半个月之后，刘十四来到古部长家中，送来了住房通知书和房屋钥匙，郁海发夫妇立即跟刘十四赶到住地。侨建32号院是一座坐南朝北的平房四合院，全院20多户居民，郁海发的住房位于西面一排，房门向东开。

住房廊沿约有1.5米宽，正好放一个小厨柜，每天加上一把锁，另放一个煤球炉，用于烧水做饭。圆形的蜂窝煤块堆在廊沿西角落里。冬天来了，把煤球炉搬回房中用于取暖。上厕所要跑到院外的公厕里。还买了一口大缸，从院中公共水龙头里打水，装满一缸自来水。

古玉给大儿子找的保姆是同院的钟阿姨，早送晚接。夫妇俩每天上班，回来较晚，因煤球炉封火不得法而时常熄灭，只好用碳煤加上木柴重新起火，吃好夜饭已近10点钟。古玉对郁海发说："老是这样下去，身体会垮的。把我老家的妈妈接来，让她伺候煤球炉。"

郁海发说："她来了怎么住呢？"

古玉说："将三个木箱子排在一起，当床用。"木箱是从部队复员时装东西运回来的，堆在西北墙角里直达房顶。

郁海发说："是个好主意。"凑近古玉耳边轻声一笑："丈母娘与我俩睡一屋，不太方便啊。"

古玉推开郁海发："你就不会收敛一点吗？"

一周后，古玉的亲生母亲从保定乡下来到北京。

第3节　景王坟的简易楼

郁海发在三车间流水线上干了半年，成为熟练的插件工，也不用提前上班了，完全可以跟上 40 秒一台的流水速度。

1970 年 4 月初周一的中午，郁海发与付正玉等玩扑克牌升级游戏，刚升到"三"时，车间广播里喊："郁海发，门口有人找你！"郁海发把扑克牌交给他人后，赶到车间大门外，只见刘十四笑眯眯地迎上来说："你好！"

郁海发迎上去说："老刘，什么风把你吹来了？"

刘十四把郁海发拉到小树林里，对郁海发说："景王坟有一间房子，在二楼上，要不换给你吧。"郁海发问："在哪里？"刘十四答："紫竹路旁边，离这厂不太远。"

郁海发回车间向王班长请了假，骑上自行车同刘十四到了景王坟居民区，用了 8 分钟，比他从北蜂窝侨建 32 号院上班缩短 22 分钟，估摸古玉上班花的时间也是差不多，郁海发高兴地说："这地段很好呀。"

刘十四领着郁海发走上最北一座楼房中门二层，进入房间看了看，郁海发立马表态："好啊，我就搬到这里了。"刘十四带他回到紫竹路房管所，没跟古玉商量，办好了换房手续，交付了钥匙。

此时已是下午 3 点钟，郁海发不回厂上班啦，愉快地走进紫竹路副食商店，买了一斤猪头肉、一瓶二锅头白酒，又提前把儿子接了回家，对老岳母说："好消息，好消息，今晚喝个痛快啊。"老岳母赶紧炒了两道菜。古玉 7 点下班到家，一家人把盏共祝。

翌日，周二，是郁海发厂休日。古玉上班走了，郁海发拿了扫帚、畚箕、脸盆、破衣服等，赶往景王坟打扫新房去了。

景王坟居民区一共有 6 幢简易楼房，每幢有两层 3 个门座，每个门座有左右两家。阳台上有上、下水管，水池子设在两家中间。这么一点地方无法安装洗手间，在院外设有公共旱厕所。

郁海发走上自己的新屋内，放下东西后，敲开对面邻居的房门，女主人和一个小男孩热情地接待了郁海发。她告诉郁海发，她的丈夫是剃头的，她在豆制品厂工作，下午才去上班。她大女儿、小女儿上学去了。郁海发问："一家五口人？怎么住？"

女主人指着小孩："他跟我们睡在大床上，他两个姐姐在里屋两张小床上睡呢。"

郁海发这才发现北面还有一间不小的里房，问女主人："怎么我的房子没里房呢？"女主人回答："这里 6 幢楼结构非常特别，每幢中间门座的二楼都有一间独立屋子，你的一间北屋，现在由李阿姨一个人居住。"郁海发返回楼道里，果然对着楼道有一扇门，门上挂着一把锁，这间北屋紧靠在郁海发的房子。

那个星期天是古玉的休息日，郁海发请了一天假，开始搬家了。古部长要了一部卡车，满满地装了一车，运到景王坟居民区，安置了新家，一切布置未变。古玉的老母仍睡在木箱床上，儿子不送保姆家了，晚上儿子与郁海发夫妇同睡在大床上，白天由外婆带她的外孙子。唯煤球炉安在阳台角落里，用水吃水就地取水，极为方便。

住在郁海发北屋的李阿姨是单身，3 个月之内只见过她两次。一天，李阿姨送来一包喜糖，她结婚了。并告知古玉："下个星期天，我要搬家了。"从此这间北屋始终空锁着。古玉对郁海发说："把这间北屋要过来，去找找老刘吧。"

郁海发说："有可能吗？你净想好事呀。"

古玉说："这间北屋无法安放煤球炉，自来水要到楼下取，无法单住人。你去房管所探探口气呀。"

又是周二厂休日，郁海发找到刘十四，一见面刘十四笑着说："说曹操，曹操就到了。"郁海发问:"此话怎讲?"

刘十四说:"刚开了所务会,所长同意将那间北屋转在你名下,这间屋子给谁也不会要的。"郁海发哈哈大笑:"全凭老刘同志照顾呀,谢谢啦。"于是,立即办好了转租手续,接过刘十四的钥匙,景王坟六号楼中门楼上右侧两间成为一家户口。

下午,郁海发买了一张双人床,搁在北屋里,撤掉木箱床,两屋变得空旷旷。老岳母在旁乐开了花,古玉下班进屋惊喜异常。晚上老岳母带着外孙子睡在阳台屋里的大床上,郁海发夫妇睡在北屋的新床上。就寝之时,郁海发拥着古玉,叹口气说:"总算解放啦。"10个月之后,二儿子郁力来到世上。

蹩脚的两居室使郁海发在同期复员战友中属住房奢侈者,也是一个幸运儿,也将郁海发二级工、装配工带来的烦恼一扫而光。

第4节　再次入伍成泡影

1970年3月,原研究所三室HJ组王中校奉命在北京组建HJ研究所并任所长。招兵买马,拟在北京要陈兴东、郁海发、雷永刚等八名大学生再次参军,都是原750部队的退伍军人。

王所长首先走访了分配在北京牡丹无线电厂、北京东风无线电总厂的几位战友,郁海发听说HJ研究所在北京,又可穿上绿色军装,欣然答应投入王所长的麾下。又问:"王所长,古玉可以和我一起穿军装吗?"王所长不置可否。

王所长又到北京电子局,向局长提出八位同志再次入伍,宣处长不同意放人,说:"当时研究所求我们接收这批同志,现又要回去,要走,在电子局的80人全走。"王所长碰了个软钉子。

缘于沈昌洋专业对口又借其妻是红军之女的光环,加之动用了关系网,从北京市市长压到电子局局长,再压到宣处长,不得不办了沈昌洋夫妇入伍手续。20年之后,此举造就了本行业的一颗电子技术明星。

根据沈昌洋的做法,郁海发也动用老岳父的关系,好不容易宣处长特批郁海发再次参军。可王所长不同意妻子古玉同时归队。郁海发的温馨小家在北京早已安妥，妻子不能一起走，再次参军会与老婆分开，要求参军的热情降温。

同时，郁海发在听到再次入伍的消息之后，以为可以脱离厌倦了的装配工的工作环境，向张主任软磨硬泡要求去 HJ 研究所。张主任说："插插变压器，这哪能是你干的活儿，赶明儿调你去车间技术组，不要老想着穿军装，这地方也有用武之地。"一周之后，郁海发调到 705 工程调试组，此工程是航天部二院的合作项目，在清华研究生陈炳生的领导下，郁海发开始技术归队。

因此，郁海发也不再为二次参军去据理力争，错过了再戴八一帽徽的机会，成为终生憾事。

705 工程结束后，接着去参加半导体扩大器的试制，在这个过程中，郁海发对 TPS（Transformerless Power Supply）无变压器电路产生了浓厚兴趣，试验成功后用于收音机末级电路，取代了笨重的变压器。拨乱反正，国营大厂的企业管理回归正道之后，郁海发成为北京牡丹无线电厂技术科的设计组组长。产品生产工艺和新品试制分开之后，郁海发升为这个中型电子企业的设计科科长，使牡丹牌收音机在全国评比中拔得头筹。

欲知后事如何，请阅第十四集《地震房里的敬上之举》，讲述郁海发为伟大领袖制作放大器的故事。

第十四集　地震房里的敬上之举

北京牡丹无线电厂不仅是北京电子行业的明星企业，而且是干部的孵化器。从这里走出去的有司局长、处科长、厂长经理、技术精英等100多位，典型的代表人物崔鹤是当年该厂的团委书记，现今是中美贸易的"定海神针"。本剧的主人公郁海发，也是牡丹花丛中走出去的一位小人物，虽则在地震房里有敬上之举，又使两家破产企业走上重生之路，却因"房"上的纠葛而道路坎坷不平。

第1节　父解放儿入党梦想成真

在那个动荡的年代里，北京牡丹无线电厂的造反派头头童高昌自任革委会主任，砸烂了厂里的管理科室，将技术人员下放各车间。郁海发来到三车间的时候，车间有一个技术组，组长陈炳生是共产党员、清华研究生，在屏蔽笼里调试整机一年后归队。

705工程是航天部二院的合作项目，由陈炳生组建705调试小组。郁海发再次参军泡汤之后，调到705。郁海发心中极为高兴，其原因并非全是他开始技术归队了，而是由这个705想起了750部队，冥冥之中，认为它是个吉利数字，会给他带来好运。

705人员组成：张广洁，1966年大学毕业生；市委统战部下放干部付正岳，共产党员；从外地调入的姬优玲，1967年清华大学毕业生，共产党员，中央部级干部的千金；三车间整机调试工林三巧；加上航天部两位工程师。

在705成立会上，陈炳生这样介绍郁海发："1964年毕业于北京航空学院，在部队服役了五年，他的爱人是公司党委秘书小古同志。由郁海发担任705小组长。"又补充说："姬优玲担任党小组长。"

姬优玲问陈炳生："老陈，郁组长不是党员吗？"陈炳生点了点头。姬优玲转向郁海发，大大咧咧地说："你找了一个老婆是党员呀，可不简单呢。"郁海发窘得脖子全红了。

陈炳生赶紧解围说："郁海发是要求入党的积极分子，来厂1个月后向车间党支部写了申请书。"停了一会儿补充说："陈兴东副书记是郁海发的战友，说他在部队里表现很出色。"郁海发马上低下了头，心中想，陈炳生为了支持他上任，杜撰了这个细节。他在750部队里是入党培养对象不假，但"文革"中的表现人人皆知呀。

只听陈炳生又对姬优玲说："在你党小组长培养之下，我相信他一定会成为党员的。"姬优玲哈哈大笑了起来。

蹩脚的两居室将郁海发二级工、装配工带来的烦恼一扫而光。可是，幸福不是房子有多大多好，而是房里的笑声有多甜多美。郁海发进入705后喜事连连啊。

当年年底，中央军委下了纠偏文件，部队干部一律按转业处理，恢复了郁海发大学生待遇，每月工资由40元1大毛涨至56元；

第二年，古玉生了二儿子起名"力"，而大儿子起名"威"，有威力无比之意；

第三年，郁海发实现了参军做党员的夙愿，加入了中国共产党。

其间，牡丹厂里进行技术整顿，第一步恢复技术科，陈炳生担任科长，郁海发担任设计组组长。第二步陈炳生升任总工程师，组建总工程师办公室，下设工艺科、设计科、检验科和情报资料室，建立技术党支部。刚过30岁的郁海发竟担任设计科科长，科里不少年长的技术骨干投以惊奇的目光。

郁海发深知，他的资历不能解除科里技术权威的疑虑，硬着头皮召开了第一次全科会议。郁海发说："牡丹牌收音机新产品，既生产大众化的品种投入市场，又要向高档的收音机进军。"他进一步阐述："全科成立结构组、美工组、五个电气组和试制工段。按产品品种成立课题组，每个课题组设电气人员2名、结构设计1名、美工1名。试制工段配合美工制作样板机，让我厂的产品外形翻新，使牡丹花开永不败！"话音刚落，全场报以掌声30秒之久。

在全厂年终评比中，设计科两年成为先进科室，郁海发入党之事引起上下关注。郁海发虽然当了科长，但没有离开实验室，带着"徒弟"姬优玲进行电路试验。姬优玲家住百万庄小区，离景王坟居民区一里地，他俩几乎每天一同离开实验室，去车棚里推出自行车回家。一天传达室师傅对他们坏笑："你俩是一家子吗？"郁海发怒答："别瞎说！"姬优玲却上前大大咧咧地笑答："师傅啊，是一家子，他是我弟弟啦。"传达室的师傅不好意思地一笑而过。

的确，党小组组长姬优玲非常关心郁海发这个大哥哥的入党之事，在她多次催促之下，组织科派了干部和付正岳一同去南京外调，正好郁海发之父郁九周刚从乡下劳动改造回城，原职原薪上班了。于是，1973年，郁海发由陈炳生、姬优玲介绍，也无预备期，便加入了中国共产党。

第 2 节　705——永远的记忆

1970年底，705工程圆满完成，付正岳调任厂办公室主任。705增加原电器修理店的老板何大爷和"摘帽右派"俞大义，为本厂大礼堂制造两台扩音机，使用电子管还带有笨重的变压器，3个月后完成了任务。

郁海发名为组长，却充当两位技术权威的小跟班，有点外行领导内行之意。旧社会混过来的何大爷对郁海发极为尊重，俞大义在言谈中时有轻视之意，郁海发暗自立下志向："过一段时间我会超过你，真正领导你们的。"

在扩音机总结会上，郁海发提出建议："第一，牡丹牌收音机全部是晶体管，但末级低频信号转换成音频靠变压器完成。能否采用一种无变压器电路？第二，我们的电子管扩音机能否改为晶体管并去掉变压器？这样可减少设备的体积、重量、耗材。"

陈炳生问俞大义："老俞，你对郁海发的两点建议如何看？"

俞大义说："想法好是好，困难不少。尤其是扩音机输出功率能否做到电子管那么大？"

陈炳生想了想说："我考虑705暂不撤销，由郁海发牵头进行末级无变压电路试制，如果试制成功，在收音机上采用无变压器电路。"

郁海发和张广洁、姬优玲三人进行无变压器电路的实验，很快完成了输出功率 100 毫瓦至 500 毫瓦再达 3 瓦的电路。为了提高输出功率，他们多次去东郊 718 电器元件厂，与该厂技术人员协商，制造大功率晶体管功放管。

从 705 走出来的设计科科长郁海发赋予 705 电气组以重任，亲自和他们试验无变压器电路在产品中的应用。

牡丹牌 942 型半导体收音机电器人员由林三巧、姬优玲、郁海发组成，这是贯彻鞍钢宪法，坚持工人、技术人员、干部三结合设计的成果，大电池、大喇叭、大体积的便携式收音机，价钱便宜且外形美观，为工农兵大众所喜爱。

在 942 型收音机投放市场不久，售后服务部门反映末级功放管烧坏现象极为严重。一时传言四起，说使用无变压器电路失败了，942 型收音机要停产了，机壳模具白开了。

郁海发连夜分析烧管原因，在于无变压器电路致命弱点是温度补偿问题，重新加了一个温度补偿二极管，试产 300 台机器进行高温试验，合格率达 99%。当年生产了 50 万台，第二年增至 100 万台，成为牡丹无线电厂的主打产品。

在牡丹牌 2241 型全波段半导体收音机课题中，组长俞大义负责高频部分长波、中波、九个短波的设计，姬优玲负责调频部分的设计，张广洁负责中频及检波部分的设计，郁海发负责低频部分的设计。

郁海发根据低频部分设计的特点，放音部分采用音调补偿电路，分五挡，即"手调""语言""管弦乐""高音""低音"，听者根据自己的喜爱随意调节放音音调。

1974 年，电子工业部举行"文化大革命"以来首届全国半导体收音机评比，牡丹牌收音机出足了风头，10 个参赛产品百分之百得了奖，在往后几年中牡丹牌收音机市场占有率急升。

牡丹牌 2241 型全波段半导体收音机，因无匹敌之机型，没评名次而得了荣誉奖状。在会上专家们对它赞不绝口，一是该机能接收全世界短波段广播，二是其具有独特的音调补偿功能。其实无变压器电路应用到收音机上，才是郁海发的得意之作，705 在收音机评比中做出了贡献，才是郁海发引以为傲的。

第3节 《无线电》里认了个弟弟

无变压器电路烧管现象解决后，郁海发撰写了《互补对称功放电路工作点的稳定方法》一文，在《无线电》杂志上刊出，这是他第一篇科技文章见刊。全国收音机评比之后，在《无线电》杂志上，2241设计小组发表了《牡丹2241型全波段半导体收音机》一文，使牡丹牌在全国同业中声名鹊起。更使郁海发高兴的是，《无线电》杂志让他认了个弟弟郁海阅。

郁海阅，祖籍崇明县，其父是南下干部，在福州成家立业。郁海阅是无线电业余爱好者，初中毕业后开了无线电修理部，当在《无线电》杂志上看到郁海发的文章后，立马赶到北京认了比他年长15岁的郁海发为大哥。

看官请记住，10年之后郁海阅创办了私企深圳奥迪无线电厂，在郁海发败走江湖潦倒之时，郁海阅聘请他为该厂厂长。待后再表。

第4节 地震房里的敬上之举

任何一个人都和"房"如影随形，海门木行桥郁氏家族祖上的房故事传奇曲折，郁海发碰到房的故事，虽然平常稀疏却不失精彩。第一次是七龄童郁海发碰到"房"的尴尬，与郁伯和玩"跳房子"吵世引来绝咒。第二次是郁海发走上社会之后，碰到实体"房"参与750军工群楼的建设。第三次是郁海发脱下绿色军装之后，由于房管员刘十四的照顾，在同期复员战友中成为住房奢侈者。第四次是郁海发在地震房里为重要人物制造有线对讲机。

郁海发添了二儿子郁力之后，大儿子郁威被古部长接走了。此时古部长换了三居室，小女儿、儿子也参军走了，请了保姆照顾他的外孙子。

战争年代老干部重组家庭并不罕见，作为子女不问父母的是非对错。但郁海发的儿子有两个奶奶、两个姥姥却不多见呢。古玉的亲母纪氏和郁海发之母惠姑一样，在婚姻变故之后，仍然留在婆家，以恪守媳妇之责，侍奉老人。古玉的祖父在土改时被评为富农成分，纪氏的出身成分又如何定呢？

一天，景王坟派出所来家调查，纪氏如实向户籍员讲了情况，因此登记本上家庭出身填上了"富农"。不知何故，1972年初春，北京市突然清理外来人口，景王坟居委会通知纪氏离开北京。纪氏带着郁力回了老家，两年之后又送了回来，郁力入托北京牡丹无线电厂幼儿园。一晃到了1976年。

1976年是多灾多难的一年。1月8日，千古良相周恩来仙逝，7月6日，朱德元帅归天，9月9日，中国痛失伟人毛泽东。

祸不单行，那年的7月28日，中国北方发生一场7.8级大震，将唐山变成废墟，24万人死亡。冯小刚导演的《唐山大地震》影片，讲述了一个"23秒，32年"的中国故事。

凡灾难都是人类的不幸。纵观史实，灾难又有短暂性和持久性之分，区域性和全球性之别，偶然性和必然性之异，大和小的不同。灾难的形态包括人为的和非人为的。人为的如战争、权斗、政治运动、金融风暴、宗教危机，非人为的如地震、洪涝、瘟疫、沙尘风暴，都是不可抗拒的。郁海发虽然住在北京，唐山的地震波不客气地殃及了首都，使他体验了"7·28"地震的惊魂一刻。

那天凌晨3点左右，郁海发被强烈的晃动惊醒，赶紧起床开灯，只见门角一只痰盂内的尿水洒了一地。他穿着短裤，光着膀子，抱起小床上光屁股的郁力向楼下冲去。一会儿古玉端着一张藤椅，拿着他俩的衣服赶下楼去。全楼的邻居们全站在院里，议论着、猜测着地震在何方，香河？廊坊？天津？都没猜中。

6点，下大雨了，人们不得不回到房里。郁海发做了早餐，吃完已是7点，雨下得小了，古玉去公司上班，郁海发带着郁力赶到厂里。

8点，设计科的同事们大多赶来上班，郁海发去各组走了一遍，又是一番议论，也无心思工作。

9点，中层干部会议。主持党委工作的陈兴东副书记讲了地震的简况。革委会主任、现今的厂长童高昌宣布："根据公司指示精神，本厂停工3天，周六全厂上班。各关键部门留人值班。"

中午，北京电子工程公司经理胡战生突然来到景王坟郁海发的住地，古玉与他同车回家。胡经理进门就说:"郁科长,去你们厂里开紧急会议。"郁海发尚未反应过来,古玉对郁海发说:"你快去开会,把力儿放在家里吧。"

郁海发走进厂会议室,只见室内有:童高昌、陈兴东、陈炳生、付正岳,电镀维修车间主任刘宏和团委书记崔鹤。胡经理郑重地讲:"市委紧急通知,现有重要人物病重,需要一部有线对讲机,用于内室与外室的通话。市委书记指示,这个任务交给北京牡丹无线电厂制造。我把要求讲一下……"

郁海发一听此项任务非同小可,插话说:"胡经理,我建议让俞大义工程师也来开会,他就住在厂区后面宿舍区里。"

胡经理说:"好的。"童高昌让付正岳去请俞大义。

童高昌做了会议总结:"制作这部对讲机,是市委对我厂的信任,是牡丹人的光荣,我们保证完成!"接着布置:"成立76特课题组,由郁科长、俞工负责。我童高昌担任总调度。"对崔鹤说:"你协助刘宏主任,在小树林里马上建一个地震房,拉上电源。"又对刘宏交代:"线路板工段师傅准备随时开工。"

下午3点会议结束后,陈炳生和俞大义在总办研究对讲机的初步方案,童高昌亲自开车和郁海发走访705成员家,把他们召回厂内。

下午5点,705人员布置地震房的实验仪器、办公桌,还支了两张单人床,铺设临时水龙头。

下午5点半,705成员在地震房里讨论对讲机的初步方案,仅把末级输出改为无变压器电路,以减轻对讲机的重量。

下午6点钟,食堂送来郁海发、俞大义的夜餐,童厂长送来毛巾、脸盆等洗漱用具,并将其他人员送回了家。

当天晚上,俞大义在支架上焊上元件进行电路试验。郁海发在办公桌上画图,根据试验情况修改元件等。本来就不是高端技术,10点钟电路全部敲定。

郁海发12点画成电路板墨稿,第二天早8点,刘宏赶来取走了墨稿,让电镀工段师傅赶制了两块电路板,装上元件调试后,装入试制工段师傅做的两个盒子里,姬优坽、张广洁等连了10米线,在地震房里进行试用。

问题来了,对方讲话时,发生了振荡自激。郁海发认为,对方的话音通过己方喇叭放声,又从己方的话筒反馈给对方的喇叭了。于是,重新将喇叭安装在机壳的后板上,振荡消失了。可当音量电位器调大时,又开始自激了。

俞大义走上去，拆除电位器，在喇叭上串联小电阻减弱音量，自激消失了。

俞大义对童厂长说："只有这样了，这种设备只能定音量、定小音量。"那是第二天的中午时光。

童厂长立即给胡经理汇报了试验情况。下午4点，胡经理回电："这是特殊产品，在病房中使用，不可大声量。"于是，76特产品做成长方形机壳，喇叭与话筒分装在前后面板上，重新制作电路板，取消音量电位器，定小音量。制成了4套。

那是第三天下午4点，用红布包好4套对讲机，童高昌亲自开车送往正义路市府大院。705人在地震房里敬上之举画上了完美的句号。

这天晚上郁海发回家后，睡在院外的地震房里。这种地震房是在院外地里挖1米深大坑，底下铺砖和石灰，砖上铺上木板和稻草，顶上有帐篷，上下坑用小梯子。古玉告诉郁海发，这是7月28日傍晚，胡经理安排公司行政科连夜帮助搭起来的，这是对郁海发敬上之举的奖励。

郁海发、古玉和郁力在这地震房里又睡了7夜，等接到通知才撤除地震房。

第5节　怒发不冲冠之一瞬

1976年9月9日，伟人毛泽东走了，10月6日粉碎"四人帮"，标志着历时10年的"文化大革命"的结束。1978年12月18日至22日，中共十一届三中全会在北京举行，它实现了新中国成立以来党的历史上具有深远意义的伟大转折。在这转折时期里，让郁海发感受较深的是干部的调整和技术的进步。

上级公司给北京牡丹无线电厂派来了党委书记和新厂长王未群。原厂长童高昌是"文革"中造反起家者，念其对牡丹产品贡献甚大，降为三车间主任。

王未群原为北京机械局某厂副厂长，清华大学毕业生，来自江苏农村，求学时非常刻苦，成绩优良。他升迁很快，也在于他的岳父是国家计委高干。

王厂长每周一上午9点召开行政例会，检查全厂上周工作和布置本周任务，受到郁海发的赞扬和支持，并仿效他的做法，每周二上午召开设计科的科务会议。

参加行政例会的中层干部时有迟到早退者，王厂长约法三章。一天，郁海发赶去开会，在楼道内被美工设计师和试制工段的师傅拦住了，非让郁科长判定一款样机的外形哪个美观，郁海发为此迟到了 10 分钟。

郁海发推开会议室的大门寻找座位，王厂长大吼："出去！请你出去！"郁海发吓了一跳，从未见过这般阵势，正要开口声辩之时，见王厂长怒瞪的双眼，把话打住了。在双方对视的当口，郁海发想起了幼时母亲惠姑说的话："遇到事情，把话放在肚皮里，别人不会把你当乌子（傻瓜）。"一瞬间，郁海发收回了对视的眼光，向全场一瞥，走出门轻轻关上大门，一声不响地离开了会议室。

郁海发回到 705，姬优玲问："今天会议这么快结束了？"郁海发说："我今天身体不太舒服。"说完回到了景王坟的家里。

下午 5 点多，王厂长、付正岳在姬优玲的带领下来到郁海发家中，付正岳先开口："郁科长，听说你病了，王厂长特地跑来看看你。"

王厂长笑着说："上午，我的脾气不太好，你勿生气呀。"又问："你明天能上班吗？"

郁海发答："拉肚子，还不要几天啊。"付正岳取出行政例会纪要给郁海发，说："全国收录音机评比在即，涉及你们设计科的任务很重。"郁海发没吭声。

姬优玲大大咧咧地对郁海发说："宰相肚里撑大船嘛，明天不见你去上班，我让 705 的人来抬你！"郁海发扑哧一笑。

古玉回来后对郁海发说："不要在意厂长对你如何，你是为厂里做工作的啊。"郁海发点了点头。

随着 1977 年恢复大学招生，企业的技术进步体现在产品的更新换代，北京牡丹无线电厂收音机转型卡式收录音机并于 1979 年举行全国收录机评比。

在干部调整中，陈炳生升任北京电子工程公司总工程师，付正岳调回市委统战部任副部长。谁来接替陈炳生的职务？呼声最高者是郁海发。在党委会上，王未群厂长提议，工艺科科长刘树林提为总工程师，新来的党委书记及陈兴东未吭声而通过，尽管从学历、经历、能力、贡献来看，刘科长比郁科长差了一截。

郁海发知道后，轻声一笑："祖上不冒青烟，本无升官之瘾，对王厂长无私怨。"可是，以后郁海发与王未群多次相遇，产生激烈的碰撞。待后再表。

陈炳生拟成立公司的研发中心北京民康广播技术研究所，地址选在西城民康胡同的街道小厂内，该厂原生产盘式录音机，受卡式录音机的冲击，200多人的小厂濒临破产。

公司决定北京民康广播技术研究所由陈兴东任党总支书记，郁海发任所长，原厂长赵育生任副所长。陈炳生第一次与王厂长协商时提出：北京牡丹无线电厂设计科全部转入研究所，公司拨发科研经费，开发新产品，生产定型后转入牡丹厂工艺科组织生产。王厂长极力反对："让郁海发带走705人员，牡丹厂不需要研究所的新产品！"

郁海发对陈炳生说："做事应懂得换位思考。可以理解王厂长担心研究所靠不上；反之，凡事应留有余地，新建研究所不能一步跨得太大，一旦转让产品不成，牡丹商标倒了，谁能承担责任？"

王厂长同意了陈炳生提出的新方案：郁海发带领705四名电器人员加上结构和美工设计人员共七人，代表研究所去香港和百达公司进行联合设计。在香港的费用由公司外经科负责，在内地的费用包括服装费及七人工资由北京牡丹无线电厂支付，为期一年。

欲知后事如何，请阅第十五集《民康科研楼对决民康住宿楼》，讲述郁海发在公房和公寓上的故事。

第十五集　民康科研楼对决民康住宿楼

　　刘树林一席话使王未群猛醒而反悔，致使初建的民康研究所陷入困境。然物极必反，民康研究所利用科技进步绝处逢生，竟盖起科研楼和住宿楼并成为党委级自筹经费地方科研所。郁海发在与王未群争夺公司副经理一职的博弈中败下阵来，以刘树林为厂长的东风无线电厂遭遇破产之危，胡战生含泪对郁海发承诺："你去救救东风厂，把你景王坟的简易房换成东风厂旁边的三居室。"郁海发踏入人际关系的争斗之中，经受了计划经济走向市场经济时期小人物的阵痛。

第1节　树林一席话使王厂长反悔

　　改革开放第三年的一天，胡战生经理来到民康录音机厂，宣布成立北京民康广播技术研究所和陈兴东、郁海发、赵育生的任命。总工程师陈炳生对郁海发说："从牡丹厂705调来七人，你带领俞大义、潘工征、杨工男去香港参加联合设计，希望你们在半年之内带回出口新产品。"接着又对与会者说："袁三巧、姬优玲、张广洁同时调到研究所，牡丹牌942型收音机来料加工，以增加研究所的收入，加上公司的开办费，可渡过当前的难关。你们七人的工资关系一年后再转来，以减轻研究所的压力。"会场响起长时间的掌声。

　　民康录音机厂位于民康胡同61号，原为赵姓王爷的住宅大院，前后有四排平房和厢房，由王爷的后人赵育生建成。

　　晚上，食堂负责人李兰英眉飞色舞地向丈夫刘树林报告了白天的喜讯。牡丹厂的总工程师刘树林听完后对妻子说："没你的事，少管闲事。"李兰英一脸错愕。

第二天是牡丹厂厂休日，刘树林骑上自行车直奔厂长王未群家中。坐下后，刘树林把研究所成立情况告知他，并问："我厂705的人全调到研究所？还将942收音机让研究所加工？"

王厂长说："是呀，我答应公司的。"

刘树林说："恕我直言，你失策了。"

王厂长问："此话怎讲？"

刘树林说："705是郁海发的起家之地，厂里早就有议论，705加上陈炳生是牡丹厂的八人帮，这些同志全是牡丹厂设计科的主力军。"又进一步阐述他的看法："企业的竞争是厂长能力的博弈，如何用好技术人员是关键。你把牡丹厂的技术精华送给郁海发了，总有一天研究所会长大的。郁海发这个人善于决策规划，却和你不对头呀。"

王厂长眉头皱了一下，似乎醒悟了，说："其他事可以反悔，唯俞大义等三人去香港，证件都办好了。那咋办呢？"

刘树林说："好办，他们出发之前，你亲自为他们饯行……"

一周后的厂休日，刘树林把俞大义等接到王厂长家中，推杯换盏之后，王厂长对俞大义说："俞工，你恢复了党籍，从香港回来后，担任我厂副总工程师。"又对潘工征、杨工男说："你们从香港回来后，设计科副科长的位置等着你们啦。"又问："大家意见如何？"

此时杨工男对刘树林说声去洗手间，站起来离开了。俞大义说："谢谢厂长栽培，从香港回来为你效劳。"潘工征接着表态："我也不去研究所了。"杨工男从洗手间回来后，刘树林问他："老杨，你是啥态度呢？"杨工男哈哈一笑："我随他俩吧。"

第2节　录音机及计算机齐头并进

郁海发赴香港后，陈炳生和陈兴东、赵育生同去牡丹厂与王未群商谈厂所合作事宜。王厂长吞吞吐吐先开口："陈总啊，你知道的，收音机市场不景气，我厂打算减产，因此牡丹942去料加工有困难啦。兴东，实在抱歉啦。"陈兴东没吭声，笑了笑。

刘树林马上说："不搞委托加工，705的942组不必去研究所了。我厂设计人员也不富余。"

陈炳生红着脸，噘着嘴，不吭声。僵住了。

王厂长说："不过，为了支持研究所，姬优玲可以调过去。"轻声一笑："她与郁海发不是挺要好的吗？另外，三车间调试班班长乔玉民也调去，他是郁海发的'一担挑'呢，替代林三巧师傅。"

陈炳生这才开口："那香港的几位呢？"

王厂长说："我早考虑好了。他们临走时表示，回来后仍然效忠牡丹厂。设计科姚大光、维修车间机械师朱文杰、美术爱好者李小斌替代他们。"

陈炳生想了想说："可以吧。让张广洁调到公司技术科当副科长。"王厂长点了点头。

临走时赵育生对王厂长说："谢谢你对研究所的支持，若有一天民康获得重生，我一定请你去喝酒。"弦外之音十足。

牡丹942型来料加工吹了，研究所200多人的本月工资无着落，全所陷入困境。第二天公司开办费10万元到账了，陈兴东问赵育生："以后怎么办？"

赵育生说："库存盘式录音机价值一二十万元，我想法推销出去，3个月内的开支不成问题。"

陈兴东说："这不是长久之计。一个企业必须有自己的拳头产品，仿制牡丹942型收音机投入市场，是我所唯一的选择。"

赵育生说："不容易吧？"

陈兴东说："唯一的难事：能否在两个月之内制作机壳模具？"

赵育生说："实不相瞒，我是机械出身，我们为盘式录音机制作了不少模具，水平可与牡丹厂模具比试比试。陈书记，我向党保证两个月完成任务！"

陈兴东高兴地说："就听你这句话。"

喜讯！3个月后，民康研究所北方牌941型便携式收音机在该所正式投产！该机成本下降20%，利润增加20%。市场销路极好，出乎上下领导尤其是王厂长的意料之外。

香港的联合设计极为顺利，百达公司韩老板制作了三款收录机的模具。

一天杨工男找郁海发聊天说："我们从香港回去，牡丹厂不会放我们去研究所的。"

郁海发说："王厂长可答应了公司的。"杨工男便一五一十将离京前在王厂长家的情况复述了一遍。

郁海发问："那你啥态度呢？"

杨工男答："我在'文革'中被打入另类，是你按党的政策起用了我。你到哪里我跟着你！"郁海发紧握杨工男的手久久不松开。

韩老板赴京与电子公司签订三个产品的出口合同，郁海发同回北京，当晚同有关人员聚餐，陈兴东建议不叫李小斌，说："他原是牡丹厂的木工，也是刘树林的妻舅，想在研究所当美工，做干部。"

在餐桌上赵育生说："早就知道了王厂长违背诺言，我们做了预案。"

陈兴东说："向杨工男问好。人各有志，可以理解不来研究所的同志。我不信，死了张屠夫会吃混毛猪。"

郁海发对陈炳生说："陈总，应该再次审视研究所的建所方针。"

陈炳生说："请述其详。"

郁海发说："你的第一方案失败，第二方案破产，应该走第三条路啊。"见大家在听，郁海发继续说："研究所应求生、发财、开发、转让四步走。"

陈兴东说："讲得对，不够具体。"

郁海发说："生存——现在没问题了。发财——让研究所先富起来。我在香港参观台商的大型模拟计算机，也看了他们的数字计算机，体积小了很多。CPU是Z80运算速度极快，广泛用于多个领域，我们可以用它赚钱。开发——我，海发以后，招兵买马，才能开发新产品。"众人一阵哄笑。

郁海发来了劲头，继续演说："第四步转让——公司的牡丹厂、东风厂、百灵厂比我研究所还强壮，不会看得上我们的。若我所有了新产品应另谋出路。"

姬优玲说："我有一个同学在中科院声学所，他们正在引进Z80。"

陈兴东说："我不懂你们讲的计算机，但知道人应该用两条腿走路。郁所长在香港开发录音机，姬优玲去中科院引进计算机。"

中关村声学所科理公司屠经理一口允承转让Z80微计算机并提出两个要求，筹措外汇和利润分成三七开。

在公司外经科协助下赵育生办了外汇贷款，姬优玲和科理公司的研究人员成立组装—售后一条龙服务组，第一批100套Z80微计算机用于全国水力发电站的控制室，尝到了甜头。

郁海发从香港回京后，让姬优玲举办Z80微计算机应用洽谈会，订出了500套，既为所里获取了可观利润，又培养了一批计算机程序员。

民康研究所惊人之举传遍公司上下，公司的计算机研究所徐所长提出"抗议"：民康广播所抢了计算所的饭碗。胡战生对徐所长说："狼有狼道，狗有狗道，市场经济，各显神通。"徐所长扭头去布局他们的经营之路。

第3节　民康科研楼和民康住宿楼的对决

民康研究所的致富神话吸引了技术人员、转业军人和大学毕业生，纷纷要求调入研究所。陈兴东拍板定案："这是看得起民康研究所啊，来者不拒！"全所扩至400人。郁海发调整机构，设收录机研究室、微机应用研究室、结构设计研究室、工艺美术研究室，不难看出全是牡丹厂设计科的路道。姚大光、姬优玲、朱文杰、杨工男分别任主任。乔玉民任整机车间主任。

在乡镇企业大发展的年代里，民康研究所转让产品走向城镇之地，郁海发的身影在下列地方游动：

参加海门木行桥天王镇无线电元件厂录放机开工仪式；

帮助海门无线电厂建立收录机流水线；

和海门县长蔡国模一道陪同画家王个簃回乡祭祖；

与河北省文安县无线电厂签订便携式录音机加工合同；

参加顺义县李遂乡台式收音机开工典礼，县委第二书记、万里之子万季飞到会剪彩。

1983年3月，郁海发受邀出席全国科研单位改革交流大会并见到了北京大学厉以宁教授。3月29日，《光明日报》头版发表了《自筹经费的地方科研所改革之路》，这是郁海发首次在大报上刊登政论短文。

北京电子工程公司党委下文，民康研究所成立党委会，陈兴东为党委书记。

这位抗战老兵终于扶正为正处级。

北京市经委总会计师王志山，签发了《免除北京民康广播研究所营业税和所得税的通知》文，使民康研究所成为准事业单位。

党委会上陈兴东说："昨天在公司开会时，牡丹厂王厂长对我说，我胖了，不用交税，富得流油；他瘦了，日子不好过呀。"

郁海发嘿嘿一笑："这话有点意思啦。"

陈兴东说："当年我所陷入困境之时，郁所长用海门话'叫快活'（取笑他人）指责王厂长落井下石。刚才你的话流露出嘲笑牡丹厂之意呀。"郁海发低头不语。

陈兴东继续说："饿死的骆驼比马大，王厂长利用牡丹厂宽大的厂房正与菲利浦公司合作生产800收录机哪。今天讨论'富了'的民康如何再发展呢？"

赵育生说："我是穷怕了。现在还有人说，民康的厂房破烂不堪，是胡同小混混走出来的暴发户。我的意见是，凭我们的经济实力可在阜成路上盖起八层科研大楼，撤去全部平房，到时请王厂长来喝酒啦。"

郁海发马上反驳："我们做事不与王厂长怄气，不与他人比阔气，实事求是地规划我们的今后。"

赵育生问："郁所长的高见呢？"

郁海发说："我们的底子比不了牡丹厂、东风厂。花光了结余盖成高楼大厦，一旦资金链断裂，阔气的大楼无人做事会成为包袱。"

赵育生有点生气地说："郁所长也太自卑了，钱可以再生的，Z80计算机最近销路很不错，所长短视啦。"

郁海发也不客气地回敬："短视者非我也。我们不过是Z80计算机的一个搬运工，用它赚钱不是长久之计。君不见，像计算机研究所那样的竞争者风起云涌，新技术的发展势不可当，计算机技术非我之长呀。"

赵育生似乎听懂了郁海发的分析，说："所长心中可是有盘算了吧？"

郁海发说："我的意见是，趁有点钱，为民办点福利。当前职工住房不宽裕，盖点公寓，造福于众。"党委成员第一次听到福利房的新鲜论述，纷纷鼓掌。

陈兴东提出折中方案："我们既要盖公房又要盖私寓，还要考虑发展资金和救急之款。"进一步建议："上述四项的用款按3：3：2：2考虑。"

半年之后，民康胡同内一座两层楼房拔地而起，称作民康科研楼，引起路人惊奇的目光；净土寺居民区六门六层居民楼腾空而立，称作民康住宿楼，为民康人带来福祉。

第4节　海发祖坟仍然勿冒青烟

某天古玉下班后对郁海发说："公司主管生产的蒋副经理犯了男女关系错误，今天党委会上，讨论了上报电子局的免职报告。奇怪的是，李书记叫我离开，让老李来做记录。该不会是处分你吧？"郁海发说："不会的，我没有男女关系问题。"古玉笑笑："难说呀，今晚你先向我坦白，从宽处理！"

第二天晚上，古玉对郁海发说："今天我问了老李，她说，后来的党委会讨论由谁来补缺蒋副经理的位置，你猜是谁？"不待郁海发答话，古玉高兴地说："多位领导推荐了你，唯李书记提议由牡丹厂王未群接任。"郁海发"嗯"了一声，想起了一段往事……

在一次厂级干部会议上，牡丹厂王未群发言："李书记报告中，关于乡镇企业超过城里专业厂的论述实在高！"郁海发反驳："李书记的报告有自我矮化之嫌。"双方激烈争论互不服输。郁海发举例："海门木行桥天王镇无线电元件厂，不因地制宜从事黄酱式项目而去做黄金式的前端产品——在线电流测试仪，因技术欠缺，资金链断裂如涸辙之鲋。我们所帮助他们上马录音机，才起死回生。"王厂长对郁海发说："你是在自我吹嘘！"郁海发急了，怒发冲冠，脱口而出："我看你拍李书记的马屁！"

郁海发对古玉说："一时冲动伤了王未群无关紧要，此后李书记对我不太感冒了。他俩关系靠得很近，王厂长把菲利浦800送给李书记试听呢。"

两天之后发生的事情让郁海发一头雾水，摸不着头脑。

早上上班时工人们在大门走道里驻足观看，见所长来了一哄而散。郁海发上前一瞧，墙上贴着《郁海发的罪状》小字报，题目怪吓人的！郁海发刚进办公室，乔玉民揭了小字报送给他。上面五条：顺义一车西瓜、文安一筐花生送给郁海发；招待海门人，郁海发欠食堂20元；郁海发将三五牌香烟送到小铺里换钱；郁海发任人唯亲，705的人全当官；分配民康住宿楼，所里领导全有份。

下午陈兴东召开党委会，李小斌闯了进来，一把抓住郁海发的衣领，大声责问："你把杨工男骗到研究所，我当美工设计没戏了。"赵育生把李小斌拉开，说："别胡来，你的工作是所里集体研究的。"陈兴东对李小斌厉声说："这是党委会，请你出去！"李小斌笑了笑，昂着头走了。

下午3点，公司纪委书记刘玉典匆匆进门，对陈兴东说："昨天接到匿名信，反映郁所长的问题；刚才又接匿名电话，说郁所长被员工打了。是真是假？"

陈兴东说："一个员工来闹事，被我赶出去了。你这么快就知道了？"

刘书记问："这个员工是干吗的呢？"

赵育生答："他叫李小斌，是食堂负责人李兰英之弟，也就是牡丹厂总工程师刘树林的内弟。从牡丹调来没有如愿当美术设计而产生不满。"

刘书记说："哦。我主要来了解匿名信中反映的五条。"

陈兴东说："一车西瓜一筐花生，确有其事啦。所领导及有关人平均分掉，不过是礼尚往来之事。"

赵育生说："郁所长欠食堂餐费理应列入招待费，上午已经签字报销转给食堂了。"

陈兴东说："所内的人事安排全由党委批准的，错了由我个人负全职。"

郁海发说："刘书记，对你说实话呀，分房小组的民康住宿楼分配方案已报我待批，所内正副书记、正副所长及工会主席全在列，小字报说的是事实。"停了片刻，郁海发继续说："本人住景王坟两间简易房，虽然家有两个儿子和丈母娘，但我决定不参与本次分房，保证其他领导分配到住房。"

刘书记说："郁所长的决定是明智之举，以免落人口实之争。我再问你：出售三五烟是怎么回事呢？"

郁海发回答："我是不抽烟的，港商时有送烟，我拿它去换钱了。若是有错，下不为例，我自己抽了它。"郁海发说到做到，直至耄耋之际，他常说，他有两个不好：耳朵不好、抽烟不好。

刘书记走了之后，陈兴东问郁海发："写小字报的人怎么知道你出售三五牌的呢？"郁海发回答："有一天在食堂吃完饭，赵所长给我发烟，我说有三五牌香烟去小铺换钱了。当时李秀兰在旁插了一句：'真高！'"

陈兴东"哦"了一声说："前天组织部来人问我，如果郁所长上调，有否接替他的同志？后来他又去了牡丹厂，王未群也可能在争着升迁哪，今天几件怪事或许与此事有关。"郁海发没接话。

半个月之后，北京电子局下达文件，王未群任北京电子工程公司副经理。郁海发升迁之梦破灭，他自我嘲笑："'文革'中祖坟被迁，风水破了，勿会再冒青烟。"

第5节　胡经理的救急之计

北京东风无线电厂老卓厂长要退休了，王未群副经理向李书记推荐刘树林继任，党委会一致通过。

刘树林上任后，全面调整了经营方针，第一把火引进菲利浦公司的800收录机出口和内销，大大地赚了一笔大钱，首次给职工发了奖金。第二把火，停止了百达公司的录音机出口合同，原因是它是民康研究所的产品。在自力更生的口号下，加大本厂拳头产品木箱式的台式收录机产量，在卓老厂长盖的十层大楼里增加两条流水线。第三把火，增加几百位职工，其中包括妻舅李小斌，使总人数与牡丹厂匹敌，刘树林成为改革开放的典型人物，在业界声名鹊起。

一年以后，新华社湖北分会两位记者调查各地企业改革的情况。北京市建议走访北京电子工业公司，王未群理所当然地推荐了东风无线电厂。座谈会结束之后，设计科兰科长、财务科科长汤女士拉住两位记者，要相告实情。

1个月之后，新华社内参发表了《东风大厦即将倾塌》的短讯，揭露北京东风无线电厂忽视新产品，无限扩产旧产品，财产虚值上千万元，贷款盖楼700万元无力偿还。此文揭露了全国企业中的一个隐患，惊动了中央有关负责人，引起国家计委主任的高度重视，向其女婿王未群了解情况，随即批示北京市："查。如属实，北京电子工程公司党政一把手就地免职。"

北京市张副市长召见经委、计委、北京电子局领导及胡战生、李书记，继而成立工作组进厂，搞清了财产虚值 963 万元，银行贷款 2000 万元，库存产品 1000 万元，资不抵债，处于破产的边缘。再次开会时张副市长提出：北京电子工程公司派出得力干部承包该厂，和市经委签订扭亏增盈 4 年合同，4 年中免交营业税、所得税，盈利用于补亏 963 万元。

税务局表态同意市长的意见。张副市长问李书记："有干部吗？"李书记答："最好市里派人来。"经委总会计师王志山说："民康研究所所长郁海发不是现成的干部？"胡战生赶紧表示："可以让郁海发去东风厂摘黄牌。"

公司领导为此和郁海发谈了三次。第一次谈话后，郁海发回所里说："公司调我去东风厂当厂长，你们如何看？"赵育生说："平调，不去蹚这浑水。"郁海发没跟古玉商量，直接回复李书记："路太远，不能去东风厂。"

第二次谈话，李书记说："张副市长让你去承包东风厂，两年后你再上调公司，既有研究所的经历又有工厂的经验。"古玉说："两年后是空头支票，很难说呀。再说，你夺了刘树林的位置他更恨你啦，你还在王副经理的管辖之下，工作不会顺利的。"

第三次谈话，胡经理约郁海发去了他家里。胡战生含泪对他说："东风厂在市里挂了号，不妥善解决的话，我的仕途到此为止。老郁，帮帮忙吧。"接着又说："困难是不小，有利因素也多，东风厂位于东城外，土地不少，房产很多，看你如何去施展。"接着答应将刘树林外调，中层干部由郁海发自定，王副经理不插手东风厂。最后说："公司与东风厂合盖住宿楼，分你一个三居室。上班 5 分钟就走到了。"郁海发说："按分房条件，古玉也能分三居室。"胡经理又说："二期工程快竣工了，到时再给你一居室。"话说到这份儿上，郁海发没考虑前途的凶险，竟点头答应去东风厂。

欲知后事如何，请阅第十六集《筷子商店和征地盖房的互补》，继续讲述郁海发在公房和公寓上的故事。

第十六集 筷子商店和征地盖房的互补

郁海发揭开了北京东风无线电厂濒临破产的内幕，采用多管齐下扭亏增盈的对策，两年之后盈利却不足以补亏。恰逢贵人刘十四又来了，为郁海发出谋划策，建议他转向征地救厂，多种经营方式使郁海发超额完成了四年承包任务。

第1节 雷永刚杖击刘树林

胡经理许诺郁海发说："二期住房工程快竣工了，到时再给你一居室。"话说到这份儿上，郁海发没考虑前途的凶险，竟点头答应去东风厂了。第二天公司分房小组的大李送给古玉一串钥匙说："你爱人调到东风厂当厂长了，胡经理交代，这三居室分给你。"古玉说："这房子本来就是分给我的。胡大经理的顺水人情也太大啦。"大李一笑："胡经理特别吩咐，给你三天假期从景王坟搬到东风厂的宿舍区。"临走又补了一句："搬好后，把景王坟两间简易房交回呀。"

1987年元旦过后的周六下午，李书记和胡经理把郁海发送到东风无线电厂。在全厂中层干部会上，胡经理宣读了关于郁海发、刘树林任免厂长的决定，同时对东风厂的前景做了重要讲话；李书记宣读了关于郁海发、刘树林任免党委书记的决定并做了重要指示。胡经理说："现在请郁厂长讲话！"台下却没有掌声，气氛多少有点尴尬。

郁海发硬着头皮开讲："我叫郁海发。郁，郁郁葱葱的郁；海，大海的海，也是我故乡海门的海；发，发财的发。海发，海门话的意思是大发财。我相信，在各位帮衬之下，4年之后，东风厂一定会扭亏增盈大发财！"大概他的话迎合了干部们扭亏为盈的心情，全场掌声、笑声竟达1分钟之久。郁海发宣布："全厂所有干部3个月之内不做调整，望大家坚守岗位，各司其职。谢谢大家！"又是一阵掌声。

刘树林主动站起来发言："热烈拥护公司党委的决定，我一定与郁厂长做好交接工作。我与东风人一样对郁厂长寄予厚望。我与老郁在牡丹厂共事多年，知道他非常讲诚信的，4年实现近千万元利润不会吹牛的。"虽然郁海发对刘树林话中有话感到不快，但他还是礼貌性地鼓掌，应者寥寥。

厂级干部和部分中层干部发言后，已是5点，天黑了，散会了。郁海发同公司领导尚未走出会议室，楼道里突然传来一片人声，声音最大的是："打死他，打死他！"原来几个职工在揪打刘树林。郁海发走过去一看，只见一个大个子揪住刘树林，另一人在用手杖抽打他。打人者竟是雷永刚！郁海发眼前突现当年在部队里将胡政委踢倒的一幕，大声地喊："雷永刚，不可造次！"雷永刚一把将刘树林推倒在地，说："看在我老战友的面上，今天放你一马。"突然之间李小斌窜过人群，将刘树林扶起来，背了就走，人们才散去。

送走了公司的领导，郁海发走到大门口，雷永刚从传达室里走出来说："老战友，道黑，我送你回家吧。"郁海发说："不用了，很近，来日方长，回聊。"郁海发大步走出厂门口，又回头问雷永刚："刚才帮你打刘树林的是谁？"雷永刚回说："行政科的副科长陆青范，也是部队转业的，我的好朋友呀。"

刘树林被妻舅李小斌背走的第二天，通过朋友关系住进了积水潭骨科医院，再也没有回过东风厂，无法向郁海发交接工作。直至两周后调到公司行政科任科长，转办行政关系和清理他的办公室，全由李小斌一手操办。

第2节　统筹经营和自销的互补

郁海发上班的第二天上午，召开小范围的中层干部座谈会。郁海发说："东风厂的问题惊动了中央，北京市也不敢怠慢。今天先弄清楚东风厂的症结所在，大家畅所欲言。"又定了规矩："只发表本人看法，对不同意见不争论，仅供我决策参考。"

陆青范说："我们东风厂原本小日子过得挺好，老卓厂长贷款700万元盖了十层生产大楼，使用了一半多厂房，他就退休了。"顿了顿又说："房贷的利息交不少呢。刘树林当了厂长，不思增产增盈，反而增人增设备，同牡丹厂轧苗头，黄牌警告在所难免。"

设计科兰科长说："老卓厂长盖大楼无错，继任者应扩产，他反而砍了香港百达公司微型录音机的出口。"

财务科唐女士："刘厂长并非不抓生产，而是抓了市场滞销产品，例如，木箱台式录音机，因为不开模具，成本低，利润高。但无限扩大生产储备，一旦销路不好，积存材料很可观。举一个例子，一年产量的木箱12万台，每个木箱20元，账面资金240万元。这12万个木箱当劈柴卖，每斤2元钱也无人要的。再说，库存整机5万台，出厂价150元，共计750万元。这月工资还缺几万元，15日又不能发放工资啦，迟发几天呢？要问齐科长何时进货款。"

外经科金科长："我估计，停止出口近一年，少收外汇50万美元。"

销售科齐科长："现在全厂都在埋怨销售科，说销售人员吃干饭的。郁厂长，对你说实话，市场销路并非说的那么不景气。我厂产品主要经营渠道是北京交电公司，现在我厂与其搞坏了关系，转销你们研究所的北方牌塑壳台式收录机了，而你们的产品因模具费的摊销，出厂成本要高20元。"

郁海发想起来了，北京交电公司陈经理曾找赵副所长要求供货。他问："齐科长，为何与交电公司关系弄坏了？"

齐科长说："个中缘由不便多讲。"

郁海发说："今天会议到此结束，明天继续开会。齐科长，你留一下。"

只剩他俩时，齐科长向郁厂长如实禀告。原来，交电公司陈经理提出每台机器回扣3%。刘树林不仅不同意还出口伤人："齐科长呀，3%中你分到1%吧？你们科里的小沈还经常与交电公司驻厂员小徐打麻将。"齐科长听了老大不高兴，也就没有做事的积极性了。

当天晚上，古玉问郁海发："座谈会开得如何？"郁海发说："知道了不少内情。厂里这个月工资缺好几万元，在民康研究所都由老赵所长顶着此等事情。我有点后悔，不该来这鬼地方。"古玉劝他："在家里发发牢骚可以，在厂里可不能讲这样的话。"郁海发用海门话说："谢谢娘子叮嘱。你先困去，我要思考明天座谈会怎么开。"接着从手提包中拿出工作记录本仔细看了起来。

第二天继续开座谈会，郁海发说："昨天大家的发言对我启发很大。今天我提出对策供你们讨论。"

郁海发说："我说过，3个月之内干部不动，但不包含提升的。"转而对陆青范说："你从行政科调到厂部办公室当主任。原来的副主任汤学静，她管杂事和文档等。你跟着我，做记录，当参谋。"陆青范赶紧取来了记录本。

郁海发对唐女士说："一个厂的财务是厂长的心腹，极为重要。这么大的厂财务科连科长都没有，只有你一个临时负责人，今天起你当财务科副科长。"

唐女士说："谢谢厂长的信任！"郁海发又说："这个月工资差多少？明天去民康研究所借一下，刚才与赵所长讲好了。另外，你与银行商量新增一个户头。本月进款先在这个户头上存满下个月职工工资，保证每月15日发放，叫作先生活，后生产。"

郁海发问齐科长："你的销售科有多少兵？"

齐科长答："连我一共五人，小沈还提出调离哪。"

郁海发说："再给你增加15人，如何？人应该两条腿走路，鸡蛋不能放在一个篮子里。你们的销售路子，应该交电公司统筹经营和本厂组织自销。你在全厂中挑选活动能力强、人脉关系好的人做你的兵。"

齐科长一脸惊奇，不知所措。郁海发对陆青范说："陆主任，以我厂长的名义下文，凡销售本厂产品者，提取出厂价的5%作为奖金。给北京交电公司3%，另2%给销售员小沈和科里。其他销售点如何分成厂内不干预。"

齐科长高兴地跳了起来："你说话算数？"郁海发："立木为信。不过，你在3个月内要将库存几百万产品全部清空。"

齐科长说："一言为定！厂长太英明了，太伟大了！"众人拍手称快。

郁海发对外经科金科长说："下午去公司外经科要求恢复百达产品的出口。回头我们再与兰科长一起研究新品的开发。"

房

第3节　筷子商店和出口创汇并进

关于销售提成的消息轰动了全厂，销售科新增15人两天内到位。距春节虽然还有半个月，齐科长仍把他们分成10组派往全国十大销售点，很快出现了销售奇迹，因为有销售返款，先付款后发货现象也不少。武汉交电公司是老客户，驻地销售员小范背了30万元现金大年夜回到了厂里。

春节之前，郁海发给每个职工发了5元奖金，各单位派了代表向厂长拜年，竟把他的办公室挤满了，极大地满足了郁海发的虚荣心，也激发了他的自信心，立马给胡经理打电话，同意年后与市里签订4年承包合同。年初八，在东风大楼十层会议室里，在经委总会计师王志山的见证下，胡战生和郁海发在承包合同上签字，张副市长出席讲话。

大年初五的中午，郁海发宴请交电公司陈经理和小徐，由齐科长和小沈陪同。餐后陈、徐、郁、沈摆开了麻将大战，郁海发牌技差运气却好，两圈下来赢了不少。齐科长偷偷地对郁海发说："潜规则，厂长要输给他们点。"最后结果，让陈经理高兴地对郁海发说："郁所长，我会帮你的。若紧用钱，先支付后交货。"郁海发紧紧地握住陈经理的双手。

一天晚上齐科长送来200元红包，古玉立马对他说："老郁不会收这钱的。"郁海发说："有规定200元会立案审查的，你是把我推向不义之地啊。"

齐科长说："全科20人，每人10元，自愿感谢郁厂长做了好事呀。"

郁海发说："非我之功！应感谢市政府的政策好。这5%销售奖是免交了营业税而来，我们仍然得到了原来的利润。"

承包合同签字后，郁海发找金科长、兰科长、齐科长开会，研究新品开发大事。他说："我厂产品开发方针，低档和高档结合，以低档为主；统筹经营和自售并重，以自销为主；国内销售和出口并举，依靠国内为重。"

他对兰科长说："袖珍式收录机，它是低档产品，低档低价并非低质。犹似油条式消费品，天天炸日日有人要。黄酱式普及产品会助我们走出困境。"

对齐科长说："建议在东四闹市区，按筷子商店的模式建立门市部。你看筷子商店里有金筷、银筷、竹筷、木筷、塑料筷，应有尽有，任用户挑选。我们的门市部应有各式各样的收录机。全国及北京的销售点应到门市部选购产品。"

对兰科长说："根据筷子商店和出口创汇并进的原则，你提出新产品开发计划。"又对生产科科长田大才说："你提出制作模具的用款计划。"

经过一年多的奋力打拼，东风厂第一年实现利润 100 万元，1988 年中又实现利润 100 万元。唐副科长已经提升为总会计师兼财务科科长了，她找到郁海发说："估计下半年也是 100 万元利润。前两年 300 万元利润不成问题。"

郁海发说："你是说，时间过去了二分之一，承包任务还没有完成三分之一，后两年的任务太重了？"

唐总会计师说："是的。按厂目前状况，后两年，每年实现 200 万元，那也就是 800 万元，差 163 万元从哪里来呢？"

郁海发心头一惊，说："谢谢你的提醒，让我琢磨琢磨。"

第 4 节　贵人刘十四又来帮忙啦

郁海发召开全厂中层干部会议，唐总会计师分析了东风厂 4 年承包任务的困境，要求大家献计献策。会议进行一半时间，汤学静走进来，给郁海发递上一张名片，上书：大北（中国）建筑有限公司经理刘十四。郁海发一惊，对行政科科长宋长生说："让食堂准备三个人的饭菜。"又说："会议由杨副厂长主持，陆主任做好详细记录。"说完走出了会议室。

10 年未见的老朋友，郁海发和刘十四紧相拥，与刘夫人紧握手。郁海发问："你怎么找到我这里的？"刘十四拿出一份《北京日报》，头版头条《出口大户东风无线电厂的改革之路》极为醒目，第四版上《筷子商店经营模式值得称道》展在眼前。刘十四说："是它们，把我引来了。"

郁海发高兴地说："走，陪你们看看我的工厂吧。"于是，他们三人走了一遍东风十层大楼，环绕厂区走了一圈后进入食堂用餐。在餐桌上刘十四说："老朋友混得不错呀。"郁海发叹了口气说："原厂亏损太大，4 年承包任务可能完成不了。我正在犯难呢。"

刘十四说："我有一策可以帮你解困。"

郁海发说："请道其详。"

原来刘十四现为印尼家族在中国公司的经理，总公司董事长是刘十四的大哥。刘十四说："东风厂地块条件这么好，可以做地产生意啦。"又进一步解释："你的厂区和周围不少空地，我帮你规划一下。"

郁海发说："我还是没听明白呀。"

刘十四说："用你的地方、用我的资金盖住宿楼，五五分成。你的一半住房可作福利房也可卖呀，这不就来钱了吗？"

郁海发说："好！就这样定了。"

一周之后，所有厂级干部们开会，刘十四带来了方案："一、厂区西外大马路边，建东风公寓五五分成，东风厂负责 100 多人工作安置。二、拆除厂区东边平房，盖四层大楼做东风酒店，五五股分；在厂区西边盖两层厂房，由大北负责建房资金。"

所有干部拍手称快！唐总把郁海发拉到门外，咕哝了一阵，郁海发回到室内说："第二方案是否改为，本厂自己贷款建酒店，由我厂独立经营，以免管理上的不便。唯刘总帮忙支付建房人工费。"

刘十四在计算器上扒拉了一会儿，说："帮人帮到底，我同意了。"

当即陆青范起草合同，打印后双方签字。一切按合同进行了下去。

欲知后事如何，请阅第十七集《刘十四来了是好事还是坏事》，继续讲述郁海发在公房和公寓上的故事。

第十七集　刘十四来了是好事还是坏事

前两年郁海发完成承包任务不足三分之一，恰逢公司机构调整，原公司升级为总公司，党组书记王未群和总经理胡战生搭班子，直接归新上任的吴副市长领导，这对郁海发后两年承包任务完成有何影响呢？水涨船高，东风厂也升级为东风无线电总厂，在贵人刘十四的帮助下，郁海发转向征地盖房，是好事还是坏事呢？

第 1 节　东风酒店先得利

签订东风总厂与大北建筑公司盖房合同的第二天，郁海发向公司基建科科长杨台香汇报筹建东风酒店的计划。杨科长原是 750 部队的器材科科长，他问郁海发："盖房资金从何而来？"

郁海发说："办公室副主任可以帮助贷款，她的父亲是东四建行的主任。"

杨科长提醒郁海发说："老卓厂长贷款那么多，还没有还清哪，生产大楼也没有全部用上呀。老战友，话说在前面，你这样做不怕担风险吗？"

郁海发说："此一时，彼一时。此次盖房是经营酒店，属第三产业范畴。再者，我可以安排几十位职工上岗啦。"

杨科长说："你办公室副主任姓汤吧？据说向老卓厂长要了一笔回扣，纪委刘玉典书记查了几个月，后来不了了之。老卓厂长在厂内威信很高，上面领导并不看好他而提前退休，刘树林才接替了他。老战友，据说东风厂的小人多，你得留点心眼儿，搞基建的结局不一定会好。"

郁海发说："我行得正，坐得稳。不过，谢谢老战友的提醒。"

郁海发通过汤学静之父贷款 100 万元，并没有提出任何条件。首先开工的是厂西二层楼和东风酒店四层楼。在拆除厂区东南角平房时，把货物存放在花梨坎一座仓库里。这一仓库是向民康研究所赵副所长借用的，他也是向其妻舅租来的。

行政科科长宋长生对郁海发说："我建议东北角食堂一齐拆掉，也盖四层楼与酒店连成一片。底层仍为职工大食堂。我可以去承包酒店呀。"

郁海发在厂区平面图前站了一阵子，对宋长生说："考虑到资金的有限，设想建得与行政楼、厂西楼整齐划一，东北角可以盖两层楼。至于谁当酒店经理，要招标而定。"

房屋建了一半时再次向东四建行贷款遭拒，资金链断裂无法进料使工人停工，郁海发急得像热锅上的蚂蚁，刘十四对郁海发说："我先垫付建材款，你继续找资金，如何？"郁海发说："那再好不过啦。"

厂区改造工程如期完工，刘十四对郁海发说："我垫付的资金能否还给我？"郁海发也没有贷到银行钱，他对刘十四说："还你钱之后，我厂流动资金少一大块，影响生产周转啊。怎么办呢？"

刘十四说："我再帮你一把。不，也是你自己帮自己呀。"

郁海发问："此话怎么解释呢？"

刘十四说："东风公寓五五分成改为四六分成。你让出一成住房，按我公司规定以每平方米 1600 元收购，我算了一下，一成房屋面积总数，我可以再补你一部分钱。当然，你这一成房屋将来卖给他人售价会高，但要等一年以后呀。"

郁海发想了想，算了算，这买卖不算亏。贷款这笔钱也要花不少利息的，现在不仅解困还得了一部分钱，当即与刘十四签订了补充合同。

此时陆青范提升为行政副厂长了，补充合同由汤学静起草，签字后归档。唐总会计师和刘十四算账后，收到大北公司 50 万元补充房款。年底她问郁海发："这 50 万元作为本年度利润列入总账表，行否？"郁海发回复："我不懂财务，由你自己决定吧。"

东风酒店年底正式开业，经理由宋长生担任。一楼餐厅对外营业，二至四层是客房。北边职工大食堂里归酒店管理，开业那天中午每个职工免费打一份饭菜，以示同庆同贺。

东风酒店是东风厂第一个实行自负盈亏的单位，财务组每月向财务科上交财务报表。头3个月就还清了借厂内的流动资金，以后每月上缴利润5万元。东风酒店为郁海发承包任务贡献了十分之一。

郁海发的长子郁威高中毕业后赴日留学，郁海发通过《无线电》杂志认的弟弟郁海阅帮办了出国事宜，古部长送了去日本的飞机票。4年后郁威回国时，正是郁海发承包东风厂最后一年。郁威带回了勤工俭学结余的几百万日元，初生牛犊不怕虎，竟办了山中电器商店，与东风厂做起了生意。在银行开办账号时，借了东风酒店5000元，一周后将日元兑换成人民币，将5000元还回了东风酒店。

宋长生也是个不安稳的人物，他独出心裁地与朝鲜合资办东风酒店。在开办外汇账务时，东风酒店向郁威借了100万日元，开了美元账户，两个月后朝方打入美元后还给了郁威并按合同付了利息。

东风酒店和郁威两次借、还的事牵涉了郁海发，待后再表。

第2节　机构调整公司升级

郁海发到东风厂承包初显成效之后，公司与东风厂合建宿舍二期工程竣工。古玉向胡经理说："我的母亲患脑出血行动不便，我请了保姆照顾她。我的住房厕所与客厅连在一起，老郁常接待厂里的人，老人上厕所非常不方便。你曾经答应给老郁一居室，此事能办吗？"胡经理说："待后在常委会上讨论一下。"三天之后，分房小组大李送来了钥匙，对古玉说："党委会上一致同意分给郁厂长一居室。"这一居室在郁海发三居室距离300米的另一栋楼五层。

1989年春天，吴副市长上任接替退休的张副市长，工交系统进行机构调整，北京电子工程公司升格为局级单位，改为北京电子工业总公司，归吴副市长直接领导。王未群接替退休的李书记任总公司党组书记，胡战生任总经理与王未群搭班子。古玉被分流到电子发展中心，陈炳生调到市科委任副主任。

胡总经理是老领导，在下属中的威信很高，引起王未群的诸多不快与猜忌。

世间争吵往往由嫉妒而生发，格局小的人除了嫉妒就是恨，原本两个面和心不和的党政领导时时碰撞，在郁海发的问题上尤为突出。

水涨船高，东风厂也改为北京东风无线电总厂，仿效东风酒店模式分七个分厂，实行自负盈亏、独立核算。原五个车间为五个分厂，又增加电子钟分厂和扩音机分厂，加上新品开发部。

令郁海发深以为傲的是，在承包东风总厂期间与后任副总理的吴副市长两次短暂接触。第一次是在 1989 年 6 月中旬，吴副市长走访下属企业来到东风总厂，同行的有天津市女副市长，陪同的有胡战生总经理及全国劳动模范、785 动力厂厂长陈明等一行。给郁海发感受最深的是在东风酒店餐桌上吴副市长的讲话："在座的各位，千万不要做出边的事。在边内有事我可保你，出了边我也无能为力啦。"当时她虽然是针对某个政治事件而言，郁海发却引申到经济领域而向全厂中层干部做了传达，并在工作中以此告诫自己。陈明不听劝告，3 年后因出大边而被处决。第二次与吴副市长的短暂接触，这些情节在下面几集中再与看官见面。

第 3 节　售房、换房、赠房为了啥

1990 年初春，郁海发去了美国洛杉矶，参加市外经委组织的厂长培训班，3 个月后结业。回到国内时东风公寓竣工了，好事、麻烦事都在等着他呢。

郁海发首先与陆青范副厂长、唐总会计师商量如何处理东风公寓的住房。郁海发问唐总："承包任务还差多少呢？"

唐总会计师答："估计没问题。但应留有余地，最好多超额点。"

郁海发说："出售东风公寓 4 套房，可进账四五十万元。"

唐总会计师说："那更没有问题了。"

陆青范说："上个星期和平里 701 研究所来人联系，他们单位要购 5 套房子。"

郁海发说："那就出售 5 套吧。陆厂长，你去办理。"又说："其余房子分给职工，成立七人分房小组，我亲自当组长，你先提出一个名单。"

当知道东风公寓要分配了，古玉对郁海发说："我们那个一居室离这里那么远又在五层，趁这机会换在一起吧。"郁海发想想也有道理，说："我和刘十四商量一下，换在东风公寓之外。"

第二天，郁海发和陆青范去了大北公司，向刘十四说明来意，其夫人吕小华取出一沓建筑图，提出了初步方案：在大北和钢锉厂合盖的宿舍楼三层，一个门洞里有 2-1-2 居室，交给郁海发。从东风公寓分成房屋中扣除相同面积，郁海发将三居室和一居室交给东风总厂分配给职工。

郁海发问："那我可多得不少平方米。"

吕小华回答："估计多了 30 平方米。"

郁海发说："那可不行，把中间一居室除去呢？"

吕小华算了算："这样的话，厂内反欠你 20 平方米啦。"

郁海发说："就这样吧，换两个两居室，这 20 平方米我有用场。"

有一位职工家在西城区，四口人住一间平房，符合两居室的条件。分房小组一致同意交出平房换成东风公寓两居室。

郁海发提出："民康研究所赵育生所长的小儿子结婚无房，向我提过能否借他一间平房。我厂用了花梨坎仓库近两年，他不收我们的租金，我建议将这间平房赠送给赵所长。大家意见如何？"厂长拍板之事无人有反对意见。郁海发并没有说出厂里欠他 20 平方米。

第 4 节　昔日战友为房反目

一天晚上，雷永刚提了四瓶"女儿红"黄酒来到郁海发家中，进门对古玉说："一直没来看望你们，都是老战友呀。"郁海发推门而进，雷永刚转身说："厂长回来了。"郁海发说："你是无事不登三宝殿，坐下说吧。"

雷永刚坐下后说："我是直人，实话实说。厂里要分房了，老战友，照顾我一下呀。"

郁海发说："我不太清楚你的住房状况。你可向分房小组写申请，按分房条件讨论才行哪。"

雷永刚说："还不是大厂长一句话呀，照顾一下老战友，也是老同学呢。"

郁海发说："全厂近2000人看着呢。"话不投机半句多，雷永刚生气地拉开大门，把门"砰"的一声关上，走了。

在分房小组会上，陆青范拿出了雷永刚的申请书，提出分给雷永刚一居室或者与人合住的两居室。郁海发问："大家意见如何？"也许全厂人都知道陆厂长与雷永刚是拜把子兄弟，分房小组成员谁也不吭声。

僵住10分钟后，郁海发对工会主席铁金芳说："你讲讲雷永刚的住房情况。"铁金芳才讲了实情：雷永刚从750部队复员回京后，像当年郁海发一样，街道房管所安置了一间平房，念其是技术人员，厂里从一期宿舍中又分了他两居室，应交回平房，但雷永刚拒不交回厂里。后来他又添了个儿子，以一儿一女为由，提出在二期工程中分给他三居室，当时分房小组组长铁金芳同意给他三居室，但应交回两居室和平房，而且先办换房手续，雷永刚没同意。后来郁海发主管分房了，再也没有人提过此事。

听完情况后，郁海发问："情况是否如此？"包括陆青范在内所有人点头称是。郁海发随即决定："雷永刚不属于分房范畴之内，不予考虑。"陆青范不吭声，其余人都表示同意。

一周之后，汤学静送审文件中，有总公司办公室的文件，其上王未群党组书记的亲笔批示："退东风总厂。请郁厂长解决雷永刚的住房问题。切！"并附上雷永刚给王未群的申请信。郁海发随即让汤学静打电话给总公司办公室主任："雷永刚不属于本次分房者。"把王书记的批示顶了回去。

大约1个月之后，总公司纪委书记刘玉典来到东风总厂，手中拿着雷永刚的揭发信。刘玉典问郁海发："你有否谋私利，侵占了厂内两个两居室？"

东风总厂纪委书记张天亮在座，马上说："郁厂长将三居室和一居室换为两个两居室，只是便利居住，并不违规的。"

刘玉典又问："你给民康研究所赵所长送了一间平房？"

郁海发说："有这事，赵所长住房有困难，作为朋友应该帮助他。"

刘玉典说："这是拿厂里的利益搞私人关系。"

郁海发说："我们厂在改造厂区房屋时，赵所长借给我们花梨坎仓库近两年，没要我们一分钱。再者，在换房中间厂里欠我20平方米，以此抵销，不算侵占厂内利益。不信叫陆青范厂长来做证。"

刘玉典说："郁厂长，我相信你的为人。在民康研究所时，为小字报我们打过交道的。"

郁海发说："是呀。我时时记住吴副市长的教导，不做出边之事。也记住杨台香科长的叮嘱，在东风总厂走路要小心些。"郁海发从袋中取出烟说："不过，小事也常犯规。就说这烟是客人送我的，我不会像当年将港商送的三五牌去换钱了，抽了它。"随即点燃了香烟。

刘玉典哈哈大笑，说："这是纪委第二次与老郁谈话，这次让我更了解你啦。"

张天亮说："我补充一件事，可以证明郁厂长洁身自好。去年电子钟分厂分红，给郁厂长1000元，他交到纪委让我保存。不久亚运会筹备会号召捐助，郁厂长拿出1000元加上这1000元捐给亚运会，表示每个职工捐了1元。"

刘玉典说："干我们这一行，好像全是抓坏人坏事，其实不然，干事多的人常被人误解，就说对这封揭发信，上面领导的理解也不一样。"又轻声地说："王书记的意见是让你停职检查，胡总经理以4年承包到了关键期而坚决反对，两人争得面红耳赤。这才派我来调查真相的。"

郁海发"喔"了一声。

刘玉典临走时补说了一句："顺便问一下郁厂长，在领导会议上，王书记说，你每周六晚上在东风酒店招待客人，吃完夜饭又与交电公司的人搓麻将。是否属实？"郁海发回答："确有其事，但并不是每周都吃酒打牌呀。"刘玉典拍了拍郁海发的肩膀说："好自为之，多加小心。"

郁海发说："待我4年完成任务后，就不必陪他们打牌了。"可是在郁海发败走江湖之后，在麻将桌上被骗500美元。待后再表。

欲知后事如何，请阅第十八集《五枚金戒指》，继续讲述郁海发在公房和公寓上的故事。

第十八集　五枚金戒指

本集讲述郁海发在职工分房中的奇葩故事，戒指不是金的，五枚并不成双，何故？为此，陆青范被解除副厂长职务，郁海发被迫辞职了。

第 1 节　模范党员要换房

1990 年，十层电子大楼高耸入云，大门之左北京东风无线电总厂的牌子在阳光下熠熠生辉，之右是四层东风酒店。穿过大门过道，进入宽 200 米、深 80 米的开阔大院，向西远眺出现一座八层建筑，这是刚刚竣工的公寓式职工住宅。

在北墙根行政小楼二层总厂厂长办公室里，郁海发正在办公桌上翻着工作笔记本，沙发上坐着六位参会者，他们是副厂长陆青范、工会主席铁金芳、干事蒋小华及三位职工代表。今天是分房小组会议，厂长兼任组长，说明这个小组在厂内占有重要的位置。

郁海发说："我厂西场 6000 平方米 100 套职工宿舍，扣除调配给电子部 701 所 5 套外，其余的按分房条例进行分配。今天讨论第一批入住人员，请老陆宣布名单，小蒋汇报申请者情况。"

陆青范念完第一批入住名单共计 25 位，蒋小华发言："第一位梁淑琴，原住两间平房共 24 平方米，我们厂三居室楼房是 85 平方米，她有一对双胞胎女儿都已成人，还有一年多要退休了。哦，她还是电子局的模范党员。"

郁海发一边听小蒋发言，一边在回想……

一周之前，将近中午下班时间，梁淑琴敲门进入厂长办公室，将两个小礼盒放在桌上，说了声："郁厂长，我们家老滕送你一样纪念品。"郁海发尚未反应过来，梁淑琴已夺门离去。

郁海发打开小盒一看，里面放着一枚金戒指，打开另一盒也是金戒指。

下午1点，郁海发在办公室里打电话："刘总，梁淑琴是技术支部党员吧？好。请你和她马上到我办公室来一趟。"

刘兵与梁淑琴进门在沙发上坐下。郁海发从中间抽屉中取出两个礼盒，推给刘兵，并说："刘总，这是上午梁师傅给我的一对金戒指。无功不受禄，我不能接受如此贵重的物品。当着你的面，把这戒指还给她。"刘兵惊讶地取过礼品盒递给梁淑琴，她不好意思地接了过去。

蒋小华讲完后，郁海发仍在沉思中，陆青范推了推他。他一惊，忙说："大家发表意见。"三位职工代表反对给梁淑琴置换房子，铁金芳、陆青范、蒋小华表示同意。众人将目光对准郁海发，等待厂长表态。郁海发问："梁师傅还有其他房吗？调查一下。"陆青范说："已经调查过了，没有！"铁、蒋两人附议。职工代表李大章欲言又止，最终低下了头。其他两人低头不作声。

郁海发心里明白，三位职工代表没有把话讲完。低眉默思，须臾，郁海发终于说："我也同意给梁师傅换房。四票对三票，少数服从多数，通过！"

第2节　评模会变成审查会

快到年底了。总公司中型会议室内，总公司党组扩大会议在进行中，王未群书记主持会议。他说："今天的议题只有一个，审定1990年度市劳动模范。"

按照企业大小逐个审定名单，当王书记宣布审定第九位时，办公室主任提醒他："书记，应该讨论东风总厂吧？"王未群瞪了办公室主任一眼："多嘴！我知道。这个厂放在最后讨论。"办公室主任没再吭声。

全部审定后，王书记说："最后讨论东风总厂，该厂报来两份材料，厂长郁海发和设计科兰科长。我的意见是定兰科长为劳动模范。"

胡总经理说："此议不妥。兰科长仅为新品开发方面比较突出，郁海发的 4 年承包任务快完成了，评他有全局性的示范效应……"

王书记打断胡总经理的话头，敲敲桌子，对着胡总经理大声说："什么示范效应！你不知道吗？他每周六在东风酒店打麻将，不信问纪委刘书记吧。"

人们盯着刘玉典，刘玉典说："郁厂长打麻将确有此事，那是不得已的应酬之举。不影响评模呀。"

王书记继续道："嘿，郁海发的罪状还有很多呢。"念："以权谋私，给自己多分一居室。"

胡总经理说："那是原公司党委讨论后分给郁海发的房子吧。"

王书记透过镜片斜眼看了一下胡总经理，继续道："嘿，郁海发的罪状还有很多呢。"念："第三条，给儿子公司开办费 100 万元。"问大家："他哪来这么多钱呀？"继续道："还有哪！违法分房。收受女职工梁淑琴两只金戒指的贿赂，为她换了三居室。"从档案袋中取出一纸扬了扬："这是梁淑琴本人写的材料。老胡，你还有什么话说？嗯！"

胡总经理一惊，随即反驳："没有调查，不足为证。"

王书记说："还不足为证？有事主亲笔揭发信。再说，反映情况的是雷永刚，雷是什么人？是我老丈人的战友的儿子，烈士子弟，他父亲是冀东地区我军指挥员，牺牲了，在《毛选》四卷里还有老雷的大名啊。况且，雷永刚和郁海发原是同一部队的，没有根据，小雷能举报自己的战友？"

胡总经理："那也不能听信一面之词呀！雷永刚是革命的后代，说话也未必一定准，郁海发也是干部家庭出身呀。"

王书记说："郁海发的父亲不过是鼻屎大的干部。"自信地决定："今天不但不评郁海发为劳动模范，而且成立他的专案组，停职检查。"

胡总经理低头不语，绷紧了脸。众人均不作声。中国官场的潜规则，党和行政领导一把手往往不和，究其原因出于嫉妒之心，尤其一方的能力、威望超过另一方时，必会造成恶斗。胡战生心中明白，王未群今天是抓住郁海发这个摘黄牌的模范厂长来打击自己。

胡总经理抬起头，严正表态："我反对！"

王书记又拍拍茶几："胡大经理，你树的典型出事啦，不必心里发慌嘛。"

又说："反对没有用，可以保留你的意见。"又向刘玉典说："老刘，你说说！"

众人盯住刘玉典，刘玉典环视众人。

片刻。刘玉典慢慢地说："对郁海发的问题处理，要从长计议，从长计议呃，要慎重，要慎重呃。理由有三个，有三个。第一哪，吴副市长派他去拯救濒临破产的东风总厂，正处于扭亏增盈的关键时期。要停他的职，先跟市里通通气，看看吴副市长什么意见。第二呀，从我纪委了解，在廉政问题上，郁海发在厂内口碑甚好。有这么一件事，外协单位私下给老郁1000元回扣，他交给厂内纪委张天亮存放。到亚运会召开，他本人再添1000元，捐给了亚运会组委会，代表厂内2000名职工每人捐1元。三呢，三呢，郁海发很能干，但脾气很暴。若是对他的指控有错，那后果……那次，那次，王书记，你是知道的，那次，吴副市长听取我局骨干企业厂长汇报经济形势……"

那是不久之前，总公司小会议室，吴副市长和主要行政领导、若干厂级领导在沙发上就座。王书记看看表："时间到了，还缺东风电子总厂郁厂长没到，不等了，开始吧。今天的会议，请我公司几个骨干企业向吴副市长汇报各厂经济形势。"……

东风电子总厂行政楼前，十几位工人挡住一部桑塔纳轿车。郁海发对大伙儿喊："局里有重要会议，请你们不要挡住，我要去开会。"腿有残疾的雷永刚挥着手中的拐杖，敲打车头，也高喊："弟兄们，厂长不给解决我们的住房，今天不让这车开出大门！"僵住半小时。

厂办副主任汤学静从楼内出来，边走边喊："总公司王书记的秘书来电话，叫郁厂长马上赶到总公司开会。"雷永刚一听是王书记的电话，收起拐杖说声："暂时放你一马，走吧！"轿车开出大门。

电子局小会议室里，785厂陈明在发言。满头是汗的郁海发推门而进，向胡总经理说："对不起！有点事，迟到了。"胡总经理："坐吧！"

郁海发没到王书记面前报到，他勃然大怒，发出厉声："出去！你出去！"郁海发一惊。想了想，转身开门而去。再现了十多年前牡丹厂内的一幕。

吴副市长："老王，何必发如此大火？"吩咐秘书："快把他追回来，就说我请他。"王书记尴尬地笑笑："嘿，嘿。"

又回到总公司中会议室里，王书记一副得意的嘴脸："今天吴副市长不在，谁也救不了他！"

刘玉典不理会王书记，反而提高声音说："我个人的意见：我去东风总厂一次，撸清问题后再议，进退两可。"

王书记低头犹豫片刻，说："不行！"又环视众人："大家说，大家说说。"

众人："同意刘书记的意见。"附议之声一片。

王书记没有料到，与会者否定了他的意见。他无可奈何而又坚定地说："老刘，那你去查一下，重点查清郁海发两个金戒指以外，还有哪些受贿事实，100万元从何而来？至于那些给美女分房，是小节，不是重点。"

第3节　梁淑琴在做伪证

第三天，在东风总厂行政楼二层纪委办公室里，刘玉典对郁海发说："对于100万人民币问题查清楚了。你儿子开办公司借东风酒店5000元，后来还回去了；东风酒店与朝鲜合资借你儿子100万日元，换成人民币也就几万元，与老子无关。"又严肃地问郁海发："一个叫梁淑琴的老职工，给过你两只金戒指？"

郁海发："是有这档子事。"

刘玉典："真的？"

郁海发："我退还给她了。"

刘玉典取出一页纸，抖了抖："这是梁淑琴写的材料。她承认，为了平房置换楼房给过陆青范、铁金芳、蒋小华每人一只金戒指，给了你两只。"又取出三片纸，说："昨天我找了他们三位，都承认啦！"

郁海发惊得目瞪口呆，心中默想："哦，梁淑琴给这三个人都下蛋了，难怪他们同意给她换房的呀。"

郁海发平静地对刘玉典说："他们收了金戒指，不等于我也拿呀。可以请刘兵来证明，我是退还给梁师傅的。"

刘玉典："好吧，将这两个人马上叫来。"

刘兵、柴淑琴进来后，刘玉典说："郁厂长，请你先回办公室休息一下。"郁海发退出。

刘兵对刘玉典说："当天下午郁厂长就将戒指退还梁师傅的。我在场。"

刘玉典："梁淑琴，刘总讲的情况属实吗？"

梁淑琴："是这样子的。刘总还召开支部会议，我在会上做过检讨。"

刘玉典大声说："那为什么你在揭发材料上不写清楚？你在做伪证啊。"

梁淑琴低头不语，双手紧张地相搓。

刘玉典的声音不怒自威："说！"

梁淑琴如实汇报：厂大门口传达室里间，在昏暗的房中，雷永刚强迫梁淑琴："把郁厂长后面那'退还'几个字划掉，重抄！"

梁淑琴不愿意重写。

雷永刚拿起拐杖敲打梁淑琴的头部："你不是给我老雷取了痞子的外号嘛，我老雷就是痞子。找死！"

梁淑琴突然号啕大哭："我对不起郁厂长呀！是雷永刚逼着我写的啊。"

当天下午，厂长办公室内。

刘玉典说："郁厂长，我们第三次打交道了，共同探讨一些问题。你把两枚戒指退给了梁淑琴，你无错，但糊涂。"

郁海发说："洗耳恭听。"

刘玉典说："你不收人家戒指，却同意给梁淑琴换房。你是怎么想的呢？"

郁海发说："人志有不同，思维方式也不一样。不收别人礼，因为礼物太重。吴副市长在我厂东风酒店用餐时，说了一段话：'做什么事都不要出边，在座的各位，今后在边上有事我可以保你，出了线的错事谁也救不了。'她说的是政治问题，也可以用在经济问题上。"

郁海发停了一下又说："凡事都有分寸，政策都有界限，经济问题也是这样。人都有私心，但不能黑心。见了金戒指谁不动心？我老郁的准则，不是我的我不能要。要了人家的，回头会举报你。老刘，我并不糊涂吧。"

刘玉典说："你举手给梁淑琴换房是关键一票，是失掉原则的蠢事。你怎么不糊涂呢？"

郁海发说："应该反过来说，我不糊涂，但有错。投赞成票我是错了，个人失误造成公房损失。但我有我的思维方式。当时认为，她的老公老滕是大北建筑公司的干部，这个公司出资，我厂出地合作盖了宿舍。另外，梁师傅给我戒指，东西不能要，但她却给我留下了好的印象，人家看得起我嘛，尽量帮帮她吧。"

刘玉典和张天亮同时大笑："这是什么逻辑？""混乱的思维方式！""心态有点不正。""是个怪人。"

第 4 节　拒写检讨书提交辞职报告

郁海发以为事情已经过去，忙于年终总结了，给全厂每位职工发了一条60元的羽绒被子，以庆贺 4 年承包任务的完成。不料一周之后，总公司通知郁海发到组织处谈话，接待他的是组织处处长程积平和刘玉典。

程处长开门见山地说："这是王书记签发的党组文件，请郁厂长细看。"郁海发见文件上主要有两点，第一点：陆青范同志受贿一枚金戒指，帮助梁淑琴换房，免去副厂长职务；第二点：鉴于郁海发同志在梁淑琴分房一事上的错误，责令他写出检讨书并处理善后事宜。

程处长说："另外通知郁厂长，东风总厂的市劳模是兰科长。"

郁海发对此结果早有心理准备，但真的听到这个消息，他的虚荣心、自尊心、委屈心齐齐爆发，正要向程处长发泄不满之时，想起母亲的话："把话放在肚皮里，别人不会把你当乌子。"怒发不要冲冠呀，争论的最高境界就是不辩，不争辩不代表理亏，反而是内心无愧。想到这里，郁海发不动声色地说："好吧，我回去处理善后事宜。"又补充说："至于检讨书，我现在就写吧。"

两分钟后，郁海发递给程处长一份辞职报告，上面只有二十八个字："胡总经理：处理完戒指事件后，我辞去东风总厂厂长职务。"程积平瞪大了眼睛看了半分钟，抬头时已不见了郁海发。这是郁海发不按常理出牌的又一例证。

两天后程积平到东风总厂，在中层干部会上宣布陆青范免除副厂长职务，并没有宣布郁海发的检讨一事，只责成他处理戒指事件有关人员。

总工程师办公室。刘兵主持技术支部党员大会，副书记张建新出席。

刘兵："综合大家发言，给梁淑琴留党察看一年处分。同意的举手！"除梁淑琴外一致通过。

张建新对梁淑琴说："梁师傅，表态吧。"

梁淑琴低下头，顷刻，挺起胸，两眼快速扫了扫在座的党员们，大声又坚定地说："我反对，反对给我这么重的处分！"

众人一阵躁动。

刘总："说说你的想法。"

梁淑琴："不仅对我的处分太重，而且陆厂长也不应撤职。"她从手提包内取出五个礼品盒放到张建新面前的茶几上："我这五个戒指不是金的，是我家老滕在深圳买的铜戒指，总共才花了 50 元。"

众人再次一阵躁动，唏嘘之声一片。

张建新拆开一盒，左右上下观看，戒指闪光发亮，似乎涂了一层什么金属。

他说："是铜质戒指，它表面的亮光不像金子本色。"

全场沉默。

和梁淑琴一向交好的甲："那是，那是，不应该处分那么重。"

和梁淑琴一向交恶的乙对甲："我不同意你的意见。"

和梁淑琴一向交好的丙附议甲："应该不做处分，检讨检讨就可以啦。行贿有罪，不过 50 块，没有超过界线呀。"

和梁淑琴一向交恶的丁反驳丙："什么界线？贪一个铜板也是犯法！院里的垃圾废品你拿出厂门就是偷盗公物呀！"

乙说："对，性质是一样的。"补充道："关键之处，梁师傅用假的金戒指，欺骗厂里给她换房，性质更为恶劣！"

不同的立场，不同的观点，党员们众说纷纭。刘总不作声，用眼睛向张建新请示。

张建新说："大家不要争论啦，作何处理，提交党委会上讨论。"

两天后，东风电子总厂行政楼广告栏前。分房小组公告："本厂检验科职工梁淑琴，以其爱人单位的两间公用周转平房 24 平方米，换得本厂三居室楼房 85 平方米，不符合分房条例规定，予以收回。"又，东风电子总厂党委文件：《关于梁淑琴同志警告处分的决定》。

房

第5节　胡总经理再次流泪

1991 年 1 月 10 日，在郁海发进入东风总厂 4 周年之际，在全厂职工代表大会上，郁海发作了"扭亏为盈，摘掉黄牌，东风人走向重生之路"的报告，得到满堂掌声。郁海发话峰一转，向全场宣布："本人从即日起辞去厂长和党委书记职务，待上级正式下文。由杨文盛代理厂长，张建新代理党委书记。"突如其来的消息引起全场轰动，瞬间传遍东风总厂的角角落落。

郁海发从十层大楼会议室下来时，楼门口聚集了不少职工，挡住了郁海发的出路。一位工人说："郁厂长盖了那么多宿舍，我还没有分到呀，你千万别不干了。"另一人上前说："我分得太少了，与别人合住不太方便。你自己怎么住两套房呢？不公平！"真是"分到房的嫌少，没分到房的骂娘"。此时雷永刚窜上台阶对大伙儿说："让这个姓郁的交代清楚！别让他跑了。"陆青范虽然免去了副厂长，却上前拉了雷永刚就走，口中说："你别犯浑，郁厂长自行宣布不当厂长，上面还没有批哪。"人们一哄而散，郁海发在张建新、陆青范的陪伴下到食堂吃午饭去了。

下午张建新给胡总经理打了电话，报告了郁海发上午辞职一事引起厂内的不稳定，请示怎么办。

张建新问郁海发："胡总经理 5 点钟到厂里来，你看谁参加接待？"

郁海发说："叫上杨副厂长。"停了一会儿又补充说："把张天亮也叫来，地点在东风酒店里，一块儿陪他吃个饭吧。"

胡总经理 5 点半进了东风酒店，与大家握手说："我与郁厂长先交换一下意见。"拉着郁海发进了单间。

胡总经理劈头责怪郁海发："这么大的事也不打个招呼？"郁海发说："前几天我向你写了辞职报告，程处长没交给你呀？"胡总经理"哦"了一声。

在沙发上坐下后，胡总经理握住郁海发的手说："我答应你一居室是兑现了，可两年后上调公司失诺啦，非我无义，而是力不从心。"胡总经理也是性情中人，含着泪说："老郁，这 4 年辛苦你啦。"

第二次见这个山西汉子流泪，郁海发说："过去的不说啦。请你批准我的辞职报告吧。"

胡总经理的回答出乎郁海发的意料："我批准你辞职报告，赞成你尽快离职。我已经向吴副市长报告调离总公司，她也答应考虑。"又附在郁海发耳边说："吴副市长了解我与王未群的不和，只有将我调离是上策，他的岳父是国家计委高干呀。"

在餐桌上，胡总经理对张建新、杨文盛说："拜托两位把东风总厂管好，不要让东风总厂失控，职工是无罪的。让郁厂长到小汤山疗养院休息一段时间，春暖花开之时，他请假回海门处理祖宅的改建。"

张建新、杨文盛说："一定遵照胡总经理的指示办。"

过了春节不久，传来胡战生调到北京仪器总公司任总经理的消息。清明节之前，郁海发也上路回故乡祭祖去了。

欲知后事如何，请阅第十九集《祖屋里的当代新家训》，讲述郁海发在祖宅上的故事。

第十九集　祖屋里的当代新家训

郁海发急流勇退，辞职后回到出生之地——海门木行桥郁家东宅，遵照父亲之命重建面临坍塌之险的祖屋，催生了海门木行桥郁氏家族当代新家训，却引来了近邻的上告信。重建瓦6竣工之后，东风总厂金科长突然来到郁家东宅……

第1节　两次领取6000元承包奖

1991年，清明节之前郁海发返乡祭祖去了，怀揣1万元，去重建郁家东宅面临坍塌之险的瓦6。此款从何而来呢？

郁海发进入东风总厂后，对办公室副主任汤学静交代："给我开一个活期存折，把所有奖金和年终互助金存入银行。如果4年完不成承包任务，请将它上交财务。"郁海发去小汤山疗养之前问汤学静："我的存折上有多少钱呢？"汤学静答："共计4000元略多。"郁海发说："有那么多吗？"汤学静答："活期利率较高，利滚利啊。"

郁海发说："根据承包合同规定，我应得到4年承包奖金是6000元。你找杨代厂长审批一下，再到唐总会计师处领取3000元就行啦。"汤学静第二天就把此事办妥了。

一天，汤学静陪同海门天王镇无线电元件厂黄厂长到小汤山疗养院探望郁海发。郁海发对黄厂长说："你来得正好，我有一点私事请教你呀。"黄厂长说："但说无妨。"事情原委是这样的：

6年前，郁海伯在瓦6朝东屋前咫尺之距盖了朝南屋，后来通过时任乡党委的陶书记勒令拆除了违建之房。窑工制砖师傅郁海明答应郁海发 2000 元可把瓦 6 翻成朝南屋，郁海发当时无力拿出资金进行翻盖。父亲郁九周说："老家的房子不拆、不卖、不倒、不送人家，我退休后还要回来，一旦风吹草动有个地方蹲蹲！"又对二郎姑妈说："将来我死了要葬在老家，归根。"

郁九周忘不了培育他的父母，忘不了战斗过的故乡，忘不了幸存的战友，忘不了照顾他的亲属们。一句话，忘不了木行桥的土地、水和乡亲！

跨入 90 年代和千禧年，郁九周经济好转之时，找到村长申报翻建祖屋，村长客气地说："这事该去找乡里头。"郁九周走出村长家后，后面传来村长对他妻子说："乡里不会批的，老干部有个屁用！"

郁九周不去理会村长的尖刻之语，直奔木行桥乡政府。林乡长是个外来干部，对郁九周并不了解，打着官腔回答："我们没有看到抗日离休干部可回海门盖房的文件。"见郁九周想反驳，赶紧又问："地基上的旧房是谁的？"

郁九周回答："一半是我前妻惠姑的，她的户口在上海；一半是属于我的。"林乡长说："城市里的人不允许在农村盖房，除非将你前妻的户口再迁回来。"

林乡长当然清楚，迁入农村户口比农村外迁困难百倍。不懂其中玄机的郁九周立马奔到上海女儿家。郁海兰单位分房正处在关键时刻，听到父亲要将母亲的户口迁回海门，大声道："开什么国际玩笑！户口迁入上海容易吗？我花了 2000 元呀。"一看女儿如此态度，郁九周拿起海门芦稷（甜秆）走出房门，扔在楼下垃圾箱里，乘火车连夜返回南京。

郁海发的继母是一位工人党员干部，得知郁九周要到老家盖房，坚决反对，说："没有那么多钱去盖无用之房。"

郁九周说："不用你出资。怎么没用？我要回去住住。"

继母说："虽然海发母亲户口在上海，人却常在老家住，不方便呀。"

郁九周说："原来三间房要盖成 4 间房。我俩住两间，有什么不方便呢？"

继母说："我是不回海门去的。"又笑着说："怪不得人家说，郁九周有大小老婆呀，我回海门住，将来尸骨埋在乡下，在地府中两个女人抢一个丈夫哈。"郁九周正和三个儿子围圈搓麻将，把海发继母的玩笑当真了，也不搭腔，将一副好牌推倒，随手拿起桌上的大碗掷地开花，吓得继母不再吭声。

战火中走过来的郁九周，思绪万千，当天夜里失眠了。仰天睡，想起敌人火烧草房落空而抓老父入狱使家道中落，草房两次大火酿成大灾；向外睡，瞧见女儿郁海兰怒气冲天;向里睡,听见那只大碗叮当之声;合扑困,重现大儿子郁海发不战而屈人之兵,竟使令郁海伯拆房之手段,何不让这小子再次出面……心中有数了,五更天郁九周便酣然入睡。

郁海发对黄厂长说:"我父亲去年连发两封挂号信,其中一封念给你听听:"海发吾儿:见字如面。老家的祖屋有太多的故事,也出了你们两个大学生,不忍让百年老屋倒塌呀。现今我年老体弱,思乡甚切,拟回出生之血地,颐养天年。今附上 6 年前之方案,请吾儿照此进行翻建。切切。郁九周亲笔 1990 年 10 月 × 日。"

郁海发又向黄厂长详述了父亲第二封信中回乡盖房碰壁的经过,也讲了难言之事:在上海将芦稷扔在楼下垃圾箱里,在南京家中那只大碗落地开花的一幕。郁海发说:"祖屋重建之事,已引起亲人的不和,作为长子我当出面解决,也为了我的老母安度晚年呀。"问黄厂长:"不知政策上是否允许翻建呢?"

黄厂长说:"海门县委确实发了内部文件,抗战时期老同志可回老家盖房,也欢迎为家乡工业做出贡献的技术人才回乡扎根。你们木行桥镇人陶书记升任主管工业的副县长,你可以找找他呀。"停了停又补充道:"若是县里同意你翻房,我用两个星期帮你造起来。"

郁海发问:"那要多少资金?"

黄厂长略略估摸了一会儿,回答:"最少 1 万元。"

郁海发思量了半天,对汤学静说:"小汤呀,你再找杨副厂长,把另外承包奖 3000 元也领出来,在我回家前办妥此事。"

汤学静说:"一定办好。"就这样,郁海发存折上成为万元户啦。

第 2 节　翻建与重建有何不同

古玉也不知郁海发离京时怀中揣着 1 万元私房钱。郁海发不去南京,给郁九周写的信只有一句话:"我回海门了。"没有拐到上海妹妹家,没有告知郁海兰此行的目的。清明前一天,郁海发到达郁家东宅,见过母亲惠姑,和盘托出翻修老房之事，惠姑高兴得一夜没合眼。翌日清早，郁海发和母亲去祖父郁再林墓前上了坟，就直奔木行桥镇，向二姑妈二郎和盘托出盖房之难点，政府这一关的态度是关键。二郎立马起身带郁海发去乡政府招待所。

招待所是一个临街的三层小楼，赋予政府部门接待任务之外，对外也当作旅馆及酒店使用。招待所所长陶小娥是二郎的大儿媳妇，她同乡政府的头头脑脑关系十分密切。陶小娥听完北京表哥郁海发的来意后，立马用电话向昔日的乡党委书记、今日的本家陶副县长报告。陶副县长对陶小娥说："是郁海发啊，老朋友的事我尽力去办。"

约莫一个小时，乡政府办公室通知陶小娥："今天下午3点，在你们招待所三层会议室召开乡党政联席会议，讨论郁海发同志的盖房问题，陶副县长也来参加。让海发同志确定列席会议的人员。"

下午3点，会议准时举行，由林乡长主持，列席会议的除郁海发和二郎、陶小娥夫妇外，还有乡土管组组长老夏、黄厂长。陶副县长做了总结讲话："刚才林乡长做出郁海发同志翻建老房的决定，说明家乡人没有忘掉为这块土地浴血奋斗的前辈郁九周，也记住了为家乡工业发展做出贡献的新一代海门游子郁海发。"略停片刻，又对郁海发说："你的时间很紧，不必等乡里下达文件，明天就可动工！有何问题由乡里、县里负责。"郁海发点了点头。坐在郁海发下首的二郎眼里顿时充满泪水，她对娘家后人的关怀之心尽在不言之中。

郁海发对面的土管组组长老夏要求发言，对陶副县长说："应该明确是翻建还是重建。"又问郁海发："翻修朝东屋还是重新盖朝南屋？"林乡长问："有何差异？"

老夏说："翻建，在朝东屋原房基上进行的，原房属于谁，将来此房就归于谁；重建，另起炉灶，比如，在场心上朝南盖，谁出资归属于谁。"

林乡长两眼转向郁海发。郁海发心中揣测："南京还有三个异母弟弟呀，这次不能让老爸出一分钱，以免将来生出继承麻烦。"他爽快地回答："一定朝南另盖。"林乡长："那就定为重建！"

第3节 一份奇特的盖房总结文

第二天，郁海发将乡政府的决定通知近亲近邻，请他们帮忙；又让母亲整理细软杂物。第三排的郁西高次子郁九章夫妇爽快地答应，用他们的空房堆放床被家具，用他家的灶头为施工人员做饭。

第三天上午8点，郁家东宅上来了30个男女，那是黄厂长停了一条流水线上暂时无活的工人，帮助拆除旧屋，整理现场，第四天正式开基放墙头了。

对于如此之快动工盖房连郁海发都不敢相信。房基划线之时，由二郎和黄厂长全程操作，征求四邻的意见，相当于现今要前后人家签字同意才可开工。西靠宅沟是郁海发的地盘，自己做主。东临川堂中心线，紧临郁伯和的朝南屋，询问伯和娘子（老婆），她回复："过一年我家搬出老宅去盖楼房，你的房子向南还是向北对直，我家不管。"问过北邻郁九章也说"随你便"。问前面郁海叔，其妻刘英芳抢答："我们之间南北距离只有三丈，应该与郁伯和的房前墙拉直。"郁海叔说："这样落场（距离）可以大一点，我们将来也要扩建住房。"

这句话有一定道理，但二郎一向对郁海叔没有好感，立马扮起脸抢白："将来你们怎么盖，哪怕造10层大楼，我们决不说一句话。"眼看两人发生语言冲突，郁海发赶紧拍板："前头与伯和房子拉直，向后伸北3尺。"

几十年在复杂的社会中磨砺，郁海发练就一副"防人不害人"的本事，在新屋竣工之时，用笔记本写了《重建瓦6盖房总结》，试诠释其主要内容。

开宗明义申述重建老屋目的，让母亲安度晚年，迎接父亲回故乡定居。郁海发另一意图，拟在家乡建起一个私人企业，在出生之血地留下一个根基。郁海发写道："未来世纪里的财富是知识和土地。在农村留间房，需要时隐居田园，颐养天年。一旦风吹草动，为我辈及后人留有避险之所。"

第二，该文写道，15天时间一座瓦房屹立在木行桥郁家东宅上。在新居里宴请所有近亲近邻帮工者，郁海兰也赶了回来，并带回不少物品，和帮工者一样，郁海发给了郁海兰50元钞票。午宴后郁海发兄妹和父亲郁九周、母亲惠姑合影，郁九英、郁九成几位叔叔还开玩笑："郁家西宅的老革命郁九兰都复婚了，我们的九周也快啦。"郁九周抿嘴一笑，惠姑向他一瞟，所有亲戚们哄堂大笑。当天晚上，郁九周和亲戚们在新房中厅玩南通长牌到12点，他未睡在东房头，摸黑走了三里地宿在二郎家里。

第三，全文记载，总计花去现金10000元。另加：原瓦6老房旧料约1000元。郁海发写道："90%现金由我一人承担。该屋继承权将来主要由我来支配。"为50年之后房屋归属之争留下有力的法律证据。

第四，文中保留了购买建材的发票，全部材料由黄厂长、陶小娥采购，郁海发结账，以应对今后"说不清、道不明"的事情发生。

第五，文中诠释中厅薹板之上"爱故乡　忠祖国　孝父母　拜列祖"12字之义：一个不爱故乡之人，能爱祖国吗？一个不孝父母之人，定是数典忘祖之徒！可证郁海发是一位不忘"祖国、祖根（故乡）、祖宗、祖训、祖宅、祖坟"的故乡游子。

第4节　薹板上书下十二字家训

郁九周闻讯赶回郁家东宅时，是在开工10天之后的近午，工程接近尾声，正巧描瓦师傅缺料，他去买了一瓶3元黑漆。

郁九周提醒儿子新屋里该挂点什么。父子连心，郁海发理解父亲的心思，经过思考，起草了："爱故乡　忠祖国　孝父母　拜列祖"12个字。郁九周极力夸赞，连说："对，对，对！蛮好哇！蛮好哇！是我所思所想哟。"当即将它写在中屋的薹板之上，既是郁九周的人生轨迹，也是郁海发的理念写实。郁九周为重建瓦6出钱占总资金的万分之三，但12字家训的价值重于泰山！

12字成为再林公一脉的新时代新祖训是非常恰切的。郁九周传下来的在上海、北京和南京，21世纪初郁海发的二儿子郁力也到新西兰定居了。不管天南海北、国内国外，不管是穷是富，是贵是贱，不要忘了你的根脉在海门木行桥郁家东宅！共产党人一样讲孝道，讲认祖归宗！毛泽东说："不孝敬父母，天理难容。"朱德、邓小平等名人对先人都非常孝顺，他们的言行举止垂范于民。

重建瓦6未按郁九周当初4间方案重建，第二年郁九周想让二郎在木行桥镇租一套平房回乡居住，郁海发说："不要给他租房，重建瓦6东房头空着。"郁九周因惠姑健在始终未去居住。郁海发对父亲洁身自好的品行深表敬佩，也对抗日老兵未能落叶归根深深地感到遗憾。

父亲和母亲归天之后，郁海发把西房头父母的老式婚床、蚊帐移至东房头内，每年清明回乡会在床前站立良久……

第5节　查清上告者，金科长来了

重建瓦6盖成后郁海发回京之前，去向二郎姑妈告别，在陶小娥的招待所的午餐上，发生了一场有趣的争论。

陶小娥说，前天南通地委两个纪检干部来到乡政府，询问木行桥是否有一个叫郁海发的北京干部，违反政策在郁家东宅盖了三间瓦房及一间厨房。林乡长对他们说："这件事乡里同意的，陶副县长批准的。如果有人像郁海发为海门建了两个无线电厂，他的老子也是1943年的抗战干部，我们也照样批准他盖房的。"

二郎说："向南通告状的，肯定是郁海伯。六年前拆了他的房，今天见我家造新屋，他心里不舒服啦。"

二郎又说："也许是郁海伯与郁海叔合伙写的，都不是好么事（东西）。"

郁海发说："不可能的，他兄弟俩是劲世对头。"

二郎大儿子、陶小娥丈夫曹红达说："据我了解，这是一封实名信。是一个叫施桂香的写的。"

郁海发说："施桂香？是北埭上的，我认识的，我推迟回京了，去问问她吧。"

原来施桂香是独生女，她父亲是徐州煤矿干部，退休后老两口住在老宅里，有点钱想翻建旧房。刚动手村里来人劝阻："你们没有农村户口，住住可以，落地翻建是不允许的。"被迫停建。

听说郁海发重建了祖屋，施桂香跑到郁家东宅上取取经，正巧碰见郁海伯。郁海伯对她说："你息着吧，人家县里有人。"施桂香说："小老百姓不行？"郁海伯脱口而出："告状也得上南通。"施桂香写了申诉绕开县政府直达南通地委。

过了一天，郁海发又到乡招待所把了解的情况一说，曹红达说："所以，地委来人调查，和郁海伯、郁海叔都没有关系的。"

陶小娥立即反驳："怎么没关系？至少郁海伯起到了挑唆作用。"

郁海发："此话怎讲？"

陶小娥："举一个例子。甲乙两人为一点小事吵世，双方情绪虽然激烈但声音不算太大。丙在旁边劝架，说你们不要那么大声。甲一听，把声音升高4度，乙再把声音提高8度。丙又说，君子动口不动手喔。乙一听，挥起拳头向甲一击，甲立马还手，两人扭作一团。丙又高喊，我把桌上的剪刀拿开，却不去拿。乙回头取过大剪刀猛力向甲扎去……"

郁海发："我明白了。这是高级'挑唆'者，在法律上找不到犯罪证据。"

全桌人不语，可能在思索着生活中有否遇到此等现象或者人物，不再关心是否冤屈了郁海伯。

南通地委两个纪检干部回去后就没有了下文，郁海发准备返京了。不料东风总厂外经科金科长突然来到郁家东宅，对郁海发说："这次我来海门见郁厂长是自掏腰包，厂里的人都不知道的。"

郁海发大惊："厂里出了什么大事？！"

金科长说："胡总经理调离总公司，刘玉典升为党组副书记，奉王未群之命调整厂级班子。"

郁海发问："总公司如何定人？"

金科长说："刘副书记说，张建新当书记没问题。民调显示，我与杨文盛谁当厂长势均力敌，要征求郁厂长的意见再定。"

郁海发说："哦，明白啦。明天我与你一同回京吧。"

欲知后事如何，请阅第二十集《临建房里的奇葩事》，郁海发在临建房内也有故事。

第二十集　临建房里的奇葩事

在吴副市长的协调之下，胡战生调离电子工程总公司，王未群着手调整东风总厂领导班子，从9月开始东风总厂逐渐呈现亏损态势。郁海发被上级进行了一个月的审计，因征地盖房售房所得利润违规而追缴承包奖金。无所事事的郁海发帮助儿子打理临建房里的山中餐厅，在麻将桌上被骗500美元，在职工中俨然成了堕落分子。恰逢海门木行桥又来了举报信，使郁海发的对立面多了一颗攻击他的子弹头。旧账炒冷饭与新账一块儿算，陈明专案组结束后成立了郁海发的审查组。

第1节　先天不足的东风班子

金科长来到海门，他带来了如下消息：胡总经理调离总公司，刘玉典升为党组副书记，王未群着手调整东风厂级领导班子。

郁海发回到北京的第二天，刘玉典在总公司办公室约谈了他，郁海发明知故问："恭喜你升任党组副书记。今天谈话还是纪委书记的身份吧？"

刘玉典说："哪里哪里。找你来，是对东风总厂班子如何调整，征求一下你的意见。"

郁海发说："你心里有没有打算呢？"

刘玉典说："去过你们厂两次，中层干部们认为张建新可以接任党委书记，可对杨文盛和金科长褒贬不一，谁能当厂长？听听你的意见。"

郁海发说："我只把情况告诉你，最后由组织上定夺。"

刘玉典说："好的。"

郁海发说："杨文盛是部队转业的大学生，能力较强，在老人中有一定威望。唯他爱抽烟喝酒，时常酩酊大醉，这是他的短板。可话又说回来，这一点正是他人脉广的优势，借助这个优势，他与国内销售系统比较融洽。"又说："金科长呢，与张建新年龄相似，论学历没杨文盛高。不喝酒不抽烟，处事方式比较呆板，但在年轻人中有一定影响力。"

刘玉典听明白了郁海发想让东风总厂老人掌舵，却问："征求过张建新的意见，他不当书记想当厂长，你认为如何？"

郁海发实话实说："整个厂无书记的人选，张建新也不是厂长之才。"

一周之后，刘玉典副书记和组织处程积平处长来到东风总厂，宣布了厂级干部的调整，金科长为总厂厂长，张建新为党委书记，杨文盛仍然为常务副厂长，郁海发退居二线。

晚上，郁海发高兴地对古玉说："总算舒了一口气，无官一身轻啦。"

古玉抚摸着海发的额头说："熬过了4年，你的头发开始灰白了。"

郁海发说："4年来很少睡一个安稳觉，极少吃一顿省心饭呀。当年进厂时工人工资无着落，让唐总会计师开了工资账号，才能保证下个月准时发放工人工资。现在想想有点后怕，如果从头来过，我不会冒险到东风总厂承包的。"

古玉说："总算有了完美结局，好好过我们的日子吧。"

郁海发说："你这话是不错的啦，可新班子还会找我的。金科长和张建新在会上都提出让我当他们的顾问。"

古玉说："那是客气话，你莫当真。"

郁海发说："估计金科长是真心让我帮帮他，他掌握全局力不从心，与杨厂长合不到一块儿去。会后专门向我表达担心呢。"

古玉说："你千万不要再插入新班子的是非之中去，顾问也是顾而不问。"

任何一个企业有了产品还要有产品的销路，不出郁海发所料，两个月之后传来东风总厂经营状况恶化的消息，唐总会计师向郁海发反映："厂里主要的两个产品回款一路下滑，再这样下去周转资金就断裂啦。希望郁厂长找找杨副厂长，采取应对之策。"

郁海发忘掉古玉的劝告，对主管销售的杨文盛说："老杨，为何出现此种状况？"杨文盛说："我也不清楚呀。"郁海发说："能否找一下原因，扭转这种情况？"杨厂长："我也无能为力。老厂长你退下来了，厂子好坏与你无关了。"把郁海发噎了回去。

郁海发又建议张建新召开党委会，研究厂内经营情况及对策，张建新给了一个软钉子："党政分开，我不应参与此等事呀。"又补充说："金厂长是自找的。"郁海发一句话也不说回了家。

结果东风总厂 9 月微亏，10 月小亏，11 月中亏，12 月大亏，全厂年终奖也发不了啦。任何一个单位如果没有说了算的领导，没有了凝聚力，将会变成一盘散沙而被风吹掉；反之，任何一个单位不能依靠某个强势的领导，应有一个合作的团队，否则一旦离开了强势的领导，将陷入无人接班的坍塌之险。东风总厂的实例给了世人无尽的启示。

第 2 节　违规盖房退回 6000 元

"好好过我们的日子吧"不过是古玉的美好设想。郁海发退居二线后，以刘玉典和总公司魏总会计师为首的五人审计组进入东风总厂，起因来自雷永刚的举报信，信中说在与大北合建东风公寓时，将四六分成改为五五分成，大北公司补的 50 万元房款被郁海发私吞了。

审计组翻阅了 4 年财务账本，内查外调，找知情人谈话。1 个月之后，刘玉典用平和的口气对郁海发说："老郁，从唐总会计师提供的财务报表可证，此 50 万元房款作为利润入账了，其中 30 万元转给开发部作为新品研制费，另 20 万元转入工资账上了。"

郁海发问："知道此事的人不多，怎么反映到你那里呢？"

刘玉典说："给你说说也无妨。我问过写信人雷永刚，他是听拜把子兄弟陆青范说的。陆青范却说，是雷永刚听错或者理解有误。我认为雷永刚故意捏造，这无关轻重。"

郁海发："我早就说过，这笔账没有问题。"

刘玉典说："不，还是有问题的，请魏总会计师说说吧。"

魏总说："这 50 万元加上 701 所 5 套房款 60 万元共计 110 万元，你没有私吞。你不对的地方是，不该招工厂周边的农民入厂，将他们的土地收购，盖了宿舍卖给国家机关来图利。"

郁海发站起来申辩："我是给厂内创收，不图私利！"

魏总："上面没有这个政策。你不谋私利，却为小集团打算，增加你厂营业外收入，发放工人工资，作科研经费。根据审计法规，你厂内的年终利润应予以扣除这部分资金。"

郁海发仍站着，声音显得无奈："上面的人站着说话不腰疼啊，我们黄牌警告的企业，难呀。"

魏总似有所触："老郁，坐下说，也许哪一天政策变了，你是正确者。"

魏总向王未群汇报审计的结果："没有发现郁海发违规情况，唯4年承包任务增盈963万元，账上显示实现1043万元，扣除110万元，实际完成933万元。"

王未群说："是否没有完成任务？"

刘玉典说："郁厂长4年不易，差30万元，可以视同完成。"又多说了一句："郁海发6000元承包奖也发给他了。"

王未群眼睛瞪得像灯泡："不，按规矩办！让他吐出来！"

当通知郁海发退回6000元时，郁海发对刘玉典说："我无法接受党组的决定，不退！"晚上如实向古玉讲了6000元奖金的事，盖老家的房子把它花光了。

古玉说："你回海门后汤学静把这件事给我讲了。我的意见是把钱退回去，不要落人话柄。"

郁海发说："我拿不出那么多钱呀。怎么办？"

古玉说："跟威儿说一下，他手里有日元。"郁威给了郁海发人民币5000元再加上500美元。

魏总一语中的，若干年之后，国家房地产市场政策大变，各级地方政府用地盖房以增加财政收入直至当今，小人物郁海发的违规收入是小巫见大巫。但我们不能用现时政策为郁海发当时的行为辩护。

房

第 3 节　麻将桌上被骗 500 美元

　　郁海发留下了 500 美元，凑足人民币 6000 元交回了财务部，心里的憋屈可想而知，三天没到厂里去，并非心疼那么多钱，而是感到世间的不公啊。人是很脆弱的，郁海发并非硬汉子，自此以后隔三岔五地到厂里冒个泡，无所事事的他回到家中蒙被而睡。这可急坏了古玉，她对儿子郁威说："你爸再这样下去，身体非垮不可，你想想办法改变他这种状况才是。"

　　一周之后，郁威租了 50 平方米临街房，在工商局注册了山中餐厅，对郁海发说："爸爸，给你 8 万元，去打理这家餐厅吧。"

　　郁海发高兴地去上任了。临街房是街道办公室建造的临时建筑，郁海发用 4 万元将此房买了下来，又请东风总厂一分厂机械工人加盖了后厨房及上下水管，添置了桌椅板凳、茶具碗筷，共计花去 1 万元。又聘了山西大师傅老孙、配菜工河北小徐和收银员河南于小姐，15 天后山中餐厅开张了。

　　餐厅的地段好，生意特别兴隆，尤其是吃早点的人挤满了整个餐厅。郁海发 5 点起床，帮助孙师傅炸油条、煮小米粥、端馄饨汤，忙得不亦乐乎。郁海发在这 50 平方米的临建房里找到了另一种自身的价值。

　　在经营山中餐厅不久，某天下午 6 点左右，陆青范带了两个人来到山中餐厅用餐，对郁海发说："郁厂长，将你的拿手菜整几个。"郁海发一看，其中一位竟是刘树林的内弟李小斌，不知他俩何时和解了，惊得他双眼突出。陆青范赶忙说："李小斌，原来刘书记的妻舅，你是认得的。"又介绍了另一位："他是李小斌的朋友倪先生。大家一块儿聚聚啦。"俗话说勿拒送礼人，送上门的生意应该要做的，郁海发吩咐于小姐开了菜单。

　　开瓶把盏之前，倪先生对陆青范耳语一番。陆青范拉郁海发一起就餐，盛情难却，郁海发喝得微醉。一小时后结账一共 200 元，郁海发让于小姐按 75% 收费，倪先生坚决不受，并说："下面的节目是麻将大战，郁厂长，请！三缺一呀。"郁海发说："不打牌，敝店没麻将牌。"倪先生从提包中取出一副麻将牌："小来来，2、4、8，给一个面子吧。"11 点多结束时，郁海发竟赢了上百元。

陆青范被免去副厂长之后，也是东晃西荡，见山中餐厅生意不错，在同条街上买了20平方米临建房，和同厂的女朋友范女士开了一个小吃部，只卖中午盒饭之类。

一天中午，陆青范来约郁海发晚上去他饭店里打牌，牌友仍然是倪先生和李小斌。这次玩4、8、16，比较大一点，郁海发竟赢了300元。

深夜12点回家睡了，也没有去找于小姐结营业款。第二天5点到餐厅张罗早餐营业，6点不见于小姐上班，他赶到她的住宿处，叫门不应，推门进去床上无人，郁海发大呼："糟啦！卷款跑了？"郁海发自我安慰："一天营业款不到400元，我赢了300元，损失不算大呀。"

在下一个周六下午，陆青范再次请原班人马打牌。倪先生提出今天玩得再大一点，8、16、32。郁海发推辞说："不要玩那么大，我身上只有500元。"倪先生说："不够我借你，况且你还有赢的机会哪。"开局非常幸运，两圈下来郁海发赢了上千元，把他乐的！物极必反，后两圈形势急转直下，郁海发反输500元。

赌棍的心理是一样的，赢了还想赢，输了想扒回来啊。郁海发向倪先生借了1000元，晚饭后重启战场。谁知倪先生和李小斌不是清一色、一条龙就是杠上开花、十三不靠轮番和牌。在场中借了倪先生3000元，到10点钟郁海发猛醒，对倪先生说："不打了。明天晚上我用美元还你的钱。"

第4节　500美元失而复得

第二天晚上7点，郁海发把儿子给的500美元交给倪先生，他绅士般地对郁海发说："美元的比价按1∶8结算，大于市场价。退给你1000元，今天再玩一次，4、8、16就行啦。祝你好运！"

开局之时，陆青范不见了，范女士对郁海发说："郁厂长，雷永刚把老陆叫去了，一会儿回来，我先代他打一圈呀。"近9点时没见陆青范回到饭店，大门却突然大开，冲进三位荷枪的警察对准众人："不许动！收拾各人的赌资，跟我们走！"4个人乖乖地把双手背在脑后进了门前的汽车里。

4个人蹲在公安局东外分局大厅的角落里，等待提审。郁海发第一个走进分局局长的办公室，进门后搜查全身，一位年轻的警察将郁海发口袋中1000元交到局长的办公桌上。

审讯开始，局长问："你的姓名？什么职业？"郁海发回答："郁海发。东风电子总厂退居二线的厂长。"年轻的警察看了郁海发足足一分钟，附在局长的耳边轻声说了几句。局长说："把他带下去，下一个。"

最后提审的倪先生进去不久，大门口走进郁海发的二儿子郁力，惊得他"啊"了一声。郁力直奔局长办公室，一会儿倪先生也回到墙角头。10分钟后，郁力走过来对郁海发说："爸，我们回家去吧。"原来年轻警察名张三立，是郁力的初中同学，没上高中，凭他父亲的关系当了民警，且曾到过郁海发的家中。

深夜，郁海发家中。郁力拿出1000元对古玉和郁威说："张三立把爸爸身上搜出的钱退给我了。"犯了错的郁海发一五一十地把发生的事述说一遍，郁力说："明天我去问问，那500美元到哪里去了，现在先睡觉吧。"一夜无话。

第二天下午，郁力去分局拜访了局长和张三立，得知昨晚捉赌是有人打了匿名电话告发的，谁呢？郁力并不关心，说："我老爸被骗了500美元呀。"局长说："是有这个美金的。"从保险柜内取出500美元交给了郁力。

郁海发的美元失而复得，财富没有失去，名誉却蒙上厚厚的灰尘，模范厂长被抓的新闻传遍了东风总厂的每一个角落。

第5节　厂长办公室里的专案组

一天晚上，党委书记张建新和纪委书记张天亮提了苹果去看望郁海发，古玉笑着说："两位书记光临寒舍，一定有事吧？"

张建新说："古师傅说对了。"

郁海发说："但说无妨。"

张建新说："是这样的，总公司要成立785厂厂长陈明专案组，想借用我厂一间办公室。"

郁海发说："陈明是全国劳动模范，我们常在一起开会。为什么成立他的专案组呢？"

张天亮说："据说，陈明把该厂三产办的资金转入了他儿子办的公司账上。"

郁海发说："这与我有什么关系？"

张建新说："党委研究后，将郁厂长的办公室借给专案组，你的办公桌搬到厂部办公室，再给他们加三张桌子，专案组组长李士安用你原先的电话。"又补充说："李士安升为总公司纪委副书记啦。"

郁海发半天不吭声。古玉打破沉默说："可以的，反正老郁不上班呀。"郁海发才点了点头。

几个月之后。《北京日报》头版赫然刊登着陈明的照片。报道称："本报讯：市电子总公司785动力厂厂长、全国劳动模范陈明，因贪污公款300万元被执行死刑，剥夺政治权利终身。"侵吞国有财产的蛀虫得到如此下场，实属罪有应得。他被判处极刑，当时来讲量刑是恰当的。陈明和郁海发曾在东风酒店一起听过吴副市长关于"线内线外论述"，郁海发牢记吴副市长的教导而无险。

第二天，郁海发赶到厂内想进他的办公室。张天亮告诉他："半个月之前专案组已经走了，但带走了钥匙。"又轻声地告诉郁海发："李士安说，他还要回来的，郁厂长的老家来了一封揭发信，此信寄给北京市信访办公室，辗转多时才到了他手中。"

海门的揭发信似一颗新子弹头，让郁海发被审查了6个月之久。10天之后，李士安在郁海发办公室约谈郁海发，态度比较和善，并把揭发信的复印件交给郁海发。他一看秀丽的笔迹，同7年前郁海叔给父亲的告状信相似，出自郁海仲之手，认定举报信是郁海叔所为。郁海发没看内容，将信退给李士安："李书记，请问吧。我尽力配合。"

李士安瞟了一眼说："主要有两个问题。第一，你盖房的主要材料是海门乡镇企业无偿提供的，是不是？"

郁海发从手提包里取出一沓发票，递给李士安说："没有的事，你看这个。"

李士安仔细阅看发票后问："上面的签收人陶小娥是谁？"

郁海发："我表弟的老婆，我的钱全交给她支配。"

房

李士安点了点头，又问："另一个签字黄成佑是海门无线电元件厂黄厂长？"

郁海发："是呀，举报信里提到了他的名字。"

李士安："第二个问题，你用他厂里的工人干活，没有支付工资？泥水匠的工钱你也没给？"郁海发心中揣摩，这是事实。

重建瓦6竣工结账时的一幕再次映入郁海发的眼前。

那天请客并和父母合影之后，郁海发留下陶小娥、黄厂长结账。在建材账单算清之后，郁海发问："黄厂长，还有拆房的30个工人，一天工资也算一算多少呀！"

黄厂长："拆房那天生产线无活，他们是来当小工，帮忙性质的，正像你堂兄弟、表弟兄来干活一样，只吃顿中饭。再说，郁厂长帮我们建厂也没有发你工资，我能要你这点钱吗？"不像现今市场经济条件下，小工、大工同酬每天高达200元。郁海发觉得黄厂长说得在理也很诚恳，又问："那大工（泥水匠）的工钱是多少？"

黄厂长略微思索后回答："有六七百块。"郁海发对陶小娥说："给他800元。"黄厂长伸手去拿却又把手缩了回去，说："这钱我也不能要。我们厂与乡下建筑队有业务关系，互相照顾生意。"郁海发说："那不能这样。"两人在嘴上推来推去。不得已，黄厂长出招："你院里那些换下的旧砖瓦、旧木头，放在那里碍手碍脚。我厂正在扩建厂房，不如我拉回去用上它。"陶小娥说："如此蛮好，大家做个人情吧。"

这段场景除惠姑、郁海兰在场之外无人知晓，郁海发百思不得其解，郁海叔如何知道的呢？倏忽之间想起，当时见到海叔娘子刘英芳在场心里来回走过两次。

郁海发向李士安全盘陈述事情原委，并把《重建瓦6盖房总结》文让他看了一下。李士安说："看来问题不大，我们向领导汇报一下。"

不料，10天之后李士安再次约谈郁海发。时值左、右思潮转弯之际，"屁大的事儿上纲上线"尚未绝迹；纪律处分的标准刚从200元放宽到2000元。李士安说："公司党组意见，让你写一份思想检查，根据检查深度再做处理。"停了停又提示："比如说，你和黄厂长有没有存在利益交换？"

郁海发心中有数，王未群以往和他有较深的过节，借机整他，生气地说：

"别公报私仇。"

李士安严肃地说："老郁，不能这样说。据我了解，你们厂里有人整理了你的 10 条罪状。今天宣布党组决定：成立你的审查组。"

欲知后事如何，请阅第二十一集《大厦再次倾塌之因》，讲述郁海发因房之祸而败走江湖的故事。

第二十一集　大厦再次倾塌之因

得罪了昔日领导王未群是郁海发的性格缺陷使然；得罪了昔日战友雷永刚皆因房之祸，雷永刚因没有分到房而迁怒于郁海发，与陆青范、李小斌、刘树林、王未群、郁海叔等结成了有形和无形的反郁同盟。海门木行桥举报信使郁海发的对立面多了一颗攻击他的子弹头，雷永刚再掀风浪，旧账炒冷饭与新账一块儿算，捏造了郁海发十大罪状，陈明专案组结束后成立了郁海发的审查组，幸而郁海发牢记吴副市长"不做出边事"的教导而有惊无险。外派干部担任东风总厂党政一把手，千人大厂全面停产，掀起一波出海潮，郁海发奔赴改革开放的前哨阵地，投入深圳的二次创业之中。

第1节　审计、审查及专案之别

俗语说：平生不做皱眉事，世上应无切齿人。郁海发人生路上的遭遇颠覆了这一认知，当郁海发原办公室成为陈明专案组办案地之后，雷永刚出于记恨郁海发，旧账炒冷饭与新账一块儿算，整理了他的十大罪状：

1. 在牡丹厂与高干子女姬优玲保持不正常男女关系继而使其混入党内。

2. 在民康研究所时，接受协作单位的实物贿赂。

3. 赠送民康研究所副所长赵育生一套平房，是因为他俩之间存在利益交换。

4. 郁海发儿子郁威成立山中商店时，东风酒店支持5000元人民币开设银行账户，未还。

5. 东风酒店与外商合资，向郁威借了100万元人民币。此巨款来路不正。

6. 在与大北公司合建东风公寓时，吞并房款 50 万元。

7. 私吞 701 所房款 60 万元。

8. 多分一套房子，宋长生用公费给郁海发进行内装修。

9. 为多名美女分房，给办公室副主任汤学静换房是其中之一。

10. 参与赌博，被公安局抓去关了三天，罚款上万元。

雷永刚征求陆青范意见时说："陈明贪污 300 万元要判死刑，郁海发这么多钱也得判无期徒刑呀。"陆青范说："你这是胡闹呀，都是搞清楚的旧账，不足为证，唯第九条还有点分量，第八条的公款装修也说不准，上面不会管的。"

雷永刚说："王未群书记是郁海发的劲世对头，他的老丈人是我父亲的亲密战友，一告就准。"

陆青范说："你趁早收起来吧，副书记刘玉典和郁海发关系不一般，多次保他过了关。"雷永刚只好将十大罪状收了起来。

不久雷永刚对陆青范说："告诉你一个好消息：昨天王未群书记把我叫了去，他说郁海发的老家来了一封揭发信，信中说他贪污上万元资金。"

陆青范问："真的还是假的？"

雷永刚说："一个局级干部还会说谎？王书记说，陈明专案组结束之后，腾出手来成立郁海发的专案组啦。他还让我整理郁海发的所有材料。"

陆青范"啊"了一声没了下文。雷永刚急问："你到底怎么想呀？"陆青范琢磨了 10 分钟终于开了口："把十条罪状加上海门揭发信，签上我与李小斌的名字上报。"停了停补充说："多找些人在这份材料上署名，以体现民意。"

在电子总公司小会议室内，正在举行党组常委会扩大会议，不同的观点激烈交锋，会场上充斥着浓浓的火药味。

当秘书李淑华将雷永刚的揭发材料复印件分发与会者之后，王未群开讲："在国家计委周主任亲自指导下，经过专案组的辛勤工作，将陈明绳之以法，这是我公司反腐斗争的巨大胜利，国务院头头给我打电话祝贺哪。"他端起茶杯喝了两口"嘿嘿"一笑："今天会议的主题是，布置另一个战役。"

几分钟之后王未群说："大名鼎鼎的郁海发曾被胡战生吹捧成摘黄牌的模范厂长，却是一个混入党内的堕落分子。从群众揭发信可见郁海发与陈明何其相似乃耳。我决定，今天成立郁海发的专案组，请各位发表意见。"

刘玉典能做到副局级干部，自有他的为官之诀，即处事中庸之道，他与

房

王未群和胡战生都能融合相处，不过也不失山东汉子豪爽之风，在原则问题上敢于直抒己见，他第一个站起来说："此件中大多数问题已经搞清楚了，成立郁海发的专案组条件不成熟，应慎定呀。"

王未群敲了一下桌子说："错！怪不得有人反映你包庇郁海发。"

刘玉典仍不愠不火地说："你这话欠妥呀。魏总会计师也对郁海发审计过1个月。人非圣贤，孰能无过？郁海发也会犯错。有一句俗语：惩大恶，恕小疵。按吴副市长的话说，属于线内之事，应按政策行事，何来包庇一说呢？"

王未群说："吴市长？她已经调到外贸部去了，管不了北京的事。我的地盘我做主，揪出第二个陈明指日可待！"

刘玉典说："王书记呀，我们是否对郁海发太苛责了点？"

王未群说："嗯，怎么讲？"

刘玉典说："6000元承包奖郁海发全上交，他在东风4年没功劳也有苦劳。"

王未群说："这是原则问题，6000元是国家的财富，工人的血汗钱。你反对，那是你的立场站错了。"

刘玉典问："我站错了？"并一吐为快："我们有些同志马列主义只对别人，他自己借口晚上加班，几乎天天在食堂吃公字宴，几个人花了多少公款？"

王未群说："你说谁呢？说我？！"

刘玉典说："让魏总会计师讲讲，有人在食堂报了多少餐费？"

王未群突然拿起茶杯，把茶水泼在刘玉典的脚跟头。刘玉典站起来向王未群走去，被李士安一把拉了回去。

王未群意犹未尽继续说："现在停止你的纪委书记工作，由李士安同志代理。"并对李士安说："你担任郁海发专案组组长，陈明专案组原班人马参加。"

李士安说："王书记，我认为不妥，一是我不能代理纪委书记，二是我不能当专案组组长。建议专案组改为审查组，我可去东风总厂一趟。"

王未群说："不能改，一定要成立专案组！"

李士安说："不改也可以，上次陈明'双规'时被安置在东风酒店单间里，这次宣布郁海发'双规'，应由你亲自去谈话。"

王未群摇了摇头："那听你的！先叫审查组。"

李士安带了三个同志回到了郁海发办公室，向他宣布纪律："在审查期间不许离京，随叫随到。"开始对揭发信中的十条罪状重新调查，其间只找过郁海发两次，一次是告知郁海发他用公款装修房子查无实据，另一次询问郁海发为何给汤学静换房。郁海发是这样向审查组汇报的："在盖东风酒店时，汤学静的父亲帮助贷款100万元，没有提出要回扣，给汤学静换房有错吗？……嗯，嗯……"嗯了半天郁海发吐出了三个字："没有了。"李士安也不再追问下去。明眼人一看就知道郁海发有难言之隐。

郁海发的审查组最后不了了之，因为半年之后东风总厂发生巨变，一年之后电子总公司解体。

第2节　当模范者勿是班长之才

东风总厂年底大亏之后，金厂长对此一筹莫展，苦苦支撑3个月后向电子总公司提交了辞职报告，王未群紧急召开了党委扩大会议，研究东风班子的调整，竟无人发言。

王未群对刘玉典说："你是主管干部的副书记，请先拿出意见来。"

刘玉典说："我的意见是让郁海发再出山，听不听由你。"魏总会计师、陈士安等多人纷纷附议。

王未群笑着说："大多数同志赞成郁海发官复原职，我也同意。"又对程积平说："赶快起草文件。"

程积平说："不忙起草文件，先征求郁海发本人意见，我担心他未必同意再出马。据我了解，当初他辞职是胡战生总经理出的点子，我找胡总一同去做做郁海发的工作吧。"

王未群一听脸一沉说："不用那么麻烦吧。"口气一变："现今的郁海发不是当年的他啦，他还在审查阶段，群众中对他反映也不好，不宜让他再出来。"又说："我准备亲自出马选拔东风领导班子，现今时兴公开选拔人才，就在全公司范围内物色干部。"

李淑华起草了东风总厂招聘党政一把手的通知，王未群签发后发往各单位，东风总厂常务副厂长杨文盛立即有了反应，与总公司下属电子元件三厂支部书记关敏惠、厂长丁永杰谈了半天。

电子元件三厂全员200人，却是总公司的明星企业，论产值、销售额、利润均不到东风总厂的五分之一，按人均计算职工收入富得流油。加上产品含金量高，是整机厂配套的香饽饽，加上出口创汇名列前茅，成为总公司的支持产业。杨文盛曾同关敏惠同赴美国洛杉矶厂长培训班3个月，也算是同学呀，加上杨文盛之妻是该厂外经股股长，他动员关敏惠出来应聘是顺理成章之事。

关敏惠心动了，说："可以考虑啊。"丁永杰却反对："我们厂里的事很多，顾不过来，再说要有很多资金支持，钱从哪里来呢？"

杨文盛说："小丁呀，不用担心。你与关书记年富力强，应该勇挑重担。你们厂在东直门内，我们厂在东直门外，仅一里之遥，相当于同一院里两厂合一办公呀。至于资金，不用怕，向东直门外工商银行张主任贷个几百万没问题。"又补充说："你们去了，一个是党委书记，一个是总厂厂长，处级待遇啦。"又笑着说："到那时，我老婆也是外经科科长，不是股长啦，哈哈。"

在三人大笑声中，不知池多深、水多宽的丁永杰竟答应参加总公司的招聘会。

东风总厂班子招聘会在电子总公司大会议室如期举行，出乎程积平意料，原来六家应聘者只来了元件三厂的关敏惠、丁永杰两位。李淑华向王未群报告这一情况后问："王书记，招聘会议还开不开？"王未群略感惊奇地回答："照开不误！"

当五个人坐定后，王未群立即宣布："党组决定，由你们两人担任东风总厂党委书记和总厂厂长。"李淑华忍不住一笑，王未群瞪了李淑华一眼，对关敏惠说："你们有什么要求？"

关敏惠说："据我们了解，原厂长郁海发在该厂影响还蛮大的，唯一要求撤销郁海发的顾问及党委委员，让杨文盛当顾问。"

王未群竖起了大拇指说："关书记，高，实在是高！"又对程积平说："下周定一时间，我亲自送他们上任！"

两个多月之后，东风总厂的唐总会计师、金厂长、齐科长等分别来到山中餐厅，向郁海发报告了惊人消息：东风总厂即将全面停产！

郁海发从这些同志断断续续的叙述中，知道了事情的原委。

金厂长说："库存产品的材料已经见底，无法组织生产了。丁厂长将元件三厂的一个零件来料加工，只能让二分厂一条流水线开工，杯水车薪而已。"

齐科长说："整机库已经清仓，发出去的整机因三角债回不了款！财务无钱，元器件进货无着落。"

郁海发问唐总会计师："为何不找银行贷点款？"

唐总会计师告诉郁海发，她和杨副厂长去过东直门外工商银行，张主任说："当年有经委总会计师王志尚担保，又有张副市长、吴副市长支持，多年来本行贷给贵厂流动资金。现今缩紧银根，你们要求贷款实难从命。"唐总会计师又说："杨厂长找到王未群，王书记给银行写了手书请求张主任放贷。"

郁海发问："没贷出来？"

唐总会计师说："不仅不贷，还出言不逊。张主任说，王未群净说大话，吹大牛，无法受理。将王的信退回杨厂长了。"杨文盛答应丁厂长"贷个几百万没问题"的话变成了一句空话。

郁海发又去问张建新："东风总厂资金断裂，谁之过？"张建新答非所问："元件三厂两人对自己的能力估计不足，200 人的厂想玩转 2000 人的厂，门也没有。"

郁海发说："你的分析我不敢苟同。他俩是能干人，勿能怪他们两人，应该怪罪于决策者，领导不懂这样的道理：能当模范者勿是班长之才，将才和帅才是有区别的。"

张建新说："老厂长，今天东风总厂走到此种境地原因是多方面的，让历史去评说吧，咱俩不用争论了。程积平处长发来调令，我去总公司供应处报到啦。"

第3节　挡不住的一波出海潮

张建新上调总公司供应处使全厂掀起了一波出海潮，技术工人、技术人员到副厂级干部纷纷离厂，他们或下海，或上调，或去兄弟厂，要不就提前退休。金厂长自己办了一家出租车公司，总工程师刘兵去了电子工业部的研究所。尤其是唐总会计师平调到另一整机厂，齐科长退休了，关键岗位无能干之人，使丁永杰寸步难行。

自从关敏惠、丁永杰进厂，郁海发被免去顾问职务之后，他天天在山中餐厅上班，倒也逍遥自乐。朋友们却极为关心郁海发的去向。

一天，胡战生去医院看病顺路看望郁海发，小酌之间胡战生说："老郁，你刚过 50 岁吧，不能整天与锅碗瓢盆打交道。"

郁海发说："无奈之举，自寻乐趣。"

何战生说："我向北京青年干部学院院长推荐你去那里当教育处处长。"郁海发回绝："专业不对口，实难从命。"转天胡战生再约郁海发去仪表公司下属远东仪表厂，建议他去该厂任职，郁海发说："我不会离开电子总公司的，看看王未群能把我怎么样。"

某日晚上古玉告诉郁海发，市科委陈炳生副主任来了两次电话。上午的电话说："我这里缺一位处长，海发愿不愿意来科委？"下午的电话又说："那个处长的位置已经被科委邹主任安排了。"郁海发对古玉说："我认识邹主任，是半个老乡。他派人要两台收录放机做样品，我以出厂价收了他的钱，从此不联系了。"

北京广播局局长金国全原是无线电杂志社社长，多年来一直和郁海发保持着联系，他对郁海发说："北京广播电台要企业化，拟增加一位懂企业管理的副台长，你来吧。"郁海发又断然谢绝了。

唐总会计师也在调往他厂之前向郁海发告别，她劝郁海发说："郁厂长，现在不走，更待何时？"郁海发的回答有点伤人："我坚决不离开东风总厂呀，我要看看他们的结局如何，也不想当逃兵！"

古玉见唐总会计师脸色转阴，连忙打圆场说："唐总，勿要在意老郁呀。他心情一直不好，心态有点不正，我多次劝他快找一个工作，也常对我发火。"郁海发对古玉大吼："要你多嘴！"唐总会计师尴尬地离开了郁家。

古部长因癌症在 301 医院做手术，古玉去看望父亲，忍不住向父亲告知郁海发的情况。古部长对女儿说："人的一生中都会走一段背字路，你作为妻子应帮他走出困境。"

古玉说："他现在谁的话也听不进去，推了不少公家职位。"

古部长说："不妨下海去私人企业，凭他的能力有很多老板会聘他的。"古部长一席话让古玉猛醒，转天给深圳的郁海阁打了电话。

一周之后，郁海阁突然来到北京，在山中餐厅聚餐时，郁海阁先开口："我的工厂生产耳机，打算转型生产收录机，海发哥能否帮我上马？"

郁海发笑笑说："你给我多少工资，能否请得起我？"

郁海阁不假思索地回答："你来当奥迪无线电厂厂长，月工资5000元另加500元伙补。如何？"

郁海发一惊："真的？那可是我工资的20多倍呀。"

郁海阁从提包中拿出一沓人民币说："这是1万元，先付两个月工资。"

郁海发一把收了1万元说："海阁呀，实话对你说，东风总厂刚发生一件大事，外来两位领导要开溜了，我当亲自送送他俩，估计两个月之后一定去深圳。"又对古玉说："夫人，可以吧？"

古玉说："你的事由你做主吧。"又对郁海阁抿嘴一笑。郁海发去深圳的故事，在二十三集《一份自吹自擂的应聘书》中将详述。

第4节　大厦倾塌总公司解体

东风总厂发生的大事是啥呢？原来是新班子成立不到3个月，全厂停产，职工工资减半发放，干部调离十之有三，工人走了几百人。丁永杰厂长借口原厂有事不来东风了，关敏惠书记到厂应付工人们的上访，全厂犹如一团乱麻，实际上东风大厦日渐倾塌了。无奈之下，关敏惠向王未群书记打了报告，要求撤销东风总厂的职务。王书记命令刘玉典去处理。

张天亮和杨文盛向郁海发告知这一消息，还说刘玉典硬着头皮找到他俩商量如何办，并提出由张天亮任党委书记，杨文盛任总厂厂长。郁海发问他俩："你们同意吗？"

张天亮、杨文盛异口同声："这么乱的烂摊子，谁敢接呀？干脆申请破产吧！"

郁海发沉思半天说：“破产？心有不甘！”

张天亮说：“郁厂长，希望你再出马。”杨文盛也说：“我与天亮来此一趟，亦有此求。”

郁海发说：“我绝不能再走向前台。为了东风百姓，我可献出一策，可让它的牌子屹立不倒！”

张天亮、杨文盛忙问：“有何好计？我们一定遵行。”

郁海发说：“天亮可担任党委书记，老杨不宜去当厂长。厂长人选可从东风酒店或扩音机分厂或开发部领导中选一，只有这三个单位还在运作。”

杨文盛马上说：“论实力东风酒店宋长生任厂长较好。”郁海发表示同意。

张天亮问：“那下一步怎么走？”

郁海发说：“让宋长生当厂长，东风总厂即使不会再有电子产品昔日辉煌，但经营方向以东风酒店为主，出租所有空闲的房子，用房租养活现有职工。”

张天亮说：“对呀。我怎么没想到这一点呢。我先当当书记，配合宋长生让东风总厂牌子不倒下去。”

一切如期进行，刘玉典来到东风调整了班子，郁海发、杨文盛参加了会议。第一家租赁西部行政二层的是大北刘十四的印尼朋友，开办了普林装饰品公司。接着厂房沿街底层租给个体工商户，大多数是本厂的职工。第三家租赁东风大楼五到十层，开办了《北京时报》……东风总厂逐步走出了困境。

两个月之后郁海发本应去深圳了，不料《北京时报》记者李俊歧的来访，在电子总公司再次掀起地震波，郁海发去深圳一事按下暂停键。

李俊歧原为北京电子总公司宣传处干事，他应聘到《北京时报》上班的新址竟是郁海发的厂址，他第一位采访对象是他的老朋友郁海发。

郁海发对李俊歧说：“今日东风与前几年的东风不能同日而语啊！怎么说呢？今日东风好比破落地主，徒有其表，内部空虚，仅有不少厂房。有房无人居，出不了产值。新班子将破落地主的地皮房产出租，以维持全厂人的生计呀。”李俊歧妙笔生花写了《大厦再次倾塌而获重生——看我东风人这样做》的长篇通讯，作为他的第一篇杰作，在《北京时报》上刊出。

此篇通讯的现实指导意义相比东风大厦第一次倾塌时的新华社内参更为深刻，对官场的震动更为激烈。北京市工委主任刘财带了干部在北京电子总公司召开干部座谈会，会议的初衷是刘财主任想在本市找到新时期企业改革的先进典型，所以东风总厂的郁海发、杨文盛、张天亮、宋长生四位应邀出席，不知何故王未群却没来开会。

在议论东风总厂由败转兴再走衰的原因时，参会者对王未群火力全开，将责任推向电子总公司一把手。刘玉典最后说："刘主任，对你说实话，七个常委中有五人打报告要求调离公司，半年来常委会无法召开，市里应想法动动手术。"

又过了一段时间，传来了撤销北京电子总公司的编制，下属企业归于几个大企业直属市经委，东风总厂由瑞祥公司代管，电子总公司正式解体。王未群安排在中国联通公司，被拒，又在其老丈人帮助下当了北京上市公司董事长。待一切尘埃落定之后，郁海发奔上深圳之路，那时已近年关了。

有一句话叫作"善人长寿，恶人短命"。还有一句话叫作"好人有好报，坏人得恶报"。但均有特例的，本书中的雷永刚因"房"而成为千万富翁就是特例之一。欲知后事如何，请阅第二十二集《雷永刚暴富之谜》，讲述雷永刚因"房"而发财的奇葩故事。

第二十二集　雷永刚暴富之谜

"善人长寿，恶人短命"和"好人有好报，坏人得恶报"并非放之四海而皆准的真理，本集的雷永刚就是特例之一。雷永刚在东风总厂走向衰败的混乱之中抢占一套公房，利用政策之变而成为千万富翁，创造了财富骤增的神话，引发了一起公房公案。正是无理无德成富翁，公房公案何时休？

第 1 节　昔日战友反目镜头的回放

《现代汉语字典》对"痞子"一词作恶棍、流氓之解，纵观雷永刚的历史，他不是流氓，是烈士子弟，其父生前是冀东地区共产党的领导人，他有夫妻双双是大学生的完美家庭。他是郁海发同校不同系的校友，被分配到研究所第三研究室。1966 年 5 月在帮助玉堂公社夏收时，雷永刚不慎跌入深坑中，送往成都军区后勤医院救治后被评为最轻十级伤残。私心驱使他常常撑着拐棒，走路故意一拐一拐的，向人们显示他留下的后遗症。就凭这一素材，郁海发笔杆生辉，撰写了一篇精彩发言，雷永刚被评为成都军区学习毛著积极分子而引起了轰动，与 750 部队同时出了名，郁海发也因此被誉为 750 部队的一支笔。1969 年底，雷永刚复员回京分配到东风无线电厂。

在郁海发赴任东风无线电厂的中层干部会议后，天黑了。郁海发和总公司领导尚未走出会议室，楼道里突然传来一片人声，声音最大的是："打死他，打死他。"原来几个职工在揪打刘树林。郁海发走过去一看，只见一个大个子揪住刘树林，另一人在用手杖抽打他。打人者竟是雷永刚！郁海发大声地喊："雷永刚，不可造次！"雷永刚一把将刘树林推倒在地，说："看在我老战友的面上，今天放你一马。"

送走了公司的领导，郁海发走到大门口，雷永刚从传达室里走出来说："老战友，道黑，我送你回家吧。"郁海发说："不用了，回聊。"大步走出厂门口，又回头问雷永刚："刚才帮你打刘树林的是谁？"雷永刚回说："行政科的副科长陆青范，也是部队转业的，我的好朋友呀。"

一天晚上，雷永刚提了四瓶"女儿红"黄酒来到郁海发家中，郁海发说："你是无事不登三宝殿，坐下说吧。"

雷永刚坐下后说："我是直人，实话实说。厂里要分房了，老战友，照顾我一下呀。"

郁海发说："我不太清楚你的住房状况。你可向分房小组写申请，按分房条件讨论才行哪。"

雷永刚说："还不是大厂长一句话呀，照顾一下老战友，也是老同学呢。"

郁海发说："全厂近 2000 人看着呢。"话不投机半句多，雷永刚生气地拉开大门，"砰"的一声关上，走了。

在分房小组会上，陆青范拿出了雷永刚申请书，提出分给雷永刚一居室。郁海发问："大家意见如何？"分房小组成员谁也不吭声。

郁海发对工会主席铁金芳说："你讲讲雷永刚的住房情况。"铁金芳这才讲了实情：雷永刚从 750 部队复员回京后，街道房管所安置了一间平房，厂里从一期宿舍中又分了他两居室，应交回平房，但雷永刚拒不交回厂里。后来他又添了个儿子，提出在二期工程中分给他三居室，铁金芳未同意。

郁海发问："情况是否如此？"包括陆青范在内所有人点头称是。郁海发随即决定："雷永刚不属于分房范畴，不予考虑。"陆青范不吭声，其余人都表示同意。

一周之后，在汤学静送审文件中，有总公司办公室的文件，其上有王未群党组书记的亲笔批示："退东风总厂。请郁厂长解决雷永刚的住房问题。切！"并附上雷永刚给王未群的申请书。郁海发随即让汤学静打电话给总公司办公室主任："雷永刚不属于本次分房者。"把王书记的批示顶了回去。

东风电子总厂行政楼前，十几位工人挡住一部桑塔纳轿车。郁海发对大伙儿喊："局里有重要会议，请你们不要挡住，我要去开会。"雷永刚挥着手中拐杖，敲打车头，也高喊："弟兄们，厂长不给解决我们的住房，今天不让这车开出大门！"僵住半小时后，厂办副主任汤学静从楼内出来，边走边喊："总公司王书记的秘书来电话，叫郁厂长马上赶到总公司开会。"雷永刚一听是王书记的电话，收起拐杖说了一声："暂时放你一马，走吧！"轿车开出大门。

梁淑琴如实汇报：厂大门口传达室里间，在昏暗的房中，雷永刚强迫梁淑琴："把郁厂长后面那'退还'两个字划掉，重抄！"雷永刚拿起拐杖敲打梁淑琴的头部："你不是给我老雷取了痞子的外号嘛，我老雷就是痞子，找死！"

梁淑琴突然号啕大哭："我对不起郁厂长呀！是雷永刚逼着我写的伪证啊。"

当郁海发原办公室成为陈明专案组办案地之后，雷永刚出于记恨郁海发，旧账炒冷饭与新账一块儿算，整理了他的十大罪状。陆青范出了个主意："把十条罪状加上海门揭发信上报，多找些人在这份材料上署名，以体现民意。"

第 2 节　雷永刚和陆青范为房结盟

陆青范是行政科副科长，雷永刚是设计科技术员，他俩怎么走到一起了呢？

在东风厂第一期分配宿舍时给雷永刚一个两居室，按规定应交回原住一间平房。雷永刚提了一大堆礼物看望陆青范，说："陆科长，你先开两居室入住单吧。"分房小组副组长陆青范碍于面子，没写交回平房保证书便为雷永刚办了入住手续，入住者名字是雷永刚的妻子王雅芳，但雷拒不交回一间平房引起了全厂人的不满。

雷永刚在新房内摆了一桌菜宴请陆青范，推杯换盏之后，王雅芳对陆青范说："陆大哥呀，看在我肚中 3 个月孩子的面上，别让我交回那间平房呀。"并拿出一个礼品盒说："这一副金耳环送给你女儿的。"陆青范说："那谢谢弟妹啦。"

雷永刚趁势双手一拱："请大哥受小弟一拜。"并说："昨天分房小组的李大章让我交出一居室，还向我动了粗。"陆青范拍拍胸口说："李大个是我的兵，我去摆平，兄弟放心吧！"分到两居室的王雅芳很快要求调离了东风厂。

这一段细节被雷永刚夸大后传遍东风全厂，人人皆知陆、雷是铁杆兄弟，也无人再敢提出让雷永刚交回平房之事。这引起时任厂长兼书记刘树林的愤怒，下令停止了陆青范的分房组副组长职务。因而，当郁海发接替刘树林职务的那个夜晚，发生了雷永刚和陆青范合伙棒打刘树林的那一幕。

郁海发来到东风厂之后，陆青范被重用，先后提为副厂长，恢复分房小组副组长职务，陆、雷小圈子不断扩大，做了不少违规之事。看官还记得吗？郁海发那个夜晚在陆青范饭店里打麻将，雷永刚叫走了陆青范让同厂的女友代为上场，继而雷永刚向东外公安分局报了警。

第3节　抢占三居室，新班子无奈

郁海发退居二线之后，张建新和金厂长接任该厂书记和厂长职务，雷永刚再次向张建新提出分东风公寓三居室的要求，张建新直截了当回答："分房小组认定你不够分房条件，上届班子决定的事，我们不能随意更改。"雷永刚转身走了。

不到一周时间，雷永刚站在东风公寓八层一间窗口上向外大喊："这间三居室属于我的了！"楼下逐步增加围观人群，厂里的主要干部全到场。金厂长对铁金芳说："把八层钥匙拿来，上去看看。"铁金芳这才想起东风公寓钥匙仍然由陆青范保存着，忙说："我马上去老陆那里拿钥匙。"

金厂长、张建新、铁金芳加上纪委副书记张天亮等一拨人爬到八层，一看801是梁淑琴退回的三居室，只见大门紧锁着。铁金芳去开门后对金厂长说："已经换过锁啦。"张建新说："雷永刚撬门进去的，违法！"张天亮走到门框处仔细看了看，对金厂长说："借一步说话呀。"

一拨人回到金厂长办公室，张天亮对大伙儿说："我仔细看了门框，完好无损，雷永刚不是撬门而是开门进去的。"金厂长问："雷永刚哪里来的钥匙呢？"张建新说："哦，明白了，有内鬼。"

虽然大伙儿明白了，但无应对之策，加之这届班子处于风雨飘摇中，金厂长打了辞职报告，正在暗地里筹划他的出租车公司，无意也无暇顾及此等难事。雷永刚一人在801吃住了几个月。

不久，关敏惠、丁永杰担任了东风总厂党政一把手，王雅芳向关敏惠哭诉道："郁海发自己多分一套房，老雷申请住房，总公司王书记批转郁海发要解决，却被郁海发拒绝了。"关敏惠问："是真是假？"王雅芳说："向毛主席保证，对天发誓！不信可问问王书记。"

关敏惠不敢怠慢，立马赶到总公司问王未群："王书记，有此事吗？"王未群回答："确有其事。雷永刚是烈士子女，夫妻俩都是高级知识分子，该照顾时应照顾一下。"

关敏惠得到王未群的令箭，回到厂里专门召开了中层干部会议，传达了王未群的指示并宣布801房分给雷永刚了。会上谁也没有吭声。

从此，雷永刚全家四口人大大方方搬进了801三居室，原有一间平房和一套两居室空关着。但是分房小组坚持了原则，始终未开801入住证，若干年之后引发诉讼便不足为怪了，容后再表。

第4节　雷永刚财富骤增的神话记

张天亮、宋长生上任后，忙于厂内职工的生计，无暇顾及雷永刚抢占公房事件，人们也渐渐忘了此事。雷永刚的运气还在往上升，两年之后，由于街道小区拆迁盖楼房，雷永刚以房主身份得到的补偿是楼房两居室。在两年中全家住在东风公寓三居室内，开发商每月补助1000元共计24000元。

雷永刚一家四口占了两套两居室分别为60平方米、65平方米和一套三居室85平方米，谁也无力去解决，在这乱世之中成了一笔糊涂账。

在房价升高之际，出租房价格水涨船高，雷永刚将两个两居室出租，每月租金也是天文之数，旁人无法估算。更有甚者，20世纪末北京进行房改，职工可凭工龄购置公房，每平方米价格比市场价少了20多倍。雷永刚办妥了街道两居室的手续，使其归于个人私产了。

某天，退休的雷永刚夫妇来到东风总厂，要求厂长宋长生办理厂里两居室职工购房手续并以王雅芳的工龄计算购房款，宋长生说："王雅芳，你不是调走了吗？老雷不是已经办过一次优惠购房了吗？我得去问问张天亮书记，他在负责此事。"张天亮对雷永刚说："雷工、王工呀，可以办的。"王雅芳笑着说："还是张书记是明白人。"张天亮却说："这件事我清楚，老雷呀，你把东风公寓801交回厂里，我就给你开两居室的证明啦。"雷永刚夫妇讨了个没趣，走了。

进入21世纪后，当地房价上涨的速度出奇地快，每平方米达5万元。雷永刚将街道那套两居室卖掉了，得款325万元。过了几年，房价上升到每平方米7万元了。

王雅芳高兴地对丈夫说："厂里的两居室现在可卖到420万元，这间三居室可值595万元。我家的房产共值1340万元，想不到你老雷成千万富翁了！"雷永刚和妻子商量："女儿嫁出去了，儿子儿媳和我俩住在一块儿，把那个厂内两居室卖掉吧。"王雅芳说："这个房子无私产房本无法出售，待我再去找找张天亮。"结果再次碰壁。

第5节　无理霸房公案何时了

不久王雅芳向东外区法院递了状纸，申诉东风总厂侵犯职工利益，要求厂里为王雅芳开出两居室的房产证明。宋长生接到法院送来的传票问张天亮："怎么处理？"张天亮说："真是恶人先告状呀。我亲自出庭去！不用聘律师。"

在法庭上双方进行了激烈的辩论，法院初次见到这样的案子，最后判决："此案非本庭职责范围之内，驳回王雅芳的主诉，建议有关上级行政部门解决。"法院一推六二五。

此件公案至今未能解决，雷永刚未拿到私房房产本而无法出售房子，但出租赚取房租无人过问。雷永刚抢占801公房也无法收回，集体房产损失听之任之。人们在问："无理霸房公案何时了？"

房

本集故事发生在郁海发不担任公职期间，张天亮和法院均找过郁海发调查真相，郁海发虽然据实写了情况，却没有过多参与，因为他应郁海阅之约去了深圳，忙着下海挣钱去了。21 世纪初，郁海发用挣来的钱购置了北京近郊 100 平方米三居室，又过了十多年将该房出售赚了 12 倍，在第二十五集《樱花园之恋》中再现精彩故事。

欲知后事如何，请阅第二十三集《一份自吹自擂的应聘书》，讲述郁海发在深圳的故事，当然与房有不少牵连。

第二十三集　一份自吹自擂的应聘书

　　在古玉和郁海阅的共同谋划之下，在上下倾轧中受伤的郁海发似18岁的娃儿奔向南方打工之路，从此走出了人生的低谷，凭借一份自吹自擂的应聘书，投入三个私企老板的麾下，他的月收入达到上万之数。进入富裕人行列的郁海发，世纪之末，回到北京回赠一路支持他的朋友们；世纪之交，当两个儿子为婚房而发生龃龉之时，在北京近郊购置一套公寓，二儿子出国定居之后，将此公寓出售，赚了12倍，郁海发底气十足地回到故乡海门木行桥，游弋在郁氏家族宗亲活动之中；世纪之初，对郁家东宅重建瓦6进行现代化住房改造，便于母亲惠姑的养病，以尽孝子之责。

第1节　古玉设计，海发奔赴深圳

　　处于混乱之中的东风总厂掀起一波出海潮，当年与郁海发共同挽救工厂的同事们纷纷调离该厂，郁海发谢绝了朋友们推荐的公职，坚决不离开东风总厂，也不听家人和朋友们的劝告，还时常对古玉大发脾气。郁海发不离开东风总厂，一半是出于他不忍心大厦倾塌之意，一半是出于赌气，他放话："看看王未群能把我怎么样？！""看看外来的干部结局如何？！"用海门话叫作"看人好看""叫人快活"，幸灾乐祸心理溢于言表，显然郁海发的心态有点不正。

　　这可急坏了古玉，她父亲古部长提出化解之法：下海经商。古玉猛醒，瞒着郁海发偷偷地给深圳郁海阅打了电话。郁海阅是郁海发在《无线电》杂志里认的弟弟，在深圳开办了微型耳机厂，曾将郁威送到日本留学了几年。

古玉将丈夫的处境告知了郁海阅并说："帮你哥哥在深圳找一个工作，让他换换环境。"

一周之后，郁海阅亲自赶到北京，聘请郁海发为他工厂的厂长并预付了两个月工资1万元。郁海发难却郁海阅的盛情，也被高工资所吸引，几个月之后去了深圳，却已是年底辰光了。

郁海发要到深圳发展的去意已决，于是决定山中餐厅停办，去市场办要求退临建房，市场办李主任痛快地答应："可以退房，按75%，3万元退你。"郁海发高兴地接受了。事后得知，内部已经通知违建房要拆除，研究平方米拆迁补助5万元，李主任等三人凑成3万元买了这间房，补助拆迁款5万元三人平分掉。在市场经济条件下，此等情况不足为怪。

腊月的一天，年关渐近，一辆公交大巴车穿过长安大街，拐往北京火车站，郁海发提着行李走进检票口。

火车向南疾驶，飞过华北平原，穿过武汉长江大桥，跨越了秦岭山脉。郁海发在软卧车厢里写信："古玉吾妻：……"

郁海发的画外音："在上下倾轧中，我无奈辞去公职。50多岁的老儿，似18岁的娃们，毅然决然，风尘仆仆，南下打工，奔赴广东，参加深圳二次创业。此举能得到相濡以沫30年贤妻的谅解、支持，使我万分宽心……今日成行深圳是你的良苦用心，几年之后我一定能做出一点成绩向贤妻汇报。"

至此，一个国营企业扭亏增盈的摘黄牌厂长因"房"而下海，投入私企老板的麾下，走上了另一种人生奋斗的路程。

第2节　一份应聘书，海发去了中山

郁海阅是一位自学成才的音响专家，他的强项是设计高品质微型耳机，奥迪牌耳机在全国微型耳机市场中占有率极高。郁海发担任厂长后，增加整机的生产，设计了几款微型收录机新品种，按牡丹无线电厂方式成立设计部，动员民康研究所退休的高级工程师姚大光担任主设计师，招聘东风总厂二分厂车间主任王立光担任整机车间工段长。年底三款机型产量达10万台。第二年，工厂迁入宝安二十六工业区，厂房扩大了 5 倍，产量一路飙升。

一天，郁海发不经意间看到《深圳日报》上的一则广告：中山市银水电子公司招聘副总经理。郁海发关注的并不是 8000 元月工资的引诱，郁海阅给他的工资是原厂工资的 20 多倍，还包吃包住，一个人住了两居室；郁海发感兴趣的是，银水公司从事楼宇可视对讲门铃的制造，在房地产事业蓬勃发展的当今，此项目前途不可估量，郁海发萌生了到银水公司了解视频技术和市场的冲动，连夜写了一份应聘书。

自吹自擂的应聘书（1996）

应聘者：郁海发　应聘职务：高级顾问或副总经理

【我从哪里来】

我的家族从哪里来的？据《鲁国郡》郁氏谱《崇明卷》记载：我族始祖有子名若（孔子七十二弟子之一），从古至今，具体如下：

四十九世郁麟，宋建炎二年十月金人犯鲁国邑，举家迁句容之绛岩山。传至六十一世君盛和君玉。

六十一世君盛和君玉，为避张士诚作乱，元至正十七年迁崇明之西沙。传至七十二世郁国瑞——七十三世郁德林和郁德行。

七十三世郁德林迁至海门土地桥。传至七十四世郁永行——七十五世郁江福。

七十五世郁江福迁至木行桥。传至七十六世郁士昌——七十七世郁思忠——七十八世郁正茂——七十九世郁再林——八十世郁九周——八十一世郁海发。

【我到了这里】

海门木行桥郁氏家族七代传人，高级工程师。自小随先父郁九周——毛泽东的下等士兵外出读书谋业。毕业于南京草桥中学和北京航空学院。

大学毕业后在 750 部队服役五年，转业到北京牡丹无线电厂任设计科科长，为培养"文革"后的牡丹牌收录机设计队伍做出了很大的贡献。这是人生的第一次拼搏。

担任北京民康广播研究所所长，在一个面临关停并转小厂的基础上，创建了自筹经费的地方科研所，创利 1500 万元。这是人生的第二次拼搏。

在吴副市长支持下，担任北京东风无线电总厂厂长兼党委书记，承包了这个濒临破产的企业，让该企业增盈补亏 963 万元，恢复了生产，被誉为摘黄牌的厂长。这是人生的第三次拼搏。

曾带领 3 名工程师赴香港 8 个月，与外商联合设计多款收录机新产品，为企业出口创汇做出了贡献。

赴美国加州大学长堤分校的厂长培训班，3 个月结业。

撰写过 10 万字的电子科普文章，在《光明日报》《经济参考报》《中国电子报》上发表过政论短文、短小说近十篇。其中《自筹经费的地方科研所在技术进步中的作用及前途》一文，被评为全国"企业改革十年"征文优秀奖。

我所管理的工厂先后被《北京日报》、《经济参考报》、中央电视台、北京电视台等多家媒体报道。中国卓越出版公司出版《群星谱之三》之中，刊登了《摘黄牌的厂长——记北京东风无线电总厂厂长郁海发》一文。

我所承包的北京东风无线电总厂的目标如期完成，此后，我受到了不公正的待遇。在上下倾轧中，不得不愤而辞职。此后曾在大儿子的公司里协助管理过财务，还在临建房内经营餐厅，炸过油条，卖过馄饨汤。这种赋闲在家消磨时光的日子让我心有不甘。

我和 18 岁的年轻人一样进入了深圳特区，成了一名打工者，现任深圳奥迪无线电厂厂长，受到了 BOSS 的良好待遇，工作初见成效。

【我的自画像】

我的手掌短粗，掌肉肥厚。有人看了调侃说，这哪像高级工程师的手？街头小摊上麻衣相的先生看了，给了我一个解释：手指短而粗，一生很辛苦；掌肉多而肥，荣华富贵紧相随。有的朋友还说，这种手是理财型的手，是发财的手。

我一生既辛苦又顺当，功成名就，运气尚好，于公于私都应验了此种说法。本人不是一个彻底的唯物主义者，也相信命运，但把命运牢牢地掌握在自己的手中。惠州市一位看相的曾谑言："先生你，上能决策规划，中能文学书画，下能跳舞搓麻。"这种又贬又褒的评价对我来说倒也贴切。

对此，我给自己的总结是：能在极为困难的境遇中寻找出路，善于在复杂的条件下做出决策。我一生的信条是："有 1% 的希望就做 100% 的努力！"

房

在让那两个濒临关闭企业起死回生的过程中，我曾提出过许多鼓动性的口号，以此来激励下属。我认为自己的智商不算高，可我有较强的组织能力，还有开创开拓的苦干精神。我既能纸上谈兵，又能事必躬亲，脚踏实地是我一贯的工作作风。

作为一名共产党员，我有党的信仰。廉正、自律、敬业、慎独，是我坚守的品德。我有市场经济条件下的思维方法和处世原则。我还有一定的税务、金融、财务、法律知识，有大中企业、科研所行政管理经验和党的工作经历。

我的书画虽然不好，但略懂文墨，小有弄笔，文章经过多次修改，还算可以。8岁时学会游泳，至今还是那时的水平——狗刨式。20岁时学跳舞，只会慢四步，这种舞步和我的人一样，既保守又开放。搓麻也仅仅是为了应酬，满足交际会友的需要而已。我的身材高大，威严而不高傲，谦恭而不卑微，有一定的领导魄力。

第二天，郁海发把应聘书打印一份寄给了中山银水公司，一周后该公司回电话请他到中山市横门镇面议。周六早饭后，郁海发从宝安出发，到中山市再转车到达横门镇银水公司，已经下午1点了，接待的副总经理吴大为说："郁厂长，先到大排档吃饭，再住进酒店，晚上横门镇党委书记、银水公司董事长何佛明同志宴请你。"

晚上6点，何佛明书记带着秘书和吴大为准时到达酒店，与郁海发和同房间的西安人张先生握手寒暄之后说："到餐厅边吃边谈吧。"

五个人在餐厅小包间坐下后，何书记举杯欢迎并对郁海发说："我们看了你的应聘书，郁厂长的文笔真好，你也是改革开放的先进人物啊。"

郁海发赶紧回答："惭愧，惭愧。何书记谬赞了，我是王婆卖瓜，自吹自擂呀。不过，向何书记保证，我的经历绝无失实之处！"

闲聊一会儿后，何书记说："知道你们两位来了后，下午开了公司董事会议，委托我办理两位的入职手续。"又对郁海发说："由你担任银水公司副总经理兼总工程师，月工资8000元。如何？"

见郁海发没有吭声，何书记又对张先生说："银水公司唯缺技术权威，张先生担任副总工程师，月工资3000元，如何？"

张先生立即表态："谢谢何书记，我一定全力协助郁副总经理的工作！"

何书记又问郁海发：“老郁呀，帮帮我何佛明，与张先生搭班子，可好？”

沉思半天，郁海发终于开口：“可以接任，不过我的工资不能拿8000元，一半就足够了。一是我弟弟在深圳的工厂还要我照看，精力不能全用在银水。二是这么高的工资容易引起流言蜚语，待做出成绩后再说吧。”

何书记高兴地说：“好呀，我决定聘请你担任常务副总经理，除统管技术部门外再加上制造部、销售部及行政部，排在总经理吕振彪之后。一年之后再把工资提上去。”出乎意料，一年之后银水公司破产了。容后再表。

郁海发回到宝安后，向郁海阅和盘托出中山行的全过程，并提出他在奥迪的工资5000元减为3000元，郁海阅没有同意，象征性地把月奖金停发了。

第3节　打三份工的海发成富裕之人

郁海发在银水公司工作了一年，成绩甚有起色，出乎郁海发意料，不久之后银水公司宣布破产，银水所有人都被解聘了。郁海发回到宝安奥迪无线电厂，对郁海阅说：“我带回了楼宇可视对讲门铃所有技术资料，我们厂可以上马生产吗？”郁海阅说：“我们厂的产品市场销路很好，再开一个项目会增加生产线及技术、销售队伍，投资会很大的。不用搞了吧。”郁海发了解泉州佳艺电子公司正在上马可视对讲门铃，和该公司林总联系后，郁海发赶到泉州市，一拍即合，林总聘请郁海发为高级顾问，为期一年，郁海发把资料包括线路板实物和图纸送给了佳艺电子公司。

郁海发凭借《自吹自擂的应聘书（1996）》先后受聘于深圳、中山、泉州三个私企老板，此过程说明的问题很多，信息量很大，对郁海发而言，最突出的、最实惠的是算算一笔经济账——郁海发进入了富裕人的行列之中！

深圳奥迪无线电厂厂长郁海发月工资5000元，一年共计60000元；中山银水公司常务副总理郁海发月工资4000元，一年共计48000元；泉州佳艺电子公司高级顾问郁海发月顾问费3000元，一年共计36000元。几年中郁海发有着可观的收入，扣除个人支出后，他的银行存折上达30万元之巨。于是乎手头宽裕了的郁海发又做了三件事。

第一件事。20 世纪末的清明节，郁海发从深圳到南京父亲郁九周灵前祭拜，再回到木行桥看望母亲惠姑，并为祖父母郁再林、郁张氏扫墓。回到北京后，在重庆饭店宴请一路支持他的领导和同事们：胡战生、陈炳生、陈兴东、姬优玲、张广洁、赵育生、唐总会计师、齐科长、张天亮及刘十四等 15 位。

席间，郁海发作了深情讲话，阐述了做人做事的理念。他说："我在南方受聘私企老板几年，印证了'福兮祸所伏，祸兮福所倚'的至理名言。众所周知，在上下倾轧中受伤的我，深圳之行是不得已而为之，没有想到它使我这几年发了点小财啊。你们看我胖了，心宽体胖，有点发福了。

"任何一个人，不论在官场、职场都不能得罪领导和同事。我的母亲惠姑曾劝告我，小时候抽星宿算命，说我命中会有小人作祟，时时防备呀，近君子、远小人。可我没有在意，故在上下倾轧中受了伤。今天想来应该是远君子、近小人才对。因为君子易处，小人难缠，得罪不起啊。

"我的一生中也遇到了无数君子，由于在座的朋友对我一路支持和帮助，才使我走出了困境。我永远记住先父郁九周的教导：'不忘朋友，不害朋友。别人对你一分好，你应该用十分回报。'父亲还说：'朋友，不是用到的时候才是朋友。'今天，把大家请来，不给各位买礼物了，每人一份 280 元红包，感谢你们，请笑纳！"一阵掌声之后，古玉从手提包中取出红包，按名单发给了各位。郁海发又从提包中取出一个红包，再次站起来说："这个 888 元红包敬送日本（中国）松下彩色显像管有限公司总经理、我的老领导胡战生同志，咱俩心心相印，感谢您的知遇之恩！"全场再次响起掌声！何战生站起来接过红包，拆开后取出人民币硬是塞给了古玉，说："心意领了，钱不能再收啦。"第三次掌声经久不息。

第二件事。世纪之交，当两个儿子为婚房而发生龃龉之时，郁海发在北京近郊购置一套公寓花去 23 万元。二儿子出国定居之后，将此公寓出售，赚了 12 倍，郁海发底气十足地回到海门木行桥郁家东宅，游弋在郁氏家族宗亲活动之中。在第二十五集《樱花园之恋》中详述。

第三件事。21 世纪之初，郁海发母亲惠姑病重了，为了方便她老人家养病，郁海发用手头的余款对郁家东宅重建瓦 6 进行现代化住房改造，以尽孝子之责。同时用 9 年时间编制了《海门木行桥郁氏宗谱》。这些故事在《房》第三部第二十六集《故乡留间房为了啥》之中会与读者见面。

第 4 节　银水破产在于资金链断裂

　　银水公司的楼宇可视对讲门铃用于现代化住宅之中，顺应房地产大发展的时代潮流，市场销路极为广宽；郁海发和张先生搭班子对银水公司进行技术整顿，初见成效，那它怎么会破产呢?

　　原来是，总经理吕振彪挪用银行贷款开办卡拉 OK 歌厅从事色情服务，扫黄行动之中吕振彪被抓起来了，银行不再给银水公司贷款而导致资金链断裂，公司破了产。

　　欲知后事如何，请阅第二十四集《路边卡拉 OK 歌厅覆灭记》，曝光郁海发离开破产的银水公司的内幕。

第二十四集　路边卡拉 OK 歌厅覆灭记

开办路边卡拉 OK 歌厅从事色情服务业，触犯了中国的法律法规，使银水公司破了产。它说明人生的诱惑何其多，人应有定力，欲望与行为应保持在一定距离之内啊。7 年前，为换房之事郁海发陷入男女情爱泥潭而生发了对色情诱惑的免疫力，躲过今日路边卡拉 OK 歌厅之劫。

第 1 节　路边卡拉 OK 歌厅发生了什么事

1997 年盛夏，广东深圳，在中国改革开放的前沿阵地上。傍晚，暮色将临，在深圳通往中山市的马路上，一辆七座面包车向西南方向疾驶。面包车穿过珠江大桥，驶入中山地界，走出桥头不远的马路右侧旁，一座三层广式楼房，中间房的上方"路边卡拉 OK 歌厅"金色大字闪发红光。面包车戛然停在楼房之前，它的侧面印有"中山市银水电子有限公司"几个红色大字。

销售部经理张辉年近 30 岁，高个细长脖，陕西籍，打开车厢门走下来，把副驾座上的郁海发扶下车。郁海发是常务副总经理，年近 60 岁，国字脸，微胖，江苏籍。第三位下车的是技术部经理杨陈，年近 30 岁，圆脸，小胖墩儿，四川籍。第四位是制造部经理雷震，年近 30 岁，娃娃脸，偏白，江西籍。第五位是制造部厂长黄声，司机，年近 50 岁，精瘦，偏黑，架白色眼镜，中山人士。

银水公司从事楼宇可视对讲门铃的设计制造，是中山市横门镇私人承包的国营企业，它的管理干部大多是从各地招聘来的大学生，郁海发是北京电子高级工程师，在私人企业深圳奥迪无线电厂担任厂长两年，受聘于银水电子公司也近一年。今天是周日，该公司的部门经理从中山市开车赶到深圳宝安，接郁海发回横门镇，周一上午要他主持公司员工大会。

一行五人先后进入大楼底层宽敞的 KTV 歌厅内，五位小姐陪五位男士坐在沙发上。郁海发居中，陪唱的是汤姓小姐。张辉站起，优雅地对众人说："诸位，今晚酒食郁总开销，其他费用学洋人 AA 制。各位先唱着歌，小弟去三楼'炮台'。"挽起自己的陪唱小姐往门外走。张辉刚出门又转过头，对着众人傻乐："大家不要着急，我 30 分钟足够。"

郁海发问："上面还有什么'炮台'？"

杨陈答："就一张单人床，张辉去'打炮'。"

郁海发问："打什么炮？"

黄声说："郁总真是北京来的'出土文物'，连'打炮'都不知道！"

雷震说："全国统一价，打一'炮'100 元。"又补充："陪唱 100 元，陪睡 100 元。郁总，你待会儿给这位妹妹准备 200 大洋吧。"全场大笑。郁海发窘红了脸。

30 分钟后，张辉重入歌厅。杨陈与陪唱小姐出歌厅，上三楼。

杨陈进入歌厅。雷震与陪唱小姐出歌厅，上三楼。

雷震进入歌厅。黄声与陪唱小姐出歌厅，上三楼。

黄声进入歌厅。郁海发被张辉拉出门外。张辉说："上去吧，你是最后一位上'炮台'的啦。"郁海发无奈地跟在汤小姐后面，向三楼走去。

三楼客房内。郁海发扫描环视，单间、单床、一卫，设施十分简陋。郁海发注视汤小姐，瓜子脸，皮肤白皙透红，的确是一位十分婀娜美貌的妙龄女子。两人沉默无语。片刻，汤小姐往床上坐下，解开上衣，露出一对硕大的乳房，两座馒头似的小山上两粒黑豆，引起郁海发一股原始冲动，也靠床边坐去，轻声问："小姐姓啥？"

汤小姐："小女子姓汤。"

郁海发一惊："姓什么？！"

汤小姐："姓汤。"郁海发忽地站起，走向门口。转身，怒目注视汤小姐，进入深思之中……

第2节　七年前郁海发做错了什么事

那是七年前的一幕，郁海发陷入往日的记忆之中——

北京。东风电子总厂钢锉厂宿舍区，一位女子敏捷地爬上楼房。她是厂办副主任汤学静，虽身材短小，却面容白皙姣好。年近四十，风韵犹存。拥有一对会说话的凤眼和令人羡慕的鹅蛋脸，用北京人的叫法是勾魂儿的角色。汤学静在三层停下，敲开西头的一套住房，开门的是厂长郁海发。

郁海发问："小汤，是你！你怎么来啦？"

汤学静直往里走，边说："听说郁厂长在考虑分房名单，过来看看你呀。"

卧室的窗边，宽大的三屉桌上，铺着东风公寓的平面图，工作笔记本打开着，显然郁海发刚才在本子上记着什么。

汤学静说："小女子有一个要求，请郁厂长帮忙。"

郁海发说："直言无妨。"

汤学静说："我有一间平房，想请您换成厂里的两居室。"

郁海发说："你儿子只有5岁吧，不符合分房条件呀。"

汤学静说："现在的小孩性早熟，再过一年就不能和我们睡在一起了。"

郁海发说："嗯……有点难办。"

汤学静说："还不是你大厂长一句话呀。东风酒店扩建时，我爸爸曾帮你贷了100万元基建款。"

郁海发说："我考虑考虑……不过换东风公寓不可能的，我和大北公司商量商量，在柳西里换一套吧，和这里只隔一条马路。"

"一言为定。"汤学静抿嘴一笑，"事成之后定有重谢啊。"

汤学静站起来说："我先回去啦，去趟洗手间。"几分钟后汤学静从厕所出来，手里拿着两条裤衩，说："尊夫人不在，我把这洗了。"快步走到阳台上晾好。

郁海发说："怎么能劳你大驾，真不好意思。"

汤学静说："小事一桩。"

郁海发送汤学静走出门口。汤学静回过头来,在郁海发的右颊上吻去:"老郁,你真好。"汤学静走了。郁海发呆立在门口,摸摸两颊;进屋后又返回头来,往楼道中看了一下。

两个月后的一个午后,柳西里小区,郁海发和汤学静并肩而行。汤学静说:"老郁,我带你去新房看看。"

郁海发问:"这么快就装修好了?"

汤学静答:"你上去一看就知道了。"

某幢楼房四层,宽敞的向阳两居室。汤学静、郁海发进门,室内空空如也。郁海发问:"什么也没有搬过来?"

汤学静勾住郁海发的脖子:"我说过,我要感谢你的。"迅即推开郁海发,走到壁橱前,拉开门,从里面取出一条席子、一条被、一个枕头,铺在房内一角的木地板上。汤学静躺下,一边褪下花裙子,一边气喘喘地呼唤:"老郁,来嘛,来呀!"郁海发迟疑了一下,向地铺走去,抱住了汤学静……

几个月之后,东风电子总厂厂长办公室。郁海发与汤学静正在辩论,争论得面红耳赤。

郁海发说:"我承认你为厂里贷到100万元,做出了很大的贡献。但你要5%的回扣是断然不能给的。"

汤学静说:"那给我3%可以吧。"

郁海发说:"那也不行!我没有这个权力。前几年,贪污200块纪委就要审查,现今2000元可要成立专案组呀。"

汤学静说:"我是做了贡献要奖励的。没有建行100万元,西边大楼能开工吗?时今好处费价码5%是潜规则。"

郁海发说:"已给你奖励了,那套房子换给你啦。"

汤学静说:"那我的身子还被你占了呢。"

郁海发说:"是你自己愿意的!"

汤学静说:"不,我说你强奸的!"

郁海发说:"你威胁我?"

汤学静说:"我到总公司纪委告你去!"

郁海发怒道:"真是世上蛇蝎子,最毒妇人心。你给我滚出去!"汤学静立身往外走,把门使劲拉上,发出巨大的声响。

汤学静没有拿到贷款的回扣，也未到总公司纪委闹事，他俩的关系跌至冰点。当雷永刚呈上揭发信后纪委查询换房时，郁海发担心节外生枝而隐瞒了这一节实情。

第 3 节　面包车里议论什么事情

重新回到卡拉 OK 歌厅的三楼客房内——

似乎，汤学静那声巨大的拉门声响使郁海发一愣，口中念念有词："人的欲望与行为应该有距离的呀。"他是说自己行为不检点呢，还是说汤学静贪得无厌呢？郁海发呆若木鸡，口中仍在呢喃："欲望与行为应该有距离的呀……"

汤小姐从床上立起，光着上身向郁海发靠近。郁海发不敢正视，却果断地命令汤小姐："快点，把衣服穿上！"

汤小姐："先生也是江南口音，阿拉是上海人，碰到老乡了。"又用吴语说："性生活要勿啦？"

郁海发说："对不起，小姐，我不能跟你干这种事。"汤小姐显出一副失望之态。郁海发从身上掏出皮夹子，拿出两张百元大钞，扔给汤小姐，说："钞票，我照样给你。"

汤小姐说："谢谢侬。没见过侬这样的怪人呀……"

郁海发打断汤小姐说："我们下去吧，在这里时间不能长啦。"

底层 KTV 歌厅。众人起身，与小姐们打招呼后准备离开。在走廊里，张辉两手作点钞状问郁海发："郁总，你给小姐几张？"

郁海发回答："两张呀。"

张辉说："你傻呀，一张就够。"

郁海发说："雷震说给两百块。"

张辉说："他逗你哪，这里是黄声的老关系，陪唱的 100 元就免了。"

郁海发说："那我亏了，找她算账去！"扭头疾步进入歌厅。郁海发走向汤小姐，汤小姐一脸惊异。郁海发捧起她的头，狠狠地对着她的双唇吻去，

2秒。离去。用此一吻，似乎抹去他心中"亏得慌"的感觉，再也不会为多付100元懊悔不已。不，他可多付了200大洋！

面包车往横门镇方向开去。黄声说："郁总比我只大几岁，刚才和小姐'打炮'，三分钟热度，只及我的十分之一。"

郁海发说："别逗啦。我根本没干那种事。"

众："真的？！"

郁海发说："向毛主席保证，对上帝发誓，我没说谎。"

黄声问："那为什么呢？"

众："给我们讲讲。"

郁海发说："跟你们说实话，第一，怕这种女人脏，得个性病还可医好，若是传染上艾滋病，可没治了。"

杨陈问："第二呢？"

郁海发说："此种路边歌厅，实际上是妓院，挂羊头卖狗肉。不对，是挂狗头卖羊肉，时今狗肉贵于羊肉。"

杨陈说："这有什么，你没听说，十亿人九亿炒股，还有一亿在嫖赌。"

郁海发说："这有点太夸张。你没看过前几天《深圳晚报》报道，一位嫖客和小姐正要入巷，小姐重重地敲打墙壁几下，外面立马冲进两个男子，勒索那位老兄1万元。这叫什么？"

杨陈说："打黄狗。"

郁海发说："这第二点，就是担心会碰到这种事。"

杨陈说："谁碰上谁倒霉咯。郁总，还有第三个理由吗？"

沉默。

雷震问："没啦？"

郁海发说："有。等我想一下，先说第三点还是第四点。怎么说呢？"沉思片刻后说："第三点，你听说过吗？民国一位总理叫徐世昌，拒绝朋友安排在妓院宿夜，说家有老妻，勿能为之。我也得打电话请示北京的老伴儿，要她点头同意才行。"说完，自个儿先笑了起来，后座的人也大笑。

黄声却说："郁总是妻管严！"

郁海发说："是的。家族有遗传性。不怕你笑话，我的祖父、父亲都是怕老婆的，我的儿子可能也是这等角色。"又补充一句："实不相瞒，我郁家全族男的都是妻管严。"众人大乐。

黄声大笑。车戛然而止,前面有个黑影晃动一下。黑影是一条狗,有惊无险,面包车继续前行。

第4节　大排档里争论什么问题

翌日,邻近海边的中山横门镇。站在镇口的四角亭上向东远眺,东北方向的海浪中,游艇、渔船连成一片片;东南方向的田野中,黑白镶红的厂房一爿爿;正前方向的七八米官道,似白带子分隔左右两厢景色。

爿爿厂房之中,中间一座的大门口,挂着"中山市银水电子有限公司"的牌子。从外向里望去,宽阔的广场尽头,一座厂房办公合一的平房,其左侧墙上刻有"严明纪律、严肃活泼、严格要求、严己厚人"16个红色大字。

银水电子公司员工大会结束,人们从厂房门口涌出,向右侧的食堂跑去。常务副总经理郁海发陪着横门镇党委书记兼银水公司董事长何佛明、银水公司总经理吕振彪、副总经理吴大为走出厂房。郁海发的大哥大手机铃声极大,郁海发接听。大门口,张辉、杨陈、雷震向郁海发招手,黄声在打大哥大手机:"郁总,快过来,我请你吃中饭。"

郁海发对吕振彪、吴大为说:"吕总,吴总,你们陪何书记去用餐吧,我有点事。"又对何佛明说:"何书记,抱歉,我不陪你吃饭啦。"何佛明说:"请便。"郁海发快步走向厂门口与众人会合。

一家路边大排档单间里,五人围四方桌坐定,服务员上冷菜上啤酒。黄声先开口:"咱哥们几个再来聚聚。郁总,有一事相告,一事相问。"

郁海发说:"但说何妨,洗耳恭听。"举啤酒一饮而尽:"先干为敬!"

黄声说:"郁总你没有说谎,昨晚确实没有'打炮'。"喝完杯中啤酒,从口袋中摸出200元大钞道:"汤小姐把这钱退还给你。"

郁海发惊奇地问:"你上午去那里调查啦?"

张辉说:"黄厂长替朋友代管那个歌厅,汤小姐是黄声的老相好,他把最嫩最靓的小姐献给郁总,你怎么不懂得享受呢。"

房

郁海发说："啊，原来如此！"推回200元："这钱，待会儿买单，不够的话黄厂长添上。"

黄声说："谢谢！大家再干一杯。"

酒至半酣。黄声说："再问一事，请郁总讲讲。"

郁海发说："请说。"

黄声说："昨晚公路上那只大狗挡驾，差一点出了车祸。也把郁总你不'打炮'的第四点原因缩了回去。今天能否继续发表高见呀？"

郁海发想了想，道："第四点嘛，我的观点是，男女性爱是感情的交融，非肉体的结合。我与汤小姐素不相识，何来感情？情欲情欲，无情哪来欲望呀。"

黄声说："有位名作家说过，男女交媾是人之本性，先有肉欲，才能生情。你做何解释？"其实，黄声编造了有此等作家，他自己杜撰了这句话。

郁海发尚未作答，杨陈抢先问："照郁总之说，你只和自己的老婆有肌肤之亲咯？"

郁海发道："大哥不是柳下惠式坐怀不乱的君子。小权在握、一表人才的男人，总会有若干女性投怀送抱。"停了停，趁着酒兴，又说："实不相瞒，我一生之中，在女人的主动诱惑之后，也有对不起你嫂子的时候。"

杨陈说："那不是无感情的性爱吗？"

郁海发说："小老弟，这你就不懂了。"

杨陈说："请前辈教我！"

郁海发说："有一位心理学家，调查后得出结论：如果男女两人相处关系很好，必有一人爱着对方。本人认为，可以分三种情况，一是男的爱着女方；二是女方爱着男的；三是男女相互爱恋，但未捅破那层薄纸。"

雷震说："还有一种情况，就是你说的第三类现象中，双方捅破了那层薄纸。"

张辉说："那就是土名叫'相好'，学名叫'通奸'，洋名叫'婚外恋'。"

雷震说："这么说来，郁总有过婚外恋？"

郁海发说："今天夫人不在，跟你们坦白吧，曾经有过花边新闻。在我担任国营大厂厂长时，手握福利分房大权。有一位下属女性引我上床，我给她分了房。当她再次向我索要5万元时，我们大吵一通，决裂了。"

一想起往事，郁海发再次怒发："我永远记住这个姓汤的！"一直未讲话的黄声开问："她和昨晚的陪姐同姓？"

郁海发说："是的。"

黄声说："所以你拒绝和汤小姐'打炮'？嗯！"

郁海发说："是。但不全是。"

众问："怎么说？"

郁海发说："我心中还有一个想法，可以说是第五点原因吧。"

黄声说："愿闻其详。"

郁海发说："我认为，现今的男人，通奸可以，嫖娼不可以。"

黄声大叫："歪论！照你这么做，我的路边卡拉OK厅，小姐生意全没啦！"

郁海发说："别急呀，可以讨论嘛。"又补充道："我已讲了不能嫖娼的几点理由了，你可亮出你的观点。"

黄声说："好！通奸，有性有情不可为；嫖娼，有性无情而可为也。"

郁海发："此话怎讲？"

黄声语速极快地回答："婚外恋易陷入感情泥潭，轻者造成双方家庭解体，重者，女方丈夫由爱生醋，由醋生恨，由恨铤而走险，用刀砍你！无论轻者、重者，都会搞得两个家庭鸡犬不宁，势必殃及子女。还有，碰到女方是贪图之人，向你索要财物，你为情所困，定会去满足她的私欲。贫困者，去偷去抢去杀人攒钱；有权者，去骗去敲去贪污敛财。无论贫困者、有权者，最后总会被捉，就会判刑，甚至杀头，那才得不偿失。而嫖娼呢，男女素不相识，打一'炮'，完成任务，甩下100块，两不相欠，走人！"众人不语。黄声又添一句："两厢自愿，货币两清，公平交易，不落下后遗之症！"

众人大乐，唯郁海发低首沉思，再次勾起与汤学静那场争吵。心中默念："黄声这小子说的是有点道理呢。"口中却说："任何事情都有例外的啊。婚外恋也有真心相爱，互不干扰对方家庭，终生和平共处者。"

一直不吭声的雷震用江西声调反驳："此种例子少而又少。老表呀，不要为你的'通奸论'辩解。实际上，男女之间一旦友情变质，那会遭社会的唾弃。"

杨陈用乡音补充道："格老子，还会产生家庭里的战争。婚外恋有啥子好。"

郁海发不立即反驳他们，再次低头沉思那天的场景：汤学静立身往外走，把门使劲拉上，发出巨大的声响。郁海发一愣，口中念念有词："人的欲望与行为应该有距离的呀。"

郁海发对众人说："还有一种人叫灰色情种，一旦女方勒索过高，他有定力而不再去犯罪，毅然与她决绝。人生的诱惑何其多，但人应有定力，应克制欲望，欲望与行为应该保持在一定距离之外啊。"

张辉说："人在此种状态下，保持定力也难吧！"

黄声说："不是难不难，根本不可能有此等人物！"

郁海发说："有。敝人就是一个！"

众："啊？！"

第5节　银水公司破产是什么原因

几个月之后。马路右侧旁"路边卡拉OK歌厅"金色大字闪发红光。一行五人先后进入大楼底层宽敞的 KTV 歌厅内，五位小姐陪五位男士坐在沙发上。突然，三位警察举着 K47 冲锋枪进入歌厅，命令："不许动！都蹲下！"双手抱头蹲在墙角的依次是：吕振彪、黄声、张辉、杨陈、雷震。郁海发拒绝与这批人同往，因而不在现场。

原来是那年年底，在广东省扫黄打毒风暴中，"路边卡拉OK厅"被端掉。银水电子公司总经理吕振彪被抓，审问后得知，吕振彪挪用银行贷款 500 万元开了这家歌厅，最终判刑。银水公司周转资金陷入困境而停业整顿。

何佛明书记紧急召开了董事会扩大会议，讨论如何拯救银水公司，银行刘行长和郁海发被邀出席。

何佛明书记是一位改革开放的风云人物，把横门镇打造成工业重镇，成绩卓著，《广州日报》和《中山晚报》多次报道他的事迹，可见他的工作可圈可点。会议一开始，他当机立断开出了化解银水危机的药方："郁海发同志代理银水公司总经理，一则抓好资金回笼，销售部本来就是郁总负责的；二则请刘行长行行好，再给郁总贷200万元周转金。"并把郁海发介绍给刘行长。

刘行长握住郁海发的手说："久仰，久仰。"又对何书记说："只听其人，未见其人。"问："他就是主动减薪的郁副总？"

何书记说："对。近一年来他的成绩非常出色。"

刘行长说：“不过，我们对郁总的过去并不了解，再投 200 万元给他，是否有点草率？”

何书记从公文包内拿出《自吹自擂的应聘书（1996）》递给刘行长，并说：“请刘行长看看这份材料，他是一位值得信任的人。”

刘行长仔细看过那份应聘书，又交给旁边的助手阅过。助手给刘行长写了几句话。刘行长说：“何书记，本行资金也不太宽裕，我决定给银水贷款 100 万元。再多不行了。”

何书记说：“谢谢啦，就 100 万元，不够另想办法。”全场报以一阵掌声！

当何书记宣布郁海发代理总经理后，他的心情始终没有平静下来，几十年担任企业领导工作的风风雨雨在眼前掠过。心里琢磨：“我年岁大了，不能在这人生地不熟之处再去做拼命三郎啊。加上本人主管部门的经理都被抓走了，无人帮衬自己，独木难支呀。”在掌声结束之后郁海发发言：“谢谢何书记的厚爱，感谢刘行长的信任！但代理总经理职务我难以胜任。”接着杜撰了一个情节：“我正要向何书记报告，我爱人要住院做手术，需回北京两个月照顾她。我已经向我弟弟请了假。”

全场沉寂许久。何书记是何等聪明之人，明白郁海发是托词无疑，他改变主意说：“那由副总经理吴大为代理总经理吧。”

刘行长马上接口：“大为同志是纪委书记吧，我行信得过，但他是负责行政工作的副总经理，对业务不熟悉，那 100 万元我行不给贷了。”

何书记憋红了脸，全场再次静默。还是何书记打破僵局开了口：“今天所有董事都在场，讨论一下银水何去何从！我个人意见是这样的：银水公司停办，彻底放下这个包袱。”又对吴大为说：“由你全权处理善后诸事，关键之点摸清债权债务，尽快回收货款和处理库房结存，回收之款首先用于职工遣散工资，然后尽可能还清银行贷款。”

吴大为表态说：“我听何书记的，一定做好。”又问：“吕振彪挪用 500 万元，如何追讨？”

何书记说：“此事比较麻烦，要动用法院关系，我将亲自出面解决，不是你的职责啦。”转向大家：“有不同意见者请直言。”董事长定了，均无异议。

两个月之后。应吴大为之约，郁海发从深州回到横门银水公司，在办理离职手续时吴大为说：“根据何书记的意见，应再发郁总一个月工资 4000 元，因现金困难，用4套可视对讲门铃相抵，请谅解！"后来郁海发将对讲门铃送给郁海阅一套，上海郁海兰一套，泉州佳艺公司一套，带回北京一套。

翌日上午。银水电子公司厂房前。郁海发站在"严明纪律、严肃活泼、严格要求、严己厚人"大字前注目良久，对他起草的这16个字依恋不舍。在他背后站着的吴大为，手中提着一只大旅行袋和一纸箱对讲门铃。两人转身向门口走去。穿过门房警卫室时，吴大为对警卫说："这是郁总的行李，不用开包检查啦。"又握住郁海发的手，说："祝你在新单位发大财！"郁海发说："银水公司靠你啦。好自为之吧！"大步上了面包车，吴大为派车送他回到了深圳。

郁海发提着旅行袋和大纸箱，慢步走进一座大门。门口挂着众多招牌，其中一块是"深圳奥迪无线电厂"。郁海发又去了整机车间流水线上巡查。1个月后，他带着藏在那只旅行袋中的可视对讲门铃的技术资料，坐在开往福建的大巴上，去了泉州私营佳艺电子公司，与林总握手联合，受聘为该公司的高级技术顾问；又过了两个月，他推荐刑拘3个月被释放的杨陈担任佳艺电子公司的设计科长，郁海发与杨陈、林总讨论上马楼宇可视对讲门铃的方案。

第6节　大浪淘沙给世人什么感悟

何佛明是郁海发在民企打工中遇到的一位贵人，他的结局如何呢？银水电子公司停业整顿后，1998年初夏，中山市纪委工作组进入，据说追查到何佛明婚外恋等事。何佛明奔赴澳门妻子那里。珠海拱门海关，通往澳门的出入境口。何佛明与吴大为握别，吴大为说："祝你一路顺风。"何佛明说："后会有期。"

郁海发、何佛明和那群打工者们，虽然都是道德瑕疵之人，却不同于吕振彪那些国有经济的蛀虫；那段路边卡拉OK歌厅的经历及其争论，成为郁海发们心中永远不能忘却的记忆。然而，他们这些人仍然活跃在中国经济特区创业的大浪之中！

但是，历史记载着这样的事实：始于1978年的改革开放浪潮，促使中国进入空前繁荣昌盛的历史时段；在这个历史时段中，中华人民共和国成立后灭迹的黄、毒、赌死灰复燃。却也印证这样的真理：春天送给你和煦的暖风、明媚的阳光，也飞来苍蝇，也让毒蛇苏醒。大浪淘沙，泥石俱下，人啊，你是金子还是苍蝇毒蛇，就在于众多诱惑面前你的定力强弱！

7年前为换房一事郁海发陷入男女情爱泥潭，生发了对色情诱惑的免疫力，使他在中山市躲过路边卡拉 OK 歌厅之劫，世纪之交，因大儿子结婚郁海发才荣归北京家中。

欲知后事如何，请阅第二部收官之作第二十五集《樱花园之恋》，讲述郁海发在 21 世纪里房的故事。

第二十五集　樱花园之恋

郁海发在南下打工的几年中，积累了一笔可观的资金，成为小康之户。郁威和郁力为婚房而发生龃龉之时，郁海发在首都机场西南部樱花园小区购置了一套100平方米的公寓，郁海发和古玉迁入新居，钢锉厂旁的两个两居室留给了两个儿子，郁海发实现了从蜗居、忧居到优居。郁力全家定居新西兰之后，郁海发又迁了回来，将樱花园二居室出售，赚了12倍，郁海发底气十足地回到海门木行桥，对郁家东宅重建瓦6进行改造，创建了公益性社团组织海门郁氏文化研究院，从此活跃在郁氏家族宗亲联谊活动之中。

第1节　从蜗居到忧居再到成为优居之家

房为人所建，也为人所居，人人都离不开房，像人离不开空气一样，而郁海发成家之后八次搬家似乎少见。

第一次是在四川都江堰螃蟹河畔750部队军官楼内和古玉结婚，即使添了大儿子郁威之后，仍然与其他两位战友挤在一个三居室里。

郁海发复员回京后，由于他岳父古部长出面及房管员刘十四的帮助，他与古玉被安置在北蜂窝一间平房里，在院中公共水龙头里取水，用煤球炉烧水、做饭、取暖，还去旱厕所里倒痰盂，用三个木箱搭个床，让古玉亲母纪氏安身，那是典型的蜗居之家。

不久刘十四又帮助郁海发将北蜂窝平房换到景王坟简易楼里，古部长把他的外孙郁威接走抚养，虽则仍然是一间卧室，但可以在阳台上用水煮饭了。不久刘十四又把旁边一间小房分给郁海发，添了二儿子郁力之后，郁海发的住房还算宽裕，这在同期战友中属住房奢侈者，但仍然列为忧居者，一住十多年辰光。

电子工程公司给古玉分配了一套三居室，位于东风无线电厂一期宿舍区；郁海发也被胡战生总经理调去承包东风无线电厂，为了郁海发工作方便，经公司党委讨论，又奖励郁海发一居室。

当东风公寓落成之后，通过刘十四的关系，将三居室和一居室对换成钢锉厂宿舍区两个两居室，照说郁海发成了优居者，可郁威、郁力到了成婚之年，为婚房发生龃龉之时，郁海发又成为忧居者。

郁威的朋友推荐他去日本（中国）企业当了高管，郁威将山中商店交给小他 8 岁的未婚妻经营。郁力比郁威小 3 岁，读了 4 年服装学院又念了两年英语专科学校，工作之后与他的哥哥几乎同时提出要成家。古玉给深圳的郁海发写信，提出北京房子安排如下："郁威在东头两居室结婚，西头向阳大间作为郁力的婚房，咱俩住在小间里。"郁海发回信表示同意。

半个月之后古玉告知郁海发："两个儿子都不结婚了。"

郁海发问："怎么回事？"

古玉说："对我们的安排，郁力倒没说啥，可第二天他带来未婚妻的意见，过两年挣了钱自己买房才成家。"

郁海发问："郁威的态度呢？"

古玉说："郁威说，让弟弟先办事，反正他的对象年龄还小哪。"

郁海发问："他俩吵架了？"

古玉说："吵架倒没有，看起来两人心中不是太痛快。"

郁海发思忖自己银行存折上有 30 万元，对古玉说："在北京再买一套房子，控制在 25 万元之内。"

古玉说："好吧，我着手去办吧。"

一条简朴的广告吸引了古玉："航空港西南 2.5 公里，半壁店村西，温榆河畔，绿地 40%——樱花园欢迎您来定居！"古玉选定的新房地址位于首都机场西南方向五里地樱花园一区 18 号楼，底层二居室大客厅 100 平方米带 21 平方米花园，共计人民币 23 万元。

郁海发给古玉说："我来深圳好几年了，趁此机会对郁海阅说说，我该回北京安度晚年啦。"郁海发回到北京后签了合同交了全款，拿到钥匙后进行了装修，同时为郁威举办了婚礼，两个月之后郁海发和古玉乔迁之喜，搬到樱花园新居之内，又为郁力举办了婚礼。在此前后，用郁海发、古玉工龄和郁威的工龄参加了钢锉厂的房改，办妥了两个两居室的房产证，至此全家三户都拥有私房一套，成为名副其实的优居之家。

第 2 节　狗狗泡泡和胖电脑的功劳

樱花园小区共由四个分区组成，是由顺义区半壁店村农工商公司筹建的商品房。初夏，院外林木葱葱、绿草莹莹。小区墙外，连片的庄稼包裹着宽阔的农家鱼塘。自个儿院内古玉整日侍弄花花草草。每天破晓，霞光辉映，衬着四周的花木扶疏，郁海发牵着爱犬泡泡徜徉在这幅天然的图画中。城里人去农村定居是 21 世纪的趋势，在这闲适安乐、幽静清凉的城乡接合部养老，真是选对了地方。他们心里乐啊！

小区围墙之外一片杂草丛地，古玉和邻居大婶们开荒种地，在抢占的自留田里种上瓜菜、玉米，甚至种上红薯、花生、黑芝麻……锄地、浇水、收割，把古玉忙得不亦乐乎，她高兴地说："樱花园里回归自然，我又回到幼时和母亲下地的快乐时光啦！"

郁海发也没闲着，精心打造他的 21 平方米的花园，装了太阳能热水器，还建了旱厕所及化粪池，为自留田积存有机肥料。又在花园中嫁接葡萄树，移植杏树和香椿树，3 年之后，大葡萄、大杏子、香椿叶送给亲朋好友尝尝鲜，郁海发高兴地说："远离喧嚣，现代人从城中走向城郊接合部养老。"又发出感慨："厚道是好人，知足是富人。我这才是小人物真正的优居之家，平生足也！"

郁力的初中同学张三立送给郁海发一条 3 岁小狗，取名泡泡。古玉每周给它洗澡，像养个小孩似的待它。泡泡非常通灵性，是郁海发的耳朵和闹钟：60 多岁的郁海发听力越来越衰退，每当外面有人敲门之时，泡泡就从窝里跳出来奔向大门狂吠。泡泡非常懂事，从不在家拉屎撒尿，早上 4 点和下午 4 点叫开了，于是郁海发带着泡泡出去遛弯，在小区墙外田埂中漫步，上下午各 1 小时，郁海发每天走了近万步，几年一贯制，使他身体出奇地健康。

10 年之后，泡泡老死了，古玉对郁海发说："没有泡泡陪你遛弯，你的身体会垮下去的。"古玉可没有说准，因为郁威送给郁海发一台胖电脑，代替泡泡陪伴郁海发度过无数个寒暑春秋。

郁力成家一年后，辞了公职去了新西兰奥克兰市，为服装厂洋人老板打工，两年后他的妻子也跟去了，第四个年头办了新西兰绿卡，第八个年头大女儿出生，第十个年头二女儿出生。古玉去了新西兰 3 年，看护她的两个小孙女。

新西兰位于南半球，时差 5 小时，加上国际电话费太贵，听力衰退的郁海发独守在樱花园，与古玉失去了联系。一天，郁威送来一台胖电脑——台式计算机。学习模拟计算机的年近 70 岁的老大学生，对数字计算新技术的使用不如年轻人，郁威教会了郁海发如何使用 QQ 信箱收古玉的邮件，又安装了手写打字板，可以给古玉回复信件。

更使郁海发高兴的是，在这台胖电脑上用 3 个月时间撰写了父亲回忆录《郁九周传略》5 万字。郁海发在 2004 年开始用纸笔编制《海门木行桥郁氏宗谱》，速度很慢，修改不便，改用这台胖电脑写稿进度很快，木行桥郁氏家族老四房郁思启玄孙郁友东出资印刷 13 万字《郁氏宗谱》380 本。

IT 技术迅速发展，改变了现代人的生存方式，郁威又教会郁海发用上了微信，七老八十之人活跃于郁氏宗亲活动之中，创作了上百万字传承郁氏文化的书目，这一切应归功于狗狗泡泡和胖电脑。

郁海发樱花园之恋，在他给古玉写的诗作中表露无遗：

郁力送来狗狗泡泡

相伴日出直到夕照

我伴它去拉屎撒尿

它陪吾来遛弯小跑

吾因宠狗体健身好

郁威适时送胖电脑

微信 QQ 和写写稿

百万文字著书立说

泡泡电脑劳苦功高

郁海发说："我爱我的家、我的房，我永远爱樱花园的住房！"不料几年之后，郁海发无奈地将樱花园一区18号楼二居室卖掉了，郁海发深情地对古玉说："樱花园的浪漫，樱花园的魔力，我永远怀念樱花园的住房！"

第3节　扩建机场，樱花园房价飙升

在北京朝阳区和顺义区交界之处有一个天竺镇，机场高速公路把它分成南北两部分，北天竺镇之东建有首都机场两个民航站。21世纪初，中国加入了世界贸易组织，中国民航局在南天竺镇东南方向扩建了第三航站，正西方是半壁店村。2006年，第三航站开通了国际航站，航线经过樱花园小区的上空，居民们整天听到飞机的轰鸣声。

一天晚上7点，樱花园一区的住民们集合到18楼前花园中开会，当时古玉尚未去新西兰，郁海发和她一同赶到会场。主持会议的是小区外的恋家房产公司孙经理。郁海发耳力不行听不清他讲了什么，古玉代为转述。原来是，根据国际惯例，飞机噪声在60分贝之上的地区，不允许有住户的，若有住户应搬迁或给予噪声补助。小区代表多次向上反映都未见回复，原因是不知此事哪个部门处理。孙经理号召大家今晚步行到第三航站静坐请愿，古玉也跟着大伙儿去了，北京民航局局长出面答复：一定向上反映，半个月之后会给大家有个交代。第二天下午，郁力打回长途电话说，昨晚的静坐，外国记者拍了照片在外电做了报道，樱花园出名了。

自那天静坐以后，樱花园飞机噪声问题，形成民间与官方马拉松诉讼，一拖近10年。上级的解决方案多变多策，而且涉及中央、北京、顺义区、半壁村多个政府部门，无法形成一致意见。

郁海发因为耳力失聪，对飞机噪声敏感度很低，而且一年之中两次回故乡海门木行桥为祖坟扫墓或父母亲忌日祭祀，又为编写《海门木行桥郁氏宗谱》奔走乡间，加上古玉有3年时间在新西兰生活，所以郁海发不再关心上访活动。

2008 年，顺义区政府发文，冻结半壁店村的户口迁入，但不能停止樱花园库存房屋出售，四个分区的住房成为北京人的香饽饽。小区外的房产公司从恋家公司发展到 10 家公司，红红火火的售房热潮推高了房屋的单价，从初期的每平方米 2000 元增至 20000 元。二手房的交易却甚为清淡，可证原住户对樱花园因飞机噪声搬迁的期望，其中不乏炒房者对手中房的待价而沽。

第 4 节　赚了十二倍不吃后悔药

樱花园房价节节升高，也助推房租逐日上涨。孙经理了解到郁海发一人住 100 平方米，问郁海发："您的房子出售吗？"

郁海发回答："我爱樱花园，永远不会卖的。"

孙经理说："你老在城里还有房子，把这房子租给我公司作员工宿舍，每月租金 3500 元。如何？"

郁海发想了想说："我同老伴商量后回复你。"

郁海发给古玉发了邮件，说明了情况，表明了自己的意见："一个月租金是我俩工资的 4 倍，可以考虑出租，我们住到郁力的空房中去，在城里看病取药也方便。"

古玉回信说："再过一年，二孙女上幼儿园后我就回京了，我惦念着樱花园的自留地哪。金钱有价，田园生活的快乐时光用钱是买不来的。"显然古玉不同意出租，更反对出售樱花园住房。

过了三天，古玉再次来信说："如果你高兴的话将北边小间出租，但只允许当女同志的集体宿舍。我们可以两边住住。"

郁海发找到孙经理，把古玉的意思一说，孙经理当即拍板："同意月租费 1600 元，住两位售房小姐。"此种模式延续了好多年，每年租金收入用于郁家东宅重建瓦 6 的修整，并花费在《海门木行桥郁氏宗谱》编制上，直至将樱花园一区 18 楼出售。一向留恋樱花园的郁海发夫妇，怎么舍得将 18 号楼房屋卖掉呢？还不是为了儿子啊。

郁力夫妇在新西兰租住老外的出租房，两人打工积累了几万纽币，第三年在奥克兰市按揭购置了一座 30 万纽币的简易别墅。又过了几年购置了一座 60 万纽币的中等别墅，将简易别墅出租给华人留学生们，用租金收入交付银行贷款。

古玉从新西兰回国几年后，一天郁力向古玉提出，能否从家中或向亲朋好友暂借 100 万元人民币？原来郁力看中了奥克兰一座 100 万纽币的高档别墅，带游泳池、健身房等，需要交首付款 20 万纽元。

古玉问郁海发："怎么办？"

郁威轻松地说："我可以拿出 30 万元，爸爸凑 20 万元可以吧？其他向舅舅、两个姨及上海姑姑借一点。"

郁海发说："万不得已不用麻烦亲戚们。家中有点余钱，要紧三慢有急用，手中有粮，心中不慌。"

古玉说："那不给郁力想办法啦？如果寄给他钱有无风险？"

郁海发说："郁力的做法不是炒房者的手法，是小老百姓财富增值的手段，当前中国此种用房赚钱的方式比比皆是，只要社会经济不崩溃，无风险之说，我决定支持郁力。"

郁威说："唯一的办法是把郁力那套住房卖掉。"

郁海发说："不，钢锉厂的房子很贵，卖掉它用不了那么多钱的。把樱花园 18 楼房子卖掉，孙经理说底层带花园的房价可达 25000 元 1 平方米。我与你母亲搬到你的对门居住，以后身体动不了啦，你们照顾我们也方便。"又问古玉："你说呢？"

古玉说："樱花园搬迁杳无音信，为了儿子和孙女们有一个高级别墅，只好放弃我的自留地啦。"

一个月之后，郁海发与孙经理办妥了售房手续，以初期每平方米 2000 元的 12 倍价格签订了合同。不几天，古玉将 100 万元人民币换成 20 万纽元分四次转给了郁力，郁海发夫妇完成了第八次搬家。

我们的政府是为民办事，也是说话算数的政府，郁海发卖掉樱花园房子一年，即机场噪声诉讼 10 年之后，从孙经理处传来了诱人的搬迁方案：1. 机场以每平方米 35000 元收购房子，作为机场职工宿舍。2. 在半壁店村南 10 公里处两年后建成农村别墅，愿去者以原房 1.3 倍面积给予新房子补贴，每月补助房费 1 万元，另加装修设备损失费 75 万元。3. 不愿搬走者一律无噪声补助。

这一消息引起郁海发家中的无限追悔，古玉说："如果再坚持一年，我们多得 100 万元，还增加 30 平方米房子，新别墅还有我的自留地。"郁海发也有同感，为了自我安慰写了一篇短文。

十副后悔之药

俗话说，世上没有后悔之药，其实不然。海门人的口头语"懊恼(老)得来"就是后悔之意，笔者借来他人总结的人生后悔十个方面：

> 官行不正，东窗事发后悔就晚；
>
> 富不俭用，落魄之时悔之不及；
>
> 少不学艺，老来无就会徒伤悲；
>
> 见事不学，用时难免追恨无限；
>
> 书不求教，到时方显知识贫乏；
>
> 醉后失言，醒后之时不胜懊悔；
>
> 肝气旺盛，口不择言伤人伤情；
>
> 记恨复仇，情绪失控酿成事故；
>
> 安不将息，重病之时听天由命；
>
> 抉择失误，影响你的一生走向。

我的后悔属于第 10 条，走到今日，回头看不能用马后炮的思路方式，检视自己的一生，失误之处一大箩筐——

在 750 部队向刘少校表示不去基建工程兵，脱下军装摘下八一帽徽，复员回京；二次参军也成为泡影，成为终生憾事。历史不能重演无法从头走过，几十年旅途情景会是瞬息万变，今天的利弊分析不过是"假定式"而已。假如仍在军内至少授大校军衔，或许如战友黄喜洋少将待遇、沈昌洋晋升上将，住房福利、子女前途、医疗警卫、社会地位大幅高于现今。不怕笑话，我思忖，到那时回海门木行桥才叫衣锦还乡，同事相会勿会羞于启齿，同窗相聚不再是猥琐之象。

我听从组织召唤，放弃研究所所长职位承包黄牌警告的东风总厂，从事业单位转入企业；东风大楼再次倾塌之后，拂朋友们的好意，不去机关单位当公务员。退休之后才显现两者差异，国策制定养老金双轨制遗留下的不平等和待遇差，是个老掉牙的社会问题。君不见，如今同时遛狗、钓鱼、打牌的老人，养老金有五六千至一二万元的，绝大多数底层只有两三千元者；职工退休金20年连涨仅仅每年一二百元，媒体大加宣传，事业单位每次几百近千上涨却不声不响。

当年电子总公司分给古玉三居室，我把景王坟那个两间简易楼房全部交回去了，郁威上高中寄托在刘十四的妹夫张先生家中。如果留下简易楼那个小间给郁威住下去，过了几年景王坟拆迁盖大楼，还不补偿一居室呀。我心中一直在纠结这种想法算不算后悔，直至雷永刚抢占东风三居室后，我才明白，如果向组织隐瞒了那个小间，岂不是与"痞子"抢占公房一路货色啦。

第5节　底气十足地回到木行桥

每当郁海发积忿怨气时，古玉总是揶揄地笑道："人要知足而常乐，你也不是一无是处啊。电视里多次出场，各种报刊也有文章，时常上台领奖，你还不感到风光？孩子们混得比我们强，好坏也有三套住房，近10次出国去过五大洋，难道不如黄喜洋、沈昌洋？"

郁海发反驳说："和他们相比，我那些都算是小儿科。再说，我容易吗？试制产品3天只睡10小时，压力之重难以估量，旁人无从理解、无法想象；当所长、厂长似当孙子一样，在上下倾轧中受了多少冤枉，退居二线后审查二三年，有人还想扣我一个粪筐，只好辞了公职奔赴深圳远走他乡；我拿粮票换过鸡蛋，把外商送的名烟去小店换成现洋，在儿子饭店里炸过油条卖过馄饨汤，同小市民一样。"

古玉说郁海发心态不正，但他很不服气。心态谁不正？他俩的争论直至樱花园住房出售之后才画上休止符，郁海发拿了15万元到了海门木行桥，底气十足地对郁家东宅重建瓦6进行全方位改造，创建了公益性社团组织海门郁氏文化研究院，游弋在郁氏家族宗亲活动之中。

本集故事是《房》第二部《大厦倾塌之谜》的收官之作，它和《房》第一部《从哪里来》第十一集《郁家东宅破产记》一样，起着承上启下的作用。

欲知后事如何，请阅《房》第三部《到了这里》第二十六集《故乡留间房为了啥》，讲述郁海发从事姓氏活动的故事，仍然与"房"紧密交集在一起。

第三部　到了这里

第三部人物索引

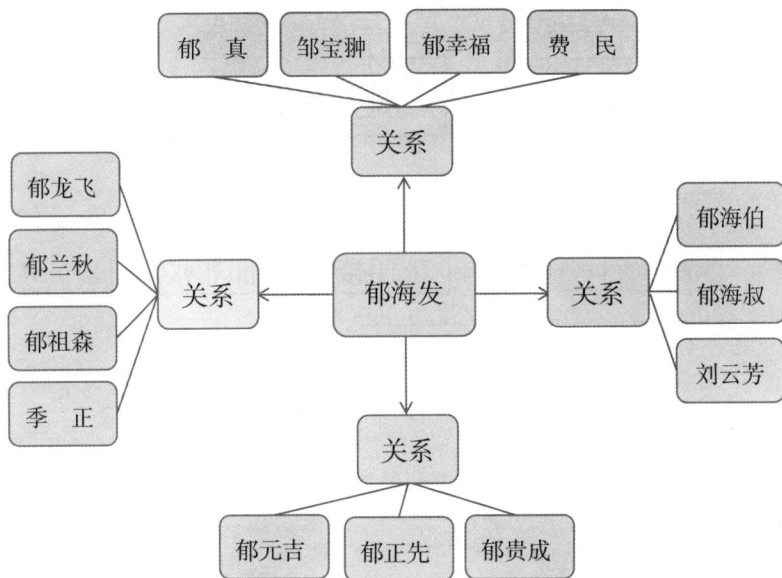

郁　真　　邹宝翀　　郁幸福　　费　民

关系

郁龙飞　　　　　　　　　　　　　　　　　郁海伯

郁兰秋　　关系　　郁海发　　关系　　郁海叔

郁祖森　　　　　　　　　　　　　　　　　刘云芳

季　正

关系

郁元吉　　郁正先　　郁贵成

郁家东宅位置图

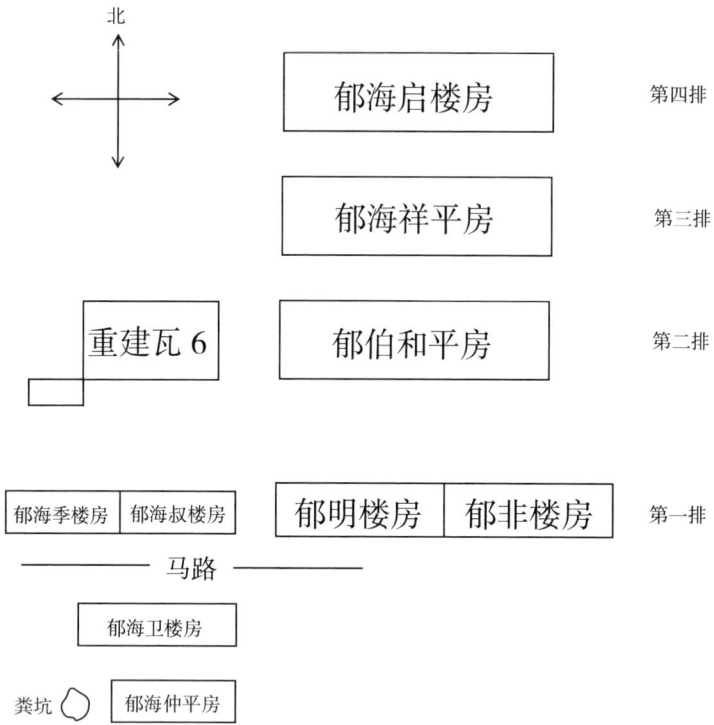

北

	郁海启楼房 — 第四排
	郁海祥平房 — 第三排
重建瓦6	郁伯和平房 — 第二排
郁海季楼房　郁海叔楼房	郁明楼房　郁非楼房 — 第一排

———— 马路 ————

郁海卫楼房

粪坑　郁海仲平房

第二十六集　故乡留间房为了啥

父是天，母是地，天地合一，缺一不可也。单亲家庭的郁海发遵循父亲郁九周的教导，为尽孝病重的母亲惠姑，对旧式农宅重建瓦 6 进行了现代化装修，以尽孝子之责。为了存放《海门木行桥郁氏宗谱》和复制 180 年前积善堂的原貌，郁海发对重建瓦 6 进行了十次改造。当郁家女婿费民用巨款购买重建瓦 6 时，遭到郁海发的断然拒绝。故乡留间房而使房的故事延绵不断，直至木行桥镇之北筹建南通新机场和北沿江高铁海门北站，郁海发在有生之年终见故乡的巨大变迁。

第 1 节　重建瓦 6 的场心为何能保留

遵照父亲郁九周之命，郁海发带着东风总厂承包奖 12000 元，把坍塌之险的瓦 6 盖成重建瓦 6，作为母亲养老和父亲归根之用，在正屋的薥板上题写了"爱故乡、忠祖国、孝父母、拜列祖"12 个大字。不料 3 年之后郁九周先于惠姑而去，至离世也未到重建瓦 6 住上一夜。惠姑的户口虽然早已迁到上海，但每年大部分时间在郁家东宅里生活。某年，惠姑不在乡下的时间里发生了一件事。

木行桥村里对农村自留地重新划定，负责人是郁家新宅老四房郁思启的孙子郁海正。重建瓦 6 西距宅沟 4 米，东至穿堂中心线 1.5 米，北距邻沟 2 米，南距郁海叔的后场心 3 丈即 10 米。根据海门县政府文件精神，惠姑的户口在上海，重建瓦 6 前面仅留下 1.5 米屋沿地，应划去宽 8.5 米、长 16 米共 136 平方米土地，这样重建瓦 6 的场心就没了。

郁海正提出将这 136 平方米土地划给郁海叔，但要从郁海叔马路南的整块地中扣除 136 平方米，拨给上海退休回乡定居的干部郁九成，引起了海叔娘子刘云芳的强烈反对。其原因之一，不愿她家的整块土地缺了一角；之二，和郁九成妻子吵过架；之三，刘云芳心中琢磨："后面的房子乡下没有人住，这场心早晚还不是为我所用！"

刘云芳是郁海发大舅妈改嫁刘宅远房堂兄后生的女儿，也是惠姑娘家的远房侄女，与惠姑的关系一般般，又因为郁九周和郁九思在历史上有过节，木行桥镇二郎对郁海叔看法不好，也常对刘云芳出口伤人。刘云芳硬着头皮找到二郎，告知自留地划定的来龙去脉，二郎立马同刘云芳回到郁家东宅。

在重建瓦 6 的场心里，郁家东宅族人们围住郁海正，议论着 136 平方米土地如何处理。二郎快人快语对郁海正说："阿侄呀，我哥哥九周新中国成立前为革命流血流汗，我侄子海发为海门办了几个工厂，你与海发穿着开裆裤一起长大，难道不能通融一下，留下这块地皮吗？"

刘云芳说："我不能要这块地皮，外头地皮也不同意划去！"

郁九成也说："刘云芳的地皮虽然离我家房子近，给我也不要，远一点地方我也可以去种。"

郁海启的娘子说："我看把这块地皮留给惠姑婶母吧，让她种种小菜。"

众人："同意。"

郁海正马上说："二郎姑妈，大家这么说了，就按您的意见办。"包括屋沿 16 米 × 1.5 米共 160 平方米的场心保留下来啦。

第 2 节　现代化装修重建瓦 6 为老妈

郁海发的大舅妈为刘家生了刘云娣，是刘云芳同母异父之姊。刘云娣的丈夫入赘在刘宅，与郁家东宅一埭之距，惠姑在乡下的时候常去她家中，帮助做做小生活（家务）。云娣常到重建瓦 6 看看姑妈有什么事，帮助做一些打扫卫生之类的小事情。

一天下午，惠姑感觉身体畏寒，却不见刘云娣到来，惠姑去前面屋里告诉刘云芳，刘云芳用自行车送惠姑去木行桥镇医院看了医生，打了退烧针，按伤寒病拿了药回家休息。刘云芳又到郁九成家给北京的古玉打了电话，郁海发还在深圳工作，古玉给上海的郁海兰打了电话，第二天近午郁海兰也回到了老家。

第三天，惠姑的体温恢复正常，刘云娣匆匆赶来问问情况，郁海兰劈头盖脸责问刘云娣："你来干吗呀，我姆妈烧死了，你怎么不来呀？"出口有点伤人。

刘云娣回答："我这两天也感冒了呀。"却也讲了一句不得体的话："你又没出铜钿雇我呀。"意思是来这里不是她的应尽责职。

郁海兰的回答更绝："我没有钱雇你，以后你不用来了。"刘云娣转身走了，从此多年没有来看过姑妈。

郁海发从深圳回北京购买樱花园房子的时候，先到木行桥看了惠姑，问起云娣怎么不见呢，惠姑把前因后果告知了他。郁海发沉思片刻，没有评价郁海兰和刘云娣拌嘴的是非对错，把郁海叔向北京写告状信的事放在肚皮里，将刘云芳叫来，当着惠姑的面对她说："你的住屋和我家前后院，今后多多关照我的姆妈，有什么事给上海打电话，这次先给你们装一个电话机。"

刘云芳说："好咯。"

郁海叔说："海发哥，你放心吧。"

郁海发说："你家落场小，先把云芳的洋针车搬到我家中厅里加工床上用品。过几天为你儿子郁六六换一台彩色电视机。"又补充说："郁威要成家了，这次带我姆妈去北京参加她孙子的婚礼，把房子的钥匙留给你们，照看一下。"刘云芳高兴地笑了起来。

郁海发的决定是为了老妈，却引起了姑妈二郎的误解，也使刘云娣与刘云芳关系冷却，郁海叔的大哥郁海伯和郁九章之子郁海祥对郁海发产生了警惕之心，他们都和郁海叔关系不和睦。在"敌人的朋友也是敌人"的理念支配下，近邻近亲们对郁海发的行为举止无法理解，在往后的日子里生发多少尴尬的故事。

21世纪之初，惠姑住进了上海华山医院，经检查患的是黑色素瘤，医生提出年岁高，不宜手术，而是采用保守疗法，回家静养直至生命结束，并叮嘱千万不要让恶瘤破裂，否则后果不可预测。郁海兰以上海条件好为由坚持让惠姑在上海家中静养。惠姑坚决不同意，说："这里的住房不宽裕，乡下有三间大屋和半间厨房屋，我又能动能做能吃，回老家吧。"

郁海兰又提出："要不送上海疗养院养老。"

惠姑说："将来我就是死了，也要葬在木行桥陵园里！用你们父亲的话叫作叶落归根。"

郁海兰用眼睛示意从北京赶来的郁海发："你说怎么办呢？"

郁海发说："让我晚上考虑一下，明天再定。"

和幼时一样，这一晚郁海发睡在母亲脚跟头，辗转反侧难以入睡，父亲和母亲的故事像放电影似的在脑海中闪过……

父母的婚变使郁海发兄妹成为单亲家庭的孩子，在革命战争年代里老干部再组家庭并不少见，作为子女不去追究父母的是非对错，可对郁海发来说，父母的悲剧有其特殊性。

父亲与外公刘士贤吵架后投奔了新四军，他与母亲从未拌过嘴。新中国成立后父亲的领导对他说："乡下的老婆好的话叫她来南京，不好的话离了算啦。"父亲写信让母亲去南京，生性软弱的母亲畏于养母即海发外婆的胁迫而未成行，葬送了自己的婚姻。父亲通过如东的四婶娘带话："海发的娘好人嘛，不要到别人家去，我将海发、海兰培养成人，将来养她。"母亲拒绝好心人的做媒："我有儿子女儿，他爸说了，靠他们养老哪。"母亲几十年守在瓦6里恪守郁家媳妇之责。

郁海发自小在祖父母身边长大，由两个姑妈照料他的生活，再林公再娶老祖奶奶、二郎姑妈出嫁之后，郁海发才真正回到母亲的身边。父亲从蛛丝马迹中感觉女儿会待好母亲、儿子会使他失望，父亲向大姑妈大郎倾诉了他的担忧。大郎对郁海发说："海发啊，你的母亲不容易呀，将来寻了钞票不要忘了她。这是你父亲的意思喔。"郁海发时记起父亲的叮嘱，工作之后第一次工资寄给了母亲和再林公，一生四次让母亲来到身边住住，对母亲说话也不会大声，又为母亲重建了瓦6，母亲不无满足地对人说："儿子比女儿还孝顺呀。"……

夜很深了，郁海发也入睡了，因为他想好了让母亲如何度过人生的最后时光，让她晚年过得舒适、方便、称心些，为老娘创造点城市现代化生活的条件，让她成为村里最幸福的老人。

第二天，郁海发对郁海兰说："我决定送姆妈回老家去，这1万元作为住院医疗费留给你们。"

郁海兰说："姆妈的医疗费可报销极大部分，个人支付部分我承担一半，1万元用不了的。"

郁海发说："余下的部分作为姆妈今后医疗开支的公账。"又说："待会儿我去银行再取1万元，回去把老宅改造一下。"

郁海兰说："用于老屋改造的钱不够的话，我再送过去。"

郁海发说："谢谢妹妹啦。姆妈常说，兄妹之间为钱吵架，别人会看笑话的。"

惠姑回到郁家东宅后，郁海发首先在重建瓦6半间厨房后面再搭建半间后落屋，向北扩出2米，建了一个厕所，装了抽水马桶，在西宅沟边建了化粪池。第二步拆除原厨房中的双人柴灶，装了煤气灶和上下水管，并在后落屋里砌了行灶（单人柴灶）。第三步再购一个煤气罐，装上燃气热水器和大浴池，让母亲享受热水泡澡了。

当郁海发要把后门外的坑棚（旱厕所）拆掉时，惠姑说："留着它，积点肥，浇浇我的小菜地。"郁海兰从上海回到郁家老宅，送给郁海发4000元。郁海发说："还是让刘云芳照看一下姆妈，每年1200元。"刘云芳说："什么钱不钱的，照顾姑妈是应该的。"郁海发说："先付今年500元，每年元旦由海兰付给你全款，由公账里支付。"刘云芳非常高兴地接受了。

第3节 惠姑的"回光返照"之议

几年之后，郁海兰告知郁海发："母亲的病灶突然恶化，恐怕时日不多了。"古玉对郁海发说："趁五一节，让郁威陪你回海门看望老太太。"

郁海发和郁威回到郁家东宅的当天晚上，郁海兰告诉他："姆妈的病很严重，已经搬到东房头住下了，晚上云芳陪住在柜床上，一夜要起身好多次。我的建议是给云芳增加1000元。"郁海发尚未作答，郁威拿出10张百元大钞："这钱由我来付吧。"陪同郁海兰回乡的大儿子陈锋马上对郁威表态："我俩各拿500元吧。"第二天他俩就分别回北京、上海了。

郁六六对刘云芳说："妈妈，这个钱不能再收，年初已经给过了。我建议买一个冰箱，大家用用。"于是郁海发和刘云芳到海门电器商店拉回 1500 元的冰箱，放在西房屋里。郁海发又添上了 500 元，皆大欢喜。

郁海发在乡下住了近两个月，惠姑的身体时好时坏、病情时轻时重。郁海兰暂回上海去了，刘云芳尽心尽力日夜照顾着惠姑，郁海发也可以和乡邻们打打南通长牌。可郁海发发现一个奇怪的现象，躺在床上的惠姑每次有事，总呼喊："云娣，云娣呀。"此时刘云芳马上赶去给她换洗或端上尿盆。

郁海发将这种现象告诉了从上海回来的郁海兰，郁海兰说："姆妈有点糊涂了。"

郁海发又问刘云芳："亲眷们都来看我的娘，怎么不见刘家宅的人来过？"

刘云芳回答："云娣不来，刘家宅上的其他人也不会来的。"

郁海发"哦"了一声，第二天提了两瓶蜂蜜走进了刘云娣家，说："海发几十年没有来刘家宅，今天来认认外婆家。"刘云娣的丈夫连忙给郁海发递上了香烟。郁海发对刘云娣说："云娣妹妹，我姆妈想你了，你去看看她吧！"刘云娣眼睛里瞬间充满了泪花。

当天晚上刘云娣和刘家宅上亲戚们挤满了重建瓦 6 东房头，惠姑见这么多娘家人来看望她，精神显得特别好，始终拉着刘云娣的手。

谁能料到，第二天清早郁海兰把郁海发推醒："快起来，姆妈不行了。"当郁海发赶到东房头握住母亲手时，她头向里一偏离开了这个世界。两小时后灵堂布置完毕。

刘云芳说："姑妈本来好好的，云娣一来就走了。乡下人规矩，看望病人应该在上午的，她却晚上带人来看姑妈，太不吉利啦。"

郁海兰说："她是故意的吧，这个祸首！"

郁海发的看法截然不同："你们说得都不对，昨天晚上姆妈容光焕发是人死前的回光返照。"又进一步分析："姆妈为何昨天晚上回光返照呢？她 6 岁时从木行桥镇姚家成为刘家的养女，一生忠于郁家和刘家，她见这么多亲戚来看她，她知道归天之后娘家人会来送行的，她可以放心地走了。"因为吊念的人来了，他们没有再议论下去。

果不其然，惠姑的葬礼极为风光，郁海发的悼母文引得全场 200 多人无不泪流满面，刘家本宅和外嫁的亲戚们都到场，刘云娣打破了常规送奠仪 500 元。

第 4 节　重建瓦 6 合法化的三大途径

惠姑逝世的第二年忌日称为头周年，要请所有亲戚参加头周年祭日宴。郁海发冒着三伏天的酷热提早一周回到了木行桥，进屋一看冰箱不见了，刘云芳将冰箱放到她家中去了，心中不免产生一丝不快。他把不快放在肚皮里，第二天去木行桥镇电器商店又拉回一台更大的冰箱，再安装一台立式空调，以便头周年那天使用。

惠姑入殓的时候，帮助重建瓦 6 的海门天王镇无线电厂黄厂长送了不菲的奠仪，故应邀出席头周年活动。黄厂长问郁海发："这房子改造得这么好，今后你怎么使用？"

郁海发说："我每年清明节扫墓不会缺席，父母、祖父母忌日回不来的话请人代祭，所以这房子会长久保存下去。"

黄厂长问："当年盖重建瓦 6 之后，陶副县长有否给你批文？"

郁海发说："我后来去了深圳，房都盖成了要批文有何用？"

黄厂长说："你错了。要用批文申请房产证，否则这房就是黑屋。一旦国家征用或村里动迁，连补偿也极困难。要尽快让它合法化。"

郁海发一惊，记住了黄厂长的话。

转天郁海发和郁海达、郁六六去了木行桥村，找到村主任朱永富，他是郁家西宅老干部郁九兰的外甥，非常热情地接待了郁海发，问清来意后给木行桥乡政府王副乡长打了电话，朱主任开车四人到了他的办公室。

郁海发向王副乡长汇报了，重建瓦 6 是在时任陶副县长支持下，乡党政联席会议同意，在瓦 6 基础上盖成的。

王副乡长说："首先'黑屋'之说不正确，你这种情况也不是少数，新中国成立前的老干部、外出谋生的人，就是新中国成立后不少进城工作之人在本乡留下了祖产。按照物权法和继承法，这些祖房永远归于你及你的后人，回来可以住住。如果倒塌了不能再重盖。"

郁海发问："能否申请房产证使其合法化？"

王副乡长说："当前无此政策。"

郁海发说："听说木行桥镇南村，国民党还乡团头子范成先逃到了美国，他的后人要在海门投资，提出让范家宅上穷人搬走重建范家老宅。可是真的？"

王副乡长说："这事儿我不太清楚，也许是县统战部门的事，也可能他们都是名人吧。"停了片刻又对朱永富说："我有一个建议，郁先生可以在你村里办一个公司，借此再修房子使它合法化。"

朱永富问郁海发："这个办法如何？"

郁海发问王副乡长："需要多少资金呢？"

王副乡长说："下限50万元，上限不封顶。"

郁海发："容我回去细商量。"

在回来的路上郁海发对朱永富说："我拿国家工资的，哪有50万去办公司呢？"朱永富说："建议找郁家的姑爷费民，在叠石桥家访市场致富人群中，他的床上用品生意做得很大，可以挂靠在他的公司下面成立二级公司。"郁海达说："此人看穷人勿起，也许你从北京回来，面子大。"郁海发当即一个人下车，去了费民的公司，却碰了一个软钉子，详见第二十七集《阴谋？阳策》。

第三天，郁海发对郁海新说："祖宅的合法化第一条路径创建公司被堵了，我又年岁大了，除非去偷、去抢才可能挣50万元。"又发出感慨："国民党的后代成为名人，回到祖宅盖大房；共产党的后人，我什么时候也能成为名人，使祖宅合法化？"又进一步地分析："唯一的办法是对重建瓦6进行整固使它不倒，这是让它传承下去的大方针！"

经过惠姑的病重、逝世、入殓等事件后，郁海发和郁海叔的关系有极大的改善，尤其郁海兰把刘云芳视作亲妹妹。郁海发对郁海叔说："海叔，你是泥水匠，抽点时间检查一下我家房子哪些地方不牢靠，我修理一下。"郁海叔尚未回答，刘云芳却说："上边不是说了吗，格种房子倒脱末就倒塌啦，修它干啥呢。"郁海发一愣，一定是郁六六向他母亲转告了王副乡长的谈话。刘云芳的态度显然同郁九周"老宅不拆、不倒、不卖、不送人家"的遗愿相悖，更坚定了郁海发整固重建瓦6的决心。

第 5 节　十次改造重建瓦 6 为哪般

郁海发请包工头袁小初整修重建瓦 6，袁师傅说："郁海叔马上要盖大楼了，时间上有冲突，明年帮你检修吧。"郁海叔也对郁海发说："正要跟你说哪，我盖大楼时把所有东西放在你房间里。"郁海发答应了，又在老家待了两个月。

在郁海叔楼房上梁之日，郁海兰从上海回来送"搀高头"人情。郁海兰转达刘云芳的意见："他们的楼上留一间房头，以后我俩回来住过去。"郁海发回答："我自己有 3 间房，不会去住的。再者，他们有儿子郁六六和女儿郁冬儿，儿子结婚后有孙子，两层楼自己用也蛮紧张的。"

又过了一天郁海兰说："云芳建议，在他们楼房东山头和重建瓦 6 东山头之间砌一堵墙，前后房连在一起啦。"郁海发一愣，想起了不久前的一件事……

郁威和郁力近 40 岁尚未给郁海发添个孙辈，在编制木行桥郁氏宗谱族人名细表时，郁海发吮心唠叨："我自己这一脉还没有后代呀，编家谱真没劲。要不先在家族中过继一个女儿吧。"刘云芳得知这个消息后，对郁海发说："把冬儿给郁威做女儿吧。"

郁海发说："辈分不对呀，冬儿叫我伯伯的。"

刘云芳说："冬儿是海仲领养的女儿，我们帮他带养。"郁海仲是郁海叔的二哥，没成过家。

郁海发说："那更不行啦，我要领养郁氏血脉的孩子。"

刘云芳脱口而出："你领养了郁冬儿，将来看护这个房子！"

郁海发脸一沉不吭声。

听完了郁海兰转达刘云芳东山头砌墙的建议，又想起了刘云芳要求领养冬儿的事，郁海发隐隐感到其中必有图谋，这个图谋并不是刘云芳的原创。倏忽之间，郁海发想起父亲郁九周的话："郁海叔反对郁海伯在瓦 6 场心里盖房比我们更上心，这是为什么呢？"又说："今后要时时提防郁海叔这个人。"

郁海发问郁海兰："两个东山头砌一道墙，那再林公的后代向东出路在哪里呢？"

郁海兰说："云芳说，可以做一道门。"

郁海发说："郁海祥一家经过我家场心，拐过郁海叔之弟郁海季的楼房西出，加了一个门，他们不要骂死我们啦？"

兄妹俩没有谈拢，郁海发和郁海兰心中都留下了一丝不快，郁海发整固重建瓦6的决心增加到十分。

第二年清明节，郁海发回到郁家东宅，只见郁海叔的楼房内现代化设备齐全，可是重建瓦6仍然装满了农具、泥水匠工具、破旧家具、摩托车、旧料，等等。郁海发对郁海叔说："把这些东西清理一下呀。"郁海叔答应了，却把一部分东西搬到场心里和西宅沟的坑棚、柴棚里。郁海叔说："海发哥呀，还有一部分没有地方搬走啦，不影响你一个人住啊。"

碍于情面郁海发没吭声，在请袁小初修整重建瓦6时，在场心西边又盖了朝东屋15平方米，对刘云芳说："我回京后把你们的东西搬到朝东屋里。"刘云芳痛快地答应了。

又过了一年，郁海发回到郁家东宅，室内东西全搬走了，却见场心里堆满了垃圾废品，在西宅沟沿养了兔子，在柴棚里养了不少母鸡，郁海发在场心里不小心踩了一脚鸡屎，问刘云芳："怎么养了那么多鸡？"刘云芳回答："海兰姐叫我养的，生了鸡蛋送到上海去。"既然她这么说了，担忧搞坏了两家关系，郁海发不吭一声，在厨房屋和朝东屋空隙间做了一个活动小门，不让鸡群到场心里拉屎。

第二天，郁海发去了木行桥镇二郎家，对姑妈透露了心中的苦情和无奈，二郎说："怪不得宅上人都在风言风语。"

郁海发问："他们说啥呢？"

二郎说："郁九成、郁海伯、郁海祥、郁伯和娘子等到镇上来说，你与刘云芳的关系好得不得了，重建瓦6将来要给郁六六的，纸头（字条）也做好了。你有没有此事？"

郁海发说："绝无此事，我曾建议郁六六可以住在东房头，但他没去住。我不会忘了父亲的遗愿：老宅不拆、不倒、不卖、不送人家。"

二郎说："如果重建瓦 6 给了郁海叔，我不认你这个阿侄。"

为了表示自己的决心，消除二姑妈的误解，郁海发把简单室内装修改为大动干戈，将后落屋行灶拆除，安装煤气灶，成为现代化厨房并有像样的饭堂；将西房父母的婚床移至东房头，并建厕所兼洗浴间，东房头的柜床移至西房，放风说："古玉要来老家，郁威夫妇也回来祭祖哪。"

当郁海达、郁海新、郁九成两个儿子等来搬东房头柜床时，只见里面装满玉米，一个老鼠窝里无数幼鼠，这是大老鼠在床底板上打洞，进去后繁衍的后代。郁海祥说："这是云芳家的玉米，叫她来清理走。"

刘云芳紧绷着脸把幼鼠丢进宅沟里，把玉米装在两只大袋子里，郁海发对她说："这柜床不要了，送给你处理吧。"刘云芳对大伙儿说："把它抬到我家后门口吧。"不久将柜床大卸八块。

郁海发编制的《海门木行桥郁氏宗谱》接近尾声，郁家新宅老四房郁思启的玄孙郁友东答应出资印刷，他的父亲郁海正发来短信："海发兄：我愿意出资在重建瓦 6 中厅制作积善堂牌匾，恢复 180 年前的原貌。你的平房存放《郁氏宗谱》最为合适。"

郁海发认为郁海正的意见非常好，准备回家将郁海正手下留情保存的场心改成水泥地面并建东出路为水泥路，为举行宗谱公示仪式做准备。9 月，郁海发回去一看，场心里种了 1 棵杏树、2 棵桃树、3 棵橘树。郁海发要求刘云芳挖掉场心里的果树，刘云芳说："当年是我找了二郎姑妈，才保留了这块小菜地，现在种了果树不是很好吗，不用挖掉它。"

郁海发和气地说："我要用这场心啊，你们不挖我请人去挖，可好？"

郁海叔跑过来说："种这几棵果树，是海兰姐姐的意思，你去问她吧。"

郁海发给郁海兰发了邮件要她给刘云芳讲一讲挖树，郁海兰回复："场心里种树是绿化，有利无害。你一定要挖去，自己给云芳讲吧。"

双方僵住期间，郁六六的丈母娘进行调解，对郁海发说："根据农村风水习俗，现在挖树会发生不吉利现象，不知伤了宅上何家何人。等到大寒里再挖树。"郁海发把一切安排向后推了一年。

第6节　费民天价收购重建瓦6，海发竟拒售

仔细一算，郁海发在 10 年之内花了 10 万元 10 次改造重建瓦 6，未来海门郁氏文化研究院的雏形初步形成。

郁家新宅老五房郁思奎后人的女婿费民是木行桥村财富大咖，他介绍一位朋友购买重建瓦 6，开价 20 万元。郁海发询问袁小初重建瓦 6 值多少钱，袁师傅回答："你的房子可卖 5000 元，如果靠在马路旁可值 1 万元。没有国家动迁的话，格种房子不值钱的。" 20 万和 5000 元差距巨大，却遭到郁海发的断然拒绝。故乡留间房而使郁海发延续乡情，延续生活的根脉，直至木行桥镇之北筹建南通新机场和北沿江高铁车站，郁海发在有生之年终见故乡的巨大变迁。

欲知后事如何，请阅第二十七集《阴谋？阳策》，讲述拒绝出售重建瓦 6 的故事。

第二十七集　阴谋？阳策

当年分家时小夫人陆笑姑带着亲儿子郁思奎搬到郁家新宅上，与老四房郁思启同住一宅。进入 21 世纪之后，老八房郁思奎后人的女婿费民同郁思启的后人郁海正为房基地闹了矛盾。老二房郁思忠后人也因老手里分房与小夫人站在同一战线上而与郁思奎后人一向交好，郁思忠后人郁海发与费民是穿着开裆裤的玩伴。坎坷前半生的费民发迹于世纪之交，因郁海正支持郁海发重建瓦 6 恢复积善堂原貌而设计天价购买重建瓦 6，却遭到郁海发的断然拒售。

第 1 节　前辈人的恩，后辈人却成怨

历史回放。郁家东宅二代传人郁士昌娶了少夫人陆笑姑，60 岁时喜得幼子郁思奎，在郁思奎三岁生日那天，郁士昌和义弟郁士盛举行分家会议，讨论在其他七个儿子已分好家时如何重分家。老二房郁思忠献出一策，将坟祭田 7000 步地皮给郁思奎，老四房郁思启主动提出，请继母小夫人和八弟郁思奎在自己的郁家新宅建房安居。此举使郁家新宅便有老四房和老八房（郁思奎）两家居住，他们的后人与老二房郁思忠的后人一向交好之因，是念其老辈人的恩。

费民的妻子是老八房后人郁九官的独生女郁美香，在她出嫁之后，郁九官按中华老传统，打算过继老四房郁九荣的儿子郁海正为继子，郁美香出于郁九官的养老考虑，赞同父亲的做法，郁九荣、郁海正父子也同意，双方一拍即合。

当费民得知过继之事时，对郁美香大吼："老头子此举没有和我商量，

你也没有告诉我，我反对！"

郁美香说："将来父亲百年之后靠郁海正送终，有什么不好呢？"

郁九官是木行桥乡政府食堂的老师傅，烧得一手好菜，费民说："你这乌子，傻了吧唧，你不算算，老头子是公家人吃公家饭，又有房产宅基地，半个宅子的住房，将来全是郁海正的啦。"进一步分析："我们和老头子住在一个队里，你照顾你爹也很方便。将来你爹百年之后，举办丧事会收取不少人情账，我们不会花去很多铜钿的，现面欢（当前）却失去你爹的全部家当呀。"

郁美香心动了，说："明天举行过继仪式了，怎么办？"

费民想了想说："我自有办法的。"

"文革"初起之时，木行桥郁家埭上一起揪斗事件惊动了四乡八邻。第二天近午，在郁九官家中摆上香烛和供品，两家人正向列祖列宗告慰之时，费民带了一帮人，进门推倒供桌，他大声地宣布："横扫一切牛鬼蛇神，不许搞迷信活动！"把郁九荣带到村部，将他与地主郁西良、漏划地主郁九章、假党员村长樊俊美牵在一起环乡游斗，过继一事黄了，郁海正和费民就此结下了怨仇。

不久，费民向全村人宣布，他改名为郁费民了，有好事者逗他："你没去派出所改名啊，法律上不会承认的。要不你摆上几十桌酒，让郁家埭上宗亲见证一下呀。"费民回答："酒席就免了。我把独生女也起名郁蕊英啦，比法律还管用。"果不其然，世纪之交费民利用老丈人的经济实力，在叠石桥国际家纺城致富效应之下，成为木行桥的财富大咖，他和女儿、入赘女婿郁幸福组成同盟，成为郁海发的郁氏宗亲活动的对立面。待后集中再表。

新世纪前后，农村住宅发生翻天覆地的变化，郁家新宅一分为二，首先是郁海正在原地盖了两层两底楼房，接着费民把老丈人的房子和自己的住房拆去，在郁海正的后面也盖成两层四底住宅，继而在他丈人的土地上盖了片片厂房，位于郁海正的宅前面约3丈。如此一来，将郁海正的宅基地似菜心圆子似的包在中间，留下一条6尺宽的西出路，好像菜心圆子尖尖上开个小孔，这引起郁海正的极大不满。郁海正生性平和，与世无争，富甲一方的费民不可一世，上头也有人，郁海正无可奈何。

第 2 节　坎坷前半生的费民发迹于世纪之交

费民前半生的路甚为坎坷，财富的累积充满传奇。他高大粗壮，胎生却是右手"六节指儿"，常被小伙伴们嘲笑，从而生成嫉妒之心，憎恨世人。成年之后参军入党，复员之时，正值"文革"初起，穿着草绿色军装，戴着红卫兵袖套，斗遍郁家埭上他所憎恨的人。

费民童年苦寒，家中只有少量贫地，依靠养父替人理发长大，这么说那他还有生父？其母细长标致，木行桥镇中央军下乡将其骗奸了。1949 年初那个农历大年夜，郁家埭东南角子传来阵阵枪炮声。百姓们以为是过年的爆竹之声，大年初一清早，人们传颂着木行桥镇据点的国民党军被通海地区独立营周应祥营长打跑了。费民的母亲却有了身孕，只得匆匆嫁给剃头师傅，也就是费民的养父。费民的母亲当上了第一任村长，分得了田地，家境总算好了起来。

红卫兵有造反派和保皇派之分，费民是保皇派，整下不斗上，这是他的高明之处。时任木行桥乡党委书记王兴被造反派戴上屋山头高的帽子游斗，费民上前撕掉纸帽，竟无一人敢上前阻挡。

王兴官复原职之后，调木行村支部书记金康担任乡农业部门的负责人，费民为工作人员，算是吃上了公粮。改革开放初期，乡镇企业风起云涌，金康升为工业办公室主任，费民成了金康下属的工贸公司总经理，进入了干部行列。

王兴上调市委组织部部长之时，对他的接任者建强书记交代："费民是个能人，对我也有恩，有机会让他发发财。"果不其然，几年之后，以承包名义，用低 10 倍的价格，费民把国有公司收入自己的囊中。以后几年中费民的财富聚集秘方无人知晓，传说用了老丈人郁九官一生的积蓄，世纪开年，突然间在郁九官宅前土地上盖了厂房、仓库，购进几十部机器，招了一批工人，成立了家纺产品加工厂。

郁家埭上有两位极顶标致的美女，一位是黄家的丑好，自幼丧父，孤儿寡母，家境贫寒。费民与丑好在娘肚皮里定了亲，一块儿玩大，两小无猜，费民退伍之后，两人就困到了一起；另一位是郁家的美香，双亲健在，父亲是乡政府的厨师，也算是农工结合之家，早已是小康人家了。

再优秀的人也会有人对你不屑一顾，再不堪之人也会有人把你当作宝贝；再好的人也有对头，再坏的人也有朋友。金康与费民一同参军，一天入党，一起复员回乡，两人自然成为莫逆之交。一天，费民约请金康去美香家吃老白酒，郁九官烧的菜，美香斟了酒。

席间，费民突然对金康说："我和美香自由恋爱，请老战友做媒人。"

金康惊讶地问："那丑好怎么办？"

费民："请你来吃酒，就是叫你去话话呀。"

金康看了一下美香，她红着脸，羞人地埋下头去。金康见是生米已经煮熟了，答应帮忙。

金康跑了丑好家四回。第一次，丑好勿肯，她的娘骂了费民一阵。第二次，丑好不在，她的娘说："丫头肚里有了那个杀千刀的种。你奈话！"第三次，金康带去费民的意思，要丑好请郎中打掉小人，愿意出点钱补偿。丑好的娘提出要300元。费民借了钱连同家中的毛票角子凑成150元，由金康交给丑好的娘才下落（解决）。据传丑好并未怀孕，当然也没有去打胎。

费民如愿成了郁家的女婿。他弃"臭"要"香"，显示他的精明和惊人的预测力。30年后，凭借美香娘家的经济实力和美香的心灵手巧，在叠石桥家纺市场打出一片天地。

世间穷人暴富之后，不外两种生态。一是多做善事益事，思人恩德，回报社会；二是只顾自家享受，穷惯之人特别吝啬钱财而瞧不起穷人。费民属于后者。当财富的历史翻转过来后，费民把两层两底楼房翻建成四层四底楼房，底层是停车库。耀眼的红白相间外墙，华丽的室内装潢，加上全套进口电器设备，价值千万元，为木行桥乡"首屈"；在乡北的河沿上，茅草众生的坟园之东侧，建造一座他母亲和父亲实是养父的阔绰的坟墓，墓碑背面书写双亲的生平事迹。3万元买人之地，3万元之造价，使它成为木行桥乡"一指"。

第 3 节　海发对费民的好感度百分之百

郁海发是费民穿开裆裤时的玩伴，算是他在木行桥乡下的润土（小时候的玩伴）之一。郁海发退休之后回老家探望母亲，惠姑告诉他："西界的费民发财来交关！"出于好奇，他信步前去探个虚实。当费民伸出大手握紧海发的当儿，印象中的六节指儿不见了。郁海发惊异得怔住了，他还没有回过神来，费民却来了个洋式搂抱，口中念叨："阿呀呀，郁家埭上第一个大学生，北京回来，光临寒舍，不胜荣幸呀。"

惠姑入殓那天近午，郁海达拿着《红白喜事录》给海发，只见最后一位记着："费民，100 元。"忙问："人呢？快请用饭。"郁海达回答："送完就走了，一根烟也没抽。"海发一阵感动。

惠姑六七祭祀的第二天，在二郎儿媳陶小娥的招待所设了一桌，宴请 10 位送奠仪的朋友，包括金康和费民。费民显出一副受宠若惊之状，当着众人之面夸赞海发是郁家埭上出名的孝子。费民还回忆他到南京向郁九周求援紧俏材料："老干部对家乡人真亲啊。看得起我费民，我把他当爹、当天！"引得满桌人大笑。

不久金康来找海发说："农历八月初一，费民六十大寿，吃面。老兄凑个份子，去贺贺吧。"

海发回答："费民没请我呀。"

金康说："家乡有一句俗语，请吃喜酒赖吃面。看你给不给他面子。"

须臾，海发答应着："那好吧。但不和你们一起买 3000 元烟花爆竹，我单送。"

那天上午 10 点，海发送去装上礼仪的大红信封，龙飞凤舞地写上：

致费民兄六十大寿：

　　　　一发再发　喜赠礼金肆佰捌

　　　　一好多好　贺祝兄嫂寿天高

　　　　　　　　　　　　　海发敬

房

翌年的清明节那天，费民请海发去吃中饭。饭局设在叠石桥国际家纺城四星级酒店。宽大的圆桌坐满10位食客。费民上座居中，右边是王兴，左边是建强，之下是海发、金康。席散握别时费民热情地对海发说："今后你每次回来，我都要请你到叠石桥来吃饭。"费民没有食言，以后的几年回乡都是如此安排，似乎是个常态。

2008年大年初五，海发寄给费民小礼品，一本珍藏版陈毅元帅大型画历。上书："迟到的礼物虽轻，往日的友谊为贵。"海发清明节回乡时费民说："礼物虽小，但想到我这个人，看得起我。"

海发口上奉承他："对俗气的人，我会送吃的；对有文化素养者，才送看的。"心内又是另一个声音："你是一个低文化的商人。"

费民又说："其实，上面的题字比陈老帅的画更值钱啊。"

显见这是奉承话，但触动了海发的虚荣之心，心想："算你识货！"对费民的好感度提高了百分之三十。

2009年春节前，海发再次寄给费民一份日本钟表公司的日历，并附了一封信："费民：祝身体健康，阖家安好，为祝为祷！寄上的小台历，是我儿子公司发的，现转送于你。耀眼的精表却不受用，'分秒成就永恒'才珍贵。当今，全球经济不景气，中国也不会独善其身。祝你在新的一年中，百尺竿头，更进一步。我相信贵公司一定能继续发展！谨致工安！海发敬上"

这年的清明相聚，费民握紧海发的手说："你寄来台历里写着'分秒成就永恒'太合题！"又紧抱海发："托你之福，我的公司一定会渡过难关，独善其身！"海发听了好感度再次上升了十之三个点。

海发完全把费民当作故乡的知心朋友，是在2009年的夏末，在悼念郁九周的追思会上，费民流利地说："海发的父亲是木行桥出去的老干部。"指着天花板上红色大字，"那里写的是海发父亲的'爱故乡，忠祖国，孝父母，拜列祖'四句话，他不忘家乡人，家乡人也没有因他官不大而忘掉他，今天的追思会就是证明！"全场热烈鼓掌之后，费民更为高声："海发开这个会，还写了书，他也是热爱家乡的海门游子，有其父必有其子！"再次掌声雷动。

主持人村支书朱永富刚要宣布散会，费民却又站起来说："我再补充一点，这个房子，今天整得有点样子，我建议立个牌子，叫郁九周故居，永远保存下去！不能将来养鸡养鸭养羊喂兔子，更不能成垃圾场、废品收购站！"
一阵笑声，雷鸣般的掌声将追思会推向高潮。

费民的发言暖到海发的心里头，因为父亲曾留下"老宅不拆、不倒、不卖、
不送人家"的遗愿，海发对费民生发了百分之百的好感度。

第4节　海发与费民关系的自由落体

木行桥郁氏家族老八房后人郁再香是海门草根艺术家，他的"唱佛祈"
闻名四乡八邻。他唱道：

走夜路要小心，
做人得讲良心。
十粒长生果九颗香，
一粒发霉苦到心。
甜瓜多少数不清，
苦瓜一个记在心。
为人做了十好事，
一事不成恨在心。
他人跌跤叫快活，
别人穷嘞吭哈同情心。
我话呀，
裁勿是海门人的本性。

十粒花生米九粒香，最后一粒是焦的，你会满口苦味而呕吐不止。也有
此等人士，甜瓜吃多少数不清，苦瓜一个记在心。帮你做了十件事，一事不
成恨在心，立马跟人红脸，翻脸如翻书，面上乌相做出来了。这些裁勿是（都
不是）海门人的本性。

海发是故乡海门的儿子，也就不是此种快速变脸之人。海发对费民生发

的好感渐渐降温，也是从细微变化开始而渐渐累积起来的。

细微变化开始于近距离亲密接触。孔子曰："近之则不逊。"海发理解它的意思，对一个人越亲越好，他会瞧不起你，也就越不尊重你。海发就是犯了这样的错误。随着好感度 100%，海发与费民交往随便起来，时常给费民点恭维也加入些吹捧，对小几岁的远房堂妹郁美香，海发对她左一个"嫂嫂"，右一个"嫂嫂"，谦恭达到令人目眩的程度时，在他人眼里海发只会巴结财主费民。

费民拿出一幅彩色图片，兴奋地告诉海发要盖这个特大楼房，说："预算造价 500 万元。"转年大楼竣工，海发背回一套近千元的茶具送到费民新楼，费民第一句话："我这大楼造价可翻倍了。"海发讨好地说："朋友送我一套茶具，我的小狗窝用不上它，放在你的楼里才找到真正的主人啦。"费民瞟了一眼说："茶具不大，你一路却辛苦了，放下吧。"没有热情劲儿，不见那句"想到我这个人，看得起我"的口头语。虚荣心很强的海发觉得礼物可能轻了，热面孔贴到了冷屁股上。

记不得从何时开始，近几年的清明节回乡费民改在职工食堂招待海发了，海发想可能他在大环境下生意不好做，节省点钞票吧，在食堂用餐反而没有了四星酒店里那种拘束。海发在编写《木行桥郁氏宗谱》，回乡的次数增多，两人见面的时候，海发对费民会勾肩搭背以示热络。费民却没了洋式搂抱。海发心里闪过一念，费民有点疏远自己啦。惠姑说"要把话放在肚皮里"，海发口中不说但不等于心里不去琢磨。

海发不检视对费民顶礼膜拜的那种恭维而让费民瞧不起自己，却开始研究费民的为人处世。

古人说"富者观其所养"。人穷的时候不乱花钱则是资源所致；人富了以后还能保持节俭，才是品行的体现。海发首先想到费民是个有钱人，一个人有钱了，要看怎么花，花在什么地方。

木行桥村书记朱永富规划村北河沿的木行桥陵园，海发捐赠 1 万元。一年后朱书记将钱退回，墓地工程泡汤了，据说是费民拒绝出资 5 万元并极力阻挠。"可他自家父母的坟花了 6 万块呀。"海发回忆着，"那年用 10 万元打造一个超豪华寿辰，除了显示他炫耀财富、享受人生外还有什么呢？"海发又为自己委屈起来：何必送"肆佰捌"，"两佰捌"也蛮客气的了。

海发想起老干部郁九兰之女郁海英讲过的往事：郁海英嫁给丑好的堂哥，他们在老家的平房位于费民的楼房之后，费民盖楼时承诺租住他们平房当员工宿舍，郁海英才签字允许费民盖四层高楼，并且由丑好的丈夫代签了合同。当外地员工减少后费民失约了，费民要赖说："合同里没写上租多久呀。"

古人说"通则观其所礼"。一个人发达了，要看他是否还能谦虚谨慎、彬彬有礼、遵守做人的规则。海发继续思索着费民为何和他的关系生变："我没有待差他呀。"海发对费民并非太差而是太好了。倏忽之间他似乎明白了："对咯，开始的时候他财富的羽毛尚未丰厚，对我北京人的身份和我的学识有点崇拜；后来呢，他财越大气更粗，什么人都不放在眼里了，待人从铜眼里找。"

海发对费民生发的好感渐渐降温回到原点，几何落到冰点之下，如此变脸，绝不是垂直落体加速度 9.8 米 / 秒一蹴而就。

郁海发除了整固重建瓦 6 之外，也不放弃筹建 50 万元在老家创建公司，使重建瓦 6 合法化。在往后的几年中躺在父母的婚床上，向天盯着老式散季帐子的白色帐顶出神，"如何去弄 50 万元呢？"海发思前想后地琢磨着："我是一个小干部，现今能拿出此笔现款，那一定是贪污得来的。当年有权的时候，怎么没揩点油呢？"海发随即又否定："出边的事我是勿会做的，做了一定被捉。"

"我倒有一张 15 万元的存款单呢。"这是海发的秘密，连古玉也不知晓有多少数。海发搜索着它聚集的过程，为自己成为理财高手笑了起来……

30 岁时存入和古玉的复员费 1900 元。往后的年代里，时常存入工资以外的横旁里收入，70 年代里，用几百斤全国通用粮票和军用粮票换过农民的鸡蛋，将鸡蛋折算现金也存了进去。

古玉的父亲古部长在老家有一座宅院，老丈人将卖房的 5000 元给了我们。

外商送我的外烟拿到小商店里变现金，也存了进去，虽说是"灰色收入"，但算不上违规，更不犯法。

随着人们财富的上升，垃圾废品也越来越值铜钿。该花的千金不吝，不该丢的一毛不弃，这笔存款中还有卖废品的功劳哪。

我炸过油条卖过馄饨汤，才有这笔款子啊。

那个年代银行存款利率就是高啊，最高到过 20% 哪。只存不取利加利，世纪末年我就有了 10 万元……

月亮已经爬到窗前，透过窗帘上面两个格窗钻了进来，海发估摸过了子时，索性右侧向外，对着光亮发起呆来……

一个退休干部，投入 10 万元进股市不算少了，海发开了个股票账户。运气不错，第一笔买入后上证指数一路飙升，2007 秋初到达六千点时，全部清仓退出，账户余额竟变成 15 万元啦！

向上、向左、向右睡都不能入眠，海发将身子来了个 180 度转变。试试合扑困如何。刚合上眼睛，海发却又胡思乱想起来："这 15 万元能用吗？人都要留个后手，万一以后动个大手术，心脏装起搏器，换个肾什么的，到哪里弄钱去？"海发又笑起来，自我嘲弄："七十之人，还办什么公司呀。"倏忽之间，海发想到了再次去求助费民，竟然睡着了。

第二天约请费民到重建瓦 6，费民骑的摩托车停在海发的场心里，进入海发的西房头。海发没有过多的寒暄也没敬茶，没有直奔主题而是拐了一个弯。

海发说："几年前，你讲过应立个'郁九周故居'的牌牌。"费民点头。

海发又说："我想请你帮我搞一个。"

费民问："怎么搞法？"

海发说："我出钱，你设计，题个字，写你的大名。怎么样？"

费民回答："我不能题字。"

海发说："为啥？"

费民回答："这是你个人行为。像你父亲一样的老干部，木行桥南埭有樊，北埭有倪，他们的后代都来找我费民怎么办？"

海发感觉费民的态度与几年前有点不一样。本想反驳："我们的关系怎么和樊、倪的后人等同呢？"却把话吞了下去。今天也并不真心立个牌牌，不过拿它打个开场幌子而已。

"先不说这个故居吧。"海发换了个题目，"请你来，还有一事要你帮忙。"

费民："尽管讲，能办就办，能帮就帮。"

海发："我打算将北京大儿子的公司在老家设个分部，做点生意。"

费民："那是好事，我可以帮你运作。"

海发："只要你开个证明就行。"

费民："什么证明？"

海发："是这样子的。在我的祖宅里成立一个非独立法人单位装饰公司，挂在你们公司下面，负责人是我郁海发。你出一张 50 万元的财务资金证明，我去工商所注册登记。以后做生意的资金我自筹，自负盈亏。"

费民很干脆："我不能出这个财务证明的。"说完骑上摩托车走了。

大概上午的谈话不愉快，生怕海发生气吧，下午 4 点费民又来找海发说："晚上我请你到木行桥镇上洗桑拿浴，而后去叠石桥吃饭。"

海发以为上午谈的事可能峰回路转，就说："洗澡吃饭免了吧。上午的事还可以谈谈条件。"

费民："你说。"

海发："你开个证明，我交你押金 2 万元，以后盈利按 20% 分成，抵扣。如何？"

费民："2 万？我不缺这点钱。"

海发认为费民嫌少，可又不舍得往上加码，只好抬出金康的牌头。说："我这个装饰公司打算与金康的儿子金权合作，我出资他运作。"

金康对费民有恩，料想费民不会拒绝。他却说："我不明白，你一个大知识分子，为何总和他们混在一起？游胡白相还是五分头，讨饭人的花样经。我游胡少了三角是不玩的。我是天，他们这种人是地，天地能合一吗！"

海发不做辩解，尴尬地笑笑。

海发喃喃地嘟嚷着把真心敞开，进一步地向费民解释："其实，其实我打算办这么个公司，是为了使老房子合法化，永远保留下去呀。"

费民说："我说海发呀，看事情也要与时俱进嘛。"费民拍拍胸脯："我盖的大楼花 1000 万啦，升了 1 倍。你的房子是破落地主户，我一脚能将它踢倒嘞。不值铜钿咯。"

费民的话像一把刀刺向海发，他愤怒地瞪大双眼："你在胡言乱语！"

见海发动了气，费民赶紧改口："好了，好了，不就是弄个房产证嘛，回头我去找市土管局局长，他是我好朋友，办一个不成问题的。"

海发想到黄副乡长关于无法取得合法产权的谈话，不客气地回敬费民："你净吹大牛！"

第 5 节　郁海正和费民再次结怨

郁海发和郁海豪、郁海达、郁海正、郁海英等几位七代传人编制的《海门木行桥郁氏宗谱》公示仪式在重建瓦 6 中厅举行，木行桥郁氏老八房后人代表应邀出席。鉴于独生子女政策，凡无儿有女的家庭，其女儿及其子女列入宗谱之中，费民和女儿郁蕊英、夫婿郁幸福也参加了公示仪式。

会议结束后举行午宴，地点在木行桥镇偏西南绣都农家饭庄，宴会厅内 4 张大圆桌坐着 40 位代表，大家开始碰杯相庆。酒非名优却格外醇香，茶非名产却甚是甘甜，菜不丰盛却色香齐全。人们心中想的是，能参加家族史上首次大聚餐是何等的自豪！

刚过 12 点午宴的高潮，不，是公示仪式的高潮，突然发生了戏剧性的一幕！

郁海正和他的儿子郁友东走到主桌前，郁友东向郁海发敬酒说："感谢你为我郁氏家族完成了一件大事！今天的餐费由小侄支付。"

郁海发说："万不可以，我已经准备了。"

郁友东对郁海发说："不要客气呀，小侄虽然只在成都开了小公司，但经济实力比您公家人来得富裕，请让我为郁家尽点力吧。"随即去前台结账去了。

在这当儿郁海正向全场宣布："刚才在会上讨论这部宗谱要印 300 份，我估计要花 3 万元印刷费，此款由我犬子友东来出资。"随手喝了一杯啤酒继续讲："我建议，在重建瓦 6 恢复 180 年前的积善原貌，我出资挂上牌匾，用于存放《郁氏宗谱》，大家认为如何？"随即整个宴会厅响起热烈的掌声！

掌声停息之后，费民站起来走到郁海发面前客气地说："海发，我先一步了。"瞟了一眼郁海正，大声地对全场说："我绝不和这些人同流合污！"而后招呼郁蕊英、郁幸福："我俚走吧。"所有人一阵惊愕。

第 6 节　卖掉祖宅之议触痛郁海发的心尖

在郁友东的支持下，《海门木行桥郁氏宗谱》印刷了 380 本，免费发给了全球上郁氏宗亲，也寄给南通、海门档案馆、图书馆收藏。重建瓦 6 的大门上高挂积善堂牌匾，上书："是故，能爱子者，遗之以善；不爱子者，遗之以恶。"在中厅内除陈列郁氏宗谱外，还有各种历史资料和照片，郁海英说："像一个小博物馆啦。"

大约一年之后，金康来到郁海发家中说："老兄，好事啊，费民看中了你这座平房，愿以 10 万之金购买。"郁海发大惊，他曾询问袁小初重建瓦 6 值多少钱，袁师傅回答："你的房子可卖 5000 元，如果靠在马路旁可值 1 万元。没有国家动迁的话，格种房子不值钱的。"费民为何以如此高价购买此房呢？郁海发对金康说："他不是真心的，耍我玩儿哪，免谈。"

晚上郁海发给郁海英发了短信："明知我不为，他却约了金康劝我卖掉祖宅。辱我之甚，情何以堪！"海英回信："对有财无德之人何必生气，不值。"

一周之后，费民来到重建瓦 6 邀请海发："今晚到我博物馆内用餐吧。"盛情难却，晚上郁海发步行而去，金康也到了。坐定之后，费民指着另一位朋友说："这位是镇南村的张老板，办了一个闻名通海的纺织品大公司，想购买海发的重建瓦 6 的正是此位老板。"

张老板说："惭愧，我的公司是我二女婿的。"又对郁海发说："郁老师，实不相瞒，我有两个女儿，大女儿继承我的祖宅，二女婿是吉林人，事业却在海门，欲在此地买一个旧宅盖一座大宅楼。郁老师可否帮帮忙？"

郁海发问金康："就是这位张老板出 10 万元买我的祖宅？"

张老板抢答："不，我出 20 万元。"

郁海发冷冷地说："我的祖宅可是黑屋呀，盖不成大楼的。"

张老板说："只要有钱，没有办不成的事。"

费民说："你的房子也没啥大用场，和郁海正这些人搞什么家族文化，有什么用头呢？卖掉的好。"郁海发的脸立马沉了下来。

金康也帮腔："现面欢（当前）20万元到手了，值！"

郁海发心里琢磨："这是费民密谋击破木行桥郁氏家族的团结，损害我的声誉，也触痛我的心尖。不过，这些人小看我海发的辨别力，竟采取阳策达到他的目的。"想到这里，他站了起来严正地对费民说："我的父亲曾立下老宅不拆、不倒、不卖、不送人家的遗愿，你的做法，让我做一个不忠不孝不义之人。请慢用，海发告退了。"金康见如此结果，连忙跟出来："海发，用我的摩托车送你回去吧。"

欲知后事如何，请阅第二十八集《郁力回国创业风波》，继续讲述重建瓦6的故事。

第二十八集　郁力回国创业风波

在郁海发拒绝费民用天价收购重建瓦6一年之后，郁力因公从新西兰回国办事，路经南通而回到木行桥郁家东宅20分钟，提出一个设想——在重建瓦6办一个家纺用品出口公司，此议正合郁海发的心思，他不假思索地对郁力承诺："若是如此，我资助200万元在南通或海门买套住房！"因种种原因，郁力回国创业未果，不料刘云芳将此事放大而使郁海发成为乡亲们眼中的吹牛大王，又经郁海兰传给了北京古玉，引发了古玉的厉声责问。正是：回国创业风波，叵测邻里私欲。

第1节　二十分钟的快乐时刻

《海门木行桥郁氏宗谱》圆满发放，"积善堂"牌匾挂起来了，又拒绝费民用天价收购重建瓦6，郁海发的心情舒畅，在乡下期间和朋友们游胡白相，因技术不佳运气不好输了交关铜钿，后来运气转好把回来不少。为何？是郁力回到重建瓦6二十分钟的惊喜所致！

一天上午，郁海发收读古玉从北京发来的邮件："郁力从新西兰回国参加广交会，到浙江、江苏等地考察服装企业，想见见在海门老家的老爸，问你怎么办。"古玉认为："郁力的时间很紧，在苏州见面极为困难，搞不好双方都着急，这次见面就算了。"

郁海发当即回信："此次能与郁力见上一面，最好最好，不能错过机会！将我的手机号告诉郁力，让他直接跟我联系。"晚上8点郁力发来短信："新西兰老板同意增加南通的业务，请爸爸明天下午6点到三德宾馆会面。"

第二天，袁五宝开车送郁海发到达南通三德宾馆，并约了姑妈的儿子张志东及其女儿张小红陪同。6 点，郁力从南通一个毛巾被厂回到宾馆，手里还拿着该厂送他的样品。在宾馆大厅里郁海发与 10 年未见面的儿子拥抱相见！郁海发给他一袋带壳炒长生果，说："不能带出去，路上吃吃。很香的。"郁力送给父亲一条黄山红方印香烟，说："爸的气色很好啊！"郁海发把张志东、张小红介绍给郁力："他俩在南通工作。"又指着袁五宝："这是我干女儿的丈夫。"郁力与他们一一握手致意。

在张小红的引领下，一行人来到附近的毛家饭店吃晚饭。尚未上菜，郁海发先开头："待会儿没时间了，我先把话讲嘞。一、北京樱花园的房子决定卖掉，可值 200 万元多，你妈也同意……"

郁力制止说："先不谈这些。"

郁海发换了话题："你考察南通工厂，有机会何不到木行桥看看？叠石桥国际家纺城，比南通名声还大。"

郁力又制止："没时间了，明天一早要离开南通。"

席间，郁海发对郁力说："你小学升初中时，和你上海陈峰表哥到老家去过，你们还到玉米地里拉屎撒尿。九八年出差上海回老家看过你奶奶，给她留下 500 块。还记得吗？你今天晚上别住宾馆，还不如去老宅住一夜。"

郁力说："实在没有时间，明天一早还要去苏州呢。"

张小红说："高速公路半个多小时就到木行桥镇，我用车送你去。再回来不会超过 9 点。"

郁海发说："哪怕待 20 分钟也好。"

郁力高兴地说："好啊。"

张小红的车在前面带路，和袁五宝的车向木行桥镇驶去，在车里郁力问郁海发："我哥他们怎么样？"

"挺好的。郁威收入不少，他们花钱似乎不够节俭。不像你们有两个女儿，日子过得紧扣扣的。"郁海发实话实说。

郁力："我们并不困难，能过得去，不用担心。"

海发："我知道，我了解。"

郁力："我就是压力大，很累，想退休了。"

海发："你才 40 多岁就有此想法，我 60 岁才开始富一点，现在还想干点什么，赚点钱。你现在开始注意资金的原始积累，并不太晚啊。"

郁力："要说赚钱，实话，中国的钱好赚。"

海发："那你和老板说说，不如到中国开个服装厂。"

郁力："要做，不跟老板做，要自己做，也不办工厂。"

海发问："那做什么？"

郁力："开贸易公司呀。"

听到此言，郁海发的劲头来了，长篇大论脱口而出："你有了华侨身份，事业的平台应在国内。要想挣大钱必须自己做。其实很简单，你只负责样品设计。聘一个经理，一个财务，一个质检，一个通关发货的。抓住新西兰的家纺服装市场。"进一步解释："国内的改革力度很大。二胎开放、农村土地流转均有新政策，就说办公司，政府已经决定零注册资金，外资入中国更受欢迎。中国人的钱更好赚了。如果你在南通、海门开公司，凭我在乡下的人脉，这几年内还可帮你张罗，替你谋划谋划。"

郁海发停了停，又补充道："你真要回国建公司，我支持你200万元。"郁力听了开口道："人民币200万元，合纽币40万元，不少。你给我这个钱，我再为你生一个孙子。"随即大笑道："玩笑，开开玩笑。"

"那更好啊。"海发说。

沉默片刻后，郁力突然冒出一句："你把老家的房子给我。"

"好呀，巴不得你要，就怕你看不上。"

说笑之间，小车进入宅前横马路上了。

7点55分，小车到达重建瓦6场心里，郁力下车与郁海新、郁海达夫妇、刘云芳相见。由他们引领首先去了东房郁海发的卧室，对着爷爷奶奶的婚床和房内电脑桌、空调、办公桌、小衣柜、洗衣机、电淋浴器、抽水马桶，郁力说："真是大不一样。"

在中厅里郁力环视六个移动式报亭，上面贴满郁氏宗谱的文稿。看见后墙上面挂着爷爷38岁时的戎装照片，念着红幅上的大字："老干部郁九周逝世十五周年追思会"。

在郁海发的引领下，郁力穿过西房，进入厨房及卫生间，郁力说："我还记得原来有个双眼柴灶已经拆除了，奶奶为我煮过荷包蛋。"

从厨房出来，郁力向叔叔、婶婶们鞠躬致意："谢谢你们关照我的父亲！"

显得谦逊有礼。郁力环顾水泥场心后，又主动拉着海发去东边、屋后的街沿看了看。海发说："前几年长满的小树、杂草现在没有了。"回到院子里，郁力对大家说，里里外外搞得很整齐干净，可又小声地对海发说，西边竹园那块显得有些乱，坑棚、柴房全是杂物。海发说："都是前面云芳婶婶家的。"郁力又敲敲木窗子，上面破旧的纱窗全是灰尘。郁海发趁势说："郁力，你刚才在车上说要这个房子，是真的还是说说而已？若你不要，不再整修，我就这样水平了。若你真要，我把木窗全部改成塑钢的，前后装上铁门。嫌房子不够，西边厨房可以改建两层，增加30多平方米。"

郁力看看手表，已是8点13分，再次走进中厅，看看墙上贴满的照片。20分钟到了，郁力再次拥抱海发，快捷地坐上张小红的车回南通了。

郁力走后，海达娘子告诉海发："你儿子刚才抱住你，脸红红的，流眼泪了。哭了。"可是海发高兴地笑了！当晚撰写了一份情况通报，上面写道："这短短二十分钟，是我一生最为高兴的时刻！"

第2节　剖析郁力回国创业之因

郁力突然冒出一句："你把老家的房子给我。"郁海发认为他并非呃心唠叨随便一说，而是有其思想基础，儿子仔细读过郁海发的《为什么再次改造老宅》一文，"祖宅"在其脑海里留下了印象。文中"老宅不倒、不拆、不卖、不送人家"的理念，已在他心中产生了共鸣。郁力曾给郁海发写过邮件："关于老家的房子，我倒是曾经想去用来做个服装厂房，但也一定是在我要回国的时候，无论如何，我想重建瓦6的产权证还是很重要的，要想办法搞到。"郁力身居海外，萌生过利用这座古宅的剩余价值的想法。

郁力也曾给古玉打过电话："我们正在筹划回国的事。打算在苏州落户，离郭峻（他爱人）的姐姐近一点；南通也是选择之地。你们年岁大了，我离你们那么远，不好照顾你们，所以想回来尽孝。"虽然郁力入了新西兰国籍，但在海发的脑海里，冥冥之中始终存有感觉：他们终有一天会回到祖国，回到父母身边。在郁九周15周年追思会上，郁海发曾说："再林公的后代，不论是富是穷、是贵是贱、国内国外的，都不要忘了你的祖根是在海门木行桥。"

郁海发曾去过新西兰，写过一篇《郁力选对了生存之地》，赞美新西兰，其中说到新西兰的世界和平指数（GPI）第一，是世界上最安全的国家。然而近年开始多次发生强震。郭峻来信云："一整天在家抱着孩子躲避龙卷风。"当郁海发听到这个消息时，他首先想到新西兰也不安全了，开玩笑说："郁力想回国定居？被地震、龙卷风吓的吧。"

在全球经济衰退的大潮中，新西兰经济也不景气。他们工作已没有大的发展，郁力不会有更高的收入，在新西兰当老板难度更大，唯有回中国谋业或创业才是符合郁力之意；新西兰环境虽美，但生活不很适应。没有新鲜蔬菜食物，有的是冷藏成品；没有亲戚走动，没有亲人在旁，有的是半路交往的朋友，寂寞之时，用国内带去的碟片消磨时光。

第3节　设想告吹，吹牛大王的风波蔓延

郁力回到新西兰后，和郭峻磋商之后，对回国创办公司达成了一致意见，争论焦点是在南通还是在苏州。郁力对郭峻说："南通与苏州均是江苏名城，但海门叠石桥周边家纺产品加工厂遍地开花，货源充足，这一行业也是我的强项。"他又进一步说："这次回到重建瓦6，见报架上写着：要做不忘'六祖'之人：不忘祖国、祖根（故乡）、祖训、祖宗、祖宅、祖坟。不忘在海门创业了却老爸的心愿啊，他还答应给我们200万人民币，化解了我资金不足的困难呀。"

郭峻突然想起将来两个孩子的教育问题，郁力对她说："海门的教育水平从小、初、高仅次于北京、上海等地，你放心吧。"夫妻两人决定回国创业的时间定在老二1周岁之后，并告知了北京的双亲，又做着方方面面的设想：第一步郭峻和两个孩子先回到中国，居住在木行桥郁家东宅里，组建南通山中纺织品有限公司，第二步郁力留守在新西兰，同时建起奥克兰公司，负责国外客源。

一年之后，郁力向他老板提出了辞职，老板一脸惊奇地说："3天之内

答复你吧。"年老体弱的英籍老板将偌大公司的管理权交给他的独生女儿，他的女儿不懂专业，实际上公司的技术、生产、营销全由郁力一人在运作。

第三天上班，洋老板对郁力说："今天晚上，在我的住宅里宴请你和夫人孩子们，恭候光临！"

宴席之上，洋老板敬酒之后对郁力说："请郁先生收回你的辞职申请吧，我决定卸去公司董事长，由我女儿接任。同时聘郁先生为总经理，月薪不变，送你百分之三十股份。"老板的女儿对郁力说："请收下聘任书和股权赠书吧。"突如其来的消息使郁力惊讶不已，不知所措，不敢接那红色大包，用眼睛望着郭峻。

僵持之间，洋老板赶紧说："哦，刚才忘了说。"对郭峻说："如果夫人愿意到我们公司技术部，担任产品总设计，我们很欢迎，听说你懂得三维技术设计呀。"郭峻半天没吭声，用眼睛瞟了郁力几次，见郁力最后点了点头，郭峻终于从老板女儿手中接过了那红色大包，洋老板和郁力紧紧拥抱……

郁力决定回国创办公司的第二年，郁海发回到木行桥郁家东宅，当天晚上对刘云芳交底："我此次回来是全面装修重建瓦6，请把主屋里和朝东屋里你家所有东西拿走吧，把场心里的什物也清走。"

刘云芳问："为啥无缘无故要装修？你们要回来定居呀，开玩笑吧。"

郁海发说："勿是我要住的。郁力的老婆和孩子们要回来呢。"

刘云芳脸拉了下来，沉默不语。郁海发以为刘云芳不相信自己的话，赶紧补充道："这是真的。我还准备资助他们200万元人民币哪。"

刘云芳虽然心中不开心，但拖拖拉拉一个月之久清理完毕。装修重建瓦6正当时，传来了郁力暂时不回国的消息，郁海发也通知装修师傅袁小初："告一段落，其他项目停了。"

当天晚上，刘云芳急急过来问郁海发："怎么停工啦？"郁海发实话实说："郁力的老婆不回来了，下面装修项目不做了。"刘云芳喜形于色："就是呀，做了也没人住，白搭铜钿。"郁海发又说："过几天我就回北京了。"

第二天近午，郁海发接到古玉的呵责："老家的人说你吹牛皮，支持郁力200万元的事，为何到处宣扬？现在郁力不回国了，怎么跟他人解释呢？"

郁海发："你听谁说的？"

古玉："刚才海兰从上海打来的电话。"

郁海发："哦，刘云芳的嘴那么快呀。我现在停止了装修，过几天我回北京去。"

下午，郁海新、郁海达也分别来询问此事真假。晚上郁海祥娘子来到重建瓦6，对郁海发说："郁家埭上的人都说你是吹牛皮大王。"又贴近郁海发耳边轻声说："刘云芳跟人说，你贪污200万元，事发了，要回北京了。阿哥，是不是？"郁海发大吼："胡说八道！"心想立马去找刘云芳理论，老娘惠姑的声音"把话放在肚皮里"在耳边响起，况且海祥娘子与刘云芳一向不和，此语真假难说呀，何必为谣言弄得几家红脸，郁海发客气地对海祥娘子说："知道了。谢谢弟媳妇。"

谣言止于智者。郁海发思量了一夜，想出了一条应对之策。第二天一早，对袁小初说："停工的决定作废，继续执行原来的装修计划。"转天古玉发来微信："接海兰电话，怎么你又装修重建瓦6了呢？你快回北京吧。"郁海发回答："此事不用你管！我有我的主张！"郁海发第一次用粗暴的口气对待妻子的建议。

第4节　不忘"六祖"之人终究回国定居

具有浓厚思乡情结的郁海发盼望后代能有人回归祖地。他曾说过，21世纪的财富是知识和土地。祖宅占地虽不足八分之数，但可是金贵之地。借重郁力回国创业之事，完善重建瓦6，可作后人继承和应急之用，况且郁力回国创业之地仅离祖宅咫尺之距，郁氏的列祖列宗也有后人祭祀了。可现在郁力回国创业之事告吹，郁海发心中留下了一个难解之结，此结并非吹牛大王的风波蔓延所致，人都是在被人骂中长大的，都是在是是非非之中一路走过来的。

到了21世纪第二个10年之末，世界发生了大动荡，新冠疫情侵袭了地球村并延续了几年。中国的"动态清零"是政治实践上的一次极限之举：国家动员能力＋基层政府执行力＋国民纪律性＋医疗医药能力＋强大的物资保供能力＋互联网高水平＝动态清零。这六个要素，使中国挺了过来。多个国家都尝试过学习中国模式，却很快宣告失守，因为他们无法同时在六个领域保持高水平。新西兰就是这些国家之一，经济不景气，使新西兰人生活水准下降，洋老板的公司倒闭了。和平指数 GPI 第一的新西兰抢劫、暴力事件频发……郁力来信说："离开了中国才知道中国好！"弦外之音仍想回国定居。

正在此时，海门木行桥镇之北筹建南通新机场和北沿江高铁海门北站，郁家东宅地盘上建立了中华郁氏海门会馆有限责任公司，重建瓦 6 补偿了三居室公寓一套，北京樱花园的三居室早已出售，郁海发手中有了 200 万元余款啦。经过种种努力，心怀"六祖"之人郁力一家回国定居在海门，住进了重建瓦 6 补偿的新居之中。这是后话，将在第四十二集《永固永存（大结局）》中为你详述。

郁海发的老娘惠姑生前常说："买鱼买肉留亲眷，火宅强盗求伦（邻）舍。"意思是说，远亲不如近邻方便，一旦有急事要近邻帮忙，聪明之人一定要搞好近邻的关系。郁海发与刘云芳前后院居住，吹牛皮大王风波之后，两家关系相处如旧。不料，郁海伯和郁海叔亲弟争吵之时，郁海发一句话伤了郁海叔，使得两家关系蒙上了阴影。

欲知后事如何，请阅第二十九集《见先和黑心》，继续讲述邻里之间关系的转化。

第二十九集　见先和黑心

海门方言"见先"是指占别人的便宜，"黑心"意指侵吞他人财物。木行桥郁家东宅是一座 200 多年的古宅，21 世纪已经衍变成一片高楼大厦，变幻之中凸显的宅基之争、房屋之吵和养老之事是农村家族矛盾永恒的话题，演绎了"见先"和"黑心"的一幕幕小小故事。在亲兄弟争吵之中，在北京的郁海发因故乡留间重建瓦 6，在其中扮演了什么样的角色呢？

第 1 节　兄弟阋墙的历史回放

郁家东宅是海门地域一个大族，清朝嘉庆年间由土地桥迁入木行桥，"目"字形三进三场心四汀宅沟的郁家大宅闻名四乡八邻。走过三个穿堂左右的三排北房直入正埭屋的公堂屋"积善堂"，老宅坚固壮观而又安全，防范之严可见一斑。

经过 200 多个春秋寒暑，郁家东宅时今已是人非物更非。横沟已填埋成宽敞的乡间公路；东宅沟也成为平地，水泥路面直通北埭；后宅沟、西宅沟虽然存在，但水浅长满青草成了垃圾堆积之处。在大宅破产过程中，一部分人外出定居谋业，留在乡间事农者在宅东、宅南、宅西、宅北盖了 15 栋现代高楼，可见郁家东宅郁氏族人的富有，可作不破不立之解。

我们的故事发生在郁家东宅变幻之中某个时段，在老宅原地基上剩下的原五户人家之中，从南向北将老宅分为四排：第一排是老二房后人郁九思和他的四个儿子的平房；第二排东头是老三房后人郁西良幼子郁伯和的平房，西头是老二房后人郁九周之子郁海发的朝东屋瓦 6；第三排是老三房后人郁九章之子郁海祥的平房；第四排是老大房后人郁海启的楼房。我们讲述的是，留在老宅的三国五方"九"字辈及其后代"海"字辈之间发生的故事。

郁九思生有四个儿子，前妻徐大姐在儿子郁海伯三岁时病故，续娶徐二姐生育郁海仲、郁海叔、郁海季三个儿子。

郁海伯中学毕业后去大舅徐康中医诊所当学徒，竟成为海门地区的有名中医师，居住在第一排东头；郁海仲上了两年高中，写得一手好字，忠厚憨实，独身未娶；三弟郁海叔和小弟郁海季居住第一排西头。唯郁海叔身体壮实，掌握泥水匠的一手绝活，水、电、土建机械无所不通。精于算计，善于决策规划，何以见得？他成家之后做了四件大事：第一，每年的结余不存入银行而用于购买砖瓦，累积20年之辛劳，与郁海伯同时起步盖大楼，节省建材涨价之费好几万元；第二，以二哥郁海仲之名领养一个女儿郁冬儿，既可免去二胎罚款，又能减轻独子郁六六对二伯父郁海仲的养老负担；第三，和郁海季盖了连体楼房，公共山墙由郁海叔一人承担；第四，为独身的郁海仲在马路之南盖建两间平房，足以说明郁海叔对同胞之兄郁海仲、郁海季情谊之深，也得到近邻近亲的点赞。

可是郁海伯和郁海叔之间关系极为恶劣，究其原因除同父异母之故外，还因见先和黑心造成的，引火点是争夺九尺穿堂之地。郁家东宅分为东半宅和西半宅，以三个九尺穿堂作为分界线，郁海伯和郁九思分住两边。在此演绎了与六尺巷的故事相反的九尺穿堂的故事。

六尺巷位于安徽省桐城市西南一隅，是一条鹅卵石铺就的全长100米、宽2米的巷道。京城清代大学士张英桐城祖居宅旁有隙地，与吴氏邻。吴氏欲用之，在宅基的问题上发生了争执，宅界谁也不肯相让，双方将官司打到县衙，家人驰书于京，张英批诗于后寄归，云：

千里家书只为墙，
让他三尺又何妨。
万里长城今犹在，
不见当年秦始皇。

家人得书，遂撤让三尺，吴氏感其义，亦退让三尺，六尺巷遂以为名焉。

这首脍炙人口的打油诗和张英的宽容豁达让六尺巷的故事广泛传诵，至今依然带给人们不尽的思索与启示。

郁九思公早先在第一穿堂隙地盖了小草房实是羊棚，这无可非议，实属正常。郁海伯两个儿子郁非和郁明初长成，打算用九尺之地作为翻建老房的施工现场，与老父商量拆去羊棚。手心手背都是肉，郁九思答应了长子之求。

郁九思和其他三个儿子一议，郁海仲不置可否，郁海季听凭老父之意，郁海叔坚决反对，他的理由很充分："大哥一人独占东半宅，穿堂之地全归我三弟兄合情合理。"当郁海伯动手拆羊棚之时，郁海叔立马去阻止，对郁海伯论理："这块地皮是我的，你盖房可向东移四五尺。"

郁海伯说："向东移和后面郁伯和的房门不对直，他家会有意见的。"

郁海叔说："你的房子盖小一点嘛。"

郁海伯盖房不能东移更不能盖小，说："当初分家之时，老爹说过以穿堂中心为界，以西归你们。"继续拆除羊棚。

话赶话，一言不合，郁海叔火从心起，动起了拳脚："你再拆羊棚，打你这个×样精！"郁海伯两个儿子赶紧将父亲拉回屋里，而去求助法律支持，判决以穿堂中心为界兄弟各占西、东。兄弟阋墙落下帷幕，却在两家关系上第一次打上一个楔子，留下了仇恨的种子。

郁海伯之妻芬嫂和惠姑一向交好，对独居的惠姑时有关照。一天芬嫂对惠姑交心："我两个儿子快要成家，在你场心里朝南盖两间房，你的朝东屋也快坍下来了，我也帮你翻成朝南屋。你年老之时我来照顾你，海发哥是公家人，不作兴烧羹饭（祭祀先人方式），叫我海伯来烧纸、来磕头。"惠姑认为此言合乎情理，没有问过儿子郁海发而欣然答应。

当郁海伯两间瓦房上梁之后，郁海叔对郁九思说："那个×样精在我屋后盖了房子，我不能听之任之。"

郁九思："他盖他的，又不在你的地盘之上。"

郁海叔："话是这么说，房子的场心离我只有3丈，将来有一天我发达了，盖大楼时，他这个×样精会从中作梗。"

郁九思不吭声，郁海叔小声说："九周伯外头有房，海发哥在北京安家，将来这块地基会让他们独吞。我不会让这个×样精的黑心得逞！"

几天之后，南京的郁九周接到郁海仲书写、郁海叔具名的信："尊敬的九周伯：郁海伯花言巧语答应惠姑婶翻建她的朝东屋，他自己在您的老屋前 1 米前盖了两间朝南屋，挡住了东方灿烂的阳光，暗无天日，惠姑婶天天以泪洗面。请伯伯快回乡看看吧。"

九周公阅信大惊，让郁海发回乡处理，他为了不和郁海伯发生正面冲突，求助族里老前辈和乡政府，命令郁海伯拆除违建房。当天晚上在二舅徐昌家中讨论郁海伯新盖房子要不要拆掉。

郁九思首先发言："人家的地盘你盖房子不合情理。"

郁海叔强硬地说："此举不符做人道德，也违反法律规定。一定要拆掉！"

郁海伯见父亲、三弟如此态度，生气地说："刀搁在脖子上也勿拆！"

徐昌思忖儿子徐秘书在乡政府工作，表态说："盖成的房子不能拆，当我们徐家没有人？绝不能软弱！"众人齐向大舅徐康征询意见。

徐康是海门地域有名的中医师，医治重病的还乡团头子黄振，两人成为莫逆之交。怀疑郁九思串通徐康和黄振抓了郁九周之父郁再林关了 10 天，新中国成立之后海门公安局抓了徐康，再要抓捕郁九思，郁九周从南京急急赶回加以阻止，说了一段振聋发聩的话语："冤冤相报不是共产党人的作为。若是我的老父被黄振杀掉，此仇必报。如果现在动了九思，我的后人与他的子孙如何相宜相生下去？毕竟一笔写不出两个郁字！"由于郁九周的力阻，徐康关了 10 天被放回了家。

徐康说："九周家的事最好勿缠它，早拆为好。"视大舅为父的郁海伯平和地拆除了违建房。从此以后海发与海伯处于面和心不和状态，却与郁海叔的关系热络起来。

第 2 节　家有老人是宝还是吵

郁海发外婆家隔房舅舅的女儿刘云芳，出闺之前对他说过："乡下人吵世，不是见先就是黑心。"沙地人的方言"吵世"就是吵架，"见先"意为占人便宜，"黑心"即侵吞他人财物。此语出自初小没毕业的刘云芳之口，大学生郁海发对她这句话赞不绝口，认为对世间不和谐的原因分析得极为精辟，入木三分。时迁势移，人心不古，刘云芳嫁入郁家东宅之后，遭遇"见先""黑心"瓶颈而为坊间诟病。

刘云芳的父母住在西姚里马路南边靠东首，郁海伯将拆下违建房的砖瓦屋料在西首重新盖了两间瓦房，两家相安无事。秋天郁海叔和刘云芳成婚，郁海伯、郁海叔的关系又掀起一轮波澜。

第二年的大年初二中午，郁海叔在丈人家吃饭，酒足之后闲聊。郁海叔对众人说："你们有没有发现？西边那个×样精的房子超前你们房子2尺。"

老丈人："盖的时候给郁海伯提过，不知后来为何变成这样。"

刘云芳哥哥刘云达回应："他发他的财，我走我的穷路。"

正在灶边的丈母娘听到儿子的话，走过来敲打刘云达的头部："没有出息的东西，多次叫你去话话，老是推三阻四。"

郁海叔马上接话："不要怪云达哥，那个×样精太难对付。"拍拍胸脯："今天，我一定为姆妈摆平这件事！"

刘云芳也说："让海叔给云达阿哥壮壮胆。"

丈母娘大笑："若能办成此事，我有两个儿子啦。"

过了元宵节，郁海叔、丈母娘、刘云达跑到郁海伯家去算账，正好郁海伯夫妻俩在院子里。刘云达先说："海伯哥，你家的房子为何超前2尺？能不能后退？"

郁海伯笑笑："大兄弟，盖之前你为何不说？盖成的房子你说怎么退后？真是傻话。"

丈母娘："你盖房之前，我家老头子跟你说过的。"

郁海伯："没有呀。"

郁海叔上前："你想赖账？"

郁海伯："关你什么事。你是谁呀？"

郁海叔一听来了气，对郁海伯怒吼："今天要你知道我是谁！"挥起拳头当心一推，郁海伯后退几步跌入横沟里，大喊："救命，救命。"

郁海祥正在沟南锄地，听到呼救声跑过来，用长锄柄把郁海伯拉上了岸，并大声责问郁海叔："你为何对亲哥如此下手？！"为此，在往后的岁月里郁海祥与郁海叔也结了怨。

最后的结果是这样的：郁海伯和郁海叔都告到乡政府，徐秘书出面调解。

面对两个嫡亲表兄弟，在道义上双方各打五十大板，判郁海伯赔偿海叔丈母娘 200 大洋，郁海伯为息事宁人忍痛拿出了 200 元。往日穿堂地之争、拆房风波打下的楔子变成榫子，无法化解的仇恨越来越深。

20 年来，郁海伯与郁海叔虽然住地咫尺之距却互不往来，视同陌路。当郁九思病危之前，郁海伯的大儿子郁非和气地对郁海叔说："三伯呀，忘掉过去的事吧，毕竟是一个爷娘生的呀。"郁非考虑他祖父九思的丧事要共同举办，必须在面子上过得去，这是郁非的聪明之处。

郁海伯对父亲偏向三弟虽然心中不满，但在郁九思亡故之时，郁海伯在自己的屋内设了灵堂，披麻戴孝主持葬礼，以尽长子之责。多年不讲话的兄弟俩有了对话。

徐二姐是郁海伯的二姨及继母，也是郁海叔的亲娘，进入耄耋之年与郁海叔同住顺理成章，刘云芳照顾她无微不至。郁海伯支付每月生活费，按四兄弟均摊为 150 元，过年过节芬嫂仅是买点吃物来看一下，但感情交流确实无从谈起。徐二姐病重之时请过两个月的保姆（月薪 2400 元），四个儿子两个女儿均摊 400 元，后来保姆不干了，由刘云芳照护徐二姐，徐二姐其他四个亲生儿女支付 400 元给刘云芳，郁海伯也照拿一份给刘云芳。

又过了 10 年，徐二姐也归了天，灵堂设在郁海叔楼房之内，符合乡规民情。最后结算没有亏损反而多了 1300 元。郁海伯安排："四兄弟各分 300 元，多 100 元补给后面海发，用了他家不少水和电费。"郁海发正巧赶上了徐二姐葬礼，当芬嫂送来钱时，郁海发死活不收。芬嫂准备把 100 元换成四份零钱，郁海叔说："不用换了，全给你。"第一次释放了友好之意。

是善意还是另有企图？让我们慢慢揭晓。郁海叔心中另有一本账，徐二姐活着的时候有一些存钱：来自村里老年补贴，两个女儿及外甥男女送钱，郁海发、郁海兰回乡时赠送。郁海叔心中揣摩：对这些存款海伯也没有吭声，那个 × 样精是话勿出口的。另有徐二姐的责任田租给外地人每年租金 500 元，以前都是刘云芳收的，娘死了后，海伯会不会提出来？还有到村里销户口的时候，村会计登记了郁海叔的名字并告诉他："死亡补助 1000 元，过一段时间通知你来取吧。"这些钱才是大数目啊。

徐二姐丧事办完后，郁海叔赶回上海打工去了，两个月后村会计找到郁海伯，送来银行卡。郁海伯见上面写着郁海叔的名字，将卡收起没作声。第二年开春，芬嫂跑到外地人处收取了当年地租，与银行卡放在一起保存。

当刘云芳得知芬嫂抢先领取了租金，告知上海的郁海叔，并说听人传村里送给海伯一张银行卡。他火冒三丈，在电话中大骂："那个×样精，把1000块死亡补贴也拿走了。我回去找他算账。"

郁海叔回来当天，郁海伯找他说："那个死亡补贴在我那里，你看如何处理？"

郁海叔挺痛快："老规矩，四兄弟均分。"当即郁海伯给了他750元。

第二天，郁海伯又对郁海叔说："还有责任田租金500元，也四兄弟均分吧。"

郁海叔立马说："我忒得空，再说吧。"如此变脸，有他的思考："死亡补贴是一次性的，地租是每年都有的，而且农村的地皮价值正在看涨，娘活着的时候都是云芳端屎端尿照顾，不能让这个×样精也来继承。"

郁海伯又找郁海叔一次，他还是那句话："我忒得空，再说吧。"以后的地租全是刘云芳收取。

第3节　10万元遗款之吵之争

世事难料，人生难测。农历六月天火烧火燎，郁海仲发了高烧，送入木行镇医院，医生下了病危通知书："回去准备后事吧。"回到家中的郁海仲处于弥留状态，满屋子近邻近亲，包括郁海伯夫妇及其两个儿子，谁也不能让郁海仲睁眼开口。当郁海叔从上海赶回来，伏在郁海仲床头边呼叫"二哥，二哥"时，郁海仲醒过来轻声儿喃呓："姆妈，老箱子，有钱包……"没有说完就断了气。

当请人摆设灵堂以后，郁海伯、郁海叔夫妇及众多近邻一起找到了钱包，里面有身份证、金银首饰，还有现金2000元。郁海伯与郁海叔商量："二弟的丧事是否由我们三兄弟共同来办？"

郁海叔与刘云芳耳语一番后说："可以三弟兄一同办理，长兄牵头，亏损均摊。"郁海叔认定此次丧事会花费不少，海仲没有结婚，人情账收入不会很多的，亏损是必然的。

郁海伯说："好吧，我来牵头，那个钱包我先管着。"郁海叔随手将钱包交给了郁海伯。郁海伯回到家里，许多族人均在场，他把钱包之事一说，海祥娘子马上说："不对呀，怎么只有 2000 块？我在木行镇邮储银行见到海仲取过钱。"芬嫂说："可能还有存款吧。"郁非从父亲手中拿过钱包翻来覆去地寻找，从一个小夹层中取出一个存折，只见上面写着存款 98000 元。

"郁海仲现金遗产 10 万元"的新闻像长了翅膀传遍整个郁家埭，刘云芳知道的时候却是傍晚时分，她对丈夫说："快去对海伯说，由我们一家来主持丧礼，把钱包要回来。"

郁海叔说："上午已经话定，怎么好开口？"

一屋子的亲戚在议论纷纷，海启娘子对刘云芳说："谁办丧事，还不是海叔说了作数。"海祥娘子向着郁海伯，多说了一句："定好的事，不要变了。"刘云芳破口大骂："狗拿耗子多管闲事，关你屁事。"众人不再言语。

刘云芳的亲家母、郁六六的丈母娘利华高中文化，处事颇有见地，她说："你们要自个儿办丧事，得找一个理由才好。"

正在此时郁冬儿急急跑来高喊："妈妈，北京海发伯伯电话。"郁海发在电话里问清了情况后，最后加了一句话："海仲的丧事是否以他领养的女儿郁冬儿的名义办理？"刘云芳一听这句话，大喊一声："对呀。"急忙挂了电话直奔灵堂，向大家高声宣布："海仲的葬礼以郁冬儿的名义来办理！"

郁海叔也立马醒悟过来，找到郁海伯："你也知道海仲领养郁冬儿，由她主持葬礼顺理成章。"

郁海伯："自两个月的郁冬儿抱来之日起，一直由你们抚养。"拒绝交出钱包，也就不同意放弃主持郁海仲的葬礼。

郁海叔："冬儿户口在海仲的本上，《木行桥郁氏宗谱》也有记载。"

郁海伯："郁冬儿的实际监护人是你郁海叔！"

双方各执一词难以分解之时，郁非对父亲说："老爹你年纪大了，勿要为此操心，让让他们。"从大衣柜里取得钱包交给郁海叔。郁明劝解父亲："爸爸，你勿要太黑心！"郁海叔听了瞪了一眼郁明，拿了钱包急速离去。

沙地人的习俗，人死后第二天晚上要举行一种仪式：纸轿一顶，差人（抬轿者）5 位纸人，轿内供亡者灵位，一个衣服包裹，轿子下面垫柴草，且必须垫草席一张，死者夫妇有一人未亡则草席必须留一部分不烧掉（拉出火外），双亡则全部烧掉，差人与野鬼另烧纸钱打发，以驱赶通往阎王路上的鬼神，然后将纸轿内的鬼神送到宅角头焚烧，故为"烧床柴"。

此仪式应由郁冬儿披麻戴孝领头绕遗体三圈，郁冬儿不肯穿白孝衣，诉说委屈："我自小没有吃过他的饭，他也从未抱过我，没有一天跟他生活过。"刘云芳扯着15岁少女的耳朵，几个妇女上前，强迫郁冬儿穿起白帽白孝衣。仪式过后，应由亲人哭的末道程序，现今出100元请人代哭一场。代哭人提出，必须让郁冬儿哭一声"亲爹呀，我的亲爹呀"开个头，郁冬儿死活勿肯哭，她说："我只知道叫他伯伯，哪里出来一个父亲？"场面僵住良久，刘云芳走上来拧郁冬儿的嘴角："你到底哭不哭？！"郁冬儿大叫一声："亲爹呀！"不禁大把眼泪落了下来，是委屈还是无奈？抑或两者兼有。

郁海仲的遗体送往海门火葬场，火化以后的骨灰盒谁来捧，涉及遗产继承。郁冬儿又耍起了小姐脾气，坚决不肯捧郁海仲的骨灰盒。郁六六说："你不捧我来捧。"近旁一个小姐妹轻声耳语："傻瓜，你捧了骨灰盒有10万元所得。"郁冬儿一把抢过骨灰盒，径直走出火化室大门，15岁的儿童已经懂得金钱的魅力和对它的渴望。

郁冬儿毕竟太小，没有得到那笔存款，全由郁海叔掌管，对此人们并不感到奇怪。坊间的年轻人、中年男女直至耄耋老人都在算一笔账：郁海仲丧事亏损1万元，多出9万元。若由郁海伯主持郁海仲的丧事，三兄弟平分9万元。老年人认为郁海叔说话不算数，为郁海伯抱屈；中年人说刘云芳太过见先和黑心；年轻人发声：郁冬儿披麻戴孝符合法律规定，况且人不为己天诛地灭……郁海仲10万元遗产的事儿，舆论渐渐消退下去，平静了3个月后，徐二姐头周年时再起争执。

为报答近亲好友送了不菲的奠仪，忌日那天，几个儿子合在一起将他们请来，午宴后摆上N桌游胡，吃过晚饭才结束。饭菜酒水非常丰厚，纯粹是亏损的买卖。三天前，郁海叔找到郁海伯商讨办法。

郁海叔："娘的头周年如何办理？"不等郁海伯开口，他拿出了方案，"我们三兄弟的近亲都请上大概是8桌，早晚共16桌，每桌按400元标准，加上请人烧菜和香烟酒水需花7000元。"

郁海伯说："请客人员及饭菜标准没有意见。费用不应该只由三弟兄承担，海仲也算一份。"

郁海叔："他已经过世啦。"

郁海伯："他有郁冬儿，应该四份分担。"

郁海叔脑中立马反应小学二年级的一道算术题："四人共同办厂筹措人民币1万元，每人出资若干？有一人退股，其他三人每人出资多少元？答案是，每人出资从2500元增加到3333.33元。"对于本案，郁海叔心里算得更细更快："三份三，每人要掏2333.33元，郁冬儿参与的话，每人减为1750元，让你这个×样精少拿不少，而我要掏双份钱3500元。"

郁海叔一口拒绝："没有这个道理。"

郁海伯连发三个问号："海仲死时是谁将他独立门户？海仲有没有继承人？继承人要不要承担责任？"

郁海叔开始耍赖，见先的本性暴露无遗，他回答："这是另一回事，两件事不搭界的。"他的逻辑思维似同西方反恐标准以利益加于定义。

第一次协商告吹，第二天商量双方互不让步，头周年前一天，徐二姐在上海的大阿侄已经来到，眼看一场兄弟内讧爆发在亲眷面前。还是郁非出场劝他父亲："何必为那区区之数让祖母在天堂不安，爸爸的这份钱，不论多少，由我和弟弟两人承担好了。"郁海伯"嗯"了一声，一场街坊闲语的故事没有成为新闻。

人们却在思考：郁海伯、郁海叔和郁非、郁明上下两代兄弟处理问题的方式为何不同？仅仅是郁海伯、郁海叔不是一母所生吗？大多数人认为，人性的自私和无私、黑心和公心各有表现，不是非黑即白的。

第4节　话伤和气平衡了关系

第二年清明节郁海发回到木行桥为先人扫墓期间，听到了埭上老、中、青族人对10万元遗款之事的不同看法，但从郁海发处事原则考虑，他认为郁海叔缺失做人诚信。

郁海叔宴请郁海发一顿大餐，举杯之时他对郁海发说："海发大哥，这杯酒我敬你为我解难啊。"

郁海发："此话怎讲？"

郁海叔："要不是你提醒我俚冬儿是海仲的养女，那个×样精不会痛痛快快交出 10 万元。"

连干三杯之后，郁海发微醉了，忘了惠姑的"把话放在肚皮里"的话，对郁海叔说："恕我直言，你也有错！"

刘云芳接话："我俚有啥不对呢？"

进入深醉状态的郁海发回答："海叔已经答应三兄弟同办海仲丧事，怎么又反悔呢？"

刘云芳怒道："你的话和海祥娘子一样观点。"

郁海发："埭上很多人也这么说的呀。"

刘云芳："都是胡说八道，你也信？！"

郁海发："不是瞎说。当年你说过，乡下人吵世，不是见先就是黑心。你们的做法是见先还是黑心呢？"

刘云芳脸一红，把碗一推，筷子一丢，离开了酒席进入房头里去了。郁海发也站了起来："海叔，我也走了。"

醉醺醺的郁海发回到重建瓦6倒头睡下了，醒来时见郁海达夫妇打扫地上呕吐物，海达娘子问："在哪里喝酒醉成那样子？"郁海发一五一十地将中午的事说了一遍。

三天之后，郁海达约请郁海发晚上去木行桥镇酒店吃饭，进门一看，做东的是郁海伯夫妇，陪同的是郁非、郁明夫妇。酒席之上家长里短聊了一番，只是芬嫂的话颇有深意："海发弟呀，不愧是大知识分子，聪明人，公道人。大嫂我敬你一杯！"

自此之后，恪守中庸之道的郁海发坚持"搞好邻里关系是聪明人"的理念，在郁海伯和郁海叔劲世对头之间不选边站，与两家关系达到了平衡，直至发生新的矛盾再次打破了平衡，在第三十二集《祭祖的风波》中再为你讲述。

在邻里关系平衡中，郁海发为出版《沙地人故事——郁家那些事》一书而走上了姓氏活动之中，发生了多少与"房"纠结的故事。欲知后事如何，请阅第三十集《三国九方关系中的奇葩事》。

第三十集　三国九方关系中的奇葩事

海门资深媒体人邹宝翀先生在《郁氏文化》微刊上推出《慎防恶邻》一文，指出聪明人搞好邻里关系的重要性。郁家东宅在新的布局中，虽然未出现恶邻之象，可是留在老宅的九户人家的关系却更为恶化，恪守中庸之道的郁海发在多边关系中扮演了什么样的角色呢？

第1节　只合日头之怪象

海门资深媒体人邹宝翀先生在《郁氏文化》微刊上推出《慎防恶邻》一文，说最亏的恶行是与邻交恶。民谚道，远亲不如近邻，邻居好，赛金宝。张季直先生也说过，百万买宅，千万买邻……如果睦邻友好，失火了，邻居一定比消防队先到；遭贼了，捉贼的邻居一定比110先来。如果家有喜事，左邻右舍一个都不来道喜，主人该有多孤立无趣。文章又列举了恶邻的种种表现：借东风向邻家茂盛的田禾喷除草剂，风向突变，全喷到自家地里；用玉米浸农药撒到邻居家的田里，哪知自家的鸡集体中招；为一条邻沟——界址的排水沟，打得如国境线上敌我双方交战；邻里最常见的战斗是对骂，问候上至祖宗十八代，下至四世同堂，旁及三亲六眷七大姑八大姨，竭尽毒舌骂得天昏地黑；最新潮的骂发生在疫情下的商丘，邻里对骂，干脆扯下防毒口罩，新冠加冕，骂与被骂成了"一丘之貉"，把病从口入与祸从口出发挥到极致……

郁家东宅在新的布局中，虽然未出现该文中的恶邻之象，可是留在老宅的九户人家的关系却更为恶化，仅以一些与房纠葛的奇葩琐事佐证。

21世纪以来，郁家东宅再次发生了变化，从《郁家东宅位置图》可见：

第一排东首是老二房后人郁非、郁明兄弟两座楼房，西首是郁海叔、郁海季的楼房。第二排东首是老三房后人郁伯和的平房，西首是老二房后人郁海发的重建瓦6，它的东出路穿过郁伯和的场心地，为了重建瓦6中厅存放《木行桥郁氏宗谱》，郁海发建了一间朝东屋。第三排老三房后人郁海祥的平房依旧。第四排老大房后人郁海启的楼房依旧。在马路之南是老二房后人郁海卫的楼房。如此布局使郁家东宅变成三国九方了。

第二排郁伯和将平房拆掉，在西垗里盖了楼房离开了老宅，在原地基上留下一块宽阔的庄稼地，两2米宽的泥路将其分隔成南北两块，北大南小。郁海发将泥路做成2米宽的水泥路，夹在南、北高楼中间的只有两座平房。

海门人有一俗语"只合日头不合灶头"往往用于两家人互不交往的托词，是贬是褒无人去深究。郁家东宅三国九户人家的关系也是"只合日头不合灶头"的状态也。

郁海伯之子郁非、郁明的楼房与他们的三叔郁海叔、郁海季的楼房只隔一尺之距，双方关系却是千里之遥。郁海叔将马路之南过世的郁海仲两间平房装固一番，租给河南人开办家纺用品厂，在房子西边挖了一个粪坑，引起了后面郁海卫的强烈抗议，双方动了粗，互不相让，通过村委主任朱永富的调解填平粪坑，房客只好跨过马路去郁海叔的茅坑里拉屎撒尿，从此两家人互不来往。

第三排的郁海祥与郁海叔的关系处于"只合日头不合灶头"的状态之中，始于那次郁海叔把郁海伯推入横沟里，郁海祥大声责问郁海叔："你为何对亲哥如此下手？！"在谁办郁海仲丧事之时，海祥娘子偏向着郁海伯，多说了一句："定好的事，不要变了。"刘云芳破口大骂："狗拿耗子多管闲事，关你屁事。"故而郁海祥一家与郁非、郁明关系非常亲近。

古时的郁家东宅的房子，无论是朝南屋和东西两厢都是紧挨着的，当不少族人外迁建高楼之后，留下的4排房屋之间距离非常接近，因为都是低矮的平房，几家人之间相安无事，但在郁海祥盖楼房之后与多方发生了纠葛。

第2节 换地建楼之内幕

郁海祥是纯粹农业户口，日子过得紧巴巴的，自从乡镇企业风起云涌之后，谋得碧香园家纺厂的门卫一职，加上他儿子去海门做生意累积了资金，开始琢磨翻盖楼房之事，却忧煞了郁海祥，为何呢？

如果在老房地基上盖楼，与后面楼房很近，郁海启肯定不会允许；如果往前盖楼，前面是郁伯和的庄稼地，那么场心只有一点点；如果在宅外盖房，自家的责任田在后宅沟很远的地方，除进出不方便之外，面积不是很大。盛夏时节郁海祥烧了几个菜请郁非喝酒，向他和盘托出他的困境。

郁海祥："大阿伯，帮我出出主意呀。"

郁非想了想说："唯一的办法是把前面那块玉米地换过来。"

郁海祥："恐怕难办呀。埭上的人都知道，他的父亲郁西良和我的祖父郁西高因房高一尺打得不可开交，上百年来两家互不来往的。"

郁非说："那是老皇历了，给予优惠换地也许可行的。"

郁海祥："还有一档子事，郁伯和搬出去之后，伯和娘子曾托人找过我的娘子，主动提出用这块地换我那块责任田，当时我娘子回复伯和娘子：没门！"

郁非："试试看吧，不行再想办法。"

第二天晚上，郁海祥提了礼物和郁非走进了郁伯和的家，当郁非把来意一说，郁伯和马上说："此事免谈。"伯和娘子把礼物往门外一扔……

大约一周之后，木行桥村委会计施玲通知郁伯和到村里开座谈会，他夫妇俩进去一看，参加会议的有：郁海祥夫妇；郁非、郁明兄弟；村治安主任郁幸福，他是费民家入赘的女婿。

主持座谈会的朱主任说："今天会议讨论本村18组的宅基之事。"对郁伯和说："郁海祥提出用宅沟后面责任田，换你那块宅基地，奈话？"

伯和娘子抢答："净想好事，没门！"

朱主任："为啥啦？"

郁伯和："我祖上传下话的，凡我子孙绝不和他们的后人搭界呀。"

朱主任："都是近邻近亲，都姓郁呀，何必那么计较呢。"

郁非劝道："叔婆呀，你的地不是良田，比海祥叔的地皮质量差不是一点点，换了后庄稼长得更好啊。"

郁明在旁帮腔："再说，宅上人养鸡会把你地里的作物吃光。"又说："朱主任出面调解，你们应该给领导的面子咯。"

多番劝说之下，郁伯和夫妇始终不吐口，朱主任用眼睛示意郁幸福发言。

郁幸福直呼郁伯和的名字，生硬地说："郁伯和，你知错吗？"

郁伯和反问："错在哪里？"

郁幸福："我查了你的盖房批复文件，其中有两处与现实不符，一是批复中盖一层半楼房现在是两层半楼房；二是地点不符，批复中是在原地基上翻建，现却在西垗里。"

郁伯和诉说委屈："这里有一个缘故：开始资金不足申请建一层半，后来上海大哥郁伯康和木行桥医院院长五哥郁伯瑞各送我5万元，所以要盖两层半，后面的郁海祥不会答应的。如果往南移，挡住了郁海发的东出路，不得已才在西垗里盖房。"又补充说："当时向朱主任汇报了，他叫我先盖起来。"

朱主任："是吗？我记不得这桩子事。"

郁幸福："郁伯和，你应该向海门市土管部门补充申请，落成文字才有效呀。"又吓唬郁伯和："你这是违建房，要拆除！再说宅基地是国家的，属于集体所有，倒了的房子地基村里要收回，除非把新盖的楼房再搬回来。我不骗你的，天王镇有一家类似的情况，后来交了巨额罚款才了事。"

郁幸福讲的道理是否有国家政策支持，天王镇的事是否实有其事？地主出身的郁伯和来不及思索，面前浮起了郁幸福岳父费民批斗父亲郁西良的画面，双手簌簌发抖，一时语塞。

朱主任以为郁伯和的心被说动了，好言相劝：你的事说大就大，说小就小。你把宅基地换给郁海祥，一切就过去了。"

郁伯和带着疑惑的眼光说："真的？"朱主任看到郁伯和心有点动了，赶紧补上一句："你可以提提条件，尽量满足你的要求，做到两家双赢。"

伯和娘子看这架势，对丈夫说："老头子，听朱主任的安排吧。"

朱主任让施玲取出一份协议念了一遍。一直未开口的海祥娘子说："对合同中的面积，我有不同看法。"众人以为面积算多了，不料她说："南北长度 38 米，应加上郁海发的东出路 2 米呀；东西长度 36 米，应加上郁海发房子东山头 2 米，再加上东河边马路 2 米，也是 40 米呀。"只见郁伯和频频点头，以为海祥娘子通情达理哪，实际上是她的算计，她说："40 米乘 40 米一共 1600 平方米，合同中应注明 2+2+2 这个 6 米。"为他盖房时有权使用这些地皮埋下了伏笔。

朱主任问郁海祥："你的责任田多大？"

郁海祥说："大概 2500 平方米。"

朱主任："那你留下 900 平方米，1600 平方米划给郁伯和。"

郁伯和赶紧表态："不行。要全部换给我。"

郁海祥很痛快："可以。我答应了。"

伯和娘子："不行，再补偿 2 万元，现今宅基地比责任田值钱。"

郁海祥："一分钱也不出。"

朱主任担心此事黄了，打圆场："那太多啦，最多补 15000 元。"

海祥娘子担心煮熟的鸭子飞了，赶紧说："我只能出 12000 元。"

伯和娘子："我做主，就这数啦。成交！"

合同规定土地交接时间定在秋后这熟花地收割完毕之后，双方无异议。趁热打铁，施玲在电脑上修改了合同，朱主任、中人郁非和当事人签字画押，一场换地风波落幕。

第 3 节　郁家东宅之改观

郁海祥盖楼房的消息之所以成为郁家埭上的新闻，缘于郁家东宅除郁海发之外他是最后的造楼者，引起了多方关注，赞者贬者议论纷纷。贬者中最为积极的是郁海叔，他到处放风说："我不看好这件事。"又听说此事穿针引线的是郁非，施工朱师傅是天王镇郁明爱人的亲哥哥，嫉妒之心油然而生，对刘云芳说："我要让郁海祥盖不成大楼！"

元旦期间，郁海叔夫妇提了两只大公鸡和一篮子鸡蛋，去上海看望了郁海兰。几天之后郁海发接到郁海兰的邮件："郁海祥要在我们老屋东边盖楼房了，初步方案楼房向西超过东山头 3 尺，挡住东房头的后窗户。另外，郁海祥的房基地高我家的地基 1.5 尺，他的场心将会覆盖我东山头 2 米廊沿，会把我们的祖宅下沉 50 厘米，从风水学说，不利于我家呀，请你出面加以阻止啊。"

郁海发接到邮件后与古玉商量一番，由古玉给郁海兰打了电话："我们不相信风水之说，对此事的态度是不管不问。我们也不长住在海门乡下，何必坏了近邻的好事呢？再说海发年老体弱，无精力回去与他们对簿公堂呀。"

郁海兰："不必让阿哥亲自出面呀，他与朱永富的关系很铁，让他写信给村里表明态度，一定会阻止郁海祥盖楼的。"

古玉："政府定好了的事，我们何必让朱主任为难呢？"

两人 1 小时的通话说不到一块儿去，郁海兰大声说："重建瓦 6 也有我的一半门份，我坚决不答应！"把电话"嘭"的一声撂下了。

当天晚上寄女婿袁五宝也打来电话告知此事，古玉根据海发的意见做了回复："请转告郁海祥，楼房随他怎么盖，我们无异议，不干预，唯一希望竣工之后，将我家的东出路 2 米扩至 3 米。"

开春时节郁海祥的楼房开工了，清明节前郁海发回到郁家东宅时，快要上梁啦。上午 10 点郁海发跨入重建瓦 6 大门时，郁海祥赶了过来，硬拉着郁海发去他西边平房里吃饭，好烟好酒好菜盛情招待。席间郁海祥热情地建议："海发哥呀，你的重建瓦 6 应该进行修整，尤其是西宅沟的坑棚、柴房及厨房后落屋进行整理。"郁海发的樱花园三居室卖掉后，此次回乡带着 15 万元利用重建瓦 6 创建公益性社团组织，郁海祥的建议正合他的心思。

郁海发说："早就有这个打算，无奈施工场地狭窄，无法进料，工人们操作施展不开。"

郁海祥说："现在东出路全是我的地盘了，建材可直达你的场心。后面的地也是我家的，你随便用好了。"

郁海发说："那太好了，待你的房子竣工之后，我再动工。"郁海祥伸出手来与郁海发击掌为凭。

在楼房主体工程完成之后，郁海祥在新房中宴请朱主任、郁非及亲朋好友，郁海发送了 1000 元"揽高头"人情。当进入内外装修之时，郁海祥购料资金困难，分两次向郁海发借款 2 万元，郁海祥要写借条，郁海发大方地说："不用写了！"

施工中把原来 2 米东出路压坏了，郁海祥对郁海发说："我来把 3 米宽的东出路做好。"

郁海发："好呀，修路的钱由我支付吧。"

郁海祥："我的经济不宽裕，就不客气了。你看我的场心到前面邻沟共 7 米，做了东出路 3 米后还剩 4 米，也种不了什么花地，干脆你一块儿做成水泥路，和你家的场心联成片直达东河沿，多好啊。"

郁海发琢磨扩大东出路之后，办了社团组织，人来人往、车辆进出极为方便，他高兴地说："这个主意不错，由我来出资做吧。"又加了一句："我把你家西宅沟沿塌陷的 4 米填上土，可以种花地的。"

郁海祥："丑话说在前面，这两个 4 米的地皮是属于我的，使用权属于你阿哥的。"

郁海发说："我不要这地皮的，不会改变地基归属。东出路是公共道路；或许我老伴儿回来在西宅沟 4 米增地上劳作，练练身体呀。"

郁海发和郁海祥两家的关系达到了空前紧密，郁家东宅中间只剩下重建瓦 6 是老式平房了，其场心和东出路连成一片，显得极为宽广；西宅沟沿打了 28 米的水泥堤坝，堤内填上了泥土形成一片耕地；一棵银杏树高耸入云，两棵桂花树当中立。郁家东宅中间层的环境大大改观，引来了路人惊异的目光，却引起郁海叔的强烈不满，对外放言："我是不会走这条阎王路的。"人世间产生的一切争斗除了"见先和黑心"造成之外，还有"理念不同和嫉妒他人"所导致，郁海叔容不得别人好，不声不响地把气撒在郁海发的身上。

第 4 节　化解童歌之纠结

郁海发在老家的时间里，在季正和邹宝翀先生的帮助下，建立了"海门郁氏历史文化陈列馆"，应郁元吉和郁正先宗亲的邀请，郁海发和古玉奔赴山东临沂市参加全国郁氏宗亲会议。3 个月后郁海发再次回到郁家东宅时，正值倾盆大雨之后，重建瓦 6 场心里积水尚未退去，这是什么原因造成的呢？

郁海叔东房头后面原建一间厨房离邻沟 2 米，现今郁海叔把整个楼房后面搭成一间大房，在 1 尺邻沟上砌道墙，后墙没有门只中间安了窗，原厨房后面变为小储藏室，新增大间为饭堂，西边开大门出入。如此一来，房基向北扩大了 2.5 米，却使重建瓦 6 东房头之前竖了高高的烟囱并失掉了场心的排水沟。

再坏的人也有朋友，再好的人也有对头，在网络群聊中郁海发时常遭到个别宗亲的误解、咒骂和移群。郁海发认为这并不奇怪而不去理会，以自己的成功回击他人的攻击是最好的反击。今天并不在意东房头前竖起的烟囱，却对郁海叔的截（越）界心中愤愤不平。郁海发思量着，在除夕之夜为了 3000 元还了没有，刘云芳与亲哥刘云达的娘子对骂了一夜，又与郁海季娘子面和心不和，正像邹宝翀先生《慎防恶邻》一文中说的，郁海叔处于四邻不和之状。病从口入，祸从口出，应该加上一句：灾从纸生。喜欢舞文弄墨的郁海发犯了一个错误，随手在纸上写了一首打油诗："前门没人来，后门不能开。孙子楼上待，下楼没人玩。"以讥讽郁海叔的仇敌环伺。

郁海发向郁非外甥女念了这首打油诗，现在的孩子们不仅早熟，还对他们爷辈、父辈们的关系门儿清，她约郁明之孙和几个小学生跑到郁海叔的楼前，向楼上齐唱道："前门没人来，后门不能开。孙子楼上待，下楼没人玩。叮叮当叮叮当，儿子当丫头养。有本事下楼来，一道儿白相相。"连唱了 5 遍时，楼上的孙子火从心起，抓起桌上的大花瓶向楼下掷去，"嘭"的一声落地开花。刘云芳拿了大扫帚从西民沟沿坑棚里赶过来，孩子们作乌鸟散。

刘云芳把在上海工作的郁海叔、郁六六叫了回来，开了一个绝密家庭会议，讨论如何应对童歌事件。郁海叔说："那帮小子敢作弄我的孙子！始作俑者是后面那个海发，我找他算账去！"

郁六六对父母说："你们怎么也不想想自家呢？从前海发伯伯与我家的关系比他同郁海伯的关系要好得多，为何现在变了呢？我看转折点在那次海发伯伯责怪 10 万元遗款之后，你们怠慢了他。再者海发伯伯多年糖尿病，又传他胃里有一个肿瘤，他又远在北京，早晚不会回来的，你们以为在重建瓦 6 的使用上，上海海兰姑妈的话语权更重，所以你们对他俩不一碗水端平啦。"

郁海叔、刘云芳对儿子的责问不吭声。郁六六的丈母娘利华说："我的独生女嫁给郁家，这里也是我的家，今天我也讲两句。老早就传说，云芳对郁海发不咋的，他就用 1 万元认了袁五宝的娘子当寄丫头。"又责问："你们图自家方便盖了大后落屋，为何还向北截界一尺？"

郁海叔："照你们这么说，把这口气吞下去？"

利华的女儿六六娘子说："勿要树敌过多，不如把唯一的后门重新打开，寻求和好之道为上策。"

一群孩子用童歌恶心郁海叔之家，当作新闻传遍了整个郁家堡。近两天郁海发去海门，同慈善会主任郁兰秋、海中校长郁祖森商谈郁氏历史文化陈列馆的建设，对发生的事一无所知。转天晚上郁海叔、刘云芳来到他的家。

刘云芳平和地说了事情过程，友善地提出了责问："海发哥，我云芳待你不薄呀，你的母亲病危期间我为她端屎端尿，你每次回来我们都请你吃饭，多年来为你祖父母、父母烧纸。你为何写了儿歌，挑唆小孩子作弄我的孙子呢？"

郁海发撒谎说："我随便写的打油诗，并不是针对你家的。"也讲了实话："我并不知道孩子们的做法，童歌的下半段是他们自己加上去的。"也做了检讨："我缺失的地方是不应让小倌头子学唱。"

郁海叔说："海发哥对我家不错呀，这几年送我们不少钱物。你的重建瓦 6 与我家楼房紧挨着，我把排水沟重新做好吧。"讨好、拉拢郁海发的意思十足。

刘云芳也说："不要为这件事伤了两家的和气。"

郁海发思量做好排水沟并不能掩盖他截（越）界的事实，又一想郁海叔今天的态度出人意料的友好，不要为这区区小事引发口舌之战，近邻是得罪不起的，他对刘云芳说："好呀。朝东屋里东西你们继续放，我把大门钥匙留给你吧，仍然帮我四个忌日烧纸，将费用每年 400 元增加到 800 元。"

刘云芳乐了："谢谢海发哥！"

郁海发转身拿了百斤电子秤说："送给你家日本钟表公司产品。"郁海叔一把把电子秤接了过去，哈哈大笑说："我们的关系没得说。"突然换了一副面孔说："我永远不会忘掉那个 × 样精！"显然记恨着他的亲哥哥郁海伯。以此可证，在有些地区有些郁氏人家中，达成家族和谐的愿景任重道远呢。郁海发和郁海叔两家关系的恶化在第三十二集《祭祖的风波》中再次达到顶峰，更能证明这一论断的正确。

第 5 节　死者为大之奇事

在世界各国竞争中，有一句时髦之语："没有长久的朋友，也无永远的敌人。为了利益，化敌为友，反目朋友。"在木行桥郁家东宅的三国九方关系中亦然，郁海祥和前面屋里的郁明、和后面房里的郁海启的关系转变，为这句话作了最好的注解。

郁海祥的楼房以包工不包料的方式由朱师傅施工，在主体工程完成后进入装修过程中，郁海祥根据朱师傅的预算，出资购进上下水管、电器电线及塑料件之类，存放在郁明的后落屋里，接近完工之时朱师傅对郁海祥说："还缺点材料。"

郁海祥问："缺多少呢？"

朱师傅："大约 5000 元。"

郁海祥想缺那么多，一定是南面那家包工包料工程挪用了，却不声响地拿出了 5000 元，以不影响楼房的进度。

当最后结算施工费的时候，根据合同留下 5000 元尾款，用以质量方面的修补。3 个月之后，朱师傅来要尾款 5000 元时，郁海祥指着厨房中掉下的几块瓷砖说："你们贴的瓷砖不牢靠。"

朱师傅说："我派师傅来修理一下。"

郁海祥说："不用你修啦。修了这几块瓷砖，能保证其他瓷砖不掉吗？"朱师傅扭头走了。

朱师傅走进了郁明家，对他的妹妹郁明娘子说："郁海祥故意撬下几块瓷砖，找我的碴儿，赖掉 5000 元。"郁明娘子对她哥哥说："回头我去向他要吧，包在我身上。"她有点高估了自己。

果不其然，郁海祥对郁明娘子出言不逊："你的哥哥太欺侮人啦，不仅装修质量太次，还用我的材料挪用到其他工程中去。"气得郁明娘子说不出话来。对于预算不准、瓷砖脱落的真相无法评判，但郁明和郁海祥互不来往却成为事实，两家关系的恶化在第三十二集《祭祖的风波》中再次达到了顶峰。

房

中华文明博大精深、丰富多彩，殡葬文化也是其一个小角。举办丧事的传说很多，其中之一，相传战国时有一个叫乐毅的孝子，他的父母喜欢吃软食，乐毅用黄豆制成豆腐每天供父母食用，使双亲活得很长寿。在父母去世后，乐毅请参加送葬的邻居们吃豆腐宴。这一习俗在中华大地的不少地区传承至今，去丧事家吊唁吃素饭，谓之"吃豆腐"。

中国农村里历来采用众筹方式办丧事，以减轻死者家庭的经济压力，也是近亲近邻关系融洽的标志。按照血缘远近送去一笔奠仪，海门木行桥地区的习俗也称"吃豆腐"。送奠仪还有不少潜规则，例如：同样亲近的人约定送同样的奠仪；独立灶头的子女与父母分别送；父母70岁之上的可以不送；在乡亲中，此次你来"吃豆腐"，下次人家有丧事必须去送奠仪"吃豆腐"，叫作"人情往来"；就是两家吵过架，也要"吃豆腐"去，叫作"死者为大"也。

前后院居住的郁海祥和郁海启，因无利害冲突相安无事，虽然两家关系一般般，但是因同宗同族之故，白事人情行里必须来往的。当年郁海祥之母入殓时，超过70岁的郁海启送了奠仪160元，在上海工作的儿子郁强也送了奠仪200元，那是蛮客气的啦。

郁海祥原来的平房共5间，离郁海启的楼房很近。盖楼房时将东头3间拆去，腾出地方作为施工场地，保留了两间"西边平房"作为临时厨房和起居之用。盖房之前，郁强从上海回家与郁海祥签订的合同规定："在楼房建成1个月后拆掉西边平房。"双方和朱主任签字画押，郁强才同意在盖楼书上签了字。

当郁强找到郁海祥说："伯伯，应拆掉西边两间平房啦。"

郁海祥："好好的房子为什么要拆呢，我们家还要存放什物哪。"

郁强："合同上写着呢。"

郁海祥："那是不合理的事，我不会执行的。"

郁强："那你补偿我5000元，当时你拍拍胸脯答应的。"

郁海祥："合同上没写这一条，口说无凭。"郁强扭头去找朱主任了。

第二天上午，在郁海祥的大厅里，朱主任和施玲召开了调解会。施玲对郁海祥出主意："把你西边平房往前移8米，既保存了房子，又不减少小菜地。"郁海祥说："一拆一建要花去万把元。"笑了笑对朱主任说："要不村里给我报销吧。"朱主任说："开什么国际玩笑呢！"谈来谈去谈不拢。

不知何时，年近 90 的郁海启及其娘子也跑过来，想听听调解的结果，被海祥娘子挡在大门口，两个娘子发生了争吵。突然之间海启娘子昏了过去，倒在海启的身上，海启大声喊："小强，快来呀。"郁强开车把他母亲送到木行桥镇医院抢救。

海启娘子一周后出院，回到家中养病，郁强也就无心无力关心"西边平房"的拆除，也不追查那天母亲摔倒的真相，郁强想，何必与无德无信之人纠缠在无效争斗之中哪。"西边平房"的拆除问题不了了之。

海启娘子在病床上躺了一年多后归天啦，郁强为母亲举行了隆重的葬礼，亲朋好友、近邻近舍都来"吃豆腐"，白事录上独缺郁海祥的奠仪。入殓那天在郁海祥的场心和郁海发的东出路的东边围了一条大麻绳，不让在此停车。

郁海新给北京的郁海发发去一个视频显示：在东河沿马路上，奔丧的车上走下不少"吃豆腐"的人，纷纷议论这一奇景。

郁海发给郁海新回复一条微信：

死者为大，何必刁难生者？

羞辱他人，反而遭他人厌。

家族史上，空前之事深感自责。

殷切希望，杜绝类事应予实现。

郁海发在经历"只合日头之怪象；换地建楼之内幕；郁家东宅之改观；化解童歌之纠结；死者为大之奇事"的过程中，全身心地投入郁氏文化传承之中，欲知后事如何，请阅第三十一集《重建瓦 6 之新生》。

第三十一集　重建瓦6之新生

21世纪第二个10年之中，在海门资深媒体人、民俗专家邹宝翀先生的帮助下，《海门日报》上刊出郁海发的《西庭进京告御状》一文，郁海发继而深挖木行桥郁氏家族历史文化矿藏，用胖电脑撰写了木行桥郁氏家族历史文化不少散文，发表在《青草文艺》微刊上。郁海发把心爱的北京樱花园房屋出售，携带着15万元人民币，底气十足地回到郁家东宅，创建了海门郁氏历史文化陈列馆并出版了《沙地人故事——郁家那些事》一书。理工男出身的郁海发加入了南通市作家协会，结识了郁元吉、季正、郁兰秋、郁祖森、郁龙飞、郁文武、郁正先、郁贵成等宗亲，使海门郁氏历史文化陈列馆初长成，使重建瓦6获得了新生。

第1节　东宅九章西宅再香两代文化人

13岁的郁海发随父亲郁九周去了南京，就读于南京市草桥中学。自小受启蒙老师、老三房后人郁九章的影响，喜欢阅读文学著作，高中毕业时填报大学志愿为复旦大学新闻系，萌生了作家之梦。时值反右斗争之后，郁九周对儿子说："文学艺术界右派多，还是读理工科吧。"郁海发并没有感到父的看法偏颇，考入了北京航空学院自动控制系。大学毕业后服役于750部队，远赴四川成都都江堰，为部队筹建三线新的基地，从而对"房"产生了浓厚的兴趣，航空工程师之梦破灭。郁海发因父亲的历史问题而复员回京，先后在牡丹无线电厂、民康广播研究所、东风无线电总厂任职，进入了企业界和政界，自小立下的作家梦的破灭成为郁海发的憾事。

进入 21 世纪之后，郁海发和郁海新、郁海达、郁海英、郁海豪等编制《木行桥郁氏宗谱》，走访之中采集了不少木行桥郁氏家族的历史故事，其中之一为"西庭进京告御状"，这是清朝末年惊动四乡及至海门、南京的木行桥郁氏家族的一件公案，也是一场家族内部争夺遗产的博弈，双方代表人物是老大房后人郁西庭和他的三位亲叔叔。西庭较劲进京告御状，讼胜家败祸福倚，印证了"福兮祸所伏，祸兮福所倚"的至理名言。详见第六集《郁西庭告御状明胜而实败》。

郁海发将郁西庭的故事写成《西庭进京告御状》一文，在《青草文艺》微刊上推出后，被海门资深媒体人、民俗专家邹宝翀先生转载于《海门日报》上，并对郁海发说："郁姓虽是小姓，但海门却是郁姓聚集之地，它具有丰富的历史文化矿藏，等待郁先生去挖掘。"他进一步告诉郁海发，新中国成立之前木行桥郁家出过一位"唱佛祈"的郁再香，是民间草根艺术家，自唱自演创作了无数首佛祈调歌曲，成为新中国海门第一届文联民间文艺家协会会员。

郁再香是郁家西宅上的老八房五代传人，是"小夫人"陆笑姑之后。郁海发童年时听过他的唱佛祈，如今他的作品均已失传。郁海发约了郁海达挨家挨户收集郁再香的遗作，加上邹宝翀先生提供郁再香的作品共计 60 首，在《海门日报》上发表。根据郁再香的逸事，郁海发创作了《宰相公戒赌》和《宰相公游胡》二文，亦发表在《海门日报》副刊上。择其一以飨读者：

宰相（再香）公游胡

（游胡是南通地区长牌游戏。本文是根据《宰相（再香）公戒赌》的故事创作的佛祈调。）

那一年，
我四十岁差一点点，
喜欢游胡白相赌铜钿。
那一天，
带着小弟郁宰官，
川港舅家去赴宴，
提上四十银洋钿。

银洋钿，
勿是送礼，
打牌游胡玩玩钱。

吃过点心，
表弟加两客围成圈，
话好笃子胡十二转。
那个下午，
一副不顺手气背，
袋中银圆快见天。
时辰已到，
接近黑天，
末脚一副牌，
等好清和二五八筒钿，
还是一副双"文钱"。
蛮有希望耙耙本，
对门打出一张八筒钿，
上家塌和嵌张盖了去，
气得我七窍冒烟。

手中牌一扔，
倒出所有银洋钿，
夜饭也勿吃，
拉着小弟回家转。
我向天发个誓：
从此往后，
今生今世不摸游牌一角边。
小弟劝我，
君子报仇要等十年，
筹足钞票再去翻本钱。

我话呀，

今日之羞死不忘，

刚才之言记心间。

到今天，

又过四十年，

我的发誓没出边，

奉劝世人向我看。

一样么事都有两面，

做事体也有个尺限，

超出范围走向反面。

游胡白相人人喜，

跌个跟头才幡然。

　　《海门日报》付给郁海发几百元稿费，激发了他用写作挣外快的兴趣。他将《海门木行桥郁氏宗谱》上的族训编成了故事，向《海门日报》投了稿。这个故事是这样的：老二房六代传人郁九成向郁海发提供一条信息："郁家东宅前头屋门上原有一个积善堂牌匾。"郁海发在郁九章的习字本上找到了匾文，其精华之处为："家之盛衰，关乎积善与积恶而已。是故，能爱子者，遗之以善；不爱子者，遗之以恶。"

　　郁九章是郁家东宅的文化人，郁海发在他习字本上看到了另一语录："儒有可亲而不可劫也，可近而不可迫也，可杀而不可辱也。儒有不宝金玉，而忠信以为宝；不祈土地，立义以为土地；不祈多积，多文以为富。儒有居处齐难，其坐起恭敬，言必先信，行必中正，道途不争险易之利，冬夏不争阴阳之和，爱其死以有待也，养其身以有为也。"作为遗训收录在《木行桥郁氏宗谱》里。

第 2 节　季正借钱成为郁氏人的佳话

电子技术发展是郁海发实现作家之梦的助推器，郁威送给他台式计算机，郁海发使用这台胖电脑，撰写了木行桥郁家的多篇故事：

1. 久远的追忆：《鲤鱼穴的传说》《郁氏积善堂及其牌匾钩沉》《又一位小夫人》

2. 永久的祭祀：《喜容失传之憾》《清明节感悟》《郁氏族训族约解》

3. 和谐共生之篇：《新新宅上的悲哀》《难比醉在乡愁里》

4. 五代传人轶事：《西庭告御状》《宰尚公布新》《一笔写不成两个郁字》《西良公之死有点冤》

5. 六代故事更多：《双凤两慕奇女子》《军医官的故乡情深》《一对相差13年的堂兄弟》《忆启蒙老师郁九章》《农家子成援外专家》《草房之地九代传人》

6. 缅怀双亲：《悼父文——属马的早产儿》《悼母文》

郁海发将这些文章在《青草文艺》微刊上推出后，反响巨大，受到网络作家范静峰等人点赞，《青草文艺》总编王铁石先生建议："继续写下去！可考虑出版一本纸质书，便于郁氏文化的收藏和传承！"

具有故乡情结的郁海发时时惦记着他的重建瓦6，它曾被现时政策判为黑屋，倒了后不能重建的，为此郁海发在10年时间里用10万元进行了10次整修。郁海发也请财富大咖费民帮助，在重建瓦6里建立一个公司，以使它拥有名正言顺的房产证。可费民不仅拒绝了他的要求，还串通张老板天价购买重建瓦6，遭到郁海发的拒绝。郁匪石总编的建议，引发了郁海发重新探讨保存重建瓦6的新措施：到故乡出一本故乡的书，使共产党的后代成为海门的名人，利用重建瓦6建立一个公益性社团组织。郁海发思忖，樱花园的三居室刚刚出售，手中宽松的资金确保此举定会成功。

郁海发携带着15万元人民币，底气十足地回到了郁家东宅，处理完郁海祥盖楼之事，清明节第二天郁海发去了海门，对邹宝翀先生说："我要出一本书，关于沙地人的故事，郁家那些事。"

邹宝翀："有新的规定，个人勿能出书了。"

郁海发："那怎么办？"

邹宝翀："办法有一个，成立一个文化性质的单位。"

郁海发："请先生帮帮我。"

于是，邹宝翀带郁海发去了海门市民政局，向他的战友施科长说明了来意。施科长告知："有关姓氏方面的民间社团组织严格控制，加上 70 岁以上的人不能作为负责人。郁先生，此事无法办理，抱歉啦。"

邹宝翀问："有无变通的办法呢？"

施科长："可以挂靠在海门地区的社团组织里，只能是一个二级单位。"

邹宝翀："请介绍一两个社团组织吧。"

施科长："海门地区有一位能人，他一个人拥有三个公益性社团组织。"

邹宝翀："哪位？"

施科长："瑞祥乡的季正。"

邹宝翀："哦。我与季会长是熟悉的，我打电话给他。"

第二天，季正在他装修中的楼房里热情地接待了邹宝翀和郁海发。郁海发看到四层大楼刚完工，临时起意向邹宝翀借了 300 元，凑满 1000 元送给季正说："贺新楼落成！"季正推托："这多不合适呀。"郁海发："不要嫌少咯。"季正接过钱说："让你破费了。"并说："你的事情，待一周后给你回话。"

3 天后，即 2018 年 4 月 8 日，季正和邹宝翀来到重建瓦 6，送来了一枚"海门市近代史研究会——郁氏文化研究所"印章，面对印章上的红五星，郁海发高兴得连嘴巴都合不拢了，一个合法的民间组织到手啦。

郁海发连夜起草了章程，确定研究所的宗旨。为了便于管理，章程规定采用会员制，入会成员自愿交纳会费，因此让郁海达担任财务部负责人，执行《民间非营利性组织会计制度》，建立资金流向会计账本。

郁海发将积善堂内郁氏宗谱重新布置后，加上了《沙地人故事——郁家那些事》的书稿。2018 年 4 月 25 日，在重建瓦 6 里季正会长主持了郁氏文化研究所的揭幕仪式，由原海门市委曹书记和原海门商会会长、南通暖舍慈善会创建人郁文武剪彩。原海门慈善会主任郁兰秋交了第一笔会费，他和郁海发同宗同源,木行桥始祖郁江福的二哥土地桥郁江官的后人,在郁九周 15 周年追思会上,郁海发与他相认,今次研究所成立首先找到郁兰秋,由他介绍了郁文武与郁海发相识,今天郁文武才来重建瓦 6 剪彩的。

中午,参加揭幕仪式的 20 位代表,在木行桥酒店举杯共庆!散席之后,季正会长约郁海发私聊:"郁所长,我准备将大楼建成苏北抗战史料馆,争取明年春天开馆,但缺少一些资金,请你帮助一下,可否?"

郁海发:"缺多少呀?"

季正回答:"估计 15 万元。"

郁海发一惊,脱口而出:"这么多?不是小数呀。"见季正不好意思地低下了头,郁海发和气地说:"让我考虑一下吧,3 天后答复你。"

第二天,郁海发召开了一个小会,请与会者对季会长借款之事发表意见,众人议论纷纷:

有人责问:"才认识他几天呀,竟狮子大开口!"

有人担心:"借钱感恩,还钱结仇,肉包子打狗有去无回!"

有人提醒:"你对他了解吗?数目这么大,小心为上!"

郁海发对邹宝翀说:"你把季会长的情况向大家介绍一下。"邹宝翀这样介绍季正:

季正,海门瑞祥乡人,是烈士季瑞祥的亲侄子。在海门地区小有名气,圈内人士对他贬褒不一,褒多贬少,实属正常。自小就有文学天赋的季正,辞去了公职,投入文化圈内,创作了不少海门历史文化作品,出版了多辑《海门地方文史资料》,创办了"海门市烈士研究会""海门市近代史研究会"等公益性社团组织。去年他突发奇想,把海门市区的住房卖掉,回到祖地盖了四层大楼,筹建苏北抗战史料馆。据说大楼造价超过了预算,完成主体工程已经借了别人的钱,进入装修工程后资金更为紧张,所以请求郁海发伸出救助之手。

郁海发对邹宝翀说:"我相信你的话,季正是一个办大事的人,了不起的人。"停了停对大家说:"我决定借给他钱。"理由如下;

"第一点,借钱的人不是坑蒙拐骗之人,是要干实事碰到了困难,不得已才向我开口的,看得起我才找上门来的。

"第二点,先父教育我,做人不忘朋友,不害朋友。先母也说,别人对你五分好，你要用十分去回报。在我回到海门创建公益性组织遇阻的时候，季会长接纳了我，3天后送来了红五星公章，大门上的铜牌也是他亲自安装的。短短20天，我与他成了朋友。

"第三点，先父是1942年的抗战老兵，曾任新四军的军需官，作为他的后代，理应支持季会长创建苏北抗战史料馆。

"第四点，我手中25万元暂时用不掉那么多，借给季会长还会有5%年息进当，何乐而不为呢？"

有人问："万一本息都收不回来呢？"

郁海发回答："不怕。国家给我退休金不少，樱花园的房款尚有余钱，我有后手的。"又哈哈一笑："郁威郁力比我还富有，我百年之后将人民币带到天堂也是假币呀。"

在全场一片笑声中，郁海达说："你的钱，你做主。"

郁海新说："海发哥时常送给近邻近亲一点钱物，自有他的考量，旁人不必说三道四的。"

后续：郁海发将15万元借给了季正，他在4年之中分四次还清了全部借款，郁海发象征性地收了点利息。"季正借钱"一事成为海门郁氏宗亲活动中的一段佳话。

第3节　海门郁氏走向全国初探

海门郁氏文化研究所成立后，郁海发首先招兵买马，扩大成员队伍，木行桥郁家埭上宗亲纷纷报名，一周之内达到98位，其中有费民的女儿郁蕊英和入赘的丈夫郁幸福。

一天郁蕊英对郁海发建议："我们的研究所应向全海门扩展。我的老师郁祖森是海门中学副校长，应该是海门的名人，你去找他必有收获。"第二天，郁海发登门拜访了祖森同志。

祖森同志给郁海发的印象是个温文儒雅、颇具学者型特点的人，当郁海发说明来意之后，他喜形于色，立表赞同："海门郁姓人物众多，挖掘和研究郁氏传统文化，你的创意极有意义，我理应支持。"最使郁海发预料不到的是，祖森同志谈及 20 世纪 20 年代（民国十一年 3 月），清末状元张謇赠予他家祖上一块匾额，匾额上有张謇亲自书写的两个大字"诚恪"。文字部分是张謇对郁祖森的曾祖父郁梓卿人品与人格的称赞褒扬。祖森同志还告知，郁梓卿先生在南通凉棚村建有祖宅名"正心堂"，郁海发顿觉状元之匾是稀世之物，凉棚村的"正心堂"比木行桥的"积善堂"更有故事、更具传承价值。若将其编入《沙地人故事——郁家那些事》的书中，会使它更加增色！

那一年 7 月底，应郁元吉宗亲的邀请，郁海发和古玉奔赴山东临沂市参加全国郁氏宗亲会议。郁姓是小姓，全国只有 46 万多人，《百家姓》中占第 273 位。郁氏宗亲活动始于世纪之初，盛于两广湘黔，到 21 世纪第二个 10 年之后，其代表人物是广西百色人郁正先，他自费行程数万里，参加郁氏宗亲活动 20 多次，为 20 多地郁氏编制家谱鼓劲。在会议上郁正先提出筹建"中华郁氏文化研究会"的方案，郁正先担任会长，聘任郁慕明为名誉会长，任命了贵州企业家郁贵成等为副会长。

郁海发在会上介绍了海门郁氏文化研究所在民政局办理社团组织遇阻之后，挂靠在季正名下的过程，然后表态："完全同意成立这个郁氏全国性组织，也拥护第一届的领导者。"也建议："今天这个研究会，应在广西地区民政部门注册登记，最好去掉'中华'两字。没有批准之前暂不对外公布。"指着那个会议横幅说："中华郁氏文化研究会成立大会，在会议纪要上改为筹备会议。"

郁元吉说："海门郁所长的发言很好，他的意见应予以考虑。"

郁正先说："本人和郁贵成去办过申请，实在难办呀。我回去之后参照海门的做法，也去挂靠在一个单位里。"后续：可惜郁正先走错了门路，挂靠在一个企业部门，仍然保留了"中华"两字，后引起了多少故事。

郁海发婉拒了会议聘他为名誉会长，说："本人不可与慕明先生并立，改任顾问。"并加入了中华郁氏文化研究会成员群。

郁海发和古玉重新回到郁家东宅一周之后，突然接到一个短信："海发伯伯好！我是林东村的郁龙飞，近日堂弟宣亚标转发您在临沂郁氏会议上的发言。今后有这样的郁氏家族会议，我也想去参加。"郁海发立即加了郁龙飞的微信："很高兴认识你！发你位置图，来我研究所面谈为好。"

郁龙飞出生于20世纪60年代末，海门林东村人，原是海门街头地摊小贩，在叠石桥致富效应之下，创造了财富骤增的神话，在海门成立了巨龙纺织品有限责任公司，把业务扩展到智利等世界各地，多次受到国家领导人的接见并合影，成为当今华侨界的领军人物之一。郁龙飞的成功固然有其本人不懈的追求，但离不开时代给予他的机遇，也与故乡海门的土壤有关，以郁再香的唱佛祈调为证：

钞票多来要用秤来称

靠嘞邓小平，百姓度（大）翻身。
改革春风送到村，木行村小伙做猫盆。
度男小女齐出动，四伦八舍来打工。
收入大超寻工分，大杨变成猫盆村。
大桥小伙做猫匾，大鹏展翅显威风。
世界美景收画中，大桥成为猫匾村。

这个村嘞那个村，同乐新镇还有葡萄村，
葡萄长得像绣球，酸甜可口囵囵吞。
叠石桥旁绣花村，床罩被套双人枕，
美观耐用又便宜，远销全国到伦敦。
林东小伙子本领大，生意出洋常年国外蹲，
满把美元英镑荷兰盾，林东称为华侨村。
靠嘞小平才有好前程，钞票多来要用秤来称，
生活提高哈哈笑，当心落脱下巴要用绳来捆。

第二天，郁龙飞来到郁家东宅，郁海新、郁海达陪同他参观了海门郁氏历史文化陈列馆后，他对郁海发说："我先给你转账2万元。"

郁海发："这么多？入会费下限100元，上限2000元。"

郁龙飞指着铜牌上的章程说："这上面还有一条，接受捐赠无上限一说。"

郁海发："多谢郁总的关心和支持，我用不了这么多呀。"

郁龙飞："建议将重建瓦6修饰得漂亮点，好好建设你的研究所，这是海门郁家人的脸面。"

郁海发："好的，好的。有你支持，一定会办得更好！"

郁龙飞："我个人认为，做好家族事也是慈善之举！"

两周之后的一天下午，在东方巨龙公司本部郁龙飞的办公楼里，召开研究所成员代表大会，郁蕊英作为正式代表参加了会议，还带着她的夫婿郁幸福"列席"了会议。

郁海发介绍了临沂会议的情况，他说："有一个中华郁氏文化研究会，它不像海门郁氏研究所是民政部门批准的社团组织，严格来说是不合法的民间组织。"又说："他们的会长郁正先人脉很广，副会长郁贵成财力很足，会员已超过400人，并建了一个成员微信群，是全国最大的郁氏群。我把在座的各位拉入这个群里。"接着郁海发提出建议："我们也要建立微信群，起名郁氏文化海门集思广益群。"与会者当场成为首批群员。

郁龙飞说："要加强海门郁氏与全国郁氏的联系，向全国郁氏取经，建议明年在海门开会，把其他地区的郁氏请来，扩大海门郁氏在全国的影响。"

季正说："非常同意郁董事长的建议，会议名称为：海门2019郁氏人文研讨会。向市里有关部门报备由本人负责。"

在巨龙公司大食堂的晚宴中，列席代表郁幸福走到主桌，对郁海发说："郁所长，我把会议纪要写好了，给大家念一下。"郁海发尚未点头，郁幸福对着手机念了起来，引起全场鼓掌。郁海发没有料到大学生村官郁幸福还有这一手绝活，对他说："把这份草稿发我微信上。"

回家之后，郁海发在电脑上做了《会议纪要》的文档，将他的发言"有一个中华郁氏文化研究会，它不像海门郁氏研究所是民政部门批准的社团组织，严格来说是不合法的民间组织"这一段删除，也没有下发，只是存档备查。

后续：几个月之后，郁幸福与郁海发因为一事不合，退出了集思广益群，投奔了郁正先，将郁海发的发言转告了郁正先，又引起了多少故事，在第三十三集《郁氏文化微刊砥砺前行》中为你详述。

第 4 节　海门郁氏历史文化陈列馆初长成

为了举办"海门 2019 郁氏人文研讨会"，郁海发对重建瓦 6 进行了新的装修。首先，拆除西边坑棚柴房，加固了后落屋，在西宅沟沿打了一条 27 米堤坝直达郁海启的邻沟，形成长 18 米、宽 5 米的庄稼地，古玉高兴地在自留田里种上蚕豆、豌豆和大蒜等，这些和郁海祥达成过口头协议。第二步，将外墙全部贴满了墨绿色瓷砖，将全部木门窗换成紫红色不锈钢材料。第三步，东出路扩大为 7 米，与场心连在一起直达东河沿，这些也和郁海祥达成过口头协议。整个工程由郁明娘子的哥哥朱师傅负责施工，所花资金 2 万元正好是郁龙飞赞助之数。

因在乡时间关系，郁海发对重建瓦 6 中厅仅做了简单调整，加挂了一块牌匾，其上写有新时代新家训：

其一：爱故乡，忠祖国，孝父母，拜列祖。——郁九周

其二：不忘祖国、祖根（故乡）、祖宗、祖训、祖宅、祖坟。——郁海发

在重建瓦 6 的大门口，郁海发挂了一块"海门郁氏历史文化陈列馆"铜牌，至此，海门郁氏历史文化陈列馆初长成；从此，郁家东宅成为郁氏文化研究所的活动场所；到此，重建瓦 6 获得了新生！

2019 年春节之后，在北京的郁海发接到两个微信。季正的微信："为了迎接海门人文研讨会，我把研究所升格为研究院了，等你回海门后把新公章送去。"郁龙飞的微信："那个人文研讨会，请海发伯伯早做准备工作，不用担心费用问题，一切由我负责筹措。"

2019 年清明节，郁海发提前 10 天回乡扫墓，第二天在重建瓦 6 召开了第二次会员代表会议，郁海发讲了举办海门 2019 郁氏人文研讨会准备工作：1. 再次改造重建瓦 6；2. 举办郁氏文化征文赛；3. 出版《郁家那些事》一书；4. 完善组织机构。

郁海发和季正商量后，提出了研究院初步组织架构：除财务部郁海达负责之外；再成立院务委员会，郁兰秋为院务主任，院务委员 16 人，郁蕊英在

列；郁龙飞为常务副院长，邹宝翀为副院长；郁海新、陈国仁为院长助理。陈国仁是郁友东的姑妈郁祖芳的丈夫，木行桥村18组组长，同郁海发早已相识，加上陈国仁乐于助人，对回乡的郁海发照顾有加，郁海发思忖由郁海新、陈国仁两人当助手，处理具体事务万无一失。不料横旁里跳出一件事儿，郁蕊英气呼呼地找上门来了。

第二天一早，郁蕊英一跨进重建瓦6就大声对郁海发说："我不当那个院务委员！"郁海发赶紧说："坐下慢慢说。"再问："为何不当呢？"

郁蕊英："三观不同，我不和那些人同流合污。再说，你搞的历史文化传承有几个年轻人支持的？你问问你的儿子认同吗？"

郁海发问："你对哪些人有意见呢？"

郁蕊英："你看看郁友东、郁海正等都在里面啦，他们和我父亲是老对头。弄个郁友东姑父陈国仁当了院长助理，弄个外姓人邹宝翀竟当了副院长！"

郁海发劝道："上一辈人的恩怨就让它过去吧。我们研究院为所有宗亲和谐共处提供了平台，团结的族亲越多越好啊。"

郁蕊英似有所动："我倒没有什么，可幸福也有这些看法呀。"

郁海发思忖郁蕊英问题的症结所在，他思考了一下说："幸福是一个笔杆子，让他当我的秘书吧，也是院务委员。"郁蕊英"扑哧"一笑。

郁海发高兴地化解了郁蕊英的矛盾，可是同刘云芳的争吵在升级！欲知后事如何，请阅第三十二集《祭祖的风波》，讲述在重建瓦6新生之中郁海发与邻里的故事。

第三十二集　祭祖的风波

惠姑的娘家堂侄女刘云芳利用重建瓦 6 中厅加工床上用品，同时照顾从上海回乡养病的惠姑。在惠姑病危之时，郁海发根据海门习俗让惠姑认了刘云芳为寄丫头（干女儿），惠姑病逝之后，在她忌日那天刘云芳代郁海发为惠姑烧羹饭。在重建瓦 6 装修之时，郁海发要求刘云芳清理朝东小屋里的什物，刘云芳以不给惠姑烧羹饭为要挟，触犯了郁海发的底线而发生争吵。翌年，为了迎接海门 2019 郁氏人文研讨会，在郁海发修建海门郁氏文化研究院大门时，又与关系甚笃的郁海祥发生了争执，使郁海发的邻里关系陷入四面楚歌之中，可他又是如何化解的呢？

第 1 节　寄丫头趣说趣谈

惠姑的大哥生育了刘云娣，大哥病亡后大嫂改嫁远房堂兄生育了刘云芳，惠姑亲密嫡侄女云娣而疏远堂侄女云芳。刘云芳嫁入郁家东宅后成为惠姑的堂侄媳且前后相居，但郁海发与郁海叔的关系历来不热络，惠姑和云娣、云芳的亲密度依旧。某天惠姑高烧时，刘云芳将她送到木行桥镇医院急诊，因郁海兰责怪刘云娣而引起口角，云娣不再到重建瓦 6 里来看望姑妈了。

刘云芳利用重建瓦 6 中厅加工床上用品，同时照顾一下惠姑的早晚起居，郁海发兄妹时不时送些彩电、冰箱、手表、吃物等给刘云芳。当惠姑生病之后，海发兄妹每年给云芳 1200 元，两家关系更为融洽。

中国人特别讲究认干女儿，海门乡间此风更甚，少数无女儿者添了一个丫头，大多数人多个寄亲相互帮衬。惠姑生病之前常对刘云芳唠叨："云芳呀，海发、海兰是外头人，不作兴烧羹饭（祭祀死者的形式；羹饭：祭祀死者的饭菜），我死后，你给我烧羹饭啊。"惠姑离世前两个月，郁海发带着郁威回乡看望惠姑，她又重提云芳烧羹饭之事。素有孝子之誉的郁海发为遂母亲的心愿，摆了酒席，请了郁海达、郁海新、郁海卫、陈国仁等见证认刘云芳为寄丫头。刘云芳走到惠姑病床前叫了"寄娘"，惠姑从床头拿出红包送给她，这是郁威留给祖母的 1000 元。往后每年郁再林和郁九周夫妇四个忌日由刘云芳代为烧羹饭。

郁海发与郁海叔常为重建瓦 6 装修之事磕磕绊绊，为郁伯仲 10 万元遗款之争，郁海发说了公道话，引起了刘云芳的反感，对郁海发的照顾趋于冷淡，郁海发不得已认了袁五宝娘子英红为寄丫头，以便在乡下有个人照应。

袁五宝是郁家东宅上的远亲，郁海发每次回乡时，来去南通火车站都由他接送，在袁五宝盖楼房时郁海发送了"搀高头"人情 5000 元。一天，郁海发坐袁五宝的车去海门办事，把车停在郁非的屋角头，芬嫂招呼他俩进屋坐坐，并开玩笑说："海发弟，何不认袁五宝当寄儿子呢？"

郁海发说："我有两个儿子，没有女儿呀，还是认英红做寄丫头吧。"

袁五宝笑笑："好咯，好咯。"

一个周末的中午，郁海发在重建瓦 6 里摆了两桌酒席，宣布认英红为寄丫头，请了郁海伯、郁海达、郁海新、郁海卫、郁海祥夫妇来见证，陈国仁和刘云芳也邀请在列。当郁海发讲到芬嫂开玩笑而使英红为寄丫头时，刘云芳脸一红，嘴一撇；当郁海发递给英红 5000 元红包之际，刘云芳站起来往外走了。她和在座的多数族人不和的，刘云芳走后的聚餐气氛反而显得轻松和谐，这是刘云芳无法感受到的，反而回家向亲家母利华发牢骚："气死我啦，这个死海发，我待他不薄呀，竟用 10000 元认了一个寄丫头！"利华："红包不是 5000 元吗？"刘云芳愤愤不平："加上'搀高头'人情 5000 元，不是 10000 元认个寄丫头吗？"

第 2 节　祭祖风波之因

郁海发和郁海祥达成改造重建瓦 6 的默契之后，同刘云芳商量说："明年在海门举办全国郁家人代表大会，200 多位宗亲要来宅上参观，我准备改造重建瓦 6。请你将朝东小屋和坑棚、柴房里的什物搬走吧。"

刘云芳："朝东小屋是给我家放什物才盖的呀。"

郁海发："情况变了，我自己要用啦，要做接待室呀。"

刘云芳："你说话不算数呀，当年你说过，我家的六六对重建瓦 6 有门份的。"

郁海发："我何时说过的呀？"

刘云芳："在你写的文章里说的。"

郁海发想起了一段往事：在惠姑重病回乡静养之时，郁海发对重建瓦 6 进行第一次改造，然后写了《为啥要改造祖宅？》一文，其结尾有这样一段文字："和先父郁九周相差 13 岁的堂弟九成叔问我，在海发偩百年之后，如何做到九周哥的老宅不倒、不拆、不卖、不送人家？"郁海发写道："以后的事我管不了，让北京郁威、郁力和上海的陈锋、陈琪，加上乡下的郁六六管理吧。"不久郁家埭上传出这样的消息："将来重建瓦 6 送给郁六六啦，连纸头（协议）也做好了。"此谣言传到二姑妈二郎耳朵里，她对海发大怒："你把重建瓦 6 送给刘云芳的话，我不认你这个阿侄！"……

郁海发想到这里，耐心地跟刘云芳解释："当年没有想到郁六六去上海工作，所以让他参与管理重建瓦 6。再说管理不等于有门份呀。"

刘云芳："海兰姐对重建瓦 6 是有门份的，她说陈锋、陈琪不会要这破房子，将来还不是让六六使用呀。"

郁海发仍然耐心地解释："首先，重建瓦 6 是我出资所盖，我说了算；其次，重建瓦 6 要派大用场；再次，如果海兰答应了你什么，一律不算数，就是立了遗嘱的话也可以更改的。"

刘云芳："照你这么讲，一定要让我搬东西？"

郁海发："西宅沟的改造马上开始了，一定要清空那里的什物。"

刘云芳哭得一塌糊涂："我命苦呀，我一生侍候三位亲娘啊。生我的娘（丈母娘）；婆婆（徐二姐）呀；还有寄娘，你的亲娘呀。你这忘恩负义之人！"

郁海发也没有生气："你侍候我母亲我时时记着哪，随你怎么说吧，无愧我心！当年你在重建瓦6里加工床上用品，我无一句闲话，也给了你多少东西，我母亲病重的最后几年里，给你现金就有6000元。"

刘云芳："那是海兰姐给的。"

郁海发："那是从我娘治病公账里支出的。"刘云芳亦不反驳，只是一味地在抹眼泪，郁海发恻隐之心油然而生，说："你先回家吧，我再想想变通之法。"

当天晚上郁海发给上海郁六六发了微信："六六侄：我决定在场心东口盖一间小屋当接待室，朝东小屋里的什物不用搬了，但坑棚、柴房里什物一定要搬走的。请你做做你母亲的工作吧。"郁海发以为大学生的郁六六比她母亲好说话，可第二天接到郁六六的微信："我的娘为你母亲做了多少事反而不落好！从今往后她也不帮你家烧羹饭啦。"这封无开头、无结尾的信让郁海发大跌眼镜。

在重建瓦6的厨屋里，郁海发向郁海祥征求烧羹饭这事的应对之策。郁海祥说："刘云芳不帮你烧羹饭并非是真心的，她想用此种方式要挟你，将重建瓦6新大门的钥匙拿过去。"郁海祥建议："刘云芳自己提出不烧羹饭，再好不过了。死了张屠夫不会吃浑毛猪的，有的是人替你烧羹饭……"话未讲完，刘云芳推门而进，对郁海祥大吼："你在胡说八道！是你挑拨我与海发的关系。"郁海祥"嘿嘿"一笑："我讲得不对吗？你有本事把今年烧羹饭的钱退给海发哥吧。"在郁海祥激将之下，刘云芳回到她屋里，拿了6张百元大钞回来，向饭桌上一掷："今年还有三个忌日的费用，还给你！以后不搭界了。"

真的不搭界了吗？故事还在延续。在郁海发正在考虑由谁来烧羹饭时，突然接到郁海兰的微信，两人进行了争论。

郁海兰："郁海叔来我家了，他说不给母亲烧羹饭是六六的意见，非云芳的本意。还是让云芳烧羹饭吧。"

郁海发："云芳已经把钱退给我了，怎么不是她的本意？"

郁海兰："仍由他们烧羹饭吧，我答应郁海叔每年增加 400 元。"

郁海发："每一个忌日只是 10 元钱纸箔化课而去，一次烧羹饭 200 元已经不少啦。不让云芳烧羹饭并不是费用问题。"

郁海兰："那还有什么问题呢？"

郁海发："我已经物色了人代我烧羹饭啦。"

郁海兰："怪不得郁海叔说，宅上人在挑拨我俩两家关系呀。我认为乡下人唯云芳是好人，她家烧羹饭还添上我们父母的碗筷呀。"

郁海发："刘云芳对我们娘好，但我视人看她对其他宅上人如何呢？"

郁海兰："郁海叔还说云芳不给烧羹饭，无寄丫头这层关系了，对不起寄娘啦。凭她对我母亲的孝心，你应该宽容地对待此事，改变你的决定。"

郁海发："多年来为了重建瓦 6 的改造，我与他家处于磕磕绊绊的状态之中，我都采取宽容之态，这是对自己涵养的修炼，也是做人的格局；偶尔的计较，是告诉别人我不傻，所以实难从命，是她冲犯了我做人的底线。"

郁海兰："你这个人那么固执呀，如果不改变的话，不跟你来往啦。"

郁海发："别这样呀。"郁海兰却退出了聊天……

第 3 节　化解祭祖风波之困

具有反向思维的郁海发处理事情还很较真，他把郁海兰绝交的话当了真，正在琢磨如何防止亲兄妹关系破裂之时，郁海祥匆匆赶来说："你的妹妹打给我电话，警告我不许管你们的家务事。"两人话没有讲几句，郁海达、郁海新夫妇先后来到重建瓦 6，带来同样的信息：郁海兰分别给他俩打了电话，勿要代郁海发烧羹饭。

郁海发深感祭祖的风波在扩展，他将老二房后人郁海伯、郁海卫一块儿请了过来，寻找祭祖风波化解之法。郁海达首先发言："兄妹俩为此事搞得那么僵，实在没有必要！个人意见仍然让云芳来烧吧。"郁海发微笑点头，表示了郁海发赞成海达之意。

郁海伯反对说："海发的话已说出口，羹饭钱也退啦，再让她来烧羹饭，你这个大男子怎么做人？"郁海发没笑也没点头，似乎并不认同海伯的看法。

郁海新问："本案关键之点，各位考虑过吗？"

郁海发："你说说吧。"

郁海新："祭祀仪式在西边厨屋里，明年要召开全国郁氏会议，若是让云芳烧羹饭，要将大门钥匙交给她，势必引起管理上的混乱。"

郁海祥说："我早就说过，刘云芳想用烧羹饭将重建瓦6新大门的钥匙拿过去，可以在你屋里放点乱七八糟的东西。"

郁海卫向郁海新竖起大拇指："你的看法抓住了问题的本质，高！"

郁海发既点头又微笑着问："那谁能帮我烧羹饭呢？"郁海发开始转向啦。

海达娘子见大家否定丈夫的意见，马上答："在座的都不合适，我推荐一个人可好？"

众人："袁五宝！？"

海达娘子："不！是姑妈的儿子张志东。"

1955年，郁九周将张志东带到南京，和郁海兰同时报考中学，张志东和郁海兰以几分之差均列入预备生，郁九周拿着南京军分区的介绍信，找到南京草桥中学朱培元校长，这位军队转业干部当即开了张志东录取通知书，与表哥郁海发同校读书，而郁海兰被安排在朱校长爱人单位南京五中就读。张志东大学毕业后分配在南通工作，他在郁九周逝世10年追思会上深情地发言："舅舅改变了我的人生走向，使乡间的穷孩子成为今天的国家干部！"每年清明节张志东都会从南通赶到木行桥陵园，在郁九周的衣冠冢前磕头跪拜。

老干部进城后把乡下的亲人带出去读书谋业并不罕见，当年朱校长照顾现役军人的家属入学实属正常，为今天郁海发解困祭祖风波有了选项。郁海发采纳了海达娘子的建议，立马与张志东通了电话，对方一口答应代郁海发为祖宗们烧羹饭，郁海发高兴地将此决定告知郁海兰，认为这一安排是妥善之举。

处于兴奋之中的郁海发被海门建筑公司经理、二姑妈二郎之子曹作民接到家中，不料张志东和他女儿张小红早已坐在曹家客厅里。原来是郁海兰给张志东打了电话，不许他代郁海发烧羹饭，左右为难的张志东来到海门同二郎姨妈商讨对策。

张志东对郁海发说："要不还是让刘云芳烧羹饭吧。"

躺在床上养病的二郎对郁海发大声说："不能再让刘云芳烧羹饭啦。"二郎大儿子曹红达娘子陶小娥说："我有两点意见：一是祖宗的羹饭拿到北京去烧，二是将老宅整整好。"

张志东："对呀，我怎么没想到呢。"

郁海发："到北京烧羹饭，作兴吗？"

陶小娥："当然可以。现今许多农民工是在工作地烧羹饭的，只要在祖坟前祷告一声就行了。"

郁海发："太好了，就这样定啦。"

曹作民："明年召开郁氏全国会议，我也是郁家的后人，表哥，将老宅整整好，我捐助1万元。"

郁海发听从陶小娥的意见，在白纸上写着祷告书："祖父母大人、父母大人：在海发有生之年，每年清明节回乡扫墓绝不缺席！如果你们忌日时我在北京的话，请你们同游京都！"在木行桥陵园墓地里，此祷告书和纸箔一同焚烧，祭祖的风波落下了帷幕，郁海发与郁海兰、刘云芳的关系却跌至冰点。

第4节　重建瓦6院大门之祸

2019年清明节后，郁海发在重建瓦6召开第二次会员代表会议，布置郁氏人文研讨会准备工作。在讨论完组织机构之后，郁海发把泥水匠袁小初和郁海祥请来，和代表们决定院大门设计方案：重建瓦6的场心宽7米，在东边砌一道长4米、高2米的院墙，其外贴上院名的金色大字；另外3米安装推拉式自动门，所有人表示同意，不料海祥娘子从屋内跑过来说："不好，不好！"

郁海发问："弟媳妇，有啥不好？"

海祥娘子："装了自动门，我俚走路不方便了。"

郁海发想想也对，答："那取消自动门吧，光留下汽车通道。"

海祥娘子："那也不行。场心里砌那么高的墙对我家风水不好，更影响你家风水，千万不要砌这道墙。"郁海祥立马把脸转向东方，在场的所有人你看我，我看他，都不吭声，最后的眼光齐刷刷地对着郁海发。

郁海发对袁师傅说："你先回去吧，此事先放一放。"第二天开始，郁海新用曹作民捐助的1万元，在重建瓦6中厅建立了"当今郁氏文化活动积极分子名录"展览墙，全国99位在世的郁姓和非郁姓积极分子的照片挂满中厅的四墙壁，年纪最大者为湘西郁岗锋，最小者是湘西郁传灯。

建立院大门能够峰回路转，依托郁明和郁海祥的第二次吵架。众所周知，农村住房高楼化特点之一是家家有一个化粪池，以获取有机肥料用于责任田。木行桥村里进行环境整顿，命令郁非郁明拆除东河沿化粪池。因郁非楼房后面盖了一大间平房，兄弟俩的化粪池建在郁明楼房之后，引起郁海祥的极大不满，他找到郁海发商量："我打算在东出路南边邻沟处砌一道4米高的墙。"

郁海发："为啥呢？"

郁海祥："郁明在他楼后挖了那么大的化粪池，正对着我家中厅。"

郁海发："那有什么关系呢？离你家门口近20米，你砌了那么高的墙，郁明肯定对你有意见的。"

郁海祥："我们两家早已不来往了，挖化粪池是他故意触触我的霉头。"

郁海发本想告诉郁海祥，郁明在他楼后建造化粪池是无奈之举，倏忽之间想起海祥娘子以风水之语阻止他建院大门之事，何不促成他砌成长墙，完后我再砌院门墙时她便不会出面阻挡了。郁海发说："我不反对砌此长墙，向西可砌到我的地界处。不过我提出两个减半：4米高墙像监狱的围墙，高度应该减半；长度减半，东边郁非地界砌了墙会挡住他平房的窗户，肯定会出面阻止的。"

郁海祥："好的。谢谢海发哥！墙长度砌一半，高度1.8米。"

果不其然，郁海发再次建造院大门时，郁海祥当义务小工帮助袁师傅砌了院墙的基础。第二天袁师傅开始贴红色瓷砖，中午时分袁五宝接回北京回乡的古玉，下午海祥娘子过来看望古玉，指着中厅墙壁上积极分子的照片，对古玉说："郁强的照片也在上面，此人是我家劲世对头，怎么没有海祥的照片呢？"

近5时，古玉转告海祥娘子的疑问，郁海发回答："在上海工作的郁强是郁海启的儿子，交纳会费500元，为建房拆房他与郁海祥吵过架……"突然郁海新领着海祥夫妇进了门，郁海新说："海祥，你自己对海发哥说呀。"

郁海祥不吭声，海祥娘子："我说。大墙上贴红瓷砖正对着我家的大床，不吉利，应将它拆掉。"

郁海发："拆掉红瓷砖就不好看了，再说其中两块红砖在我家地盘之上。"气愤之下的郁海发多加了一句："两块砖不过1.2米，你盖楼房时向西扩大3尺，我什么话也没有说吧。"

郁海祥急了起来："我现在把我家超出部分房子敲了它。"那是气话。后面那句是真话："然后我敲了你的红砖。"说完往外走，郁海新跟了出去。

10分钟之后，郁海新回来对郁海发说："小不忍则乱大谋，何必为此小事影响大门的建设，袁师傅认为拆除两块红砖并不影响美观。"郁海发没有想到，关系甚笃的郁海祥为两块红砖与自己翻脸，有时向人低头并非自己的无能，郁海发走到郁海祥家里说："海祥呀，恕我考虑不周，红砖对准了你家的大床，现在拆去两块红砖。"郁海祥握住郁海发的手："我俚的关系没得说。"

第5节　老二房后人聚餐实属不易

袁师傅拆了两排红砖共计损失600元，郁海发以为事情已经过去，第二天上午郁海发去木行桥镇联系装饰公司贴金字了。不料海祥娘子气冲冲地来到重建瓦6，交给古玉一套钥匙说："我不替你家保管啦，去找那个郁海启吧。"傍晚时分郁海祥送来2万元，客气地对郁海发说："还给你的钱，谢谢啦。"回头走了。晚上郁海发想在微信中给郁海祥说点什么，发现郁海祥删掉了他的微信，第一次被人拉黑的滋味并不好受。

古玉对郁海发说："你的研究院扩展到海门，还要团结全国郁家人，可是现今家门口也没有做好呀。俗话说，远亲不如近邻，近邻不如对门。和刘云芳的关系跌至冰点，今天又与郁海祥闹翻了。"

郁海发说："我也在犯愁哪。夫人有无破解四面楚歌之法呢？"

古玉："首先邀请海兰回乡，取得她的谅解。"

郁海发说："难呀，她说过不会回来见我。"

古玉："我自有办法的。"

古玉约了海达娘子走进了刘云芳的家，出乎古玉的意料，刘云芳客气地先开口了："嫂子从北京回来了？"

古玉把几包礼物递给她："海发让我来看看你。"

刘云芳说："他把我恨得要死哪，有这好心送我东西？"

古玉撒谎说："海发还说过去的事已经过去啦，他做得不对的地方请你原谅。"

海达娘子发声："是真的，海发哥还想请海兰姐回乡下一趟。"

古玉："请云芳给海兰打一个电话吧，请她回乡。"

刘云芳答应得很痛快，走进房头里打电话去了，半小时后出来说："海兰姐明天中午到，由陈锋娘子陪同回来。"估计刘云芳做了郁海兰的工作，她儿媳妇陈锋娘子进行了劝说。

第二天中午，郁海兰到达郁家东宅，兄妹俩相拥后进入重建瓦6。古玉请迎接的人进屋吃点面条，郁海新对郁海发开玩笑说："海兰姐回娘家意义非凡，你应该在酒店里摆酒席呀。"郁海发吩咐郁海达："明天晚上在木行桥镇举行老二房后人聚餐，邀请范围郁思忠之下八代传人，包括出嫁姑娘的后人。"

老二房后人聚餐一共摆席8桌，小弟郁海诚和二弟之女郁蓉蓉从南京驾车参加。郁海祥虽是老三房之后，却是郁海发的近邻，欣然应邀入席。席间郁海发四次分别用"寻祖、传承、和谐、道远"8个字宣传他的理念。

第6节　积极分子名录达百位

郁海发说："先讲讲寻祖。我们编制了《海门木行桥郁氏宗谱》一书，记录了八房十代人马的世系表和明细表，在座的老二房后人都免费收到了一本。让我们举杯感谢老四房后人郁友东出资印刷380本！"全场掌声雷动！

郁海发又说："我们用了10年时间才完成这部家谱，但也留下一个遗憾，该谱只追溯到土地桥郁氏老祖，因为编制家谱五服之内不易，十服之内更难。当前有一股无限追远、无限上溯的思潮，他们批评说，海门郁氏只认近亲，不认远祖。今天告诉各位，郁海新在古文专家倪老师的帮助下，根据《鲁国郡谱》追溯到凤凰桥、土地桥、崇明西沙、郁郎地、句容、山东等地，搞清了我们木行桥郁氏来自孔子七十二子弟有若氏。郁海新撰写了《海门郁氏渊源考——木行桥郁氏上溯考》一书，证实了本人是有氏81世孙。"

郁海发告诉大家，现今全国只有湘西郁太令编制族谱，其脉系记录到4个省，精神可嘉。但是郁氏是多源性、多地区、多民族的姓氏，海门其他地区不可轻易效仿，以免无功而返。

郁海发还说，根据郁海新提供的资料，他创作的长篇电视小说《房》剧第一部中将"有氏"衍变为"郁氏"过程演义化、艺术化。全场再次掌声雷动！

郁海发说："再讲讲传承。一个国家没有现代科学、先进技术，就是落后，一打就垮；一个民族，没有民族传统、人文文化，就会异化，不打自垮；一个家族没有家风家教、家训家传，就会衰败，停止发展；一部好的家谱，不仅要觅祖寻祖，还必须有文化传承的内容。在我们宗谱里记载了"族训""遗训""遗言""家训"，在陈列馆内还有新时代新家训："要做不忘'六祖'之人。"这是我辈对郁氏家族的贡献。全场再次掌声雷动！

郁海发话锋一转："可是，老祖宗的话并非全是对的，应取其精华，弃其糟粕。先讲讲我家的故事，先父郁九周帮外公刘士贤去南通银行换钱，却游胡赌铜钿输了一半，外公打了他两个巴掌后他投奔了新四军，是革命熔炉改造了他的世界观，年老之时立下爱故乡、忠祖国、孝父母、拜列祖12字家训。本房先祖郁思忠曾说过'凡我子孙绝不和东半宅来往'，对此我们反其道而行，才有今天家族和谐平台——海门郁氏文化研究院！"全场再次掌声雷动！

郁海发说："再讲讲和谐。我们成立研究院的初衷，为所有宗亲和谐共处提供平台，团结的族亲越多越好啊。检视我们做法留下不少遗憾，尤其我最亲的人尚未加入呢。有意者到郁海达那里登记入册。"全场用掌声响应，当即郁蓉蓉、郁海诚的儿子、郁海祥的儿子、刘云娣之女、刘云芳等纷纷登记入册，竟达20位之多。

当郁海达走到主桌上对郁海兰说："海兰姐，你如何考虑呢？"

郁海兰回说："我对此不感兴趣！"瞬间场面僵住了。

郁海诚对郁海兰说："阿姐呀，不管阿哥如何做，看在父亲的面上我们都应支持他。"又支着儿："我儿子结婚时你送的礼比海发哥多4000元，我刚才退还给你，你不要，我建议这份钱以你两个儿子名义资助研究院吧。"郁海兰尚未说话，陈锋娘子抢答："最好，最好。我支持！"郁海兰见大儿媳妇表态就没再吭声。

郁海诚对郁海发说："阿哥，请帮帮小弟的忙，请收下这4000元吧。"郁海发感觉此语说反了，再一深思，郁海诚有父亲郁九周的遗风，不该得的绝不伸手，以免落人话柄。郁海发当即示意郁海达收钱并说："以陈锋、陈琪的名义入账，拍一张海兰的照片挂在积极分子名录展览墙上，第100位！网名为：郁家姑奶奶。"全场再次响起雷鸣般的掌声。

席散之前郁海发说："再讲讲道远。今天的聚餐非常成功，但也留下遗憾。请注意8张桌上的座位，观点相似的人坐在一起，吵过架的人何时能坐在一起？如果你们愿意和解，海发当出面牵手。"全场没有掌声，沉默两分钟后郁海发无奈地说："家族和谐任重而道远也！"郁海发声明："在今后很长的路程中，我将和不同观点的人共处。话又说回来，亲戚有远近，朋友有深浅，请理解我处事的原则。"

郁海发成功地化解了本族本房的矛盾，欲知后事如何，请阅第三十三集《〈郁氏文化〉微刊砥砺前行》。

第三十三集　《郁氏文化》微刊砥砺前行

院务委员会主任郁兰秋动员儿子郁真创办了《郁氏文化》微刊，注册地在重建瓦6。任何一个网络公众号在制定录稿原则之后，应尽快建立工作团队和确定工作程序，《郁氏文化》微刊亦然。但是少数宗亲恶意或善意地多方面质疑办刊原则，郁海发用中庸之道予以化解，使《郁氏文化》微刊砥砺前行，郁幸福的开溜反而促使工作团队更加团结合作，微刊的关注量达到3000，作者上百位，签约作者达二分之一。《郁氏文化》微刊成为海门郁家人的一张名片，海门郁氏文化研究院对外的舆论窗口。

第1节　青草文艺团队为我所用

郁海发走入网络写作之后，担任"青草文艺"公众号的高级顾问，为了举办海门2019郁氏人文研讨会，郁海发和青草文艺总编郁匪石联合举办"青草文艺·郁氏文化征文大奖赛"并制定了"郁氏人写天下闻，非郁人写郁家事"的征稿原则，双方商定郁海发负责征稿的初审，通过后在青草文艺上推出，所有文章打赏归青草文艺所有，作者的分成由郁海发支付。征文全部完成后由评奖委员会评定等级，由郁海发发放奖金。

当征稿文推到020号时，郁匪石总编两个星期没有露面了，稿件无法推出，急得郁海发不知如何办。郁海发从青草文艺编辑范静峰先生处了解到，青草文艺经营不善，稿源枯竭，加上郁匪石总编家中私事干扰，已经多天出不了刊文。郁海发向副院长郁祖森、院务主任郁兰秋商讨对策。郁兰秋说："我的儿子郁真是大学生，爱好做这一行，自己也有一个公众号，让他帮你新建一个自家的微刊。"郁海发高兴地说:"如此最好,快让郁真跟我联系吧。"

3天之后,郁真来信:"郁院长,开办公众号的手续已经办妥了,请问取名《郁氏文化》可否? 微刊注册地如何填写?"郁海发立即答复:"名字很好。注册地填成海门木行桥村郁家东宅重建瓦6即行。"

随即郁海发向范静峰告知筹建《郁氏文化》之事,希望范老师能帮帮忙。范静峰此时正好回老家内蒙古探亲,在回上海时顺便拜访北京的郁海发。范老师答应来《郁氏文化》工作并建议把青草文艺的编辑团队全部挖过来。郁海发采纳了他的意见,并将几个网络作者刘平凡、郁光涛、郁斌生、郁瑞、郁令、郁时元、魏海霞、孙庆霞等拉入写作团队,当年4月28日,《郁氏文化》正式上线了。青草文艺的编辑、审稿、作者们全部为《郁氏文化》服务,郁匡石总编也担任了《郁氏文化》顾问并参与版面的设计。郁真为这个团队制定了工作程序。

因为2018年3月以后新开的微信公众号一律没有留言功能,《郁氏文化》出刊几天,作者反映强烈,无留言功能读者无法对文章发表看法。刘平凡主动告知郁海发,他有一个老公众号带留言功能,以500元转让给研究院。郁海发指示郁真去办理,几天后郁真来信:"刘平凡要1000元才可转给我们。"

郁海发:"转让费提高了1倍,这个人怎么出尔反尔?!"

郁真:"非也,这个老公众号注册者是刘平凡的爱人,非要1000元才愿意办理手续。目前网上的价码每个公众号是1000元。"

郁海发:"好吧。这是卖家市场,我们需要,再多的钱也要出的。"刘平凡为健全《郁氏文化》的功能做出了贡献,郁海发也邀请刘平凡担任审稿组成员。

第2节 微薄奖励引来上百位草根作者

《郁氏文化》公众号建立了工作团队和确定工作程序后,建立四个工作群聊,郁海发制定了"郁氏人写天下闻,非郁人写郁家事"取稿原则,也制定了打赏分成办法,用于作者稿费和编辑奖励。郁海发和副院长郁旦斌用自己的工资对每篇原创文章进行打赏，郁海发对签约作者另行发放稿费，每季度对工作团队发放奖金。微薄的奖励引来上百草根作者，提高了工作团队的积极性。

郁海发建立了几个郁氏文化推广群，郁真也很快建立了推广组，每天两篇推文早 6 点准时发出，推广组的宗亲又忙于分享当天推文，不仅它的关注量很快达 3000，作者也有了上百位，签约作者达二分之一。几年来，《郁氏文化》推出几千篇原创文章，它已经成为海门郁家人对外的一张名片、海门郁氏文化研究院的舆论窗口。

《郁氏文化》公众号是全国郁氏唯一的微刊，郁家人的写作园地。在网络公众号不景气状况下，经营得这么好，是有其原因的。签约作者蔡老师说："有人为它写稿，也有人为它出力啊。"范静峰说："微刊的领导做事公开、公正、透明，使下面的工作人员做事开心啊。"这说明作者投文并非微薄的奖励引来的。

第 3 节　砥砺前行中一片质疑声

一位哲人说，凡有人群的地方就有江湖，也会产生左、中、右；郁海发认为，再坏的人也有朋友，再好的人亦有敌人；因为文化不同，生长环境不同，"三观"也不一样，对某一件事产生不同的看法实属正常。但是郁幸福之妻郁蕊英质疑《郁氏文化》公众号的合法性，味道有点不对头。

某天，郁蕊英对郁海发说："编审部的范老师等都是非郁姓人，作者中非郁姓者不少，像蔡老师等专门写稿得点稿费。"

郁海发进行解释："我们的原则是郁氏人写天下闻，非郁人写郁家事。这里的郁氏人包括郁家的亲戚和郁氏文化活动积极分子，像蔡老师女婿也姓郁，他本人热心郁家活动，写郁家的事，他写了郁达夫多篇文章的赏读。"

郁蕊英笑笑说："有人开玩笑说，把非郁人写的文章拿来刊登，好像私生子抱来亲一口呀。"

郁海发反驳："这种玩笑是一种污蔑。如果只有郁家人写郁氏文化，拒绝外姓的文化是一种近亲繁殖。"郁海发自感这种反驳显得苍白无力，赶紧补上一句："我也是玩笑而已。"

郁蕊英又说："那个编审组组长范先生水平太低，你的文章中把'祭祖'写成'忌祖'，他也没审出来，对不起郁氏老祖宗。"

郁海发回说："此事和范老师无关。是排版人员把题目中的'祭祖'写成'忌祖'了，文章中是写对的。"又说："不能上纲上线，编审人员非专业人士，有点错别字实属正常，《人民日报》偶然也有错别字的。"

郁蕊英和气地问："院长呀，我老公幸福的文字水平如何？"

郁海发答："水平很高啊，否则我不会让他当秘书的。"

郁蕊英："那你将《郁氏文化》编辑组组长的位置交给幸福吧。"

郁海发答："那怎么可能呢？已经有人了。"

郁蕊英："那可以增加一位校对组组长，可减少文章错误。"

郁海发想想郁幸福是费民的入赘女婿，直言拒绝："幸福这个人性格有点怪，听不进别人的意见，如果他当审稿者，自以自己正确，不会与郁真、范静峰他们搞好关系的。"

郁蕊英生气地站起来走了。

第4节　郁幸福的开溜退群之举

颇有文采的郁幸福打响了第一炮，在"青草文艺"微刊上推出001号大奖赛征文后，读者纷纷点赞。当他让自己的老婆郁蕊英向郁海发要求当《郁氏文化》编审组组长遭拒后，心中不满情绪骤升，当听到郁海发任命院学术委员会主任郁元吉、副主任郁良潮分别兼任评奖委员会正、副主任，更产生了极大不满。郁幸福气呼呼地找到郁海发，不客气地说："那个评委会主任不应由山东人郁元吉来当，应由海门自己人来做，我来当如何？"

郁海发说："定了的事，不可更改！"

郁幸福说："那评奖时，我的开头炮001号征文，不是特等奖，也要评个一等奖吧？"

郁海发说："评几等奖你我说了都不算，应由评委会决定的。"

郁幸福见达不到目的，直接攻击《郁氏文化》微刊："天天发那些乱七八糟的文章，搞得大家不得安宁。让那些老家伙去写吧，待他们死后我再去批判！"

耄耋老人郁海发听了这句话不禁毛骨悚然，对于郁幸福在老人们死后捅刀子，他准备子弹进行反击，却想起了母亲的教导："把话放在肚皮里，别人不会把你当哑子。"于是他淡淡地笑着说："看你这架势，利用你年轻的优势，想学司马懿？有点待曹操父子死后一统天下建立晋朝的味道。"

郁幸福立马甩下一句话："从今天起，我退出你的研究院，不稀罕那个小秘书。"

郁幸福、郁蕊英同时退出了集思广益海门群，带走了郁京源等几位同道者。虽然退群、跑路在网络中属司空见惯的现象，但多愁善感的郁海发还是失眠了，想起母亲告诉他幼时算命先生抽星宿的往事：

算命先生郁小林左手托着放满纸片的小木盒，右手牵着一只无名小鸟，让郁海发摸一下小鸟的尖嘴，小鸟飞快地叼起木盒中的一张纸片。郁小林放下木盒，端详纸片上的画景：一根木桩一根绳索牵住一只海门山羊，在地上转圈儿吃草；不远处大树上停着一只大鹰，欣赏着山羊在美餐。

郁小林诠释画面之意："此儿长大后要做大官，出入县衙无人敢于盘问。"见母亲开心地笑了起来，郁小林来了劲头再侃了一番："再看这只大鹰，盯着山羊呢，此儿长大后还会卷入是非之争，要时时防着小人背后捅刀子。"

正值古玉也在老家，她见郁海发失眠了，了解情况后，对郁海发说："生气是用他人的错误来惩罚自己。不值得。"

有两个成语"姐妹龃龉"和"兄弟阋墙"。"龃龉"意为上下齿不齐，比喻意见不合。姐妹之间发生龃龉司空见惯，那是人民内部矛盾，用"好好说话"调和，予以统一；"阋"字意为争吵、争斗，"兄弟阋于墙"就是打起来了，形同"敌我矛盾"。郁海发认为郁氏得姓始祖有子的思想"孝、礼、和"，也是儒家思想体系最核心的内容。平和、和平、和睦、和谐、修身、齐家、治国、平天下，都离不开一个"和"字。

在这种思想指导下，郁海发正确地处理了郁幸福开溜之事，他一方面向《郁氏文化》工作团队通报了郁幸福事件的来龙去脉，激发了全体工作人员的积极性，团结在一起，多年来没有失误、失责事件的发生。

另一方面，对郁幸福采取包容态度，他的征文被评为三等奖，奖金600元；他投到郁正先名下受到重用，海门中秋十月聚会时也对他发出邀请，和郁正先住在贵宾房间里；他写了几篇报道，《郁氏文化》照样录用并收录在《郁氏文化草根作者语丝集》一书中。

欲知后事如何，请阅第三十四集《特等奖风波》。

房

第三十四集　特等奖风波

《郁氏文化》&《青草文艺》征文大奖赛如火如荼地开展起来了，163 篇征稿中评出 103 篇，分为特等奖、一等奖、二等奖、三等奖、荣誉奖、参与奖，奖金分别为 3000 元到 100 元。在评比时，评委郁小虎和蔡老师对郁海发的两篇文章哪篇为特等奖发生争执，郁幸福在群内写了首打油诗："郁氏文化研究院，稀奇稀奇真稀奇；三千公款进腰包，院长评奖评自己。"郁海发权衡再三，为了评奖顺利进行，决定拿出私款 3 万元作为郁氏征文大奖赛的奖金。

第 1 节　制定征稿原则和评奖等级

为了举办海门 2019 郁氏人文研讨会，《青草文艺》公众号的高级顾问郁海发和《青草文艺》总编郁匪石联合举办"《青草文艺》&《郁氏文化》征文大奖赛"并制定了"郁氏人写天下闻，非郁人写郁家事"的征稿原则，作者可以是非郁姓作者，征文内容必须是写郁家的事。双方商定郁海发负责征稿的初审，通过后在《青草文艺》上推出，所有文章打赏归《青草文艺》所有，作者的分成由郁海发支付。征文全部完成后由评奖委员会评定等级，由郁海发发放奖金。这是郁氏宗亲活动历史上破天荒的一件大事。

郁海发成立了 20 人评奖委员会，成员由全国郁氏和非郁姓作者及著名人士组成，如北京统战部政策研究室主任郁小虎，海门中学教授郁祖森、邢延、海门中学高级教师蔡老师。任命院学术委员会主任郁元吉、副主任郁良潮分别兼任评奖委员会正、副主任。

郁海发规定，凡在《青草文艺》和《郁氏文化》上推出的文章都能参与评奖，共计收到征文 153 篇，在两个公众号推出 103 篇，在这 103 篇得奖文章中评定特等奖 1 名，奖金 3000 元；一等奖 2 名，每人奖金 1800 元；二等奖 3 名，每人奖金 1200 元；三等奖 6 名，每人奖金 600 元；荣誉奖 20 名，每人奖金 300 元；余下 71 名给予参与奖，每人奖金 100 元。合计 26900 元。

郁海发还组织人对三等奖以上 12 篇得奖文撰写评论，在《郁氏文化》上推出，共计 12 篇评论文，发给评论作者稿费每人 300 元，共计 3600 元。另付给正副评委会主任 500 元辛苦费，此两项加上上面得奖作者的奖金 26900 元，共计需要资金 31000 元。

第 2 节　评委委员的特等奖之争

根据评奖规则，从 103 篇文章中首先评定特等奖，然后评定一等奖，逐级评定以下各等奖项文章，当评定 20 名荣誉奖后，余下的 71 名均为参与奖。

开始评定特等奖时就产生了分歧，郁小虎和蔡老师对郁海发的《觅谱编谱与以文话郁两者不可偏废——兼述一因二分三从五忌修谱原则》和《郁氏耄耋老人 1848 宣言》两篇征文提名特等奖各抒己见。

郁小虎发言的题目是《郁氏文化研究的行动指南》。他说，认真拜读了郁海发先生精心撰写的论文《觅谱编谱与以文话郁两者不可偏废——兼述一因二分三从五忌修谱原则》，深感该文从理论、实践、方向三结合上，着眼郁氏大家庭寻根、内聚、发展大计，讲大局，议大事，献大猷，践行了征文活动的宗旨，堪称"扛鼎之作"。首先，选题切中肯綮。其二，立意登高望远。其三，持论鲜明公道。其四，动议切实可行。其五，文风平易近人。

蔡老师发言的题目是《郁氏文化研究的纲领》。他说，《郁氏耄耋老人 1848 宣言》是一篇十分珍贵的精品力作，闪烁着纯朴而耀目的思想光辉，全文亮点纷呈，感人肺腑，是郁氏文化研究的纲领。个人看法：《觅谱编谱与以文话郁两者不可偏废》仅为编谱之事的论文，是郁氏文化研究的一个方面，而《郁氏耄耋老人 1848 宣言》涉及郁氏文化研究的规划实施诸多方面，分量应该比前者重。一是此文的理论建树多，观点新。二是通读全篇，全文充溢着海发老先生热爱祖国、眷恋故土、尊崇祖先、孝敬父母、乐于奉献社会公益事业，热心传承弘扬郁氏祖德家风文化的思想感情。三是体现了海发先生建设发展郁氏文化研究院，既有远大的理想追求，又有切实可行的具体目标步骤。

郁小虎和蔡老师两人争论之际，海门郁祖森教授发表推荐函：本人推荐海发先生的《觅谱编谱与以文话郁两者不可偏废》一文为特等奖，该文针对当前国内各地涌现出的寻根编谱热概况，以及郁姓人士的编谱现状，分析了"以文话郁"征文中出现的种种观点看法，提出了"因地制宜、分地域、分脉系、从上到下、从近到远、从今到古"的郁氏编谱的原则，亮出了《郁氏文化》研究院的态度与五项主张。

从写作方面，文章堪称议论文中的一篇教科书式作品，从提出问题、分析问题到解决问题，论点鲜明、论据充分、论证严密、逻辑性强，事例与事理过程清晰充分，足见作者的谋篇布局与驾驭语言文字功力之深厚。

从观点方面，文章充分体现出了"文以载道、文道结合"的可贵精神，跳出纯编谱的范畴，勇于挑战、敢破敢立，起点高远、立意深邃，及时捕捉信息，针对性强，对《郁氏文化》研究乃至其他编谱工作起到积极的指导意义。

此外，郁小虎和蔡老师两人不必再争论，建议《郁氏耄耋老人 1848 宣言》可以评为一等奖。

第 3 节　郁幸福嘲讽郁氏研究院

《郁氏文化》&《青草文艺》征文大奖赛如火如荼地开展起来了，开始评定特等奖的消息，像长了翅膀的风筝传到郁氏宗亲活动群聊中去。

郁幸福夫妇退出《郁氏文化》研究院之后，投奔到了郁正先名下，加入了全国最大的中华郁氏文化研究会成员群，他自己也建立了华夏郁氏文化研究群。

一天，郁幸福在几个群发表了《温水煮青蛙》小品文，指名道姓嘲讽海门郁氏文化研究院的宗亲们，在逐步上升的温水中自得其乐，小小的科级单位及小小的几间平房重建瓦6，竟将海门郁氏文化研究"所"升格为海门郁氏文化研究"院"，并且还设立了院务委员会、财务部、学术委员会、宣传部，真有点恬不知耻。

隔天，郁幸福又发了一首打油诗："郁氏文化研究院，稀奇稀奇真稀奇；三千公款进腰包，院长评奖评自己。"

郁海发对小品文一笑了之，认为郁幸福在发发牢骚，比喻也不正确。中国古训曰，谨言慎行，忍者自安。不用理会牢骚之言，你说你的，我做我的。但对打油诗，郁海发陷入沉思之中……

第4节 打油诗对郁海发的启迪

郁海发思忖，自己的两篇征文评为特等奖和一等奖是板上钉钉之事，本人要得到3000元加1800元，共计4800元，占整个奖金的18%，必然会引起一些议论，因为这次大会费用是以郁龙飞为首的海门郁氏宗亲捐赠的。郁幸福的打油诗必会引起人们的关注，有人觉得院长自己评自己，有人会起哄说院长变相贪污公款，搞不好会对评奖产生不利影响的。怎么办呢？

郁海发思考了一夜，第二天找到季正，全盘托出困境并提出化解困境的两种方案：第一种方案，由郁海发个人出资发放征文奖金，共计31000元；第二种方案，郁海发的文章不参与评奖，特等奖和一等奖评其他作者的应征文。

季正直言道："个人意见，第二种方案不可取。通观全部征文，符合特等奖的征文唯有郁老的那篇文章，好文不可埋没。"又说："按第一种方案，要郁老破费了。但是，对提高你本人的人格魅力将产生极大的影响。再则，你在评比中可放开手脚，按你的思路评定各个奖项，他人不会有非议的。"

郁海发说："按你的意见办。我会拿出31000元减去4800元，约26200元。不会有任何问题的。"

郁氏宗亲活动中首次征文大奖赛顺利落下了帷幕，在十月大会上郁元吉做了总结发言，郁达夫之女郁美兰和郁文武等领导向得奖者发放了奖金，颁发了证书。因时间关系仅仅三等奖以上者上台领取奖状和奖金，其他获奖者用微信红包发放奖金，用快递邮寄奖状和大会礼品。郁幸福虽然参加了大会，但没到台上去领奖，由郁正先代领了奖金和奖状，据说郁幸福痛快地接过了奖金和奖状并甩下一句话："对做事正派无私之人，要为难他是不容易的。"此言传到郁海发耳里，他哈哈大笑起来。

欲知后事如何，请阅第三十五集《三枚公章之解》。

第三十五集　三枚公章之解

21世纪第二个10年之中，广西公务员郁正先走进了郁氏宗亲活动之中，创立了全国郁氏最大群——中华郁氏文化研究会群，成了郁氏宗亲活动的领军人物；又传言中华郁氏文化研究会使用非法公章，季正会长解开了公章之谜，为三枚公章正名；郁海发任命郁元吉为院学术委员会主任、郁良潮为副主任，分别兼任评奖委员会正、副主任，引起了郁幸福的极大不满，退出了海门郁氏文化研究院，投奔郁正先的大群，并向郁正先报告："海门人说你们使用假公章。"郁海发和郁正先之间产生了龃龉。郁海发邀请郁正先、郁贵成、郁幸福参加了海门2019人文研讨会并且三位都得了奖，实现了郁氏宗亲活动的"南先北发、南贵北飞"的和谐局面。

第1节　郁氏最大群在广西诞生

中国人热衷寻找家谱，起于21世纪初年的南方，盛于本世纪第二个10年之中的两广。全国郁姓者46万多人，在姓氏中处于第243位，郁氏人家热衷寻祖追根，觅谱编谱也不例外。郁海发自2004年开始，用10年时间编制了《海门木行桥郁氏宗谱及百年史话》一书；山东郁元吉编制了《临沂郁氏宗谱》；湖南郁大华编制了《湘西郁氏支谱》《郁氏方公族谱》湘鄂黔川卷，2019年7月在湘西永顺毛坝举行盛大颁布仪式，这是地区编谱的成功典型；四川开江郁石头在《郁氏文化》上发布《开江郁氏修谱倡议书》，宗亲们的点赞、留言数、打赏超高，从一个侧面可证郁氏人对编谱的热情。

特别指出，21世纪以来，广西公务员郁正先热衷于郁氏家族事业，自费行程数万里，参加郁氏宗亲联谊会 20 多次，为各地郁氏人家编谱鼓劲，成果斐然。郁正先在《郁氏文化》上发表的《寻根问祖路漫漫》一文就是明证。更为人称道的是，郁正先和郁贵成、郁广仁、郁明成等在南宁注册了广西郁氏文化发展有限公司，挂靠在郁贵成的广西圣人集团之内。郁正先为会长、郁贵成为副会长、郁广仁为副秘书长的中华郁氏文化研究会，挂牌于广西郁氏文化发展有限公司，根据《鲁国谱源》和《黎阳郁氏支谱》可知，尊孔子七十二弟子之一有氏若为郁姓祖公。并且建立了中华郁氏文化研究会群，招兵买马，群员扩至近 500 人，成为郁氏宗亲活动中的最大群，郁正先理所当然地成为全国郁氏文化宗亲活动的领军人物。

不久，在广西柳州举行了中华郁氏通谱编纂会议，由广西圣人集团出面协办，由广西郁氏文化发展有限公司主办，会议发布了盖有中华郁氏文化研究会公章的会议纪要。这一份纪要传到了海门集思广益微信群里，引起了郁幸福及郁京源等个别群员的质疑，他们说，这个研究会不是民政部门批准的公益性社团组织，还用了一个假公章。广西南宁郁明业律师出面解释："成立郁氏文化研究会，是可以挂牌于广西郁氏文化发展有限公司的，就像一所大学可以挂牌马克思理论研究所一样合法化。"双方为此发生了龃龉。

第 2 节　季正会长解开公章之谜

当时郁幸福并未离开海门郁氏文化研究院，仍然是郁海发的秘书，他向郁海发汇报群内的争论说："郁正先凭借他多年的宗亲活动，想当郁氏活动的领军人物，建了一个非法的公益性社团组织，想同我们正式批准的研究院轧轧苗头。"郁海发深感全国郁氏两个大群发生争吵不是好事，于是召开了院务会议讨论了对策。

在会上季正会长就三个公章问题分析道："广西圣人集团和广西郁氏文化发展有限公司公章是合理合法的，关键是第三个中华郁氏文化研究会公章：若是这个研究会挂牌于广西郁氏文化发展有限公司，郁明业律师的分析是对的。问题是广西郁氏文化发展有限公司是企业性质的，不可能刻有从事公益性社团活动的公章，尤其冠于全国名义。"季会长话锋一转："但是，各位请看，纪要上公章处盖有长方形之章：此章仅用于此次会议。"转而向郁海发说道："发布纪要的人说了此章仅仅用此一次，以后不会再用的，我们海门郁氏人不必苛求他们，搞得两个群众团体之间火药味十足。同理，在当前政策严控之下，郁正先无法申请正式社团组织，但在他群内有 500 位宗亲，我们应该理解他们不容易，要与他们建立和谐共存的关系，否则郁氏宗亲活动会发生分裂的。"

郁海发沉重地点了点头，同与会者统一了思想，并做了决定："从今之后不许在群内提这件事情。"

第 3 节　郁幸福得到郁大群的重用

回放：颇有文采的郁幸福打响了第一炮，在《青草文艺》微刊上推出 001 号大奖赛征文后，读者纷纷点赞。当他让自己的老婆郁蕊英向郁海发要求当《郁氏文化》编审组组长遭拒后，心中不满情绪骤升，当听到郁海发任命院学术委员会主任郁元吉、副主任郁良潮分别兼任评奖委员会正、副主任，更产生了极大不满。郁幸福气呼呼地找到郁海发，不客气地说："那个评委会主任不应由山东人郁元吉来当，应由海门自己人来做，我来当如何？"

郁海发说："定了的事，不可更改！"

郁幸福说："那评奖时，我的开头炮 001 号征文，不是特等奖也要评个一等奖吧？"

郁海发说："评几等奖你我说了都不算，应由评委会决定。"

郁幸福见达不到目的，立马甩下一句话："从今天起，我退出你的研究院，不稀罕那个小秘书。"郁幸福、郁蕊英同时退出了海门集思广益群。

郁幸福夫妇退出海门郁氏文化研究院之后，投奔到了郁正先名下，加入了全国最大的中华郁氏文化研究会群，他自己也建立了华夏郁氏文化研究群。他对郁正先说："我是海门郁海发院长的私人秘书，起草过不少文件，愿为您郁会长效劳，怎么安排我呢？"

郁正先思考了一下说："我会秘书长已有人选，副秘书长原有一位，现再增加一位，你就做副秘书长吧。"

郁幸福听后受宠若惊，赶紧说："谢谢！"为表忠心又说："海门郁海发看到你的群做得风生水起，说你这研究会不合法，还用假公章。"

郁正先听后一笑而过。

原有的副秘书长郁广仁听说郁幸福当了副秘书长，立马向郁正先写了辞职报告，因为听人传说郁幸福与人不合群，无法一起工作。

第4节　芙蓉阁烤鸭店的一席谈

北京。郁海发的家中。郁海发从外面进屋，古玉对他说："临沂会议中，那个会长郁正先刚才来电话，告知他出差到了北京，明天来家里拜访你。"随即郁海发回了电话给郁正先："欢迎你来到京城，我当尽地主之谊。明天晚上在芙蓉阁烤鸭店薄酒相敬！"

第二天晚上。芙蓉阁烤鸭店。古玉向郁正先斟酒，推杯换盏酒过三巡后，郁正先直言："听说你对我研究会有看法，自以为海门研究院为正统组织，讲了我研究会诸多不敬之词。"

郁海发明白郁正先话中之意，客气地回答："是谁在你面前搬弄是非的，我心中有数，但我不去追究此人的责任，查明了也没用。"

郁正先略带怒气地说："我想知道是否真有此事。"

郁海发："你想听真话还是假话？"

郁正先："当然，想听真话。"

郁海发："好。那我直言相告。为了近500位宗亲有网络活动平台，你建立了中华郁氏文化研究会群，很多人不了解相关政策情况下申请社团组织的难度；不清楚你们在纪要落款中华郁氏文化研究会公章之上，刻有长方形一章：此章仅用于此次会议。"郁海发进一步解释："开始我确实存疑，但我立马召开了院务会议，请季正会长进行了分析，认为你们没错，我下了命令，不许再议论此事。"

郁正先喜形于色："哦，原来如此。"

郁海发见郁正先释疑了，赶紧补充："我有三句忠告，一条建议。"

郁正先："请述其详。"

郁海发："三条忠告：第一制定群规，不要做出边之事，可保无事。第二要吸收有经济实力的人加入中华通谱工作之中。第三加强我们两群的合作，警惕有人挑拨离间，如果我们分裂，正像泰州宗亲郁金华所言：那是郁氏的悲哀。"

郁正先："英雄所见略同。可惜我们并不是英雄。"

郁海发："一条建议：聘请你为本院名誉院长，任命郁贵成为本院副院长。在干部配置上实行互通有无，其实贵会副会长郁元吉已经担任本院学术委员会主任了。"并补充说："在全国郁氏宗亲活动中，海门郁氏人永远尊你为老大！"

郁正先举杯："我从来没有要做老大的想法，我总是想怎么才能团结族贤把郁氏的事业办好，如何提高郁氏的整体地位。谢谢您老对我的信任！"

第5节　南北郁和谐局面之确立

郁正先的《寻根问祖路漫漫》被评为郁氏征文大奖赛三等奖，奖金300元。

邀请郁正先、郁贵成参加"海门2019郁氏人文研讨会"，安排郁正先在会上第一个发言。郁贵成捐赠5000元，被郁海发退回去了。

郁海发在发言中向大会宣布：在郁氏宗亲活动中我们实现了"南先（郁正先）北发（郁海发），南贵（郁贵成）北飞（郁龙飞）"的和谐局面。

在往后的宗亲活动中，中华郁氏文化研究会内部发生了分歧，个别人无限上纲上线，声称追查假公章的责任，海门郁氏人为郁正先进行了辩护，也向不了解情况的宗亲进行了解释。

海门郁氏人支持中华郁氏文化研究会编制《中华郁氏通谱》工作，为其撰稿。

中华郁氏文化研究会在郑州筹建郁氏文化馆，有人议论说，白花钱，无人去参观的。海门郁氏人支持这一举措。

欲知后事如何，请阅第三十六集《金秋十月海门桂花遍地香》。

第三十六集　金秋十月海门桂花遍地香

本集是对海门十月会议的复盘，大部分真名出场。创办《郁氏文化》微刊和举办郁氏文化征文大奖赛不易，召开海门 2019 郁氏人文研讨会更难。郁海发在进行郁氏文化征文大奖赛活动的同时，又做了四项准备工作。根据海门民政部门批复，会议代表规模为 220 人，准备向全国郁氏群发出邀请函，突然传来会议金主郁龙飞国外的仓库失火，会议费用发生了困难，郁海发、郁兰秋、郁祖森们心中担忧："会议还能举行吗？"出乎人们意料的是，结局极其完美，在金秋十月桂花遍地香的季节里，会议如期召开。

第 1 节　万事俱备只欠东风

为了迎接海门 2019 郁氏人文研讨会召开，郁海发在进行郁氏文化征文大奖赛活动的同时，又做了四项准备工作：

1. 装饰重建瓦 6 院大门，请吴县郁芬芳之弟书法家郁志刚写了"海门郁氏文化研究院"的院名，做成 9 个大铜字粘贴在大门高墙上。高墙的反面写着海门木行桥郁氏族训和两条新时代新家训。

2. 筹建海门郁氏历史文化陈列馆，用海门书法家郁重今的字体做成 11 个铜字，挂在重建瓦 6 中厅的后墙之上。四周墙上有十个玻璃展览窗，里面摆满了《海门人故事——郁家那些事》一书的内容介绍。

3. 建立当今郁氏文化活动积极分子名录展览墙，共计 100 位郁姓和非郁姓积极分子，年龄最大者是湘西郁岗峰，最小者是张家界的郁传灯。

4. 在香港出版《海门人故事——郁家那些事》一书，全书 40 万字，印刷

1000 册，在十月大会上送给各代表。

召开十月会议万事俱备，只欠东风——举行大会的资金，从何而来？常务副院长郁龙飞定了原则：这次会议对外地代表不要他们出资，只发动有能力的海门宗亲自愿捐助，不足部分由郁龙飞负责兜底，并做出表率先捐了 5 万元，加上他的亲戚弟兄们 5 万元共计 10 万元，存于他的秘书杨义先生处。

郁龙飞让杨义先生制作 300 套公文包，内装郁氏人文笔记本及两支钢笔，作为大会礼品送给大会代表。

第 2 节　硬着头皮顶上去哟

十月会议前一个月，一天上午，郁祖森、郁兰秋突然来到重建瓦 6，向郁海发报告一个惊人的消息："郁龙飞在国外的仓库发生大火，郁龙飞出国了。"

郁海发问："消息从何而来？可靠吗？"

郁兰秋："外电报道的，我向杨义先生查询，杨先生回复无可奉告，但说郁龙飞和国内的董事们前几天出国开会去了。"

郁祖森："估计此事是真的，郁院长，早做预案，担心十月会议因资金链断裂而泡汤。"

郁海发想起前天杨义先生来重建瓦 6 的情况，他带来了 7 万人民币捐款及 300 套礼品包的订单及 3 万元收据底联，并说："根据郁龙飞董事长的意见，大会捐赠款由院财务统一管理。"郁海发打电话给财务部主任郁海达，将 7 万现金和 3 万收据底联保存入账了。

想到这里，郁海发脱口而出："看来这是真的，大会金主出事了，十月大会泡汤啦。办不成，我有可能打起背包回北京吧。"

郁祖森、郁兰秋面面相觑，两人沉默了，场面僵住了。

正在此时，西房的古玉走过来，喊郁海发："老郁，你过来一下！"郁海发进入西房后，古玉把房门关后对郁海发说："郁龙飞无力参加大会，大会召开的信息已经向全国宗亲公布了，你再不干，怎么向他们交代，海门郁氏人的信用没了。你应该硬着头皮顶上去哟！"

古玉的话如一盆清水把郁海发当头浇醒了，马上说："谢谢夫人点拨，我明白啦，马上去安排！"

郁海发回到中厅里，对郁祖森、郁兰秋说："恕我刚才考虑不周，我将重新安排，不论多大困难，十月会议一定要办下去！海门人不失信用！请两位稍等。"转身走到东房的电脑桌前，把中国重工股票卖掉1万股。

郁海发对郁祖森、郁兰秋说："十月会议要按时举行，我将重新安排大会的规模，节约开支；同时发动海门宗亲捐赠。刚才我卖掉股票筹备了5万元。一旦资金缺乏，以郁威、郁力的名义向大会捐赠。"郁祖森、郁兰秋当场表示支持这个决定，两人各捐赠了2000元。

第3节　220—120—170代表

郁海发从两个方面采取措施应对大会资金的缺口。首先，在海门宗亲中进行募捐动员，这次大会得到郁龙飞、南通郁斌、郁海发、郁群力、郁平、郁华、郁爱东、郁向东、曹祖明、郁新德、郁礼平、郁志东、郁蜀莹、郁志珍、宣顾平、郁红理、郁季闽、徐勇、张勇、郁仲新、郁兰春、郁仲达、郁祖槃、郁亚英、郁培良、郁成等26位海门宗亲捐款。同时估算大会开支多少，平衡两者有多少资金缺口。

估算结果吓了郁海发一跳，竟差近10万元！怎么办？会议用的大厅和舞台租金、音响设备租金、接送车辆费、媒体宣传费等是固定的，不可减也。郁海发思量，只有代表们的伙食费可以用减少人数把它降下来。

季正会长向海门民政部门申请开会人数为220人，郁海发已将各地邀请数初步定下了，现在不得不更改为120人，即会议规模缩减了100人。

十月会议定在海门五星酒店光华大酒店，提前10天，郁海发和季正带了院团队成员郁祖森、郁兰秋、郁海新、郁海达、邹宝翀等人去了该酒店，与酒店签订协议。在酒店会议室内先开了一个内部会议，也邀请杨义先生参加。

会议即将开始，出人意料的是，郁龙飞和杨义一同进来了。郁龙飞挥手向大家致意："多时不见，各位好！"一阵掌声之后，郁海发把郁龙飞拉到身边坐下。郁龙飞对郁海发说："前天刚从国外回到海门，不了解情况，你继续开会吧。"

郁海发介绍了会议安排，一会儿与酒店签订合同，问郁龙飞："郁总，有何不妥吗？"

郁龙飞："很好。唯有一点，代表们伙食费由会议支付，住宿费也应由会议支付。"

郁海发："江湖上的规矩，代表们的旅费和住宿费一律由个人支付的，全国最大群——中华郁氏文化研究会群曾做过一个决定：凡宗亲活动的旅差费和住宿费个人支付。再者若由会议支付，我们的资金不够啦。"

郁龙飞："规矩是人定的，今天海门要打破这个规矩，若是最后差多少钱由我负责结算。"

郁兰秋："郁总已捐了 5 万元，最后还会破费不止 5 万元的，对此有何困难？"

郁龙飞听明白了郁兰秋话中的意思，做了解释："请放心，不必担心。海外大火损失不少，但保险公司作了赔偿。再说，做好家族事，也是慈善之举！"全场响起热烈的掌声！

郁海发将免费住宿的消息发到大群里，最后参会人数回执达到 170 人，增加了 50 人。代表 220—120—170 的变化，说明了什么呢？

第 4 节 金秋十月会议的花絮

国庆期间，金秋十月桂花遍地香的季节里，海门 2019 郁氏人文研讨会如期举行啦，会期两天。会议八大花絮让人回味无穷，余音永久！

郁龙飞独宴郁美兰。著名作家、革命烈士郁达夫的遗腹之女郁美兰，是江苏省侨联原主席，也是这次被邀宗亲职位最高之人。开会前一天晚上，郁龙飞在小宴厅单独宴请她。陪同者郁海发、郁兰秋、赵（郁）蓓莉、郁兰萍。第二天会上郁美兰为特等奖郁海发颁奖。会后，许多代表纷纷与她合影留念。

大会十一位经典发言者。1. 季正会长：开幕词。2. 郁海发院长主旨发言《海门郁氏文化研究院成长之路》。3. 广西百色郁正先会长发言《团结奋进共创未来》。4. 广西柳州代表郁良君发言。5. 广东遂溪代表郁德田发言。6. 广东湛江代表郁仁广发言。7. 山东时思堂代表蔚立元发言。8. 江西安福代表郁爱玲发言。9. 安徽凤阳代表郁德忍发言。10. 江苏淮安代表郁以华发言。11. 郁龙飞常务副院长总结发言。

郁文吉作征文总结发言，郁美兰、郁文武给三等奖以上者颁奖。

特等奖郁海发《觅谱编谱与以文话郁两者不可偏废》。

一等奖郁海发《郁氏耄耋老人 1848 宣言》；一等奖郁仲达《沙地人寻根问祖史话》。

二等奖郁匦石《海门故事谱新篇，郁文郁说写华章》；二等奖郁兰春、蔡炯《公堂屋的郁氏家风文化》；二等奖郁祖槊《郁氏人家的诚恪人生——从我家的状元匾谈起》。

三等奖蔡新《此情可待成记忆》；三等奖赵文涛《跨入慈善行列的新侨商——郁飞》；三等奖郁万杰《我的先祖是善人》；三等奖范俊来《仿赋说郁》；三等奖季正《序海门人故事——郁家那些事》；三等奖郁仲新《千里寻找抗战老兵郁纯夫始末》。

大会当天，启东郁锦标局长等六位宗亲带来 1 万元红包，要在大会上亲自交给郁海发院长。为何收取启东郁锦标 1 万元？从来认为启海一家人，加之郁锦标局长的祖根与海门抗日烈士郁仁治同根同族。为何退回郁贵成 5000 元？因为此次会议规定，不收取外地宗亲的现金捐款，但是收取礼品，如湘西张家界郁传灯捐赠莓茶 300 包发给各位代表，又如淮安郁韩捐赠名酒在宴会使用，再有以下宗亲赠送的各种纪念品，他们是：郁良君、郁永金、郁德刚、郁德忍、郁万杰、郁大雄、郁蕾、郁志刚、徐兵、郁正达、郁文亚、郁仁广、郁仁庆、郁德田、郁妃金。

晚上文艺演出：配乐诗朗诵《跨越七十年的寻亲》（作者邹仁岳），讲述重庆郁志东、郁蜀莹姐弟到海门寻找抗战老兵祖父郁纯夫的故事。

参观六个海门景点：1. 参观海门郁氏文化研究院，郁家东宅重建瓦 6，接待者郁海发。2. 参观东方巨龙纺织品有限公司，接待者郁龙飞。3. 参观苏北抗战纪念馆，接待者季正。4. 参观麒麟红木技术艺术馆，接待者郁培良。5. 参观月亮湾老年服务中心，接待者郁志珍。6. 参观江海博物馆。

告别晚宴，别有风趣。当今海门郁氏文化宗亲活动积极分子中有海门三姐妹即赵（郁）蓓莉、郁蓓娟、赵（郁）蓓芹，广西柳州三兄弟即歌手郁良长及其兄长郁良君、郁良权，他们的即兴表观，引人入胜。

双标间和贵宾房之别。代表们住宿点安排在光华大酒店副楼双人标准间里，为的是节省住宿费的支出。郁龙飞告诉郁海发："我在酒店的主楼里订了五套贵宾房。"

郁海发问："怎么安排？"

郁龙飞答："你我各一套，郁美兰住一套。另两套由你安排。"

郁海发随即让邹宝狮跟季正夫妇住进去了。晚上邹宝狮对郁海发说："郁幸福消息灵通，提出郁正先安排在贵宾房里。郁院长，如何处理？"

郁海发思考了一下，回答："为了与郁正先搞好关系，我同意。"

事后知道，郁幸福与郁正先一同搬过来了，郁海发随意调侃一问，不知是否加了一张小床。

第 5 节　庆功会上留下余香

在 10 天之后的庆功会上，郁海发做了如下发言：

没有钱是办不成大事的。但是，有了钱也不一定办好事。这次大会成功的主要原因是，海门郁氏文化研究院拥有在座的这样的工作团队！这个团队能力强、顾大局。为此，今天我备薄酒为各位庆功！

第一杯酒敬季正会长：在我走投无路时，是你在去年 4 月收留了我，今年 2 月，将研究所改为研究院；在海门郁氏与中华郁氏之间发生误解时，你的意见非常中肯又及时："冷处理，做好海门自己的事。"所以有了南北郁氏合一的和谐局面，中华郁氏研究会来了六位重要人物。姓氏活动中第一个"惊涛骇浪"是你化解的。

第二杯酒敬郁龙飞董事长：是你这样的捐赠巨款之人，使我有底气将研究院做大做强；鲜为人知的是，在会议筹备期间，在多次紧要关头，你给我写了不少哲理性的语句，这些语句不是说教、指责，而像发了多少个大拇指的支持，给了我转败为胜的力量！郁龙飞的名气比我大，财富比我多，年龄小我一辈，可你对我无比尊重，说"你是大家长，由你决定吧"。由此可以看出郁飞的品德高于常人，这是他成为世界级大咖的重要原因。

第三杯酒敬邱宝石：永远忘不了你，在研究所成立之前，多次陪我去民政局；大会期间，为接待射阳宗亲，你深夜 1 点才跟我睡在酒店的房间里，忙里忙外是个好管家。

第四杯酒敬郁亚英：勿说我们的父辈都是毛泽东的下等士兵，一个战壕里的战友，2009 年在先父追思会上我俩见面后，在编制《郁氏宗谱》、成立研究院、大会筹办之中，你始终不离不弃，胜似亲妹妹。

第五杯酒敬郁兰春：你是第一个提出海门郁氏应有自己的宗亲组织的人，并不离不弃始终支持，第一个带头交纳入院费。在 7 个月里操劳组织工作，提了不少好的建议。在《青草文艺》推文困难之时，你动员你儿子郁松建立《郁氏文化》，这是你的一大功劳，敬你一杯。

第六杯酒敬郁祖檠：大会的文化资料基本上是你配套的，包括大会指导书。你花了 10 天时间审改、整理那本郁家故事书，得以及时印刷出版。在征文评奖阶段，你适时地给予指导，姓氏活动中第三个"惊涛骇浪"是你化解的。

第七杯酒敬郁仲达：你是我们的财务管家。钱虽不多，但你的账做得又细又好又准，30 多万元开支的账一目了然，谢谢你！

第八杯酒敬郁仲新：在 7 个月的活动中，姓氏活动中第二个"惊涛骇浪"是在郁家老宅发生的，你起了一锤定千斤的作用；你不仅是院长助理，处理大大小小的事务，又是外交官，在海门郁氏与外地郁氏的连接中起了关键作用。当我感谢你时，你有一句名言："我是帮郁氏老祖宗做事，这是郁鼎昌的孝子贤孙应尽之责。"

第九杯酒敬邹仁岳：郁家那本书的原始计划是先生定的，名字也是你拍板的。你又是郁氏艺术团的总监，费了不少工夫。

第十杯酒敬郁祖琪：郁氏艺术团的精彩表现，给大会增色不少，半年的演练工夫没白花。

第十一杯酒敬陈菊：你优美的舞姿和开幕式上主持人的风采，给全国郁氏留下了深刻印象。

第十二杯酒敬郁培良：你是最早的副院长，我始终对你抱有希望，果不其然，你的红木文化艺术馆在会议中大放异彩！

第十三杯酒敬蔡炯：先生的文采，在海门数一数二，征文中可见，为我写的《公堂屋的郁氏家风文化》评上二等奖。在后期为大会做了不少文案，如大会开幕式议程等。蔡新离开后，所有文件起草、审改都由蔡炯先生接替，你是土地堂出来的一位才子。我谢谢你！

第十四杯酒敬郁兰萍：你是低调做事的大妹妹。大会期间，陪同研究院的贵宾郁美兰，她来信非常满意，称赞了你！

第十五杯酒敬郁志珍：你是第一个捐赠之人，人人夸啊。你的养老中心，给郁氏代表非常深的感受，我年老之后也来你的养老院，欢迎吗？

第十六杯酒敬葛玉金：当举办大会出现危机时，我曾产生打包回京的情绪，是你一锤定音："别人要是不干，你千万要顶上去！"有你这句话，我马上迎上去筹资。姓氏活动中第四个"惊涛骇浪"是你化解的。人生路上有你相伴，真好！

第十七杯酒敬郁松：你克服家庭困难，毅然建立《郁氏文化》公众号，你的团队为这次大会立下了大功。从交往中，我感到郁松既是文化人又是君子，我敬重你！

第十八杯酒敬赵蓓莉：你做的视频很好，阅读量近 1460 人。你的功劳在你的一句话："郁老，海门会议已经里程碑式了。花不能开得太鲜艳，事不能做得太满，物极必反啊。"这是决定海门研究院今后走向的金玉良言。

第十九杯酒敬蔡兴：蔡先生的文字功底属上等，本院的"以文话郁、以文立院、以文会友"指导思想，首先在他为我写的会议纪要中总结出来的。尤其他写了郁飞父亲的文章，被评为三等奖，奖金 600 元，功不可没。可惜他到陕西去了，今天未能参加庆功会。

第二十杯酒敬袁五宝：你是我的司机和保镖，7 个月里得到你们夫妇许多关照，敬你一杯！

第二十一杯酒敬杨义：你陪同郁仲新、郁仲达飞往张家界参加湘西颁谱大会，你亲自到我宅上运送礼品，在此感谢你！

第二十二杯酒敬杜敏华：受郁龙飞之嘱，你与赵文涛制作礼包，管理前期捐赠 78000 元，今天的酒应喝两杯，另一杯是代表赵文涛的。遗憾的是杜小姐、赵文涛都没有到场，杨义先生代饮两杯呀！

最后一杯酒敬谁呢？你们都认识的郁幸福。他离开了本院，他与郁正先同时被邀请参加此次会议，并重新加入了海门集思广益群。他在群内说："海门十月会议花了几十万元，打了水漂！"引起群员们的反驳，说郁幸福的文章评了奖，住进贵宾房，吃着美餐美酒，领取500元的礼品，却不说海门的好话。那为何还向他敬酒呢？（全场人瞪大了眼睛，露出疑惑的眼光。）因为他的行为反而提高了大家对海门郁氏人的看法，应该感谢他呀。

欲知后事如何，请阅第三十七集《郁氏宗亲活动中三国N方的形成》。

房

第三十七集　郁氏宗亲活动中三国 N 方的形成

　　从第三十三集开始，《房》剧与郁氏活动结合起来了，刘平凡留言："把郁氏文化的起落波折糅合进《房》剧中，既渲染了气氛，又留下了珍贵的历史印记，很能让读者在回味中得到启迪，从启迪中得以升华，从升华中得到提升，从而能够对剧情有更加深入的了解，是很不错的情节展示。"

　　本集是多年来郁氏宗亲活动的复盘，情节及人物属于虚构，请勿对号入座。

　　海门木行桥小学文化的郁家农妇刘云芳说："乡下人吵世（吵架）不是见先（占人便宜）就是黑心（占他人财物）。"郁海发认为："江湖中一切争斗发生的原因除了这两点之外还有双方理念的迥异。世界各国制度不同引起战争证明了这一普世真理。"本集分析了郁氏宗亲活动三国的形成之因，揭示了郁氏三国 N 方的众生之相。

　　以此为证，全国郁氏和谐任重而道远也。

第 1 节　郁水林的诘问揭秘一切争斗之缘由

　　人的生存环境、成长之路各有不同，对事物的看法迥异实属正常。本集是郁海发几年来在郁氏宗亲活动中碰到的问题、心得与见解。

　　江西郁水林对郁海发说："老哥，'海门集思广益群'的气氛不太对头啦，吹捧文章、相互捧场、一团和气，我想知道一个真实的郁氏。"

　　郁海发回复："老哥我比老弟年长，经历略多，真实的郁氏，比老弟更清楚，我能写吗？"接着又说："君不见，在海门集思广益群初建时，为郁氏总始祖是谁产生歧见，一位宗亲愤而离群；在其他宗亲群聊中，为一些小事有人出言不逊，连'他妈的'也冒出来了，发生多起多人离群事件。"郁海发又问郁水林："一团和气有何不好？"

在本书第七集《房高一尺引发兄弟阋墙百年》、第二十九集《见先和黑心》中主人公刘云芳说："乡下人吵世（吵架），不是见先就是黑心。"君不见，农村里、家族中、兄弟间、邻里们阋墙恶斗屡见不鲜，为利益纷争动拳踢脚、百年视同陌路、走上法院等现象比比皆是。

海门郁氏文化研究院在网络中实行管理，在群聊中交往，人与人之间无利益关系，一旦意见不合，翻脸，退群，踢群，拉黑，跑路……郁海发深深感到，运作海门郁氏文化研究院比当年管理2000人的大厂还难，还要小心谨慎。

郁海发继续对郁水林分析道："造成姐妹龃龉和兄弟阋墙的原因还有：双方理念上的迥异；一方妒忌他人，容不得别人；也有人见别人跌倒，他拍手叫快活；也有些争吵是误解造成的。"

郁海发进一步阐述他的观点："世界大国制度不同引起战争证明了人与人之间争斗不可避免的这一普世真理。"

第2节　郁氏宗亲活动三国N方的形成

全国郁氏宗亲活动中有两个大群，人数较多，骨干较强，活跃度甚高。其一中华郁氏文化研究会成员群，群员来自全国各地，群主郁正先，着重于郁氏家谱的编制。其二海门郁氏文化集思广益群，群主郁海发，着重于郁氏文化传承，出版几种郁氏文化纸质书，但从影响力来看逊于前者。从第三十五集和第三十六集可见，两个大群产生过龃龉，最终实现了南先北发、南贵北飞的和谐局面。

郁幸福不满非郁人范静峰担任《郁氏文化》公众号审稿组组长，再次和郁海发吵架而退出了海门郁氏文化研究院，担任中华郁氏文化研究会副秘书长，与郁正先成为莫逆之交，共同参加海门十月中秋大会并得了奖，成为该会数一数二的头面人物。

郁正先胃口不小，他带领郁元吉等一些人着手编制《中华郁氏通谱》巨篇，在柳州开过一次会议，颇有才华的郁幸福加入，推动了《中华郁氏通谱》的进程，在苏州召开第二次编谱会议，受到多方关注，纷纷提出集资出版，郁幸福顺势而为，一下子筹款40万元。不料，因新冠疫情暴发而使编谱工作暂停，郁正先提出筹集的40万元转交主管财务的常务副秘书长郁大春统一保管，遭到郁幸福的反对，说："我手中这部分资金是我费了九牛二虎之力弄来的，况且，疫情之后还要搞《中华郁氏通谱》，你答应让我担任通谱的主修。"郁正先说："情况不断变化，谁当主修再议吧。即使大家同意你当主修，也不必管理资金吧！"在领导层的压力之下，郁幸福不得已把手中近30万元交了出来。

郁幸福交出筹资后心有不甘并二次跑路，离开了中华郁氏文化研究会成员群，经营自己的华夏郁氏文化研究群。实话实说，郁幸福对郁氏文化活动非常积极，跟郁正先走访了不少地方的郁氏人家，他也写有不少郁氏的文章，凭郁幸福的活动能力，他的群人数超过了海门集思广益群。郁氏文化宗亲活动正式形成了三国三方的局面。

郁幸福的群成为郁氏第二大群，自以为兵强马壮和郁正先轧轧苗头，和郁正先进行口舌之战，在群内散布郁正先想当教主，想当郁氏活动领袖人物，炒作"中华郁氏文化研究会是非法组织"，公然说："我会看相，郁正先的面相一定会有牢狱之灾，今天我来帮你解灾啦。"更有甚者，竟提出：将通谱40万元筹资让第三方如让海门郁海发院长代管。"老奸巨猾"的郁海发赶紧发表声明："海门郁氏人绝不蹚这个浑水！"

郁幸福二次跑路，和郁正先反目成仇之后，全国郁氏三个大群重新进行了整合，围绕着郁正先的为人及其研究会的合法化、《中华郁氏通谱》要不要搞及如何搞、郁氏文化活动中"觅谱编谱"与"以文话郁"的关系、如何看待郁氏旧时名人与当今精英等问题重新站队，郁幸福的华夏郁氏文化研究群340人一下子退群50人，其中10%的人看不惯他那唯我独尊的做派而离开了该群，其中10%是郁海发的粉丝，20%是郁正先的粉丝。郁氏宗亲活动中三国N方由此形成。

郁正先和郁元吉等退出了郁幸福的群。郁幸福群中的290人，一部分是他的粉丝，一部分是事不关己高高挂起者，也有一部分是郁正先的骨干分子留在郁幸福的群内，起着通风报信的作用。一部分是郁海发的同道者，碍于面子没有退出郁幸福的群，当郁幸福非议《郁氏文化草根作者语丝集》出版时，有人向郁海发提出："找个机会，批臭郁幸福。"也有人建议："联合一些人，全部退出郁幸福的群，让他唱唱独角戏！"郁海发回答："各人的视角不同，结论迥异。我们站位高一点，格局大一点，视野宽一点，对力倡团结和谐、弘扬郁氏文化有利。"又补充："郁幸福来自木行桥郁氏家族，我对此人了解更多，他在祖居地伤害了不少人，看看他今后的表现，再作决定。"

第3节　郁氏三国N方的众生相之例证

俗话说，林子大了什么鸟都有。46万之多的郁家人，正能量和负能量的奇葩故事层出不穷，本文略举木行桥郁氏家族中四个例证。

第一例：兄弟俩忌妒怨怼堂侄子。故事发生在木行桥郁家西宅之中。主人公郁海杰和郁海豪兄弟是老七房的后人，郁达是老六房的后人，也是海杰、海豪的堂侄。

叠石桥致富人群中有郁达父子俩，世纪之初，郁达购买了徐姓村民的一座旧宅子，在木行桥镇土管部门批准后，盖成一爿1000多平方米的生产家纺用品厂房，并将南北3米宽的土路浇筑混凝土路面再向西扩展0.6米，即为3.6米水泥路，方便车辆通行。水泥路之东是郁海杰和郁海豪兄弟的朝南楼房。海豪在东，海杰在西。水泥路距海杰楼房间有8米空地，其间有一道0.6米的绿植篱笆，多年来东南西北近邻未有异议。

近年来郁达之父郁海潮年老体弱，去乡敬老院安享晚年，郁达也要照顾两个孙子上学，打算关闭工厂。郁达在网上发布了厂房出租的信息，在几位应租者中选了一位租金甚高者，并收了定金。对方提出对厂房进行改造，以便安装电脑绣花机。

郁海杰知道郁达厂房要改造，反对说："电脑绣花机的噪声影响我家睡眠。"虽则厂房离海杰之屋大于10米，郁达也不作争辩，答应给海杰西屋加一道铝合金隔离窗，在自己厂房之东加一道隔离墙。海杰也默认了。

厂房正式动工，首先开了厂房北门（后门），后门之外是北沿江高铁动迁之后留下的一块硬壳空地，正好作为车辆停栖之地。同时关闭东门，砌了隔离墙，南门（前门）前移。整齐划一的设计，使郁达的厂房显得壮观，引起了郁海豪心中一丝不快。工程进行了一半之后，郁海豪打电话告知上海的郁海杰。郁海杰对其兄郁海豪说："我马上回来，通知郁达马上停工！"

郁达停止了改房工程，第三天郁海杰到家之后，郁达提了一箱啤酒、一箱牛奶去拜望郁海杰，海杰说："我没啥意见，等郁东从上海回来再说吧。"郁东是郁海豪之子，在上海工作的硕士生。

又过了三天，郁东才从上海回来，停工一个礼拜的郁达急忙赶到郁东家，劈头开问："弟弟呀，你啥意见呢？"

郁东明知故问："哈么事？"

郁达："我家厂房停工一周了，你到底是啥态度呢？"

郁东用食指指着自己的鼻子："问我吗？"马上又说："不同意你的改建。"

郁达："啥理由？"

郁东："绣花机噪声影响我家休息。"

郁达说："你家离厂房那么远，关你屁事。"又生气地加了一句："你念了那么多年书，白念了。"

郁东生气地说："你敢取笑我？！你这猪奴（肥猪）！"

郁达上前打了郁东一巴掌："你敢骂我？"大知识分子郁东不敢还手，郁海豪报警，导致派出所前来处理。各打五十大板，两边都批评了事。从此海豪家不罢休，每天打举报电话（12345市民热线），导致城管每天都来处理。城管看现场后认为事情不大，也不影响别人。最后郁达干脆在墙外3米路处砌一道矮墙，做围墙基础，政策允许，城管也不管。同时也举报海豪向东泯沟倾倒建筑垃圾，扩建违章建筑（养羊）。城管也来现场，责其整改。最后经村委调解：双方不再互相举报，郁达拆除围墙，保留改建厂房。郁达成功完成厂房改建。

这次主谋海杰，见不得人家好，当面当好人，背后撺掇海豪举报，想整垮郁达。不想郁达有高人相帮出主意，找法律依据，想对付办法。

郁家西宅后人的报警闹剧双方都不落好，郁达虽然成功了，但也损失了材料、人工、交际费用上万之金；海杰海豪未达到整垮郁达的目的，其社会形象也大打折扣，在人前抬不起头来。

第二例：两篮子水蜜桃的故事。郁海发每年过春节时，给木行桥郁氏家族中 80 岁以上老人发红包，其中有他小时候的"润土"郁海道的遗孀蔡氏。每年夏天，郁海发在老家时，蔡氏都给郁海发送来不少大桃子。

2023 年 7 月底，郁力从新西兰公差回国，为了迎接郁力回乡，并与木行桥村委合作，郁海发请师傅对重建瓦 6 进行装修。

一天下午，一位 70 多岁的村妇自行车后驮着一篮子水蜜桃，来到重建瓦 6，对郁海发说："听说大哥爱吃桃子，我挑了 10 斤桃子让你解馋。"

郁海发："你是哪位？"村妇来不及回答，拿了一个桃子在院中水龙头上洗了一下递给郁海发："尝尝吧，如何？"郁海发吃完后说："真不错，比我家的好吃。"问："你自家桃树上的，自己为啥不吃？"

村妇："我一个人，没有其他收入，拿它换点钞票。"

郁海发："哦，多少钱一斤？"

村妇："超市 10 元钱一斤，你是我们郁家人，就 8 元钱一斤吧，这是 10 斤 80 元。"

郁海发："你也姓郁？"

村妇："是的，我娘家在郁家新宅上。我叫郁海珍，和你同辈。"

郁海发："好呀。我仍然按 10 元一斤，付你 100 元。让我查一下家谱。"郁海发翻开《木行桥郁氏宗谱及百年发展史话》，在老八房后人中，果然有郁海珍的名字，出乎郁海发所料，她的丈夫竟是施成明。这让郁海发脑海中立刻闪现出一幕，就是 34 年前时任村长施成明和先父郁九周打的一次交道：

老干部郁九周想叶落归根，打算改建百年老屋瓦 6，乡里干部推给村里，郁九周找到村长施成明，施成明回答："我小小村长管不着，找乡政府去。"郁九周无奈地离开了施家，只听到施成明对他家人说："看看，老干部有个屁用！"……

郁海发想到这里，把那张百元大钞又放进了钱包中，心里自语："不给她 100 元，80 元够了。"迅即否定了自己，心中想："何必那么小家子气？刚才已经答应啦。另外，事情与她无关，今天我是成功者，瓦 6 已经成为重建瓦 6。"想到这里，郁海发从钱包中再次抽出 100 元，再一想："郁海珍是年近八十的寡妇，生活一定困难，我提前发她过年红包吧。"又抽出一张百元大钞，递给郁海珍："给你 200 元。"

郁海珍："怎么这么多？"

郁海发："因为你是我的妹妹。"

第二天傍晚，郁海发从海门办事回来，装修师傅郁小兵告诉他："郁海珍刚才又送来 10 斤桃子，放在厨房里啦。"郁海发把桃子分成四份，给三位装修师傅各一份。

第三例：50 元终结了一条鲜活生命。故事发生在木行桥郁家新新宅之上，五代传人郁再邦后人之中。郁再邦生了五个女儿，他娶了小老婆希望生个儿子传宗接代。果然新中国成立前一年添了儿子，起奶名开源，学名为郁九源。新中国成立之后，郁再邦与大老婆离婚，但离婚不离家，大老婆仍然住在郁家新新宅之上。

郁九源娶妻沈氏，为郁再邦大老婆的娘家侄女，生儿子郁西西。改革开放之后，郁家新新宅破产，原来的地主和分房屋的贫雇农后代均迁出郁家新新宅，在东河沿盖了排排高楼。

海门人的习俗，谁家死了人之后，同居一组的农户和家族亲人都要送人情（奠仪）的，人情的多少不能随便送的，按关系远近和血缘亲近决定的，搬出郁家新新宅上的人，不管上辈人的恩恩怨怨，都会送人情，郁再邦和他的大、小老婆死后大家都来吃豆腐（奠饭）的。

在搬出郁家新新宅之时，郁九源同后排的樊家发生争吵，原来是郁九源在房后盖了一大间厨房，高高的烟囱正好对着后排樊家的房头（卧室）。樊家来交涉未果，向村里报警。村里责令郁九源的厨房西移 3 米，将中厅后门挡住了，避开了烟囱对准樊家的房头，郁九源损失了几千元，从此两家结下了怨仇。

樊家的老爸病逝了，周围的邻居都送 150 元奠仪，早晨，郁九源打算送 100 元，其妻沈氏强烈反对，说："少送 50 元，失了我家面子。在我公公和两位婆婆入殓时樊家也是挺客气的。"郁九源生气地说："此一时，彼一时。当年的关系不错，现在却让我家损失几千元。"两人争得面红耳赤。

正在此时儿子郁西西从外面进屋来，沈氏马上高兴地说："西西，你说送多少人情？"郁西西了解了父母争论的原委，回答得更绝，大声说："要我说，一分钱也不送！"

"啊？呀……"沈氏一下子歪倒在床上，口吐白沫。醒来后不吃不喝，郁九源父子和要好的邻居怎么劝她，却不理不睬，半个月后一命呜呼。

为了 50 元钱终结了一条鲜活生命的消息，长了翅膀似的传遍木行桥郁家埭上角角落落，名种议论蜂拥而起，主要有三种看法：一是夸赞沈氏善良大度；二是责备郁九源父子逼死了沈氏；三是历史上郁家新新宅是一座凶宅，它的晦气也带到了新建楼房里。

郁海发的分析与众不同，他揭开了郁家奇葩故事的内幕，他认为，夫妻之间争论实属正常，夫妻没有隔夜仇，绝不是郁九源和郁西西用 50 元逼死了自己的妻子和自己的母亲。发生本案的关键是沈氏患有抑郁症，在受到外来刺激后精神失常。据了解，沈氏父亲即郁再邦大老婆的哥哥同他亲表妹结婚生下了沈氏，属于近亲结婚。据说沈氏有一个哥哥六七岁时喜欢在地上捡细砖末吃并因此而夭亡。

第四例：微信中人民币往来趣事。郁海发在回乡期间，数年间云南宗亲郁金辉和木行桥的七位宗亲向他借款，数值在 5000 元到 20000 元，一般在两年之内归还，都是以微信转账方式进行收贷，从未有失信不还之例。特别是季正借款，前后四次借了 15 万元，成为木行桥郁氏宗亲活动中一个佳话。另一个佳话是海发转错账：一次回乡，郁海发手中没有现金了，向南通郁红燕借了 2000 元。当用微信还给郁红燕时，转给了苏州郁红理，立即收到郁红理的询问，当郁海发向她讲了事情原委，她马上说："不要着急，我现转回给你吧。"郁海发松了口气。

郁海发也遇到骗钱骗红包事件。《青草文艺》主编郁匡石因生意失败而借郁海发 2000 元，不属于骗钱之列。而另一位郁冠仙小姐借 1000 元又当别论，这从她借款过程中可看出端倪。郁冠仙写有一手好诗、好文章，自称出版过不少文集。她第一次提出借 3000 元，郁海发留了心眼，只给她 1000 元。过了 3 个月她还回 200 元，说："有借有还，再借不难。"又过了一个月，她提出再借 2000 元。郁海发感到其中必有妖，仅发给她 200 元。过了两年郁海发向她要 1000 元，她多次推托不还。郁海发对她说："你年纪轻轻，挪用 80 岁老翁的钱好意思吗？"郁冠仙回答："我帮你审稿行否？"郁海发拒绝："没必要。"

第4节　全国郁氏和谐任重道远出路在哪

在郁氏宗亲活动中出现正、负能量的故事等量齐观。无论是郁幸福等行为举措形成郁氏宗亲活动中三国三方，还是郁家人中的奇葩故事，都证明了"江湖中一切争斗发生的原因除了见先就是黑心之外，还有双方理念的迥异，世界各国制度不同引起战争这一普世真理"。以此为证，全国郁氏和谐任重而道远也。

郁海发对有些言论存疑。例如："天下一郁了，见郁就是好人。"可他遇到过骗捐骗赠骗吃的人，见到过骗钱骗物骗红包事件。毛泽东说，凡有人群的地方都有左、中、右，郁氏宗亲中也有不良之辈。"天下一郁"是文化上的认同，感情上的融合，精神上的合一！

对于当前郁氏活动中出现的裂痕如何缝合，郁海发认为，双方各退一步，容人之短，效人之长。如果一方做不到，那就各走各的路，互不关联。若是一方继续攻击，另一方应沉默是金，按郁元吉的中庸之道待之，不声响，你做你的事，我走我的路，按郁海发的处事方式："以自己的成功，回答他人的攻击。"

欲知后事如何，请阅第三十八集《〈郁氏文化草根作者语丝集〉出版风云》。

第三十八集　《郁氏文化草根作者语丝集》出版风云

本集聚焦于郁海发如何巧妙应对并化解了《郁氏文化草根作者语丝集》出版过程中遭遇的来自个别宗亲的质疑与挑战。需要强调的是，本集所展现的情节纯属虚构，旨在丰富叙事层次，切勿与现实人物或事件直接对应，以免产生误解。

第 1 节　《郁氏文化》微刊催生《语丝集》

郁海发走入网络写作之后，担任青草文艺公众号的高级顾问，和青草文艺总编郁匪石联合举办"青草文艺·以文话郁征文大奖赛"并制定了"郁氏人写天下闻，非郁人写郁家事"的征稿原则，双方商定在《青草文艺》上推出的所有文章打赏归《青草文艺》所有，作者的60%打赏分成由郁海发支付。征文全部完成后由评奖委员会评定等级，由郁海发支付奖金。

当征稿文推到 020 号时，郁匪石总编两个星期没有露面了，稿件无法推出，急得郁海发不知如何办。郁海发了解到《青草文艺》经营不善，稿源枯竭，加上郁匪石家中私事干扰，已经多天出不了刊文。院务主任郁兰秋说："我的儿子郁真自己也有一个公众号，让他帮你新建一个自家的微刊。"3 天之后，郁真来信："郁院长，取名'郁氏文化'公众号，手续已经办妥了。"

全国第一个姓氏文化公众号"郁氏文化"，自 2019 年 4 月 28 日发了第一篇推文，从此一发而不可收，坚持每天发文至今。

多年来，在范静峰、刘平凡等的帮助下"郁氏文化"公众号累计推出原创文章 1000 多篇，字数超过 150 万字。为公众号提供稿源的原创作者达

115 位，其中已有二分之一成为"郁氏文化"公众号的签约作者。

多年来，从互不相识的草根到因为"郁氏文化"而走到一起的文友笔友，其间建立起来的感情质朴而浓烈，催生了在香港某出版社出版的姓氏文化第一部纸质书《郁氏文化草根作者语丝集》（以下简称《语丝集》），上册第一分集到第十二分集，下册第十三分集到第十八分集，共 102 万字。《语丝集》书名由中国台湾新党原主席郁慕明题写；序文 1 由郁达夫之女、江苏省侨联原主席郁美兰女士撰写；序文 2 由南通市海门区政协原副主席、二级调研员郁斌撰写；在下册刊登了 71 位捐赠者的照片，107 位草根作者的照片。

第 2 节　郁海发出资聘请剑辉粘贴原文

郁海发认为，网络文章不利于传承和阅读，长期保存文章还是要依靠纸质书，为此，他设想将《郁氏文化》微刊上的文章编辑成书，并定名为《郁氏文化作者语丝集》，表示作者为《郁氏文化》微刊的写手，内容是传承郁氏文化的文章，得到了范静峰、刘平凡、郁光涛等工作团队的响应，郁松为题名加了"草根"两字，打造一部有特色的传承家族文化的书籍——《郁氏文化草根作者语丝集》。

郁海发将编辑出版《语丝集》的消息公布后，得到大多数作者的支持。郁海发首先确定由海门郁氏文化研究院和《郁氏文化》编审部为该书的编著者，并自告奋勇担任《语丝集》出版负责人，负责寻找出版社、筹措出版费用、确定选取删改稿件的事宜。为此，郁海发组织了由刘剑辉牵头，范静峰、刘平凡、郁光涛、蔡老师、屈国庆等 20 人的工作团队负责所有文章粘贴成文档，为了提高工作效率，特为刘剑辉配置了笔记本电脑。由他把所有文章归总于 24 个分集中。对所有工作人员，郁海发给予误工补助。

工作团队完成了 24 个分集共计 152 万字文稿，郁海发制定了删改三原则：

1. "郁氏人写天下闻，非郁人写郁家事。"对所有作者一律平等，对于宣传他姓文化的、有敏感文字的、意义不大的、无特色的、内容过时的文章均可删去。

2. 用文原则的顺序为政治思想强、艺术性强、可读性强。

3. 文章选取应兼顾代表性、知识性、趣味性、实用性、平民化。

根据删改三原则，郁海发亲自动手进行删除，用了 9 个月时间，最后定稿为上下册、18 个分集、102 万字，交出版社审核。

第 3 节　香港出版社责编修改上万之处

在出版商董先生的安排下，香港某出版社的责编用了 3 个月时间进行三审三校，修改了上万之处，因为是名副其实的草根作者文章，错误之处太多，这并不奇怪。郁海发与董先生签订协议，确定印刷数量为 600 套（上、下册），印刷费 81000 元，每套 135 元，定价 198 元。

所有文章无稿费，因为它的版权属《郁氏文化》所有，所有作者并不介意，因为绝大部分作者的文字是首次成为铅字。整个编撰工作只给刘剑辉等 20 人付误工费 6000 元（含电脑费 2000 元）。

与董先生商定，所有《语丝集》发放由郁海发提供地址、手机号、收货人，由出版社仓库负责快递，邮费由郁海发支付，预计 5000 元。

第 4 节　刊登百岁老人非郁文引起争执

郁幸福回想当年自己想代替范静峰担任《郁氏文化》审稿组组长，遭到郁海发的否定，当知道了出版《语丝集》时心中感到不快，对郁海发说："没必要出版这种书，文章水平太低，我本人唯一的一篇不要录入，我不能同这些人同流合污。"郁海发反驳："你的文章版权不属于你本人，我们有权刊登。至于错误多是事实，可以审改的。"

当《语丝集》18 个分集定下后征求意见时，郁幸福鼓动他的粉丝郁京源等散布言论说，《语丝集》并不是郁氏人所写，也不是写郁家事。他说："编审部的范老师等都是非郁姓人，作者中非郁姓者不少，像蔡老师专门写稿得点稿费。"这位海门郁姓人并不知道蔡老师的女婿姓郁，况且有"郁氏人写天下闻，非郁人写郁家事"录稿原则，支持非郁人写稿啊。那位族人在群内发表议论，故意气气郁海发："把非郁人写的文章拿来刊登，好像私生子抱来亲一口呀。"可能自己感到不妥，赶紧说："玩笑，开开玩笑咯。"必须承认《郁氏文化》编审部成员非专业人士且兼职审稿，有点错字实属正常，可那位族人上纲说："那些人水平太低，把'祭祖'写成'忌祖'，对不起郁氏祖先啦。"

毛主席说，凡有人群的地方就有左、中、右；郁海发认为，再坏的人也有朋友，再好的人亦有敌人。因为文化不同，生长环境不同，"三观"也不一样……对某一件事产生不同的看法实属正常，事实上那位族人和那位郁姓人的奇谈怪论没有产生多少影响。不料那位族人在群内又是一通议论："《郁氏文化》微刊天天发那些乱七八糟的文章，搞得大家不得安宁。让那些老家伙去写吧，让他们印书吧，待他们死后我再去批判！"真有点学司马懿待曹操父子死后一统天下建立晋朝的味道，又仗着他年轻之身，对郁海发说："老不死的，每个人临死之前追悔自己积了多少德。"耄耋老人郁海发听了这些话不禁毛骨悚然。悍然回答："多留些口德吧，按你的心思，能活到我这么大年纪吗？"

发放《语丝集》之后，郁幸福不愿出100元购一套书，但他得知第四分集中刊登了百岁老人袁少英的文章《跨越近百年的蹉跎岁月》之后，亲自找到郁海发，攻击说："用70个页码刊登非郁老人的文章太不值得。非郁人写郁家事说词是假话。"郁海发回复：

《郁氏文化》微刊缘何推出海门汇通镇老革命干部袁少英的回忆录？

年初，海门汇通镇的乡亲曹振华先生曾推荐过北京国家机关公务员、海门三星朱匀其所写的《海门汇通古镇的味道》一文。

时隔3个月后，曹振华先生又发来94岁老人袁少英的回忆录，说："汇通袁少英写汇通镇过去的事，非常真实。"并介绍了袁少英二儿子袁乐兵与我相识。今日发表袁少英的回忆录也是另有缘故。

其一，海门郁氏文化研究院郁家老宅距汇通镇1.5公里，那可是我出生之血地呀。

其二，我小学毕业于汇通小学，也算与袁少英是学兄学弟的关系。

其三，袁少英与先父郁九周同时期参加革命工作，他是我的长辈哪。发表袁伯伯的作品，与他的儿子袁乐兵一起尽我的孝心啊。

其四，耄耋老人使用电脑实行无纸化写作 9 万多字，将岁月的欢乐、人生的苦短娓娓道来，十分真实，十分罕见，实属不易！

其五，袁伯伯是三次入党的布尔什维克，百年之身不失信仰，是这个时代的楷模，难道不是我们晚辈们学习的榜样吗？

其六，袁伯伯和先父均为毛泽东的忠实追随者，他的文章无不打上毛泽东时代的烙印。先父说过，他忘不了培育他的父母，忘不了战斗过的故乡，忘不了幸存的战友，忘不了照顾他的亲属们。一句话，忘不了汇通的土地、水和百姓！读袁伯伯的文字使我想起了父亲郁九周！

其七，我的表弟曹祖明同袁伯伯的小儿子袁乐波是同学，为支持袁伯伯文章入书，捐赠了 10000 元。

第 5 节　成本核算郁海发遭到幸福误解

在同出版社签订《语丝集》合同之后，郁海发对它进行了成本核算，以便决定给成员优惠价是多少。600 套印刷费 81000 元，前期费用刘剑辉等 20 人误工费 6000 元，制作样本 1000 元，封面设计、书名题字、序文者稿费共 3000 元，预估快递费为 5000 元，共计 96000 元，每套成本价为 160 元。郁海发决定以每套 100 元出售。

在网上和朋友圈发出征订通知后，一共收到 450 套书款 45000 元，包括捐赠者的所需书数，再加上捐赠者赠款（扣除书款）55000 元（如郁旦斌捐款 13000 元，只要 3 套；黄继仁捐款 1000 元，只要 2 套），合计收入为 100000 元，比成本费 96000 元多出 4000 元，并且剩余 150 套《语丝集》。

时值郁海发大儿子郁威的日本（北京）钟表公司处理四款库存光动能电波女表，原价格 5000～5500/只，卖 1 只四折，团购 50 只每只 500 元，团购

100 只每只 400 元。在郁威的组织下，郁海发购买 15 只手表 6000 元，分别送给捐赠者，以感谢他们对出版《语丝集》的支持。

15 只手表费 6000 元使《语丝集》每套成本费增加 10 元。当这一消息在网上宣布后，群员纷纷点赞。唯郁幸福责问："郁海发，你讨好个别宗亲，6000 元手表费不应纳入《语丝集》出版费用，损害多数购书者的利益。"

郁海发不客气地回答："不论多少成本，我出售均按每套 100 元。你又不买书，何必费心呢。"

郁幸福："你帮你儿子推销日货，为日本筹集军资，将来攻打中国。"

郁海发："请你不要上纲上线，给老朽扣帽子。"

郁幸福："事实摆在那里。你一个儿子在日本，另一个在新西兰，都是中国的敌对国家，将来打起仗来会做汉奸的。"他又对这个老党员说："你对共产党有何仇恨？两个儿子生了三个孙女，将来嫁给外国人，你一生累积的财富都传给洋人了。"郁海发听了哭笑不得。

郁海发正要反击时，倏忽之间想起母亲告诉他幼时算命先生抽星宿的往事：算命先生郁小林左手托着放满纸片的小木盒，右手牵着一只无名小鸟，让郁海发摸一下小鸟的尖嘴，小鸟飞快地叼起木盒中的一张纸片。郁小林放下木盒，端详纸片上的画景：一根木桩一根绳索牵住一只海门山羊，在地上转圈儿吃草；不远处大树上停着一只大鹰，欣赏着山羊在美餐。

郁小林诠释画面之意："此儿长大后会远走高飞，要做大官，出入县衙无人敢于盘问，不过，凡做事都会返回原样，最后回到出生之宝地。"

见母亲惠姑开心地笑了起来，郁小林再侃了一番："再看这只大鹰，盯着山羊呢，此儿长大后常常会落入是非之争，要时时防着小人背后捅刀子……"

对于那位族人背后捅刀子，郁海发准备子弹进行反击，却想起了母亲的教导："把话放在肚皮里，别人不会把你当乌子。"于是他再次坚守了自己一贯的处事原则："以自己的成功回击他人的进攻。"终于《语丝集》顺利付梓和发放。

600 套《语丝集》，由出版社发放了 450 套，出版社留存 10 套样书，送给季正的海门区历史文化研究会 90 套，用于明年年会礼品，另外 50 套存于永富郁氏益民农家书屋之中，或读者借用或出售或送人。例如，盐城郁成，原籍海门，十月会议捐赠 1000 元，这次送他一套《语丝集》。

郁幸福从木行桥村官大学生调入南通通州区工作，《语丝集》发放进入最后阶段时，出乎郁海发的意料，郁幸福的爱人郁蕊英突然从通州区家中来到木行桥郁家东宅重建瓦6，进门对郁海发说："今天来看看老院长，给你带来一盒碧螺春。"坐定之后，郁海发一边审视茶叶，只见保质期已过，一边说："谢谢啦。"问："今次来此有何见教，直言相告。"

郁蕊英："您老客气了，不能说见教。我来有三件事。"

郁海发："请述其详！"

郁蕊英："第一件事，在我父亲入殓时，你请郁海新送了500元奠仪，谢谢啦。"

郁海发："哦，你的父亲费民和我在重建瓦6问题上产生过不愉快，但是他是你母亲郁美香入赘的夫君，是郁家的女婿，送人情应该的。第二件事呢？"

郁蕊英："今天特来向你道歉的，不应该退出海门郁氏文化研究院。"郁海发想起她退出时的情景：郁海发向全族人宣布，成立海门郁氏文化研究院构筑家族和谐平台，遵循郁氏"爱故乡、忠祖国、孝父母、拜列祖"新时代家训，强毅力行，引导家族成员做不忘"六祖"之人。不料郁蕊英站出来责问郁海发："你搞这一套，先去问问你的两个儿子同意吗。"

郁海发："过去的事算啦。第三件事呢？"

郁蕊英："能否给我一套《语丝集》？"略停又吐出实话："幸福让我来要的。"

郁海发："是吗？他说该书水平太低，不花100元冤枉钱。是否要这本书批判《语丝集》？"

郁蕊英："不是，他没说。"又笑着说："他可专心啦，成天研究郁氏文化。我添了个儿子，他高兴死啦，说凡没有儿子的，祖上没有积德。"打开了话匣子，郁蕊英讲个没完："可他成天关心郁氏传承，搞那个基因检测。甚至要检测一下儿子是不是他的种呢。"郁蕊英"扑哧"一笑。

郁海发也笑了起来："不讲这个了。冲你这包碧螺春，我送你一套《语丝集》。"又说："我特别佩服幸福的是，他也是入赘郁家的女婿，对郁氏宗亲活动的执着比一般郁姓者更胜一筹。"郁蕊英"咯咯"地笑了起来。

郁海发也不客气地实话实说："由于他好斗逞强，不仅在老家得罪了不少人，在全国郁氏人中口碑并不好。山东宗亲说郁氏家族中，凡是有影响力的，真心为家族奉献的，努力工作的，都遭到过他的攻击；安徽宗亲说他整天仁义道德挂在嘴上，其实做人做事恰恰相反；广东宗亲建议，郁幸福应改为郁是非才对。"

郁蕊英说："我回去劝劝他吧。"

郁海发："那当然好，但不会有效果的，勿要影响夫妻关系。郁氏中有两种人，一是别人听不懂他的话，他也听不懂（进）别人的话，悲。二是别人听懂他的话，他却听不懂（进）别人的话，惨！都是郁氏的另类之人，幸福属于后者。"

郁蕊英拿起《语丝集》走了，似乎生气了。

欲知后事如何，请阅《房》第三十九集《多彩的重建瓦6》。

第三十九集　多彩的重建瓦6

本集回顾了百年之前朝东屋瓦6，成为朝南屋重建瓦6之后，经过多次翻修而功能多样化，由于郁力回故乡而引起木行桥村委干部的重视，赋予重建瓦6的多彩功能而大放异彩，实现了郁海发的夙愿——祖宅的股份制管理，海门将军郁鼎勋后人美籍华人郁正宏加入木行桥郁氏基金互助会，让重建瓦6添上浓浓的一笔。

第1节　郁力故乡情怀的由来

郁力初中毕业时，和上海表兄陈锋、陈琪第一次回到木行桥郁家东宅重建瓦6里，看望他的奶奶惠姑，三位同龄人在乡下玉米地里拉屎撒尿。郁力工作之后，出差上海，第二次一人回到郁家东宅，给了他奶奶500元。郁力出国定居新西兰之后，2016年出差中国苏浙地区，路过南通。当时郁海发正在老家，立即赶往南通市三得利宾馆与郁力见了面。在大表弟张志东之女张小红的帮助下，晚上回到郁家老宅，待了20分钟后又回到宾馆，第二天一早他前往浙江义乌。那次回来的20分钟内，他环绕祖宅一周，敲敲重建瓦6的木窗说："应换成不锈钢窗啦，西边宅沟那边乱七八糟，应该改造一下。祖居地要好好保存下来！用它做点事。"临别之时，郁力向在场的长辈们一一鞠躬致意："谢谢你们照应我的老爸！"感恩之情溢于言表，场面非常感人。几年之后的今天，重建瓦6已成为海门郁氏文化研究院的活动场所，在全国郁家人中小有名气。

今次，在北京的古玉转告郁海发，郁力将出差上海、大连、青岛，回到北京，然后将与他母亲回到郁家东宅来看望老爸。这次郁力回来，不是当年在玉米地里撒水撒污的小倌头子了，而与他哥哥郁威一起，已列入木行桥村在外的能人行列之中，作为外商的他，将与木行桥村领导见见面。

时值海门暴雨连天，屋外大雨，屋内中雨，为了迎接儿子回乡，海发决定对祖宅全面修理，进行现代化装修。面对不菲的预算，郁海达说："你是草屋上装步鸡。"步鸡指瓦房屋脊两头龙凤等装饰物，意思是基础差，大装修，不值得。犹豫不决之际，郁海发在网上看到中央各部委联合发文，要求全国改造农村危房，改善人居环境，提高农民的生活水平。因此海发花去6万元，一座崭新的祖宅出现了，近邻们纷纷点赞，它成为农村旧房改造的样板房。

8月底，郁力和他母亲一同回到重建瓦6，这是他第四次回乡，中午和晚上海发各备了4桌酒席，让郁力亲自向他的长辈们及帮助他父亲的人敬酒！7000多元8桌酒席场面并不大，当年郁威全家回乡时，曾摆了12桌酒席宴请亲友哪。

第2节　重建瓦6的历史回放

在本书第三部第二十六集《故乡留间房为了啥》中，郁海发将百年朝东屋瓦6修建为朝南屋重建瓦6，成为海门郁氏文化研究院的活动场所，先后赋予五种功能，挂了五种铜牌：

1. 恢复"积善堂"。21世纪第二个10年中，由郁海发和郁海正复制了180年前郁家东宅积善堂牌匾，上书："是故，能爱子者，遗之以善；不爱子者，遗之以恶。"

2. 筹建陈列馆。建立了文化祠堂——海门郁氏历史文化陈列馆，在这个小小的陈列馆里有10个展窗，布展了40万字《海门人故事——郁家那些事》一书和102万字《郁氏文化草根作者语丝集》的全部内容。

3. 表彰先进。建立郁氏宗亲活动积极分子展览墙。在重建瓦6中厅的四面墙壁上，挂上了100位人物的彩色照片，他们是当今全国郁氏宗亲活动的积极分子。年龄最大者是湘西郁岗锋，最小者是张家界郁传灯。

4.建立微刊，培养郁氏草根作者。在《青草文艺》不再刊登征文稿件之后，院务委员会主任郁兰秋动员其子郁真创办微刊，在刘平凡先生的帮助下，"郁氏文化"公众号开通了，制定了"郁氏人写天下闻，非郁人写郁家事"录稿原则，成为本院一个对外的舆论窗口，组建了操作团队，保证每天两篇推文，110多位草根作者有了自己的写作园地。

5.挂上了海门区家风文化研究会授予的海门家风文化教育基地铜牌。

第3节　地方政府支持重建瓦6

木行桥村党支部姜书记和村委干部严李同志来到郁家东宅与郁力见了面，交谈两小时。村里建议在重建瓦6设立郁氏农家书屋并进行矛盾调解小组和慈善小组的试验。对此郁龙飞点赞说："非常好，有地方政府认可的基地了。"为此重建瓦6再增加了三块铜牌：

1.木行桥矛盾调解会铜牌，它由木行桥村委操作。

2.木行桥郁氏益民农家书屋铜牌，它隶属于木行桥村委农家书屋。

3.木行桥郁氏基金互助会铜牌。郁氏基金为郁海发私蓄现金50万元和重建瓦6包括设备20万元及100位理事股金30万元（送股），分享祖宅升值红利和文化资产。

郁力是新西兰奥克兰市某个公司的中国部经理,对此,村里两位领导提出:"郁先生若有机会，为家乡的外贸工作做点贡献。"郁力笑着说："咱们加个微信，在网上联系吧。"木行桥海外游子郁力传承了其父郁海发的故乡情结啊！

第 4 节　股份制彰显人民币故事

　　设立木行桥郁氏基金互助会是为了实行祖宅股份制管理，目的之一是从328位成员中挑选100位理事，享受30%的祖宅动迁升值红利及本院文化资产收益。目的之二是用私蓄50万现金支持家族的公益活动，也是慈善之举。

　　郁氏基金互助会主要是郁氏文化研究院资金的运作，达到敦亲睦邻、守望相助的目的，以送股方式回报亲朋好友。建立15人监事会，在郁海发、郁威的领导下，在郁海新、袁五宝、陈国仁的帮助下运作。

　　木行桥郁氏基金互助会也在中秋桂花香的10月里，在重建瓦6场心里，召开了百人挂牌仪式后启动，海门地区理事、全国理事代表、木行桥地区政府人员和海门媒体参加了当天的揭牌仪式。

　　互助会的日常收入：小额贷款利息、银行利息、房屋出租收入、存书出售、增加理事名额和入会费、郁海发月工资的结余；互助会的日常支出：族人婚丧喜事、生育奖励、就学升学、救急助老及本宅的网络电视、必要招待费、房屋维修及郁氏文化签约作者稿费等。两者相抵，略有盈余。

　　互助会的远期收入：几年后，祖宅动迁设备补偿和水泥路面补偿约20万元，房屋补偿三屋室1套，约100万元，增值100万元；《房》剧版税收入10万元。共计获利110万元，郁海发用30%即33万元奖励100位理事，最多者分到2万元，最少者得500元。

　　木行桥郁氏基金互助会的运行给我们什么启示呢？有三：

　　一、有言曰：人不敬我，是我无才；我不敬人，是我无德；人不容我，是我无能；我不容人，是我无量；人不助我，是我无为；我不助人，是我无善。海门郁氏始祖是孔子的得意弟子之一有若，郁海发为有氏81世，郁正先称赞郁海发有着"有子后裔之风范！"

　　二、书写本文目的是宣示海发的理念：不忘朋友，不害朋友；朋友，不是用到的时候才是朋友；人要懂得感恩，要讲诚信。别人助他，他应助人，他是友善者。祖宅升值以股本分成，立木为信，他没有食言！

三、宗亲活动中人民币趣事佐证郁海发的观念不同于常人。他不是财富大咖，他经常提着一堆废品走出半里地，在垃圾王那里换几张毛票；几年前第一次参加临沂郁氏宗亲聚会时，手上戴着一枚铜戒指。

郁海发不是炫富者，也非吝啬者。党和国家给他的待遇不错，郁威、郁力事业有成，不是啃老族，他认为手中的结余应回报社会，多做善事，人民币带到天堂里也是假币呀。

其一，两个红包的故事。建院初期，季正会长举行住宅竣工典礼，郁海发准备 500 元"攒高头"人情去祝贺，不料，竣工的是季正会长用私款筹建的苏北抗战纪念馆，郁海发又加了 1600 元红包，并对季正说："敬重你的无私精神，对海门历史文化做出了巨大贡献。"几年来季正先后四次共借过 20 万元，海发仅象征性地收点利息。

多人多次借钱没出过问题，木行桥多位乡亲向郁海发借钱一律不收利息。郁海发是《青草文艺》的顾问，不拿工资也无补贴。由于该公众号经营不善，平台主管向他借了 2000 元，几百元文章的打赏分成也告吹。郁海发从云南郁氏群中，看到群主郁金辉与妹妹通话，知道他因单位经济不景气，过春节无法向山中的父母寄过节费。郁金辉是年轻的电子工程师，曾在《郁氏文化》微刊上推出《我和郁海发爷爷》一文，让他时时记挂在心里，现在金辉有困难，应该尽力帮帮年轻人。他立即向郁金辉转账 5000 元，附言："借给你过年。"郁金辉回复感谢之外竟附上一张签字手印的借条。

其二，十月会议中捐助趣事。海门十月会议前，在海门宗亲中筹集大会费用，某位副院长始终未表态，引起一些宗亲的疑问。这位副院长是海门年轻企业家，热心海门郁氏家族事业，也是一位慈善家。当海发知道他新盖厂房、按揭买房、女儿上大学，手头拮据，不表态出于无奈之举。他设身处地换位思考，权衡利弊之后，毅然给这位副院长写信："我代你支付 10000 元，不要利息，不定还款日期。"结果皆大欢喜。海门 2019 十月会议开幕那天，收到启东六位宗亲现金 10000 元及郁承贵 5000 元捐赠，经与郁兰秋、郁海新、郁海达商量后，决定接受启东 10000 元，因为启海同为沙地人，郁承贵 5000 元退回。

其三，资助困难宗亲。凡熟悉的宗亲介绍众筹者，郁海发必会出资捐助。张家界郁大正发出倡议书，上书："湖南省 14 个边远困难县区，全在湘西。编谱所需资金全靠贫困的族人，东拼西凑，至今尚未凑满印刷费。殷切希望各地宗亲、仁人志士自愿鼎力援助。郑重承诺：如将捐资款据为己有，我将不是郁家人。"按理说地区印刷家谱应该本地解决资金，不宜动用全国郁氏宗亲力量。在犹豫不决之际，郁海新跑来找海发说："张家界虽是旅游区，湘西情况各有不同，习主席重点扶贫样板十八洞村就在湘西。郁大正是我们研究院的成员，海门郁氏人一定要表示表示。"海发说："你的意见很对。让院里捐款不妥，我个人捐300元，你交200元。"疫情肆虐张家界，导游郁金山在郁氏群内，向郁传灯要红包并说："我失业了，生活费也没了。"显然是兄弟之间开玩笑。见了这个玩笑，木讷的郁海发却当真了，立马给郁金山发去200元红包。金山问他："发红包啥意思？"他回说："你没游客，无收入了。"他回了一个"哈哈"大笑的表情并回复："勿拂郁老的好意，收下了。疫情过后，给你老寄湘西土特产。"不几天，古玉收到张家界寄来的又大又甜的猕猴桃。

其四，与郁大都的奇葩交集。在研究院成立之初，湘西郁大都交纳入院费，转账给海发5000元，海发急问："怎么那么多，按规定自愿交纳100元到2000元。"大都说："多打一个零。"海发当即给他退回去了。过后他重打500元过来。郁海发认为不是他的钱勿能要。

其五，支持《郁氏文化》出刊及评优工作。郁海发对《郁氏文化》每天每篇推文进行打赏，用于编辑费和作者分成；对签约作者给予稿费；发给推广组成员红包，每月支出近千元也是由他本人支付。

《郁氏文化》海门集思广益群中有段对话：

江西宗亲郁水林：郁海发，听说院评优的奖金由你出是吗？这里又没盈利收入，怎么可以这样？

郁海发回复："以文话郁"征文大奖赛103篇奖金31000元也是本人工资结余，钱要用到传承郁氏文化方面去，人民币带到天堂也是假币呀。

郁水林：人民币当然带不到天堂，但你的行为让我们所有人都感到汗颜惭愧。

第5节　郁鼎勋将军海外后人入互助会

木行桥郁氏基金互助会成立后，郁海发收到郁正宏来信："成立木行桥郁氏基金互助会行动使得祖宅和建立的郁氏文化得以永续发展，又能够帮助地方乡亲。"并要求："郁伯伯，我自愿交纳入会费人民币 2000 元，不为分享院资产的升值，而是支持您的工作，表达海外郁氏游子的赤诚之心！"郁正宏成为入会费 2000 元的成员、股本 5000 元的理事了。

郁正宏是何方人士？他是郁钧剑的堂弟，现将他的来龙去脉告诉读者。

众所周知，《海门人故事——郁家那些事》一书中记载着《海门郁氏三将军》一文，其第一节是共产党少将郁文，他的起落人生让人唏嘘不已。第二节是国民党少将郁仁治，在台儿庄对日战斗中壮烈牺牲，国共两党在重庆为其开了追悼会，并追授中将衔，中华人民共和国成立后，在海门烈士馆中有其牌位，其子女享受烈属待遇。第三节中讲的是国民党空军少将郁鼎勋，笔者仅知他是海门人，无法查到其他任何信息。

光阴荏苒，时光到了 21 世纪 20 年代，某天，郁海发突然接到郁鼎勋之孙郁正宏从美国发来的微信。

郁正宏："我是郁正宏。看到季正的一篇网络文章提及我爷爷郁鼎勋的名字和您的联络方式。"

海发："是的，我在一本书中写过海门三将军，可惜的是你爷爷的情况只有一点点，好像是飞行员。"

郁正宏："早上好，郁先生！或许应该称呼您郁伯伯，因为网络上说您是 1940 年生，比我父亲大两岁。在这篇文章里，提到我祖父郁鼎勋和我父亲郁有增。我现在住在美国加州，我看到您花了多年写了 15 万字关于海门郁氏的研究非常钦佩，我曾祖母去了台湾，墓碑上刻着江苏海门，我祖父和我父亲都安息在加州，墓碑上也刻着江苏海门。这让我这个生在中国台湾住在美国、祖籍海门的郁氏子弟一直想带着美国生的下一代去海门看看。"

海发："可以将你祖父及父亲的情况，补充在我创作的长篇电视小说《房》

剧中。"

郁正宏："我刚刚在郁达夫女儿郁美兰写的序上看到了您的《房》，如果将我爷爷和父亲放入素材当然荣幸。"

海发："期待你的大作。"

第6节　海门郁鼎勋将军一脉的故乡情结

下面摘录郁正宏的文章——

1996 年，父亲、叔叔、伯伯和姑姑们在台北善导寺为祖父郁鼎勋举办了告别仪式。当时我正在履行在台湾为期两年服兵役的义务，而祖父的过世让我能够请丧假，得以离开部队一天去奔丧。祖父在美国加利福尼亚州橘郡去世，已经在美国举办了告别仪式并且安葬了。在台湾举办告别仪式，是为了让祖父在台湾的一些故旧前来吊唁致意。1998 年我来到美国后，第一站就去了祖父的坟上祭拜，墓碑上写着"江苏海门郁鼎勋"。

我出生于 1972 年，我满月后的第二天是我祖父的七十大寿。虽然我的姑姑们比我父亲年长许多，但在郁姓孙子辈中，我是第一个出生的，也就是所谓的长孙。

在我的记忆里，祖父是一位集邮家，他用自己的字"铭之"与邮友们通信往来，"郁铭之"这个名字在我生活中出现的频率可比"郁鼎勋"多得多。郁铭之从 9 岁，也就是 1912 年开始集邮，一直到 95 岁去世，从未间断，前后一共收集了 86 年的邮票。正是这种兴趣、毅力以及长寿等因素加在一起，造就了他这样一位集邮家。

每期新邮票发行的时候，郁铭之就会去邮局做两件事：一是购买两张大全张的新邮票，二是购买首日封。他会把其中一张大全张邮票和首日封妥善地保存起来，然后开始写信，将另一张大全张邮票撕下来贴在信封上寄给邮友，信封里还会附上回邮信封。邮友收到后，会把已经盖了邮戳的邮票连同回邮信封一起寄回给我的祖父。这样，我祖父就完成了这批新发售邮票的整套集邮流程。

小时候，我常常有幸从长孙的身份转变成邮友，收到郁铭之（也就是祖父）的来信。要是有时候回信太慢，或者回信的内容不够用心，郁铭之这时就又变回祖父的角色，会督促我呢。

1957 年，同样和我祖父一起留学德国的严庆龄，在台湾成立了裕隆汽车公司，他邀请当时还在台湾大学机械系教书的我的祖父郁鼎勋担任裕隆汽车的主任工程师。1961 年，裕隆的第一部汽车终于上市了，这就是第一代的蓝鸟（Bluebird），中文名叫"青鸟"。这第一部台湾自制的汽车在 1967 年被当作礼物送给了新当选的越南共和国阮文绍总统。我曾经问过祖父，阮文绍有没有开过这辆车，祖父并不知道。当 1975 年阮文绍流亡到台湾，落脚在台北天母的时候，这部对台湾来说很有意义的第一代裕隆青鸟车，恐怕在越南早已化为一缕青烟了。

在 1933 年左右，我祖父郁鼎勋毅然决定从德国回到中国，进入了中华民国空军，并且前往杭州笕桥飞机制造厂工作。这是中国第一家飞机制造厂，其所生产的数百架战机，在日后抗日战争时期，对中国空军取得诸多胜利起到了决定性的作用。后来，我见到了许多祖父在笕桥时的老部下，听他们和祖父聊起当年抗战时的情况，我不禁由衷地佩服祖父的爱国情怀。我的父亲郁有增也深受祖父影响，他是 1988 年 12 月出厂的"IDF"（"经国号"战机）原型机的主任工程师。（"经国号"战机于 1992 年开始在中国台湾地区空军服役。）

1945 年抗日战争胜利后，因为工作需要，我的祖父、祖母曾带着 1942 年出生、当时还是 3 岁幼童的我的父亲郁有增，前往东北日军的基地待了很长一段时间，负责接收机器设备。据我父亲讲，那段日子是他和祖父最亲近的一段时光。不过那段日子他并没有记忆，所说的那些事都是后来祖父和祖母告诉他的。

我的祖父一共有八个子女，除了父亲之外，还有七个叔叔、伯伯、姑姑。在 1945 年到 1949 年间，大多数的叔叔、伯伯、姑姑仍然留在重庆。而我的曾祖母和几位叔公则回到了海门老家常乐镇。1949 年，身为家中长子的祖父决定前往台湾时，几位叔公受祖父之命去接曾祖母到机场，乘坐祖父安排的飞机前往台湾。但曾祖母坚持一定要身为长子的祖父去接她，她才愿意离开老家。最后，几位叔公和他们的十几个子女先登上飞机去了台湾。我的二叔公留下来，一直等到祖父从重庆赶回海门，才和曾祖母搭乘另一架飞机去了台湾。我在台北每年清明节去给曾祖母扫墓时，看到她的墓碑上也写着"江苏海门"。

海门对于我曾祖母而言，是一个她舍不得离开的老家；对于我祖父来说，是一个他年少时离开，直至终老都没机会再回去看看的故乡；对于我父亲来讲，是一段有着短短几天经历、靠口述留存下来的记忆；而对我而言，它是铭刻在我曾祖母、祖父和父亲墓碑上的文字，也是将我们郁家从海门到台湾的故事串联完整的祖籍所在。

欲知后事如何，请阅第四十集《铭记保存重建瓦 6 的喜与悲》。

第四十集　铭记保存重建瓦6的喜与悲

重建瓦6功能多样化建设之后，郁海发送郁力回了新西兰，他和古玉回到北京，一个月后郁海发病了，住进了医院，木行桥郁氏基金互助会运作规则尚未制定，无法参加全国《中华郁氏通谱》海门宏发会。本集讲述郁海发在养病期间回忆保存重建瓦6的喜与悲……

第1节　海发生病无法参加通谱宏发会

在重建瓦6实现功能多样化建设之后，郁海发送郁力回了新西兰。中秋桂花香飘的10月，木行桥郁氏基金互助会于重建瓦6场心里举行了百人挂牌仪式。海门地区理事、全国理事代表、木行桥地区政府人员以及海门媒体皆参与了当日的揭牌仪式。郁海发和古玉返回北京，一个月过后，郁海发生病住进了医院。此时，木行桥郁氏基金互助会的运作规则尚未制定，永富郁氏益民农家书屋也来不及整理与开放。

郁海发住院的缘由是下肢软组织感染，其右脚背红肿，中医称此为"丹毒"。用药一周后，这一症状得以消除。然而在进行全身检查后，新的问题出现了：其一血压偏高；其二动态心率偏低；其三医生指出，多年服用一种降糖药致使肾功能下降。古玉认为，情况并非十分严重，婉拒了医生安装起搏器的提议，让郁海发出院回家调养。医生在出院通知单上提醒郁海发，需留意脑卒中以及心率骤停的风险。

5月中旬的某一天，郁海发突然收到郁龙飞的微信："海发伯伯好。我在湛江开会，参加中华郁氏文化研究会的工作会议。会上郁正先会长宣布，由郁元吉主编的《中华郁氏通谱》将于 9 月准备宏发。"原来是由于新冠疫情有所减弱，中华郁氏文化研究会恢复了《中华郁氏通谱》的编写工作。

郁海发回复道："预祝大会成功！"

郁龙飞问："下午大家商量颁谱的地点，假如放在海门，您有何建议？"

郁海发说："我想起来了，去年郁正先曾说在海门开一次会。如果大家有此意向，在海门颁谱，是件好事，说明看得起咱们。我赞同。"

下午，郁龙飞发来微信："会议参加者一致表示：举办《中华郁氏通谱》宏发会，海门是最佳地点。我接受了。请您出出主意！"

郁海发回复："太好啦。如果在海门举办这一盛典，可以请郁慕明先生访问海门，还能还清江阴宗亲的情。但我如今身体不比往年，刚从医院出来，无法回乡参加。"接着又说："除我和郁校长以外，2019 年十月会议的主要人物都在，身体还算不错，又新增了郁旦斌和黄继仁。再加上你公司的干部，肯定能把此事办好。你们辛苦了。"

郁龙飞说："您多注意身体！"

郁海发表示："我会出一份赞助金，以表本人支持的心意。"

第 2 节　海发治病不惜工本初见成效

郁海发之病症主要为血压高、心率低，存在心梗、脑梗以及心跳骤停之危险。倘若稍加留意，状况并非严峻，然而，医生安装起搏器的好意提醒，在海发心中始终萦绕不去。人在身体康健之际，往往忽视身体保健，精力充沛，诸事皆欲尝试且野心勃勃；一旦患病，负面情绪陡然攀升，整日萎靡不振。郁海发便是如此，去年于故乡装修重建瓦6，时常挑灯夜战，饮食起居毫无规律；现今生病，将医生不许远行之告诫奉为圣旨，成天待在家中，鲜少外出散步，偶尔外出亦需古玉陪伴在侧。古玉看着丈夫这般模样，忧心忡忡地说："你这样下去，身体定会每况愈下。"古玉周全地规划了海发的养病之方：其一不讳疾忌医，重视药物治疗；其二以蜂产品进行保健调养；其三花费 4 万元安装一座骏丰频谱房，每日进行 25 分钟理疗。三管齐下，再加之心情愉悦以及创作《房》剧，一月之后检查，身体指标大有好转。然凡事皆非一帆风顺，郁海发身体状况之反复源于两种负面情绪之干扰，竟是由古玉之暖心话语与幸福之误解所引发。

古玉平素过日子颇为节俭，面对养病之不菲开销，一日晚间郁海发对古玉言道："你此番为我养病花费这么多钱财，难道不心疼吗？"古玉不假思索道："钱，该用则用，花在当花之处，我只盼你能多陪我数年。"这本为夫妻间暖心之语，却致使郁海发反向思索，自问："莫非我在世时日无多？那我的《房》尚未完稿，祖宅重建瓦6今后之出路亦未安置妥当……"辗转反侧一夜未眠，五更时分迷糊了片刻，晨起测量血压竟达200！古玉心疼地加以解释开导："何必自寻烦恼？折磨自己！花费4万元安装骏丰频谱房，乃是因频谱房所发之波长与人体波长相近，每日25分钟理疗，能够促使身体细胞再生，只望你莫要卒中或者血管堵塞而致残疾呀。"在古玉之开导下，郁海发总算平静下来。

在《郁氏文化草根作者语丝集》印刷之前，有70位宗亲予以赞助，为感激其中15位捐款甚丰者，郁海发送他们每人一只光动能女表，此表系日本（北京）钟表公司所产，原价每支5000元。郁威乃该公司之销售经理，郁海发参与了郁威组织之团购队伍，每只表仅需400元。郁幸福散播郁海发于各群内协助儿子推销日本表，为敌对国家筹集军款，声讨郁海发之汉奸卖国行径。为此郁海发怄气致使血压再度升高，古玉劝道："何必为此失魂落魄？生气乃是以他人之过错折磨自己，真不值得。"此次郁海发很快调整过来，投身到永富郁氏基金互助会工作之中。

郁海发认为，今后回故乡之可能性甚微，他率先建立了"祖宅管理群"，让群员协助做好祖宅管理之事；请郁海达、陈国仁整理永富郁氏益民农家书屋；请郁海新向木行桥郁氏80岁老人发放春节红包；让袁五宝代送远房姑妈奠仪；让郁海新代向幼时润土遗孀送红包；让郁海新代向郁非孙子送升高中红包；参与木行桥村一日捐活动……这一切皆属永富郁氏基金互助会之职责范畴。

第 3 节　回顾重建瓦 6 的历史足迹

郁海发未回海门参与全国《中华郁氏通谱》海门宏发会，此事引发多方关注，纷至沓来的信件中皆言："放下诸般事宜，调养身体乃重中之重。若无健康，一切皆归虚无，诚祈康复！"然而，郁海发有两件事始终难以释怀，其一为收官之作——长篇电视小说《房》的创作，其二为祖宅未来的走向。

郁海发时常沉浸于重建瓦 6 的历史轨迹之中。历史回溯如下：

19 世纪末至今约 130 年，郁海发的嫡亲曾祖母——另一位小夫人余巧生，将祖传的 7200 步地皮活契售出其二分之一，以所得之金盖起朝东屋瓦 6 和横沟北沿朝南屋瓦 7，且用这两间新屋与祖传的瓦 2、瓦 4 以抓阄之法，为她的四个儿子分家，其中大儿子郁再清并非其亲生子，其不偏不倚，使四个儿子达成和谐共生之局面。

郁海发的祖父郁再林系二房，被安置于朝东瓦 6 中。郁海发的父亲和母亲在此成婚之时，郁再林盖了草 2 房和草 3 房。瓦 6 成为郁海发、郁海兰诞生之福地。

瓦 6 命途多舛，历经三次火宅，两次成灾。1946 年 9 月，还乡团头子黄振胁迫郁九周自首未逞，扬言火烧瓦 6。郁再清之子郁九思为保自家房屋安全向黄振求助，黄振遂改将郁再林关进天王镇监狱，罚去 400 担元麦和 400 件军装，方将其放出。1956 年大年初一晚，大火将草 2 草 3 化为灰烬，幸得近邻竭力扑救，瓦 6 仅损一角。再林公和继祖母于草 3 地基上搭建一间新草房。1986 年某日，由于继祖母年高眼花，再度引燃新草房，其本人亦葬身火海。

20 世纪 90 年代初，郁九周想回乡养老，遂筹备翻修那濒临坍塌之危的瓦 6。他向乡里求助，乡里将此事推至村里，然而村里不仅置之不理，甚至冷言冷语道："老干部有屁用！"最终郁海发返回故乡，于半月之内将朝东的瓦 6 建成朝南的新屋重建瓦 6。为此，近邻竟将此事告至郁海发在北京的上级公司，致使郁海发被迫辞去总厂厂长和党委书记之职，仿若 18 岁的娃儿一般，投身于深圳的打工者队伍之中。

21 世纪初，为使母亲惠姑能更好地养病，郁海发对重建瓦 6 进行了现代化装修，安装了煤气灶、洗澡设备、抽水马桶等，耗费资金上万元。

母亲惠姑病故之后，郁海发每年回乡一次，一方面清明节祭祖，另一方面编写《木行桥郁氏宗谱》。但是，重建瓦 6 的 5 间房子被刘云芳放满了杂物，卧室的一个大柜床仓里放满了玉米，晚上还能听到老鼠的叫声。西宅沟养了鸡鸭，满地拉屎撒尿，场心里种上 5 棵果树，进出极不方便，外面谣传将来重建瓦 6 送给刘云芳的儿子郁六六啦，以此可见他家似有长期占有重建瓦 6 的企图，郁海发也因此受到二姑妈的责问。碍于面子，郁海发分作 5 年进行彻底改造，为此与刘云芳一家的关系变得微妙起来，面和心不和。

本世纪第二个 10 年的中旬，郁幸福的岳父费民伙同木行桥镇南的张老板，欲以 20 万元购置重建瓦 6，鉴于每年编纂宗谱以及回乡祭祖需有一处休憩之所，郁海发婉言拒绝出售重建瓦 6。

2017 年，郁海发将冗余的樱花园商品房售出，获利达 10 倍之多。2018 年 4 月，郁海发怀揣房款 15 万元归乡，创立了海门郁氏文化研究院，并对重建瓦 6 再度予以装修，构建了海门郁氏历史文化陈列馆。

2019 年 10 月，在举办海门郁氏人文研讨会之前，郁海发耗费 3 万多元再次对重建瓦 6 加以修缮，并拓展停车场，建造院大门。

2023 年与木行桥村委合作，对重建瓦 6 进行全面装修，使其增添至八种公益性功能：恢复"积善堂"；海门郁氏历史文化陈列馆；当今郁氏宗亲活动积极分子展览墙；《郁氏文化》微刊注册地；海门家风文化教育基地；木行桥矛盾调解会；木行桥郁氏益民农家书屋；木行桥郁氏基金互助会。

第 4 节　保存重建瓦 6 开心和遗憾之事

30 多年前，郁海发将朝东的瓦 6 改建为朝南的重建瓦 6，此后又经历了十多次的精心修葺，以当下的货币价值来算，大概耗费了 20 万元。泥水匠袁炳祥师傅讲道："这房子要是在马路边能值 1 万元，可如今却只值 5000 元。"当费民介绍张老板想用 20 万元买下重建瓦 6 却遭到郁海发拒绝，郁海发梦想着，终有一天 5 间平房的价值会超过费民那位财富大咖的五层高楼，当然不是物质的等量关系。为此，一些近邻近亲纷纷表示："这个乌子！"真的是这样吗？其实，郁海发有着自己的考量，不几年，重建瓦 6 装满了 160 多万字 5 本书的全部内容，给他带来了数不清的开心之事。

郁海发一直秉持着敦孝悌的理念，不曾忘却家训：忠祖国、爱故乡、孝父母、拜列祖；也牢记先父的遗愿：老宅不拆、不倒、不卖、不送人。

这里为他留下了慎终追远的栖息之所。身为不忘"六祖"之人，他始终铭记着祖国、祖根（故乡）、祖宗、祖训、祖宅、祖坟。每年清明节，他必定回乡扫墓；在祖宅的厅堂里，为祖父母、父母举行忌日祭祀仪式。从 2004 年到 2015 年，他于祖宅中编撰了《木行桥郁氏宗谱》。难以忘怀那个傍晚，为了查明某位先祖的名字，郁海发勇敢地走进木行桥陵园那杂草丛生之处寻找墓碑，当时惊出了一身冷汗！

身为海门游子的郁海发，退休之后，每年都会回乡一两次，与近邻、近亲、族人保持着紧密的联系。婚丧喜事，他都会送上"人情"，逢年过节也会给老人送上红包，这充分体现了再林公、九周父一脉的存在和延续！

在这重建瓦 6 之中，郁海发成功完成了 5 部著作的出版：《郁九周传略》5 万字；《木行桥郁氏宗谱及百年发展史话》13 万字；《海门郁氏渊源——士昌支》（郁海新编）2 万字；《海门人故事——郁家那些事》40 万字；《郁氏文化草根作者语丝集》（上下册）102 万字；还有长篇电视小说《房》30 万字。

2018 年海门郁氏文化研究院成立后，重建瓦 6 摇身一变成了海门郁氏文化研究院的活动场地。在 2019 年海门郁氏人文研讨会上，100 多位代表前往重建瓦 6 参观，它在全国郁家人当中逐渐有了名气。

2023 年夏郁力第四次回乡后，与木行桥村委顺利达成合作，重建瓦 6 得以完善了八种功能。

任何事情都有正反两面。保存重建瓦 6 使郁海发非常开心，但也有不少遗憾之事。

由于重建瓦 6 的存在，郁海发跌入家族三国九方争斗的旋涡之中：郁海伯父子和其同父异母之弟郁海叔之间阋墙之斗；郁海祥同郁伯和因历史恩怨产生换地风波；郁海祥和郁海启为前后房之事吵得不可开交；郁海祥和郁明为装修房子从友邻转为对立；郁海叔同堂哥郁海卫为厕所打官司到村委会；

郁海祥以风水不好反对建郁氏文化研究院大门,与郁海发反目。尤其是郁海叔刘云芳夫妇,挑拨郁海兰以有产权为由,阻止郁海发建立海门郁氏文化研究院,使海发兄妹关系达到冰点,郁海兰声称:"永远不见你(郁海发)。"虽然在古玉做工作之后,郁海兰回到重建瓦6一趟,郁海发为其妹妹举办了酒宴,将郁家姑奶奶照片放在中厅展览墙上,但她对研究院仍不认可。重建瓦6动迁补偿后,郁力拿出人民币20万元给"郁家姑奶奶"郁海兰之子陈锋、陈琪各10万元。

海门2019郁氏人文研讨会之后,郁海发结识了200多位郁氏文化宗亲活动积极分子,却也卷入了家族是非之争。建立了"郁氏文化"公众号,100多位草根作者为《房》写了不少精彩留言,让郁海发受到很大启发。以郁幸福为首的部分宗亲说:"《房》只是海门郁氏一个支脉的家长里短,对全国郁氏不适用,作者在搞个人崇拜!"郁海发在世纪之初编制《木行桥郁氏宗谱》,他们却说:"郁海发只认近亲不认远祖,不编谱。"郁幸福话说得很漂亮:"自己先做到,别人自会佩服。"他在原籍老家为编谱与族人闹翻了,因而自己的家谱始终无成;最让人不能容忍的是这些人把郁威销售日本手表和郁力出国生了两女儿说成郁海发的汉奸行为,声称讨伐汉奸文化。不一而足。

以上开心之事和遗憾之事验证了郁海发幼时抽星宿算命人所说:"此儿长大以后做官,但最后会回到出生之宝地。"郁海发事业之顶峰竟在海门木行桥郁家埭上。也证实抽星宿算命人所说:"此儿长大以后常会落入是非之争,提防小人背后捅刀子!"

第5节　探寻重建瓦6的永固长存之策

郁海发生病无法远离北京,无法回故乡参加全国《中华郁氏通谱》宏发会盛典,不能同全国郁氏宗亲头面人物再次相聚,更失去了同台湾统派领袖郁慕明握手请益的机会,实属一生天大的憾事。

郁海发生病后,重建瓦6成为他的一个包袱,他无法回乡,天天担心重建瓦6的房顶漏了吗,竹园无人清理,水电开关有否损坏,天热了窗子打开通通风……后成立了祖宅管理群,古玉说:"放开手脚交给他们,你安心养病。"

在全国《中华郁氏通谱》海门宏发会盛典过后,郁龙飞在全国郁氏族人的瞩目中俨然成领军人物。郁海发卸任海门郁氏文化研究院院长之职,由郁龙飞接任。郁龙飞出资再度整葺重建瓦6,并增设"郁海发祖居"匾额一块。

当木行桥镇之北筹建南通新机场和北沿江高铁海门北站之际,郁龙飞召集全国郁氏宗亲活动的核心人物,宣告了他的规划:于海门木行桥村和林东村创立"中华郁氏海门会馆有限责任公司",此为全国郁氏文化的核心所在与活动场所,亦是集旅游休闲、住宿餐饮、垂钓游泳、图书娱乐、健身保健于一体的康乐园,将成为南通海门区崭新的标志性建筑以及独具特色的小镇。其由传承家族文化的公益性社团组织之外,又构建了一个实体经济。注册资金由全国郁氏宗亲和郁龙飞家族共同筹集,为南通市 GDP 生产总量贡献 3%。郁海发祖居依旧为海门郁氏文化研究院的活动场地。在其北部,中华郁氏海门会馆大楼高耸云霄。在林东村、张家镇、汇通镇、天王镇矗立起一排排居民住宅高楼,同时在该地区开辟出一片片绿地,依国家规定对木行桥地区拆迁的楼房和平房予以搬迁补偿;郁力全家自新西兰归国定居于补偿的三居室中,拿出 30 万元分给 100 位木行桥郁氏基金会理事。

百年之前的瓦6——重建瓦6——恢复积善堂——海门郁氏历史文化陈列馆——郁海发祖居——中华郁氏海门会馆。令这跨越世纪之房永世长存!

欲知后事如何,请阅第四十一集《众目一瞥〈中华郁氏通谱〉》。

第四十一集　众目一瞥《中华郁氏通谱》

郁元吉是第一个吃螃蟹者，他冲破重重障碍编纂了《中华郁氏通谱》，引得全国郁氏人的关注和点赞。在第九届中华家谱展评大会上，经姓氏家谱专家综合评定，荣获"中华好家谱"金奖，全国《中华郁氏通谱》海门宏发会盛典即为明证。时代的进步成就了郁元吉！任何一件事情都有支持者，也有异议者。《中华郁氏通谱》问世亦存在不同的看法，本集呈现众人审视《中华郁氏通谱》的详情，属于学术范畴之内的争论；郁幸福一反常态，提了一个意见，正是郁海发的及时提醒，郁元吉才没跳进郁幸福设下的圈套。

第1节　金秋十月海门两次全国聚会历史功绩

郁海发《房》的创作和郁元吉《中华郁氏通谱》的编纂几乎同时起步，郁海发对《中华郁氏通谱》秉持支持态度，其原因有三：其一，这两本书均为郁氏人慎终追远和承前启后之作。其二，郁元吉既是中华郁氏文化研究会副会长，又是海门郁氏文化研究院学术委员会主任。其三，他俩理念相同，郁元吉说："一个人在离开这个世界以后，若要不被人遗忘，在世时给后人和世人留下一部得意著作。"郁海发把此语作为座右铭，在《房》的写作遭到误解之时坚持了下来。为此，在《中华郁氏通谱》出版之后，郁海发全力支持举办全国《中华郁氏通谱》海门宏发会。

第三十六集《金秋十月海门桂花遍地香》讲述了海门举办第一次郁氏人大聚会，全国170位宗亲代表在海门开了两天会，参观了五个海门郁家人景点。此次会议实现了"南先（郁正先）北发（郁海发）、南贵（郁成贵）北飞（郁龙飞）"南北郁氏人的和谐局面，被载入郁氏宗亲活动的史册！

又在金秋十月桂花香的季节里，全国近200位宗亲代表相约海门，受主办方中华郁氏文化研究会委托,海门郁氏文化研究院协办全国《中华郁氏通谱》海门宏发会庆典，由郁龙飞董事长出巨资牵头操办。在会上下列宗亲发言：

海门郁氏文化研究院常务副院长郁龙飞先生致欢迎词；

中国台湾新党原主席、统派领袖郁慕明先生致辞；

河南姓氏文化研究会副会长魏怀习先生致贺词；

上海图书馆原党委书记、历史文献研究所所长王鹤鸣先生致辞；

中华郁氏文化研究会会长郁正先先生致辞；

中华郁氏文化研究会常务副会长郁春法先生致辞；

中华郁氏文化研究会副会长郁元吉先生致辞。

第二次郁氏人海门大聚会的成功，证明了以郁龙飞为首的年青一代领导的办事能力和经济实力，郁龙飞在全国郁氏族人的瞩目中俨然成领军人物，与郁慕明先生莅临大会同时载入郁氏宗亲活动史册！

第2节 多人论述《中华郁氏通谱》是学术之争

"谱牒"是各种谱文的总概念，又称为"谱本"，它的概念从古到今尚无准确定义。郁氏宗亲对此众说纷纭，也有不同做法：

广东郁德田宗亲提出家谱编制五忌原则令人注目：一忌无限追远，无据上溯；二忌盲目并合，宗脉混乱；三忌不重史实，美化粉饰；四忌片面追求，急功图利；五忌脱离主流，本末倒置。

开江郁石头宗亲指出：明清开始有专业编谱人，提醒当代编谱者引用古谱辨别真伪；

郁海发用10年时间编制木行桥八房十代人马郁氏宗谱的事实说明："编制谱书三代易,五代难,十代更难。"他指出郁大华跨四省编制郁氏谱是个典型，实在不容易，有点错误和遗漏不奇怪。郁海发又指出，海门郁海新已经将山东有若后人迁至杭地郁郎地，到崇明西沙，到海门地界搞清楚了。郁海发又写了《觅谱编谱与以文话郁两者不可偏废——兼述一因二分三从五忌修谱原则》的论文。

《郁氏文化》编审部发表一篇文章曰："通典，古今之史也。通谱可理解为区域性贯通古今先祖世系史迹的谱本。"

湖南编谱专家郁大华指出，现代人可以搞成中华郁氏通谱，应在一个总纲框架之下，分别置入各地家谱，不然的话"通"仍是一句空话。

某地郁文彦宗亲发表了《为何不宜编制通谱》一文，它是将同姓全部人口按上下尊卑次序编排到同一谱系里。严格意义上的通谱关涉到同姓人中的每一个人，马虎一点，也应囊括大多数人。郁文彦给编纂通谱的人泼了一瓢冷水，不提倡编纂通谱，其道理有以下几点：

其一，通谱很难将一地、一个家族的发展、变化情况写细致，也很难介绍各个宗族成员的基本情况。

其二，从古至今，中国是一个移民社会，同姓并非居于一地，而是分布在天南海北。郁姓来源多源性、多民族、多地区，要统计这些人口和掌握其基本情况，不知要花费多少劳动。无论多么齐心、多么有经济实力的宗族都难以做到。即使有雄心壮志、开明捐款的人也很难办到，因为需要人力去完成，要动腿、动手，走乡串户，其工作量之浩大难以估计。

其三，编纂通谱劳民伤财，价值不高。搞通谱的组织工作量、人力投入量、经费投入量极大。时空跨度也很大，东去西来、南来北往，完成的时间漫长。由于搜集资料难度大，要按章法编修通谱做不到，于是只好做资料的堆积。

其四，通谱多则数十卷、数百卷，一般家庭不便收藏。难以进入普通家庭保存。姓氏著作有很强的民间性，属于社会最底层的文化。如果姓氏著作不能普遍进入家庭，只是存放在个别家庭或图书馆、档案馆，有多少传播的价值？总之，通谱是空中楼阁，难接地气，劳民伤财，价值不高，百姓不爱。普通百姓不爱的姓氏文化，是失败的姓氏文化。

做任何事情都有多面性，所述各条见仁见智，是学术之争，极为正常。

房

第 3 节　郁元吉《中华郁氏通谱》颠覆郁文彦的认知

郁文彦在《郁氏文化》微刊上发表的《为何不宜编制通谱》一文，在郁氏人中造成一定的不良影响，不少人认为编制全国郁氏通谱是不可能做成的。受此文影响，郁海发开始对通谱能否成功也存疑，有些海门郁家人说："编制通谱是握帐子（海门方言：胡言乱语）！"不料山东临沂郁元吉宗亲是第一个吃螃蟹之人，他冲破重重障碍，成功编纂了《中华郁氏通谱》1～6卷，分文化传承（第1卷）和世系传承（第2～6卷）两大部分，引起了全国郁氏人的关注和点赞，也得到了王鹤鸣先生的肯定。王先生于1992年起享受国务院政府特殊津贴，主要从事中国家谱、祠堂文献的整理研究工作，并主持了多项国家社科基金项目和上海社科重大项目。其主编了《中国谱牒研究》《中国家谱总目》等多部专集，发表《解冻家谱文化》《中国家谱通论》等多部专著。

郁元吉宗亲成功编制《中华郁氏通谱》，颠覆了部分郁家人的认知，也颠覆了郁文彦的认知。转变态度的郁海发结合郁元吉成功之因，用五个"感谢"批驳郁文彦宗亲的观点。

感谢时代的进步。IT技术发展，互联网兴起，微信的普及，群聊的兴盛，使人们的交流非常便利，传递资料迅速，使谱书资料易于整理和传送。一个电脑可以存放一个图书馆的文字，这些文档传给出版社，很快变成纸质书保存起来。这解决了纸质文稿堆积如山的问题，节省多少人力、财力，这是郁文彦不可想象到的。

感谢许多编谱热心人。中国人普遍富裕起来，家族观念的复兴是不争的事实。各地涌现出不少编谱热心人，他们怀着雄心壮志，均按广东郁德田宗亲提出家谱编制五忌原则，因地制宜编制本地本族家谱或宗谱，或者按郁海发"因地制宜，分地域、分脉系，从下到上、从近到远、从今到古"地去编制家谱、族谱和宗谱。编委会的人员自费走遍各郁氏居住区，大多数能积极配合，部分配合较差，有些人甚至把走访人员当成骗子，打110报警。编谱热心人高涨的积极性是郁文彦没有估计到的。

感谢在资金上支持印刷通谱的宗亲。一共 50 位宗亲出资赞助，解决了庞大的印刷费用和推广费用。据郁春法常务副会长报告："出资多的几十万元如郁龙飞董事长，出 10 万元的如郁江清宗亲，出 3 万、5 万的也不少。"可见郁家人的富有与慷慨。这也是郁文彦无法预见到的。

感谢郁家入赘的女婿郁幸福。郁幸福非常热心郁家的事，肚中有点小才。由于性格使然，其在宗亲活动中口碑不太好。他是个睚眦必报之人，郁正先反对他掌管通谱捐赠资金，他攻击说郁正先脸相显示必有牢狱之灾；因未能当上通谱主修，对郁元吉也进行人格污蔑，并说中华郁氏文化研究会是非法组织，退出了中华郁氏文化研究会及其群聊。他的出走反倒使以郁正先为首的中华郁氏文化研究会成为团结一致、同心合作的团队，以自己的成功反击他人的进攻。

感谢郁元吉宗亲。郁文彦在其写的文章中说："即使有雄心壮志、开明捐款的人也很难办到（编成通谱），其工作量之浩大难以估计。"可是 21 世纪第三个 10 年中山东临沂出了一个郁元吉，他明知山有虎偏向虎山行，是第一个敢吃螃蟹之人，无私奉献投入编制通谱工作中，克服了难以想象的困难，将《中华郁氏通谱》（1 ～ 6 卷）呈现在全国郁氏 46 万宗亲的面前，并且已开始 7 ～ 12 卷的编写，陆续推向全国。

时代的进步造就郁元吉的成功！

第 4 节　全国《中华郁氏通谱》海门宏发会小小风浪

郁幸福因性格使然，也是一个多变之人，行动上多次退群、跑路、跳槽；思想上多变表现在对待《中华郁氏通谱》编纂上，开始积极组织通谱捐助，与郁正先反目之后，态度大变，说中华郁氏文化研究会是非法组织，那一帮乌合之众，100 年搞不成那个通谱；当发布元吉版《中华郁氏通谱》海门宏发会公告之后，郁幸福在群内号召："这个通谱跟我理想的通谱差十万八千里，有家谱的不需要，没有家谱的人更不需要。希望大家不要购买。"又批评 90岁高龄的郁玉玺宗亲："祖源基因检测已成果斐然了，这个老先生到现在还搞大世数。"本来此语无可厚非,不料又加上一句:"这种低级玩法,就相当于义和团拿着大刀长矛和洋人的洋枪洋炮对着干。"

当海门宣布部分宗亲捐资举办宏发会时,郁幸福渲染:"海门人竟让卖酒的假郁家人郁远竹掏钱开会。"可能感觉不过瘾,又把矛头针对郁海发:"海发院长本来我也很尊敬,但是他只搞'文化',不研究家谱,又在各群帮儿子推销日本公司手表,更让我产生怀疑。"郁幸福大笔一挥又吹捧自己:"团结一心的口号喊得很好,关键是跟谁团结一心,团结的是什么心?我们郁氏家族究竟要在什么理论、什么人的带领下走向何方?每个人都要睁大眼睛,好好想想。"

郁海发尽力避免同郁幸福对垒,只是写了一副帖子将情况通知有关人:"我很荣幸,同慕明主席一起被郁幸福攻击。其实,海门郁家人帮助中华郁氏文化研究会宏发通谱,让郁幸福嫉妒,一副吃不到葡萄说葡萄酸的样子。"

郁龙飞这样回复:"是的呢,你分析得非常到位。这个人和我们的思路不一样,我们做了实事,有人只有吹牛。"

郁海发:"在你亲自操办之下,这次宏发会肯定会载入郁氏宗亲活动史册!"

郁元吉这样回复:"不用理他。他只能翻小浪,翻不起大浪。"

郁海发:"好的。他说他的,我们做我们的。"

当郁元吉将通谱样书公布后,郁正先给郁海发发来一个帖子:"族人与族人之间的关系是非,不能像处理其他关系一样去处理,因为我们一笔写不出两个郁字,更甚的是有血脉关系!谦和仁让一直是我处理宗族关系的原则。"

郁海发回复:"道理是对的,现实不可能。不能对所有人适用。"

郁正先:"对郁幸福亦如此,在他添了儿子之后,我送了一个红包,今次他的提醒也是很好的。"

郁海发:"郁幸福提醒了什么?"

郁正先:"郁幸福说,通谱的封面加上'中华郁氏文化研究会编著',这个提醒应该是善意的。"

郁海发知道一部纸质书作者署名一般以个人名义署"著"或"编著",或者用单位名称署名。既然郁幸福将"中华郁氏文化研究会"这个群众团体称为非法组织,那他为何还建议以它的名义署名呢?这其中可能暗藏玄机。

海发分别向江苏省委宣传部原部长和出版社总经理请教："周部长、董总经理：你们好！请教一个问题：有一本书出版，作者署名为'单位＋个人作者编著'，而这个单位是群众团体，不是正式单位。能否行？盼复。"

周部长："郁老好！以单位名义出书，必须经民政部门登记过的单位才行。"

董总经理："郁总好！以单位名义出书，申请书号时必须上报单位情况，盖上公章。不是正规单位是加不上的。"

郁海发将两位领导的回复通告了郁元吉，并说："害人之心不可有，防人之心不可无。千万不要听郁幸福的建议，将你的通谱署名'中华郁氏文化研究院编著'，否则他会把你的通谱打成非法出版物。"

郁元吉立即回复："谢谢友情提醒！出版社按规定将此事早就定调了，无法用单位名义署名，只能用本人之名署名。请放心吧！"又告："但是中华郁氏研究会领导或成员是编委会的，全在书中列上啦。"

以此可见，实际上并非因郁海发的提醒，郁元吉才没跳进郁幸福设计的圈套。

第5节　元吉《中华郁氏通谱》的缺憾无法补救

《中华郁氏通谱》共计发放600余套，好评连连，在第九届中华家谱展评大会上，经姓氏家谱专家综合评审，荣获"中华好家谱"金奖。全国《中华郁氏通谱》海门宏发会盛典也是有力证明。不过郁海发也留意到一些不同反映，比如江苏盐城一位宗亲表示："我们家族已传上百世，可通谱上刊载仅有30多世。"再如一位广东宗亲质问："花钱买了十几斤重的字，但《中华郁氏通谱》只有一些人的世系图像，那么后人怎能了解？这并非郁氏通谱！"广西一位宗亲认为："《中华郁氏通谱》应叫'支系世系流源图'。修谱框架，郁氏总流源图系，配上年庚表，一个不能遗漏，总版全编与家规家训，全国各地都注明，有水平的话加上数字祖先，如此才是为郁氏家族正确修编中华郁氏通谱。"

郁海发如实向郁元吉反映了个别宗亲的意见，郁元吉回复得非常及时："感谢在通谱编纂的前前后后，有广大的宗亲提出不同的意见，这对通谱的编纂能起到一个积极的推动作用，减少错误，避免走弯路，能让通谱更加完善。

"由于人力财力等原因，只能从人口相对集中、资料比较完整的地区着手，采取先易后难的方式，1～6卷推出鲁、苏、皖三省分卷，现已开始7～12卷的编写，陆续推向全国。在当前的条件下，只能循序渐进。

"《中华郁氏通谱》根据全国权威专家的意见和建议编写，依据各地所收资料，分析整理而成。资料里面疑点较多，有些是相互矛盾的。我们采取'信以传信，疑以传疑'的宗旨，诸说并存，不盲目进行合并，对有横向联系的，在世系图后面的编者说明里有交代。目的是给后世留下寻根问祖第一手资料，有些疑点留给后世进一步考证。

"另因郁氏支系众多，不能像孔孟等姓氏全国统一，所以无法编辑一套能对所有郁氏支脉都涵盖的通谱，这样编辑通谱只是为后人横向考证支脉源流提供更多可考资料。

"有些人的名字在世系图查不到，是因为该家族没有配合编委会提供资料。"

各地宗亲对通谱提出意见，编著者郁元吉可采取措施补救，郁海发提出通谱存在一个无法补救的缺憾：

通谱中各地世系传承皆以男性为主，女性不入家谱，此乃老祖宗传下的规矩。数千年来，无数无男儿的家庭或招赘女婿的情况因此消失。郁海发编制木行桥郁氏宗谱世系图时，鉴于当时计划生育和独生子女国策，许多只有女儿的家庭对谱系不感兴趣。为体现男女平等的法律意识，改变重男轻女观念，编制时，凡独生女或仅有女儿者，将女儿和女婿姓氏列入，其子女也登记入册。然而，元吉版通谱4卷在引入《木行桥郁氏宗谱》时，一律将出嫁姑娘划去，只留未出阁女儿名字，让人误以为是男孩，郁海发的两个孙女便是如此标示。这个缺憾无法补救。

欲知后事如何，请阅第四十二集《永固永存》（大结局），讲述郁龙飞在重建瓦6之北，筹建在北交所上市的中华郁氏海门会馆有限责任公司，为南通市GDP生产总量贡献3%。将使郁龙飞家族成郁氏百年望族，亦使郁海发重建瓦6永世长存。

第四十二集　永固永存（大结局）

第 1 节　郁龙飞接任院长是顺理成章之事

在全国《中华郁氏通谱》海门宏发会盛典圆满落幕之后，郁龙飞在全国郁氏族人的广泛关注下，赫然崛起为领军人物。郁海发先生主动辞去了海门郁氏文化研究院院长的职务，这一重任由来自木行桥镇林东村的杰出代表郁龙飞先生接任。郁龙飞先生再度出资修缮了重建瓦6，在"积善堂"与"海门郁氏历史文化陈列馆"两块牌匾之下，又增设了"郁海发祖居"的牌匾。

郁龙飞先生接任海门郁氏文化研究院院长一职，实乃众望所归。他能够成为全国郁氏宗亲活动的领军人物之一，绝非偶然，是其卓越条件与不懈努力的结果。首先，他对家族文化怀有深厚的热爱，对家族宗亲活动倾注了极大的热情，他曾言："致力于家族之事，亦是行善积德之举。"其次，他拥有充裕的时间与雄厚的经济实力，其事业版图已遍及全球。再者，他广结人脉，享有极高的知名度，曾多次受到国家领导人的亲切接见。最后，郁龙飞先生正值壮年，身体健康，且有着强大的家族力量作为后盾。

第 2 节　木行桥之北将建新机场和高铁站

一年前，海门市划归于南通市麾下的一个行政区，木行桥镇是海门区子镇之一。没多久，木行桥镇北侧，南通新机场与北沿江高铁海门北站的宏伟蓝图悄然铺展，掀起了一轮新的建设热潮。在此背景下，火通竖河东岸迎来了全面拆迁，而西岸则部分区域被纳入拆迁范畴。郁家东宅在火通竖河西岸未被拆迁。

鉴于机场航班自东北方的二甲镇腾空而起，向西南方向翱翔，木行桥镇上空噪声水平始终维持在 60 分贝以下，故而该区域未被划入拆迁之列。面对这一情形，那些得以保留的农家心中难免泛起一丝失落，用地道的海门方言来表达，便是"懊老（恼）得很"。

第 3 节　筹建中华郁氏海门会馆有限责任公司

恰在此时，郁龙飞先生高瞻远瞩，召集了全国郁氏宗亲活动中的佼佼者，隆重宣布了他的宏伟蓝图：于海门市木行桥村与林东村交界处，将成立"中华郁氏海门会馆有限责任公司"。这家公司将不仅是全国郁氏文化的璀璨明珠与活动中心，更是一个集旅游观光、住宿餐饮、垂钓游泳、图书阅览、娱乐休闲、健身保健等多功能于一体的综合性康乐园。它立志成为南通海门区一颗崭新的明珠，为该区增添一抹独特的小镇风情。同时也标志着在传承家族文化的公益性社团组织之外，一个崭新的实体经济正在崛起。

公司的注册资金将由全国郁氏宗亲共同筹集，预计其运营将为南通市GDP 总量增添约 3%。郁龙飞先生的话语中透露出无比的坚定与豪情："郁姓虽非大姓，但我誓要将之打造为真正的百年望族，让郁氏之光耀耀于世！"言毕，全场爆发出雷鸣般的掌声。

第 4 节　在会馆筹资中郁幸福回头是岸

郁龙飞在各大群聊中放出消息："金秋十月，将于海门光华国际大酒店举行第三次全国郁氏宗亲海门会议，旨在为'中华郁氏海门会馆有限责任公司'筹集资金，诚邀有意者参与。"

在郁元吉发出《中华郁氏通谱》征订通知后，郁幸福在他的华夏郁氏文化研究群里发声："这通谱离我的理想差了十万八千里，不建议大伙购买。有家谱的用不着，没家谱的更不需要。"当他瞧见郁龙飞的通知，又故态复萌，在群中说道："这又是海门人的一场骗局，大伙千万别上当！"然而，此次大会的筹资成果竟达5000万元人民币。华夏郁氏文化研究群内有30多位成员不仅参加了，还想要入股。郁龙飞果断决定："可以接受他们入股，但必须离开华夏郁氏文化研究群，毕竟该群群主郁幸福虽是郁姓，但跟我们不是一条心。"

俗话说，不撞南墙不回头。郁幸福的群里最后只剩下郁蕊英、郁京源等五人，犹如在唱独角戏。郁蕊英代表郁幸福找到病中的郁海发，表示愿意承认错误，回归海门郁氏文化研究院。郁海发找到郁龙飞："恳请批准郁幸福加入郁氏海门会馆吧。"次日，郁蕊英替郁幸福交了1万元的入股费。

第5节　中华郁氏海门会馆引起国家高层重视

当郁龙飞操盘的《中华郁氏海门会馆有限责任公司可行性分析》向上呈报之后，引发了国家高层有关部门的高度重视，并要求中华郁氏海门会馆有限责任公司划归南通市海门区文旅局双重领导。公司注册资金1亿人民币，公私各占50%，占地千亩。3年之后，要在北交所挂牌上市。

第6节　木行桥周边排排高楼和片片绿地

郁海发的祖居依然是海门郁氏文化研究院的活动场所，在重建瓦6北边，中华郁氏海门会馆大楼高耸入云。在林东村、张家镇、汇通镇、天王镇纷纷盖起了一排排居民住宅高楼。并且，按照国家规定，对木行桥地区拆迁的楼房和平房均进行了合理的搬迁补偿。同时，在该地区还腾出了一片片绿地，绿地之内分布着来自山东、两广、江阴、安徽、连云港等 10 个地区的郁氏分会馆，这些都是在原民房的基础上改建而成的。

第 7 节　郁力回国定居在补偿三居室内

重建瓦 6 保持原貌，并划归海门郁氏会馆管理，承担着郁氏慎终追远和以文话郁双重任务，"郁氏文化"公众号团队在郁旦斌、郁真的领导之下，每天继续推文。郁力全家从新西兰回国，定居在补偿的三居室里，还拿出人民币 20 万元给"郁家姑奶奶"郁海兰，其子陈锋、陈琪各得 10 万元。此外，又拿出 30 万元分给 100 位郁氏基金会理事，其中最高者得到 2 万元，最少者500 元，兑现了郁海发以前的承诺。

第 8 节　500 位创建者之名镌刻在会馆大门石碑上

在北沿江高铁海门站西首，中华郁氏海门会馆大门前的石碑上，镌刻着创建者的名字（排名不分先后）：郁龙飞、郁海发、郁正达、郁元吉、郁光辉、郁维富、郁以华、邹宝翀、季正、郁龙翔、徐兵、郁化兴、郁良君、郁良长、郁良权、郁玉玺、郁继德、郁宋连、郁祝、郁云琪、郁云生、郁金辉、郁龙斌、郁芬芳、郁秋萍、郁洪军、杜永红、郁斌（盐城）、郁海洋、郁家社、郁崇涛、郁光涛、郁文亚、郁和平、郁水林、郁成（盐城）、郁威、郁力、郁正先、郁贵成、郁元吉、郁仁辉、郁光华、郁芳香、郁太令、郁德华、郁闽理、郁鑫东、郁志东、郁蜀莹、郁真、范静峰、刘平凡、郁楠、郁永起、郁永乔、郁允录、郁钧剑、郁亮、郁知非、郁唯唯、范俊来、张爱梅、陈玉峰、郁洪军、魏海霞、万水、郁匪石、郁振栋、郁传忠、郁剑晨、孙庆霞、孙庆忠、郁夏飞、陈培群、郁全坤、郁正律、周海波、周庆、雷能捷、杨丽霞、郁幸福、郁金波、郁广、郁强、郁翱翔、郁韩、郁培亮、郁文、刘剑辉、郁正和、郁川虎、郁德仁、郁和平、郁盛世、郁星、郁洪飞、郁洪祥、李刚、吉忠华、郁律、郁志峰、郁海潮、郁建华（新加坡）、郁大地、郁秀山、郁根荣、郁德仁、郁汶昕、李骏、郁蕊英。

海门地区：郁旦斌、郁瑞、曹祖明、曹祖达、曹祖英、邱宝石、曹建平、邹仁岳、袁乐兵、袁少英、郁炳洪、郁志珍、郁兰萍、郁培良、赵蓓莉、郁蓓娟、赵蓓芹、郁华、郁兰秋、郁祖森、郁海新、郁海达、郁友东、郁正新、郁海英、郁爱东、郁向东、陈国仁、黄继仁、郁达、郁鑫、郁文武、郁斌（南通）、郁斌（海门）、郁仲慈、郁礼平、宣亚标、郁建祥、郁建元、郁建良、郁惠南、郁炳祥、蔡炯、郁红燕、郁水洪、黄守诚、郁平、奚金荣、黄晓辉、顾涛、姜漩、李惊霞、严胜昔、朱慰祖、郁季闽、郁红理、郁祖琪、袁五宝、郁蕾蕾、郁凯捷、郁晓斌、倪秉时、朱叶、郁亚英、郁忠豪、郁卫兵、郁志辉、郁辉、张垣、郁慧娟、郁晓斌、郁海兵。

广东省：郁仁广、黄坚、郁德腾、郁德忠、郁朝保、郁可悦、郁武、郁德庄、郁永景、郁德标、郁德深、郁德权、郁德和、郁民大、郁林忠、郁仁保、郁仁飞、郁仁庆、郁培、郁世和、郁金、郁仁汉、郁仁平、郁仁青、郁昌猛、郁昌满、郁堪言、郁金华、郁邦均、郁邦和、郁仁期、郁森荣、郁永能、郁德文、郁永超、郁永炳、郁保玲、郁荣生、郁妃彪、郁德果、郁德亮、郁德瑞、郁成、郁德田、郁德任、郁梁升、郁德爽、郁永毫、郁德重、郁昌森、郁寿佗、郁良、郁德腾、洪伍、王玉兰、陈尊浦、郁昌仁、郁木荣、陈云景。

广西省：郁正达、郁承贵、郁在豪、郁在俭、郁正堂、郁正成、郁再进、郁在忠、郁在银、郁凌祯。

安徽省：郁德忍、郁德刚、郁宗基、漂白、郁其成、郁其林、江涡。

启东地区：郁锦标、郁成、郁建华、郁忠（北新）、郁忠（中超）、郁建彬、郁丽春、郁向辉、郁锦兵。

临沂地区：郁万杰、郁万国、郁振明、郁有波、郁有振、郁万永、郁有文、郁有龙、郁光雷、郁有保、郁有成、郁有端、郁燕军、郁有元、郁家成、郁传信、郁传明。

江阴地区：郁叙法、郁正达、郁春法、郁为春、郁光义、郁蕾、郁强、郁秋霞。

开江地区：郁家飞、郁令、郁家万、郁邦均、郁邦祥、郁邦华、郁忠义、郁忠明、郁忠财。

蔚郁一家：郁永金、郁永东、郁永广、郁立强、郁大亮、郁永伟、蔚立元、蔚立彬、蔚承清、蔚秉惠、蔚彬清。

江西省：郁铁牛、郁爱玲、郁斌生、郁燕龙、郁玉平、郁中平。

张家界地区：郁传灯、郁爱玲、郁金山、郁大都、郁大正、郁时元、郁国政、郁建萍。

媒体家风：周世康、申辛、姜新、张国新、王鸳翀、董娟、徐志新、屈国庆、吕长荣、陈菊。

特别介绍：郁慕明、胡圣花、郁美兰、曾春霞、江怡穗（加拿大）、郁正宏（美国）、yes 熊 can（美国）

网名部分：黑土地北大荒、南宝斋收藏馆、兵车行、凡人居、草木蔓发春山可望、朋友一丛一起走——菊明、大海（深圳）、大海（香港）、上善若水（贵州）、一叶知秋、爱须一森幸福、郁相文、我是郁先生、在水一方（兰州）、脚踏实地、百世小郁、良浩智控、涧底松、玉米面、郁靓 YL、宽容、轮回、繁星、郁曙光、千广实业、AAAA、真龙天子、马到成功、二郁豆腐坊、宛福成、阳光、郁、郁向军、雨天赏月、倪健报刊、郁振江、送你美好的回忆、ST、宾宾、农村文化、凌云不壮志、满园春色、知者常乐、种云种月种雪、yu@HK（郁宇航）、弹道无痕、午阳郁步林、理想、山人、凡人居、大哥。

……

这意味着在全国近 50 万郁氏中，平均每 1000 人中便有 1 位代表。

第 9 节　大结局：跨世纪之房得以千秋永存

百年之前的瓦 6，历经重建瓦 6，恢复积善堂，成为海门郁氏历史文化陈列馆、木行桥郁氏益民农家书屋、海门家风文化教育基地，再到郁海发祖居，直至中华郁氏海门会馆，让这座跨世纪之房得以千秋永存！

附录：《房》之补遗

1. 为电视小说《房》补言

一、房

建房是一项工程，需要砖石、泥瓦、木料、玻璃等材料；写《房》也是一项工程，同样需要广泛的素材和多彩的人生经历。建房需要工程师设计和工匠施工，写《房》则需要作者在财力、物力、精力上付出太多的心血。

衣食住行中，衣裹体，食饱腹，住排在第三位，所谓安居才能乐业。房是每一个人必须有的居所。富足者花园别墅，享尽荣华富贵；贫贱者茅棚草屋，也能穷其一生。房的变迁是一部说不完道不尽的历史剧，所涵盖的内容极其广泛。

房是供人居住的地方，不管陋室，抑或宫殿，不管茅屋，抑或豪室，有人的地方就会有故事，有故事的地方就有风景。每一座房子从它的建造、使用、维护、传承，都会展现太多的人间爱恨情仇和喜怒哀乐。阿房宫里的明争暗斗，鹳雀楼上的登高望远，在作者的笔下都会演绎出精美的故事。

二、《房》

在我的印象里，电视小说《房》的作者郁志发先生就是一个传奇，从微信群里的直言不讳，到作品创作的接连不断，还有用北京售房款15万元将海门祖宅五间创建海门郁氏文化研究院，建立《郁氏文化》微刊，体现了他的无私奉献和宝刀不老的奋进精神。当初以为创作《房》只是他的一种追求，而今天真的看到了结果，理工男出身的耄耋老人成为南通市作协会员，太不可思议了。

本人和作者相隔千万里，没有见过面，但我们在网络上交往也有七八年了，尤其是 2019 年本人为"郁氏文化"公众号出了微薄之力，有幸成为微刊编审部成员之一，见证了《房》创作的始末，对每一集审改、留言从不缺席，今天写跋语补遗是我的责任和义务。

三、创作之路坎坷不平

从《房》中看到，郁先生年幼之时从他祖父口中听到过"鲤鱼穴的传说"，从私下获知，郁先生孩提时候他母亲讲过"黄金和黄酱的故事"，这正是《房》第一集和第二集的标题，从这个意义上说，《房》的创意从作者年幼之时就产生了。

2006 年 7 月 23 日，在他先母"六七"的纪念酒会上，郁先生宣布："在这座祖屋里，我将写长篇小说《心态谁不正》。"

经反复斟酌，2013 年 3 月 15 日将《心态谁不正》改为《祸福相依——有房是福也是祸》。

2014 年 8 月 6 日，联想到"房"字被选为中国 2013 年年度汉字一事，郁先生又把《祸福相依——有房是福也是祸》加以提炼，改题为长篇电视小说《房》。

2016 年 1 月 8 日，郁先生起笔《房》的写作。因编著《海门人故事——郁家那些事》一书，写作《房》延时了，2021 年元旦才在"郁氏文化"公众号上开始推出《房》第一集。又因新冠疫情暴发、郁先生生病住院、不断遭到个别宗亲的攻击，历经坎坷，终于 2024 年 11 月 7 日收官大结局第四十二集《永固永存》。

郁先生说："宁愿在喜欢的事儿上失败，不愿在不喜欢的事儿上成功。"经典之语总会流芳百世。他那永不言败、顽强写作的精神，让后辈人学习和敬仰。

四、解读《房》中精彩之集

食要慢嚼，文需细品。读郁先生的文字，有源远流长的历史积淀，也有娓娓道来的文化底蕴，更有含而不露，让人浮想联翩的意境，实似一杯陈年老酿，让读者回味无穷，留有余香。综观全书，每一集都给读者留下一个观点、一种理念或者一句经典之语。

第一集《鲤鱼穴的传说》向读者交代郁氏始祖有若其人其言，其后裔的迁徙及其姓氏的嬗变。此集体现了"孝、礼、和"的人性本质。第二集《黄金和黄酱的故事》发人深省，黄金和黄酱孰轻孰重？放在平时，答案是不言而喻的。但关乎肚皮问题的时候黄酱弥足珍贵。此集揭示了一个最现实的道理：黄金有价，生命无价！

细品第三集《郁氏积善堂及其牌匾钩沉》一文，字里行间皆能感受到家族文化之积淀与精深。"家之盛衰，关乎积善与积德。是故，能爱子者，遗之以善；不爱子者，遗之以恶。"牌匾成文，蕴含了几代人积善品德和行事规矩，钩沉过往，方可传承下去。

人为财死，鸟为食亡。为了宅基地，族人展开了一场场尔虞我诈、明争暗斗。第四集《三房之斗实是两房之争》为读者展示了一幅时代纷争的画轴，经络分明，条理清晰，极具时代特色和地方特征。《房》的文字越品越有味，大千世界，芸芸众生，为一己私利，断情舍义，不足为奇。《房》所讲述的故事是人间常态，也是历世历代各等人士悲喜之源头。

第六集《郁西庭告御状明胜而实败》中，因为一桩无理取闹的官司，郁西庭极尽所能，竟把官司一路打到老佛爷帐下，无由头地获胜了，却为此而卖地损银折财，终使家道中落，却也使郁西庭的后人在土改中成为积极分子，验证了祸福相倚的真谛。

在第七集《房高一尺引发兄弟阋墙百年》中，只因做母亲的对两个儿子不能一视同仁，致使弟弟房高一尺而使兄弟阋墙百年，落得后人如同陌路，不该，不值，更给乡人留下笑谈。看似家长里短的故事，暗中充满了矛盾和纷争，展示出了社会大背景下的人物特征。

《房》看似分散，通读下来则一脉相承，结构连贯。第十集《七龄童与西良公的一生纠葛》从七岁孩童与西良公幼子玩"跳房子"游戏引来绝咒，花甲之年的西良公向七岁童发利市道歉，至动荡年代西良公冤屈入狱病逝。几十年之后，终于在主人公郁海发的调解下，与西良公的儿子们在编撰家族宗谱中握手和解。故事感人至深，发人深省。

《房》着重墨描写平常百姓为了有一个安身之所而一生奋斗的过程，无疑刘十四是郁海发遇到的贵人，第十三集《刘十四圆了郁海发的房之梦》中，他在几次的换房中起到了关键作用。热心、善良的刘十四也是那一代人互帮互助的具体体现，可以感受出那个时代人与人之间那种亲和、无私的处事作风。

第十五集《民康科研楼对决民康住宿楼》中，郁海发首次提出为职工盖福利房；第十六集《筷子商店和征地盖房的互补》和第十七集《刘十四来了是好事还是坏事》中，讲述在刘十四的帮助下，郁海发征地盖房拯救了濒临破产的工厂。他将出售福利房的资金作为科研经费和职工工资，纳入企业盈利之中，这样做的后果是触犯了当时法规，结果是不仅退回完成承包任务的奖金，而且被迫辞职远赴深圳打工。几年之后，普遍存在卖地之金入库现象，郁海发说："我们不能用现时政策检讨过去的是非对错。"这一情节，体现出人物的大度和豁达。

身兼总厂厂长和党委书记的郁海发亲自出面给职工分房，可见住房在工人中的分量，尽管他在处理问题的时候非常谨慎，但多少总会留下一些空子让别有用心之人做文章。其一，第十八集《五枚金戒指》奇葩故事讲述一位模范党员，用假金戒指贿赂分房小组成员，用老公单位里的周转房换了厂内三居室，事发后一位副厂长被撤职，郁海发被失职检查。其二，第二十二集《雷永刚暴富之谜》讲述了郁海发昔日学友、战友，今日同事雷永刚，用不正当手段抢占三居室，成为千万富翁的来龙去脉。雷永刚被定义为痞子，人们惊问：无理无德成富翁，公房公案何时休？

敢拿一份"自吹自擂"的应聘书只身去深圳，足以证明自身的实力和勇气。第二十三集《一份自吹自擂的应聘书》记录了郁海发人生道路上的又一次跨越。几年之后银行存款达 30 万元，在北京樱花园购置 1 套商品房，郁力定居新西兰之后，将其出售赚了 12 倍，郁海发成了百万富翁。

读罢《路边卡拉 OK 歌厅覆灭记》感慨颇多。说起"色"，历来就是一个颇为隐晦的话题，"色"大多被划到了贬义词一类，但本集却从正面论述。正如作品所展示的那样，春天送给你和煦的暖风、明媚的阳光，也飞来苍蝇，也让毒蛇苏醒。大浪淘沙，泥石俱下，人啊，你是金子还是苍蝇毒蛇，就在于众多诱惑面前你的定力强弱！

有一句俗语叫"人为财死，鸟为食亡"，这话不假。还有一句名言叫"君子爱财，取之有道"，更是千古绝句。君子坦荡荡，小人长戚戚，这两句话更是对第二十七集《阴谋？阳策》中两位主要人物郁海发和费民的真实写照。大千世界，阳奉阴违者大有人在，其最终结果总不会好到哪里。

读到第二十八集《郁力回国创业风波》感慨有二：首先父子分离 12 年，难得一见，短短的 20 分钟，便把回国创业的事情基本敲定，确实是一件可喜可贺之事；其次感受到在传统文化和家庭教育下成长的郁力，能力强，品性好，为人处世都受到了外国老板的信任，看出中国人值得信赖的美德，从侧面看到了中国经济的发展受到了世界公认，展示了祖国的强大的理念已经深入人心。

古有三尺巷的故事，演绎成了处理邻里关系的典范。读第三十集《三国九方关系中的奇范事》，又一次感受到了只有用智慧和胸怀解决邻里纠纷，才能做到和睦相处，达到友好互助的目的。

第三十三集《郁氏文化微刊砥砺前行》把郁氏文化的起落波折糅合进《房》剧中，既渲染了气氛，又留下了珍贵的历史印记，让读者在回味中得到启迪，从启迪中得以升华，从升华中得到提升。是很不错的情节展示。

第三十四集《特等奖风波》进一步阐明有人的地方就有纷争，只是对待纷争的出发点不同，便在不同人身上展示出不同的结果。有的人能够以人品和能力在乱中取胜，有的人却只想浑水摸鱼，捞得一些属于自己的蝇头小利。

通过第三十五集《三枚公章之解》，栩栩如生的人物还原出百态人性，好在公理自在人心，所有的行为不管如何搬弄是非，其真相总会水落石出。

成就任何一件事，只有众人拾柴方可旺气冲天。第三十六集《金秋十月海门桂花遍地香》用二十几杯酒，敬给了为郁氏文化发展做出杰出贡献的人，体现了对奉献者的认可和尊敬，非常到位，也相当出彩。

"毛主席说，凡有人群的地方就有左、中、右；郁海发认为，再坏的人也有朋友，再好的人亦有敌人。因为文化不同，生长环境不同，三观也不一样……"第三十八集《〈郁氏文化草根作者语丝集〉出版风云》是对人性的又一次深层次剖析，尽管郁氏文化的成长过程中有过许多风波，但彩虹总在风雨后，成败是非有后人评说，而绝非被某些心胸狭窄的"君子"左右。付出和回报没有固定的百分比，但多数情况下是成正比的。

从《房》第一集《鲤鱼穴的传说》到第四十一集《众目一瞥〈中华郁氏通谱〉》的人物和情节都有原型，唯第四十二集《永固永存》是作者的大胆设想，演绎了历史的沉淀和人性的光辉，让读者不忍释卷。瓦6的沿袭充满变数，瓦6的重建更是荆棘坎坷，好在重建瓦6有一个完美的结局，郁氏文化研究院的一步步扩展，领导人的更迭换代之时，又描绘出"中华郁氏海门会馆有限责任股份公司"发展的似锦前程，令人期待。

五、题外之语

《房》剧收官。掩卷沉思，所感所悟，一吐为快。人之一生，或平凡，或伟大，皆如同蜡烛，燃烧着自己的身体，照亮着自己的前程。风雨中摇曳，奋进中前行，更能体现出《房》剧作者以苦为乐、不畏挫折的精神。耄耋之年，以一部史记般的作品展示后人，仿如那支永不熄灭、永不言败的蜡烛，留下灿烂的光辉，平凡之人干出不平凡之事的壮举着实让人敬佩。

为不朽的作品书写跋语，很荣幸！却自知才疏学浅，愧而为之。"思一得当以报汉，愧苏武而为之辞"，正是此刻的心情。

——平凡

★平凡，原名刘高田，山西忻州人，国企干部。

房

2. 漫漫房之路，悠悠家族情

郁志发先生的长篇电视小说《房》，是从 2016 年 1 月 8 日（周恩来总理逝世 40 周年忌日）开始创作，时至今年 11 月最后一集（第四十二集）的完美收官，其间历时 8 年有余。由此可见郁志发先生创作之艰辛。在人的一生中，房子是最大的刚需。俗话说"居者有其屋"，也就是说，房子是最基础的属性。在衣、食、住、行四大基础需求中，房子尤为重要，有了房，基本生存才会有保障。郁志发老人家所写的长篇电视小说《房》紧紧围绕"房"这一主线，写出了因房而发生的一系列喜、怒、哀、乐的故事，有因房的纷争而导致亲人之间反目为仇的，也有同事之间因房明争暗斗的，还有因房而受益颇丰，成为人人羡慕的富翁的。《房》所讲的故事，时长达 200 年之久，穿过 19、20、21 世纪的时光隧道。《房》是一部深入剖析现代社会中"房"这一主题的长篇电视小说，也是一部深刻反映社会现实与人性纠葛的作品，对现代社会具有深远的启示意义。与其说是一部小说，倒不如说是一部传记，也就是作者一生经历的复盘。

一、创作背景与动机

作者是江苏海门人，居北京。共产党员，高级工程师。南通市作协会员，海门郁氏文化研究院院长。他选择以海门郁姓人家为载体，书写了一部反映海门郁氏人生存、奋斗和发展的电视小说《房》的系列剧。他从海门郁氏家族的兴衰成败以及家族之间的种种纷争入手，历时 8 年有余，终于如愿以偿。这部作品不仅为郁氏文化做出了一定的贡献，还体现了他对家族、对故乡的深厚情感。

二、故事梗概

长篇电视小说《房》描绘的是从江苏海门农村大家族走向大城市的高级知识分子郁海发，在百年跌宕的社会变革中，从"瓦6"到"重建瓦6"的过程中，因"房"给他带来的喜悦、烦恼、困惑以及人祸。作品通过郁海发及其家族在公舍私寓、住宅工房上的遭遇，以及 200 年间古宅故居、土地宅基延续的故事，演绎出并不精彩但却充满人性美丑、善恶之分的大戏。并与海门郁氏文化活动相结合，其意义源远流长，深刻揭示了"房"在现代社会中的重要地位及其带来的复杂情感纠葛，让我们认识到"房"不仅是物质财富的象征，更是情感、家庭和身份认同的载体。

三、主要人物与特点

郁海发作为故事的主人公，经历了社会的种种变革。他性格复杂，既有知识分子的清高和理想，也有面对现实时的无奈和妥协。在面对"房"所涉及的世俗问题时，他能够保持一种超脱和理性的态度。总是尽力寻求公平和正义的解决方案，以维护家庭的和谐和社会的稳定。他经历了从迷茫到清醒，从妥协到抗争的过程。他最终找到了自己的立场和原则。他既有一种强烈的责任感和坚忍不拔的精神，又有不畏强权和不怕困难的胆识，令人敬佩。

郁海发的祖辈、父辈以及同辈等，他们各自有着不同的性格和命运，但都与"房"有着千丝万缕的联系。作品中的人物性格各异，在作者的笔下，展现出人性中的贪婪、自私、宽容与理解等复杂情感。这些人物的形象丰满而立体，共同构成了郁氏家族的历史画卷。

四、主题与思想

作品通过讲述郁氏家族的故事，深刻揭示了"房"在中国社会中的重要地位以及它给人们带来的种种影响。同时，作品也探讨了人性、家庭、社会等复杂而深刻的问题以及情感和人际关系的变化，反映了作者对人生、对社会的深刻思考和感悟。

五、艺术特色与成就

地方色彩浓厚：作品以海门为背景，通过描绘海门的风土人情、历史沿革和家族文化等，展现了浓郁的地方色彩。

家族情感深厚：作品通过讲述郁氏家族的故事和郁氏文化活动的开展逸事，展现了家族成员之间的深厚情感以及他们对家族的忠诚和热爱。

情节跌宕起伏：作品情节紧凑而富有张力，通过一系列事件和冲突，推动了故事的发展并揭示了人性的复杂性和社会的多样性。

语言质朴自然：作者运用质朴自然的语言，生动地描绘了人物的形象和性格以及他们所处的社会环境。

综上所述，电视小说《房》是一部具有深刻思想内涵和艺术价值的作品。

它不仅展现了郁氏家族的历史画卷和家族文化，也反映了中国社会在百年变革中的种种变迁和人性美丑、善恶之分的深刻问题。它促使我们反思房产问题的本质、关注人性与家庭关系、批判社会现实、追求个人成长与自我认知，并重视郁氏文化与传统的传承与保护。这些启示对于我们理解现代社会、面对生活挑战、追求更加美好的未来具有十分重要的指导意义。

《房》以其独特的叙事手法、鲜明的人物形象、深刻的主题思想和精湛的艺术表现力，成功地展现了一个关于房产、家庭、人性与社会的多彩世界。作品不仅为读者提供了丰富的阅读体验，更以其深刻的思想内涵和人文关怀，激发了人们对于现实生活和社会现象的深刻思考。在阅读《房》的过程中，读者不仅能够感受到房产问题所带来的种种困扰和挑战，更能够领悟到在姓氏文化活动中人性的美好与光辉，以及对于美好生活的向往与追求。因此，《房》是一部值得一读再读的佳作，它以其独特的艺术魅力和思想深度，赢得了广泛的赞誉和认可。

——郁光涛

★郁光涛，江苏沭阳人，小学校长，高级教师。

3. 双面人生的郁幸福

电视小说《房》不仅刻画了一系列鲜明的正面角色，还巧妙地引入了多位颇具争议的人物，其中，郁幸福这一角色的双面人生塑造得尤为出色，堪称全剧的亮点。他时而发表一些看似歪理却引人深思的言论，这种复杂性使得其人物形象异常饱满。郁幸福的存在深刻地揭示了社会万象中无处不在的竞争与冲突，这些冲突往往源自利益的碰撞和理念的差异。作品通过这一角色的精彩演绎，生动诠释了世间万物皆处于矛盾与斗争之中的真谛。

郁幸福出场是在第三十集《三国九方关系中的奇葩事》中，几十年前费民将地主郁西良戴高帽子游街并送入大丰农场劳动改造，今天费民入赘的女婿郁幸福，以大学生村官的身份，恐吓郁西良之子郁伯和，促使郁海祥调换宅基地成功。

郁幸福被宗亲们送了个"郁是非"的雅号，在我大脑中浮现出的第一印象，这多少有点讽刺的意味。大概由于性格使然，他爱好评论他人，在群聊中好与别人争论是非，引起误解和冲突，无法待下去而退出过好几个群聊。

郁幸福有着很大的官瘾，主动为郁海发整理会议纪要，得到郁海发的赏识当了他的秘书，但他仍不满足，要求担任《郁氏文化》的编审组组长和郁氏征文大奖赛的评委会主任，提出他的征文要评一等奖，遭到郁海发拒绝后退群跑路，离开了海门郁氏文化研究院，甩下一句话："不稀罕这个小秘书。"并发文讽刺研究院自我抬高自己，院长评奖评自己。

郁幸福性格多变，离开了海门群投向了全国郁氏最大群，把"假公章"的事情，断章取义地告诉了郁正先会长，取得信任后担任副秘书长。为了争夺《中华郁氏通谱》主修职务和保管通谱捐助资金，同郁正先、郁元吉反目，再次退群跑路，对郁正先说："看你面相，定有牢狱之灾，今天我来帮你解灾啦。"以后凡是郁正先办的事均持反对态度，站在全国郁氏宗亲活动的对立面上，如反对筹建郑州郁氏会馆，直至郁元吉主编《中华郁氏通谱》面世后，号召大家不要购买，一副吃不到葡萄说葡萄酸的做派。

郁幸福得了好处卖乖。虽然他离开了海门群，可是郁海发在第一次海门十月会议时邀请了郁幸福，他住进了高级房间，吃了美酒佳肴，接受了500元礼物包，事后却说："海门人花了几十万元打了水漂。"

郁幸福特别反感郁家人第一个公众号《郁氏文化》微刊，说什么"天天发那些乱七八糟的东西，搞得大家不得安宁"。当听说出版《郁氏文化草根作者语丝集》之时，他说："让那些老家伙去写吧，待他们死后我再去批判！"让人听了毛骨悚然。

郁幸福是一个睚眦必报之人，他最恨之人当数与他观点针锋相对的郁海发。他没看《房》全部，而说："《房》只是海门郁氏的家长里短，对全国郁氏毫无指导意义。"只是个人看法不一，尚可理解；但郁幸福的下列行为属于人身攻击：把郁海发两个儿子出国说成叛国行为，理由是生了孙女，将来嫁给洋人，遗产送给外国人了；甚至将因工作原因推销日本手表说成是资助敌国的汉奸行为。奇谈怪论不一而足。

郁幸福行为让我想起一个物件——镜子，如果是"衣冠镜"，可正衣冠，醒吾身，端品行，但是他偏偏是一面"哈哈镜"，所有的一切在他这面镜子里都变了形。禅宗中有句话叫作"相由心生"，你看到的事物所呈现出来的状态，都是由内心折射出来的，同样的事物，在不同人的内心中体现出来的形态是不一样的，你内心是"衣冠镜"还是"哈哈镜"，是由你自己的心决定的。正如郁龙飞说："郁幸福这个人与我们不是一个思路。"

郁正先说郁幸福这个人是郁氏败类、流氓。我倒不这么看，郁幸福有才，也有文采，也有一定的能力，对郁氏活动也极为热心，戴上"败类"这顶帽子太大了；"流氓"的帽子更不妥，因为王朔说过一句很有名的话："流氓不可怕，可怕的是流氓有文化！"

郁海发说："个人的视角不同，结论迥异。对待郁幸福这些人，我们站位高一点，格局大一点，视野宽一点，对力倡团结和谐、弘扬郁氏文化有利。"这是郁海发为处理人际关系定下的基调，其实也是给郁幸福留下了一条路，希望创造出一个团结和谐的局面！这让我想起了金庸《倚天屠龙记》中的一句诗，"他强任他强，清风拂山岗；他横任他横，明月照大江。"郁海发的胸怀是宽广的！

在大结局第四十二集第4节中，设计了郁幸福撞了南墙回头的故事，是最为精彩的结局，一个完美的结局！不用去管现实如何。

——郁光雷

★郁光雷，山东临沂人，是一个热爱文学创作的 80 后。

4. 点赞《房》中四位女性

随着《房》剧第四十二集的精彩呈现，郁志发先生的创作之旅落下了帷幕。文中故事情节跌宕起伏，各色人物轮番登场，引人注目的是四位充满智慧与人性光辉的女性，逐一进入阅者的视野，为作品带来诸多亮色，给读者留下了深刻的印象。

第一位：惠姑

惠姑乃《房》剧中主人公郁海发之母，给予了郁海发生命的一位重要的女性。

惠姑与丈夫郁九周本是恩爱夫妻，丈夫由于岳父羞辱参加了新四军，成为一名坚定的革命战士。惠姑迫于娘家压力加上自己缺乏主见，最终失去了和丈夫重新团聚的良机。惠姑心地善良，对于自己的遭遇从没有半句怨言。于娘家而言，她是听话的女儿，尽管是养女，她丝毫不显疏远，恪守女儿本分，遵从父母安排，尽管因此失去婚姻也从没有怪怨娘家半句，只能把所有的苦痛含泪吞咽；于婆家而言，她是贤惠的媳妇，上有老下有小的她承担了很多家务，面对丈夫远去最后婚姻不再，她需要忍受很多委屈，恪守媳妇之职。乐于助人的惠姑，帮助近邻私藏黄金首饰，后来悉数归还。

这让我想起了老家的一件往事，有个人替他的至亲保管了数额不少的银圆，后来这位至亲遭遇绑票需要赎金，至亲家人前来讨要无果，至亲被残忍撕票。后来这个保管银圆的人孤独终老，儿子们穷困潦倒，其中有两个儿子参与赌博，在村里偷盗成性遭村民唾弃。世人私下议论这个人做事亏心殃及后人。

反观惠姑所为，也许上天眷顾她的人品，让她拥有了郁海发这样孝心满满的儿子，以及明理的儿媳和出类拔萃的孙子们。苦尽甘来，安享幸福晚年。惠姑藏金不昧美名远扬，福荫后代受人尊敬。尽管时代的洪流与个人性格的懦弱共同编织了她的婚姻悲剧，但惠姑回馈于世人的都是善良、正直与贤惠，惠姑，其名恰如其人，闪耀着人性的光辉。

以下摘自郁志发先生《娘亲的闲言碎语受用一生》部分文字：

我的母亲是一个目不识丁的农村妇女，大字不识当成木马凳。在我幼时，老母给我讲黄金和黄酱的故事，这是《房》第二集的题目，严格来说《房》的创作意愿是从小时候开始的。

母亲说："把话放在肚皮里，别人不会把你当乌子。"在与人争论时，忍一忍，避免事态恶化。

母亲说："兄妹之间为钱吵架，会被人笑话的。"

母亲说："不要自恃富有，看穷人勿起。"

母亲说："他人有难事，别叫快活。"

母亲说："买鱼买肉留亲眷，火宅盗贼求邻舍，远亲不如近邻方便。"

第二位：古玉

古玉是郁海发的妻子，陪伴郁海发共度了整整一个甲子的岁月，堪称他生命中不可或缺的贵人。她根红苗正，贤良有德，鼎力帮助丈夫完成诸多心愿，事业家庭两不误，里里外外协助郁海发成就人生赢家。

八次搬家，见证了郁海发和古玉的苦乐年华。有几件事最能反映古玉处事得当，其一：在海门 2019 郁氏人文研讨会召开前夕，资金因资助方突发事件临时受阻，会议有可能泡汤，古玉告诉丈夫你必须迎难而上，不能失信于全国宗亲，郁海发想出应对之策，研讨会圆满召开，古玉功不可没。其二：2024 年郁海发患病，古玉周全地制订了养病方案，全方位给予治疗养护，平日里一贯节俭的她力主购买价格昂贵的医疗设备，郁海发终于战胜病魔，重新开始创作，圆满完成《房》剧。当写《房》时，被郁幸福攻击而血压骤升，古玉劝解："生气是用他人的错误惩罚自己，不值得。"其三：因为祖宅使用问题和由谁来祭祖之事，刘云芳同郁海发产生了矛盾，他的妹妹站在刘云芳这边，并对郁海发说："永远不想见你！"郁海发去海门开会时，古玉带着礼物到刘云芳家，瞒着郁海发向刘云芳道歉，请刘云芳给妹妹打电话，邀请她回海门，郁海发摆了 8 桌酒席欢迎妹妹回娘家，场面温馨，其乐融融。

几次关键场景中亮相的古玉，皆以寥寥数语巧妙化解纷争，助力其丈夫推进郁氏文化的传承与弘扬。若无如此贤淑聪慧的伴侣作为坚强后盾，郁海发想要在退休后成就如此事业，简直是难以想象之事。

两位小妇人陆笑姑和余巧生

所谓小夫人，在文中都是继房的身份。陆笑姑是木行桥郁氏家族二代先祖郁士昌的继房，是郁士昌之继母郁陆氏的娘家侄女。陆笑姑以智慧和胆略平息了非全是亲生儿子们的分房风波，她看出三房想蚕食二房宅基地，明面上答应三房的无理要求，私下里资助二房银两让他在不用卖地的前提下如期盖房，让三房独吞郁家东宅的企图落空。这奠定和推进了郁氏家族的繁荣昌盛，对于郁氏家族团结发展功不可没。

余巧生是郁家东宅上老二房四代曾祖郁正茂的继房，她的出场是第六集《郁西庭告御状明胜而实败》之中，郁西庭与三个亲叔叔为争遗产打官司，法庭要求提供分家协议，郁西庭提着礼物求助郁正茂，郁正茂以"父亲遗言不与东半宅来往"为由拒绝了。余氏对他说："我房的对头是三房，西庭是大房，以前他们是一家，现今自家人吵起来了。帮助西庭未必不是好事。你想，住在一个宅子里，低头不见抬头见。难道我子孙后代一直与东半宅老死不来往？我觉得这件事，是同他们和解的机会啦。"郁正茂亲自出庭做证，实现了东西半宅的和解。

余巧生虽是"大字不识当木马凳"的小脚女性，决策规划不让须眉，儿子们成年后果断提出卖地盖房一步到位，四个儿子4套房不分亲疏，而且一律活契卖地，将地契分给四个儿子，以待将来孩子们发达之后续回，后来的结局果然如她所愿。她为非亲生女备丰厚嫁妆嫁给海门南警署公员，亲生母亲都未必能做到如此地步。数年后为了公平公正，余巧生主张第二次分家，为非全是亲生儿子们采用抓阄方式巧分房，各房心服口服，留下儿子们的和谐局面。在大房夫妇离世之后，余巧生毅然决然地搬入了他们的家，承担起照顾他们的遗孤——一个儿子和两个女儿的重任。她不仅将孩子们抚养成人，还亲自为两个非亲生孙女筹办了风光体面的婚礼，其无私奉献与深情厚谊，令人由衷地感到敬佩，赢得了周围人满满的尊重与敬意。

上述四位女性随着《房》剧情的推进而依次亮相，她们身上闪耀着人性的璀璨光辉，为这部厚重深沉的作品平添了诸多亮点，不仅丰富了故事的色彩，更以其卓越的品德与贡献，赢得了人们的深深敬意与铭记。

——陈玉峰

★陈玉峰，山西大同人，小学高级教师。

5.《房》注满海门元素

郁志发先生在年过八旬之际，老当益壮，写成了《房》电视小说巨著，他以自己丰富的生活阅历为素材，以自己为原型，记录了小说主人公郁海发的一段经历：翻建祖屋积善堂，创建海门郁氏文化研究院，召开海门郁氏文化研讨会，组建郁氏文化微刊编辑与创作队伍，发展海门文化，繁荣文学创作，寻祖追踪编著郁氏族谱，主编《海门人故事——郁家那些事》，组织出版《郁氏文化草根作者语丝集》，鼎力支持全国《中华郁氏族谱》海门宏发会的召开，创作长篇巨著《房》剧等。通过一系列矛盾冲突，塑造了郁海发、郁龙飞等多位正能量人物，其中小说主人公郁海发潜心发展郁氏文化，不怕困难挫折、矢志不渝、锲而不舍，善于处理错综复杂的矛盾纠葛，乐于奉献，知人善任，热心培养后继人才；同时也成功地塑造了郁幸福、费民等各式人物形象。

文学作品源于生活、忠于生活，真实地再现生活。郁志发这部小说《房》充满海门地域文化特色，具有浓郁的海门乡土气息，体现了作者对海门现实生活、海门滨江临海地理环境、海门江海文化传统、海门风物习俗细致的观察能力、认真的体验能力、良好的表达能力，作者是一位忠于生活、记录生活、反映生活的有心人。

衡量作家艺术才能的一个重要标志，就是要看其通过作品表现出来的对于人物生存环境的各种物质性细节的感知、体察、刻画和表达能力。郁志发在小说中较为成功地描写了海门木行桥村的烧纸祭祖、红白喜事、造房建屋、逢年过节、草根艺术家唱"佛祈"等种种生活习俗，充满海门元素。作者重视刻画小说人物的命运遭际与物质性生存环境、地域环境、风俗习惯和地方传统之间相互依存的关系，在特定的环境中塑造人物形象，表达小说丰富的思想内涵。小说通过对这些方面的物质性细节的仔细观察、深刻体验和较为细致的叙述，表现出一定历史感和文化品位，体现出较为深广的历史意识和较大的精神气象，体现出作家对于物质性细节所表征的地域独特性的感受与表达能力。

小说《房》描写环境、刻画人物、抒发情感、使用了大量海门沙地方言，如"老手里"：指上代、祖辈；"乌子"：指傻子，脑子不灵的人；"老丈人"：指岳父；"丫头"：女孩；"识货"：认识了解人或事物；"乌相"不好看的表情、神态、动作等；"出边的事"：不合情理的越轨的事情；"见先"：占别人的便宜；"黑心"：贪图他人财物；"懊恼得很"：后悔之意；"叫快活"：取笑他人；"现面欢"：现在高兴之事。另"买鱼买肉留亲眷，火宅强盗求邻舍""只合日头不合灶头"等，不一而足。用海门沙地方言写作，使得小说具有浓郁的海门文化特色。小说较为关注人物生存的物质环境、地域环境、地方风习的各个细节，善于让人物性格从生存环境自然而然地显现出来，刻画的人物更加丰满，更加具有真实感，更加栩栩如生，呼之欲出；这样在表现方面更加接地气，更加生动，更加易于为人民群众所接受。

方言写作虽然可以让作家尽享表达的畅快，也可以在一定地域范围内赢得喝彩，但是它也可能将不同方言区的读者拒之门外，因而作家必须在语言使用上做出协调。这就要求其一方面尽量发挥方言的优势，但同时又要努力克服由方言的狭隘性在阅读上可能造成的障碍，他必须尽量找到一个两全之策。作者基本上努力兼顾两个方面，做到使用方言也大体使得不同方言区读者都能读得懂。

独特性和不可重复性始终都是文学创作必须置于首要地位的问题，要言他人之所未言，写他人之所未写。从生活出发，写自己经历的生活，才能够写出独具特点的作品。总之，从某种意义上说，地域意识是小说创作的历史感与历史意识的具体表现和组成部分。小说《房》创作体现出的鲜明地域意识，可以成为作家创作的独特标志，也能够在克服雷同化弊端的同时进一步坚定民族文化自信，作者为海门文化增添了独特的一页，为海门文学增添了一份光彩，为海门史料增添了珍贵的资料，为郁氏文化增添了宝贵的精神财产。

——蔡炯

★蔡炯，中学高级教师、中国诗歌学会会员、南通市作家协会会员。

房

6. 从《房》看邻里关系的重要性

电视小说《房》蕴含丰富的信息量，其中引人注目的是对邻里关系的细腻描绘与深刻剖析。木行桥郁氏先祖郁江福与郁士昌创立积善堂半个世纪的光景里，在家族第四五代人中，便上演了"三房之斗实是两房之争"的纠葛，以及"房高一尺引发兄弟阋墙百年"的悲剧。步入 20 世纪，《三国九方关系中的奇范事》更是将这段历史描绘得精彩纷呈，郁家东宅老三份的后人，九户人家之间，虽同居一地，却处在"只合日头不合灶头"状态之下，甚至亲兄弟之间也反目成仇，形同陌路。时间流转至 21 世纪，邻里与家族间发生了"兄弟俩嫉妒怨怼堂侄子"的家族内斗，更有"五十元终结了一条鲜活生命"的人间悲剧。

农村中邻里关系的恶化，常常源于诸如《房》一书中所描述的宅基地争夺。我的故乡坐落在天补镇广丰村，那里是郁仁治烈士的故居地，而我家与邻居也遭遇了这样的纷争。

我家拥有两间祖传的宅邸，父亲长期在外地工作，家中尚有奶奶与我们三姐弟，共计五位常住人口。随着岁月的流逝，我和两位姐姐逐渐长大成人，原有的住房空间变得日益局促。1984 年得益于台湾的二伯资助了 1000 美元，加上我们家数年的辛勤积蓄，计划扩建房屋四五间。我们的宅基地位于本队郁家的地基上，紧邻着一户由寡妇和她两个儿子组成的贫困三口之家。出于同情，我们偶尔会给予他们一些帮助。然而，在筹备建房的过程中，这户人家却试图从中谋取更多利益，或许是嫉妒我们即将拥有的新居。为了阻挠我们的建房计划，那位寡妇躺在宅基地东侧的道路上，阻止运送砖块的拖拉机通行。她出嫁的女儿也在路边捣乱。我们不得不向海门统战部求助，指令天补乡政府介入处理。经过一系列交涉与协调，最终确保了道路的畅通无阻，顺利完成建房计划。

2016 年，我父亲离世，在亲友前来吊唁时，有位亲戚对我说："你家的宅基地位置相当不错，何不趁此机会，好好建一座房子呢？"其实，我早就有这样的打算，并且与周边的邻居进行了沟通。次年，在我父亲去世一周年之际，我们正式开始着手建房。就在这时，那位邻居却提出了一个无理的要求，占用我奶奶留下的自留地，理由是我们建房时需要经过宅东路损坏他们的庄稼。为了顺利建房，我们做出让步，与他们交换了土地。然而，事情并未就此平息。那家邻居为了阻挠我们建房，竟然勾结了一个曾经受过我们家救济的媳妇，他们偷偷运来了一车空心砖，堆在了宅东路口，导致建房工程一度被迫停工。我们不得不求助于村里，经过长达一周的艰苦努力，清除了路障。但高价买下了那堆挡路的空心砖。

邻里与近族，原本是因深厚的缘分，才得以共居一地，共享一方水土，应当相互扶持、和睦相处，共同营造一个温馨和谐的氛围。然而，一旦涉及利益纷争，这份情谊有时竟会变得脆弱不堪，甚至可能导致双方反目成仇。

郁海发的母亲惠姑，尽管是一位未曾受过教育的农妇，却口出哲理之言："买鱼买肉待远亲，火起盗至靠近邻。"意指虽以丰盛佳肴款待远道而来的亲戚，但在遭遇火灾或盗贼侵扰等紧急情况时，能够迅速伸出援手的，往往是近在咫尺的邻居。这番话深刻地揭示了邻里关系的重要性，强调了与邻居和谐相处的必要性。

海门资深媒体人邹宝翀先生在《郁氏文化》微刊上发表的《慎防恶邻》一文中深刻指出，与邻居交恶是最为不明智的行为之一。正如民谚所言，"远亲不如近邻"，一个和睦的邻居关系，其价值堪比珍贵的财宝。张季直先生亦曾有过类似的论述"百万买宅，千万买邻"，强调了选择好邻居的重要性。试想，在遭遇火灾等紧急情况时，如果与邻居关系融洽，他们往往会比消防队更早赶到现场；而家中若遭遇盗贼，那些邻居也会比110警察更迅速地挺身而出捉拿窃贼。反之，如果家中举办喜事，而左邻右舍却无人前来道贺，那么主人的心中定会倍感孤独与无趣。因此，我们应该珍视与邻居之间的情谊，努力营造和谐友好的邻里关系，让我们的生活更加温馨与美好。

——郁瑞

★郁瑞，海门广丰村人，郁仁治烈士家族的后人，在山西工作。

房

7.走进《房》，感受家族文化与文学魅力的交融

在文学的浩瀚海洋里，电视小说《房》似一座灯塔，散发着独特而迷人的光芒。它的出现，像是打开了一扇通往家族文化与文学魅力交融世界的大门。

《房》，犹如一个装满家族记忆的宝盒。它以海门郁姓家族为蓝本，展现出一幅家族发展的恢宏画卷。郁海发这个人物形象，生动地体现了家族成员在时代浪潮中的沉浮。他从海门农村朝着城市进发的历程，恰似一段激昂的乐章。在社会巨大变迁的大背景下，"房"成了他命运乐章中的重要音符。

郁海发的喜怒哀乐都与"房"息息相关。他的喜悦，像阳光穿透云层洒下的金色光辉，当"房"带给他积极的影响时，那种兴奋如同在黑暗中看到希望的曙光。而烦恼如阴霾，一旦围绕着"房"的问题出现，就像沉重的乌云压在心头。困惑像是迷路时的大雾，面对"房"的复杂状况，他陷入迷茫的状态。人祸则如风暴，突然降临且破坏力惊人，给他的生活造成重大冲击。他辗转于公舍、私寓、住宅、工房、临建房、地震棚等不同居所，每一次迁徙都是家族奋斗历程中的一个注脚，每一段与"房"有关的故事，都像是从家族生活大树上摘下的一片真实树叶，没有过多的雕琢，却有着质朴而动人的力量。

从文学的角度看，《房》是一部不可多得的佳作。它的地域特色犹如一首独特的地方民谣，海门的风土人情融入故事的每一个角落。这种浓郁的地域文化元素，让整个故事充满了独特的魅力。它不仅是郁氏家族艰苦奋斗的记录，更是家族精神的展现舞台。故事里家族成员之间的互动、家族价值观的传递，就像一条无形的线，串起了家族的过去、现在和未来。

我与《房》作者郁志发先生结识，始于充满活力的《爱投稿》平台。在这个平台上，先生宛如一颗启明星，散发着温暖的光芒。他以自己的正直和

热情，关心着每一位文学新人，他的关怀如同微风拂面，轻柔且充满力量。

回顾2019年的郁氏文化征文大奖赛，那是一场文学的狂欢。153篇征稿就像153朵含苞待放的花朵，充满了生机与希望。而郁先生慷慨解囊提供31000元奖金，如同给这片文学花园注入了充足的养分。在众多佳作中，郁先生自己的文章《觅谱编谱和以文话郁两者不可偏废——兼述一因二分三从五忌修谱原则》，犹如一颗最耀眼的明珠。这篇文章以其深邃的思想、独到的见解和扎实的文字功底，在众多作品中脱颖而出。

郁志发先生虽已步入耄耋之年，八十四载的岁月在他身上沉淀出一种独特的韵味。他面容慈祥，目光和蔼，满满的正气。退休前，他是备受尊敬的高级工程师，退休后，尽管听力和视力有所衰退，但他的精神风貌依旧熠熠生辉。他对家族文化怀着深切的热爱，倾其多年积蓄成立海门郁氏文化研究院。他参与编修家谱的过程中，每一个环节都精心对待，为了核实一位先祖的名字，他在傍晚时分进入杂草丛中寻找墓碑。如同一位匠心独运的工匠，为家族后代寻根溯源铺就坚实的道路。

家族文化传承的重要性不言而喻，它就像一条奔腾不息的河流，滋润着家族的每一个成员。郁先生深知这一点，他不顾年迈体弱，全身心投入家族文化的建设中。他举办征文活动，出版了好几本家族文化典籍，这些努力如同在家族文化的花园里辛勤耕耘，为子孙后代留下了一笔笔宝贵的精神财富。

家族文化是家族传承的灵魂，就像树根为树木提供养分一样。它传承着优良的家风，让家族成员在其滋养下茁壮成长。郁志发先生以身作则，倡导族人成为"爱故乡、忠祖国、孝父母、拜列祖"的郁氏贤良。通过这样的方式，家族美好的家风美德得以传承，家族成员也在坚守社会主义核心价值观的过程中，为社会主义精神文明建设添砖加瓦，成为有担当、充满文化自信且乐于奉献的家族后人。

在文学的天地里，与郁志发先生的相逢相知是一种幸运。他的言传身教如同涓涓细流，不断滋润着成长的心田。他的文字中流淌着对家族文化深沉而炽热的爱。他不仅是一位值得敬重的长辈，更是人生路上的良师益友。

《房》就像一面镜子，映照出家族文化与文学魅力的完美结合。它引导我们在现代社会的喧嚣中，静下心来深入家族的脉络，去探寻生命的真谛，去感悟生活的意义。让我们怀着敬畏之心，走进《房》的世界，感受其中蕴含的无尽力量。

——海潮

房

★海潮，原名屈国庆，湖北罗田人，中学语文教师。

8. 一部剧作窥人生

　　郁志发先生终于把共四十二集的电视小说《房》完成了，这不仅是郁氏族群的喜事，也是文学层面之幸事。《房》剧围绕主人公郁海发的成长经历，以"房"为线索串联了从 19 世纪至中华人民共和国成立再到国家改革开放后的整个历史大事件，作品气势恢宏，引发思考，触动人心。本剧以细腻的笔触描绘了主人公郁海发的成长历程，从青涩的少年到历经世事的成熟男子和优秀的企业家，每一集都充满着深深的情感与哲理。这不仅是一部关于个人的成长史，更是一部关于郁氏族群的发展史及关于社会人生、国家命运的深刻探讨。也恰恰是这个原因，从另一方面印证了郁志发先生的才情和文学修养。那么基于郁氏文化研究院的创立，就有着更为重要的人文价值和传承意义。郁志发先生有着非常人能比的人气、文气、豪胆和才情，《房》以剧为书、为书而剧，也就是说，其远见、胸襟和才情，远远超越氏族文化研究这一藩篱的束缚，使"剧为心迹""剧为心声"成为搬上荧屏的可能。我们得以瞥见一位长者的坚韧与执着，体验一种超越日常的深沉与思考。当阅读结束，翻至最后一页，我深感有必要写下一篇补遗文，以表达我对这部作品的感慨与思考。

　　在写作上，作者巧妙地运用了多种叙述手法，既有流畅的事件叙述，又有深入的心理描写。作者通过对主人公的内心世界的描绘，让我们看到了一个真实、立体的角色形象。此外，书中的故事情节安排也极为精妙，使得整个故事更加生动有趣。剧中所传递的思想与主题深入人心。在当今快节奏的现代社会中，我们常常感到迷茫和焦虑。然而，这部《房》告诉我们，每个人都有自己的路要走，每个人都有自己的微光。这微光可能微弱，却能指引我们前行。我们应该珍惜自己的微光，勇敢地面对生活的挑战。

　　这部小说让我感受到了事件的震撼和人生的不易与美好。它让我明白，人生的路虽然曲折，但只要我们有信心和勇气，就一定能像郁海发那样找到自己的方向。它也让我意识到，每个人都是独一无二的，我们都有自己的价值与意义。在未来的日子里，我希望自己能像书中的主人公郁海发一样，勇敢地面对生活中的挑战与困难，不断前行，追寻属于自己的微光。

每个人的一生都不容易，即便你再普通，也会有许多人生的体悟。每个人一生都会经历许多困难、挫折和磨难，《房》中郁海发一个人的经历也是一个时代的缩影，见微知著，从一个人、一个点、一个面，可以观察和了解一个时代的变迁。

——吉忠华

★吉忠华，内蒙古自治区包头市作家协会会员。

9. 房情绵绵　文意深深

"房子"是一个大概念，从多角度分辨是有：
大房小房，新房旧房，瓦房草房，楼房平房，
洋房陋房，石房泥房，澡房厨房，厅房厢房，
柴房器房，修心禅房，炼身功房，婚房客房，
馨房乐房，账房库房，公房私房，父房子房，

《陋室铭》房因居住了德馨之人而名闻遐迩；
《恶房记》房因居住了罪恶之人而臭名远扬。
雄伟的天安门城楼神形威严，名扬古今中外；
故宫博物院史料丰厚，蕴藏着中华灿烂文化；
黄鹤楼是千古一楼，岳阳楼是美名远扬天下；
月亮上的广寒宫不是在天上，而在人们心中；
名宅名楼名室名房应有尽有，各个名扬天下。

郁家人的房平凡别致，郁志发《房》剧真美，
《房》中是情意绵绵，《房》中更有文意深深；
房中儿刚直，房中女窈窕，郁家是人才辈出！
郁家人爱党爱国爱家爱业爱学爱教爱人爱己，
郁家人真是爱满天下、福满乾坤、健康长寿，
郁家人确是子孙满堂、勤俭致富、洪福齐天，
赞《房》不一而足，一言以蔽之是郁家房美！

——徐志新

★徐志新，海门人，区党校校长。

10. 电视小说《房》留言选登

《郁氏文化》编审部

　　翘首以盼的《房》剧收官之作《房》第四十二集大结局《永固永存》终于刊出了。这是值得庆贺的一大盛事。这一集写出了郁海发对郁氏家族文化长远发展的愿景，体现了他对长远未来的希望与追求。郁老高瞻远瞩，慧眼识人，主动让贤，对郁龙飞委以重任，由其接任海门郁氏文化研究院院长一职，并且列举了郁龙飞先生接任之 4 个有说服力的理由，让众人信服。郁龙飞先生热爱家族文化、拥有雄厚的经济实力、有极高的知名度、年轻有为，真是当之无愧。

　　在文章的最后，作者写出了自己的设想：会馆大门石碑上镌刻了 500 位创建者的名字。这意味着，在全国近 50 万郁氏人中，约 1000 人中便有一位代表。由此看出，郁氏家族是一个聚力团结、日益兴旺的家族。衷心祝愿郁氏家族昌盛，人丁兴旺。也祝郁老福如东海，寿比南山！

——郁廷清（网名：勇者无惧）

　　《房》剧的大结局令人赞叹，充满了深刻的哲理。房子的变迁不仅是建筑的更新，更是文化传承与家族精神延续的象征。郁老的坚持与努力，让这座历经百年风雨的房子得以不断重生，从简单的居所演变为承载着丰富内涵的文化场所。这充分体现了坚守与传承的力量。它告诉我们，岁月会流逝，事物会变化，但只要我们心怀对传统和根源的尊重，就能在变迁中留住那份永恒的价值。房子的永存，代表着家族记忆和优良家风的永不磨灭，激励着后人不忘初心，砥砺前行。为郁老点赞，他用行动诠释了传承的意义，让我们明白，只要有信念和努力，就能让美好的事物跨越时间，千秋永在。

——海潮（本名：屈国庆）

从 2021 年元旦第一集开篇《鲤鱼穴的传说》到 2024 年 11 月 7 日收官大结局第四十二集《永固永存》历时近 4 年，终于完成了大作电视小说《房》。

没有和作者见过面，但我们彼此的交往也有七八年了，在我的印象里，郁志发老先生就是一个传奇，从微信群里的直言不讳，到作品创作的接连不断，还有创建海门郁氏文化研究院的艰辛历程，处处体现了老人的组织能力、无私奉献和宝刀不老的奋进精神。当初以为写这部 30 万字的长篇巨著只是郁老的一种想法、一种追求，而今天真的看到了结果，太不可思议了。

《房》是一部小说，更是一部传记，是家族延续的史书，也是历史发展的见证。整部作品中讲述了许许多多引人入胜的故事，这些故事不仅给读者人生的启迪，也让人体会到了人性的善恶。人的一生充满了变数，这种变数有时代的烙印，也有生活的变故，但人性是决定一个人本质的核心因素。小说中的人物个性鲜明，活灵活现，仿佛生活中再现。期待作品早日付梓与读者见面，更希望《房》能尽快搬上屏幕，给观众留下视觉大餐。更希望郁老身体健康，合家欢乐，诸事顺意！

——平凡

当郁龙飞操盘的《中华郁氏海门会馆有限责任公司可行性分析》向上呈报之后，引发了国家高层有关部门的高度重视，并要求中华郁氏海门会馆有限责任公司划归南通市海门区文旅局双重领导。公司注册资金 1 亿人民币，公私各占 50%，占地千亩。3 年之后，更是在北交所成功挂牌上市。

蓝图宏伟，前程似锦，有幸真实姓名及网名赫然列于 500 位创建者会馆大门石碑上！艰难困苦，玉汝于成！祝贺郁老的《房》剧完美结稿！人生当中有幸遇到郁志发这样的导师与榜样，吾辈继续努力，成就自己的人生理想！

——（网名：兵车行）

房

大结局大希望，选好了郁氏文化研究院接班人郁龙飞院长，海发慧眼识才，郁龙飞既有经济实力，又有足够的时间，也有实际管理能力，必将使得郁氏文化有更辉煌的发展。海发对今后的发展规划设想既宏大又切合实际。瓦6渗透海发的心力和财力，也交给了继承者，继续发挥出弘扬郁氏文化、助力公益事业的巨大作用。志发面对种种困难周折，矢志不渝，老而弥坚，为梦想奋斗不息，精心写出一部浩篇巨著，令人敬佩之至。祝愿《房》剧早日面世，祝愿志发健康长寿。

——蔡炯

常言道，编筐编篓全在收口，郁老终于完成了自己的大作，这里承载着岁月的故事，这是一件十分辛苦，又十分有意义的事情。虽然说人生没有完全的完美，但《房》剧是完美的、精彩的！生活，不用什么都有意义，但生活中的许多瞬间都是细碎的美好的。人生就是一场不断完善自己的旅程，《房》剧所反映的事件也是这样，这一路所有的经历，无论悲喜，不论艰辛，都是为了成就一个更完美的人生。

《房》剧虽告结局，但《房》剧引起的思考和事件的发展，依然继续。《房》的主线以郁海发为主人公贯穿了整个历史事件，从局部到全部，从郁氏家族到社会，反映了时代的变迁。这个结局精彩纷呈，众望所归。《房》剧四十二集终告结局，这是一个精彩的结局，这是一个有历史意义的结局。为郁老的佳作点赞，向郁老致敬！

——志发革

郁氏文化喜讯连连，第四十二集整体都是喜讯：郁龙飞接任院长，有实力，有担当；筹建中华郁氏海门会馆有限公司的宏伟蓝图；郁幸福回归；郁氏海门会馆引起国家高层重视；郁力回国；跨世纪之房得以千秋永存……郁氏家族在郁老先生和郁氏顶尖人物的维护下千秋万代，辉煌永驻！

——刘东霞（网名：月光）

　　电视小说《房》第四十二集（大结局）《永固永存》以细腻的笔触和丰富的情节，圆满地结束了整个故事。本集不仅总结了前文，还为读者呈现了一个充满希望和活力的结局，展现了郁氏家族文化的深厚底蕴和不断发展壮大的历程。郁龙飞接任海门郁氏文化研究院院长一职，是众望所归，也是对其卓越能力和无私奉献精神的肯定。他不仅对家族文化怀有深厚感情，还具备充裕的时间和经济实力，能够带领郁氏家族走向更加辉煌的未来。这一任命不仅体现了家族内部的团结和信任，也为后续的文化传承和经济发展奠定了坚实的基础。

——庄俊丰

　　郁老冬日安康福禄，已耐心认真拜读看完大结局《房》第四十二集，对您亲情亲力亲为付出的努力深表感激敬佩，祝贺《房》剧圆满成功完美完成！恭祝郁老健康长寿！并祝我们郁氏家业兴旺，青出于蓝而胜于蓝，一代更比一代强，明天的郁氏更加精彩辉煌！

——郁炳祥

　　海门郁氏文化的大结局也是大圆满，这是对郁氏文化的敬畏，也是海门郁氏文化在郁老的精心创立下，一批有识志士云集而起继续和发展。在郁氏文化不断崛起中虽有郁幸福之流冷讽热嘲的阻害，但阻挡不了众多郁氏好儿女崇尚祖训，凝心聚力，满腔热情地发展和建设的大洪流。郁氏文化是中华文化之一脉，必将与时俱进，继往开来，蓬勃发展，在历史的长河中建起一个又一个丰碑。

——郁瑞（网名：故乡的云）

2021年1月1日，《房》剧第一集在郁氏文化平台推出，历时近4年，最后一集于2024年11月7日推出，共计四十二集，有始有终。

很庆幸自己一直跟随郁氏文化前进的脚步一路走来，有幸和郁老隔屏相识相知，亲眼见证了《房》剧从开篇到收官的全过程，目睹郁老从开篇征集题目到写作每一篇广泛征求意见反复改动，那种对文字极其负责的精神每每令自己感动不已。本人有幸参与了郁老每一篇文章的推文前改动和推文后留言，庆幸自己以微薄之力助力郁老的大文章面世。

《房》剧书写了好几代人跨世纪的家国情怀，有为了一己私利不顾亲情友情，翻手为云覆手为雨，做出的事超出人们对一般人的正常认知，令人不齿，人神共愤。当然这是剧中人物的极少数，大多数人能秉持正念，以家族大局为重，亲情友情面前牺牲个人利益，心怀感恩懂得珍惜，奋发图强改变命运，如文中的郁海发、郁龙飞，他们的所作所为于无声处散发着耀眼的光芒，付出之多之大彰显海门郁氏家族成员的人格魅力。

好多被作者称为贵人的，这里对他们的存在表示致敬尊重，贵人首先是好人，好人一生平安！

剧中好几位女性在事件中起到了至关重要的良性作用，作者对于这几位平凡而伟大的女性给予高度赞扬，她们的身上闪耀着人性的光辉。

《房》剧文字朴实厚重，是史剧般的存在，这是这部剧最大的亮点所在。

——陈玉峰

历经千辛万苦与磨难皆有期！心之所向披靡！最终的梦想成真！也验证了华夏良子们对家的情怀和向往！而家的根基就是房子！是人心所向，是情怀聚首！是延续子孙后代的地方！是爱的灵魂安放！祝福郁老爷子为郁氏家族文化传承开创美好的未来！

——兰月琴（网名：修行者）

志发老人家，你好，看了你的四十二集《房》电视小说大结局非常感动。你一辈子为了国家事业任劳任怨，积极向上，退休后又为了老家宗亲建设海门郁氏历史文化陈列馆跑遍了祖国大江南北，组建了全国郁氏几百人的文化信息群。你团结和谐宗亲，无私奉献，高风亮节，自动收官。你是郁氏宗亲们的楷模，你的精神是郁氏家族学习的榜样，我们为你感到骄傲自豪。你特别选出郁龙飞宗亲在全国郁氏家族中这么有威望的带头人。郁氏宗亲为你高兴！你更加放心了，现在你老已是八旬多的人了，是应该好好休息休息，安度幸福快乐的晚年了！恭祝你老人家天天开心快乐，健康长寿！夕阳永远无限好。欢迎你老有时间再来临沂做客。

——郁万国

　　岁月匆匆，4年的艰辛，郁志发老夫子倾注无限心血的电视剧《房》收官封笔。阅毕四十二集的华章，描述的是中国万千家庭和人民对房的深思和渴望，是一部叙述历史的杰作，也是一部流传后世发人深省的家文化的蓝图。1000多个日日夜夜，84岁的郁老用自己的聪明才智，坚持与付出，留下了追求事业的精神。让我们在《房》的世界里，领略人生的真谛！有言赞：莫言日暮桑榆晚，尚可为霞红满天。

——郁文亚

　　近期忙碌，忙碌到只能把郁老的电视小说《房》之第四十二集（大结局）推给我时先行收藏。几天之后的深夜，利用值班的空隙，潜心拜读之。在全国《中华郁氏通谱》海门宏发会盛典圆满落幕后，我从《众目一瞥〈中华郁氏通谱〉》（上一集）中获知了郁龙飞先生的其人其事，作为郁氏家族文化的后起之秀的存在，相信郁海发的睿智与眼光。当然，郁氏家族作为中华百家姓中优秀家族的一员，人才济济，这从郁老细致周到的作品中不难看出。借此，祝贺郁龙飞不负众望，继续带领郁氏家人，在深耕家族文化、传承务实进取的路上不懈努力，相信郁氏家族的文化定会蒸蒸日上，再创佳绩。"致力于家族之事，亦是行善积德之举"，炽热的理念，决定了他后续工作的意志与创新精神。当然，充裕的时间与雄厚的经济实力，亦是担此重任的必备条件。此外，他不错的身体状况以及广泛的人脉等，都是他作为郁氏家族文化研究院的领路人强大的优势，钦佩之余，衷心祝愿郁氏家族文化，在秉承前辈家族文化核心精神的路上，开拓进取，锐意前行。

　　作为海门郁氏文化研究院的新掌门人，郁龙飞发起的在海门市木行桥村与林东村交界处，成立"中华郁氏海门会馆"的创举，将成为集实业与家族精神文化的全新力作而存在，集资者得到了遍及国内各地郁氏宗亲的响应，可见郁氏家族是一个识大体、有远见、团结友爱的族群，该会馆是一个集旅游观光、住宿餐饮、垂钓游泳、图书阅览、娱乐休闲、健身保健等多功能于一体的综合性康乐园。郁龙飞说"郁姓虽非大姓，但我誓要将之打造为真正的百年望族"，海门会馆的注册资金，将由全国郁氏宗亲共同筹集，预计其运营将为南通市 GDP 总量增添约3%，无论是家族气魄，还是家族的凝聚力，在当今的社会里，谱写的都是实实在在的赞歌，并将激励全国郁氏宗亲，闪耀中国家族文化的一颗星，成为彪炳史册的家族文化的全新亮点。全文分9节，从不同侧面串联起了海门郁氏家族文化的过去、现在与未来，这不仅是长篇电视小说《房》的总结性交代，堪称高潮，亦是作为传承郁氏家族文化旅程中的烽火台，在承前启后，继往开来。最后，《永固永存》彰显了作者郁老的良苦用心。"固"的，是作为跨世纪的百年祖居——重建瓦6当下的使命与荣耀，它将"永存"；"存"的，则是郁氏家族文化精神内核的代代传承。重建后的瓦6，不仅是它作为实体"标的物"继续延续，亦是海门郁氏文化研究院一以贯之的精神，如同灯塔般光耀日月，值得铭记，更值得身处湖湘大地的我辈由衷祝贺！

—— *（签名）* （网名：心灵之声）

祝贺郁老的《房》剧完美收官。郁姓在华夏家族中算不上大姓，但是在以郁老及知名企业家郁龙飞先生等一众人的带领下，却将家族文化经营得风生水起。采石矶旁一堆土，李白之名传千古。人生一世，草木一秋。我们在人生百年之后要留给这个世界点什么，是物质的、精神的，还是文化的？这是我们每个人都应思考的问题，我想郁老的选择是正确的。

——張金白（网名：山沟里的人）

您这个写得很有传承价值，这是我从小到大，感受最深刻的家庭教育，是对老有敬，对小有尊！这样让更多年轻人向核心价值观靠拢，把热发挥超常。敬爱的爷爷，您是阳光明媚的春天，又像是春天的季节，我很喜欢您对我们下一代的关怀备至，愿您健康快乐，有机会来宁波看看，这里有郁家血脉在，就是家的一部分。

——郁夏飞

郁志发院长是一位德高望重的老人家！在耄耋之年克服诸多困难，历时4年之久，呕心沥血，精心打造出这部四十二集的长篇小说，给读者大众和我们郁氏族人带来了精神文化大餐！为郁老持之以恒的精神和辛勤付出点赞！期待着《房》剧纸质版和电视剧尽快与大家见面，让我们共同祝愿这一美好时刻的到来！

——郁德忠？

郁志发先生自创办海门"郁氏文化研究院"以来，为郁氏文化公众号平台提供了很多有收藏价值的文稿，其中原创《房》是他精心打造的一部经典之作，每集播出都吸引了很多网友粉丝。估计在适当的时候会拍摄成电视连续剧，让我们共同努力期待这一时刻的到来。

房

11. "房" 之说

一座房子，成了人们最基本的生存空间。在这个空间里，上演着无数悲欢离合的故事，演绎着截然不同的人生轨迹。房子是物质的居所，更是精神的容器，它承载着我们对生活的期待，也映照出内心最深处的渴望与恐惧。

有人终其一生为房子奔波，将房子视为成功的象征，找到了自身的安全感；有人视房子为牢笼，在四四方方的空间里感受着无形的压迫；也有人超然物外，将房子视为旅途中的驿站，在流动中寻找生命的真谛。房子就像一面镜子，照见人性的贪婪与超脱，映照出不同的人生选择。

对许多人来说，房子是安身立命的根本，是奋斗的目标，是成功的标志。他们省吃俭用，拼命工作，只为在城里或祖居地拥有一套属于自己的房子。房子成了他们生活的全部意义，他们将安全感寄托在房子上。这种对房子的执念，折射出现代人的生存焦虑。在房价高起的时代，房子成了划分阶层的标尺，成了衡量人生价值的尺度。人们为了房子疲于奔命，在追逐物质的过程中，渐渐迷失了自我。对另一些人来说，房子不是港湾，而是牢笼。他们被困在四四方方的空间里，感受着无形的压迫。房贷的压力让他们喘不过气，房子的束缚让他们失去了自由。他们渴望逃离，却又无处可去。这种困境，源于对房子的过度依赖。当我们将全部希望寄托在房子上时，房子就成了禁锢灵魂的牢笼。我们被困在物质的牢笼里，失去了对生活的热情，失去了对梦想的追求。因此，我们不应执着于拥有，而是要享受当下的生活。我们可能住在租来的房子里，却用心布置，让房子充满温馨；我们可能经常搬家，却将每个住处都当作新的起点。这种态度，体现了对生命的深刻理解：房子只是暂时的居所，生命才是永恒的旅程。当我们放下对物质的执着，才能体会到生命的真谛，才能在流动中找到内心的平静。

对房子的态度，决定了我们的人生轨迹。是执着于拥有，还是超然物外？是安于现状，还是勇于突破？每个人都有自己的选择。但无论如何，我们都要记住：房子只是生活的容器，而不是生活的全部。真正的幸福，不在于房子的大小，而在于房中的笑声、主人内心的丰盈。让我们放下对物质的执着，在生命的旅途中，寻找属于自己的精神家园。

郁志发先生所著电视小说《房》剧，描写的正是因房而发生的身边故事，演绎了蹉跎岁月的七彩人生，内容丰富，情节起伏跌宕，感人至深，是一部鸿篇之作。

正是：

巨著鸿篇世代藏，

笔端演绎墨馨香。

悲欢离合几家事，

柴米油盐百姓房。

喜见安居遮雨雪，

欣逢吉地建书堂。

人生七彩多余庆，

郁氏传奇积善章。

——郁良君

特别致谢

电视小说《房》顾问团队，处理《房》书后续事宜，共享《房》书后续效益，其成员是在《房》书创作中、出版时做出过较大贡献者。

谨向下列 169 位《房》顾问团队成员致以特别感谢：

（排名不分先后）

第一部分　序文、跋语作者 27 位：郁慕明（台湾台北）、胡圣花（台湾台北）、郁美兰（江苏南京）、郁松（南通海门）、范俊来（内蒙古）、平凡（山西忻州）、周海波（上海）、郁光涛（江苏沭阳）、郁光雷（山东沂水）、陈玉峰（山西大同）、蔡炯（南通海门）、郁瑞（南通海门）、海潮（湖北）、吉忠华（内蒙古包头）、徐志新（南通海门）、孙庆霞（辽宁朝阳）、孙庆忠（山东龙口）、郁炳祥（南通海门）、吕长荣（山东济宁）、郁万国（山东临沂）、郁文亚（江苏盐城）、雷能捷（湖南湘潭）、张金仁（辽宁朝阳）、郁夏飞（浙江宁波）、郁德忍（安徽凤阳）、郁兰春（南通海门）、郁良君（广西柳州）。

第二部分　对出版做出较大贡献者 46 位：郁旦斌（南通海门）、郁金山（湖南湘西）、郁群威（北京）、葛玉金（北京）、郁永起（广东东莞）、杨春雷（浙江宁波）、郁翱翔（浙江宁波）、奚金荣（南通海门）、郁铁牛（江西吉安）、黄继仁（南通海门）、郁志新（江苏常熟）、郁大都（湖南桑植）、曹祖明（南通海门）、郁爱东（南通海门）、郁礼平（南通海门）、宣（郁）亚标（南通海门）、郁海洋（江苏盐城）、郁惠南（南通海门）、郁仁广（广东湛江）、郁宋连（江苏连云港）、郁德田（广东遂溪）、郁德刚（安徽凤阳）、陈培群（浙江温州）、郁华（南通海门）、郁丹凤（南通海门）、郁季闽（南通海门）、郁斌（江苏南通）、郁洪军（江苏盐城）、郁志东（重庆万洲）、郁蜀莹（重庆万洲）、郁锦标（江苏启东）、郁万杰（山东临沂）、郁正达（广西凌云）、郁家飞（四川达州）、郁祖琪（南通海门）、郁海年（甘肃兰州）、郁楠（广东湛江）、郁步林（江苏盐城）、郁承贵（广西南宁）、郁光辉（江苏徐州）、郁为春（江苏江阴）、郁叙法（江苏江阴）、郁正达（江苏江阴）、杨远超（重庆）、郁继德（江苏邳州）、郁化兴（安徽利辛）。

第三部分　《房》同道者、首批购买者 72 位：郁时元（湖北黄冈）、郁大地（广东湛江）、郁亚英（南通海门）、蔚立元（江苏徐州）、郁仲达（南通海门）、郁仲新（南通海门）、郁永金（山东菏泽）、赵（郁）蓓莉（南通海门）、郁以华（江苏淮安）、郁秋萍（江苏苏州）、郁令（四川达州）、蔚立彬（山东汶上）、郁剑晨（江苏盐城）、郁芬芳（江苏苏州）、魏海霞（山西大同）、杨丽霞（山西吕梁）、郁韩（江苏淮安）、郁斌生（江西安福）、蔚承清（山东泰安）、郁培亮（河北）、郁云琪（江苏南通）、刘剑辉（湖南资中）、李元冲（南通海门）、郁正和（香港）、郁水林（江西）、郁斌（江苏盐城）、郁允录（江苏新沂）、郁永伟（山东菏泽）、郁家社（山东临沂）、郁崇涛（河北黄骅）、郁红理（江苏苏州）、郁仲慈（南通海门）、郁广（江苏泗洪）、黄守成（南通海门）、郁平（南通海门）、郁光义（江苏江阴）、张垣（南通海门）、郁燕龙（广东深圳）、徐兵（上海崇明）、郁金辉（云南）、郁书同（安徽六安）、郁炳洪（南通海门）、郁红燕（南通海门）、郁石飞（南通海门）、郁大忠（贵州独山）、郁靓（江苏南通）、郁传灯（湖南湘西）、郁和平（湖北黄石）、郁强（江苏江阴）、陈菊（南通海门）、郁全坤（四川达州）、郁其成（安徽）、杜永红（山西大同）、郁传忠（湖南桑植）。郁庆（广东雷州）、郁建生（江西南昌）、郁仲均（江苏无锡）、郁蕊（南通海门）、郁永东（北京）、郁德重（广东湛江）、郁伯英（上海）、袁乐兵（南通海门）、郁蕾（北京）、郁成（江苏盐城）、郁邦文（江苏南京）、张爱梅（河南虞城）、郁晓斌（南通海门）、郁慧娟（山东）、郁立（湖北武汉）、郁松（四川成都）、郁万成（江苏淮安）、姜修英（辽宁丹东）。

第四部分　在《房》书创作中做出过较大贡献者 24 位：郁斌（南通海门）、郁国强（南通海门）、郁正宏（美国）、郁群力（澳大利亚）、曹建平（南通海门）、江怡穗（加拿大）、尹瑶（美国）、李黎冰（美国）、何民生（北京）、高鹤云（北京）、张传亮（北京）、蔚秉惠（北京）、张国新（南通海门）、周世康（南通海门）、朱叶（北京）、倪秉时（南通海门）、王鸳翀（南通海门）、邱宝石（南通海门）、邹仁岳（南通海门）、郁林兴（上海）、季真（南通海门）、郁飞（南通海门）、郁祖槃（南通海门）、董满强（北京）。